LA TENDRESSE DES LOUPS

STEF PENNEY

LA TENDRESSE DES LOUPS

Traduit de l'anglais (Écosse)
par Pierre Furlan

belfond
12, avenue d'Italie
75013 Paris

Titre original :
THE TENDERNESS OF WOLVES
publié par Quercus Publishing PLC (UK)

Cet ouvrage a été traduit avec le concours du Centre national du livre.

Si vous souhaitez recevoir notre catalogue
et être tenu au courant de nos publications,
vous pouvez consulter notre site internet,
www.belfond.fr
ou envoyer vos nom et adresse, en citant ce livre,
aux Éditions Belfond,
12, avenue d'Italie, 75013 Paris.
Et, pour le Canada,
à Interforum Canada Inc.
1055, bd René-Lévesque-Est,
Bureau 1100,
Montréal, Québec, H2L 4S5.

ISBN 978-2-7144-4330-4

À mes parents

DISPARITION

LA DERNIERE FOIS QUE J'AI VU LAURENT JAMMET, c'était dans la boutique de Scott et il portait un loup mort sur l'épaule. Moi, j'étais venue acheter des aiguilles, et lui, il était déjà là pour chercher la récompense. Scott insistait pour récupérer la dépouille tout entière depuis qu'un Yankee l'avait escroqué. Ce Yankee était arrivé un jour avec deux oreilles et il avait reçu sa prime, puis il avait apporté les pattes quelques jours plus tard, récoltant ainsi encore un dollar, et enfin il était revenu avec la queue. C'était l'hiver, les parties du corps semblaient fraîches, mais l'arnaque avait été ébruitée sur la place publique, ce qui avait écœuré Scott. La gueule du loup a donc été la première chose que j'ai vue en entrant dans le magasin. La langue pendait hors des babines, elles-mêmes retroussées en une grimace. Malgré moi, j'ai eu un mouvement de recul. Scott a poussé les hauts cris et Jammet s'est répandu en excuses – mais comment lui en vouloir, avec son charme et sa claudication ? Le cadavre a disparu quelque part à l'arrière et, tandis que je jetais un coup d'œil dans le magasin, ils se sont mis à se chamailler au sujet de la fourrure mitée qui pendait à l'entrée. Je crois que Jammet s'amusait à suggérer à Scott de la remplacer par une plus récente. Sous la fourrure, un écriteau proclamait : CANIS LUPUS (MÂLE), PREMIER LOUP CAPTURÉ DANS LA MUNICIPALITÉ DE CAULFIELD, LE 11 FÉVRIER 1860. Cet écriteau en dit long sur John Scott : il témoigne de sa prétention à être instruit, de l'importance qu'il se donne et de la veulerie qui le porte à respecter l'autorité plus que la vérité. Car ce n'est certainement pas le premier loup à avoir été abattu dans le coin, et il n'existe pas non plus, à proprement parler, de municipalité de Caulfield, mais il voudrait bien qu'il en existe une pour qu'il y ait un conseil municipal et qu'il puisse être le maire.

« De toute façon, c'est une femelle. Les mâles ont un collier plus sombre, et ils sont plus grands. Il est tout petit, celui-là. »

Jammet savait de quoi il parlait ; je ne connaissais personne qui eût capturé plus de loups que lui. Il souriait en même temps pour montrer qu'il ne voulait pas offenser Scott, mais celui-ci, qui est du genre à prendre la mouche pour n'importe quoi, s'est hérissé.

« Je suppose que vous vous en souvenez mieux que moi, monsieur Jammet ? »

Jammet a haussé les épaules. Comme il n'était pas là en 1860 et comme, contrairement au reste d'entre nous, il était français, il avait intérêt à faire attention.

À ce moment-là, je me suis approchée du comptoir. « Je pense qu'il s'agit d'une femelle, monsieur Scott. L'homme qui l'a apportée a dit que ses louveteaux avaient hurlé toute la nuit. Je m'en souviens très bien. »

Et je me rappelais aussi que Scott avait suspendu la dépouille par les pattes arrière devant sa boutique pour que tout le monde puisse la regarder à son aise. Je n'avais encore jamais vu de loup, et sa petite taille m'avait surprise. L'animal pendait, le museau pointé vers le sol, les yeux fermés comme s'il avait honte. Les hommes le tournaient en dérision et les enfants riaient en se défiant mutuellement d'oser mettre la main dans sa gueule. Ils posaient à côté pour s'amuser.

Scott, vexé de me voir prendre la défense d'un étranger ou bien vexé par principe – difficile à dire –, a braqué sur moi ses minuscules yeux bleu vif.

« Et voyez ce qui lui est arrivé, à lui », a répondu Scott. Car Doc Wade, qui avait apporté la louve pour toucher la prime, s'était noyé au printemps suivant – comme si cet événement remettait en question sa capacité de jugement.

« Dans ce cas... » Jammet a haussé les épaules et m'a lancé un clin d'œil – quel culot.

Je ne sais comment – je crois que Scott a été le premier à aborder le sujet –, nous nous sommes mis à parler de ces pauvres filles, comme on le fait généralement dès qu'il est question de loups. Bien qu'il y ait dans le monde un nombre indéterminé de femmes malheureuses (je dirais même un grand nombre rien que parmi celles que je connais), l'expression « ces pauvres filles », par ici, fait toujours référence à deux d'entre elles seulement, les sœurs Seton, qui ont disparu il y a bien des années. Il s'est donc ensuivi pendant un moment un échange de points de vue aussi agréable que futile, brusquement interrompu par le tintement de la clochette et l'entrée de Mme Knox. Nous avons fait semblant de nous intéresser vivement aux boutons exposés sur le comptoir. Laurent Jammet a pris son dollar, et il est parti après s'être incliné devant moi et Mme Knox. La clochette a continué à tinter sur son ressort en métal un bon moment après le départ de Jammet.

C'est tout, rien de marquant. C'est la dernière fois que je l'ai vu.

Laurent Jammet était notre voisin le plus proche. Néanmoins, sa vie restait pour nous une énigme. Je me demandais comment avec sa patte folle il arrivait à chasser le loup, et puis quelqu'un m'a dit qu'il se servait d'appâts : de la viande de cerf empoisonnée à la strychnine. Son art consistait à ne pas perdre la piste de ce qui allait devenir un cadavre. Je ne sais pas ; moi, ce n'est comme ça que je conçois la chasse. Je sais que les loups ont appris à rester hors de portée d'une carabine Winchester – ils ne sont donc pas complètement dépourvus d'intelligence –, mais ils ne sont pas assez malins pour avoir appris à se méfier de la nourriture qu'on leur offre, et quel mérite y a-t-il à suivre jusqu'à sa mort une créature condamnée ? Jammet avait d'autres traits insolites : il partait pour de longs voyages dans des endroits inconnus ; il recevait la visite d'étrangers sombres et taciturnes ; il avait de brefs accès de générosité qui surprenaient d'autant plus qu'ils contrastaient fortement avec le délabrement de sa cabane. Nous savions qu'il venait du Québec. Nous savions qu'il était catholique, même s'il n'allait pas souvent à l'église ou à confesse (il aurait cependant pu se livrer à ces deux activités lors de ses longues absences). Il était poli et gai mais n'avait pas vraiment d'amis et gardait une certaine distance. Et, j'ose le dire, il était beau, avec des cheveux et des yeux presque noirs, des traits qui donnaient l'impression d'un sourire qui venait de s'effacer ou qui s'ébauchait. Il traitait toutes les femmes avec le même charme respectueux et réussissait pourtant à ne pas les froisser, pas plus elles que leur mari. Il n'était pas marié et ne montrait aucun désir de changer d'état civil, mais j'ai remarqué que certains hommes sont plus heureux seuls, surtout s'ils sont assez négligés et qu'ils ont des habitudes de vie irrégulières.

Il y a des gens qui suscitent une envie apparemment sans raison, dénuée de toute malveillance. Jammet était l'une de ces personnes indolentes et de bonne composition qui semblent glisser le long de la vie sans peine ni fatigue. Je trouvais qu'il avait de la chance parce qu'il ne semblait pas se soucier de ce qui nous donne à tous des cheveux blancs. Mais, à défaut de cheveux blancs, il avait un passé qu'il gardait en grande partie pour lui. Je suppose qu'il s'imaginait également avoir un avenir, mais ce n'était pas le cas. Il était âgé d'à peu près quarante ans. Il n'irait pas au-delà.

C'est un jeudi matin, vers la mi-novembre, environ deux semaines après cette rencontre au magasin. Je suis d'une humeur détestable en sortant de notre maison et, tout en marchant sur la route, je construis soigneusement le sermon que je vais lui faire. Ou, plus vraisemblablement, je le répète à voix haute – encore une des nombreuses habitudes bizarres qu'on prend si facilement dans ces coins perdus. La route – qui n'est guère plus, en réalité, qu'une suite d'ornières creusées par des sabots et des roues – longe la rivière à l'endroit où celle-ci plonge en une série de petites cascades. Sous les bouleaux, des plaques de mousse scintillent d'un vert émeraude au soleil. Des feuilles mortes, cristallisées par le gel nocturne, craquent sous mes pieds et me chuchotent l'arrivée de l'hiver. Le ciel est d'un bleu si vif qu'il fait mal. Dans ma colère, je marche d'un pas rapide, la tête haute. Cela me donne sans doute l'air gai.

La cabane de Jammet est située un peu en retrait par rapport à la rivière, au milieu d'herbes folles qui passent pour un jardin. Les murs de rondins avec leur écorce se sont décolorés au fil des ans jusqu'à donner à l'ensemble un aspect gris, laineux, qui tient plus d'une tumeur vivante que d'une construction. C'est un vestige d'un temps révolu : la porte consiste en une peau de daim tendue sur un cadre en bois ; les carreaux des fenêtres sont en parchemin huilé. Jammet doit geler, en hiver. Ce n'est pas un endroit où les femmes de Dove River viennent souvent, moi-même je ne m'y suis pas rendue depuis des mois, mais en ce moment c'est le seul endroit que je n'ai pas encore exploré.

Aucune fumée ne signale de vie à l'intérieur, mais la porte est entrebâillée et la peau de daim a été tachée par des mains terreuses. J'appelle, puis je frappe contre le mur. Comme je n'obtiens pas de réponse, je jette un coup d'œil ; une fois que mes yeux se sont adaptés à l'obscurité, je vois Jammet chez lui, et, comme on pouvait s'y attendre à cette heure de la matinée, il est en train de dormir dans son lit. Je suis sur le point de partir en me disant qu'il ne sert à rien de le réveiller, lorsque la frustration me pousse à persévérer. Je ne veux pas avoir fait tout ce chemin pour rien.

Et je lance : « Monsieur Jammet ? » d'une voix qui, à mes oreilles, est d'une gaieté irritante. « Monsieur Jammet, excusez-moi de vous déranger, il faut que je vous demande.. »

Laurent Jammet dort paisiblement. Il a autour du cou le foulard rouge qu'il met pour la chasse afin que les autres chasseurs ne lui tirent pas dessus en le prenant pour un ours. Un pied dépasse du lit dans une chaussette sale. Son foulard rouge est sur la table... Je m'agrippe à la porte. D'un seul coup, tout ce qui était normal a basculé : des mouches volent autour de leur festin de fin d'automne ; le foulard rouge n'est pas autour du cou de Jammet, c'est impossible puisqu'il se trouve sur la table, ce qui signifie que...

« Oh, dis-je », et le son de ma voix, dans le silence de la cabane, me fait tressaillir. « Non. »

Je m'accroche à la porte pour ne pas partir en courant, et puis je me rends compte une seconde plus tard que je serais incapable de bouger même si ma vie en dépendait.

Par une entaille, le rouge de son cou a coulé sur le matelas. Une entaille. Je halète comme si je venais de courir. Le chambranle de la porte est pour l'instant la chose la plus importante au monde. Sans lui, je ne sais pas ce que je ferais.

Le foulard n'a pas rempli son office. Il n'a pas empêché la mort prématurée de Jammet.

Je ne prétends nullement être d'un courage exceptionnel – en fait, il y a longtemps que j'ai abandonné l'idée d'avoir la moindre qualité remarquable –, pourtant je suis étonnée du calme avec lequel mes yeux font le tour de la cabane. Ma première pensée, c'est que Jammet s'est suicidé, mais il a les mains vides et je ne vois pas d'arme près de lui. Une main pend d'un côté du lit. Il ne me vient pas à l'idée d'avoir peur. J'ai la certitude absolue que celui qui a fait cela, quel qu'il soit, n'est en aucun cas près d'ici – la cabane proclame son vide. Le corps sur le lit est lui-même vide. Il ne possède plus aucun attribut : ni gaieté, ni aspect négligé, ni adresse au tir, ni générosité ni dureté – tout cela a disparu.

Il y a encore une chose que je ne peux m'empêcher de remarquer, car il a le visage légèrement tourné. Je répugne à la voir, mais elle est là et confirme ce que j'ai déjà accepté malgré moi : ce qui est arrivé à Jammet ne fait pas partie des nombreux événements qui, en ce monde, resteront toujours une énigme. Il ne s'agit ni d'un accident ni d'un suicide. On l'a scalpé.

Enfin, bien que ce ne soit sans doute que quelques secondes plus tard, je referme la porte derrière moi et, à partir du moment où je ne peux plus voir Jammet, je me sens mieux. Pourtant, tout au long de cette journée et pendant les jours qui suivront, ma main droite me fera mal à cause de la violence avec laquelle j'ai agrippé le chambranle de la porte – comme si j'avais voulu pétrir le bois entre mes doigts.

NOUS VIVONS À DOVE RIVER, sur la rive nord de la baie Géorgienne. Mon mari et moi avons émigré des Highlands d'Écosse il y a une dizaine d'années, poussés à partir comme tant d'autres. Un million et demi de personnes sont ainsi arrivées en Amérique du Nord en l'espace de quelques années, mais, malgré ce grand nombre, malgré les moments où nous avons été tellement entassés dans la cale du bateau que nous nous disions qu'il n'y aurait jamais assez de place pour tous dans le Nouveau Monde, dès que nous avons débarqué à Halifax et Montréal, nous nous sommes dispersés comme les affluents d'un fleuve et nous avons disparu, tous sans exception, dans ces contrées sauvages. Le pays nous a avalés, et il avait encore faim. Taillant nos champs dans la forêt, nous avons donné aux lieux que nous habitions le nom des êtres que nous avions sous les yeux – celui d'un oiseau ou d'un autre animal – ou celui des villes où nous avions eu nos foyers : rappels sentimentaux d'endroits qui n'avaient pas fait de sentiment à notre égard. Ce qui montre simplement qu'on ne quitte jamais rien. On emporte tout avec soi, qu'on le veuille ou non.

Il y a une douzaine d'années, il n'y avait rien que des arbres, ici. Au nord, le pays consiste en une terre avare – marécages ou rocaille –, où même les saules et les mélèzes laricins ne peuvent pas prendre racine. Près de la rivière, en revanche, le sol est moelleux et profond, la forêt alentour est d'un vert si foncé qu'elle est presque noire, et le silence aux senteurs âcres paraît sans fin, sans limites, comme le ciel. Ma première réaction, quand j'ai vu ce pays, a été d'éclater en sanglots. La carriole qui nous transportait continuait son bruit de ferraille, et je n'arrivais pas à me débarrasser de l'idée que, quelle que soit la force avec laquelle je crierais, seul le vent me répondrait. Pourtant, si notre but avait été de trouver le calme et la paix, nous avions réussi. Mon mari a tranquillement attendu que ma crise d'hystérie soit passée, puis il a déclaré avec un sourire sans joie : « Ici, il n'y a rien de plus grand que Dieu. »

Dans la mesure où l'on croit à ce genre de chose, c'était une affirmation qui semblait sans risque.

Au fil du temps, je me suis accoutumée au silence et à cet air raréfié dans lequel tout paraissait plus brillant et plus net que dans mon pays natal. J'en suis même venue à les aimer. Et, puisque aucun d'entre nous ne connaissait le nom de ce lieu, je l'ai appelé Dove River[1].

Je ne suis pas, moi non plus, immunisée contre la sentimentalité.

D'autres sont venus. Puis John Scott a bâti le moulin à grain près de l'embouchure de la rivière ; et comme il avait dépensé beaucoup d'argent pour le construire et qu'on avait de là une vue particulièrement belle sur la baie, il s'est dit : autant y vivre. Il a ainsi lancé une mode, celle de s'établir près du rivage. Elle paraissait inexplicable à ceux d'entre nous qui avaient remonté la rivière précisément pour échapper aux tempêtes rugissantes qui transforment la baie en un océan furieux décidé à vous arracher la terre sur laquelle votre outrecuidance vous a poussés à vous installer. Mais le village de Caulfield (encore un nom sentimental ; Scott vient du comté écossais de Dumfries) s'est développé comme Dove River ne l'aurait jamais pu – d'abord parce qu'il y a là beaucoup de terrain plat et que la forêt n'y est pas très dense, mais aussi parce que Scott y a ouvert un magasin de tissus et d'articles de mercerie qui a rendu la vie beaucoup plus facile dans ce coin reculé. À présent, c'est une communauté de plus de cent personnes – un mélange étonnant d'Écossais et de Yankees. Et Laurent Jammet. Il est là, ou plutôt, il était là, depuis peu, et il ne se serait sans doute jamais installé s'il n'avait jeté son dévolu sur un terrain que personne d'autre ne voulait toucher.

Il y a quatre ans, il a acheté la ferme en aval de la nôtre. Elle était vide depuis quelque temps à cause du propriétaire précédent, un vieil Écossais, Doc Wade, venu à Dove River à la recherche d'un terrain bon marché où il serait un peu à l'écart de ceux qui le jugeaient

1. La rivière de la Colombe. *(Toutes les notes sont du traducteur.)*

– il avait une sœur et un beau-frère très riches à Toronto. Les gens l'appelaient Doc, et pourtant il s'est avéré qu'il n'était pas médecin ; simplement un homme cultivé qui n'avait pas trouvé, dans le Nouveau Monde, un endroit en mesure d'apprécier ses talents variés mais assez nébuleux. Malheureusement, Dove River n'était pas le lieu d'exception qu'il cherchait. Comme bien d'autres s'en sont rendu compte, cultiver la terre, ici, est un moyen lent mais infaillible de détruire sa santé, de se ruiner et de perdre courage. Le travail était trop dur pour un homme de son âge, et en plus il n'avait pas le cœur à ça. Ses cultures ont échoué, ses cochons se sont enfuis dans la forêt, le toit de sa cabane a pris feu. Un soir, il a glissé sur le rocher qui forme une jetée naturelle devant sa cabane, et on l'a retrouvé dans les profonds tourbillons au-dessous du promontoire de la Tête de cheval (ainsi nommé, avec ce manque d'imagination canadien si rafraîchissant, parce qu'il ressemble en effet à une tête de cheval). Une délivrance après tous ses ennuis, ont dit certains. D'autres ont parlé de tragédie – le genre de petite tragédie domestique dont regorgent ces régions sauvages. Quant à moi, je me suis représenté l'affaire autrement. Comme la plupart des hommes, Wade buvait. Un soir, une fois son argent dépensé et son whisky fini, il ne lui est plus rien resté à faire en ce monde, et il est descendu au bord de la rivière regarder filer l'eau froide et noire. Je m'imagine qu'il a levé les yeux vers le ciel, qu'il a entendu une dernière fois la voix moqueuse et indifférente de la forêt, qu'il a senti l'appel de la rivière en crue et qu'il s'y est jeté en s'en remettant à son infinie miséricorde.

La rumeur locale a ensuite décrété que ce terrain portait malheur ; mais il ne valait pas cher et Jammet n'était pas du genre à se soucier des commérages superstitieux, bien qu'il eût peut-être dû. Il avait été voyageur pour la Compagnie et il était tombé sous un canot alors qu'il le tirait afin de remonter des rapides. Mutilé à la suite de cet accident, il avait touché une indemnisation. Il paraissait plutôt content de ce sinistre qui lui avait rapporté assez d'argent pour acheter un terrain. Il aimait bien se vanter de sa paresse et, de fait, évitait les travaux agricoles auxquels la plupart des hommes ne réussissent pas à échapper. Il avait vendu la plus grande partie du terrain de Wade et vivait grâce aux primes de la chasse aux loups et d'un peu de commerce. À chaque printemps, des hommes au teint sombre effectuant de longs voyages arrivaient du Nord-Ouest avec leur canot et leurs paquets. Ils trouvaient en Jammet une personne sympathique avec laquelle commercer.

Une demi-heure plus tard, je frappe à la porte de la plus grande maison de Caulfield. J'essaye de déplier les doigts de ma main droite en attendant qu'on me réponde : j'ai l'impression qu'ils se sont transformés en serres.

M. Knox a un pauvre teint grisâtre qui me fait penser à du sel d'Epsom. Il est grand et mince, et son profil en forme de hachette semble en permanence près de s'abattre sur ceux qui ont démérité – attribut utile pour un magistrat. Je me sens soudain aussi vide que si je n'avais pas mangé depuis une semaine.

« Ah, madame Ross... je ne m'attendais pas à ce plaisir... »

À vrai dire, en me voyant il a plutôt l'air alarmé. Il est possible qu'il regarde tout le monde de la même façon, mais il me donne l'impression d'en savoir un petit peu plus sur mon compte qu'il ne me plairait, et donc de savoir que je ne suis pas le genre de personne qu'il aimerait voir ses filles fréquenter.

« Monsieur Knox... je crains qu'il ne s'agisse pas de plaisir. Il y a eu un... un accident affreux. »

Flairant un ragot extraordinaire, Mme Knox fait son apparition dans la minute, et je leur raconte ce que j'ai découvert dans la cabane au bord de la rivière. Mme Knox étreint la petite croix en or qu'elle porte au cou. Lui reçoit la nouvelle avec calme, mais se détourne un instant et me regarde de nouveau après s'être composé – je ne peux m'empêcher de le penser – le visage qui convient : sévère, dur, résolu, etc. Mme Knox s'assoit près de moi et me caresse une main que je m'efforce de ne pas retirer brutalement.

« Et dire que la dernière fois que je l'ai vu, il était dans la boutique. Cette fois-là, il avait l'air si... »

Je hoche la tête pour approuver, me rappelant que lorsqu'elle était entrée nous étions tombés dans un silence coupable. Après avoir abondamment manifesté son bouleversement et ses regrets, puis m'avoir donné des conseils pour mes nerfs, elle court informer ses filles comme il convient (c'est-à-dire avec bien plus de détails qu'elle ne le ferait en présence de leur père). Knox dépêche un messager à Fort Edgar pour faire venir quelques hommes de la Compagnie. Il me laisse admirer la vue puis revient m'annoncer qu'il a demandé à John Scott (qui, en plus du magasin et du moulin, possède plusieurs entrepôts et beaucoup de terres) de venir avec lui examiner la cabane et la garantir contre les « intrusions » jusqu'à l'arrivée des représentants de la Compagnie. Tel est son mot, et j'y perçois une certaine critique à mon égard. Non qu'il puisse me reprocher d'avoir découvert le cadavre, mais je suis sûre qu'il trouve dommage qu'une simple femme de paysan ait souillé la scène du crime avant qu'il ait eu la possibilité d'y déployer ses facultés supérieures. Je sens pourtant chez lui quelque chose en plus de la désapprobation : une excitation. Il voit là l'occasion de briller dans un drame d'une intensité bien supérieure à ceux qui ont cours dans ces régions reculées - il va mener une enquête. Je présume qu'il emmène Scott avec lui pour se donner un air officiel et avoir un témoin de son génie, mais aussi parce que Scott, par son âge et sa richesse, a un statut à part. Ça n'a en tout cas rien à voir avec l'intelligence : Scott est la preuve vivante que les riches ne sont pas forcément plus intelligents ou meilleurs que les autres.

Nous remontons le long de la rivière dans le cabriolet de Knox. Comme la cabane de Jammet se trouve près de notre maison, ils sont bien obligés de me laisser les accompagner, et, comme elle se trouve sur le chemin, je propose d'y entrer avec eux. Knox fronce les sourcils, manifestant là un souci paternel.

« Vous devez être épuisée après ce choc épouvantable. J'insiste : rentrez chez vous et reposez-vous.

— Nous saurons bien voir ce que vous avez vu », ajoute Scott. Et même davantage, sous-entend-il.

Je me détourne de lui - il y a des gens avec lesquels il est inutile de discuter - et je m'adresse à M. Profil-de-hachette. Il trouve inconvenant, je m'en aperçois, que ma nature de femme supporte l'idée d'affronter encore une telle horreur. Mais quelque chose en moi se durcit, s'entête contre sa présomption d'être le seul à pouvoir tirer les bonnes conclusions. À moins que, tout simplement, je n'aime pas qu'on me donne des ordres. Je leur dis que je pourrai leur signaler si l'on a touché quoi que ce soit. Cela, ils ne peuvent le réfuter, et, de toute façon, ils n'ont pas grande latitude s'ils ne veulent pas me pousser de force sur le chemin et m'enfermer à clé dans ma maison.

Le temps d'automne est clément, mais on sent une faible odeur de pourriture quand Knox ouvre la porte. Je ne l'avais pas remarquée auparavant. Knox avance en respirant par la bouche et pose ses doigts sur la main de Jammet - je le vois hésiter tandis qu'il se demande où le toucher - avant de le déclarer tout à fait froid. Les deux hommes parlent à voix basse, presque en chuchotant. Je les comprends : parler plus fort serait impoli. Scott prend un cahier et note ce que dit Knox lorsqu'il relève la position du corps, la température du poêle et la disposition des objets dans la pièce. Puis Knox reste un instant sans rien faire tout en réussissant à garder un air résolu – grâce à un hasard anatomique que j'observe avec intérêt. Il y a des empreintes de pieds sur le sol poussiéreux, mais pas d'objet inhabituel, pas d'arme d'aucune sorte. Le seul indice est cette terrible blessure ronde sur la tête de Jammet. Il doit s'agir d'un hors-la-loi indien, déclare Knox. Scott approuve : aucun Blanc ne pourrait commettre un acte aussi barbare. Je revois alors le visage de sa femme l'hiver passé, tout enflé et couvert de bleus ; elle avait prétendu avoir glissé sur la glace, mais tout le monde savait de quoi il retournait.

Les hommes montent à l'étage dans l'autre pièce. Je peux savoir où ils sont aux craquements du plancher sous leurs pieds et à la vue de la poussière qui tombe entre les planches et scintille à la lumière. Elle parvient jusqu'au cadavre de Jammet et se dépose doucement sur ses joues comme des flocons de neige. De petits flocons, ce qui est insupportable, sur ses yeux ouverts dont je n'arrive plus à détacher mon regard. J'ai très envie d'aller enlever ces grains de poussière, et aussi de leur dire sans détour, là-haut, d'arrêter de mettre du désordre, mais je n'en fais rien. Je ne peux me résoudre à toucher Jammet.

« Personne n'est monté ici depuis plusieurs jours, la poussière était intacte », déclare Knox une fois qu'ils sont de nouveau en bas et qu'ils se sont mis à épousseter leurs pantalons avec un mouchoir de poche. Knox a descendu un drap propre et il le secoue, ce qui envoie de nouveaux grains de poussière voleter tout autour de la pièce comme un essaim d'abeilles illuminées par le soleil. Il recouvre du drap le corps étendu sur le lit.

« Voilà qui devrait empêcher les mouches de le toucher », dit-il, s'envoyant des fleurs alors que n'importe quel imbécile serait capable de se rendre compte qu'il n'en sera rien.

L'on décide alors qu'il est impossible pour nous – ou plutôt pour eux – de faire quoi que ce soit de plus, et, en partant, Knox ferme la porte puis la condamne avec un bout de fil de fer et un morceau de cire à cacheter. J'ai du mal à l'admettre, mais ce détail m'impressionne.

LE TEMPS, LORSQU'IL VIRE AU FROID, rappelle cruellement son âge à Andrew Knox. Depuis quelques années maintenant, ses articulations lui font mal à l'automne et restent douloureuses tout au long de l'hiver. Peu importe le nombre de couches de flanelle et de laine dans lesquelles il s'enveloppe, il est obligé de marcher avec précaution pour s'ajuster aux élancements qui lui déchirent les hanches. Chaque année, les douleurs se manifestent un peu plus tôt.

Mais, aujourd'hui, une lassitude s'est étendue à toute son âme. Il se dit que c'est compréhensible – un événement aussi violent qu'un meurtre ne peut que secouer un homme. Il s'agit pourtant d'autre chose. Dans l'histoire des deux villages, personne n'avait encore été assassiné. Nous étions venus ici pour échapper aux événements de ce genre, pense-t-il : nous étions censés avoir laissé cela derrière nous en quittant nos villes. Et puis, c'est étrange… ce meurtre brutal, barbare, du genre de ceux qui peuvent se produire dans un des États au sud de la frontière. Au cours des dernières années, plusieurs personnes sont mortes de vieillesse, bien sûr, ou de fièvre, ou d'accident – sans parler de ces pauvres filles… Mais personne n'a été assassiné, sans défense et en chaussettes. Le fait que la victime n'ait pas eu ses chaussures aux pieds dérange beaucoup Andrew Knox.

Après dîner, il parcourt les notes prises par Scott et s'efforce de ne pas perdre patience : « Le poêle mesure trois pieds de haut et il a un pied et huit pouces de profondeur, il est légèrement chaud au toucher. » Knox veut bien admettre que ces mesures pourraient avoir une utilité. En supposant que le feu ait marché à plein régime au moment du décès, il faudrait trente-six heures pour qu'il soit froid. Il est donc possible que le meurtre ait eu lieu la veille. Oui, mais si le feu avait déjà commencé à mourir lorsque Jammet a péri, dans ce cas la mort aurait pu avoir lieu pendant la nuit. Il n'est pourtant pas inconcevable qu'elle se soit produite la nuit précédente. Dans leurs recherches, aujourd'hui, ils n'ont pas trouvé grand-chose. Pas de signes de lutte ; pas de sang ailleurs que sur le lit – l'endroit où on a dû l'attaquer. Ils se sont demandé à voix haute si la cabane avait été fouillée, mais les affaires de Jammet étaient dans un tel désordre – leur disposition habituelle, selon Mme Ross – qu'il était impossible d'en être sûr. Scott a affirmé bruyamment que le meurtrier ne pouvait être qu'un indigène : aucun Blanc ne commettrait un acte aussi barbare. Knox en est moins sûr. Il y a quelques années, il avait été appelé à se rendre dans une ferme près de Coppermine à la suite d'un incident tout à fait regrettable. Une coutume en vogue dans certaines communautés veut qu'un homme tout juste marié soit l'objet de rites humiliants lors de sa nuit de noces. On appelle cela un « charivari » : il permet de manifester une désapprobation sans méchanceté quand, disons, un homme âgé prend une femme beaucoup plus jeune que lui. En l'occurrence, l'époux qui était en effet âgé avait été couvert de goudron et de plumes puis pendu par les pieds à un arbre juste devant sa maison, tandis que des jeunes du coin paradaient masqués et frappaient sur des casseroles en poussant des coups de sifflet.

Une farce. La fougue de la jeunesse.

Quoi qu'il en soit, l'homme est mort. Knox connaissait au moins un jeune incontestablement impliqué dans cette affaire, mais personne, malgré les regrets exprimés, ne voulait parler. Une farce qui avait mal tourné ? Scott n'avait pas vu le visage gorgé de sang, ni les fils de fer qui tailladaient férocement les chevilles enflées. Andrew Knox ne s'estime pas en mesure d'exonérer toute une race de ses soupçons au seul prétexte qu'elle serait incapable de cruauté.

Des bruits, de l'autre côté de la fenêtre, finissent par attirer son attention. Hors de ses murs une force du mal existe peut-être. Un peu comme cette ruse qui fait songer à scalper quelqu'un pour que les soupçons se portent sur des gens d'une autre couleur de peau. Plaise à Dieu qu'il ne s'agisse pas d'un homme de Caulfield. Et quel a pu être le motif de ce meurtre ? Certainement pas le vol des biens de Jammet, tous usés et mal en point. Avait-il des richesses dans une cachette ? Des ennemis parmi les hommes avec lesquels il faisait du commerce – une dette qu'il n'aurait pas réglée ?

Knox soupire, insatisfait de ses pensées. Il avait vraiment cru que l'inspection de la cabane lui fournirait des pistes, à défaut de réponses, mais il se retrouve avec encore moins de certitudes qu'avant. S'avouer qu'il n'a pas été capable de déchiffrer les indices le blesse dans sa vanité, surtout devant Mme Ross, cette femme provocante qui le met toujours mal à l'aise. Elle a un regard sardonique qui jamais ne s'est adouci, pas même quand elle a décrit sa macabre découverte ou quand elle s'est retrouvée pour la seconde fois en présence de cette horreur. Dans le village, on ne l'apprécie guère parce qu'elle donne toujours l'impression de prendre les gens de haut bien que, d'après ce qu'on raconte (et il a entendu sur elle des histoires à vous faire dresser les cheveux sur la tête), elle n'ait pas tellement matière à se rengorger. Quoi qu'il en soit, il suffit de la regarder pour juger incroyables ces histoires choquantes : elle a une allure royale et un visage dont on doit convenir qu'il est beau, même si sa façon de se hérisser n'est pas compatible avec la vraie beauté. Il avait bien senti le regard qu'elle portait sur lui quand il s'était approché du cadavre pour voir s'il était encore tiède. C'était à peine s'il pouvait empêcher sa main de trembler parce qu'il ne voyait pas de chair non ensanglantée à toucher. Après avoir pris une grande inspiration (ce qui n'avait servi qu'à lui donner la nausée), il avait quand même posé ses doigts sur le poignet du mort.

La peau était froide ; sinon, elle semblait humaine, normale, semblable à la sienne. Il avait tenté de ne pas regarder l'horrible blessure, mais, comme les mouches, ses yeux paraissaient ne pas pouvoir s'en écarter. Lorsque le regard de Jammet avait croisé le sien, Knox avait pensé qu'il se trouvait là où le meurtrier avait dû se placer. Quand sa fin était venue, Jammet ne dormait plus. Knox s'était dit qu'il devrait lui fermer les yeux, mais il en était incapable. Quelques instants plus tard, il était allé chercher un drap à l'étage et il en avait recouvert le corps. Le sang était sec et ne tacherait pas, d'après lui – comme si cela avait de l'importance. Il avait essayé de cacher son trouble sous une autre remarque pratique, et il avait parlé d'une voix dont il avait détesté la sonorité.

Au moins, demain, cette affaire ne sera plus de sa seule responsabilité : les hommes de la Compagnie seront là et sauront sans doute quoi faire. Sans doute aussi quelque chose surgira, quelqu'un aura vu quelque chose, et, le soir venu, tout aura été résolu.

Ce faux espoir en tête, Knox replace les papiers en une pile bien ordonnée et souffle la lampe.

IL EST MINUIT PASSÉ, MAIS JE SUIS ENCORE ASSISE avec une lampe et un livre que je suis incapable de lire. J'attends des bruits de pas, j'attends que la porte s'ouvre et qu'un air froid emplisse la cuisine. Une fois de plus, je me retrouve à penser à ces pauvres filles. À Dove River et à Caulfield, tout le monde connaît l'histoire, on la raconte à tous ceux qui viennent ici ou on la répète sans cesse au coin du feu, les soirées d'hiver, avec de subtiles variations. Comme le sont toujours les meilleures histoires, c'est une tragédie.

Les Seton étaient une famille respectable de St Pierre La Roche. Charles Seton était médecin, et sa femme, Maria, une immigrante écossaise récente. Ils avaient deux filles qui étaient leur joie et leur fierté – comme on dit –, mais les enfants sont-ils jamais autre chose ? Un jour de septembre où il faisait doux, Amy, âgée de quinze ans, et Ève, de treize, étaient parties cueillir des baies et pique-niquer au bord d'un lac avec une amie du nom de Cathy Sloan. Elles connaissaient le chemin. Toutes trois étaient bien averties des dangers de ces contrées sauvages où elles avaient été élevées, et elles respectaient les mesures de précaution : ne jamais s'écarter des pistes et ne pas rester dehors après le coucher du soleil. Cathy était exceptionnellement jolie, renommée dans le village pour sa beauté. On ajoute toujours ce détail comme s'il rendait ce qui s'est passé encore plus tragique, bien que personnellement je n'arrive pas à en saisir l'importance.

Les filles sont parties avec un panier de provisions et de boissons à neuf heures du matin. À quatre heures de l'après-midi, alors qu'elles auraient dû être rentrées, aucune des trois filles n'était en vue. Leurs parents ont encore attendu une heure, puis les deux pères se sont lancés sur les traces de leurs enfants. Après avoir zigzagué autour du sentier en appelant constamment, ils sont parvenus au lac où ils ont cherché jusqu'après la tombée de la nuit en continuant à crier, mais sans rien trouver. Ils sont alors rentrés, se disant que peut-être leurs filles avaient pris une autre route et qu'elles étaient déjà arrivées à la maison, mais elles n'étaient pas là.

Une énorme battue a été organisée, et tous les habitants du village ont participé aux recherches. Mme Seton a été prise d'évanouissements. Le lendemain soir, Cathy Sloan est rentrée à pied à St Pierre. Elle était faible et ses vêtements étaient très sales. Elle avait perdu sa veste et l'une de ses chaussures, mais elle tenait toujours le panier qui avait contenu leur déjeuner ; apparemment (détail grotesque sans doute faux), il était rempli de feuilles. On a redoublé d'efforts dans les recherches, personne n'a jamais rien trouvé. Pas une chaussure, pas le moindre bout de vêtement, pas même une empreinte de pas. Comme si un trou s'était ouvert dans le sol et avait avalé les deux sœurs.

On a mis Cathy Sloan au lit sans trop se poser la question de savoir si elle était réellement malade. Elle a déclaré que peu après le départ elle s'était plus ou moins disputée avec Ève et qu'elle avait traîné derrière les deux sœurs, les perdant de vue. Elle était allée jusqu'au lac où elle les avait appelées, trouvant qu'elles étaient méchantes de se cacher. Elle avait fini par se perdre dans les bois et avait été incapable de retrouver le sentier. Elle n'avait plus revu les sœurs Seton.

Les habitants du village ont continué leurs recherches et ils ont envoyé des délégations dans les villages indiens avoisinants, car le soupçon tombait sur eux aussi naturellement que la pluie tombe sur le sol. Mais les Indiens ont protesté de leur innocence en jurant sur la Bible, et nulle part n'est apparu le moindre indice d'un enlèvement. Les Seton ont étendu de plus en plus le rayon de leur enquête. Charles Seton a engagé des hommes pour l'aider : un chasseur indien, puis, une fois Mme Seton apparemment morte de chagrin, un homme venu des États-Unis dont le métier était de rechercher les personnes disparues. Ce professionnel est allé voir des bandes d'Indiens dans tout le sud de l'Ontario et même au-delà, mais il n'a rien trouvé.

Les mois se sont transformés en années. À l'âge de cinquante-deux ans, Charles Seton est mort, épuisé, sans le sou et sans avoir rien appris de plus. Cathy Sloan n'est plus jamais redevenue tout à fait la beauté qu'elle avait été ; elle paraissait ennuyeuse et idiote.

L'avait-elle en fait toujours été ? Personne n'était plus capable de s'en souvenir. L'histoire de cette affaire s'est répandue partout avant de passer dans la légende et d'être racontée par les enfants des écoles avec des incohérences énormes puis reprise par des mères énervées, soucieuses de freiner les ardeurs vagabondes de leurs enfants. Des hypothèses de plus en plus farfelues ont surgi pour expliquer ce qui était arrivé aux deux sœurs ; des gens ont écrit depuis des endroits très éloignés en disant les avoir vues, ou les avoir épousées, ou en prétendant être elles, mais aucune de ces affirmations ne s'est avérée fondée. À la fin, nulle explication n'a pu être à la hauteur du vide laissé par la disparition d'Amy et d'Ève Seton.

Tout cela a eu lieu il y a quinze ans ou davantage. Les Seton sont morts tous les deux, maintenant ; d'abord la mère, terrassée par son chagrin, puis le père, ruiné et épuisé par sa quête incessante. Mais l'histoire des filles nous appartient parce que la sœur de Mme Seton est mariée à M. Knox, et c'est pourquoi nous sommes tombés dans un silence chargé de culpabilité quand elle est entrée dans le magasin ce jour-là. Je ne la connais pas particulièrement, mais je sais qu'elle n'en parle jamais. Sans doute, les soirs d'hiver, devant le feu, raconte-t-elle autre chose.

Des gens disparaissent. J'essaye de ne pas m'imaginer le pire, mais toutes ces hypothèses épouvantables sur l'histoire des filles me hantent, à présent. Mon mari est allé se coucher. Soit il ne s'inquiète pas, soit il est indifférent – depuis des années, je n'arrive plus à savoir ce qu'il pense. Je suppose que cela tient à la nature même du mariage, ou alors c'est que je ne suis pas très douée pour le mariage. Ma voisine, Ann Pretty, serait sans doute du second avis ; elle a mille manières de laisser entendre que je manque à mes devoirs d'épouse – quand on y réfléchit, c'est presque un exploit pour une femme aussi peu raffinée qu'elle. Le fait que je n'aie pas d'enfants biologiques en vie est pour elle le signe que j'ai failli à mon devoir d'immigrante – lequel serait, semble-t-il, d'élever une main-d'œuvre assez nombreuse pour que le travail de la ferme soit accompli sans qu'on engage d'aide extérieure. C'est là une réaction plutôt banale dans un pays aussi vaste et aussi faiblement peuplé. Je pense parfois que si les colons se reproduisent avec un tel héroïsme, c'est en réponse à la taille et au vide de ces contrées, comme s'ils espéraient les remplir avec leur progéniture. Ou alors, obsédés par la peur qu'un enfant peut facilement leur échapper, il leur faut toujours en avoir d'autres. Il se peut qu'ils aient raison.

Quand je suis arrivée à la maison cet après-midi-là, Angus était déjà rentré. Je lui ai annoncé la mort de Jammet, et il a longuement scruté sa pipe, comme il le fait quand il est plongé dans ses pensées. J'ai failli éclater en sanglots alors même que je ne connaissais pas bien le défunt. Angus le connaissait mieux ; il était parfois allé à la chasse avec lui. J'étais incapable de déchiffrer les courants qui circulaient sous sa peau. Plus tard, nous nous sommes assis à notre place habituelle, à la cuisine, pour manger en silence. Entre nous, du côté sud de la table, un autre couvert était mis. Nous ne l'avons mentionné ni l'un ni l'autre.

Il y a bien des années de cela, mon mari a fait un voyage vers l'Est. Après trois semaines d'absence, il m'a envoyé un télégramme pour m'annoncer qu'il serait de retour le dimanche suivant. Depuis quatre ans, nous n'avions pas passé une seule nuit l'un sans l'autre, et j'attendais son retour avec impatience. Lorsque j'ai entendu les roues gronder sur la route, je suis sortie en courant à sa rencontre. J'ai constaté avec étonnement qu'ils étaient deux dans la carriole. Quand la voiture a été plus proche, j'ai vu qu'il s'agissait d'un enfant d'environ cinq ans, une fille. Angus a arrêté le poney et je me suis précipitée vers eux. Mon cœur battait à tout rompre. La petite fille dormait, et ses longs cils débordaient sur ses joues cireuses. Elle avait les cheveux noirs. Les sourcils noirs. Des veines pourpres apparaissaient dans la transparence des paupières. Elle était belle. J'étais incapable de parler. Je ne faisais que regarder.

« Elles étaient chez les religieuses françaises. Leurs parents sont morts de la peste. J'en ai entendu parler et je suis allé au couvent. Il y avait plein de gosses. J'ai essayé d'en trouver un qui serait du même âge, mais... » Il n'a pas terminé. Notre bébé était mort l'année précédente. « Mais c'était la plus jolie. » Il a pris une grande inspiration. « On pourrait l'appeler Olivia. Je ne sais pas si tu voudrais ou... »

J'ai jeté mes bras autour de son cou et j'ai soudain découvert que j'avais le visage mouillé. Il m'a serrée contre lui, puis l'enfant a ouvert les yeux.

« Je m'appelle Frances », a-t-elle dit avec un accent irlandais très net. Elle avait l'air vif, les yeux ouverts, éveillée.

« Bonjour, Frances », ai-je dit avec nervosité. Et si elle ne nous aimait pas ?

« C'est toi qui vas être ma maman ? » a-t-elle demandé.

J'ai senti la chaleur me monter au visage quand j'ai acquiescé. Après ça, la petite fille est restée silencieuse. Nous l'avons fait entrer et je lui ai préparé le dîner le plus agréable que je puisse proposer : un corégone pêché au lac, avec des légumes et du thé très sucré ; pourtant, elle n'a guère mangé, scrutant longuement le poisson comme si elle se demandait ce que c'était. Elle n'a pas dit un mot de plus et ses yeux bleu foncé passaient d'Angus à moi. Elle était épuisée. Je l'ai prise dans mes bras et l'ai portée à l'étage. Tenir ce corps chaud et détendu m'a fait trembler d'émotion. Ses os avaient quelque chose de fragile sous mes mains, et elle sentait le renfermé, comme une chambre qui n'a pas été aérée. Elle dormait presque, et je me suis contentée de lui enlever sa robe, ses chaussures et ses chaussettes, puis je l'ai bordée avec une couverture. Je l'ai regardée s'agiter dans son sommeil.

Les parents de Frances étaient arrivés à Belle Isle à bord d'un paquebot, le *Sarah*. La troisième classe était bourrée d'Irlandais en provenance du comté de Mayo, toujours mal en point après la Grande Famine de 1845. Tels des gens qui s'emparent d'une mode depuis longtemps passée, ils avaient contracté le typhus à bord alors que l'épidémie était sur le déclin. Presque cent hommes, femmes et enfants avaient péri sur ce bateau, qui, d'ailleurs, coula lors du retour à Liverpool. Plusieurs orphelins furent recueillis au couvent avant qu'on leur trouve un foyer.

Le lendemain matin, je suis montée dans la chambre d'amis, où j'ai trouvé Frances toujours endormie. Pourtant, quand j'ai doucement touché son épaule, j'ai eu l'impression qu'elle faisait semblant de dormir. J'ai compris qu'elle avait peur ; peut-être avait-elle entendu des histoires affreuses sur les agriculteurs du Canada et pensait-elle que nous allions la traiter comme une esclave. Tout en lui souriant, je l'ai prise par la main et je l'ai fait descendre au rez-de-chaussée, où je lui ai rempli un tub d'eau chaude que j'ai placé devant le poêle. Elle a gardé les yeux au sol tandis qu'elle levait les bras pour que je lui ôte sa longue combinaison.

Je suis sortie en courant, à la recherche d'Angus qui fendait du bois au coin de la maison.

« Angus », ai-je lancé dans un sifflement, me sentant furieuse et bête à la fois.

Il s'est retourné, la hache à la main, et a froncé les sourcils, surpris. « Un problème ? Elle va bien ? »

J'ai fait non de la tête en réponse à la première question. J'ai pensé qu'il savait, et puis, non, j'ai aussitôt chassé cette idée. Comme il me connaissait, il s'est retourné vers sa bûche ; la hache s'est abattue ; deux belles moitiés sont tombées dans le panier à bois.

« Angus, t'as pris un garçon. »

Il a posé la hache. Il n'en savait rien. Nous sommes rentrés ; l'enfant jouait négligemment dans le tub avec le savon, le faisant remonter entre ses doigts. Il avait de grands yeux méfiants et ne paraissait pas surpris de nous voir en train de l'examiner.

« Vous voulez que je retourne ? m'a-t-il demandé.

— Non, bien sûr que non. » Je me suis agenouillée près de lui et je lui ai ôté le morceau de savon des mains. Les omoplates, sur son dos squelettique, ressortaient comme des embryons d'ailes.

« Laisse-moi faire. » À l'aide du savon, j'ai commencé à le laver en espérant que mes mains, plus que mes paroles, lui montreraient que ça n'avait pas d'importance. Angus est retourné à son tas de bois en claquant la porte derrière lui.

Francis n'a jamais montré le moindre étonnement d'être arrivé chez nous habillé en fille. Nous avons passé des heures à chercher pour quel motif les religieuses françaises avaient agi ainsi. Pensaient-elles qu'une fille trouverait un foyer plus facilement qu'un garçon ? Il y avait pourtant des garçons dans le groupe d'orphelins. Ou bien n'avaient-elles rien vu, aveuglées par la beauté de son visage, et l'avaient-elles habillé avec les vêtements qui semblaient le mieux lui convenir ? Francis, pour sa part, n'a donné aucune explication, pas plus qu'il n'a exprimé la moindre honte. Il n'a pas non plus résisté quand je lui ai confectionné des pantalons et des chemises et que je lui ai coupé ses longs cheveux.

Il croit que nous ne lui avons jamais pardonné, mais en ce qui me concerne c'est faux. Pour ce qui est de mon mari, en revanche, je ne saurais dire. Authentique enfant des Highlands, il n'aime pas qu'on se moque de lui, et je ne sais pas s'il a jamais surmonté ce choc. Tout se passait bien tant que Francis était petit. Il pouvait être très drôle, faire le clown, nous imiter. Mais nous avons tous vieilli, et comme toujours, apparemment, les choses ont empiré. C'est devenu un adolescent qui paraissait ne jamais être en phase avec les autres. Je l'ai vu essayer d'être stoïque et dur, de cultiver cette témérité folle et ce mépris du danger qu'on rencontre si souvent dans nos coins perdus.

Pour être un homme, il faut être courageux et tenace, faire peu de cas de la douleur et des épreuves. Ne jamais se plaindre. Ne jamais faiblir. Je l'ai vu échouer. Nous aurions dû vivre à Toronto ou à New York – peut-être alors cela n'aurait-il pas eu grande importance. Mais ce qui passe pour de l'héroïsme dans un monde moins dur n'est que corvée quotidienne, ici. Francis a cessé de vouloir être comme les autres ; il est devenu maussade et taciturne, n'a plus réagi aux marques d'affection, n'a plus voulu me toucher.

Il a dix-sept ans, maintenant. Son accent irlandais a disparu, mais d'une certaine manière il est tout aussi étranger qu'autrefois. Il a l'air de l'enfant de substitution qu'il est en réalité. On dit qu'il y a du sang espagnol chez certains Irlandais, et on le croirait en regardant Francis : il a le teint aussi foncé qu'Angus et moi l'avons clair. Un jour, Ann Pretty a fait une plaisanterie laborieuse en disant que nous l'avions eu par la peste et que, finalement, il était devenu une peste pour nous. J'étais folle de rage contre elle (ce qui l'a fait rire, évidemment), mais ses paroles sont restées et ressurgissent avec force dans mon souvenir chaque fois que Francis traverse la maison comme un ouragan, claquant les portes et poussant des grognements comme s'il n'avait pas tout à fait l'usage de la parole. Je dois alors me souvenir de ma propre jeunesse et je me mords la langue. Mon mari est moins tolérant. Ils peuvent passer des jours et des jours sans échanger une parole bienveillante.

C'est pourquoi je craignais de dire à Angus que je n'avais pas vu Francis depuis l'avant-veille. Malgré tout, je lui en veux de ne pas m'avoir posé de question. Bientôt, le jour va se lever et notre fils aura quitté la maison depuis quarante-huit heures. Ça lui est déjà arrivé – il peut partir pour des excursions de pêche en solitaire pendant deux ou trois jours et puis rentrer, d'habitude sans poisson et sans un mot ou presque sur ce qu'il a fait. Je pressens qu'il déteste tuer n'importe quelle créature et que la pêche n'est qu'un prétexte pour satisfaire son désir de solitude.

J'ai dû m'endormir dans le fauteuil parce que je me réveille alors qu'il fait presque jour. Je me sens raide et j'ai froid. Francis n'est pas rentré. J'ai beau essayer de croire à une coïncidence, juste une autre sortie de pêche prolongée où il n'aura rien pris, la pensée qui me revient sans cesse, c'est que mon fils a disparu le jour du seul meurtre que Dove River ait jamais connu.

LES PREMIÈRES LUEURS DU MATIN TOMBENT SUR TROIS CAVALIERS qui arrivent de l'ouest. Ils chevauchent depuis plusieurs heures déjà et l'aube survient comme un soulagement, surtout pour celui qui ferme la marche. Le demi-jour, en effet, met particulièrement à l'épreuve les yeux faibles de Donald Moody. Il a beau remonter ses lunettes sur son nez, ce monde monochrome est rempli de distances incertaines et de formes aussi subtiles que changeantes. En plus, il fait terriblement froid. Même enveloppés dans des couches de laine et un manteau en peau retournée, ses membres sont si engourdis qu'ils ne ressentent plus de douleur depuis bien longtemps. Donald respire l'air doux et léger, si différent de celui de son Glasgow natal où, à cette époque de l'année, il est âpre et chargé de suie. Ici, l'air est si pur que la lumière, ne rencontrant pas d'obstacle, semble aller plus loin ; quand le soleil émerge de la ligne d'horizon, comme c'est le cas à présent, leurs ombres s'étendent derrière eux jusqu'à l'infini.

Son cheval, qui depuis un moment presse celui qui est juste devant, fait un faux pas et son museau bute contre l'arrière-train du cheval gris, ce qui lui vaut un coup de queue en signe d'avertissement.

« Va te faire voir, Moody », dit l'homme devant lui. Donald a pour monture une brute qui soit traîne loin derrière, soit vient heurter la croupe de la bête de Mackinley.

« Désolé, m'sieur. » Donald tire sur les rênes et son cheval aplatit les oreilles. Il a été acheté à un Français et semble avoir hérité quelques-uns de ses préjugés anti-anglais.

Le dos de Mackinley émet des vibrations de mécontentement. Sa monture se conduit parfaitement bien, tout comme le cheval qui les précède. Donald, en revanche, est toujours ramené à son manque d'expérience – il n'est au Canada que depuis un peu plus d'un an et continue à se rendre coupable d'énormes manquements à l'étiquette de la Compagnie. Personne ne l'avertit jamais car le seul divertissement des autres, ou presque, est de le voir se dépatouiller avec ses bévues, tomber dans des marécages ou offenser les gens du pays. Ce n'est pas que ce soient des gars malveillants, mais c'est l'usage ici : le membre de l'équipe le plus récent doit faire son apprentissage en égayant les autres. La plupart des hommes de la Compagnie ont une certaine éducation, du courage et l'esprit d'aventure, et leur vie dans cette immensité leur apparaît comme terriblement vide d'incidents. Il y a du danger (ainsi qu'on le leur a annoncé), mais c'est celui des engelures et de l'hypothermie plutôt que du combat à mains nues contre des animaux sauvages ou de la guerre contre des autochtones hostiles. Dans leur existence quotidienne, il leur faut tenir contre de petites choses : le froid, l'obscurité, un ennui à vous faire hurler, et la surconsommation d'alcool de mauvaise qualité. Assez vite, Donald a compris qu'entrer dans la Compagnie équivalait à être expédié dans un camp de travaux forcés, la paperasse en plus.

L'homme qui se trouve devant lui, Mackinley, est l'agent de Fort Edgar, et celui qui les conduit est un employé, un autochtone, Jacob, qui tient absolument à accompagner Donald partout, ce qui ne manque pas d'embarrasser ce dernier. Donald n'éprouve pas beaucoup de sympathie pour Mackinley, qui use tour à tour avec lui de brusquerie et de sarcasme – une méthode à deux temps lui permettant de dévier les critiques qu'il semble attendre de tous. Il se dit que Mackinley est particulièrement susceptible parce qu'il se sent socialement inférieur à certains des hommes qui sont sous ses ordres, y compris Donald, et qu'il est ainsi sans cesse sur le qui-vive pour détecter un manque de respect. Donald a l'impression que si Mackinley se souciait moins de ce genre de chose on le respecterait davantage, mais on ne peut guère s'attendre à ce qu'il change maintenant. Quant à lui, il se rend compte que Mackinley et les autres le considèrent comme un petit comptable ramolli ; certes utile, mais pas vraiment un authentique aventurier des bois dans le style d'antan.

Quand il a débarqué du bateau de Glasgow, Donald comptait bien être lui-même et obliger les autres à le prendre comme ils le trouveraient. En réalité, il s'est livré à de vaillantes tentatives pour améliorer son image. D'abord, il a continuellement accru sa tolérance au tord-boyaux qui sert de breuvage nourricier aux gens du fort, alors que la boisson ne lui convient pas. Au début, il prenait poliment quelques petites gorgées du rhum que les autres transvasaient de grosses barriques à l'odeur forte, tout en se disant qu'il n'avait jamais rien goûté d'aussi infect. Les autres prenaient note de son abstinence et le laissaient de côté tandis qu'ils exploraient le monde de l'ivrognerie en racontant de longues histoires ennuyeuses et en riant toujours des mêmes blagues. Donald avait fait de son mieux pour tenir le coup, puis la solitude lui avait tellement pesé qu'elle était devenue insupportable. La première fois qu'il s'était soûlé de manière spectaculaire, le reste de l'équipe l'avait applaudi et lui avait tapé dans le dos quand il s'était vomi sur les genoux. À travers la nausée et la moiteur âcre de son corps, Donald avait ressenti un noyau de chaleur : il faisait partie du groupe – enfin, ils l'acceptaient parmi eux. Mais bien que le rhum n'eût plus un goût aussi mauvais qu'auparavant, Donald se rendait compte qu'on le traitait avec une sorte de tolérance amusée. Il restait le comptable subalterne.

Pour prouver sa valeur, il eut une autre riche idée : organiser un match de rugby. Ce fut globalement un désastre, mais il en sortit un petit rayon de lumière grâce auquel il put se tenir un peu plus droit sur sa selle.

Fort Edgar est un poste civilisé quand on le compare à la plupart des forts de la Compagnie. Situé près du rivage du Grand Lac, il consiste en plusieurs constructions de bois blotties à l'intérieur d'une palissade – l'ensemble se refusant obstinément à une vue superbe sur les îles et sur la baie en se cachant derrière une ceinture d'épicéas. Mais ce qui rend Fort Edgar civilisé, c'est la proximité de villages de colons, dont les plus proches sont Caulfield et Dove River. Les habitants de Caulfield sont heureux de vivre près de ce comptoir approvisionné en marchandises anglaises importées, où se trouvent de respectables employés de la Compagnie. Les négociants, de leur côté, sont contents d'être près de Caulfield, lieu bien pourvu en femmes blanches anglophones qu'on peut de temps à autre persuader de s'occuper des décorations lors des bals du fort et autres moments de fête – par exemple les matchs de rugby.

Le matin du match, Donald se sentait tendu. Les hommes étaient de mauvaise humeur et ils avaient les yeux larmoyants après une beuverie marathon. Donald s'était énervé en voyant un groupe de visiteurs arriver. Il s'énerva encore plus quand il les rencontra : un homme de haute taille, à l'air sévère, tout à fait l'allure d'un prédicateur promettant les flammes de l'enfer, et ses deux filles tout excitées d'être entourées par tant d'hommes plutôt jeunes et sans attaches. Les sœurs Knox regardèrent la partie d'un air poli, sans rien y comprendre. Pendant le trajet jusqu'à Fort Edgar, leur père avait tenté de leur en expliquer les règles, mais sa connaissance approximative de ce sport n'avait réussi qu'à les embrouiller un peu plus. Les joueurs se déplaçaient sur le terrain en une grande mêlée désordonnée, tandis que le ballon (une lourde masse de tissu cousue par la femme d'un voyageur de la Compagnie) restait en général invisible.

À mesure que le match avançait, l'humeur s'assombrissait. L'équipe de Donald semblait s'être donné le mot pour ne pas le faire jouer et ne tenait pas compte de ses appels pour qu'on lui passe le ballon. Il courait de-ci de-là, espérant que les filles ne remarqueraient pas son inutilité, jusqu'au moment où le ballon roula dans sa direction en laissant échapper quelques bouts de la fourrure dont il était rempli. Donald le ramassa et remonta le terrain en courant, déterminé à s'imposer, mais il se retrouva au sol, le souffle coupé. Un métis de petite taille, Jacob, lui arracha le ballon et fonça. Donald le poursuivit, bien résolu à ne pas laisser passer sa chance. Il se jeta sur Jacob, le faucha, le plaquant durement mais à la régulière. Un géant – par ailleurs barreur de son état – ramassa le ballon et marqua un essai.

Toujours allongé sur le sol, Donald sentit son cri de triomphe s'étrangler dans sa gorge. Quand il retira ses mains de son ventre, il vit qu'elles étaient sombres et tièdes, et quand il aperçut ensuite Jacob, debout au-dessus de lui, un couteau à la main, ses traits se décomposèrent lentement en une expression d'horreur.

Les spectateurs finirent par se rendre compte qu'il y avait un problème et envahirent le terrain. Quant aux joueurs, ils se regroupèrent autour de Donald, dont la première émotion reconnaissable fut la gêne. Il vit le magistrat se pencher sur lui avec un air soucieux, paternel.

« … à peine blessé. Un accident… dans l'excitation de l'action. »

Jacob avait l'air éperdu, des larmes coulaient sur ses joues. Knox regarda la blessure. « Maria, passe-moi ton châle. »

Maria, la fille la moins jolie des deux, ôta son châle à la hâte, mais ce fut le visage de Susannah, à l'envers, que Donald fixa du regard tandis qu'on pressait le tissu contre sa plaie.

Il commença à éprouver une douleur sourde au ventre et remarqua qu'il avait très froid. La partie était maintenant oubliée et les joueurs restaient là, gauches, essayant d'allumer leurs pipes. Les yeux de Donald croisèrent ceux de Susannah qui étaient remplis d'inquiétude, et il découvrit alors que le déroulement du match n'avait plus d'importance pour lui ; il ne se souciait plus ni de savoir s'il avait déployé des qualités montrant qu'il était dur et viril, ni même du sang qui, à présent, filtrait à travers sa capote et la tachait de marron. Il était amoureux.

La blessure eut pour étrange résultat de faire de Jacob son ami pour toujours. Il vint au chevet de Donald le lendemain du match, en pleurs, pour exprimer le regret profond qui le taraudait. C'était la boisson qui l'avait poussé à cet acte ; il s'était laissé posséder par le mauvais esprit et se rachèterait en s'occupant personnellement de Donald tant que celui-ci resterait dans le pays. Donald en fut touché, et lorsqu'il sourit et tendit la main en signe de pardon, Jacob sourit à son tour. C'était peut-être le premier signe d'amitié qu'il rencontrait ici.

Donald titube en se laissant glisser à bas de son cheval et il frappe le sol de ses pieds pour rétablir la circulation dans ses membres. Malgré lui, il est impressionné par la taille et l'élégance de la maison devant laquelle ils sont arrivés – surtout quand il pense à Susannah et qu'il sent combien cette demeure la rend encore plus inatteignable. Mais Knox sort et leur sourit chaleureusement, puis regarde Jacob avec une inquiétude non dissimulée.

« Est-ce votre guide ? demande-t-il.

— C'est Jacob, répond Donald en sentant la chaleur lui monter aux joues, mais Jacob ne semble pas offensé.

— Un grand ami de Moody », ajoute Mackinley d'un ton mordant.

Le magistrat est d'autant plus étonné qu'il est presque sûr que la dernière fois qu'il a vu cet homme, celui-ci venait d'enfoncer un couteau dans le ventre de Donald. Il se dit qu'il doit se tromper.

Knox leur explique ce qu'il sait, Donald prend des notes. Il ne lui faut pas longtemps pour consigner les faits connus. Sans le dire, ils savent qu'il n'y a aucun espoir de découvrir l'auteur du crime si personne n'a rien vu, mais il se trouve toujours quelqu'un qui voit quelque chose dans une communauté comme celle-ci ; le commérage est l'élément vital de ces petits endroits de campagne. Donald pose quelques feuilles blanches par-dessus ses notes et aplanit le tout d'une main efficace tandis qu'ils se lèvent pour aller inspecter la scène du crime. C'est le moment qu'il redoute, et il espère qu'il ne va pas se couvrir de honte en ayant la nausée. Ou – il se torture en imaginant le pire – en éclatant en sanglots... Il n'a encore jamais vu de cadavre, pas même celui de son grand-père. Bien qu'il soit peu probable qu'il en arrive à cette extrémité, il imagine avec une horreur presque mêlée de plaisir les moqueries qu'il subirait. Il n'arriverait jamais à les surmonter ; il lui faudrait rentrer à Glasgow incognito et probablement vivre sous un autre nom...

Ainsi amorcé, le trajet jusqu'à la cabane se déroule en un éclair.

À NOTRE ÉPOQUE, SE DIT THOMAS STURROCK, les nouvelles se propagent vite. Même là où il n'y a pas de route ou de voie ferrée, les informations ou leur nébuleuse cousine qu'on appelle la rumeur franchissent de grandes distances à la vitesse de l'éclair. C'est un phénomène étrange qui pourrait bénéficier de l'attention d'un esprit aussi attentif que le sien. Peut-être une courte monographie ? Le *Globe* ou le *Star* pourraient être intéressés par un tel article pourvu qu'il soit amusant.

De temps à autre, au cours des dernières années, il s'est autorisé à penser qu'avec l'âge il est devenu encore plus avenant. Ses cheveux sont argentés : il les peigne en arrière à partir d'un front haut et élégant, et il les garde assez longs pour qu'ils bouclent autour des oreilles. Il porte une veste démodée, mais de bonne coupe, avec un petit côté désinvolte, dont le bleu foncé fait écho à celui de ses yeux – lesquels n'y voient pas plus mal qu'il y a trente ans. Son pantalon est très chic. Il a un visage fin, un peu comme un oiseau de proie, agréablement patiné par le grand air. Accroché au mur devant lui, un miroir taché et trouble lui rappelle que même dans sa situation financière difficile il donne l'image d'un homme tel qu'on en voit peu souvent. Cette vanité secrète à laquelle il lui arrive parfois de céder comme à un plaisir anodin (et, ce qui est plus important, gratuit) le pousse à s'adresser un sourire. Décidément, tu es un vieux bougre ridicule, lance-t-il silencieusement à son reflet tout en prenant une petite gorgée de café froid.

Thomas Sturrock se livre à son occupation habituelle – celle qui consiste à rester assis dans des cafés plutôt minables (celui-ci s'appelle le Rising Sun) en faisant durer une tasse de café une heure ou deux. Sa rêverie sur les nouvelles et la rumeur vient bien de quelque part : il s'en rend compte lorsqu'il découvre qu'il est en train d'écouter une conversation qui se déroule derrière lui. Il n'espionne pas – il ne s'abaisserait jamais à ça –, mais quelque chose a capté son attention flottante, et il essaye à présent de comprendre ce que c'était… Caulfield, voilà, quelqu'un a prononcé le mot « Caulfield ». Sturrock, dont l'esprit et le sens vestimentaire n'ont rien perdu de leur acuité d'antan, connaît quelqu'un qui vit là, même s'il ne l'a pas vu depuis un certain temps.

« Ils ont dit qu'on n'avait jamais vu un truc pareil. Tout était couvert de sang, même les murs, partout… ça devait être des Indiens pillards… »

(Bon, on ne peut en vouloir à personne d'écouter une telle conversation.)

« Il est resté à pourrir dans sa cabane… Il y était depuis des jours. Des mouches qui se baladaient sur tout son corps, une couche aussi épaisse qu'une couverture. Imagine l'odeur. »

Son compagnon l'approuve.

« Et sans motif – on n'a rien volé. On l'a tué dans son sommeil.

— Merde, bientôt ça va aller aussi mal qu'aux États-Unis, ici. Des guerres et des révolutions toutes les cinq minutes.

— Ça pourrait être un de leurs déserteurs, tu crois pas ?

— Ces troqueurs, ils cherchent des ennuis, à force de traiter avec toutes sortes de… Un étranger, apparemment, alors on sait jamais…

— Où est-ce que ça va finir… »

Etc., etc.

À cet instant, l'attention de Sturrock, déjà très affûtée, s'aiguise encore plus. Après quelques minutes de nouvelles prophéties de malheur plutôt décousues, il n'y tient plus.

« Veuillez m'excuser, messieurs… »

En se tournant vers les deux hommes, il reçoit des regards qu'il préfère ignorer. Ces deux-là sont des représentants de commerce, si l'on en juge par leurs vêtements tape-à-l'œil, de qualité inférieure, et par leurs manières globalement populaires.

« Je vous demande pardon. Je sais à quel point il est ennuyeux de voir un inconnu s'immiscer dans une conversation, mais il se trouve que je suis personnellement concerné par l'objet de votre discussion. Car, voyez-vous, je suis en affaires avec un homme qui fait du troc et qui habite près de Caulfield, et je n'ai pas pu m'empêcher de remarquer que vous décriviez – de manière très réaliste – un incident particulièrement choquant et tragique. Manifestement, je ne peux que me sentir concerné par de telles nouvelles, et j'espère vivement qu'elles ne touchent pas la personne que je connais... »

Les deux voyageurs de commerce, aussi peu fins l'un que l'autre, sont pris de court par une telle éloquence, peu habituelle entre les quatre murs du Rising Sun. Celui qui a raconté la nouvelle se ressaisit le premier et jette un coup d'œil sur la manche de Sturrock qui pend sur le dossier de sa chaise. Sturrock reconnaît aussitôt ce regard associé à un mouvement de la tête vers le bas, suivi d'une courte pause méditative, puis de retour sur son propre visage. L'homme vient de calculer ce qu'il pourrait récolter financièrement en vendant à cet inconnu l'information qu'il possède : une petite somme, pas beaucoup à en juger d'après l'état de la manche, même si la voix, celle d'un Yankee de la côte Est, peut suggérer une certaine valeur. Il soupire, mais le plaisir naturel de transmettre une mauvaise nouvelle l'emporte.

« Près de Caulfield ?

— Oui. Je crois bien qu'il habite dans une petite ferme, un endroit du nom de quelque chose River... un oiseau ou un animal, une appellation de ce genre. »

Sturrock se souvient parfaitement du nom, mais il veut l'entendre de leur bouche.

« Dove River.

— Oui, c'est ça. Dove River. »

L'homme lance un regard à son compagnon. « Ce petit marchand, c'est un Français ? »

Sturrock sent le choc lui glacer la colonne vertébrale. Les deux hommes s'en aperçoivent à son visage. Inutile d'en dire plus.

« Un troqueur français a été assassiné à Dove River. Je ne sais pas s'il y en a plus d'un, là-bas.

— Non, je ne pense pas. Vous n'auriez pas... entendu de nom, par hasard ?

— Pas dont je me souvienne tout de suite. Un nom français, c'est tout ce qui me vient en tête.

— La personne que je connais s'appelle Laurent Jammet. »

Les yeux de l'homme s'éclairent de plaisir. « Eh bien, je suis désolé. Absolument, mais je crois bien que c'est le nom qu'on a mentionné. »

Sturrock reste sans dire un mot, ce qui ne lui ressemble pas. Il a dû faire face à bien des chocs, au cours de sa longue carrière, et son esprit s'emploie déjà à évaluer les répercussions de cette nouvelle. Manifestement tragiques pour Jammet. Et pour lui, au mieux inquiétantes. Car il est engagé dans une affaire qu'il avait hâte de régler et pour laquelle il attendait seulement de disposer de moyens financiers. Maintenant que Jammet est mort, il va falloir conclure tout cela au plus vite, faute de quoi l'occasion risque de lui échapper définitivement.

Il doit vraiment avoir eu l'air très remué, parce que, au moment où il baisse les yeux, il voit une tasse de café et un petit verre de bourbon posés sur sa table. Les voyageurs de commerce l'observent avec beaucoup d'intérêt – une nouvelle aussi violente et affreuse est déjà bien excitante, mais tomber sur quelqu'un que la tragédie affecte directement, que pourrait-on demander de mieux ? Ça vaut bien plusieurs dîners payés cash. Sturrock tend alors une main tremblante vers le verre d'alcool.

« Vous avez l'air rudement secoué », fait remarquer l'un d'eux.

Comprenant ce qu'on exige de lui, Sturrock leur sert d'un ton hésitant l'histoire bien triste d'un cadeau qu'il avait promis à sa femme malade et d'une dette qui n'a pas été payée. Il n'est pas officiellement marié, mais cela ne semble pas gêner les deux représentants. À un moment, il se penche par-dessus la table, suivant des yeux un plat de côtelettes qui passe à proximité ; et deux minutes plus tard, une assiette de rôti avec sa garniture atterrit devant lui. Vraiment, se dit-il (ce n'est pas la première fois), j'ai raté ma vocation – il aurait dû écrire des romans sentimentaux ; avec quelle facilité lui est venue cette femme phtisique. Quand il estime enfin leur en avoir donné pour leur argent (personne ne pourra l'accuser de ne pas avoir utilisé son imagination avec générosité), il leur serre la main et quitte le café.

L'après-midi tire à sa fin et le jour est en train de fuir à l'ouest. Sturrock s'en retourne d'un pas tranquille à son logement tandis que son cerveau cherche le moyen de trouver l'argent nécessaire pour aller à Caulfield, car c'est ce qu'il va devoir faire s'il ne veut pas que son rêve meure.

Il reste sans doute une personne à Toronto dont il n'a pas entièrement épuisé la patience, et s'il l'aborde comme il faut il se peut qu'elle lui prête une vingtaine de dollars. Par conséquent, il change de direction au bout de la rue Water et se dirige vers les quartiers un peu plus salubres qui bordent le lac.

QUAND JE N'AI PLUS ÉTÉ CAPABLE DE FAIRE comme si la nuit durait encore – le soleil était levé depuis longtemps –, j'ai cédé à mon épuisement et je suis montée à l'étage me coucher. Il doit être midi, à présent, mais je ne peux pas sortir du lit. Mon corps refuse mes ordres, ou plutôt mon esprit a renoncé à les émettre. Je fixe le plafond, engluée dans la certitude que tous les efforts des humains, et les miens en particulier, sont futiles. Francis n'est pas rentré, ce qui donne encore un peu plus de poids à mon sentiment d'être totalement dépourvue de talent, de courage ou d'utilité. Je me fais du souci pour lui, mais mon inquiétude est noyée par mon incapacité à prendre la moindre décision pratique. Je ne suis pas étonnée qu'il ait fui une telle mère.

Angus s'est levé au moment même où je montais, et nous n'avons pas échangé une parole. Nous avons déjà eu des conversations difficiles au sujet de notre fils, mais pas dans des circonstances aussi dramatiques. Ce qu'Angus répète le plus souvent, c'est que Francis a dix-sept ans et qu'il est capable de prendre soin de lui-même. Il ajoute qu'il est normal, pour un garçon de son âge, de partir plusieurs jours d'affilée. Mais Francis n'est pas comme les garçons normaux ; j'essaye de ne pas le dire, mais ça finit toujours par sortir. Dans ma petite chambre, les mots que je n'ai pas prononcés m'oppressent : Francis est parti ; un homme est mort. Bien entendu, il ne peut pas y avoir de lien.

Une voix dans ma tête se demande jusqu'à quel point Angus serait malheureux si Francis ne revenait pas. Ils se regardent parfois de manière si haineuse qu'on dirait des ennemis jurés. Il y a une semaine, Francis est rentré tard le soir et il a refusé d'exécuter l'une des tâches qui lui incombent. Il a déclaré qu'il s'en occuperait le lendemain matin. C'était s'avancer en terrain miné, car Angus sortait d'une dispute qui n'avait abouti à rien avec James Pretty à propos de la clôture entre leurs propriétés. Angus a pris une grande inspiration, et il lui a dit qu'il était un petit égoïste sans aucune reconnaissance. Dès qu'il a parlé de reconnaissance, je savais ce qui allait suivre. Francis a explosé : Angus voulait qu'il lui soit reconnaissant de lui avoir donné un toit, mais il le traitait comme un esclave, il le détestait et l'avait toujours détesté... Angus s'est replié sur lui-même sans rien montrer d'autre qu'une lueur de mépris qui m'a fait froid dans le dos. Alors j'ai crié contre Francis d'une voix tremblante. Je ne savais pas jusqu'à quel point il m'incluait dans sa colère ; il y avait trop longtemps qu'il ne m'avait pas regardée dans les yeux.

Comment aurais-je pu empêcher les choses d'en arriver là ? Ann a probablement raison de se moquer de moi ; je suis incapable d'élever une famille, et pourtant je méprisais les femmes pour qui rien n'est plus important. Ce n'est pas pour dire que j'ai produit autre chose de valable.

Une sorte de rêve éveillé m'a hantée pendant cette nuit sans sommeil ; je venais de lire une histoire d'épouvante dans laquelle un homme artificiel détestait le monde parce que son aspect suscitait la terreur et le dégoût. À la fin du roman, cette créature s'enfuyait en Arctique, où nul ne pouvait plus la voir. Dans le délire que cette nuit induisait en moi, je voyais Francis pourchassé comme ce monstre qui, en fait, est un meurtrier... À la lumière du jour, je peux mesurer à quel point tout cela est idiot. Francis n'est même pas capable de tuer une truite. Cependant, ça fait deux jours et deux nuits qu'il est parti.

Dans mes draps emmêlés, quelque chose me vient à l'esprit et finit par me forcer à me rendre dans la chambre de Francis et à fouiller dans son désordre. Comme j'ai du mal à déterminer ce qui devrait être là et donc ce qu'il a emporté, il me faut du temps pour trouver ce que je cherche. Quand j'y parviens, je suis prise d'une véritable excitation : je tire des objets hors des placards, je fouille sous le lit et je finis par courir dans toute la maison en cherchant désespérément. Ce qui ne sert à rien, parce que je prie le Ciel pour que ne soit pas là ce qui s'y trouve sans l'ombre d'un doute. Je mets la main sur ses deux cannes à pêche et la canne de rechange qu'Angus lui a taillée du temps où ils se parlaient encore. Ainsi que sur des briquets à amadou et des couvertures. Je trouve tout ce qu'il aurait emporté pour une excursion de pêche. Les seuls objets manquants sont des vêtements de rechange et son couteau. Sans réfléchir, je prends sa canne à pêche préférée, je la porte à l'arrière de la maison, je la brise en deux et j'enfouis les morceaux dans le tas de bois. Je me retrouve ensuite à haleter. Je me sens coupable comme si je venais d'accuser Francis et, du coup, je rentre et je mets des casseroles d'eau à bouillir pour préparer un bain. Heureusement que je ne me suis pas tout de suite plongée dans le tub, car Ann Perry entre brusquement dans la cuisine sans même frapper.

« Ah, madame Ross, quelle vie agréable vous menez ! Prendre un bain en plein milieu de la journée... Vous devriez vous méfier des bains chauds, à votre âge. Ma belle-sœur a eu une crise dans son bain, savez-vous ? »

Je le sais, elle me l'a déjà dit au moins vingt fois. Ann aime me rappeler qu'elle a trois ans de moins que moi, comme si c'était toute une génération. Pour ma part, je m'abstiens de faire remarquer qu'elle a l'air plus vieille que son âge et qu'elle a une silhouette d'ours tandis que j'ai conservé ma ligne et que dans ma jeunesse on me considérait un peu comme une beauté. De toute façon, ça la laisserait indifférente.

« Savez-vous qu'ils mènent une enquête ? Ils ont fait venir des hommes de la Compagnie. Une troupe entière. Ils questionnent les gens tout le long de la rivière. »

Je hoche la tête sans m'avancer.

« Horace venait de chez les MacLaren, et il a dit qu'ils étaient passés et qu'ils avaient parlé à tout le monde. Je pense qu'ils ne vont pas tarder à arriver ici. » Elle jette un regard circulaire avec ses yeux de prédateur. « Il m'a dit qu'on n'avait pas vu Francis depuis hier matin. »

Je ne prends pas la peine de la corriger pour lui dire que ça fait encore plus longtemps. « Ça va être un rude choc pour lui quand il rentrera, dis-je.

— Est-ce qu'il ne lui est pas arrivée d'aller à la chasse avec Jammet ? » D'un air rusé, elle fouille la pièce des yeux comme un oiseau de proie – comme un vautour à face rose et à l'arrière-train imposant qui cherche une charogne.

« Quelquefois. La nouvelle va l'attrister. Pour autant, ce n'étaient pas de grands amis.

— Quelle histoire. Où va-t-on ? Quand même, c'était un étranger. Ils ont le sang chaud, ces Français, pas vrai ? Quand je vivais à Sault ils étaient toujours à se battre. Je pense que ça doit être un de ceux qui sont venus pour affaires. »

Elle ne va pas accuser Francis devant moi, mais je peux me la représenter en train de le faire ailleurs. Elle l'a toujours considéré comme un étranger, lui aussi, avec ses cheveux sombres et sa peau foncée. Elle se prend pour une voyageuse chevronnée, et de chaque endroit qu'elle a visité elle a rapporté un préjugé en souvenir.

« Alors, quand est-ce qu'il rentre ? Vous n'êtes pas inquiète, avec un assassin qui rôde dans les parages ?

— Il est parti à la pêche. Probablement pas avant demain. »

Soudain, je voudrais qu'elle s'en aille, et elle doit le sentir parce qu'elle me demande si je peux lui prêter du thé – signe qu'elle pense ne rien pouvoir tirer d'autre de moi. Je lui donne le thé avec plus d'empressement que d'habitude, et j'ajoute quelques grains de café dans un accès de générosité destiné à m'assurer qu'elle ne reviendra pas de sitôt, car il est d'usage dans nos contrées d'apporter un cadeau équivalent lors de la visite suivante.

« Eh bien… Il faut que j'y aille. »

Pourtant, elle ne part toujours pas et me regarde avec une expression qu'il ne me semble pas encore avoir vue sur son visage. Ça me trouble, je ne sais pourquoi.

L'eau chaude exerce sur moi un effet bénéfique. Les bains ne sont pas de rigueur en novembre, mais ils m'apparaissent comme une version plus civilisée du traitement de choc qu'on nous infligeait à l'asile. On ne m'a fait subir que deux fois la douche froide, et même si on souffre atrocement dans les minutes qui précèdent et pendant qu'on la reçoit, elle vous laisse remarquablement calme, lucide, grisé même. Il s'agissait d'un procédé assez simple consistant à attacher le patient (en l'occurrence, moi, habillée d'une longue chemise en coton mince) à une chaise en bois et à placer au-dessus de sa tête un grand seau d'eau froide. Un garçon de salle tirait sur un levier et le seau basculait, vous trempant entièrement d'eau glacée. Ça, c'était avant que Paul – le Dr Watson – devienne directeur de l'établissement et instaure pour les aliénés un régime moins sévère qui s'est traduit (en tout cas pour les femmes) par de la couture, de l'art floral et toutes sortes de bêtises. La seule raison pour laquelle j'étais entrée à l'hôpital avait justement été d'échapper à ce genre d'activité.

Je me sens toujours réconfortée quand je pense au temps que j'ai passé à l'asile – l'avantage, je suppose, d'avoir eu une jeunesse aussi malheureuse. Il ne faut pas que j'oublie de partager cette idée profonde avec Francis quand il rentrera.

Il se présente comme M. Mackinley, agent principal de Fort Edgar. C'est un homme menu dont les cheveux épais sont coupés si courts qu'ils ressemblent – opportunément – à de la fourrure. Quelque chose en moi le surprend – je crois qu'il s'agit de mon accent qui, plus cultivé que le sien, doit sembler déplacé ici. Du coup, ses manières deviennent légèrement obséquieuses, ce contre quoi il lutte, je m'en aperçois. Au total, ce n'est pas un homme heureux. Mais je n'ai pas à me vanter.

« Votre mari est-il là ? » demande-t-il avec raideur. En tant que femme, on estime à l'évidence que je ne saurai rien.

« Il est sorti pour son travail. Et notre fils est parti à la pêche. Je suis Mme Ross. C'est moi qui ai découvert le corps.

— Ah, je vois. »

C'est un cas fascinant, un de ces rares Écossais dont l'expression révèle les pensées. Une fois qu'il a assimilé toutes ces informations, son visage change de nouveau, et, à la surprise, au respect, à la courtoisie et au léger dédain s'ajoute une vive curiosité. Je pourrais le regarder toute la journée. Mais il a son travail à faire. Et j'ai le mien.

Il sort un carnet et je lui explique qu'Angus rentrera plus tard mais qu'il était à Sault jusqu'à hier après-midi tandis que Francis est parti hier matin. C'est un mensonge, toutefois j'ai réfléchi à ce que j'allais dire et personne ne sait autre chose. Il a l'air de s'intéresser à Francis. J'ajoute qu'il est allé au lac Swallow mais qu'il risque d'en partir si le poisson ne mord pas.

Je déclare qu'ils étaient en bons termes. Il prend des notes.

J'ai bien réfléchi à ce que je devais dire à propos de Francis et de Jammet, de leur amitié. Il m'est venu à l'esprit que Jammet était peut-être l'unique ami de Francis, bien que celui-ci fût beaucoup plus âgé et français. Jammet avait persuadé Francis d'aller à la chasse avec lui, ce qu'Angus n'avait jamais réussi à faire. Et puis il y a eu la fois où, en me rendant chez les Maclaren, je suis passée devant la cabane de Jammet. J'ai entendu du violon – un son éclatant et contagieux qui n'avait rien à voir avec la musique des violoneux écossais –, un chant du folklore français, sans doute. Il était si attirant que, cédant à mon envie d'écouter, j'ai fait un écart en direction de la cabane. Alors la porte s'est ouverte et quelqu'un a jailli à l'extérieur en battant des bras, avant de rentrer de nouveau à toute vitesse – une sorte de jeu. La musique qui s'était arrêtée a repris, et j'ai poursuivi ma route. Il m'avait fallu deux ou trois secondes pour me rendre compte que ce quelqu'un était Francis. Peut-être avais-je eu du mal à le reconnaître parce qu'il riait.

Il n'est pas idiot, ce Mackinley, malgré son visage qui révèle ce qu'il pense. Mais il se peut que ce soit aussi une comédie – pour vous égarer. À présent, curieusement, il a une expression tout autre : il me regarde presque avec bonté, comme s'il avait établi que j'étais une pauvre créature incapable de le menacer. Je ne suis pas sûre de ce que j'ai fait pour lui donner cette idée, mais ça m'agace.

Par la fenêtre, je le regarde suivre la route en direction de la ferme des Pretty et je pense à Ann. Je me demande si, sur son visage, c'est de la pitié que j'ai vue.

DONALD EST VITE AU COURANT DE QUELQUES PARTICULARITÉS DE CAULFIELD. D'abord, quand il frappe à une porte, les occupants de la maison paniquent – en temps normal, personne ne frappe. Dès qu'ils sont certains qu'aucun membre de leur famille proche n'est mort, blessé ou en prison, ils tirent carrément Donald à l'intérieur et l'abreuvent de thé pour lui soutirer des renseignements. Ses notes sont un fouillis d'indications fléchées : la première famille n'a rien vu mais envoie chercher un cousin qui s'avère être le mari de quelqu'un d'autre, et il l'attend pendant une heure avant de se rendre compte qu'il l'a déjà interrogé. Les gens entrent et sortent à tout moment pour échanger des racontars, des hypothèses et des prophéties de malheur sur l'état du pays. Trouver un sens dans tout ça, c'est comme vouloir tenir la rivière entre ses bras.

La nuit est tombée au moment où il finit d'interroger ceux qu'il a sur sa liste. Il attend dans le petit salon des Knox en essayant de tirer des conclusions de ce qu'on lui a dit. Ses notes révèlent qu'aucun de ceux à qui il a parlé n'a vu quoi que ce soit d'inhabituel – il écarte le comportement atypique des écureuils relevé ce matin par George Addamont. Donald espère ne pas décevoir ses collègues en ayant raté un indice évident. Il est fatigué. On lui a fait boire beaucoup de thé et, en dernier, du whisky. Il a promis de repasser dans certaines maisons. Mais, il en est presque certain, il n'a pas rencontré d'assassin.

Il est en train de réfléchir à comment demander où sont les toilettes lorsque la porte s'ouvre : la moins belle des filles Knox jette un coup d'œil. Donald se lève aussitôt et laisse tomber quelques feuilles de papier que Maria ramasse et lui tend avec un sourire rusé. Donald rougit, mais il est content que ce soit Maria et non Susannah qui ait été le témoin de sa maladresse.

« Mon père vous a embringué pour vous faire jouer le détective, c'est ça ? »

Donald a aussitôt l'impression qu'elle a deviné à quel point il est peu sûr de ce qu'il a fait cet après-midi et qu'elle s'en amuse.

« Il faut bien que quelqu'un essaye de trouver le coupable, non ?

— Oh, bien sûr, je ne voulais pas... » Elle laisse sa phrase en suspens, l'air embêté. Elle faisait la conversation, c'est tout, mais il s'en rend compte trop tard. Il aurait dû aller dans son sens d'un ton léger ou lancer un trait d'esprit.

« Savez-vous quand votre père sera de retour ?

— Non. » Elle pose sur lui son regard calculateur. « Comment le saurais-je ? » Puis elle sourit sans bienveillance. « Voulez-vous que je demande à Susannah ? Peut-être le saura-t-elle, elle. Je vais la chercher. »

Maria laisse Donald s'interroger : qu'a-t-il fait pour mériter tant de sévérité ? Il imagine les deux sœurs prises de fou rire en évoquant son manque de savoir-vivre et il sent monter en lui une affection particulière pour les livres de comptes dont il s'occupe au fort, remplis de chiffres bien nets qu'il peut toujours, avec quelques manipulations, faire tomber juste. Il s'enorgueillit de pouvoir chiffrer des activités assez vagues, comme le nettoyage dont se chargent les Indiennes ou les provisions que les chasseurs apportent pour compenser l'« hospitalité » que la Compagnie offre aux familles des voyageurs. Si seulement les gens étaient aussi faciles à gérer.

Une petite toux polie l'avertit de la présence de Susannah juste avant qu'elle ouvre la porte.

« Monsieur Moody ? Oh, mais c'est qu'on vous a abandonné. Puis-je vous faire servir du thé ? »

Elle sourit avec grâce - rien à voir avec sa sœur -, mais elle réussit quand même à le faire se lever d'un bond. Cette fois, il ne lâche pas ses notes.

« Non, merci, j'ai... Bon, oui, peut-être, ce serait très... Merci. » Il essaye de ne pas penser aux litres de thé qu'il a déjà bus.

Lorsque le thé arrive, Susannah s'assoit pour tenir compagnie à Donald.

« C'est une affaire épouvantable, mademoiselle Knox. Je préférerais que nous nous retrouvions dans des circonstances moins malheureuses.

— Je sais. C'est horrible. Mais la dernière fois, c'était horrible aussi. Vous aviez été… agressé. Êtes-vous complètement rétabli ? Ça m'avait l'air affreux.

— Complètement rétabli, merci. » Donald sourit, content de faire plaisir en donnant de bonnes nouvelles, même si, en réalité, le tissu cicatriciel reste tendre, peu solide et souvent douloureux.

« Cet homme a-t-il été puni ? »

Donald n'avait même pas songé à l'éventualité de punir Jacob.

« Non, il a beaucoup regretté son geste et il est devenu mon protecteur indéfectible. Je crois que c'est la manière indienne de réparer un tort. Ce qui est plus utile qu'une punition, n'est-ce pas ? »

Étonnée, Susannah écarquille les yeux et Donald remarque qu'ils sont d'une couleur noisette particulièrement attrayante, mouchetée de doré.

« Lui faites-vous confiance ?

— Oui, répond Donald en riant. Je le crois tout à fait sincère. Il est ici, à présent.

— Mon Dieu ! Ce qu'il m'a paru effrayant !

— Je crois que le vrai coupable, c'est la boisson. Et il a juré de s'en abstenir pour toujours. C'est vraiment quelqu'un de très doux – il a deux filles toutes petites qu'il adore. Vous savez, je l'aide à lire, et il m'a dit qu'il trouve la lecture et l'écriture tout aussi fascinantes que la chasse au cerf.

— Vraiment ? » Elle rit à son tour puis ils se taisent tous deux.

« Pensez-vous découvrir qui a tué ce pauvre homme ? »

Donald jette un coup d'œil vers ses notes qui, c'est certain, ne vont pas l'aider. Mais Susannah a une façon de le regarder avec tant de chaleur et de confiance qu'il voudrait non seulement résoudre ce meurtre, mais aussi réparer toutes les injustices.

« Il me semble que, dans un endroit tel que celui-ci, un inconnu ne passerait pas inaperçu. Et que les gens savent en général ce que fait tout un chacun.

— Certes, ils le savent, dit-elle avec une grimace.

— Un forfait aussi abominable… Nous ne prendrons aucun repos avant d'avoir traduit le coupable en justice. Vous ne serez pas obligée de vivre dans la peur.

— Oh, je n'ai pas peur », s'exclame Susannah en relevant la tête d'un air de défi. Elle se penche vers lui et, baissant la voix : « Notre famille a vécu une tragédie, savez-vous. »

Cette déclaration est si extraordinaire que Donald en reste bouche bée – c'était l'effet escompté. « Oh, je ne savais pas… Je suis vraiment désolé… »

Susannah semble contente. En tant que plus jeune membre de la famille, elle a rarement l'occasion de raconter la « grande histoire » – tout le monde à Caulfield la connaît déjà, et en général on ne laisse pas Susannah agir à sa guise avec les étrangers. Elle inspire lentement, se délectant d'avoir enfin son moment.

« C'était il y a très longtemps, nous étions très petites quand ça s'est passé, donc je ne m'en souviens pas, et c'est la sœur de maman, voyez-vous… »

La porte s'ouvre si brusquement que Donald est sûr que Maria devait être derrière à écouter.

« Susannah ! Tu n'as pas le droit de lui raconter ça ! » Elle a le visage tout blanc, tendu par l'émotion, mais son intonation ne permet pas de savoir ce qui la dérange le plus, si c'est le fait que Susannah soit celle qui raconte ou que Donald soit le public. Elle se tourne vers lui. « Il faut que vous veniez. Mon père est rentré. »

Knox et Mackinley sont dans la salle à manger, et des tas de notes s'empilent sur la table. Au grand désespoir de Donald, ils semblent tous deux avoir écrit bien davantage que lui. Donald regarde alentour, cherchant Jacob.

« Où est Jacob ? Est-ce qu'il dîne avec nous ?

— Jacob va bien. Il s'occupe du, euh, du corps.

— Qu'est-ce qu'il pense de la mutilation ? »

Mackinley le regarde fixement comme s'il était un peu indigné. « Je suis sûr que son opinion est la même que la nôtre. »

Knox tousse pour revenir à l'ordre du jour, mais Donald remarque qu'il s'est quelque peu effacé tandis que Mackinley s'est mis en avant pour diriger les débats. C'est lui qui commande. La Compagnie a pris les rênes.

Chacun résume ses découvertes, et le tout aboutit à la conclusion que personne n'a vu grand-chose. Un petit marchand de fourrures du nom de Gros André est passé dans le coin il y a quelques jours. Et un certain Daniel Swan, colporteur que tout le monde connaît, se trouvait à Caulfield la veille avant de continuer vers St Pierre. Knox a envoyé un message au magistrat de cette localité. Mackinley a parlé à un jeune garçon qui a vu Francis Ross se rendre à la cabane de Jammet un soir – mais il n'arrive pas à se souvenir de quel soir –, et maintenant Francis n'est plus là.

« La mère dit qu'elle ne sait pas quand il sera de retour. J'ai parlé de lui à quelques voisins, et il a l'air d'être un drôle d'oiseau. Il se tient toujours à l'écart.

— Ce qui ne signifie pas qu'il l'ait fait, ajoute Knox.

— Il nous faut examiner tous les cas de figure. Nous ne savons pas si l'un des deux autres est allé chez Jammet ou pas.

— Le petit marchand a dû y aller. Son nom semble français. Vous avez dit qu'il s'agissait sans doute d'une dispute commerciale. »

Mackinley braque son regard sur Donald. « Je me propose de le pister et de découvrir ce qu'il en est.

— Bon, et moi, je dois aller sur les traces du dénommé Swan ? »

Knox secoue la tête. « Ce ne sera pas nécessaire. J'ai envoyé un messager et il sera détenu à St Pierre. Comme il me faut y aller, je l'interrogerai moi-même. Nous allions vous suggérer de rester ici avec Jacob et d'interroger le fils Ross quand il rentrera. »

Donald est déçu un instant, puis, comprenant quelle occasion lui est ainsi offerte, sa chance lui paraît incroyable.

Mackinley fronce les sourcils. « Ils feraient peut-être mieux de suivre sa trace. S'il s'est enfui, il ne sert à rien d'attendre que la piste s'efface.

— Mais où est-ce qu'ils regarderaient ? Il se peut qu'il ne soit pas du tout allé au lac Swallow. C'est la mère qui le dit, on n'a aucune preuve. Et ce n'est qu'un gamin. Il n'avait aucun motif de le tuer, pour autant que nous le sachions. Bien au contraire, il paraît qu'ils étaient amis.

— Il nous faut garder l'esprit ouvert, dit Mackinley avec un regard mécontent.

— Certes. Mais il me semble que M. Moody perdrait son temps à se précipiter vers ce lac, dit-il en se tournant vers Donald. Vous pourriez peut-être attendre un jour ou deux, et s'il n'est pas revenu alors, vous vous lancez à sa poursuite. Une journée de plus ne changera pas grand-chose ; ce garçon n'est pas un Indien, il sera facile à pister. »

Jacob avait beau être chrétien, il éprouvait un profond sentiment de malaise à l'idée de toucher un cadavre. Un mort égorgé de cette façon lui paraissait en outre particulièrement impur. Avec l'aide de deux volontaires payés, dont une sage-femme qui savait préparer les cadavres, on lui avait donné pour mission de porter le corps à Caulfield. La sage-femme fut la seule à ne pas être immédiatement arrêtée par la puanteur. Après quelques exclamations mécontentes en guise de discours d'adieu, elle s'employa à enlever le sang caillé avec une éponge. Le corps s'étant détendu, ils le redressèrent, lui fermèrent les yeux et introduisirent une pièce de monnaie dans la bouche. La sage-femme lui noua un linge autour de la tête pour maintenir la bouche fermée et recouvrir les blessures, puis ils l'enveloppèrent dans des draps, si bien qu'à la fin il ne restait plus que l'odeur. La route jusqu'à Caulfield était si mauvaise que Jacob dut garder une main sur le cadavre pour l'empêcher de tomber de la carriole.

À présent, il reposait sur une table derrière des rideaux tendus à la hâte dans l'entrepôt de mercerie de Scott, entre des caisses de tissus et de clous. Le gardien de l'entrepôt et les trois personnes qui avaient transporté le corps se recueillirent autour de la table en un moment de silence impromptu, puis se détournèrent. Ils firent tous la même remarque sur le temps : quelle chance qu'il fasse froid.

Donald suit l'odeur de tabac jusqu'à l'écurie où Jacob, installé dans un nid de paille, fume la pipe. Il s'assoit en silence. Jacob triture le tabac dans le fourneau. Parler du mort serait attirer la malchance, il en est certain. Mais il sait aussi que c'est ce que veut Donald.

« Dis-moi ce que tu en penses. »

Jacob commence à s'habituer aux questions bizarres de Donald. Il n'arrête pas de lui demander ce qu'il pense de ceci ou de cela. Certes, il est normal qu'on l'interroge au sujet du temps, ou sur les perspectives de chasse, ou sur la durée d'un trajet, mais Donald préfère parler de choses vagues et sans importance, par exemple d'une histoire qu'il vient de lire ou d'une remarque que quelqu'un a faite deux jours auparavant. Jacob essaye de deviner ce que Donald veut savoir.

« Tu sais qu'on l'a scalpé. Vite fait, bien fait. On lui a tranché la gorge alors qu'il était allongé, qu'il dormait, peut-être. Est-ce qu'un Blanc aurait pu le faire ? »

Jacob a un grand sourire et ses dents luisent à la lumière de la lampe.

« N'importe qui le peut, s'il le veut.

— Est-ce que tu as une idée de qui, ou pourquoi ? Tu as été à la cabane.

— Qui l'a tué ? J'en sais rien. Quelqu'un qui n'avait aucun sentiment pour lui. Pourquoi il l'a tué ? Peut-être à cause de quelque chose dont l'autre s'était rendu coupable il y a longtemps. Peut-être qu'il avait fait du mal à quelqu'un... » Jacob s'interrompt et ses yeux suivent le ruban de fumée qui monte jusqu'aux chevrons. « Non, si tu fais ça, tu veux aussi que l'autre soit réveillé pour qu'il sache que tu as gagné. »

Donald hoche la tête pour l'encourager.

« On l'a tué à cause de quelque chose qu'il allait faire, pour l'en empêcher. Je sais pas. Mais je crois que pour le tueur c'était sans doute pas la première fois. »

Donald lui parle d'attendre le fils Ross et de le suivre si nécessaire. De son côté, Mackinley va pister le petit marchand, manifestement le suspect le plus probable. Car il veut que lui revienne la gloire éventuelle d'avoir capturé le meurtrier.

« Il devrait peut-être pas y aller tout seul, si ce type est si dur que ça, dit Jacob avec un grand sourire. Peut-être il va se le payer, lui aussi. »

Jacob fait glisser un doigt sur sa gorge. Donald s'efforce de ne pas sourire. Depuis qu'il s'est lié d'amitié avec Jacob, il a pris conscience de l'impopularité universelle de Mackinley.

« Tu ne trouves pas bizarre que personne n'ait vu de... euh, d'Indiens ces derniers jours ? Si c'est un Indien qui l'a tué, je veux dire.

— Si un Indien veut pas qu'on le voie, on le verra pas. En tout cas, c'est vrai pour notre peuple. Pour les autres... » Il renifle avec dédain. « Les Chipewyans, je sais pas, peut-être ils sont pas bons pour pister. » Il prend soin de sourire pour montrer à Donald qu'il plaisante.

Parfois, à côté de ce jeune homme à peine plus âgé que lui, Donald se sent comme un gamin. Une fois sa blessure guérie, il s'est mis à aider Jacob à lire et à écrire, mais leur relation n'est pas celle d'un maître à un élève. Donald a le sentiment que le savoir livresque qu'il transmet à Jacob ne lui appartient pas vraiment : il se trouve simplement qu'il sait comment y puiser, tandis que lorsque Jacob lui parle d'une chose il donne l'impression de la posséder entièrement, comme si elle venait de l'intérieur de lui-même. Mais il se peut que Jacob ait le même sentiment que lui. Après tout, le monde qui l'entoure n'est qu'une série de signes qu'il a la chance de comprendre, tout comme Donald sait discerner le sens des mots couchés sur le papier sans avoir à réfléchir. Donald aimerait bien savoir ce que Jacob en pense, mais il ne sait par quelle question il pourrait aborder le sujet.

MARIA KNOX OBSERVE UN PHÉNOMÈNE qu'elle a déjà constaté bien des fois : l'effet de sa sœur sur un jeune homme. Elle y est habituée, car déjà quand elle avait quatorze ans et sa sœur douze, les garçons s'attroupaient autour de Susannah et changeaient d'attitude, se montrant bourrus et timides ou au contraire vantards et bruyants, selon leur caractère. Quant à Maria, ils l'ignoraient : peu attirante et sarcastique, c'était soit une compagne de jeu, soit, plus tard, une élève sur laquelle on pouvait copier pour faire ses devoirs. Susannah, en revanche, était d'un naturel particulièrement enjoué, et lorsqu'elles furent plus âgées il devint évident que c'était en plus une beauté. Elle ne fut jamais maniérée ; elle était bonne dans la plupart des jeux, et si elle avait conscience de son charme (ce qui était évidemment le cas) elle restait modeste et pouvait même prendre mal les attentions qu'il lui valait. De même que les membres d'une famille (et de la société, sans doute) se taillent ou subissent des rôles dont ils finissent par être prisonniers, Susannah devint la préférée de tous : gâtée, mais aussi traitée un peu de haut, comme si elle avait besoin d'être protégée des réalités déplaisantes de la vie que sont, entre autres, des toilettes bouchées ou les impôts. Pendant ce temps, Maria devenait un bas-bleu raisonneur qui avait passé ses années d'adolescence à lire avec acharnement et s'intéressait à l'expansionnisme, à la guerre dans le Sud et à d'autres sujets dont on disait généralement qu'ils ne convenaient pas aux jeunes dames. Depuis trois ans, elle est abonnée à un certain nombre de revues canadiennes et étrangères. En public, elle se prononce pour le parti de la Réforme (mais en secret elle est en faveur du Clear

Grit[1]), admire Tupper[2] et se dispute avec son père parce qu'il a un penchant pour George Brown[3]. Tout cela dans une localité où, si l'on porte jupon, on passe pour une sorte de phénomène dès qu'on lit le journal. Mais Maria se rend bien compte qu'il n'y a pas une très grande différence de capacités mentales entre Susannah et elle. Si sa sœur avait eu un physique quelconque et qu'on l'eût donc laissée se débrouiller, elle aurait sans doute été tout aussi capable de devenir une intellectuelle. Et Maria est assez honnête pour admettre que, si elle-même avait été un peu plus privilégiée au plan esthétique, elle aurait été plus paresseuse dans sa quête de connaissances. Ce sont en réalité ces petites différences qui déterminent le cours d'une vie.

De temps à autre, Maria soulève la question d'aller à l'université : elle a vingt ans, et elle commence à penser que si elle ne s'en va pas vite le problème va devenir gênant. Mais sa famille clame qu'elle est indispensable et le prouve en l'impliquant dans toutes ses affaires. Sa mère la consulte pour les tâches ménagères en prétendant ne pas pouvoir faire face. (« Alors, comment faisais-tu quand j'étais enfant ? » demande Maria pour la forme.) Son père discute souvent avec elle des cas dont il a la charge. Quant à Susannah, elle se jette à son cou en gémissant qu'elle ne pourrait pas vivre sans elle. Il se peut, bien sûr, que Maria n'ait pas le courage de prendre ses distances avec Caulfield. (Et peut-être, en ville, ne serait-elle pas à la hauteur ?) Elle se le demande, mais comme y penser trop souvent la déprime, chaque fois qu'elle le peut elle écarte cette question en se mettant à lire un autre journal. En outre, si elle était allée à l'université à l'automne, elle n'aurait pas été là pour soutenir sa famille pendant cette épreuve. Sa mère se donne une contenance, mais ses yeux trahissent son inquiétude – en surface, il s'agit de la difficulté de loger deux étrangers sous son toit ; plus profondément se tapit une peur terrible, celle de ces contrées sauvages.

1. Mouvement réformiste du Canada Ouest qui prônait, entre autres, des institutions électives, le suffrage universel (pour les hommes), le libre-échange avec les États-Unis et la sécularisation des biens du clergé.

2. Charles Tupper fut Premier ministre de Nouvelle-Écosse en 1864 et Premier ministre du Canada en 1896.

3. Politicien et journaliste réformiste, George Brown (1818-1880) a réorganisé le parti Clear Grit avant de proposer la grande coalition qui, en 1867, mènera à la Confédération canadienne.

Pendant deux jours, Maria a tenté de prendre son père à part pour lui demander des précisions sur cette affaire, ce qui n'a pas été possible jusqu'à ce soir. Elle est sûre qu'il lui dira ce qu'il en pense, et elle a grande envie de discuter de ses propres hypothèses. Mais, une fois les hommes de la Compagnie couchés, le visage de son père, qui n'a jamais une bonne couleur, est presque gris de fatigue. Ses yeux sont enfoncés et son nez semble plus proéminent que jamais. Au lieu de l'interroger, elle l'entoure de ses bras.

« Ne t'inquiète pas, papa. Tout cela sera très vite résolu et ne sera bientôt plus qu'un souvenir.

— J'espère bien, Mamie. »

Secrètement, elle aime bien qu'il l'appelle ainsi : un surnom de son enfance qu'absolument personne d'autre n'a le droit d'employer.

« Combien de temps vont-ils rester ?

— Autant que nécessaire pour interroger tous ceux qu'ils veulent interroger, je suppose. Ils ont l'intention d'attendre le retour de Francis Ross.

— Francis Ross ? Ah bon ? » Francis a trois ans de moins qu'elle et, par conséquent, elle le considère encore comme le garçon renfermé mais beau qui faisait tant glousser les filles à la fin de l'école secondaire. « Bon, mais ils n'ont pas besoin d'habiter chez nous. Ils pourraient aller chez les Scott. Je suis sûre que la Compagnie peut payer.

— Oui, elle le peut, j'en suis sûr. Comment ta mère et Susannah prennent-elles tout ça ? »

Maria fait une pause pour réfléchir sérieusement. « Maman se sentirait mieux sans ces hôtes.

— Hmmm.

— Pour Susannah, c'est bien. Ça la change de la routine, c'est excitant. Mais quand je l'ai trouvée aujourd'hui sur le point de raconter à M. Moody l'histoire de nos cousines, j'ai failli me mettre en colère. Je me demande pourquoi. Ça ne regarde pas M. Moody, pas vrai ? » Après une interruption, elle ajoute, non sans avoir un tout petit peu honte : « Je crois qu'elle essayait de l'impressionner. Pourtant, elle n'a pas besoin d'essayer. »

Son père sourit. « Je suppose que c'est pour cette raison. Ce n'est pas souvent qu'on l'admire. »

Maria a un rire bref. « Qu'est-ce que tu racontes ? À mon avis, on ne fait que ça, l'admirer.

— Oui, dans un sens on l'admire. Mais on ne la considère pas comme on te considère toi, Mamie, avec un peu de crainte et de respect. »

Il lui lance un regard. Maria sourit et sent une rougeur envahir ses joues. Elle aime l'idée d'être crainte et respectée.

« Ce n'était pas une flatterie.

— Ne t'inquiète pas, je ne suis pas du tout flattée d'être comparée aux chutes du Niagara ou aux plaines d'Abraham.

— Bon, du moment que tu ne l'es pas… »

Maria regarde son père monter l'escalier : avec raideur, ce qui signifie que ses articulations le font souffrir. C'est terrible de voir ses parents vieillir et de savoir que leurs douleurs et leur fragilité corporelle ne vont aller qu'en croissant, jusqu'à l'effondrement de l'organisme. Maria a déjà acquis un point de vue plutôt cynique sur la vie – sans doute est-ce encore une conséquence d'avoir une sœur aussi belle. Une sœur qui a ensorcelé M. Moody, comme d'habitude, sans même y prêter attention.

Non que pour Maria cet homme ait le moindre intérêt. Il n'en a absolument aucun. Mais, juste de temps en temps, elle aimerait croire qu'elle n'est pas totalement hors jeu.

IL DEVIENT DE PLUS EN PLUS CLAIR POUR MOI que je vais être obligée d'agir. Après le départ de Mackinley, je fais les cent pas dans la cuisine jusqu'au retour d'Angus, et je n'ai pas besoin de lui annoncer que Francis n'est toujours pas rentré. Je lui dis que toutes les cannes à pêche sont ici et que j'en ai caché une. Maintenant, il a l'air mal à l'aise lui aussi.

« Il faut que tu partes à sa recherche.

— Ça ne fait même pas trois jours. C'est pas un gamin.

— Il pourrait avoir eu un accident. Il fait froid. Il n'a pas pris de couvertures. »

Angus réfléchit, puis il déclare que demain il montera au lac Swallow. Je suis si soulagée que je vais jusqu'à lui et le serre dans mes bras, mais il ne répond que par une attitude raide, inflexible. Il attend simplement que je me détache de lui avant de se détourner comme si rien ne s'était passé.

Notre mariage a semblé marcher tant que je n'y prêtais pas attention. Maintenant, je ne sais pas : plus je m'inquiète pour les autres, moins ça leur plaît. Quand je pensais uniquement à moi-même, il me suffisait de claquer des doigts pour que les hommes fassent ce que je désirais. Puis j'ai voulu devenir meilleure, et voilà où ça m'a menée : mon mari se détourne et refuse de me regarder dans les yeux. À moins que ce ne soit pas du tout cela, mais simplement une affaire d'âge : en vieillissant, une femme perd le pouvoir de charmer et de persuader ; on n'y peut rien.

« Je pourrais venir avec toi.

— Ne dis pas de bêtises.

— Je ne supporte pas d'attendre comme ça. Et si… s'il était arrivé quelque chose ? »

Angus, les épaules voûtées comme un vieillard, pousse un soupir. « Ru-u-u… », lance-t-il dans un souffle. C'est son petit mot tendre d'autrefois, et il provoque en moi un léger tremblement. « Je suis sûr qu'il n'a pas de problème. Il sera de retour dans peu de temps. »

Je hoche la tête, touchée par le petit nom affectueux. En fait, je m'y accroche comme à une bouée – pourtant, peu après, je me demande : si je suis vraiment sa Ru-u-u, sa chérie, pourquoi ne me regarde-t-il pas en le disant ?

Au moment où la lumière commence à diminuer, je sors me promener, mes poches de jupe bien renflées. Du moins, c'est ce que je dis à Angus ; quant à savoir s'il me croit… À cette heure, à Dove River, tout le monde se met à table pour dîner – les gens sont aussi prévisibles qu'un troupeau de bovins. Donc, personne ne sera dehors, personne ne sera là où il ne devrait pas se trouver. Sauf moi.

J'y ai réfléchi presque toute la journée et j'ai décidé que ce soir serait le meilleur moment. J'aurais pu attendre jusqu'au lever du jour, mais je ne veux pas reporter encore. La rivière coule vite, et elle est haute – il a plu dans le Nord. Mais le rocher d'où Doc Wade a pris congé de la vie est à sec : seules les crues de printemps le recouvrent.

Pourtant, il y a une empreinte de pied dessus. Une empreinte sombre et mouillée. Même dans le crépuscule, je la distingue. Peut-être Knox a-t-il posté un gardien, finalement. Lequel, s'ennuyant, est allé barboter. Comme je n'y crois pas une seconde, je me glisse doucement le long de la cabane de façon à ne pas être vue depuis la porte d'entrée. Tout est silencieux. Peut-être mon imagination m'a-t-elle joué un tour – je ne vois plus le rocher. Je suis venue avec une pince dans ma poche, et maintenant je la serre avec un peu plus de force que nécessaire. Je ne pense pas un instant que le meurtrier puisse être de retour – pour quoi faire ? –, pourtant je continue à avancer tout doucement, une main contre le mur de la cabane jusqu'à ce que, près de la fenêtre, je puisse entendre tous les bruits venant de l'intérieur. Je reste là si longtemps que ma jambe s'engourdit, et je n'ai toujours pas perçu le son le plus ténu. Je m'avance jusqu'à la porte tenue par des fils de fer, je sors la pince et je défais la fermeture. Il fait sombre à l'intérieur, mais je referme quand même la porte – on ne sait jamais.

La cabane est exactement comme dans mon souvenir, sauf que le lit est maintenant vide. Une odeur épouvantable émane encore du matelas et des couvertures entassés contre le mur. Je me demande qui va les laver – à moins, tout simplement, qu'on ne les brûle. Il est peu probable que la vieille mère du défunt veuille les récupérer.

Je commence par l'étage. On ne dirait pas que Jammet montait souvent ici. Des boîtes et des caisses sont empilées contre les murs et la poussière recouvre tout, montrant bien où les hommes sont passés hier. Leurs pieds ont dégagé de petits espaces là où ils se sont arrêtés pour regarder. Je pose la lampe et je me mets à fouiller dans la caisse la plus proche, celle qui contenait ses plus beaux vêtements – un pantalon et une veste noire démodée qui, me semble-t-il, devaient être trop petits pour lui. Ces habits lui appartenaient-ils quand il était plus jeune, ou bien venaient-ils de son père ? Je cherche dans les autres caisses : encore des vêtements, quelques papiers de la Compagnie de la baie d'Hudson se rapportant surtout à sa retraite après « un accident survenu dans l'exercice de ses fonctions ».

Plusieurs objets ouvrent des perspectives sur les autres vies de Jammet, celles qui ont précédé sa venue à Dove River. J'essaye de ne pas trop penser à certains d'entre eux : par exemple une fleur pressée, en soie, décolorée par le temps – gage d'amour venant d'une femme, ou bien gage qu'il comptait offrir et qu'il n'a pas donné ? Je m'interroge sur les femmes invisibles, dans sa vie. Et, voici une chose rare, une photo de Jammet jeune homme avec son grand sourire contagieux. Il est en compagnie de plusieurs garçons que je prends pour des voyageurs de la Compagnie, car ils portent tous des foulards et des capotes. Ils clignent plus ou moins les yeux à cause d'un fort soleil, et ils sont rassemblés autour d'une montagne de caisses et de canots, mais Jammet est le seul à pouvoir garder le sourire aussi longtemps. Quel événement pouvait mériter une telle photo ? Peut-être venaient-ils de battre le record d'un portage particulièrement éreintant. Les voyageurs s'enorgueillissent de faits de ce genre.

Lorsque j'ai fini de fouiller dans ces caisses, je les écarte du mur. Je ne suis pas sûre de ce que je pourrais trouver derrière, et d'ailleurs il n'y a rien que de la poussière et des excréments de souris ; des cuticules de corps de guêpe desséchés.

Je descends, découragée. Je ne sais même pas ce que je cherche, sinon quelque chose me confirmant que Francis n'a rien à voir avec tout ça – ce que, évidemment, je sais déjà. Mais qu'est-ce que ça pourrait bien être ?

Je respire lourdement par la bouche en fouillant dans ses provisions. L'odeur imprègne toute la cabane encore plus que lorsqu'il était là. Pour ne rien laisser de côté et ne pas être tourmentée pendant la nuit au point de devoir revenir, je plonge ma main dans les coffres à farine et à grain, et c'est alors que je le trouve. Dans la farine, ma main effleure quelque chose et je saute en arrière avec une sorte de glapissement, jetant de la farine partout avant de me maîtriser. C'est un bout de papier arraché à une feuille plus grande, où sont écrits des chiffres et des lettres : « 61HBKW ». Rien d'autre. Je ne peux rien imaginer de plus inutile. Pourquoi cacher dans un bac à farine un bout de papier portant des signes sans aucun sens, surtout lorsque, comme Jammet, on ne sait pas lire ? Je le mets dans ma poche avant que l'idée me vienne qu'il aurait pu tomber là par hasard. D'ailleurs, il aurait pu tomber dans la farine n'importe où – dans l'entrepôt de Scott, par exemple. Même si Jammet l'a caché, il semble peu probable que cette inscription me révèle l'identité du meurtrier.

Jusque-là, j'ai évité le périmètre du lit et je renâcle – c'est le moins que je puisse dire – à y poser mes mains. J'aurais dû apporter des gants, mais je n'y ai pas pensé. Tout en réfléchissant, je regarde à l'intérieur du poêle vide. Puis survient un événement qui provoque un tel choc en moi que je m'évanouis presque : on frappe à la porte.

Je demeure absolument immobile pendant plusieurs secondes, mais il serait idiot de faire semblant de ne pas être là alors que ma lanterne brille à travers les fenêtres translucides. Je reste encore sans bouger quelques instants, cherchant une bonne raison à ma présence, mais je n'en ai toujours pas trouvé au moment où la porte s'ouvre et où je me retrouve face à un homme que je n'ai jamais vu.

PEU APRÈS AVOIR ÉMERGÉ DU HALO BRILLANT DE L'ENFANCE, Donald dut reconnaître qu'il avait du mal à voir tout ce qui était un peu éloigné. Ce qui était au-delà de son bras tendu devenait indistinct ; les petits objets lui échappaient, les gens devenaient anonymes. Il n'arrivait pas à reconnaître ses amis ni même les membres de sa famille, et il cessa de saluer les gens de loin, incapable de discerner qui ils étaient. On lui fit une réputation de froideur. Il confia son malaise à sa mère et on lui fournit une paire de lunettes à monture d'acier fort peu confortable. Ce fut le premier miracle de sa vie – la manière dont les lunettes le ramenèrent dans le monde.

Le deuxième miracle, apparenté au premier, eut lieu un soir, peu après. On était en novembre – la nuit, bien que déjà tombée, était exceptionnellement claire –, et Donald rentrait à pied de l'école lorsqu'il leva les yeux et s'arrêta net, frappé de stupeur. La pleine lune était juste devant lui, lourde et proche du sol, et elle projetait son ombre sur la route. Elle était si nette qu'il en resta bouche bée. Il avait supposé (sans jamais tellement y réfléchir) que la lune apparaissait à tout le monde comme un disque flou. Comment en aurait-il été autrement, puisqu'elle était si éloignée ? Or, la voilà absolument distincte jusque dans ses moindres détails : sa surface ridée et couverte de pustules, ses plaines brillantes, ses cratères sombres. La vue de Donald, corrigée et améliorée, ne s'étendait pas seulement jusqu'à l'autre côté de la rue ou, quand il était à l'église, jusqu'au panneau portant le numéro du cantique à chanter ; elle s'enfonçait dans l'espace à d'innombrables lieues de distance. Le souffle coupé, il ôta ses lunettes : la lune devint plus douce, plus grande et, bizarrement, parut encore plus proche. L'espace qui entourait Donald se resserra pour lui sembler à la fois plus intime et plus menaçant. Il remit les lunettes ; la distance et la netteté revinrent.

Ce soir-là, il rentra chez lui rempli d'une joie immense et débordante. Il riait tout fort, à la grande surprise des passants. Il voulait leur crier ce qu'il avait découvert. Il savait que ça les laisserait indifférents parce qu'ils avaient toujours vu les choses avec cette netteté. Mais il les plaignait de ne pas savoir apprécier ce cadeau qu'est la vue, l'ayant perdue, puis récupérée.

Combien de fois, depuis, avait-il éprouvé un ravissement aussi parfait, aussi renversant ? En vérité, jamais.

Donald est allongé sur son lit étroit, inconfortable, et il regarde fixement la lune au-dessus de Caulfield. Il ôte ses lunettes et les remet pour vivre encore une fois ce moment d'extase, de révélation. Il se souvient qu'à l'époque il était sûr qu'on lui avait accordé le privilège d'entrevoir une réalité prodigieuse, même s'il n'était pas certain de sa signification. Maintenant, il est plutôt d'avis qu'elle avait peu de signification. Mais il a pris l'habitude de regarder les choses de loin pour qu'elles ne deviennent pas floues. Peut-être est-ce la raison pour laquelle il a été attiré par les chiffres et leur simplicité muette. Les chiffres ne sont jamais qu'eux-mêmes. Ce qui est réductible à des chiffres peut être classé et mesuré. Prenez les familles indigènes vivant à l'extérieur de la palissade de Fort Edgar – une communauté qui donne sans cesse la migraine aux agents. Les voyageurs se reproduisent à un taux alarmant, et la Compagnie a toujours davantage de bouches à nourrir. Il y a eu de nombreuses récriminations au sujet de la quantité de nourriture qu'ils consomment et des soins médicaux qu'il leur faut. Du coup, Donald a entrepris d'énumérer les travaux que les femmes accomplissent pour le fort. Il a noté le lavage, le jardinage, le tannage des peaux, la fabrication de raquettes... et il a assigné une valeur à chacune de ces tâches, si bien qu'à la fin il a pu démontrer que la Compagnie tirait de cette association au moins autant de profit que les familles. Il était fier d'être parvenu à ce résultat, et encore plus depuis qu'il avait fait la connaissance de la femme et des deux enfants de Jacob – deux filles qui dévisagent l'ami de leur père au teint pâle avec de grands yeux liquides et sombres. Ces enfants aux regards confiants et aux noms aussi incompréhensibles que secrets sont mis en balance avec les fourrures qui font vivre la Compagnie – bien que, pour être franc, personne n'ait aucun doute sur le côté qui pèse le plus.

Lorsque Donald était arrivé à Fort Edgar, le magasinier, un homme du nom de Bell, lui avait fait visiter les lieux. Donald avait vu les bureaux, les dortoirs bondés, le comptoir, le village indien au-delà de la palissade (à une distance respectueuse), l'église en rondins, le cimetière… et enfin les énormes entrepôts réfrigérés. Là, les fourrures étaient entassées en attendant leur traversée épique vers Londres, où elles seraient converties en espèces sonnantes et trébuchantes. Bell avait jeté un coup d'œil furtif avant d'éventrer un des ballots, et les peaux luisantes avaient glissé sur le sol en terre battue.

« Eh bien, c'est de ça qu'il s'agit, déclara-t-il avec son accent d'Édimbourg. Ce ballot vaudra plusieurs guinées à Londres. Voyons… » Il écarta quelques peaux avec ses mains. « Voici une martre. Tu peux voir pourquoi on veut pas qu'ils tirent sur les bêtes. Les pièges, eux, laissent à peine une marque. Regarde ! »

Il agita sous le nez de Donald la patte aplatie d'un animal qui ressemblait à une martre. La tête était encore là – un petit visage pointu avec des yeux fermés très fort comme s'il ne supportait pas de se rappeler ce qui lui était arrivé.

Il reposa l'animal et plongea de nouveau la main parmi les peaux, les offrant rapidement au regard de Donald les unes après les autres, tel un magicien. « Ce sont celles qui valent le moins cher : castor, loup et ours. Elles sont pourtant bien utiles, elles enveloppent les autres fourrures. Touche, tu verras comme le poil est raide… »

Les peaux luisantes ondoyaient sous ses mains, et les vestiges de patte suivaient en se repliant. Donald saisissait les peaux à mesure qu'on les lui tendait, et il était étonné de ce qu'il sentait sous ses doigts. Il avait éprouvé une sorte de dégoût à se retrouver dans ce vaste entrepôt de la mort, mais, en passant ses mains dans cette luxuriance soyeuse et fraîche, il était pris d'une envie de porter la douce fourrure à ses lèvres. Il résistait, bien sûr, mais il comprenait qu'une femme puisse vouloir ce genre de chose autour de son cou. Il suffisait de pencher juste un peu la tête pour que la fourrure caresse la joue.

Bell continuait à parler, presque tout seul. « Mais celle qui vaut le plus cher… ah, c'est le renard argenté. Celle-là vaut plus que son pesant d'or. » Ses yeux brillèrent sous la lumière sale.

Donald tendit la main pour toucher, et Bell eut un léger tressaillement. La fourrure avait des tons gris, blancs et noirs qui se mêlaient en un reflet couleur argent profond et doux, une sorte de courant lourd semblable à de l'eau. Il retira la main, Bell paraissant incapable de lâcher la fourrure.

« La seule qui vaille plus cher, c'est le renard noir. Ça vient aussi du Grand Nord, mais on en a à peine un par an. Ça te coûterait cent guinées, à Londres. »

Donald secoua la tête, émerveillé. Quand Bell commença à ranger les fourrures dans un emballage en bois, disposant tendrement le renard argenté au milieu, Donald se sentit un peu mal à l'aise, comme si, malgré tout ce que faisait Bell pour le cacher, il se trouvait en présence d'un acte secrètement jouissif.

Donald arrache son esprit au passé pour revenir au présent. Il voudrait réfléchir à sa conversation avec Jacob, aligner les faits comme sur une feuille de calcul et parvenir à une solution brillante où tout tomberait juste. Hélas ! Les faits ne sont pas assez nombreux. Un homme est mort, mais personne ne sait pourquoi, sans parler de l'identité de celui qui a commis le crime. Si l'on pouvait remonter la vie de Jammet à partir de son point final, si l'on pouvait tout savoir sur lui, arriverait-on à la vérité ? Cette pensée lui paraît futile ; il ne peut pas s'imaginer que la Compagnie assigne des hommes à l'enquête en nombre suffisant et leur accorde le temps nécessaire. Pas pour quelqu'un qui fait du commerce en indépendant.

De nouveau, ses pensées reviennent vers Susannah. Donald était resté plusieurs minutes assis avec elle dans le petit salon sans qu'il y ait eu de silences gênants, et elle avait paru le trouver intéressant. Elle avait voulu lui parler et écouter ce qu'il avait à dire. Il avait été trop anxieux pour se sentir vraiment ravi, mais avait éprouvé quelque chose qui ressemblait à un bonheur en train d'éclore avec la vivacité des bourgeons après un hiver canadien. Il plie ses lunettes et, comme il n'y a pas de table de chevet, il les pose sur le plancher près de lui en espérant ne pas marcher dessus le lendemain matin.

APRÈS LE PREMIER MOMENT DE CHOC, je me rends compte que je ne cours pas de danger imminent. L'homme qui se tient dans l'embrasure de la porte a au moins soixante ans, l'allure de quelqu'un qui aime la lecture et, ce qui est le plus important, il n'est pas armé. Surtout, il paraît distingué : ses cheveux blancs sont brossés en arrière à partir d'un grand front, et il a un visage mince et un nez aquilin. Son air me paraît bienveillant. En fait, pour un homme de son âge, il est (ce mot me surprend mais il est juste) beau.

J'ai pris l'habitude répréhensible – courante ici depuis que l'accent n'est plus un indice suffisant – d'évaluer les étrangers à l'aide d'une liste mentale dont je coche les cases. Dès que j'ai affaire à quelqu'un que je ne connais pas, je jette un coup d'œil à ses manches, à ses chaussures, à ses ongles et ainsi de suite, pour déterminer sa position sociale et financière. Cet homme est vêtu d'un manteau assez tape-à-l'œil, de bonne coupe, mais qui a connu des jours meilleurs ; et bien qu'il soit propre et rasé de près, il porte des chaussures honteusement usées. Au moment où je parviens à ces conclusions, je remarque qu'il m'a soumise au même genre d'inventaire ; il a donc dû en conclure que je suis la femme d'un agriculteur assez prospère. Est-il allé plus loin ? Estime-t-il que je suis une ancienne beauté défraîchie et sans doute amère ? Je ne saurais le dire.

« Excusez-moi... » Il a une voix agréable avec un accent américain. Mon cœur commence à battre un peu moins furieusement.

« Vous m'avez fait peur ! dis-je d'un ton sévère, consciente d'avoir de la farine sur ma robe et sans doute dans mes cheveux. Vous cherchez M. Jammet ?

— Non. On m'a dit… » Il fait un geste en direction du lit et des couvertures ensanglantées. « Une chose affreuse… une perte affreuse. Excusez-moi, madame, je ne connais pas votre nom. »

Il a un sourire grave et je découvre que je me prends de sympathie pour lui. J'apprécie les bonnes manières, surtout quand quelqu'un se pose la question des raisons de ma présence sur le lieu d'un crime.

« Je suis Mme Ross. Sa voisine. Je suis venue trier ses affaires. » Je souris avec regret pour souligner le désagrément d'une telle corvée. Est-ce mon imagination, ou bien a-t-il réellement sursauté quand j'ai mentionné les affaires de Jammet ?

« Ah, madame Ross, je m'excuse de vous déranger. Je m'appelle Thomas Sturrock, de Toronto. Avocat. »

Il me tend la main et je la serre. Il incline la tête.

« Vous êtes venu voir ce qu'il possédait ? » D'après mon expérience, les avocats n'arrivent pas tout seuls après la tombée de la nuit pour fouiner et se salir les mains. Ils n'ont pas non plus l'habitude d'avoir des manches râpées et des chaussures trouées.

« Non, je ne suis pas ici pour mon travail. »

Il ne ment pas. Ce n'est donc pas du tout un avocat classique.

« C'est une affaire personnelle. Je ne sais pas au juste à qui je devrais m'adresser, mais, voyez-vous, le fait est que M. Jammet avait un objet qui a de l'importance pour ma recherche. Il allait me l'envoyer. »

Il s'interrompt pour jauger ma réaction : je suis perplexe. Après avoir fouillé la cabane de fond en comble, je ne peux penser à rien qui puisse intéresser quiconque, encore moins un homme tel que celui-ci. Si Jammet avait possédé un objet de ce genre, il l'aurait vendu, à mon avis.

« Ce n'est pas un objet de grande valeur marchande, poursuit-il. Mais il possède un intérêt théorique. »

Je continue à me taire.

« Je suppose que je dois m'en remettre à vous, dit-il avec un sourire embarrassé. Comme vous n'avez aucun moyen de savoir si je vous dis la vérité, je vais tout vous raconter. M. Jammet avait acquis un morceau d'os ou d'ivoire à peu près de cette taille… » Il montre la paume de sa main. « Sur cet os se trouvaient des marques. Il se peut que cet objet ait une importance archéologique.

— N'avez-vous pas dit que vous étiez avocat ?

— De profession, oui. Et archéologue par goût. »

Il écarte ses mains en grand. Je suis toujours perplexe, mais il me paraît sincère. « Je dois admettre que je ne le connaissais pas particulièrement bien, et pourtant sa mort m'a désolé. Je crois avoir compris qu'elle a été... soudaine. »

Soudaine... On peut le dire, oui.

« J'ai peut-être l'air avide, en venant chercher cet objet si peu de temps après sa mort, mais je crois réellement qu'il pourrait être important. Il n'attire pas l'attention et ce serait vraiment dommage de le jeter par ignorance. Voilà, c'est pour cela que je suis venu. »

Sa façon de me regarder est désarmante – ouverte et sans grande assurance. Même s'il ment, comment deviner si ses intentions sont mauvaises ?

Et je commence par dire : « Eh bien, monsieur Sturrock, je n'ai pas... »

Mais je m'interromps brusquement parce que je viens d'entendre un bruit de gravier sur le chemin situé derrière la cabane. Aussitôt, je saisis la lanterne posée sur le poêle.

« Monsieur Sturrock, je vous aiderai si vous m'aidez en faisant ce que je vous dis. Sortez et cachez-vous dans les buissons près de la rivière. Ne dites rien. Si vous le faites et qu'on ne vous découvre pas, je vous dirai ce que je sais. »

Il est si stupéfait que sa bouche s'est ouverte, mais il se déplace avec une vitesse impressionnante pour un homme de son âge : il a passé le seuil à la seconde même où j'arrête de parler. Je souffle la lanterne et je ferme la porte en tordant le fil de fer pour qu'elle reste close pendant que je me glisserai dans les buissons du jardin de Jammet, jardin qui est devenu une vraie jungle. Je remercie en silence Jammet pour son manque de zèle horticole ; là, nous pourrions nous cacher à dix.

Je m'efforce de me fondre entre les buissons, tout en sentant qu'un de mes pieds s'enfonce dans quelque chose de mou et de mouillé. Les pas approchent ainsi qu'une lanterne qui se balance, accrochée à la main d'une silhouette sombre.

À ma grande surprise, je m'aperçois que c'est mon mari.

Il lève la lanterne, ouvre la porte et entre. J'attends un bon moment en me refroidissant toujours davantage tandis que ma chaussure s'imprègne d'eau, et je me demande quand Sturrock va finir par en avoir assez et réapparaître pour discuter avec le nouveau venu plutôt qu'avec la folle. Puis Angus ressort et attache la porte. C'est à peine s'il regarde autour de lui avant de disparaître sur le sentier. Très vite, même sa lampe devient invisible.

Il fait très sombre, à présent. Je me redresse, toute raide, mes articulations craquent, et j'extrais mon pied de la boue moelleuse. Mon bas est trempé. Je trouve des allumettes et je réussis avec peine à rallumer la lanterne.

Puis je crie : « Monsieur Sturrock ! » Au bout de quelques instants, il surgit dans le cercle de ma lumière et il balaye d'un geste les feuilles restées sur son manteau miteux.

« Eh bien, dit-il en me souriant, quelle aventure ! Qui était le monsieur dont nous avons dû nous cacher ?

— Je n'en sais rien. Il faisait trop noir pour que je voie. Monsieur Sturrock, veuillez excuser ma conduite, vous devez me trouver très bizarre. Je vais me montrer franche puisque vous l'avez été avec moi, et peut-être pourrons-nous nous venir mutuellement en aide ? »

En parlant, j'ouvre de nouveau la porte, et l'odeur me saisit une fois de plus. Si Sturrock la remarque, il se débrouille pour ne rien en laisser voir.

La plupart des hommes, si leur femme disparaissait au crépuscule et rentrait après la nuit tombée en compagnie d'un inconnu, ne seraient pas aussi courtois qu'Angus. Une des raisons pour lesquelles je l'ai épousé. Au début, c'était parce qu'il me faisait confiance ; maintenant, je n'en sais rien, peut-être ne me croit-il plus capable d'éveiller des sentiments impurs, ou bien il s'en moque, désormais. Il est rare de voir des gens complètement inconnus à Dove River, et en général on les fête ; Angus, lui, se contente de lever les yeux et de hocher calmement la tête. Et puis, il est possible également qu'il l'ait vu dans la cabane.

Sturrock parle peu de lui-même, mais à mesure qu'il raconte je me fais une idée. Celle d'un homme qui a des chaussures trouées et qui aime le bon tabac. Qui mange du porc et des pommes de terre comme s'il n'avait pas pris de repas décent depuis une semaine. Un homme délicat et intelligent – peut-être aussi déçu. Et, encore autre chose, ambitieux. Car ce petit morceau d'os, quel qu'il soit, il le veut vraiment.

Nous lui parlons de Francis. Il arrive que des enfants se perdent dans la forêt. Ça s'est déjà vu. Inévitablement, nous discutons du cas des filles Seton. Comme tous ceux qui vivent au nord de la frontière, il en a entendu parler. Sturrock souligne les différences entre les sœurs Seton et Francis, et je suis d'accord pour dire que Francis n'est pas une jeune fille sans défense, mais j'avoue que cela ne me rassure pas pour autant.

Il arrive qu'à certaines occasions on regarde la forêt avec des yeux différents. Parfois, elle n'est rien d'autre que ces arbres qui permettent de construire des maisons et de se chauffer, qui cachent aussi la nudité de la terre. De cela, on est reconnaissant. Et puis, d'autres fois, comme ce soir, c'est une vaste présence sombre dont on ne voit jamais le bout ; pour ce que l'on en sait, il se peut qu'elle ne soit pas seulement assez large et assez longue pour qu'on s'y perde, mais qu'elle ait aussi une profondeur incommensurable ou encore tout autre chose.

Et à certains moments, vous vous retrouvez à regarder votre mari en vous demandant : est-il cet homme sans mystère que vous croyez connaître – votre ami, celui qui subvient aux besoins de la famille et qui raconte de mauvaises blagues dont pourtant vous souriez –, ou bien possède-t-il lui aussi des profondeurs que vous n'avez jamais vues ? De quoi pourrait-il être capable ?

PENDANT LA NUIT, LA TEMPÉRATURE PLONGE. Une légère couche de neige accueille Donald quand il essuie le givre du côté intérieur de sa fenêtre et regarde au-dehors. Il se demande si Jacob, qui a l'habitude du froid, a dormi dans l'écurie. L'hiver précédent – le premier que Donald a passé dans ce pays – a été relativement doux, mais l'a quand même secoué. Ce matin où il a mal jusque dans les os n'est qu'un avant-goût.

Knox s'est arrangé pour qu'un habitant du coin accompagne Mackinley dans sa traque du Français. Quelqu'un de suffisamment humble pour que Mackinley ne soit pas obligé de partager sa gloire avec lui... Puis Donald écarte cette pensée, la jugeant peu charitable. Ces temps-ci, il lui semble qu'il a de plus en plus de pensées qui manquent de charité. En quittant l'Écosse, il ne s'attendait pas à cela, cette grande terre solitaire lui était apparue comme un gage de pureté, un endroit où la rigueur du climat et la simplicité de la vie affûtent votre courage et vous nettoient de vos petits défauts. Mais ce n'est pas du tout comme ça – à moins que ce ne soit sa faute parce qu'il n'est pas à la hauteur de ce nettoyage. Peut-être n'avait-il pas, au départ, une force morale suffisante.

Après le départ de Mackinley, taciturne et ombrageux jusqu'au bout, Donald traîne avec son café dans l'espoir de voir Susannah. Certes, il prend également plaisir à être assis à une table recouverte d'une nappe blanche, à regarder les tableaux au mur, à être servi par une femme blanche – même si c'est une Irlandaise assez rude – et à fixer pensivement le feu sans qu'on lui lance de plaisanteries grossières. Sa patience finit par être récompensée : les deux filles entrent et s'assoient.

« Eh bien, monsieur Moody, lui dit Maria, vous veillez sur notre sécurité pendant que les autres poursuivent les suspects ? »

Il est extraordinaire de voir à quel point, en une seule phrase, Maria peut lui donner le sentiment d'être un poltron. Il s'efforce de ne pas prendre un ton défensif. « Nous attendons Francis Ross. S'il ne rentre pas aujourd'hui, nous partirons à sa recherche.

— Vous ne croyez quand même pas qu'il aurait pu faire ça ? s'exclame Susannah avec un charmant froncement de sourcils.

— Je ne sais rien de lui. Qu'en pensez-vous ?

— Que c'est un garçon de dix-sept ans. Plutôt beau, d'ailleurs, répond Maria, qui le regarde d'un air rusé.

— Il est gentil, ajoute Susannah en regardant la table. Timide. Il n'a pas tellement d'amis. »

Maria pousse un grognement sarcastique. Donald se dit qu'un jeune homme aurait du mal à paraître autrement que timide et gauche face à l'acidité de Maria et à la beauté de Susannah.

Maria reprend : « Nous ne le connaissons pas vraiment bien. Je ne sais pas qui le connaît. Simplement, il a toujours l'air d'une chochotte. Il ne va pas à la chasse, il ne fait pas les mêmes choses que la plupart des autres garçons.

— Et que font les autres garçons ? » Donald essaye de mettre une grande distance entre ce qu'il est maintenant et ce qu'il était à dix-sept ans, car alors il n'allait pas à la chasse et aurait sans aucun doute été traité de chochotte par ces jeunes femmes.

« Oh, vous savez, ils vont en bande, ils se font des farces, ils se soûlent... Ce genre de trucs idiots.

— Vous croyez que quelqu'un qui ne fait pas ça est incapable de commettre un meurtre ?

— Non... » Maria semble réfléchir un instant. « Il paraît toujours d'humeur sombre et... disons, comme s'il y avait autre chose qui se passait sous la surface.

— Une fois, je me souviens, à l'école, commence Susannah dont le visage s'éclaire, il devait avoir dans les quatorze ans, je crois, et un autre garçon – est-ce que c'était George Pretty... ? Non, non, c'était Matthew Fox. Ou bien... » Elle finit par s'arrêter en fronçant les sourcils. Sa sœur lui lance un coup d'œil.

« Bon, Matthew, ou quelqu'un d'autre, essayait de copier sur lui et il s'en faisait une gloire, il faisait tout pour que ses copains le voient... lorsque soudain Francis s'en est rendu compte et a piqué une rage absolument effrayante. Je n'avais encore jamais vu le visage de quelqu'un blanchir de colère, mais c'est ce qui lui est arrivé ; il est devenu aussi blanc qu'une feuille de papier alors qu'en principe il a le teint plutôt... doré, vous voyez ? Bon, en tout cas, il s'est mis à taper sur Matthew comme s'il voulait le tuer. Il était dans un état second ; il a fallu que M. Clarke et un autre garçon l'emmènent de force. Ça faisait vraiment peur. »

Elle regarde Donald de ses grands yeux noisette. « Je n'y avais plus pensé depuis très longtemps. Est-ce que vous imaginez que... ?

— Mais celui qui a fait ça n'était pas dans un état second, n'est-ce pas monsieur Moody ? » Maria est restée calme pendant que Susannah s'excitait toute seule.

« Nous ne pouvons rien exclure.

— M. Mackinley pense que c'est le petit commerçant français, pas vrai ? C'est pourquoi il s'est lancé à sa poursuite. À moins qu'il ne veuille absolument que ce soit lui. Parce que, à la Compagnie, vous n'aimez pas les commerçants indépendants, pas vrai, monsieur Moody ?

— Bien sûr, la Compagnie essaye de protéger ses intérêts, mais en général les prix fixés d'avance pour les peaux bénéficient aussi aux trappeurs. Et la Compagnie s'occupe de beaucoup de gens – les trappeurs savent à qui s'adresser et la situation est... stable. Quand il y a de la concurrence, les prix montent et descendent, et les indépendants ne s'occupent pas de leur famille. C'est la différence entre... l'ordre et l'anarchie. » En percevant le ton condescendant de sa propre voix, Donald fait intérieurement la grimace.

« Mais si pour une fourrure un commerçant indépendant propose un prix plus élevé que la Compagnie, fait remarquer Maria, le trappeur a quand même le droit de traiter avec lui, non ? Comme ça, il pourra s'occuper lui-même de sa famille.

— Bien sûr, il a le droit de le faire. Mais il prend le risque de ne pas retrouver le marchand l'année suivante – il ne peut pas compter sur lui comme il compterait sur la Compagnie.

— N'est-il pas vrai, insiste-t-elle, que la Compagnie pousse les Indiens avec lesquels elle fait du commerce à devenir dépendants de l'alcool et, en s'arrangeant pour être le seul pourvoyeur de boissons alcooliques, les oblige à toujours revenir vers elle ? »

Donald rougit, il sent la chaleur monter au-dessus de son col. « La Compagnie n'agit absolument pas ainsi. Les trappeurs font ce qu'ils veulent, personne ne les oblige à rien. »

Il a l'air très en colère. Susannah se tourne vers sa sœur. « C'est une accusation épouvantable. Et puis ce n'est quand même pas la faute de M. Moody s'il se passe de telles choses. »

Maria hausse les épaules ; elle n'est pas convaincue.

Donald va faire un tour dehors afin que l'air frais lui rafraîchisse le visage. Il faudra qu'il essaye de se trouver seul avec Susannah plus tard – on ne peut pas avoir de conversation tant que la rébarbative Maria est à côté. Il allume sa pipe pour se calmer et, dans l'écurie, trouve Jacob qui parle à son cheval dans le langage inventé qu'il emploie avec lui.

« Bonjour, monsieur Moody.

— Bonjour. Tu as bien dormi ? »

Comme d'habitude, Jacob a l'air étonné par cette question. Il a dormi – que dire de plus ? Lui aussi est resté éveillé à penser au défunt et à sa fin de guerrier sur son lit, chez lui. Il hoche cependant la tête pour faire plaisir à Donald.

« Jacob, ça te plaît de travailler pour la Compagnie ? »

Encore une question bizarre. « Oui.

— Tu ne préférerais pas travailler pour quelqu'un d'autre, un négociant indépendant par exemple ?

— Pas maintenant, dit Jacob en haussant les épaules, pas avec ma famille. Quand je voyage, je sais qu'ils sont en sécurité et qu'ils ne mourront pas de faim. Et puis les choses qu'on achète à la Compagnie sont pas chères, beaucoup moins chères que dehors.

— Donc, pour toi, travailler pour la Compagnie, c'est bien ?

— Oui, je pense. Pourquoi ? Vous voulez partir ? »

Donald éclate de rire et fait non de la tête, puis il se demande pourquoi il n'y a jamais songé. Parce qu'il n'a nulle part où aller ? Peut-être Jacob n'a-t-il lui non plus aucun autre endroit – son père appartenait à la Compagnie, il était voyageur, et Jacob a commencé à travailler à quatorze ans. Son père est mort jeune. Donald se demande à présent s'il s'est agi d'un accident, mais, comme pour tant d'autres aspects de la vie de Jacob, il n'arrive pas à trouver le bon moment pour poser la question.

Si Donald s'est tellement énervé, c'est parce que Maria a eu raison : la Compagnie veille jalousement sur son monopole. Il faut dire qu'elle a de bonnes raisons de craindre la concurrence. Fatigués de la voir maintenir sa suprématie depuis des siècles dans ces régions sauvages, bon nombre de marchands indépendants – en général des

Français et des Yankees – essayent de desserrer l'étau de la Compagnie sur le commerce des fourrures. Dans le passé, des organisations rivales ont existé, mais la Compagnie les a toutes absorbées ou supprimées. Pourtant, une nouvelle alliance connue sous le nom de Compagnie d'Amérique du Nord commence à inquiéter ces mandarins. Il y a de sérieux fonds derrière, et un grand mépris des règles (celles édictées par la Compagnie, s'entend). Ces négociants proposent aux trappeurs des prix plus élevés pour les fourrures et leur font promettre de ne plus traiter avec la Compagnie à l'avenir. Il est probable qu'ils usent de pots-de-vin et de menaces. C'est même plus que probable, puisque la Compagnie elle-même en use. Le commerce, et donc les bénéfices, en souffrent.

Mackinley a eu plusieurs brèves discussions avec Donald sur la nature perverse des petits commerçants indépendants et sur la nécessité de lier les indigènes à la Compagnie avec de l'alcool, des fusils et de la nourriture. C'est ce qui a fait monter le sang aux joues de Donald : l'accusation de Maria était on ne peut plus exacte. Mais ce n'est pas pire que ce que font les Yankees, quand même ! Il aurait dû parler à Maria du village indien dont l'approvisionnement en nourriture et la protection reposent sur le fort. Il aurait dû lui parler de la femme de Jacob et des deux petites filles aux yeux pleins de confiance, mais, comme d'habitude, il n'y a pas pensé au moment voulu.

Durant l'une de ses conversations avec Mackinley, Donald avait pris conscience que le problème des bénéfices en diminution avait peut-être une cause plus fondamentale que l'avidité yankee. On chassait depuis plus de deux cents ans, ce qui avait réduit les ressources en fourrure. Quand la Compagnie avait créé les premiers postes de traite, les animaux sauvages n'étaient pas méfiants et venaient en voisins, mais la recherche de profit avait implanté une avidité meurtrière au cœur de ces régions, obligeant les bêtes sauvages à s'éloigner. Depuis le jour où il a visité l'entrepôt avec Bell, Donald n'a plus vu de renard argenté, et jamais un seul renard noir. Il n'en est plus arrivé jusqu'ici.

Donald éperonne son poney pour rattraper Jacob. Ils traversent une étendue boisée où les derniers feuillages ont pris des couleurs encore plus vives à cause de l'éclat du givre sur le tapis de feuilles au sol. Si Susannah ne se sent pas concernée par les méthodes de la Compagnie, pourquoi devrait-il l'être ? Après tout, si on va au fond des choses, l'ordre vaut mieux que l'anarchie. C'est ce qu'il ne doit pas oublier.

Ils laissent les poneys brouter sur les berges de la rivière tandis qu'ils montent à la cabane. C'est un soulagement pour Donald de se dire qu'elle est vide, à présent. S'il a réussi à ne pas avoir l'air trop gêné quand il s'est retrouvé en face du corps, il ne tient pas à répéter l'expérience. Au milieu des mauvaises herbes qui entourent la maison, Jacob s'arrête et examine le sol. Même Donald peut voir les traces de pas qui se sont mélangées.

« Elles sont d'hier soir. Regardez, quelqu'un s'est caché ici. » Jacob montre la terre sous un buisson.

« Peut-être des gosses du village ? »

Il semblerait qu'il y ait plusieurs types d'empreintes. Jacob les lui indique.

« Regardez, là... une botte d'homme, et dessous une autre mais avec une forme différente. Il y avait donc deux hommes. Celui qui a le pied le plus grand était là d'abord. Mais la dernière personne à avoir quitté la maison, c'était celle-là – encore plus petite, peut-être un garçon... ou une femme.

— Une femme ? Tu es bien sûr que les empreintes sont d'hier ? Ça ne pourrait pas être la femme qui a fait la toilette du mort ? »

Jacob fait non de la tête.

Donald exulte lorsqu'il découvre la planche descellée avec l'espace creusé dessous, mais c'est Jacob qui trouve la cachette sous les rochers. Le mystère du trésor disparu de Jammet est résolu : dans une caisse doublée de plomb se trouvent trois fusils américains, de l'or et un paquet de dollars enveloppés dans du coton huilé. En les voyant, Jacob pousse un cri étonné. Donald se demande que faire et décide de réenterrer le tout jusqu'à ce qu'ils puissent revenir avec un chariot. Ils remettent les pierres en place et Jacob lisse le sol puis éparpille des feuilles mortes dessus pour que l'endroit n'ait pas l'air d'avoir été touché. Donald sort sa pipe, regarde Jacob. Un soupçon traverse son esprit, mais il se reproche aussitôt d'avoir pensé que Jacob puisse être tenté par ce qui se trouve dans cette caisse et qui représente plus que ce qu'il pourrait gagner en dix ans. Donald se sait incapable de lire les expressions sur le visage de Jacob comme il pourrait le faire sur celui d'un Blanc. Il espère que Jacob trouve son propre visage tout aussi opaque et ne remarque donc pas son manque de confiance.

ANN PRETTY EST ÉTONNÉE DE ME VOIR si peu de temps après que je lui ai prêté du café, et elle semble sur la défensive, bien que, pour une fois, je ne sois pas venue réclamer ce qui m'appartient. Ida est assise près du poêle, l'air maussade, en train de repriser des draps. Elle lève vers moi un visage pâle, hanté. Elle a quinze ans et je la trouve intéressante, peut-être parce qu'elle a l'âge qu'aurait eu Olivia si elle avait vécu. Et aussi à cause du fait qu'elle détonne dans la famille Pretty comme une corneille dans une famille de poulets - elle est maigre, noiraude et introvertie, et passe pour être intelligente. Elle vient de pleurer.

« Madame Ross ! beugle Ann, à un mètre à peine de moi. Vous avez des nouvelles de votre fils ?

— Angus est parti à sa recherche. »

Maintenant que je suis ici, je ne suis pas certaine de pouvoir maintenir mon air d'insouciance et de légèreté. Et si Angus ne me parle pas, vers qui d'autre puis-je me tourner ?

« Ah, les enfants, quelle croix ! » Elle lance un regard dur à Ida, qui reste muette. La tête penchée sur le drap, elle coud à petits points serrés.

« Il était de tellement mauvaise humeur quand il est parti que je ne lui ai pas demandé où il allait. Et quand il rentrera, il sera bouleversé par ce qui est arrivé à Jammet. On peut dire ce qu'on veut sur Jammet, mais c'était un brave homme. Il a été bon avec Francis.

— Quelle époque ! Où va-t-on, mon Dieu ? »

Ida pousse un minuscule soupir. Comme sa tête est penchée, je ne peux pas voir son visage, mais elle s'est remise à pleurer. Ann soupire à son tour, avec rudesse.

« Ma fille, je ne sais pas pourquoi tu pleures. Ce n'est pas comme si tu le connaissais vraiment. »

Ida renifle et ne dit rien. Ann se tourne vers moi en secouant la tête.

« C'est pour sa mère que j'ai de la peine. Elle n'a personne d'autre, d'après ce qu'on m'a dit. Est-ce que vous saviez qu'il est allé à Chicago il y a seulement deux mois ? Pourquoi un homme tel que lui va à Chicago, je vous le demande.

— Je voudrais bien qu'ils aillent à Chicago et qu'ils arrêtent de se poser des questions sur Francis. C'est absurde de ne pas le lâcher.

— Vous l'avez dit. »

Ida émet un autre petit bruit, et voilà que ses épaules se mettent à trembler.

« Ida, veux-tu t'arrêter ? Tu n'as qu'à monter, si tu n'es pas capable de rester là sans pleurnicher. Seigneur... »

Ida se lève et monte sans nous accorder un regard.

« Elle me rendra folle, celle-là. Vous ne connaissez pas votre chance de ne pas avoir de fille... » À peine ces paroles sont-elles sorties de sa bouche qu'elle se souvient d'Olivia ; j'ai l'impression que brusquement lui vient l'idée de s'excuser mais qu'elle la chasse aussitôt de son esprit, la jugeant saugrenue. « Mais vous en avez vu de toutes les couleurs, avec le vôtre. »

Je reconnais que c'est vrai.

« C'est la voix du sang qui parle, en eux. On n'y peut rien. Vous n'avez pas connu ses parents, pas vrai ? Comment savoir si c'étaient pas des voleurs et des manouches ? C'est l'Irlandais, en lui. On peut pas leur faire confiance. Quand j'étais à Kitchener, il y avait toute une bande d'Irlandais, ils vous auraient volé votre chemise carrément sur votre dos. Notez bien, c'est pas du tout ce que je veux dire pour votre Francis, mais ils ont ça dans le sang. C'est en eux, et il faut y faire attention. »

Malgré ces propos insultants, je sais qu'elle essaye d'être gentille ; seulement, elle n'a pas d'autre moyen pour le manifester.

« Et Ida, alors, qu'est-ce qui l'embête ? Il ne faut pas être trop dur avec elle, souvenez-vous comment c'était pour vous, à son âge. »

Ann pousse un grognement. « J'ai jamais eu son âge, moi. J'ai commencé à m'occuper de la maison à dix ans et j'avais pas le temps de rester assise à rêvasser. » Elle me lance un coup d'œil, le genre de regard narquois et amusé qu'elle fait généralement suivre d'une plaisanterie à mes dépens. « Vous voulez que je vous dise ? Je crois qu'elle en pince pour votre Francis. Elle ne veut pas l'admettre, mais je crois le savoir. »

Je suis si étonnée que je me mets presque à rire. « Ida ? » J'ai du mal à la voir autrement que comme une gamine toute maigre. Et il me semblait que dans la famille Pretty personne n'avait de grande sympathie pour Francis. Il y avait eu le désastre de l'excursion – Angus et Jimmy avaient forcé les garçons à l'entreprendre – où Francis avait campé avec George et Emlyn. Ils étaient rentrés au bout de deux jours et Francis n'en avait jamais dit un mot. Dès lors, j'avais cessé de le pousser à aller jouer avec eux.

« Ils étaient très copains en classe, avant qu'il parte.

— Laissez-moi lui parler un peu. Je sais comment j'étais à son âge. Vous savez, en la regardant, j'ai l'impression de me revoir jeune. » Je souris à Ann tout en songeant avec plaisir que la perspective de voir sa fille devenir comme moi doit être son pire cauchemar.

Je suis le bruit des reniflements pour trouver Ida dans sa minuscule chambre ; elle regarde par la fenêtre. En tout cas, je suis sûre qu'elle regardait par la fenêtre, même si elle est penchée sur son drap quand je jette un coup d'œil dans la pièce.

« Ta mère me dit que tu aimes l'école, en ce moment. »

Ida lève des yeux rougis et une bouche rebelle. « Que je l'aime ? Ça m'étonnerait.

— Francis n'arrête pas de dire combien tu es intelligente.

— C'est vrai ? » Son visage s'adoucit un instant. Ann aurait-elle raison ?

« Il dit que tu es vraiment forte pour les études. Tu pourrais peut-être continuer et aller à Coppermine – tu y as pensé ?

— Hmm. J'crois pas que maman et papa me laisseraient partir.

— Bah, ils ont bien assez de garçons pour s'occuper d'ici, non ?

— P'têt' bien. »

Je lui souris et elle me sourit en retour. Elle a un petit visage osseux, fatigué, et des cernes sous les yeux. Personne ne l'accusera jamais d'être belle.

« Madame Ross, est-ce que vous avez poursuivi vos études ?

— Bien sûr. Ça vaut vraiment la peine. »

C'est presque vrai. Je l'aurais sans doute fait à coup sûr si je n'avais pas été mise à l'asile. Et voilà qu'elle me contemple avec une admiration timide qui me remplit du désir d'être ce qu'elle me croit. Je pourrais peut-être devenir pour elle une sorte de mentor – je n'y ai encore jamais songé, mais cette pensée me plaît. Ce pourrait être une compensation au fait de vieillir.

« Francis devrait continuer à étudier. Il est vraiment intelligent. » Elle rougit sous l'effort, inhabituel, d'exprimer une opinion personnelle.

« Peut-être bien. Mais, pour l'instant, il ne me parle pas. Tu verras quand tu seras mère : les enfants ne t'écoutent pas.

— Je ne me marierai pas. Jamais. »

Son visage a changé – l'ombre est de retour.

« Tu sais ? Je me rappelle avoir dit pareil. Mais les choses ne se passent pas toujours comme on le pense. »

Pour une raison ou une autre, je suis en train de la perdre. Les larmes affluent à ses yeux.

« Ida... Je ne sais pas si Francis t'a parlé avant de partir cette fois. S'il t'a dit où il allait ou quelque chose dans ce sens ? »

La jeune fille secoue la tête. Quand elle lève de nouveau le visage, je suis stupéfaite par la force de la douleur que je vois dans ses yeux. Du chagrin et autre chose – de la colère ? Ça se rapporte à Francis.

« Non, il ne m'a rien dit. »

Je rentre à la maison et je me sens encore plus mal que quand je suis sortie. Je ne m'attends pas vraiment à voir Angus revenir avec Francis, et quand il arrive enfin, tout seul, bien après la tombée de la nuit, je ne suis pas surprise. Il a la peau flasque tellement il est fatigué, et il parle sans me regarder.

« Je suis arrivé au lac Swallow. J'ai vu la trace de quelqu'un – plus d'une personne, ça, c'était parfaitement clair. Mais il est pas là. Et personne n'est allé à la pêche là-haut, je peux le jurer. Ils ont simplement traversé. Si c'était Francis, il devait courir. »

Et toi, tu es rentré, me dis-je. Tu as tourné le dos et tu es reparti. Je me lève, déjà décidée. Je n'ai pas à réfléchir davantage.

« Dans ce cas, j'irai à sa poursuite. »

Je dois reconnaître – c'est tout à son honneur – qu'il ne s'esclaffe pas comme le feraient la plupart des maris. Je ne sais pas si au fond de moi je souhaite qu'il m'arrête, ou au moins qu'il discute, qu'il me supplie de ne pas partir, de ne pas faire quelque chose d'aussi déraisonnable, téméraire et dangereux. De toute façon, il ne dit rien. Je songe aux hommes de la Compagnie, à Caulfield – ils vont venir dans notre ferme dès demain matin voir si Francis est là. Ils scruteront nos visages avec des regards rusés afin de mesurer notre peur. Eh bien, je n'ai plus assez d'énergie pour faire semblant. Je les regarderai dans les yeux et je leur montrerai que j'ai peur.

Je suis morte de peur.

DONALD ET JACOB SONT DE RETOUR À CAULFIELD en fin de matinée, et Donald prend des dispositions pour qu'un chariot aille chercher le trésor caché de Jammet. Comme il a honte d'avoir eu des soupçons, il envoie Jacob tout seul pour rapporter le coffre : c'est une décision qui le soulage et qui a aussi le mérite de le rendre disponible pour déjeuner avec Mme Knox et ses filles. Mais à peine ont-ils commencé à manger qu'il met pour ainsi dire les pieds dans le plat.

« Je me demandais si j'aurais l'occasion de rencontrer M. Sturrock ici à mon retour, dit-il sur le ton de la conversation. Il me semble que c'est une vieille connaissance de votre mari. »

Mme Knox regarde Donald et sursaute, effrayée. « M. Sturrock ? Thomas Sturrock ? » Les filles échangent des regards rapides et pleins de sous-entendus.

« Bon, je ne connais pas son prénom... mais on m'a dit qu'il connaissait votre mari... Excusez-moi, ai-je dit quelque chose... ? »

Mme Knox a franchement pâli, mais sa bouche se raffermit et dessine une ligne bien droite. « Il n'y a pas de mal, monsieur Moody. Je suis étonnée, c'est tout. Il y a bien longtemps que je n'avais pas entendu ce nom. »

Donald, confus et embarrassé, baisse les yeux vers son assiette. Susannah lance un regard furieux à sa sœur. Maria s'éclaircit la gorge.

« L'explication, monsieur Moody, c'est que nous avions deux cousines, Amy et Ève, qui sont allées se promener dans les bois et ne sont jamais revenues. Notre oncle Charles a fait appel à plusieurs personnes pour tenter de les retrouver, et M. Sturrock était l'une de celles-ci. Il avait une réputation de professionnel – vous savez, pour retrouver des enfants enlevés par des Indiens. Il a cherché longtemps mais il ne les a jamais trouvées.

— Il a dépensé tout l'argent de l'oncle Charles, et Charles en est mort le cœur brisé, ajoute Susannah rapidement.

— Il a eu une attaque d'apoplexie », explique Maria.

Mme Knox leur fait signe de se calmer.

Donald est abasourdi. À voir l'expression de Susannah, il comprend que c'est ce qu'elle avait commencé à lui dire la veille, sauf que, maintenant, on a enlevé les fioritures. Et qu'elle est mécontente qu'on lui ait ôté l'histoire de la bouche.

Il finit par se rappeler qu'il est censé ajouter quelque chose : « Je suis navré. Quelle affaire horrible.

— En effet, dit Mme Knox. Ni ma sœur ni son mari ne s'en sont remis. Maria a raison de dire qu'il a eu une attaque d'apoplexie, mais il n'avait que cinquante-deux ans. Il avait été brisé. »

Susannah lance à sa sœur un regard triomphant.

Dans le silence qui suit, on n'entend plus qu'un bruit, celui de la fourchette de Donald contre son assiette. Brusquement, se sentant comme un rustre parce qu'il continue à manger, il laisse sa fourchette planer en l'air de façon hésitante. Même sa mastication lui paraît affreusement bruyante, mais, sa bouche étant pleine, il n'a pas grande latitude pour agir.

« J'espère que ce rôti de porc vous plaît », déclare Mme Knox avec un sourire appuyé. Ce n'est pas une hôtesse qui se laisse démonter par quoi que ce soit.

« Délicieux, murmure Donald, bien conscient du fait que Susannah, à sa gauche, a posé sa fourchette.

— Ça s'est passé il y a longtemps, dit Maria. Il y a dix-sept ou dix-huit ans. Mais vous ne m'avez pas dit si Francis Ross est rentré ou si vous allez partir dans la forêt demain ? »

Donald sent un élan de gratitude envers Maria. « Pour l'instant, c'est le deuxième cas de figure. Il n'est pas rentré. Ses parents sont inquiets.

— Pensent-ils qu'il a disparu comme… » Susannah s'interrompt, puis : « Francis n'arrête pas de partir dans les bois. Un véritable indigène. Il doit les connaître comme sa poche.

— Quoi qu'il en soit, nous éclaircirons l'affaire en le trouvant. Jacob excelle à suivre des traces. Un délai de quelques jours ne lui fait ni chaud ni froid. »

Maintenant, le déjeuner fini, Donald est assis dans le bureau et il réexamine ses notes de la veille avant de consigner les événements du matin. Il vient de se décider : il ira trouver le dénommé Sturrock et l'interrogera. Lorsque Susannah entre sans frapper, il saute sur ses pieds, et dans sa précipitation, chose incroyable, il réussit à renverser la chaise.

« Bon sang ! Je suis désolé, je...

— Oh, mon Dieu... »

Susannah l'aide à relever la chaise et les voilà debout tout près l'un de l'autre, leurs visages à quelques centimètres à peine, en train de rire. Donald se recule, brusquement terrifié qu'elle puisse deviner avec quelle force son cœur cogne dans sa poitrine.

« Je suis venue vous présenter mes excuses, dit-elle. Nous avons été d'une compagnie exécrable. Vous savez, j'avais espéré que ce serait différent quand je vous reverrais. »

Elle a un visage très sérieux, mais ses joues ont légèrement rosi. Donald a soudain la conviction absolument stupéfiante qu'il plaît à cette fille superbe, et c'est un sentiment qui le submerge comme le contrecoup d'un alcool puissant. Il espère ne pas avoir la bouche ouverte en un grand sourire idiot.

« Vous n'avez aucune raison de vous excuser, mademoiselle Knox.

— Je vous en prie, appelez-moi Susannah.

— Susannah. »

C'est la première fois qu'il prononce son prénom devant elle, et il en sourit. La sensation de ce prénom dans sa bouche, la vue de ce visage qui le regarde, tout cela lui semble se graver au fer rouge sur son cœur.

« Vous avez été d'une compagnie absolument charmante et m'avez heureusement diverti de tout ce... ce bazar. Je suis... heureux d'être venu. Je veux dire, heureux que Mackinley m'ait choisi.

— Mais je suppose que vous vous en irez demain et qu'ensuite nous ne vous reverrons plus.

— Eh bien... je pense que la Compagnie aura besoin de garder un œil sur ce qui se passe par ici. Donc... qui sait ? Il se peut que je sois de retour plus tôt que vous ne croyez.

— Oh, je vois. »

Elle a l'air si triste, si délaissée, qu'il a l'audace d'ajouter : « Mais savez-vous ce qui serait formidable ?... Ce serait si vous vouliez m'écrire, et, et... me dire ce qui se passe.

— Comment ça ? Vous voulez un rapport ?

— Bon... oui, mais j'aimerais aussi savoir... comment vous allez. J'aimerais vous écrire, si cela pouvait vous faire plaisir.

— Vous aimeriez m'écrire ? » Elle semble charmée, étonnée.

« Ça me plairait beaucoup. »

Pendant un moment, ils restent le souffle coupé en se rendant compte de ce qu'ils sont en train de dire, puis Susannah lui répond en souriant :

« Ça me plairait aussi. »

L'exultation de Donald confine à la folie ; il se sent rempli d'une puissance et d'une énergie dont il avait oublié l'existence. Il rend grâce à Dieu, avec insistance et en silence, alors même que, sans trop savoir ce qu'il fait, il se précipite hors de la maison, sentant de manière paradoxale qu'il veut être seul pour savourer pleinement ce nouveau bonheur. Il se dirige vers le magasin de John Scott en supposant que celui-ci est au courant de tout ce qui se passe à Caulfield. Il pénètre en coup de vent dans la boutique et, alors qu'il essaye de chasser de son visage son sourire idiot - un homme est mort, quand même -, il aperçoit derrière le comptoir une femme mince au visage rond. Elle lève la tête quand elle entend la porte, et il remarque d'abord une expression de peur vite masquée par un visage neutre.

John Scott n'est pas là, mais Mme Scott s'avère presque aussi utile. Donald observe son air affolé, et il essaye de se concentrer tandis qu'elle lui explique que M. Sturrock habite dans leur maison et qu'il est peut-être là en ce moment - elle ne saurait le dire.

« Vous pouvez aller voir si vous voulez. La bonne est là... » Mais Mme Scott s'interrompt comme si elle venait juste de se souvenir de quelque chose. « Non, je vais envoyer un message, ce sera mieux. »

Elle disparaît par une porte à l'arrière. Donald regarde longuement par la fenêtre un ciel qui ressemble à du lait caillé et il songe aux douces lèvres de Susannah.

Thomas Sturrock a une façon d'être qui inspire à Donald de la sympathie. Quand on lui avait dit que cet homme recherchait des disparus, il avait pensé trouver un vieux coureur des bois aux manières grossières, amateur de plaisanteries corsées comme celles que Donald doit endurer au fort, et il est agréablement surpris de rencontrer ce monsieur raffiné.

« Si je puis me permettre, comment avez-vous abouti à ce genre de profession ? »

Ils sont en train de siroter le café amer de Scott, assis dans deux fauteuils que Mme Scott a disposés près du poêle. Sturrock fixe sa tasse d'un air déçu avant de répondre.

« J'ai pas mal roulé ma bosse, et j'ai écrit sur la façon de vivre des Indiens. J'ai toujours été leur ami. Quelqu'un qui le savait a requis mon aide dans une affaire où on avait enlevé un garçon. Comme ç'a marché, d'autres gens m'ont demandé la même chose. Je n'ai jamais eu l'intention de faire ce métier, c'est plutôt lui qui est venu à moi. Maintenant, je suis trop vieux pour ça.

— Et l'objet que vous êtes venu chercher, avez-vous quelque chose d'écrit prouvant que Jammet vous le destinait ?

— Non. La dernière fois que je l'ai vu, il ne projetait pas de se faire assassiner.

— Et vous n'aviez pas connaissance d'ennemis qu'il aurait pu avoir ?

— Non. Il marchandait dur, mais ce n'est pas une raison pour tuer quelqu'un.

— En effet.

— La première fois qu'il m'a montré ce morceau d'os, je lui ai demandé si je pouvais copier ce qui avait été marqué dessus mais, comme il voyait que ça m'intéressait, il a refusé et il m'a dit qu'il me le vendrait.

— Et vous ne l'avez pas acheté ?

— Non. Voyez-vous, j'étais momentanément à court de fonds. Il a accepté de le conserver jusqu'à ce que je puisse payer. J'ai l'argent à présent, mais, évidemment..., dit-il en écartant les mains pour montrer son impuissance, je ne sais pas où est l'os.

— J'en parlerai à M. Knox. On n'a pas trouvé de testament. Si M. Knox est d'accord, j'imagine qu'il pourrait vous le vendre. À condition qu'on le trouve. »

Brusquement, Donald se dit que Sturrock a peut-être déjà cherché ce morceau d'os. Il se souvient des traces de pas près de la cabane. Trois types d'empreintes. Trois personnes qui sont venues inspecter la cabane la veille au soir.

« C'est généreux de votre part, monsieur Moody. Je vous en suis reconnaissant.

— Quelle sorte d'objet est-ce ? Il vient de Rome ou d'Égypte ?

— Je ne suis pas tout à fait certain que l'objet provienne de ces civilisations-là, mais c'est pour cela qu'il me le faut : j'ai l'intention de le porter aux experts d'un musée. »

Donald hoche la tête, intrigué par l'importance que Sturrock accorde à cet objet. Il sait pourtant que, si quelqu'un porte un grand intérêt à quelque chose, il est recommandé d'être méfiant. Pourrait-on supposer que Sturrock soit arrivé un peu plus tôt, que Jammet ait refusé de lui vendre l'os et que Sturrock l'ait tué ? Ou que Jammet l'ait déjà vendu à quelqu'un d'autre ? Donald a beau tout retourner dans un sens ou dans l'autre, Sturrock ne fait pas un tueur très vraisemblable. Il faut également reconnaître que nul n'a vu cet objet qui, de toute évidence, a de la valeur. Dans ce cas, entre les mains de qui se trouve-t-il, à présent ?

Donald quitte le magasin après avoir obtenu de Sturrock l'assurance qu'il restera à Caulfield pendant les prochains jours. Il se demande pourquoi il n'a pas pensé à lui poser des questions sur les filles Seton – sans doute parce qu'il ne peut absolument pas croire que cet homme aux manières si courtoises soit l'escroc, le rapace dépeint par les Knox. Il se demande aussi – ce n'est pas la première fois – si son manque d'expérience ne le conduit pas à avoir trop facilement une bonne impression de ceux qu'il rencontre. Ne devrait-il pas être plus soupçonneux, comme Mackinley, qui part du principe que les gens le décevront tôt ou tard, et à qui les faits, en général, finissent par donner raison ?

Alors qu'il marche sur la route, Donald aperçoit Maria qui porte un panier. Il soulève son chapeau avec un petit sourire. Décidément, elle lui semble moins hostile depuis ce matin ; malgré cela, il ne se serait pas risqué à lui adresser la parole si elle n'avait pas parlé la première.

« Monsieur Moody, comment avance votre enquête ?

— Euh, lentement, merci. »

Elle marque une pause, comme si elle attendait qu'il continue, et du coup il s'entend dire : « Je viens juste de parler à M. Sturrock. »

Elle ne manifeste aucune surprise et hoche la tête. « Et puis ?

— Je l'ai trouvé charmant. Instruit, sensible… pas du tout ce que j'escomptais.

— Je suppose qu'il lui a fallu du charme pour escroquer mon oncle de tout son argent. Il en avait un bon paquet, me semble-t-il. »

Donald a dû froncer les sourcils, car elle poursuit : « Je sais que mon oncle était suffisamment aux abois pour faire n'importe quoi, mais un homme d'honneur lui aurait dit qu'il était inutile de continuer à chercher les filles et aurait refusé son argent. Au bout du compte, ç'aurait été plus charitable. Il a fini par ne plus rien avoir, ni ses filles, ni de quoi vivre, et il a... bon, ça l'a pratiquement détruit. Après la mort de ma tante. Je sais que c'est affreux de dire une chose pareille, mais... j'ai toujours pensé qu'elles avaient été dévorées par les loups. D'autres personnes le disent aussi et j'estime qu'elles ont raison. Mais mon oncle et ma tante n'ont jamais pu accepter cette version.

— Comment pourrait-on l'accepter ?

— Est-ce tellement plus atroce que ce qu'ils ont supposé ?

— J'aurais tendance à croire que la vie, même à n'importe quel prix, vaut mieux que la mort. »

Maria l'évalue du regard - comme un fermier qui jauge un cheval pour savoir s'il souffre de gêne respiratoire. Si elle regarde tous les hommes ainsi, elle ne trouvera jamais de mari, se dit-il avec irritation.

« Il est possible que les loups leur aient épargné un sort pire que la mort. » Dans la bouche de Maria, ce cliché apparaît comme une mauvaise plaisanterie.

« Vous ne croyez quand même pas ça ? » Il s'étonne d'avoir la hardiesse de la contrarier.

Maria hausse les épaules. « Il y a quelques années, deux enfants se sont noyés dans la baie. Un accident horrible. Les parents ont bien sûr eu beaucoup de chagrin, mais ils sont toujours vivants. Ils semblent même plutôt heureux, à présent - aussi heureux que n'importe lequel d'entre nous.

— C'est peut-être l'incertitude qui est si dure à supporter.

— Et elle permet à des individus sans scrupules de profiter de votre espoir jusqu'à ce que vous ayez été délesté de tout votre argent. »

Une fois de plus, Donald est étonné par ce qu'elle dit. Il entend vaguement la voix de son père lui affirmer sur le ton du sermon : « Le désir de choquer est un trait infantile qui doit disparaître quand on atteint la maturité. » Pourtant, Maria ne semble pas du tout immature. Il se rappelle alors qu'il n'est plus obligé d'être de l'avis de son père ; ils sont sur des continents différents.

« M. Sturrock ne semble pas riche », dit Donald en guise de défense.

Maria regarde au-delà de Donald, dans la rue, puis revient à lui en souriant. Contrairement à Susannah, elle a les yeux bleus. « Ce n'est pas parce qu'on aime bien quelqu'un qu'on peut lui faire confiance. » Et avec un petit salut de la tête – presque une parodie de révérence –, elle s'éloigne.

Donald passe le reste de l'après-midi et de la soirée à trier soigneusement les affaires de Jammet, mais, comme tous ceux qui l'ont fait avant lui, il ne trouve rien qui semble éclairer sa mort. Tous les biens terrestres du Français sont entassés dans une partie sèche de l'écurie et Donald, avec l'aide de Jacob qui, par souci de sécurité, a surveillé la manière dont on vidait la cabane, les a répartis en tas ou mis dans des caisses. L'ensemble se monte à étonnamment peu. Donald s'efforce de ne pas penser à la petite quantité de choses que ses collègues auraient à examiner s'il était soudain arraché à son enveloppe charnelle. Il n'y aurait absolument nulle trace, par exemple, de ces sentiments nouveaux, d'une importance colossale, qu'il éprouve à l'égard de Susannah. Il se jure de lui écrire dès le moment où il quittera Caulfield – ce qui est absurde, étant donné qu'ils sont encore dans la même maison. Et, puisque Donald a pris la décision d'attendre le retour de Mackinley et de Knox avant de se lancer dans une poursuite qui reviendra sans doute à courir beaucoup pour rien, il restera ici probablement encore un jour ou deux.

Il lui demandera un petit portrait d'elle, ou un souvenir. Ce n'est évidemment pas qu'il compte se faire tuer. C'est juste au cas où.

QUAND J'ÉTAIS PETITE FILLE ET QUE MES PARENTS VIVAIENT ENCORE, j'étais en butte à ce qu'on appelait des « difficultés ». J'étais saisie de peurs paralysantes qui me rendaient incapable de tout mouvement et m'empêchaient même de parler. J'avais l'impression que la terre glissait au-dessous de moi, que je ne pouvais pas me fier au sol sous mes pieds, ce qui me terrifiait. Les médecins me prenaient le pouls et me regardaient longuement au fond des yeux, puis déclaraient que ces problèmes, quels qu'ils soient, passeraient avec l'arrivée de l'âge adulte (et je crois que par ces mots ils désignaient le mariage). Cependant, avant que leur hypothèse ait pu être vérifiée, ma mère est morte dans des circonstances mal élucidées. Je pense qu'elle s'est suicidée, même si mon père l'a nié. Elle prenait du laudanum et elle est morte d'une surdose – intentionnelle ou pas. Mes peurs me torturaient de plus en plus, et quand mon père n'a plus été en mesure de supporter mon état, il m'a placée dans ce qui était, pour dire les choses franchement, un asile de fous – bien que l'établissement eût un nom alambiqué où il était question de repos pour personnes distinguées. Et puis mon père est mort à son tour, me laissant à la merci du directeur de l'hôpital – un homme sans scrupules –, et je me suis retrouvée à l'asile public, qui, au moins, avait l'honnêteté de ne pas déguiser ce qu'il était.

Là, le laudanum était dispensé très libéralement. D'abord prescrit pour les paniques qui me paralysaient, il s'est substitué à mes parents ou à mes amis pour devenir ce dont je dépendais le plus au monde. On en donnait beaucoup pour calmer des patients trop remuants, mais j'ai vite compris que je préférais me l'administrer moi-même et j'ai dû user de ruses pour me le procurer. Je réussissais facilement à persuader quelques soignants masculins de me consentir certaines faveurs, et j'embobinais comme je voulais le directeur, un jeune homme idéaliste du nom de Watson. Quand on prend l'habitude d'une substance, on oublie pourquoi on en a voulu au début.

Plus tard, lorsque mon mari a estimé que mon accoutumance à ce produit empêchait une véritable intimité entre nous, j'y ai renoncé. Ou, plutôt, il a pris ma provision de laudanum et l'a jetée, m'obligeant ainsi à me débrouiller sans.

C'est la seule personne qui ait jugé utile de se donner cette peine. Ensuite, j'ai eu la même sensation que lorsqu'on est dégrisé après une longue période d'ébriété. C'est un état qui semble merveilleux un certain temps. Mais une telle abstinence ravive le souvenir de choses oubliées – par exemple pourquoi, au départ, on a eu besoin de cette drogue. Quand, au cours des années qui se sont écoulées depuis, certaines périodes ont été dures, j'ai compris exactement pourquoi j'étais devenue dépendante, et, ces derniers jours, j'ai pensé au laudanum presque autant qu'à Francis. Je sais que je pourrais aller au magasin en acheter. Je le sais à chaque minute de la journée et pendant la moitié de la nuit. La seule chose qui me retienne, c'est que je suis l'unique personne au monde sur laquelle Francis puisse compter. Pour l'instant, je ne l'aide en rien.

Francis est parti depuis cinq jours, et je descends le long du sentier en direction de la cabane de Jammet lorsque j'entends un bruit devant moi. Un chien traverse le chemin en gémissant : un chien que je ne connais pas, gros, à longs poils, l'air sauvage – un chien de traîneau. Je m'arrête : quelqu'un m'a devancée.

Dans la pente qui surplombe la cabane, je me glisse derrière un buisson, furtive comme j'ai appris à l'être, et j'attends. Un insecte mécontent enfonce ses mandibules dans mon poignet. À la fin, un homme sort de cette maison et siffle. Deux chiens arrivent en courant, y compris celui qui se trouvait tout à l'heure sur le sentier. Dans ma cachette, je retiens mon souffle, et au moment où l'homme tourne son visage vers moi, je sens le froid d'un frisson me parcourir la colonne vertébrale. Il est grand pour un Indien, de forte carrure, vêtu d'une capote bleue et d'un pantalon de peau. Mais c'est son visage qui me fait penser à l'histoire de l'homme artificiel. Il a un front bas et large, de hautes pommettes, et un nez et une bouche tournés vers le bas comme un bec de rapace. Il donne une impression de sauvagerie et de cruauté. Des sillons ont été incisés dans sa peau cuivrée de chaque côté de la bouche. Ses cheveux noirs sont emmêlés. Je n'ai jamais vu, de ma vie, quelqu'un d'aussi laid, dont le visage aurait pu être taillé dans le bois avec une hache émoussée. Si Mlle Shelley avait eu besoin d'un modèle pour son horrible monstre, cet homme aurait été pour elle une inspiration parfaite.

J'attends, osant à peine respirer jusqu'à ce qu'il soit de nouveau dans la cabane, puis je me glisse doucement à reculons hors de ma cachette. Je me demande un instant quelle est la meilleure conduite à tenir : retourner chercher Angus à la ferme et lui parler de cet homme, ou bien aller à cheval directement jusqu'à Caulfield et en informer Knox ? Il ne faut pas que j'affronte cet individu moi-même ; il est manifestement dangereux. J'ai beau me raisonner, j'ai du mal à croire que quelqu'un puisse avoir un tel visage sans être cruel et féroce. Et je finis par aller voir Angus. Il m'écoute en silence, puis il prend son fusil et suit le sentier.

J'ai su plus tard qu'il était allé jusqu'à la cabane et qu'il y était entré directement. L'étranger a été surpris alors qu'il fouillait la pièce à l'étage. Angus l'a appelé et lui a dit, très poliment j'en suis sûre, qu'il allait devoir l'accompagner à Caulfield, car il se trouvait sur le lieu d'un crime et n'avait pas le droit d'y être. L'homme a hésité mais n'a pas opposé de résistance. Il a pris son fusil et a précédé Angus tout au long des cinq kilomètres qui les séparaient de la baie. Angus l'a mené jusqu'à la porte de derrière des Knox. Pendant qu'ils attendaient, l'étranger fixait la baie avec un regard distant et fier, comme s'il était indifférent à ce qu'on pouvait lui faire. Au moment où Angus s'est apprêté à retourner chez nous, l'étranger était en état d'arrestation et déjà emprisonné. Angus a eu pitié des deux chiens que Knox avait refusé de laisser entrer dans son jardin, et il les a ramenés avec lui, disant qu'ils ne poseraient pas de problème. S'il prenait cette peine, c'est qu'il avait dû trouver en cet étranger quelque chose qui lui avait plu…

ANDREW KNOX, ASSIS EN FACE DE MACKINLEY, FUME SA PIPE. La lumière du feu de cheminée donne à leurs visages une chaude teinte orangée. Même celui de Mackinley, qui ressemble d'habitude à du lait caillé, a perdu sa coloration jaunâtre. Knox n'arrive pas à partager la satisfaction sans retenue de son vis-à-vis. Après avoir interrogé l'étranger pendant plus d'une heure, ils n'ont rien découvert de plus concret que son nom, William Parker, et le fait que c'est un trappeur qui a commercé avec Jammet. Il a prétendu ignorer la mort de Jammet, avoir décidé de lui rendre visite en passant et avoir trouvé la cabane vide. Il aurait regardé dans toute la maison pour trouver quelque indice de ce qui avait bien pu se passer.

C'est Mackinley qui brise le silence : « Vous dites qu'un meurtrier ne revient pas sur le lieu de son crime ! Oui, mais s'il avait voulu récupérer des armes ou d'autres objets qu'il n'avait pas trouvés la première fois, il aurait quand même pu attendre que tout se calme pour y retourner et chercher de nouveau. »

Knox reconnaît que c'est possible.

« Ou bien il pourrait avoir pensé qu'il a oublié quelque chose sur place et il est revenu le chercher…

— Nous n'avons pas trouvé d'objet apporté de l'extérieur.

— Ou bien nous n'en avons pas vu. »

Knox cale ses dents contre le sillon creusé autour du tuyau de la pipe ; c'est une sensation agréable : le tuyau et les dents s'accordent parfaitement depuis le temps qu'ils se retrouvent. Mackinley condamne le trappeur trop vite, c'est son désir de solution qui oriente les faits plutôt que l'inverse. Knox voudrait l'en avertir, mais sans blesser son orgueil – après tout, officiellement, c'est Mackinley qui commande.

« Il n'est peut-être que ce qu'il dit, un trappeur qui a négocié avec Jammet dans le passé et qui ne savait pas qu'il était mort.

— Et qui va rôder dans une maison vide ?

— C'est pas un crime. Ce n'est même pas rare.

— C'est pas un crime, mais c'est suspect. Nous devons déduire ce qu'il y a de plus plausible à partir des éléments que nous avons.

— Nous n'avons rien. Je me demande même si nous avons des raisons suffisantes de le détenir. »

Knox a déclaré qu'il ne s'agissait pas d'un prisonnier et qu'on devait bien le traiter. Il a envoyé Adam à l'entrepôt où on le garde lui porter un plateau-repas et allumer un feu. Il lui en coûtait beaucoup de demander encore un service à Scott, mais il ne pouvait pas envisager de loger cet homme dans une chambre, même fermée à clé, de la maison où dorment sa femme et ses filles. Quoi qu'il en dise, il y a quelque chose dans le visage de cet inconnu qui suscite des pensées sombres et terrifiantes. Il songe aux visages sur les gravures des guerres indiennes : des visages peints, tordus par la fureur, impies, étrangers.

Ils déverrouillent la porte de l'entrepôt pour la deuxième fois et lèvent leur lanterne pour voir le prisonnier immobile, assis près du feu. Il ne tourne pas la tête quand la porte s'ouvre.

« Monsieur Parker, dit Knox, nous aimerions parler un peu plus. »

Ils s'assoient sur des chaises apportées plus tôt à cet effet. Parker reste silencieux et ne se retourne pas pour leur faire face. Seule son haleine qui se condense en nuages pâles près de son visage indique qu'il est vivant.

« Comment vous est venu ce nom de Parker ? » demande Mackinley. Il a un ton insultant, comme s'il l'accusait de mentir sur son identité.

« Mon père était un Anglais né ici. Samuel Parker. Son père venait d'Angleterre.

— Votre père appartenait-il à la Compagnie ?

— Il a travaillé pour la Compagnie toute sa vie.

— Mais pas vous.

— Non. »

Mackinley se penche en avant. L'évocation de la Compagnie l'attire comme un aimant. « Est-ce que vous avez jamais travaillé pour elle ?

— J'y ai fait mon apprentissage. Maintenant je suis trappeur.

— Et vous avez traité avec Jammet ?

— Oui.

— Pendant combien de temps ?

— Pendant de nombreuses années.

— Saviez-vous que Laurent Jammet était membre de la Compagnie d'Amérique du Nord ? »

L'homme le regarde, presque amusé. Knox jette un coup d'œil à Mackinley – a-t-il eu ce renseignement par l'autre Français ?

« Je ne traitais pas avec une compagnie, je traitais avec lui.

— Appartenez-vous à la Compagnie d'Amérique du Nord ? »

À ces mots, Parker a un rire amer. « Je n'appartiens à aucune compagnie. Je piège des animaux pour leur fourrure et je les vends, c'est tout.

— Mais pour l'instant vous n'avez pas de fourrures.

— C'est l'automne. »

Knox pose sur le bras de Mackinley une main censée le retenir, puis il essaye de parler d'un ton raisonnable et amical. « Vous comprenez, nous sommes obligés de poser ces questions. M. Jammet est mort de façon épouvantable. Nous devons trouver tout ce que nous pouvons de façon à traduire en justice l'auteur du crime.

— C'était mon ami. »

Knox pousse un soupir. Avant que l'homme puisse ajouter autre chose, Mackinley intervient : « Où étiez-vous le jour et la nuit du 14 novembre – il y a six jours ?

— Je vous l'ai dit, j'étais en chemin, au sud de Sydney House.

— Est-ce que quelqu'un vous a vu ?

— Je voyage seul.

— Quand êtes-vous parti de Sydney House ? »

Pour la première fois, l'homme hésite. « Je n'étais pas à Sydney House proprement dit, juste dans cette direction.

— Pourtant vous avez dit que vous veniez de Sydney House.

— J'ai dit Sydney House pour que vous situiez où j'étais. C'était la direction d'où je venais. J'étais en forêt.

— Et que faisiez-vous en forêt ?

— Je chassais.

— Mais vous avez dit que ce n'est pas la saison des fourrures.

— Je chassais pour la viande. »

Mackinley regarde Knox et écarquille les yeux. « Est-ce que c'est normal en cette saison ?

— Ça l'est en toute saison », dit Parker en haussant les épaules.

Knox s'éclaircit la gorge. « Merci, monsieur Parker. Bon… ce sera tout pour l'instant. »

Sa voix le gêne, elle lui donne l'impression d'être celle d'un vieillard, pointilleuse et efféminée. Ils se lèvent pour partir, puis Mackinley se retourne vers l'homme près du feu. Il prend le pot d'eau sur le plateau et le renverse sur le feu, qui s'éteint.

« Donnez-moi votre sac à feu. »

Parker fixe Mackinley, qui soutient son regard. Les yeux de Parker sont opaques à la lumière de la lampe. À son air, on sent qu'il tuerait l'agent sur-le-champ s'il le pouvait. Lentement, il décroche la poche en cuir qu'il porte autour du cou et la tend à Mackinley. Celui-ci la prend mais Parker ne la lâche pas.

« Qu'est-ce qui me dit que je vais la récupérer ? »

Knox fait un pas en avant, soucieux de calmer la tension qu'il sent dans l'air. « Vous la récupérerez, j'y veillerai. »

Parker lâche le sac à feu et les deux hommes sortent en emportant les seules lanternes. Ils laissent le prisonnier dans le froid et l'obscurité. Knox jette un coup d'œil derrière lui au moment où il referme la porte et où il voit – à moins qu'il ne l'imagine seulement – le métis sous la forme d'une concentration d'obscurité dans cet espace sombre.

« Pourquoi avez-vous fait ça ? demande Knox tandis qu'ils repartent à travers le village silencieux.

— Vous voulez qu'il mette le feu à l'entrepôt et qu'il s'échappe ? Je les connais, ces gens. Ils sont sans scrupules. Vous avez vu comment il m'a regardé ? Comme s'il voulait mon scalp sur-le-champ. »

Mackinley lève la poche en cuir, la met devant la lanterne – c'est un sachet superbement orné et brodé. À l'intérieur se trouve le nécessaire de survie de cet homme : des silex, de l'amadou, du tabac et quelques lamelles peu appétissantes de viande séchée innommable. Sans cela, dans la forêt, il n'aurait pas fait de vieux os…

Mackinley jubile. « Bon, qu'est-ce que vous en dites ? Il a changé d'histoire pour que nous ne puissions pas prouver qu'il était là où il avait dit. Il aurait bien pu se trouver à Dove River il y a une semaine sans que personne le sache. »

Knox ne sait que répondre. Lui aussi a éprouvé un frisson de doute au moment où Parker a hésité – une brèche s'est ouverte dans le comportement assuré de cet homme ; il n'a plus trop su quoi dire.

« Ça ne prouve rien, finit par dire Knox.

— C'est une preuve indirecte. Vous préférez que le jeune garçon soit coupable ? »

Knox soupire. Il se sent très fatigué, mais pas encore assez épuisé pour ne pas réagir. « Qu'est-ce que c'est que cette histoire de Compagnie d'Amérique du Nord ? Je n'en ai jamais entendu parler.

— Ce n'est pas une compagnie officielle, mais elle risque de le devenir. André m'a dit que Jammet était dans le coup. Lui aussi. Les trappeurs franco-canadiens parlent de monter une compagnie contre la nôtre. Ils sont appuyés par les États-Unis, et il y a même des Britanniques, ici, qui s'y intéressent. »

Mackinley serre les mâchoires. C'est quelqu'un aux fidélités simples, et l'idée de voir un Canadien d'origine britannique prendre position contre la Compagnie le blesse. Knox en est moins étonné. La Compagnie a toujours été gérée par de riches Londoniens qui envoient leurs représentants (ils les appellent leurs « serviteurs ») dans la colonie pour en extraire les richesses. Aux yeux de ceux qui sont nés ici, il s'agit d'une puissance étrangère qui pille leur terre et leur verse des miettes en retour.

Il choisit ses mots avec soin. « Jammet pourrait donc avoir été considéré comme un ennemi de la Compagnie de la baie d'Hudson ?

— Si vous sous-entendez qu'un membre de la Compagnie puisse avoir fait ça... je vous assure que c'est impensable.

— Je ne sous-entends rien du tout. Mais c'est un fait que nous ne pouvons pas négliger. Jusqu'à quel point était-il impliqué dans la Compagnie d'Amérique du Nord ?

— L'autre n'en savait rien. Il savait seulement que Jammet en avait déjà parlé.

— Et on est bien sûrs qu'André se trouvait à Sault quand Jammet est mort ?

— Effondré dans un coin de bar et inconscient, d'après le patron. Il n'aurait pas pu tuer Jammet à Dove River pendant ce temps-là. »

Knox sent monter en lui une vague d'irritation en repensant aux événements de la soirée. À l'empressement de Mackinley, à sa certitude, à la présence puissante et brutale du prisonnier, et même au malheureux Jammet et à sa vilaine mort. Pendant la courte existence de son village, Knox a toujours connu Caulfield comme une communauté paisible où il n'y avait pas de prison et où l'on n'en avait jamais besoin. Maintenant, partout où il regarde, il voit de la violence et de l'amertume.

Quand il monte dans la chambre, sa femme ne dort pas encore. Même quand ce Parker est loin des yeux, il reste dans l'esprit de tous. Il se peut qu'un meurtrier réside dans leur village et qu'ils n'en soient séparés que par quelques minces cloisons de bois. Quelque chose chez cet homme accrédite facilement l'idée de sa culpabilité. Mais, évidemment, personne n'est responsable de son apparence et l'on ne doit pas juger les gens sur leur mine. Est-il en train de le faire ?

« Il y a des gens qui font ce qu'il faut pour qu'on ait du mal à les aimer, fait-il remarquer en se déshabillant.

— Tu parles du prisonnier, ou de M. Mackinley ? »

Knox se permet un sourire rentré. Il regarde le visage de sa femme et lui trouve l'air fatigué. « Tu n'es pas souffrante ? »

Il adore les vagues que font ses cheveux quand elle les décoiffe, et ils sont aussi superbement châtains qu'à l'époque de leur mariage. Elle en est fière et elle les brosse pendant cinq minutes tous les soirs jusqu'à ce qu'ils crépitent et se collent à la brosse.

« J'allais te poser la même question.

— Non, je vais bien. J'ai quand même envie que tout ça se termine. Je préfère Caulfield lorsque tout y est bien tranquille et monotone. »

Elle se pousse quand il se glisse entre les draps. « Tu as appris l'autre nouvelle ? »

Le ton de sa voix n'annonce rien de bon. « L'autre nouvelle. Quoi donc ? »

Elle soupire. « Sturrock est là.

— Sturrock ? Celui qui cherche les disparus ? À Caulfield ?

— Oui. M. Moody l'a rencontré. Apparemment, il connaissait Jammet.

— Oh ! là, là ! » Il ne cesse jamais de s'étonner de ce que sa femme réussit à apprendre par les rumeurs. « Oh ! là, là ! » répète-t-il à voix basse. Et tandis qu'il est là, étendu, les doutes s'accumulent dans sa tête. Qui aurait cru que Jammet entretenait discrètement tant de relations ? Un pouvoir étrange émane de cette cabane vide, et il attire à Caulfield des gens indésirables, qu'on n'aurait jamais soupçonné voir là, qui cherchent Dieu sait quoi. Voilà dix ans qu'il n'a pas vu Thomas Sturrock ; c'était peu avant la mort de Charles. Il a tenté d'oublier cette rencontre. Maintenant, il a beau essayer, il n'arrive pas à imaginer de raison innocente à la présence de Sturrock.

« Tu crois que c'est lui qui l'a fait ?

— Qui ? » Pendant un instant, il ne se souvient plus de quoi elle parle.

« Qui donc ! Le prisonnier, bien sûr. Tu crois que c'est lui ?

— Essaye de dormir », dit Knox. Et il l'embrasse.

LA VEILLE DE SON DÉPART, Donald passa un peu de son précieux temps à fureter dans le magasin de Scott afin d'y dénicher un cadeau pour Susannah. Il hésita à lui acheter un stylo ; c'était sans doute un cadeau d'adieu tout à fait convenable, mais elle risquait d'y voir une manière assez lourde de lui rappeler sa promesse d'écrire. Le choix d'articles n'était pas très étendu, et il finit par se décider pour un mouchoir brodé. Peut-être y verrait-elle un sous-entendu, le désir qu'elle pleure son absence, mais tant pis – elle n'y penserait probablement pas.

Cet après-midi-là, Susannah traîna pendant des heures dans la bibliothèque de sa maison, attendant que Donald la trouve par hasard en train de feuilleter un livre. Elle aurait eu le temps d'en lire un en entier avant qu'il comprenne enfin où elle était passée, mais elle ne l'avait pas fait ; les romans de la bibliothèque étaient pour la plupart ennuyeux, car ils avaient été choisis par son père quand il était jeune, ou alors par Maria, qui avait des goûts bizarres. L'entendant tousser, Donald ouvrit timidement la porte en gardant une main derrière son dos.

« Nous partons demain. Avant l'aube. Nous ne vous verrons donc pas. »

Elle reposa vite le traité sur la pêche et lança à Donald son irrésistible regard en biais. « Tout va être bien triste, sans vous. »

Donald sourit, mais son cœur battait la chamade dans sa poitrine. « J'espère que vous ne penserez pas que je prends des libertés, mais je vous ai acheté ceci. Je voulais vous offrir quelque chose avant de partir. »

Il tendit le petit paquet enveloppé dans le papier brun du magasin et entouré d'un ruban. Susannah sourit et l'ouvrit, puis elle déplia le mouchoir.

« Oh, c'est ravissant ! Vous êtes trop bon, monsieur Moody.

— Je vous en prie, appelez-moi Donald.

— Oh… Donald. Merci beaucoup. Je le garderai toujours sur moi.

— Je ne peux pas imaginer de plus grand honneur. »

Il hésita, sur le point d'ajouter à quel point il enviait le mouchoir, mais il perdit confiance, peut-être était-ce mieux ainsi. Car il ne pouvait pas savoir que Susannah en possédait un autre exactement semblable que lui avait offert, moins d'un an auparavant, un jeune homme du coin amoureux d'elle. Mais, à présent, du rose pâle lui montait aux joues et donnait l'impression qu'elle rayonnait de l'intérieur.

« Maintenant, je suis gênée de ne rien avoir à vous offrir en retour.

— Je ne veux rien en retour. » Il hésita encore, à deux doigts de lui demander un baiser, et une fois de plus, manqua de courage. « Juste que vous m'écriviez de temps à autre, si vous n'êtes pas trop occupée.

— Oh, oui, je vous écrirai. Et peut-être, si vous n'êtes pas trop occupé, pourrez-vous aussi m'écrire à l'occasion.

— Tous les jours ! lança-t-il imprudemment.

— Oh, je crois que vous serez trop pris pour cela. Mais j'espère que ce ne sera pas… dangereux. »

Les quelques minutes qu'ils passèrent encore dans la bibliothèque s'écoulèrent dans une douce hébétude. Donald ne savait plus que dire, mais, comprenant que la balle était dans son camp, il finit par trouver assez de courage pour prendre une des mains de Susannah. Au moment même, quelqu'un fit retentir le gong de Sumatra installé dans l'entrée – c'était le signal du dîner –, et Susannah retira sa main ; sinon, qui sait ce qui aurait pu s'ensuivre ? Donald en a le vertige quand il y pense.

Il n'y a que deux façons de sortir de Dove River : vers le sud, en direction de la baie, ou vers le nord, en suivant la rivière à travers la forêt. Jacob commence à suivre la piste un peu au-delà de la ferme des Price. Comme Angus Ross leur a dit que, selon les indices qu'il a repérés, Francis était allé au-delà du lac Swallow, Jacob ne s'arrête que pour examiner les traces et s'assurer que ce sont celles du garçon. La piste est bien visible et ils marchent d'un bon pas, dépassant le lac dès le début de l'après-midi. Puis Jacob s'agenouille afin d'étudier le sol de plus près.

« Ça fait déjà quelques jours, mais plus d'une personne est passée par ici.

— En même temps ? »

Jacob hausse les épaules.

« Il pourrait s'agir de ce marchand français. Il est venu dans le coin, pas vrai ?

— Plus de deux personnes sont allées dans cette direction : deux empreintes de pieds, de taille différente. »

Ils suivent cette piste pendant plusieurs kilomètres. À l'endroit où un affluent se jette dans la Dove, la piste s'oriente vers l'ouest et longe l'affluent sur un terrain pierreux où les traces ne sont plus visibles. Donald se conforme aux indications de Jacob, car il suppose que l'Indien sait ce qu'il fait, mais il est soulagé de voir, près du cours d'eau, un endroit où des pieds ont enfoncé des feuilles et de la mousse dans de la boue.

« Je dirais qu'il marche depuis six ou sept jours. Il est fatigué et il a faim. Je crois qu'on va plus vite. On va le rattraper.

— Mais où est-ce qu'il va, et ça nous mène où ? »

Jacob n'en sait rien. La piste continue, serpente dans la forêt le long de la rivière, et elle monte toujours, mais rien n'indique qu'elle mène quelque part ailleurs que dans une immensité sans limites.

Ils s'arrêtent alors qu'il fait encore jour ; Jacob montre à Donald comment couper des branches pour leur abri. Bien qu'il soit au Canada depuis plus d'un an, c'est la première fois que Donald goûte à la façon de vivre indigène, et tout ce qu'elle a d'inconnu pour lui l'enthousiasme. Il est en train de se débarrasser de son passé et de sa coquille délicate, livresque, pour enfin devenir un homme d'action, un rude pionnier, un véritable aventurier de la Compagnie. Il se délecte à l'idée de raconter cette expérience à ceux qui sont restés à Fort Edgar.

Ils construisent un abri et un feu sur lequel Jacob fait cuire une bouillie de viande et de maïs. Ensuite, Donald s'accroupit près du feu, et sort un stylo et du papier pour écrire à Susannah. Il n'a pas réfléchi à la manière de lui faire parvenir ses lettres, mais il suppose qu'ils trouveront sur leur route quelque habitation d'où l'acheminement sera possible. Il écrit : « *Chère Susannah* », puis il s'arrête. Devrait-il décrire la piste qu'ils ont suivie aujourd'hui, la forêt et ses verts sombres, ses jaunes flamboyants, les pierres pourpres qui percent à travers des mousses brillantes, leur façon de passer la nuit ? Non, tout cela risque d'ennuyer Susannah. Il préfère donc : « *La journée a été très intéressante…* », mais presque aussitôt il succombe à la chaleur du feu et s'assoupit, si bien que Jacob est obligé de lui donner un petit coup pour le réveiller, puis de la pousser sous le toit de bouleau, où il s'écroule sur des branches de sapin. L'épuisement le frappe comme une massue, et il est trop fatigué pour remarquer les ombres éthérées que la lune projette entre les arbres ; bien trop exténué aussi pour voir Jacob observer le halo de cristaux glacés qui entoure la lune et froncer les sourcils.

AU FIL DES ANS, J'AI CONSTITUÉ UNE COLLECTION DE LIVRES que je peux qualifier de « belle », même si elle est éclectique, et je viens d'en prêter quelques-uns à Ida. Contrairement à sa mère, elle m'est reconnaissante, et elle est réellement touchée que je lui confie des objets qui ont autant de valeur pour moi. Je ne l'aurais pas fait avant la semaine dernière, mais, maintenant, même mes biens les plus précieux ont perdu de leur importance. Parmi les livres que je lui prête se trouve mon dictionnaire, un ouvrage auquel je tiens beaucoup et que j'ai depuis vingt ans. Je l'ai gardé pendant tout mon séjour à l'asile – il palliait l'instruction que je ne recevais pas ; Ida l'a demandé tout spécialement parce que, chez les Pretty, on n'en avait encore jamais vu.

Ma mère me l'avait offert peu avant sa mort, comme pour compenser le manque que créerait bientôt son absence. Un bien petit dédommagement, direz-vous, pas tout à fait inutile toutefois. Dans mes lectures, je détestais buter sur des mots que je ne connaissais pas, et je m'obstinais à les chercher dans le dictionnaire : « Limpide », « Harpie », « Allusion ». J'ai regardé « Suicide » lorsqu'elle est morte. Je croyais que ça m'aiderait à comprendre pourquoi elle l'avait fait. La définition était précise et succincte, ce qui ne ressemblait pas à ma mère. L'expression « acte d'autodestruction » donnait une impression de geste violent et résolu, alors que ma mère était rêveuse et douce, souvent distraite. J'ai interrogé mon père pour voir s'il pouvait m'expliquer – je supposais qu'il la connaissait mieux que moi. Il a tempêté en disant que c'étaient des idioties, qu'elle n'aurait jamais fait une chose pareille, que le seul fait d'y penser était un péché. Puis, et j'en ai été terriblement gênée, il s'est mis à pleurer. Je l'ai entouré de mes bras pour tenter de le consoler pendant qu'il sanglotait. Au bout d'une minute ou deux à jouer, debout, un simulacre d'union père-fille qui ne changeait rien à rien – et ces instants m'ont semblé durer une heure –, je l'ai lâché et je suis sortie de la pièce. Il n'a pas paru s'en rendre compte.

Je crois que ni lui ni moi ne connaissions ma mère.

Plus tard, j'ai compris que je l'avais mis en colère en devinant la vérité. Je crois qu'il s'en voulait, et je pense qu'il m'a envoyée à l'asile parce qu'il craignait d'avoir rendu ma mère dépressive et de me faire subir la même chose. Ce n'était pas quelqu'un d'enthousiasmant et j'ai dans l'idée qu'il avait raison.

J'ai passé ma vie à essayer de ne pas être comme l'un ou l'autre de mes parents. Maintenant où j'ai presque l'âge qu'avait ma mère quand elle est morte, je ne sais pas dans quelle mesure j'y ai réussi : mon unique fils s'est enfui dans des circonstances épouvantables, et je ne peux pas en accuser entièrement son sang irlandais. J'ai joué un rôle dans son destin, mais j'ignore encore jusqu'à quel point ce rôle a été néfaste.

Parler à Ida me soulage un peu, car elle est plus gaie, aujourd'hui, et en prime j'ai droit aux commérages sur l'homme qu'on a enfermé dans l'entrepôt à Caulfield. Ida imite assez bien Scott qui gonfle ses joues d'indignation parce qu'on lui a demandé de prêter son précieux bâtiment pour emprisonner le suspect. Elle ajoute d'ailleurs quelque chose d'intéressant : ses frères ont trouvé des traces indiquant que cet inconnu avait longé leur ferme en allant chez Jammet, ce qui signifie qu'il venait du nord. Il serait donc possible qu'il ait vu Francis... Et donc, même si c'est un bandit, il va falloir que j'aille le lui demander. Juste avant de partir, Ida mentionne Thomas Sturrock, qui habite chez les Scott. Est-ce que je savais qu'il s'agissait du célèbre Sturrock, celui qui recherchait des disparus chez les Indiens mais n'avait pas réussi à retrouver les filles Seton ? Tout le village en parle. Je hoche vaguement la tête, oui, ça me dit quelque chose. Je me demande pourquoi Sturrock n'a rien mentionné quand nous avons discuté de ces filles. Encore une fois, je suis la dernière à être informée.

Comme on pouvait s'y attendre, Knox fait des histoires pour me laisser parler au détenu. Il prétend que je n'obtiendrai rien de lui, qu'on l'a déjà interrogé à ce sujet, que cela pourrait nuire à l'enquête, que c'est inopportun et, enfin, que c'est dangereux. Je ne m'emporte pas. Si je reste assez longtemps en refusant de m'en aller, il finira par céder – ce qu'il fait en secouant longuement la tête et en poussant des soupirs sinistres. Je lui répète que cet homme ne me fait pas peur, si effrayant que soit son aspect. Il a tout à perdre s'il se conduit mal (sauf s'il était condamné, car alors je suppose que peu importerait le nombre de meurtres pour lesquels il serait pendu, mais je n'en dis rien). Quoi qu'il en soit, Knox insiste pour envoyer son domestique avec moi : il restera assis près de la porte et surveillera notre entretien.

Adam déverrouille la porte. L'entrepôt a été débarrassé de tant d'articles qu'à présent le prisonnier semble avoir été abandonné dans un espace immense, un océan. Il y a deux fenêtres, mais elles sont près du toit et ne permettent guère de s'enfuir. De toute façon, le détenu est affalé sur une paillasse et ne réagit pas quand la porte s'ouvre. Peut-être était-il endormi, car il ne bouge que quand Adam l'appelle. Puis il s'assoit lentement en tirant sur son corps une mince couverture. Il n'y a pas de feu et le froid semble encore plus fort et pénétrant que dehors.

Je me tourne vers Adam : « Vous avez l'intention de faire mourir cet homme de froid ? »

Adam grommelle quelque chose où il est question de nous réduire tous en cendres ; je lui ordonne d'aller nous chercher des pierres chaudes pour nos pieds ainsi que du café. Il me regarde avec stupéfaction. « Je n'ai pas le droit de vous laisser seule.

— Allez les chercher tout de suite. Ne soyez pas bête. On ne peut pas rester assis à parler dans ce froid. Je suis sûre que je n'aurai pas de problème jusqu'à votre retour. » Je le fixe de mon regard le plus impérieux jusqu'à ce qu'il s'en aille. Mais il verrouille la porte derrière lui, ce qui me déconcerte quelque peu.

Le prisonnier ne me regarde pas ; il est assis, immobile comme une statue. J'apporte une chaise à quelques pieds de la paillasse et je m'assois. Je suis nerveuse mais déterminée à ne pas le montrer. Si je veux son aide, il faut que j'aie l'air de lui faire confiance.

« Monsieur Parker. » J'ai réfléchi à la manière d'exposer mon affaire. « Je m'appelle Mme Ross. Je viens vous demander votre aide. Je vous prie de m'excuser de profiter de votre... détention. »

Il ne me regarde toujours pas, il fait absolument comme si je n'étais pas là. Soudain me vient l'idée qu'il est peut-être un peu sourd. Alors, je reprends, plus fort :

« Monsieur Parker ? Il me semble que vous êtes arrivé par le nord, en passant par le lac Swallow. »

Au bout d'un long moment, il dit calmement : « Qu'est-ce que ça peut vous faire ?

— Ceci : j'ai un fils, Francis. Il est parti depuis sept jours. Je crois qu'il est allé vers le nord. Il ne connaît personne, là-haut. Je suis inquiète. Je me demandais si vous aviez vu une trace de... Il n'a que dix-sept ans. Il a... des cheveux noirs. Il est plutôt menu. »

Eh bien, voilà. Il n'y a pas d'autre façon de le dire, et de toute façon ma gorge était tellement nouée que je me demande si j'aurais pu prononcer encore d'autres paroles.

Parker semble réfléchir ; son visage a perdu son masque vide et il plante ses yeux noirs dans les miens.

« Sept jours, vous dites ? »

Je me serais giflée. J'aurais dû dire huit. Ou neuf. Je fais oui de la tête.

« Et on a trouvé Jammet il y a six jours.

— Monsieur Parker, mon fils ne l'a pas tué.

— Comment le savez-vous ? »

Cette question fait monter la colère en moi. Bien sûr que je le sais. Je suis sa mère. « Ils étaient amis. »

Parker fait alors quelque chose de tout à fait inattendu : il se met à rire. Comme sa voix, son rire est grave et dur, mais il n'est pas déplaisant.

« Moi aussi, j'étais ami avec lui. Et pourtant M. Knox et M. Mackinley semblent croire que je l'ai tué.

— Eh bien... » Je suis interloquée par le tour que prennent les choses. « Je suppose qu'ils ne vous connaissent pas. Mais il me semble qu'un innocent ferait tout ce qui est en son pouvoir pour aider une femme dans ma situation. Il s'imposerait ainsi comme un homme de bonne réputation. »

Est-ce mon imagination, ou bien est-il réellement en train de sourire ? Sa bouche tournée vers le bas se tord un peu.

« Donc, si je vous aide, vous croyez que M. Mackinley va me relâcher ? »

Je n'arrive pas à savoir s'il est sarcastique. « Ça dépendra de circonstances dont je ne sais rien, monsieur Parker – par exemple de votre culpabilité.

— Je ne suis pas coupable. L'êtes-vous ?

— Je... » Je ne sais pratiquement plus quoi dire. « C'est moi qui l'ai trouvé. J'ai vu ce qu'on lui avait fait ! »

À présent, il a l'air sincèrement étonné. Et j'ai la très nette impression qu'il veut savoir ce que j'ai vu. Brusquement, l'idée me vient que, s'il veut savoir, il est raisonnable de penser qu'il ne peut pas l'avoir fait.

« Vous l'avez vu ? On ne m'a pas dit ce qu'on lui avait fait. »

S'il ment, il joue d'une manière convaincante. Il se penche en avant. J'essaye de ne pas reculer, mais il a un visage terrifiant. Je sens presque sa colère irradier.

« Dites-moi ce que vous avez vu et je vous aiderai si je le peux.

— Impossible, je ne peux pas négocier avec vous.

— Dans ce cas, pourquoi est-ce que je vous aiderais ?

— Et pourquoi pas ? »

Soudain il se lève et marche à grands pas jusqu'au mur de l'entrepôt – ce ne sont que quelques pas, mais je tressaille avant de me contrôler. Il pousse un soupir. Peut-être est-il habitué à ce que les gens aient peur de lui. Je me demande où est passé Adam avec son café – j'ai l'impression qu'il est parti depuis au moins une heure.

« Je suis un métis, et on m'accuse d'avoir tué un Blanc. Que croyez-vous que ça leur fasse de savoir que Jammet était mon ami ? Pensez-vous qu'ils me croient, quand je dis quelque chose ? »

Comme il se tient dans un endroit de l'entrepôt particulièrement rempli d'ombres, je n'arrive pas à discerner son expression. Puis il revient vers sa paillasse.

« Je suis fatigué. Il faudra que je fasse un effort pour me souvenir. Venez me le demander demain. »

Il s'allonge et, me tournant le dos, tire la couverture sur lui.

« Monsieur Parker, je vous supplie d'y réfléchir. » Je ne suis pas du tout sûre de pouvoir trouver les arguments qui me permettront de revenir ici. Monsieur Parker ? »

Lorsque Adam rentre, je suis là, à l'attendre derrière la porte. Il me regarde avec stupéfaction, et sa cafetière fume comme un volcan en miniature dans l'air humide.

« Pour l'instant, lui dis-je, M. Parker et moi avons terminé. Mais vous pouvez laisser le café ici. »

Bien qu'il n'ait pas l'air content, Adam obtempère, et pose la cafetière et une tasse à une distance prudente de la paillasse.

Et, apparemment, c'est tout.

PARFOIS, ANDREW KNOX SOUHAITERAIT NE PAS ÊTRE CET ANCIEN, ce dignitaire de la communauté qu'il est devenu. Quand il a pris sa retraite de juge, c'était pour se délivrer de tous ces gens qui le suppliaient de remettre de l'ordre dans leurs vies emmêlées et confuses. Des menteurs et des tricheurs qui estimaient néanmoins que le monde conspirait contre eux et ne voyaient jamais dans leurs propres méfaits l'origine de leurs ennuis. Comme si le village n'était pas suffisamment survolté à l'idée qu'un assassin puisse se cacher en son sein, voilà que John Scott débarque dans son bureau au matin pour se plaindre et déclarer qu'il veut récupérer son entrepôt. Ou alors qu'on lui verse une compensation substantielle pour avoir, comme il le dit, permis à la communauté de profiter de son bâtiment. Faute de quoi il portera l'affaire devant l'État. Knox lui a souhaité bonne chance. D'autres habitants l'ont arrêté dans la rue pour lui demander pourquoi le coupable n'a pas été placé dans une vraie prison – personne ne semble imaginer que le prisonnier puisse être innocent. Et Mackinley ne se presse pas pour partir. Knox le soupçonne de vouloir obtenir lui-même une confession qu'il brandira partout comme un trophée. Knox est pris entre les divers désirs de gens ambitieux, et cela lui devient insupportable.

Et puis il y a l'histoire de Sturrock dont il est bien obligé de tenir compte.

Maria frappe doucement à la porte et lui dit que Mme Ross est encore là pour le voir. Cette femme ne veut donc pas le laisser tranquille. Il hoche la tête et soupire intérieurement – il a le sentiment angoissant que s'il lui dit non, elle attendra dans l'entrée ou même – Dieu nous en garde – dans la rue.

Elle commence à parler avant que la porte soit refermée : « Monsieur Knox…

— Madame Ross, je suppose que votre entretien a été fructueux ?

— Il a refusé de parler. Mais il sait quelque chose. Je dois retourner le voir demain.

— Je ne peux pas vous y autoriser. Voyez-vous…

— Ce n'est pas lui qui l'a fait. »

Elle paraît si sûre d'elle qu'il la regarde fixement, bouche bée. « Qu'est-ce qui vous rend si certaine ? L'intuition féminine ? »

Elle a un sourire sarcastique - un trait déplaisant, chez une femme. « Il voulait que je lui dise comment Jammet était mort. Il ne le savait pas. Et je suis sûre qu'il sait quelque chose sur Francis. Mais il n'a pas confiance en M. Mackinley, il ne croit pas qu'il sera équitable envers un… métis. »

Knox a bien conscience que Parker n'a pas confiance en lui non plus, et que Mme Ross, elle, fait preuve de diplomatie.

« Peut-être savez-vous aussi ce qu'il faisait dans la cabane de Jammet ?

— Je le lui demanderai. »

Knox fronce les sourcils. Cet échange commence à lui échapper. Il oublie qu'il y a seulement quelques instants il souhaitait être débarrassé de ses responsabilités - mais que ce soit une femme de fermier qui les lui ôte, voilà qui lui paraît incongru.

« Je suis désolé, mais il n'en est absolument pas question. Nous allons transférer ce prisonnier dès que possible. Je ne vais quand même pas laisser tous ceux qui en ont envie aller lui parler.

— Monsieur Knox. » Le pas en avant qu'elle fait alors pourrait presque passer pour une menace (si elle était un homme). « Mon fils est dans la forêt et les hommes de la Compagnie risquent de ne pas le trouver. Il se peut qu'il se soit perdu. Il se peut qu'il soit blessé. Ce n'est qu'un garçon, et si vous m'empêchez de m'informer auprès de ce prisonnier, vous risquez d'être responsable de sa mort. »

Knox doit faire un effort pour ne pas reculer. Quelque chose en elle… à moins que ce ne soit le sentiment d'insuffisance que provoquent chez lui les femmes grandes et belles. En la regardant dans les yeux - des yeux d'un gris et d'une dureté minérale étranges -, il se rend compte de sa détermination farouche.

« J'aurais cru que vous, en particulier, auriez compris ce que signifie perdre un enfant. Allez-vous me refuser une aide possible ? »

Knox soupire, furieux de la voir utiliser la tragédie Seton contre lui, mais également conscient du fait qu'il ne va pas avoir d'autre choix que céder. Si le garçon s'est tout simplement perdu, Knox n'a pas envie de songer aux conséquences. Et puis Mackinley n'a pas à être mis au courant. Si Knox est prudent, personne d'autre ne le saura jamais.

Il dit à Mme Ross de revenir le lendemain matin, de très bonne heure, et il insiste sur la nécessité d'être discrète. Il pousse un soupir de soulagement lorsqu'elle s'en va, admettant toutefois que c'est bien naturel, pour une mère, d'agir ainsi pour protéger son enfant. Seulement, ce serait encore plus naturel (et il aurait moins de mal à la comprendre) si elle pleurait ou montrait un peu de douceur dans ses manières.

« Monsieur Knox ! » C'est Mackinley qui entre en coup de vent dans son bureau, sans frapper. Vraiment, cet individu devient de plus en plus intolérable ; il déambule dans la maison comme s'il était chez lui. « Je crois qu'un jour de plus suffira, pas vous ? »

Knox lui jette un regard fatigué. « Suffira pour quoi, monsieur Mackinley ?

— Pour amener ce type à avouer. Pas la peine d'étirer les choses indéfiniment.

— Et s'il n'avoue pas ?

— Bof, je crois pas que ce sera un problème, dit Mackinley avec un sourire rusé. Ces gars-là, si on les prive de liberté, ils se mettent vite à plat ventre. Ils sont comme des bêtes, ils supportent pas l'emprisonnement. »

Knox lui lance un regard haineux, mais Mackinley ne le remarque pas.

« Je me disais que j'essayerais bien encore une fois avant le dîner.

— J'ai des papiers urgents à remplir. Ça ne peut pas attendre ?

— Je ne vois pas pourquoi vous prendriez la peine de venir, monsieur Knox. Je suis tout à fait prêt à l'interroger seul.

— Je crois que ce serait... mieux si nous étions tous les deux présents.

— Je ne pense pas courir de danger. » Il ouvre sa veste pour montrer un revolver accroché à la ceinture. Knox ressent une bouffée de colère.

« Ce n'était pas à votre sécurité que je songeais, monsieur Mackinley. Mais plutôt à la nécessité d'avoir plus d'un témoin de ce qui se dit.

— Dans ce cas, si c'est ce qui vous inquiète, je vais emmener Adam. La clé, s'il vous plaît. »

Knox se mord la langue et ouvre le tiroir où il garde les deux clés de l'entrepôt. Il se demande s'il ne devrait pas modifier ses projets et accompagner Mackinley, à qui il vient de songer comme à un criminel – ce qu'évidemment il n'est pas puisque c'est un des respectables serviteurs de la Compagnie. Il lui tend une des clés et se force à sourire.

« Adam devrait être dans la cuisine. »

Une fois Mackinley parti, Knox entend des voix s'élever dans le salon. Ses filles sont en train de se disputer. Il hésite un instant à intervenir comme il le faisait quand elles étaient plus jeunes, mais il ne trouve pas l'énergie nécessaire. Après tout, ce sont des femmes adultes, à présent. Il écoute la familiarité des sons : la voix de Susannah qui fond en larmes, le ton de Maria qui sermonne – là, il grimace –, une porte qui claque, puis quelqu'un qui monte l'escalier en courant. Ce sont bien des femmes adultes…

STURROCK EST EN TRAIN DE DISCUTER AVEC MME SCOTT quand elle lève les yeux et me regarde avec son air tendu habituel – je suppose qu'elle a eu peur que ce ne soit son mari venu la critiquer. Ils me donnent l'impression d'être au milieu d'une conversation très intime. Dès que je suis entrée dans le magasin, ils se sont subtilement éloignés l'un de l'autre comme pour signaler la fin des confidences. Je suis mécontente : j'avais cru que c'était moi qui conspirais avec Sturrock. Apparemment, il a l'habitude de s'entretenir par chuchotements avec les femmes des autres.

Il se tourne vers moi et s'incline, courbant sa tête argentée. « Madame Ross. En cette froide journée, vous avez trouvé l'endroit le plus chaud et le plus accueillant de Caulfield. »

Je hoche la tête avec raideur. Je ne sais pas pourquoi, mais je m'attendais presque à ce qu'il ne me reconnaisse pas.

« Puis-je vous servir une tasse de café, madame Ross ? Avec les compliments de la maison ? » Mme Scott me regarde avec un aplomb inhabituel. Elle semble avoir puisé dans la présence de Sturrock assez de courage pour disposer généreusement du café de son mari.

« Merci. Ce serait avec plaisir. »

J'en aurais pris, de toute façon, même au prix scandaleux où ils le vendent. Je me sens frigorifiée jusqu'aux os. Le froid de l'entrepôt. Le froid du meurtre. Malgré ce que j'ai affirmé à Knox, je ne sais pas du tout si Parker est un assassin ou pas. Dès qu'Adam a cadenassé la porte, j'ai perdu la certitude qu'il ignorait ce qui était arrivé à Jammet.

« Vous ne m'avez pas dit que vous connaissiez M. Knox, dis-je pour en finir, tout en regrettant mon ton irrité.

— En effet, je ne crois pas vous l'avoir dit. Excusez-moi.

— Vous auriez pu aller le voir et l'interroger sur les affaires de Jammet. Vous n'étiez pas obligé de rôder comme un voleur. »

Ou comme moi. Je me sens trahie. Je préférais Sturrock quand il était aussi discret que moi.

« J'ai connu Knox il y a fort longtemps. Je ne crois pas qu'il me reconnaîtrait.

— Sait-il que vous êtes ici ?

— Il aurait du mal à ne pas le savoir.

— Je ne voulais pas me mêler de ce qui ne me regarde pas. Mais c'est que je me sens... désavantagée. »

Pendant quelques instants, nous buvons en silence quelques gorgées de café.

« Je n'avais pas l'intention de vous induire en erreur, l'autre soir, madame Ross. Je vous en prie, croyez-moi. Il arrive qu'on soit déçu du rôle qu'on joue. On veut toujours être le héros, pas vrai ? Le héros de l'histoire ou... rien.

— Je suis sûre que vous avez fait votre possible. »

Il soupire. Je suis portée à le croire, mais je le dois plus à son charme, j'en suis consciente, qu'à l'un de mes jugements notoirement infaillibles.

« Si les filles n'étaient plus là, aucune action de votre part n'aurait pu les faire revenir. »

Il sourit. « Mais il y a des gens pour dire – je suis sûr que vous les avez entendus – que j'ai cherché trop longtemps et que j'ai fait subsister l'espoir alors qu'il aurait dû être mort et enterré.

— Si un parent choisit d'espérer, rien de ce que dira quelqu'un d'autre ne pourra l'en empêcher. »

Mes paroles sortent avec plus de dureté que je ne l'aurais voulu, et Sturrock me fixe avec ce regard de compassion éloquente que j'ai déjà remarqué chez lui. La partie cynique de mon être se demande combien de familles, torturées par l'angoisse, ont vu ce regard et s'en sont senties réconfortées.

Évidemment, dans ma situation, ce qu'il faut, ce n'est pas compatir, mais agir. Quelque chose qui remue depuis un certain temps en moi, quelque chose d'effrayant, sans nom, se cristallise brusquement. Et je sais que je ne peux plus compter sur les autres, sur personne. Ils ne font que vous décevoir, au bout du compte.

KNOX TROUVE STURROCK EN RÉSIDENCE CHEZ LES SCOTT. Il s'annonce à la bonne, et Scott vient l'accueillir. Il le regarde avec une curiosité non dissimulée, mais Knox ne révèle pas la raison de sa venue. Les Scott n'ont qu'à lancer des rumeurs (de toute façon, qu'il l'interdise ou pas, ils le feront). Par exemple que Sturrock est lui aussi soupçonné du meurtre. Quoi qu'il en soit, Knox ne dit pas pourquoi il est là. Ça ne les regarde pas.

On le conduit à l'arrière de la maison jusqu'à la chambre que les Scott louent aux voyageurs de commerce. La bonne frappe à la porte, et, lorsque Sturrock ouvre, Knox entre.

Thomas Sturrock a vieilli depuis la dernière fois qu'il l'a vu. Ça doit faire dix ans, et, chez certaines personnes, la décennie entre cinquante et soixante peut marquer la différence entre la fleur de l'âge et le gâtisme. Knox se demande s'il a lui-même changé. Sturrock se tient aussi droit qu'avant, et il est aussi élégant, mais il paraît plus mince, plus sec, plus fragile. Il se lève à l'entrée de Knox et masque sa surprise ou ses autres sentiments sous un sourire facile.

« Monsieur Knox. Je suppose que je ne devrais pas être étonné.

— Monsieur Sturrock. » Ils se serrent la main. « J'espère que vous allez toujours bien.

— Je me débrouille à trouver de quoi m'occuper pour ma retraite.

— Bien. Je suppose que vous savez pourquoi je suis venu. »

Sturrock hausse exagérément les épaules. Même avec des manches râpées et un pantalon légèrement taché, il donne l'impression d'être un dandy. Ça l'a desservi, dans le passé.

Knox ne se sent pas à l'aise. Il avait oublié l'effet de la présence de Sturrock, et il était presque parvenu à se persuader que l'histoire acceptée, celle qui avait fait le tour de Caulfield, était vraie.

« Je suis désolé pour… bon, vous comprenez. Vous savez comment les gens aiment jaser. Ce n'est sans doute pas agréable pour vous. »

Sturrock sourit. « Je ne suis pas tenté de les contredire, si c'est ce qui vous inquiète. »

Knox hoche la tête, soulagé. « C'est ma femme qui m'inquiète. Ce serait une telle source d'angoisse pour elle. Quant à mes filles… je suis sûr que vous comprenez.

— Oui, bien entendu. »

Knox se rend alors compte que Sturrock n'est pas d'accord ; il ne peut pas lui faire confiance. Il veut retrouver sa réputation.

« Bon, et qu'est-ce qui vous amène à Caulfield ? J'ai entendu toutes sortes d'histoires bizarres.

— Je suppose qu'elles sont vraies », dit Sturrock en souriant.

À ce moment précis, Knox perçoit un craquement devant la porte. Il se lève sans bruit et va ouvrir. John Scott se tient debout, portant un plateau, et il voudrait avoir l'air d'être juste arrivé.

« J'ai pensé que vous aimeriez une petite goutte, dit-il avec une jovialité peu convaincante.

— Merci. » Knox, le regard sévère, prend le plateau. « Très gentil à vous. Je crois que vous voulez que j'écrive quelque chose pour soutenir votre demande de dédommagement ? »

Scott a une mine soudain maussade, puis, s'efforçant de sauver la situation, il prend un air de conspirateur. « C'est un homme intéressant », chuchote-t-il avec un brusque mouvement de tête en direction de Sturrock.

Sous l'éclairage de la lampe, le visage de Scott est d'un rose luisant plutôt troublant. Ce qu'il évoque soudain à Knox, c'est un cochon qui se trouvait chez ses parents et qui avait l'habitude de renifler avec coquetterie en passant son groin à travers la haie au fond du jardin pour qu'on lui donne des petits morceaux à manger. Cette collision d'images surprend tellement Knox qu'il se contente de hocher la tête et de refermer la porte du pied.

Il pose le plateau sur une table. « M. Scott n'est pas seulement notre épicier, notre meunier et notre entrepreneur, mais c'est aussi la gazette locale. » Il verse un verre de whisky pour Sturrock. « Puis-je vous aider en quoi que ce soit lors de votre séjour ici ? À part vous offrir une chambre dans ma maison, car ce serait… mal venu.

— C'est gentil à vous de me poser la question. » Sturrock semble réfléchir à la proposition, mais il n'en a pas besoin. Il révèle à Knox la raison de sa présence et Knox lui promet de faire de son mieux, bien qu'au fond de lui cette requête le laisse perplexe. Après une demi-heure et plusieurs dollars en moins, il sort de la maison et découvre que ses pieds le mènent vers l'entrepôt qui se dresse, tel un monolithe sans fenêtre, à l'écart des maisons éclairées.

Il s'arrête – la lumière du jour a presque disparu – et essaye de surprendre des sons venant de l'intérieur du bâtiment. Comme il n'entend rien, il déduit que Mackinley a dû déjà partir, et il prend la deuxième clé.

Même avant que ses yeux se soient ajustés à l'obscurité des lieux, il se rend compte que quelque chose a changé. Le prisonnier ne se tourne pas vers lui.

« Monsieur Parker ? C'est Monsieur Knox. »

Alors, l'autre bouge et montre son visage. Pendant un moment, les yeux de Knox ne comprennent pas ce qu'ils voient : le visage lui apparaît toujours comme grossièrement sculpté, telle une ébauche inachevée ou gâchée par un couteau qui aurait malencontreusement glissé. Mais, avec un frisson quand il reconnaît ce visage, Knox remarque que les sourcils et les joues sont enflés et que du sang a noirci la peau.

« Oh ! là, là, qu'est-ce qui s'est passé ? » s'écrie-t-il avant que son cerveau ne rattrape sa langue et qu'il ne se morde la langue.

« C'est votre tour ? » La voix de l'homme est dure, mais elle ne trahit pas d'émotion évidente.

« Qu'est-ce qu'il a fait ? » Il aurait dû insister pour accompagner Mackinley. Il aurait dû écouter ses doutes. Quel abruti, ce Mackinley ! Il a tout gâché.

« Il a cru qu'il pourrait me pousser à avouer. Mais je peux pas avouer ce que j'ai pas fait. »

Dans son agitation, Knox fait des allées et venues. Il se souvient que Mme Ross a affirmé que Parker était innocent, et il est à présent enclin à être de son avis. Knox ressent la même montée de panique qu'un jongleur découvrant qu'il a trop de balles en l'air ; il sent l'imminence d'un désastre et de l'humiliation qui l'accompagne.

« Je vais… vous chercher quelque chose pour ça.

— J'ai rien de cassé.

— Je... Mes excuses. Ça n'aurait jamais dû arriver.

— Je vais vous dire quelque chose que je n'ai pas voulu dire à l'autre. »

Pris d'un espoir fou, Knox fixe le prisonnier.

« Laurent avait des ennemis. Et ses ennemis les plus implacables étaient dans la Compagnie. Vivant, il représentait une menace pour eux. Mort, il ne les gêne plus.

— Quel genre de menace ?

— C'était l'un de ceux qui ont fondé la Compagnie d'Amérique du Nord. En plus, il avait été jadis un des leurs, comme moi. La Compagnie n'aime pas ceux qui se tournent contre eux.

— Mais qui, dans la Compagnie ? »

Une longue pause s'ensuit.

« J'sais pas. »

Malgré le froid de l'entrepôt, Knox sent un filet de sueur descendre le long de son sternum. Quelque chose vient de traverser son esprit, quelque chose d'idiot, de téméraire mais aussi de têtu, qui ne ressemble à rien de ce qu'il a fait jusqu'ici. Et il sait ce qu'il va faire.

Pendant tout le repas, ce soir-là, il observe comment Mackinley se montre de plus en plus jovial sous l'effet du vin et de l'attention des femmes. Sa voix monte en même temps que son sang afflue à son visage, et il décrit les vertus des grands hommes de la Compagnie qu'il a connus. Il parle d'un agent de la Compagnie célèbre pour avoir désamorcé une querelle entre deux tribus indiennes – au détriment des deux –, puis d'un coureur des bois particulièrement admiré, que des randonnées de plusieurs centaines de kilomètres en plein hiver n'effrayaient absolument pas. Apparemment, même les guides autochtones étaient émerveillés par ses prouesses pour s'orienter et survivre, ce qui dément le caractère inné des capacités des autochtones à vivre dans la nature sauvage. Ou ce prouve qu'il n'est nul domaine dans lequel, en des circonstances adéquates, le Blanc (surtout s'il s'agit d'un Écossais) ne puisse exceller.

Knox regarde Mackinley parler, et, sans prendre part à la conversation, réussit à cacher son aversion pour cet homme. Plus tard, sa femme lui demandera s'il se sent bien, et, en souriant, il répondra qu'il est fatigué mais qu'il n'y a aucune inquiétude à avoir.

Désormais on parlera de lui ; des rumeurs parcourront de grandes distances pour propager le bruit de son incompétence, de ses incapacités. Heureusement, il a pris sa retraite. Si sa réputation est le prix qu'il doit payer pour que justice soit faite, eh bien, qu'il en soit ainsi.

Il lui est déjà arrivé de se taire pour cacher la vérité. Il peut encore le faire.

LES CHAMPS CÉLESTES

IL A ÉCHOUÉ. Voilà plusieurs jours qu'il est allongé en silence dans cette pièce et qu'il a tout juste la force de bouger. De temps à autre, sa jambe gauche est parcourue d'élancements qui le réveillent en pleine nuit. Depuis son lit étroit, il a eu le temps d'examiner les murs passés à la chaux, les chaises en bois peint et la fenêtre sans rideau qui ne laisse voir que le ciel. En se dressant sur ses coudes, il peut apercevoir la petite flèche d'une église peinte en rouge mat. Le ciel a surtout été gris ou blanc. Ou noir.

Son tremblement s'est calmé. Il sait à présent que la fièvre a dû le gagner après sa chute dans le marais. Il venait de traverser un bras d'eau stagnante et tourbeuse – l'eau était si immobile que des arcs-en-ciel huileux se dessinaient sur sa surface – lorsque, arrivé de l'autre côté, il avait glissé, tombant dans le bourbier. Horrifié par la vitesse avec laquelle il s'enfonçait, il avait agrippé des poignées de roseaux et s'était allongé à plat ventre sur la boue pour ne plus couler. Il se voyait clairement aspiré sous la surface, la boue lui remplirait la bouche et le nez et lui obstruerait la gorge. Il avait crié, mais plus pour extérioriser sa volonté que pour appeler à l'aide, car il était douloureusement évident que ses cris ne servaient à rien. Il lui avait fallu ce qui lui avait paru être des heures pour s'extraire et parvenir à ramper sur une berge caca d'oie jusqu'à un buisson de myrtilles. Une bonne plante, solide, aux racines plongées dans un sol ferme et rocailleux. Épuisé, il était resté allongé là. Il était arrivé malheur à sa jambe gauche : quand il tentait de se lever, elle se pliait sous son poids, et la douleur qu'il ressentait dans le genou lui donnait des haut-le-cœur, même s'il ne vomissait rien. Il n'avait pas mangé convenablement depuis trois jours. Peut-être depuis plus longtemps ? Il n'arrive pas à se le rappeler. Il ne se souvient pas non plus d'avoir été retrouvé ni d'avoir été amené ici, en ce lieu qu'il ne connaît pas. Il s'est réveillé dans la chambre blanche et s'est demandé si c'était à cela que la mort ressemblait : une pièce blanche sans aucun caractère où les anges vont et viennent lentement en parlant un drôle de langage.

Puis sa fièvre a baissé, et il s'est rendu compte que cette pièce n'était pas sans caractère et que les anges marchaient sur le sol, qu'ils étaient tout à fait ordinaires même s'il n'arrivait toujours pas à les comprendre.

Il y a deux femmes qui s'occupent de lui, qui lui donnent de la soupe et des soins dont la seule pensée le fait rougir. D'ailleurs, elles doivent avoir l'âge de sa mère, et elles le traitent comme s'il était leur enfant. Elles procèdent sans état d'âme et avec vivacité, qu'il s'agisse de le nettoyer à l'éponge, de remettre ses draps en place ou de lui caresser les cheveux. Hier – il pense que c'était hier –, un homme est entré, il a parlé avec l'une des femmes, puis il s'est approché, le regardant de ce qui lui est apparu comme une grande hauteur. Cet homme avait l'âge de son père, une grande barbe blonde fort peu à la mode et de gros yeux de chèvre.

« Êtes-vous français ? lui a-t-il demandé en français et avec un accent bizarre. En l'entendant, Francis a d'abord eu peur que cet homme ne connaisse son prénom, puis il a reconnu le français. Il s'est demandé quoi répondre. Il y a tant de choses qu'il ignore. L'homme s'est ensuite tourné vers la femme, et ils ont parlé un instant dans leur langue gutturale.

« Ank-lais ? »

Francis a regardé l'homme avec de grands yeux, puis il a décidé de ne rien dire. C'était sans doute ce qu'il avait de mieux à faire.

L'homme et la femme ont échangé un regard. L'homme a haussé les épaules, et, au bout d'un moment, les mains jointes, il s'est mis à parler. Francis s'est alors rendu compte qu'il priait. La femme a prié elle aussi, mais en écoutant l'homme. Ils étaient habillés de façon très ordinaire : avec du tissu grossier, noir, blanc et gris comme leur ciel.

Il y a peu de temps – au cours de la dernière heure, à peu près –, il a commencé à se souvenir. Il se rappelle avoir péniblement marché pendant des kilomètres et des kilomètres le long de la rivière qui traversait la forêt, s'aventurant plus loin qu'il ne l'avait jamais fait, sur les traces d'un homme. De quelqu'un qu'il n'avait pas revu depuis cette nuit-là à la cabane, et il avait dû exercer tous ses talents de traqueur pour ne pas perdre les indices. Mais le terrain avait eu des bontés pour lui. Chaque fois qu'il croyait s'être trompé – après avoir marché pendant des heures en examinant et scrutant le sol pour n'y rien déceler –, juste au moment où il concluait qu'il avait raté l'endroit où cet homme avait tourné, il tombait sur un nouveau signe : l'empreinte peu marquée d'un mocassin sur des feuilles, un creux où de l'urine avait fondu le givre. Il trouva aussi ses empreintes près de quelques restes de feux recouverts à la hâte. Il se demandait quand cet homme mangeait. Il n'avait jamais vu quelqu'un se déplacer aussi vite.

Francis n'osa allumer un feu qu'une seule fois, et il ne réussit pas ensuite à s'endormir tellement il était terrifié à l'idée que l'homme s'aperçoive qu'il était suivi et qu'il vienne le chercher. Mais il ne se passa rien. Il avait pris soin de ne pas trop s'approcher et de toujours anticiper la situation en cas de piège. À la fin, ce fut sa prudence qui le perdit. Le quatrième jour, il ne trouva plus la piste. Elle sortait de la forêt pour monter sur des terres plus hautes et partait vers le nord-ouest dans un paysage désolé, sans arbres – sur un plateau marécageux et semé de broussailles où les marais le ralentissaient et où le vent du nord le cinglait à travers son manteau en peau de loup. Il avançait lentement car, habitué à la protection des arbres, il craignait, maintenant qu'il était à découvert, d'être repéré. Au bout de plusieurs heures dans ces conditions, il avait failli tomber dans un autre ruisseau, plus petit, qui avait creusé une trouée à travers des bancs de vase huileux. Son eau était opaque et Francis ne décelait aucun signe du passage de l'homme. Puis il fut pris dans la vase et il se mit à se débattre. Pour la première fois, il fut envahi par une véritable terreur. Certes, il avait eu peur tout le temps, mais à présent il se rendait compte que le pays le tenait en son pouvoir et allait le faire mourir ; jamais on ne le retrouverait. Ses os, nus et blanchis, s'étaleraient sous ce ciel comme les squelettes de cerfs éparpillés autour de lui. Embourbé jusqu'à la taille, il continua sa lutte après la tombée de la nuit. Il cria même, au cas où l'homme ne serait pas loin – au moins, sous sa main, il connaîtrait une mort rapide, une mort humaine. Mais, sans qu'il sache comment, il avait réussi à s'extirper. C'était alors que ses forces l'avaient totalement abandonné.

Au bout du compte, ça revenait au même : il s'était évanoui au bord de ce ruisseau, épuisé, faible et gelé. Il avait échoué.

Ce doit être l'après-midi, se dit-il. Il a mangé un peu de soupe il y a une heure, puis il a dû subir la honte de se soulager dans le bassin hygiénique que tenait l'une des femmes, la brune. Il a détourné son regard pour ne pas la voir, mais elle a ri comme si elle le trouvait vraiment amusant ; elle ne paraissait pas du tout gênée.

Il ne voit ses vêtements nulle part, mais il hésite à s'en enquérir, et se demande d'ailleurs comment. Il pourrait interroger l'homme s'il revenait. Mais il a plutôt l'impression qu'il ne demandera rien, ni en français ni en anglais. L'idée de ne pas parler lui plaît. S'il ne dit rien, peut-être ne lui posera-t-on pas de questions. Il est désolé d'avoir échoué, mais sans plus : il a fait ce qu'il pouvait. Les raisons qui l'ont poussé à partir lui semblent à présent très lointaines. Elles appartiennent à un autre monde, douloureux, qu'il n'a pas très envie de retrouver. Il est bien plus inquiet, pour l'instant, du sort de la tablette en os.

Lorsqu'une des femmes revient, un peu plus tard – celle qui a un rire sonore et des cheveux secs et blonds –, il tente de s'exprimer avec des mimiques. La femme lui rappelle la mère d'Ida : elle a le même côté pratique, terre-à-terre. Elle s'active autour de lui et borde le lit, mais, quand elle pose la main sur son front, il croise son regard et le retient. Il fait alors glisser ses deux mains le long de ses bras en mimant l'action de mettre une veste, puis il les lève en signe d'interrogation. Elle comprend et tire sur sa propre jupe pour lui répondre tout en lâchant un torrent de paroles gutturales. Il sourit, il souhaiterait avoir quelqu'un de son côté. Puis il fait le geste d'écrire sur la paume de sa main et dessine dans l'air la forme d'une plaque. La femme fronce les sourcils avant de paraître comprendre ce qu'il veut lui dire. Elle le regarde d'un air désapprobateur, mais elle quitte la pièce.

Un soir, il y a plusieurs mois, Laurent a sorti la plaquette en os de sa cachette (il était soûl, à ce moment-là), et il l'a montrée à Francis. Ensemble, ils ont étudié les petits dessins en forme de bâtonnets et les marques anguleuses qui évoquaient une écriture. Laurent s'était dit que Francis saurait peut-être ce que c'était. Francis a pensé à ce qu'il avait appris en classe, aux hiéroglyphes égyptiens, au grec ancien, aux images des livres de sa mère, mais il ne se rappelait rien qui puisse correspondre à ces marques. La seule façon de voir vers où elles allaient, c'était de partir des hommes-bâtons regroupés au bord. Laurent avait dit qu'il l'avait achetée à un trafiquant des États-Unis ; il avait dit aussi qu'il avait rencontré un monsieur de Toronto disposé à verser une bonne somme pour l'avoir. Ils avaient ri de la folie des riches. Plus tard, il avait proposé à Francis de prendre la plaquette, mais Francis avait refusé, en partie parce qu'il n'était pas à l'aise avec un objet qu'il n'arrivait pas à comprendre. Qui sait ? Peut-être attirait-elle le mauvais sort ? Mais comme Laurent la lui avait offerte, il ne l'avait pas vraiment volée quand il l'avait enfin emportée. Quant aux autres objets, il avait dû les prendre pour survivre. Il aurait aussi embarqué le fusil s'il l'avait vu. Une autre partie de lui, celle qui se fait l'écho des garçons qu'il a dû supporter pendant de longues années à l'école du village, lui demande : qu'aurais-tu fait du fusil, si tu l'avais eu ? Toi qui ne peux même pas te résoudre à tirer sur un lapin.

Quand il rouvre les yeux, le barbu est assis près du lit. Il pose un livre – il attendait que Francis se réveille. Francis voit le titre de l'ouvrage, mais les mots lui apparaissent comme un enchevêtrement bizarre de consonnes. Le barbu lui sourit. Ses dents sont décolorées, ce qui se remarque d'autant plus qu'il a les lèvres rouges. Francis lui renvoie son regard, mais quelque chose sur son visage a dû s'adoucir car l'homme rayonne de plaisir et lui tapote l'épaule. Il ouvre la bouche pour lui redemander s'il est français ou anglais. Francis se dit soudain que ceux qui l'ont trouvé ont peut-être aperçu l'homme qu'il suivait. Qui sait ? Et si cet homme était venu ici, lui aussi ? En renonçant à l'idée de parler, il lui faudrait aussi renoncer à espérer. Et, à son grand étonnement, il découvre qu'il n'est pas encore prêt à renoncer.

Il humecte sa bouche, qui lui donne l'impression d'être rouillée et sale. « Anglais, croasse-t-il.

— Anglais ? Très bien. » L'homme est ravi. « Vous connaissez votre nom ? »

Francis hésite une fraction de seconde, et puis le mot sort sans qu'il y réfléchisse : « Laurent.

— Laurent ? Ah. Laurent. Oui. Bon. Moi, c'est Per. » Tournant la tête, il crie : « Britta ! Kom ! »

La blonde surgit d'un endroit proche et sourit à Francis. Per lui parle dans sa langue, lui explique.

« Laurent, dit-elle. Bienvenue.

— Elle ne parle pas tellement l'anglais. Moi, davantage. Est-ce que vous savez où vous êtes ? »

Francis fait non de la tête.

« Vous êtes à Himmelvanger. Ça veut dire les Champs célestes. Un beau nom, pas vrai ? »

Francis hoche la tête. Il n'en a jamais entendu parler. « Quelle rivière... ? » Sa voix lui semble encore étrange et faible.

« La rivière ? Ah, là où on vous a trouvé... Oui. Ah, une rivière sans nom. Jens chassait et vous a vu là. Très étonné. » Per mime la surprise de l'homme qui, cherchant des lièvres, est tombé sur un jeune homme couvert de boue.

Francis sourit autant qu'il le peut. Car pour sa bouche, c'est pénible. « Est-ce que je peux parler à Jens ? »

Per paraît surpris. « Oui, bien sûr. Mais pour l'instant... vous êtes malade. Dormez et mangez. Prenez des forces. Britta et Line s'occupent bien de vous, pas vrai ? »

Francis fait oui de la tête. Il sourit à Britta qui, soudain, a un petit rire nerveux.

Per se penche et ramasse les vêtements de Francis. « Tout propres, hein ? Et ça... » Il tend le sac de Laurent, et Francis le prend.

« Merci beaucoup. Et merci... à Jens de m'avoir trouvé. J'espère pouvoir lui parler bientôt. »

Les autres sourient en hochant la tête.

Britta dit quelque chose à Per, qui fait racler sa chaise contre le sol en se levant. Il pousse un grognement de satisfaction.

« Maintenant, comme dit Britta, vous dormez. D'accord ? »

Francis hoche la tête.

Il se permet de penser à ses parents dans la ferme. Il s'imagine qu'ils se seront inquiétés pour lui – mais il n'est pas dit qu'ils s'inquiètent assez pour partir à sa recherche. On a dû trouver Laurent, maintenant. Qu'est-ce qu'on va penser ? Que c'est lui le coupable ?

Cette pensée l'amène presque à sourire.

LINE EST DEHORS AVEC TORBIN ET ANNA quand Britta vient lui dire que le garçon a parlé. Line trouve étrange qu'un jeune Anglais s'appelle Laurent. Dans son existence précédente, elle a connu un Français du nom de Laurent – à l'époque où Janni était vivant. Comme elle parle anglais mieux que les autres, y compris Per, elle est contente mais ne le montre pas. Elle a eu envie de protéger ce garçon dès le moment où Jens l'a amené, couché sur le dos d'un poney, et maintenant elle a le sentiment d'avoir eu raison – elle jouera l'intermédiaire entre lui et les autres.

Tobi et Anna courent vers elle au milieu des caquètements des poules, et ils ont les oreilles qui sifflent.

« On peut le voir, maintenant ? demande Torbin, dont le visage est rouge de froid.

— Non, pas encore. Il est très faible. Vous l'épuiseriez.

— C'est pas vrai. On sera comme des petites souris. De toutes petites souris. » Anna émet des cris quasi imperceptibles, comme ceux des souris.

« Dans pas longtemps, dit Line. Quand il pourra se lever et marcher.

— Comme Lazare ! » s'exclame Anna, fort désireuse de faire entrer cet étranger dans la vision du monde que lui a donnée son Himmelvanger.

« Pas tout à fait comme Lazare. Il n'est pas mort.

— Presque mort ! Pas vrai ? » Torbin voudrait un peu plus de drame.

« Oui, presque mort. Il était inconscient.

— Ouais, comme ça. Regarde, maman ! » Torbin se jette dans la neige et fait semblant d'être évanoui, ce qui implique, dans son interprétation, que la langue pende d'un côté de la bouche. Line sourit. Torbin parvient toujours à la faire sourire. Il est débordant d'activité, impossible à refréner, comme une balle en caoutchouc extrêmement dense. Il ne lui rappelle pas vraiment Janni tandis qu'Anna, elle, est une réincarnation de Janni : des pommettes larges, des cheveux châtains, des yeux bleus aussi profonds qu'un fjord. Un sourire d'une douceur terrible qui n'apparaît pas souvent dans l'année et que la rareté rend encore plus dévastateur.

Les enfants grimpent hors du poulailler et foncent à travers la cour. Line est censée donner à manger aux poules avant d'aider Britta à confectionner des édredons. Elle n'est jamais seule bien longtemps, mais elle n'est pas venue ici pour ça. Elle aime se trouver dans cet abri, ce poulailler solidement construit pour résister aux vents d'hiver et dont le toit en forte pente repousse la neige. Tous les bâtiments d'Himmelvanger présentent une agréable robustesse. Tout a dû être bien bâti parce qu'on construisait pour Dieu : des assemblages en queue-d'aronde, des doubles murs, des toits aux lignes majestueuses joliment couverts de bardeaux de cèdre quasiment en forme de cœur. La flèche sur la petite chapelle, avec sa croix peinte. Pendant dix ans, elle a résisté aux vents et aux intempéries les plus redoutables de l'hiver canadien. Dieu les a protégés.

Et les gens d'ici ont accepté Line avec grâce et bienveillance, même si leur bonté ne va pas sans conseils. « Tu devrais prier davantage, Line, tu devrais placer ta confiance en Dieu, faire entrer plus de foi dans ton travail, et ta vie prendrait plus de sens. Tu devrais arrêter de pleurer Janni : il est avec Dieu, maintenant, donc il est heureux ». Elle a essayé de se conformer à ce qu'ils lui disaient parce qu'elle leur doit la vie. Quand Janni a disparu – elle a encore du mal à dire « quand il est mort » –, elle avait deux enfants tout petits et pas d'argent. Expulsée de son logement, elle ne savait pas où aller, et elle avait même envisagé de rentrer en Norvège, mais elle n'avait pas pu trouver l'argent pour les billets. Elle avait pensé se jeter avec ses enfants dans le Saint-Laurent. C'est alors qu'une amie lui a parlé d'Himmelvanger. La perspective d'aller vivre dans une communauté religieuse modèle lui était si étrangère qu'elle la trouvait presque comique. Mais c'était une communauté de Norvégiens qui recherchaient des gens durs à la tâche. Et, ce qui était encore plus important, ils ne demandaient pas d'argent.

Ironie du sort, elle était partie dans la direction que Janni avait prise lors de son dernier voyage. Ou, du moins, la dernière fois qu'elle l'avait vu. Alors qu'il cherchait un emploi, il avait rencontré un autre Norvégien qui avait décidé de se mettre au service de la Compagnie de la baie d'Hudson. On leur promettait des salaires élevés pour une saison de travail, mais le chemin était long pour arriver là-haut, dans le Nord-Ouest, jusqu'à la terre de Rupert. Il n'allait plus revoir Line et les enfants pendant plus d'un an, mais ensuite, avait-il déclaré, ils auraient assez d'argent pour acheter une maison. Ce serait la voie la plus courte pour atteindre la vie qu'ils voulaient : une maison à eux et un peu de terrain. Line ne serait plus obligée de laver et de raccommoder les vêtements sales des autres ; quant à lui, il ne serait plus forcé de se taire et de travailler pour des imbéciles.

Elle ne reçut qu'une lettre de Janni après son départ. Il n'était pas très fort pour écrire, elle ne s'était pas attendue à des lettres d'amour passionnées, mais quand même, un seul courrier en six mois, elle en fut un peu blessée. Il racontait que les choses ne correspondaient pas exactement à ce qu'il s'attendait à trouver – son camarade et lui avaient été logés avec un groupe de repris de justice norvégiens importés par la Compagnie. C'étaient des individus brutaux et violents que les autres employés évitaient. Janni était gêné d'être placé avec eux, mais on préférait répartir les gens selon leur nationalité plutôt que selon leur statut légal. Certains de ces hommes étaient bien, écrivait-il, et il avait hâte d'arriver à l'été suivant pour revoir Line et les enfants et enfin choisir un emplacement pour leur maison. Pas de message d'amour ; pas de paroles tendres ; il aurait pu écrire la même chose à une tante. Ensuite, plus rien.

Quand l'été suivant arriva, elle attendit, impatiente, demandant des nouvelles à droite et à gauche. Toronto était chaude et humide, les mouches noires harcelaient les enfants, leur logement exigu et peu cher sentait l'égout. La nuit, elle rêvait de grands espaces sans présence humaine, couverts d'une neige froide, pure et blanche, mais elle se réveillait en sueur pour gratter de nouvelles piqûres d'insectes. Elle devint coléreuse et grincheuse. Puis, en juillet, elle reçut une lettre adressée à la « famille de Jan Fjelstad ». D'abord envoyée à une mauvaise adresse, la lettre avait été ouverte et réexpédiée avec, sur l'enveloppe, l'adresse de Line rédigée d'une main enfantine. Des phrases abruptes avaient le regret de l'informer que son mari faisait partie d'un groupe de Norvégiens qui s'étaient mutinés et qui avaient déserté au mois de janvier en volant des objets de valeur appartenant à la Compagnie. Ils avaient disparu dans l'immensité, et sans aucun doute trouvé la mort dans les tempêtes de neige qui avaient balayé le pays ce mois-là. Cependant (le courrier prenait soin de le souligner), si par quelque étonnant hasard ils n'avaient pas péri, ils étaient recherchés par la justice.

Au début, Line n'y a pas cru, tout simplement. Elle a continué à attendre le retour de son mari en estimant qu'on avait dû le confondre avec quelqu'un d'autre. Les Anglais ne s'y retrouvent pas, dans les noms norvégiens, se disait-elle. Elle ne pouvait pas croire que Janni ait pu voler quoi que ce soit. Ce n'était pas dans sa nature.

Elle se rendit dans les locaux de la Compagnie à Toronto et exigea de voir quelqu'un. Un tout jeune Anglais aux cheveux blond cendré la reçut dans son petit bureau. Il fut poli et prit un air désolé, mais il déclara qu'il n'y avait aucune raison de mettre cette lettre en doute. Une désertion avait eu lieu, et même s'il ne savait personnellement pas le nom des personnes concernées, il était certain que l'on ne se trompait pas. Line cria son exaspération au jeune homme qui parut vexé. Il ne comprenait donc pas qu'il parlait de la mort de son mari et de la fin de ses espérances ! Elle partit du bureau en courant et continua à attendre.

Mais les semaines passèrent avec une terrible lenteur sans qu'il revienne. Elle fut à court d'argent. À la fin, ce qu'elle croyait n'avait plus vraiment d'importance ; qu'elle eût raison ou pas, il lui fallait prendre une décision. Par conséquent, un matin de septembre, elle entreprit avec les enfants un voyage de trois semaines jusqu'à cet endroit portant le nom ridicule de Himmelvanger, s'aventurant presque aussi loin que Janni lors de son avant-dernier trajet – celui qui l'avait mené à Moose Factory, un nom pas moins absurde[1].

Tout cela s'est déroulé trois ans plus tôt, et, depuis, elle s'est habituée à sa nouvelle vie. Au début, elle était certaine que Janni la retrouverait ; avant de quitter Toronto, elle avait dit à tout le monde où ils allaient. Un jour il entrerait dans la cour sur un grand

---

1. Moose Factory est une île de l'Ontario dont le nom se traduit littéralement par « fabrique d'orignal ».

cheval et il l'appellerait. Elle laisserait tomber son ouvrage et accourrait. Dans les premiers temps, elle y songeait tous les jours. Puis, peu à peu, elle a cessé de se laisser aller à ce fantasme. Elle s'est ramollie, elle s'est découragée jusqu'à ce que Sigi Jordal la pousse à se confier à elle. Pour la première fois depuis son arrivée, Line a pleuré et elle avoué à Sigi qu'il lui arrivait de vouloir mourir. Erreur qui lui a coûté d'être aussitôt assiégée par d'autres membres de la communauté qui, les uns après les autres, l'ont tous exhortée à se repentir de son grand péché de désespoir, à accueillir le Seigneur dans son cœur afin de Lui laisser le soin de chasser ce désespoir. Très vite, elle leur a affirmé qu'elle avait (soudain) accueilli le Seigneur et qu'Il la conduisait hors de cette sombre vallée de larmes. Curieusement, faire semblant la soulagea ; parfois, elle se demandait si elle n'y croyait pas un peu. Il lui arrivait d'aller s'asseoir dans l'église et de regarder longuement les rayons du soleil qui entraient ; elle suivait alors un grain de poussière particulier jusqu'à ce qu'elle ait mal aux yeux. Son esprit vagabondait agréablement. Ce n'était pas exactement de la prière, mais elle ne se sentait pas seule.

C'est à peu près à ce moment-là qu'Espen Moland a commencé à lui manifester une attention particulière. Il était marié (la communauté était réservée aux familles), et ses enfants jouaient avec Torbin et Anna, mais son intérêt pour elle était plus que spirituel. Elle est d'abord restée sur ses gardes car elle savait que ce genre de relation était totalement interdit. Mais, au fond d'elle, ce qui se passait lui plaisait. Espen lui donnait de nouveau la sensation d'être belle. Il lui affirmait que c'était la plus jolie femme d'Himmelvanger, qu'elle le rendait fou. Line se récriait, mais en son for intérieur elle était d'accord. Espen n'était pas ce qu'on appelle un bel homme – contrairement à Janni –, mais il était vif et drôle, et il avait toujours le dernier mot lors d'une discussion ou d'un débat. Elle trouvait particulièrement délicieux d'entendre des paroles passionnées de la part d'un homme qui n'arrêtait pas de plaisanter, et cela s'avéra trop fort pour que sa chair n'y succombe pas. Ils avaient donc commencé à pécher, il y avait quelques mois de cela. « Pécher », c'était le terme qu'elle employait, et pourtant elle ne se sentait pas coupable. Elle se montrait juste prudente et circonspecte. Elle ne pouvait pas se permettre un nouveau désastre.

Line l'entend arriver, à présent ; il siffle l'un de ces airs qu'il invente. Va-t-il entrer dans le poulailler ? Oui, la porte s'ouvre.

« Line ! Je ne t'ai pas vue de toute la journée !

— Tu sais bien que j'ai du travail.

— Évidemment, mais je suis triste, quand je ne te vois pas.

— Ouais, bien sûr.

— Je suis venu réparer la fuite du toit. »

Il porte sa ceinture d'outils – c'est leur charpentier –, et Line regarde vers le haut pour examiner le toit.

« Il n'y a pas de fuite.

— Bon, mais il pourrait y en avoir une. Il vaut mieux prendre ses précautions. On ne veut pas que nos œufs soient tout mouillés, pas vrai ? »

Elle pouffe. Espen la fait toujours rire, même quand il dit des bêtises. Il a glissé son bras autour de la taille de Line et se presse contre elle. Elle éprouve alors cette sensation familière qui la fait fondre, la submerge quand il est là.

« Britta m'attend, dit-elle.

— Et alors ? Quelques minutes de plus, elle ne le remarquera même pas. »

Qu'il est difficile de se conduire convenablement, même dans une communauté religieuse aussi stricte que celle-ci. Il lui embrasse le cou, et elle sent la chaleur de ses lèvres sur sa peau. Si elle ne part pas tout de suite, c'en est fini d'elle.

« Ce n'est pas le moment. »

En se tortillant, elle échappe aux bras d'Espen, mais elle halète.

« Bon sang, ce que tu es belle aujourd'hui. Je pourrais…

— Arrête ! »

Elle adore la supplication qu'elle lit dans les yeux d'Espen. C'est agréable de savoir qu'il est en son pouvoir de rendre quelqu'un aussi heureux rien qu'en le touchant. Mais si elle ne quitte pas le poulailler à l'instant, il risque de prononcer ces mots qui lui font affluer le sang au cerveau et la privent de sa raison. Des mots obscènes, sales, qu'elle ne pourrait jamais articuler mais qui exercent sur elle un pouvoir extraordinaire, presque magique. Janni n'aurait jamais fait ce genre de chose, mais la parole n'était pas son fort. D'ailleurs, avec Espen, elle éprouve des sentiments qu'elle n'a jamais connus auparavant ; elle a l'impression de changer d'une manière qui lui paraît parfois inquiétante, comme si elle partait sur la marée montante dans un canot aussi léger que du papier – elle est soulevée, en pleine euphorie, mais elle n'est pas sûre d'être maîtresse d'elle-même.

Elle s'efforce de reculer, bien que l'intérieur de son corps réclame Espen, et elle lui sourit au tout dernier moment pour qu'il ne croie pas – surtout pas ! – qu'elle ne s'intéresse plus à lui.

À l'extérieur du poulailler, elle efface le sourire qui s'est dessiné sur son visage en essayant de penser à autre chose – à quelque chose de répugnant comme l'odeur des cochons – plutôt qu'à Espen et à sa bouche adorable et obscène. Il va falloir qu'elle reste avec Britta pour la couture, et depuis quelque temps Britta lui lance trop de regards inquisiteurs et interrogatifs. Il est impossible qu'elle soit au courant, mais il se peut que quelque chose en elle les ait trahis. Elle essaie de se dégriser en pensant au garçon malade, mais pour l'instant elle n'obtient pas l'effet voulu. Au lieu de cela, elle s'imagine en train de soulever les draps et de regarder le corps nu du garçon. Elle a vu ce qu'il a : une peau délicieusement dorée dont elle a senti la douceur…

Bon Dieu ! Espen lui a empoisonné le cerveau. Peut-être devrait-elle se glisser quelques instants dans l'église et y prier ; essayer de faire naître en elle la honte qui convient.

IL FAIT UN TEMPS GLACIAL : c'est le plus froid des cinq jours qu'ils ont passés à suivre les traces. Un vent descend de l'Arctique en hurlant et leur cingle le visage avec de la grêle. Les yeux de Donald coulent, puis les larmes gèlent sur ses joues, les gercent et les mettent à vif. De l'eau venue on ne sait d'où a également gelé dans sa moustache, si bien qu'il a enveloppé le bas de sa figure dans son écharpe jusqu'à ce que celle-ci se solidifie à son tour à cause de l'humidité de son haleine et qu'il soit obligé de se l'arracher douloureusement du visage avant de suffoquer. Il a froid, il est épuisé alors que c'est Jacob qui porte la plus grosse part de leur chargement – Donald ne pourrait pas suivre s'il en avait la moitié.

Au bout du deuxième jour, Donald découvre que chaque mouvement provoque une douleur ici ou là dans son corps. Il s'était habitué, jusqu'alors, à se considérer comme un jeune homme plutôt fort et en bonne forme, mais il se rend compte qu'il ne fait que commencer à apprendre ce qu'est l'endurance. Jacob crapahute devant lui avec la charge la plus lourde sur ses épaules, fait des détours pour vérifier la piste, et quand ils s'arrêtent en fin d'après-midi c'est encore Jacob qui va chercher du bois, prépare le feu et coupe des branches pour construire l'abri où ils dormiront. Au début, Donald a juré qu'il allait s'acquitter de sa part du travail, mais il était trop fatigué et trop maladroit pour être utile, et leur camp était bien plus vite installé s'il laissait faire Jacob. Avec gentillesse mais fermeté, Jacob lui a dit de s'asseoir et de s'occuper seulement de faire bouillir un peu d'eau.

Ce matin, ils ont quitté la forêt de bonne heure et ils ont commencé à traverser un plateau dénudé, parsemé de monticules, où rien ne les isolait plus du vent qui soufflait de la baie d'Hudson gelée. Malgré les vêtements épais de Donald, ce vent lance des pointes qui pénètrent jusqu'aux endroits les plus tendres de son corps. Il s'avère très vite que ce plateau n'est qu'un immense marais. Des flaques d'eau noire remontent du sol en charriant des glaçons. Les roseaux et les saules arctiques reçoivent la neige qui arrive en rafales et la retiennent dans d'inextricables écheveaux. Il est impossible de faire deux pas de suite sur un sol ferme, et Jacob, qui a renoncé à garder ses pieds au sec, avance péniblement de bosse en creux avec une terrible monotonie. Si déterminé qu'il soit à ne pas se laisser distancer, Donald a déjà dû lui crier trois fois de ralentir, et maintenant Jacob s'arrête régulièrement pour l'attendre. Il réussit à ne pas donner à Donald le sentiment de son insuffisance ; au contraire, il fait semblant de s'arrêter pour le renseigner sur l'état de la piste. Manifestement, il a de plus en plus de mal à suivre les traces sur ce terrain, mais Donald l'écoute avec une indifférence croissante. Hier, l'idée de ne pas trouver le garçon n'avait plus guère d'effet sur lui ; aujourd'hui, il s'est rendu compte qu'il risquait de ne pas rentrer de cette expédition. Il n'est pas sûr que même cela lui fasse quelque chose.

Ils rencontrent de plus en plus souvent des cadavres d'animaux. En cet instant, ils dépassent d'un pas pesant le squelette d'un cerf qui doit se trouver ici depuis quelque temps car il est complètement décharné, bien qu'il soit jaune marron. Le crâne, à distance de voix de ses os épars, leur fait face. Il observe Donald à travers des orbites vides et lui rappelle silencieusement la futilité de leur entreprise.

Donald tente de tourner ses pensées vers Susannah, d'établir une cloison entre ce qu'endure son corps et ce qu'il ressent. Mais, à sa grande déception, c'est son père qui l'entend et qui le sermonne : « L'esprit doit être au-dessus de la matière, Don. L'esprit au-dessus de la matière. Élève-toi au-dessus ! Nous sommes tous obligés de faire des choses que nous n'avons pas envie de faire. » Il sent sa vieille irritation bouillonner et remonter à la surface comme du gaz de marais. Son père – comptable – n'a jamais été forcé de traverser à pied un marécage interminable en plein hiver canadien.

Il garde près de son cœur, glissées sous sa chemise,trois lettres adressées à Susannah. Déçu par son manque d'éloquence, il se console en se disant qu'il est très dur de composer des mots d'esprit alors qu'on s'efforce d'être assez près du feu pour y voir tout en tâchant de ne pas mettre le feu à ses cheveux. Il craint que ses lettres ne soient salies et tachées, qu'elles aient une odeur de fumée, sinon pire. Peut-être, s'ils retrouvent un jour la civilisation, les recopiera-t-il sur du papier propre ou même les récrira-t-il complètement avec un meilleur style, plus littéraire. Ce serait sans doute le mieux.

À quatre heures de l'après-midi, Jacob semble désorienté. Il fait attendre Donald tandis qu'il décrit un cercle pour examiner le sol, puis, d'un geste, il demande à Donald de le rejoindre. Ils reprennent un moment le même chemin en sens inverse, et Donald, silencieusement, maudit Jacob pour ce gaspillage d'énergie. Mais il se sent trop épuisé pour poser des questions. Une neige mince tombe à présent, et la visibilité est réduite. L'air est à la fois vif et humide. Jacob expire lentement, comme il a l'habitude de le faire quand il se plonge dans une réflexion.

« Je crois qu'ici ils ont pris des chemins différents. »

Donald scrute le sol mais ne voit rien qui puisse indiquer qu'un jour quelqu'un est passé ici.

« Ils sont tous les deux sortis de la forêt au même endroit. Les traces étaient nettes jusque-là, mais je crois que le deuxième allait de moins en moins vite. Personne ne va par là ; on voit une empreinte gelée dans la boue qui pointe par ici. Mais elle est assez loin, et on a du mal à suivre une piste dans le marais. J'ai l'impression que le deuxième a semé le premier et qu'il est passé par ici… » Il pointe le doigt vers l'endroit où le sol s'incline en une faible pente. « Il y a des indices qui montrent que quelqu'un a été coincé ici, et puis qu'il a continué. J'aurais dû le voir avant. »

Donald, en son for intérieur, pense qu'en effet il aurait dû. « Et tu crois que cette deuxième piste est celle de Ross ?

— La première est celle de quelqu'un qui va vite, qui a l'habitude des longues distances. Il sait où il va, il n'a pas besoin de s'arrêter pour regarder. Donc, oui, la seconde, c'est celle du garçon, et il est fatigué.

— Mais où est-ce qu'ils vont, bordel ? Je veux dire, la forêt, je veux bien, mais ici… Bon sang, regarde un peu ! Personne ne peut vivre ici ! »

À perte de vue, il n'y a rien d'autre que des broussailles éparses et ces infernales flaques d'eau. On ne voit aucun de ces éléments de paysage qu'on trouve en général attirants (à juste titre, estime Donald) – aucune montagne pour faire contraste à une vallée, aucun lac, aucune forêt. Si cette terre a un caractère, il est maussade, indifférent, hostile.

« Je connais pas bien ce coin, dit Jacob, mais il y a des postes de traite dans la région, plus au nord.

— Waouh ! Je plains les pauvres cons qui sont obligés d'y vivre. »

Jacob sourit. Ils sont un peu soulagés de s'être mis dans les rôles de novice et de tuteur. D'abord, ça facilite la conversation. On sait comment l'autre va réagir. Au cours des derniers jours, ils ont rodé leur numéro.

« Il y a des gens qui vivent partout, mais ici, on dit que c'est le pays où on meurt de faim. »

Donald pousse un juron. « Dans ce cas, on a intérêt à le trouver le plus vite possible. » Il n'a pas besoin de décrire ce qui se passera sinon.

« L'homme qui était devant allait peut-être jusqu'à l'un des postes là-haut, dit Jacob en indiquant, dans le hurlement du vent, une direction qui ne semble pas plus prometteuse que les autres.

— Et le second ?

— Je sais pas. Il s'est peut-être perdu. »

Ils reprennent leur lente et pénible poursuite en avançant avec précaution par-dessus les touffes d'herbe et les bosses rocheuses qui percent soudain à travers la végétation du marécage. Ces rochers ont parfois des couleurs saisissantes : vert foncé, pourpre ou orange mat. Parfois les flaques d'eau sont transformées en glace épaisse, et d'autres fois le pied passe à travers une mince couche gelée pour s'enfoncer dans la vile obscurité de la vase et de l'eau glaciale. Donald se sent terrifié à l'idée de ne retrouver qu'un cadavre – ce qui, maintenant, devient très possible. Combien de temps quelqu'un peut-il survivre ici, surtout s'il est seul et perdu ? Il essaye de se dire qu'ils ne sont pas très loin derrière Francis Ross, mais une idée morbide le hante, celle que Jacob, par inadvertance, le laisse loin derrière et qu'il se retrouve tout seul comme le garçon. Combien de temps survivrait-il ? Il se démène pour ne pas être distancé par la silhouette sombre devant lui, car il ne veut pas qu'une telle chose lui arrive. Par quelque ironie de la physiologie, il a recommencé à sentir des élancements de la blessure reçue au bas des côtes, guérie depuis peu. Elle lui rappelle qu'il est fragile – ou bien que Jacob, dont il dépend pour sa survie, lui a donné récemment un coup de couteau ?

À la fin, les deux hommes arrivent à une rivière qui se faufile dans ce paysage de manière presque invisible. Elle est noire comme du pétrole entre des berges gelées. Jacob arrête Donald et montre du doigt un endroit où la boue a été remuée, avec des crêtes et des creux gelés.

« Des gens sont passés ici. Et un cheval. Je dirais qu'il les a rejoints. »

Jacob sourit et Donald s'efforce d'éprouver du contentement. Mais il sent surtout qu'il ne va pas pouvoir continuer encore bien longtemps. Il nourrit une haine de plus en plus forte pour cet environnement qui ne ressemble à rien de ce qu'il a connu jusqu'à présent. Il n'est pas normal qu'il y ait des gens, ici. L'idée d'un homme à cheval qui recueillerait le garçon peut se transformer en cauchemar – qui sait combien de temps il leur faudra encore marcher, maintenant. Il n'arrive pas à comprendre pourquoi Jacob a refusé d'emmener les chevaux ; il n'écarte plus la possibilité que tout cela soit une tentative bien calculée pour achever ce que le coup de couteau n'a pas réussi à accomplir.

Jacob s'éloigne de la rivière, et Donald se place avec peine dans son sillage, les yeux obstinément fixés sur ce sol imprévisible, trop engourdi pour savoir vers où ils avancent.

Soudain, voilà que Jacob s'arrête, et Donald lui fonce carrément dans le dos, tellement il est insensible à ce qui l'entoure. Jacob le prend par le bras et lui rit au visage.

« Monsieur Moody, regardez ! Regardez ! »

Il montre la neige et le crépuscule qui, imperceptiblement, les a surpris. Et dans ce tourbillon grisâtre, Donald aperçoit des points lumineux. Son visage se fend en un énorme sourire et il sent quelque chose de chaud lui couler sur le menton – sa lèvre vient de se fendre. Mais rien ne peut étouffer sa joie féroce. Il va y avoir des maisons, des gens, de la chaleur… Il va y avoir des feux, et même mieux, des murs ! Des murs qui l'isoleront des éléments. Dans un moment d'exaltation, il revit l'excitation qu'il a connue en voyant la surface de la lune, il éprouve le plaisir sans mélange du garçon de quatorze ans qu'il était alors, et sa joie est si entière que toute la détresse de ces derniers jours, en fait toutes les privations des derniers dix-huit mois lui semblent ne pas avoir été endurées en vain. Il envoie une tape maladroite sur l'épaule de Jacob, persuadé à présent que c'est le meilleur des gars, le plus brave qu'il ait jamais rencontré de toute sa vie.

Quarante minutes plus tard, ils entrent dans une grande cour entourée de beaux bâtiments en bois : des écuries qui abritent des bêtes et dont l'intérieur fume ; une petite église avec un clocher large et court surmonté d'une croix peinte en rouge mat. Des lampes allumées déversent par les fenêtres leur lumière sur la cour gelée, et elles donnent l'impression d'une terre promise. Donald refoule des larmes de gratitude tandis qu'ils s'avancent vers le plus grand des bâtiments et frappent à la porte.

JE CROYAIS, QUAND J'ÉTAIS PETITE FILLE et même plus tard à l'asile, qu'une fois mariés les gens ne se sentaient plus jamais seuls. À cette époque, je pensais que je ne me marierais jamais, que j'étais destinée à être exclue de la société, ou – ce qui était encore pire – à devenir une vieille fille. Je m'étais fait des amis à l'asile, et même, en la personne du Dr Watson, un ami très particulier ; mais me retrouver la muse d'un médecin des fous ne me donnait pas la sensation d'appartenir au monde ordinaire ni d'être en sécurité. Mon mari m'a apporté quelque chose à quoi je ne m'attendais pas : un sentiment de légitimité. Et aussi l'impression de trouver quelqu'un à qui je n'avais rien à cacher. Je n'étais pas obligée de faire semblant. Sans doute était-ce une façon de dire que je l'aimais. Je sais qu'il m'aimait, mais je ne saurais dire quand cela a cessé d'être vrai.

Il est tard, et encore une fois je n'arrive pas à dormir. Je pense à ma prochaine rencontre avec le prisonnier. Knox a accepté que j'y retourne à condition que je reste très discrète. Je crois que je l'ai blessé en utilisant contre lui la tragédie de sa femme, et c'est tout à son honneur d'avoir accepté. Il craint l'émissaire de la Compagnie. Il craint aussi qu'on ne pense qu'il manque de fermeté. Je reste un certain temps allongée contre mon mari, et Angus, dans son sommeil, se retourne et m'enveloppe – ce qui n'est pas arrivé depuis longtemps. Je n'ose pas bouger ; est-il conscient ou n'est-ce qu'en rêve qu'il le fait ? Au bout d'un moment, il pousse un grognement et roule de l'autre côté, me tournant de nouveau le dos. Il me semble que, même dans mes périodes les plus noires à l'asile, après la mort de mon père, je ne me suis jamais sentie aussi seule. Si Olivia avait vécu, les choses auraient-elles été différentes ? Et si Francis n'était jamais arrivé chez nous ?

Questions vaines. Celles que je préfère.

Je méprise, en moi, cette faiblesse, ce monologue interminable qui prend la place de l'action, et je souhaiterais parfois (d'habitude tard dans la nuit) ressembler davantage à Ann Pretty. Il se peut que son nom de famille soit malheureux[1], mais elle m'apparaît parfois comme l'exemple parfait de la pionnière de ces régions reculées : une survivante à tout prix, dure, sans imagination ni scrupules. Ce n'est pas elle qui resterait éveillée la nuit à se demander ce que son mari ou qui que soit d'autre pense d'elle. Elle ne laisserait pas la forêt lui prendre son enfant.

Je sors du lit et, n'ayant rien de mieux à faire, je commence à préparer mes affaires pour l'expédition que je m'obstine à programmer. À vrai dire, le cœur n'y est pas tout à fait ; je me retrouve presque face à ma peur de ces étendues sauvages, face à mon manque de courage. Qui sait, il se peut que Moody et son compagnon soient de retour ici dès demain avec Francis. Peu importe qu'ils soient obligés de l'arrêter ou pas, du moment qu'ils le trouvent, en bonne santé, qui plus est. Alors ce sera peut-être lui qu'on enfermera dans l'entrepôt de Caulfield et qui frissonnera dans cet énorme espace sombre, mais il sera en sécurité. En me disant cela, je rassemble mes vêtements les plus chauds et une palette d'aliments peu raffinés mais non périssables. C'est un peu comme préparer un pique-nique d'hiver ; si je vois l'expédition sous cet angle, elle ne me paraît pas si difficile.

Entendre frapper à la porte avec une extrême douceur ne me surprend pas autant que je l'aurais imaginé : je pense tellement à Francis qu'il est presque inévitable que mon souhait finisse par être exaucé. J'ouvre brusquement, soulevée par une bouffée de joie ; les mots se pressent pour se déverser vers lui en même temps que mes larmes, mais c'est l'obscurité qui est toute béante devant moi. Je scrute les ténèbres en chuchotant son nom – il est étrange, ce murmure ; c'est comme si j'avais une sorte de prémonition.

Il est debout dans la nuit. Je suppose que c'est pour atténuer le choc que je vais éprouver, pour que mes yeux le cherchent et ne prennent que progressivement conscience de qui est là : le prisonnier

1. Il signifie « jolie ».

lève la main en un geste d'apaisement. « Je vous en prie, ne criez pas. »

Je le regarde fixement. Je n'allais pas crier. Je m'enorgueillis de ne jamais crier, pas même dans des situations éprouvantes.

« Désolé de vous surprendre. Knox m'a relâché. Je vais suivre votre fils parce que je crois qu'il a vu le tueur. Mais il me faut des provisions et ils m'ont confisqué mon fusil. Et puis je crois que mes chiens sont chez vous.

Je continue à le fixer, totalement ébahie, comprenant à peine ce qu'il raconte. « Madame Ross, j'ai besoin de votre aide et vous avez besoin de la mienne. »

C'est ainsi que les choses se passent : le besoin mutuel, voilà ce qui pousse les gens à collaborer ; ça n'a rien à voir avec la confiance, la gentillesse ou d'autres notions sentimentales analogues. Je ne saisis pas tout à fait ce qu'il dit de Knox et de la raison pour laquelle il l'a relâché de manière aussi dissimulée, mais en voyant son visage amoché je peux bien croire que Mackinley en est responsable. Parker veut une carabine et des provisions ainsi que ses chiens, et il me faut un guide pour suivre la trace de Francis. Peut-être croit-il en plus que Francis parlera plus facilement si je suis là – car Francis détient aussi une chose qu'il veut. Et donc, pendant que mon mari dort à l'étage, nous faisons nos bagages et je m'apprête à partir dans la forêt avec un homme soupçonné de meurtre. Et, ce qui est pire, avec un homme auquel je n'ai pas été présentée dans les règles. Mon état de choc est tel que je ne ressens pas de peur ; je suis bien trop excitée pour me soucier des convenances. Je suppose que lorsqu'on a déjà perdu ce qui compte le plus, des petites choses comme la réputation et l'honneur ne brillent plus du même éclat. (En outre, dans le pire des cas, je peux me rappeler que j'ai vendu mon honneur pour bien moins que cela. Oui, je peux me le rappeler s'il le faut.)

Une neige légère tombe au moment où nous quittons Dove River accompagnés des deux chiens, qui avancent silencieusement à côté de Parker. Nous avons dépassé la ferme des Pretty depuis une heure quand il s'arrête à une cachette entre des racines d'arbre. Là, avec les matériaux qu'il trouve, il construit à la hâte un traîneau – une structure légère et fine constituée de rameaux de saule, avec une sorte de siège réalisé dans de la peau de bête durcie. Je suis sur le point de lui exprimer ma reconnaissance d'avoir pensé à moi lorsqu'il attache les paquets de nourriture et les couvertures sur ce siège. Les chiens, excités par la neige et le traîneau, poussent quelques aboiements qui sont plutôt des gémissements. Pendant toute cette opération qui prend à peu près une demi-heure, Parker ne me regarde pas, ne dit pas un mot. Je commence à croire qu'il n'a pas particulièrement envie de me priver de mon honneur. Il tire enfin sur le harnais et repart vers le nord, le long de la Dove, guidé par le seul bruit de la rivière et par la lueur faible et amorphe qui semble émaner de la neige.

Je le suis, trébuchant dans ces mocassins bizarres qu'il a voulu que je mette, décidée à ne pas me plaindre, jamais, quoi qu'il arrive.

BIEN QUE CE SOIT RARE, on a déjà vu des visiteurs arriver à l'improviste à Himmelvanger. D'habitude, il s'agit d'Indiens qui viennent pour faire du troc et échanger des nouvelles. Per les accueille bien ; ce sont des voisins, et l'on doit vivre en paix avec ses voisins. En outre, ce sont aussi des enfants de Dieu, même s'ils vivent dans des conditions sordides et dans l'ignorance comme si c'étaient des porcs. Ils viennent parfois quand ils ont des parents malades que leurs remèdes n'ont pas pu secourir. Ils arrivent avec des visages sombres et des espoirs démesurés, et ils regardent les Norvégiens donner de petites doses de laudanum, d'ipéca ou de camphre, ou bien appliquer leurs propres remèdes traditionnels, qui, généralement, ne servent à rien non plus. Per espère que cette fois-ci ce ne sont pas eux.

Le Blanc tend une main gelée. Il porte des lunettes dont la monture métallique est bordée de givre, ce qui lui donne un air saisissant – on dirait un hibou.

« Excusez notre intrusion. Nous appartenons à la Compagnie de la baie d'Hudson et nous sommes ici dans le cadre de notre travail. »

Per est encore plus étonné, et il se demande ce que la Compagnie peut bien lui vouloir. « Je vous en prie, entrez. Vous devez geler. Votre main… »

La main qu'il serre est toute pâle de froid, sans force, on dirait une côtelette de porc.

Per se recule pour les laisser entrer dans la chaleur de cet abri. « Vous avez des animaux ?

— Non, nous sommes à pied. »

Per écarquille les sourcils et les mène dans une petite pièce attenante à la cuisine. Là, il appelle Sigi et Hilde, et il s'arrange pour qu'on apporte à ces deux hommes du ragoût chaud, du pain et du café. Sigi ouvre des yeux tout ronds de curiosité en voyant les deux étrangers.

« Mon Dieu, Per, le Seigneur nous envoie toutes sortes de visiteurs, cet hiver ! »

Per répond avec une certaine brusquerie : il ne veut pas de commérages, de rumeurs qui se propagent, du moins pas avant qu'il n'ait compris ce qui se passe. Par bonheur, ces deux hommes ne semblent pas comprendre le norvégien. Ils ont le sourire idiot des affamés et des épuisés, et ils se frottent les mains avant de se jeter sur la nourriture avec des cris de gratitude enthousiaste.

Quand la chaleur commence à revenir doucement dans ses mains, Donald ressent des fourmillements douloureux et, à la lumière du feu de cheminée, elles lui paraissent livides et enflées. Une femme apporte de la neige dans une cuvette ; elle insiste pour lui en frictionner les mains, et quand elle le fait il les sent se ranimer peu à peu, dans la douleur toutefois. La femme lui sourit en s'occupant de lui, mais elle ne dit rien. Per explique qu'ils sont norvégiens et qu'ils ne parlent pas tous anglais.

« Bon, et que font ici deux hommes de la Compagnie en novembre ? s'enquiert Per.

— Ce n'est pas à proprement parler une affaire de la Compagnie. » Donald a du mal à se débarrasser de son sourire – il n'arrive toujours pas à croire à quel point ils ont eu de la chance, non seulement parce qu'ils ont trouvé un lieu habité, mais parce que en plus ce lieu est particulièrement civilisé et qu'on peut y parler à un homme aussi cultivé que Per.

« Êtes-vous en chemin vers une autre destination ? »

Son ton de voix montre qu'il considère cette éventualité comme peu probable. Donald s'efforce de ne pas parler la bouche pleine de gâteau aux amandes. (Des amandes ! C'est vraiment un endroit béni des dieux.)

« Nous avons entrepris ce voyage parce que nous suivons quelqu'un. Nous sommes sur ses traces depuis Dove River, au bord de la baie. Nous sommes remontés jusqu'à la rivière qui traverse le plateau, et puis la piste menait ici. » Il regarde Jacob en cherchant une confirmation, mais Jacob, qui semble intimidé par la présence de l'autre homme, se contente d'incliner la tête.

Per écoute d'un air grave avant de quitter la pièce quelques instants. Donald suppose qu'il est allé requérir l'avis de quelques autres car, lorsqu'il rentre, il est accompagné d'un homme qu'il présente comme Jens Andreassen.

« Jens a quelque chose à vous dire », déclare-t-il.

Jens, homme timide et lent dont la langue semble trop épaisse pour être contenue tout entière dans sa bouche, raconte comment il a trouvé, sur la berge de la rivière, le garçon presque mourant. Il l'a amené à Himmelvanger, où l'on s'est occupé de lui. Il s'explique en norvégien, et Per traduit avec lenteur, s'efforçant de ne pas se tromper de mots.

Donald perçoit chez Per une attitude protectrice ; c'est le berger auquel le Seigneur a envoyé Francis, agneau égaré.

« De quoi le soupçonnez-vous ? Que s'est-il passé ? »

Donald ne veut pas révéler toute l'affaire. Si Per s'intéresse à ce garçon, il n'a pas envie de le dresser contre lui. « Eh bien, il y a eu une agression majeure. »

Per lève des yeux pâles et globuleux ; quand il traduit pour Jens, leurs regards se croisent, stupéfaits.

« Nous ne sommes pas sûrs que Francis soit le coupable, évidemment, mais nous devons le retrouver. Sa mère est extrêmement inquiète. »

Per fronce les sourcils. « Francis, qui est-ce ?

— Le garçon. Il s'appelle Francis Ross. »

Per réfléchit un instant. « Celui que nous avons recueilli dit s'appeler Laurent Jammet. »

Donald et Jacob échangent un coup d'œil. Donald sent la certitude se traduire par un frisson glacial qui lui parcourt le dos.

« Peut-être ne s'agit-il pas du même garçon », suggère Per.

Mais, d'une voix que l'excitation rend plus aiguë, Donald répond : « Les traces mènent jusqu'ici. On ne peut pas se tromper. C'est un jeune Anglais aux cheveux noirs. Il n'a pas l'air anglais, plutôt... espagnol ou français. » C'est ainsi que Maria le lui a décrit.

Per fronce des lèvres aussi rouges que celles d'une fille. « Ça lui ressemble.

— Qu'est-ce qu'il a dit d'autre ?

— Rien... Et puis qu'il se rendait à un nouveau travail, mais que son guide l'a quitté. Qu'il marchait vers le nord-ouest avec un guide indien. » Les yeux de Per cillent brièvement quand il regarde Jacob.

Per se retourne vers Jens et lui explique ce qu'il vient de dire. Jens parle alors pour répondre à une question.

« Jens dit qu'il a été étonné de le trouver seul. Ce garçon ne peut pas... n'aurait pas pu arriver tout seul ici par un temps pareil.

— Pourquoi ?

— Il était complètement épuisé, complètement... usé. Il n'aurait pas pu arriver aussi loin sans y être aidé ou... obligé. »

La culpabilité, pense Donald, est un aiguillon puissant.

Per poursuit. « J'ai trouvé aussi que c'était bizarre. Il disait qu'il lui fallait ce travail pour gagner de l'argent, mais il avait une bonne somme sur lui, plus de quarante dollars. Il avait aussi ceci, et il tenait beaucoup à le conserver. »

Per ramasse alors par terre un objet que Donald n'avait pas encore remarqué, un sac à feu – cette bourse de cuir que les Indiens portent autour du cou pour y mettre leur tabac et leur amadou. Il l'ouvre et en fait tomber un rouleau de billets ainsi qu'une fine tablette d'os ou d'ivoire, grande comme la paume de la main, couverte de figures gravées et de petites marques sombres. Elle est très sale. Donald la dévore des yeux. Sa gorge se contracte et il tend la main.

« Ceci appartenait à Laurent Jammet.

— Laurent Jammet ?

— La victime de l'agression.

— Vous avez dit "appartenait" ? Bon, je vois », conclut Per en le regardant fixement.

Dès qu'ils sont introduits dans la chambre du malade, Donald comprend la description que Maria lui a faite de David. Une jolie jeune femme aux cheveux sombres se lève au moment où la porte s'ouvre, leur lance un regard soupçonneux et s'en va, non sans avoir au passage effleuré de sa jupe, avec insolence, le pantalon de Donald. Le garçon les regarde en silence pendant qu'ils s'assoient, et Per le présente. Contre les draps blancs, sa peau paraît cireuse, presque méditerranéenne. Il a des cheveux noirs plutôt longs, et des yeux d'un bleu foncé saisissant. Maria a également dit qu'il était beau ; que c'était un bel enfant. Donald ne sait absolument pas si l'on peut qualifier Francis de beau, mais il ne discerne rien d'enfantin dans l'hostilité qui émane de lui. Les yeux bleus fixent sans ciller et donnent à Donald l'impression d'être disgracieux et maladroit. Il sort son cahier, cale bien sa chaise, mais à ce moment-là le cahier glisse de ses genoux et tombe par terre. Il pousse un juron silencieux et le ramasse en essayant de ne pas se soucier du rouge qui vient de lui monter au cou et au visage. Il se rappelle qui il est et ce qu'il est venu faire ici. De nouveau, il croise ces yeux qui, maintenant, se détournent des siens, et il s'éclaircit la gorge.

« Voici M. Moody, de la Compagnie de la baie d'Hudson. Il vient de Dove River. Il dit que votre mère et votre père s'inquiètent beaucoup pour vous. » Per tente d'être rassurant.

« Bonjour, Francis. »

Francis hoche légèrement la tête, comme si Donald n'était en principe pas digne d'attention.

« Sais-tu pourquoi je suis là ? »

Francis le fusille des yeux.

« Tu t'appelles bien Francis Ross ? »

Francis baisse son regard, et Donald, qui prend ce geste pour un assentiment, regarde Per. Celui-ci fixe le garçon. Il semble vexé.

« Hmm... À Dove River, est-ce que tu connaissais un homme du nom de Laurent Jammet ? »

Le garçon avale sa salive. Donald remarqua que les muscles de sa mâchoire semblent se contracter ; et puis, à son étonnement, il le voit hocher la tête.

« La dernière fois que tu l'as vu, c'était quand ? »

Suit une longue pause, et Donald commence à se demander si le garçon va parler.

« Je l'ai vu mort. J'ai vu l'homme qui l'a tué, et c'est pour ça que je l'ai suivi pendant quatre jours, mais à la fin je l'ai perdu. »

Sa voix, au moment où il s'exprime enfin, est neutre et calme. Donald l'observe, tout aussi incrédule qu'excité. Il doit se rappeler de ne pas aller trop vite, de procéder pas à pas ; d'attendre d'avoir un pied bien en place avant d'avancer l'autre, comme quand il a traversé ce marais infernal. Il cale plus fermement le cahier sur ses genoux.

« Qu'est-ce que... Hmm, dis-moi ce que tu as vu exactement... et quand ça s'est produit. »

Francis soupire. « Le soir où je suis parti. C'était il y a... pas mal de jours. J'arrive même pas à m'en souvenir.

— Tu es ici depuis cinq jours », lui souffle gentiment Per. Donald lui lance un regard désapprobateur que Per lui renvoie avec un air de douceur irréprochable.

« Donc… encore cinq jours auparavant, peut-être ? Je suis allé chez Laurent Jammet. Il était tard, et j'ai cru qu'il n'était pas là. Puis j'ai vu un homme sortir de sa cabane et s'en aller. Je suis entré… et je l'ai vu.

— Tu as vu qui ?

— Jammet. »

Il déglutit de nouveau, apparemment avec difficulté. Donald attend un long moment avant qu'il reprenne.

« Il venait juste… de mourir. Il était chaud, le sang était liquide. C'est comme ça que j'ai compris que l'autre était le tueur. »

Donald gribouille ce que Francis vient de dire. « Cet… autre, tu le connaissais ?

— Non.

— Est-ce que tu as vu à quoi il ressemblait ?

— Seulement que c'était un autochtone et qu'il avait de longs cheveux. J'ai aperçu son visage, mais il faisait trop sombre. J'ai pas pu voir grand-chose. »

Donald écrit en gardant une expression neutre. « Est-ce que tu le reconnaîtrais si tu le voyais de nouveau ? »

Là, il lui faut longtemps. « Peut-être.

— Et ses habits : qu'est-ce qu'il portait ? »

Francis secoue la tête. « Il faisait noir. Il avait des vêtements sombres.

— Est-ce qu'il était habillé comme moi ? Ou comme un trappeur ? Tu as bien dû avoir une impression.

— Comme un trappeur.

— Pourquoi étais-tu allé chez Jammet ?

— On était amis.

— Et il était quelle heure ?

— J'sais pas. Onze heures. Peut-être minuit. »

Donald lève les yeux ; il essaye d'observer le visage du garçon tout en notant ce qu'il dit. « Est-ce que ce n'était pas très tard pour une visite ? »

Francis hausse les épaules.

« Ça t'arrivait souvent d'aller le voir à une heure pareille ?

— Il ne se couchait pas de bonne heure. C'était pas un agriculteur.

— Donc… tu as vu le corps. Et tu as fait quoi, ensuite ?

— J'ai suivi l'autre homme.

— Tu es passé chez toi… prendre des affaires ?

— Non, j'en ai pris qui appartenaient à Jammet.

— Tu n'as pas eu l'idée d'aller en parler à tes parents ? Ou de demander l'aide de quelqu'un qui serait plus capable que toi de traiter ce genre d'affaire ?

— J'avais pas le temps. Je voulais pas le perdre.

— Tu voulais pas le perdre. Alors, quelles sont les affaires que tu as prises ?

— Juste ce qu'il me fallait. Un manteau... De quoi manger.

— Quelque chose d'autre ?

— Pourquoi ? C'est pas important. » Francis lève les yeux et regarde Donald. « Vous croyez que je l'ai tué ? »

Donald le considère à son tour avec calme. « Tu l'as fait ?

— Je viens de le dire : j'ai vu le tueur. On était amis. Pourquoi est-ce que je l'aurais tué ?

— Je cherche simplement à savoir ce qui s'est passé. »

Per change de position ; c'est un avertissement. Donald se demande s'il doit pousser le jeune homme encore plus loin ou carrément l'accuser. Il tâtonne dans l'obscurité, tel un chirurgien débutant qui ne sait où se trouve l'organe vital de la vérité.

« Il est très fatigué. » C'est Per qui vient de parler. Le garçon paraît en effet épuisé, et sa peau se tend sur ses os.

« Juste un instant de plus, si vous voulez bien. Tu dis donc que tu es allé chez ce monsieur, Jammet, à minuit, et que tu l'as trouvé mort, puis que tu as suivi l'homme qui, à ton avis, était le meurtrier, mais que tu l'as perdu.

— Oui. » Le garçon ferme les yeux.

« Et cette plaquette en os, c'est quoi ? »

Francis rouvre les yeux, sous l'effet de la surprise.

« Tu sais de quoi je parle, pas vrai ?

— Je ne sais pas ce que c'est.

— Tu l'as emportée. Tu devais bien avoir une raison.

— Il me l'a donnée.

— Il te l'a donnée ? Elle vaut cher.

— Vous l'avez vue ? Je crois pas qu'elle vaille cher.

— Et l'argent ? Il te l'a donné aussi ?

— Non, mais il me fallait de l'aide pour retrouver le... l'autre homme. J'allais peut-être devoir... payer quelqu'un.

— Je suis désolé, je ne comprends pas. Payer quelqu'un pour quoi ? » Francis fait rouler sa tête en arrière. « Tu pensais à quoi ? »

Per s'éclaircit la gorge et lance un regard furieux à Donald. Celui-ci, à contrecœur, referme son cahier avec un claquement.

À l'extérieur, Per prend Donald par le bras. « Je suis désolé, mais je dois tenir compte de son état de santé. Il était à l'article de la mort, quand Jens l'a amené ici.

— Pas de problème. » Ce n'est pas ce que pense vraiment Donald, mais il est bien obligé d'admettre qu'il n'est pas chez lui. « J'espère cependant que vous comprendrez, étant donné les circonstances, que je dois le mettre en état d'arrestation. Quand on voit qu'il a l'argent sur lui et tout ça. »

Per a l'habitude de se pencher un peu vers les gens auxquels il s'adresse, et Donald en déduit que ça doit venir de sa myopie. De près, Per a les yeux globuleux et pâles, et semble même avoir une légère odeur de chèvre.

« C'est une décision qui vous appartient, bien sûr.

— Oui, en effet. Donc… j'aimerais qu'un garde soit placé devant sa chambre.

— Pour quoi faire ? Il pourrait difficilement quitter Himmelvanger, même s'il était en état de marcher.

— C'est vrai. Bon… » Donald se sent bête en prenant soudain conscience de la neige qui tombe de l'autre côté de la fenêtre. « Du moment qu'on peut avoir l'œil sur lui.

— Ici, il n'y a pas de secrets », déclare gravement Per en lançant un regard faussement candide vers le plafond.

C'EST AVEC DES SENTIMENTS MÉLANGÉS qu'Andrew Knox regarde la neige tomber de l'autre côté de la fenêtre. D'un côté, les taquineries de Maria à l'égard de sa sœur lui ont fait comprendre que Susannah s'est quelque peu éprise de Donald Moody ; par conséquent il éprouve un souci plutôt paternel à l'égard du jeune émissaire de la Compagnie envoyé dans la forêt. D'un autre, il est soulagé de songer que les traces du détenu ont disparu sous une épaisse couche de neige – de cette vraie neige sèche d'hiver qui, quand elle a pris, cache le sol jusqu'au printemps. Certes, il s'est joint à Mackinley et aux autres pour déplorer cette succession d'événements, et il a même prêté son concours pour mettre en place des groupes de volontaires censés découvrir la direction prise par le fugitif. Une fois ces équipes sur le terrain, Knox a fait venir Adam dans son bureau et l'a longuement sermonné sur la gravité de son erreur. Adam a protesté avec véhémence, affirmant qu'il se rappelait parfaitement avoir fermé la porte non seulement à clé mais avec une chaîne, et Knox a admis que l'évasion avait peut-être une autre explication. C'est la raison pour laquelle Adam ne perdra pas son emploi. Sur le visage d'Adam s'est alors peint un mélange de protestation indignée et de gratitude pleine de ressentiment. Ils savaient tous les deux qu'il avait raison, mais ils savaient aussi qu'il existe une limite au-delà de laquelle on ne peut pas tenir tête à son employeur. La vie est injuste.

Comme si cette affaire n'était pas assez compliquée, une rumeur arrivée de Dove River une heure auparavant prétend que Mme Ross a disparu ; selon les commérages, elle aurait été enlevée par le fugitif. Knox est horrifié par la tournure des événements, et il se pose la question du rôle qu'il y joue. En est-il d'une certaine façon responsable pour avoir laissé Mme Ross parler avec cet homme ? Ou bien cette double disparition est-elle une pure coïncidence ? C'est peu probable, doit-il admettre. À tout prendre, il vaut mieux espérer qu'elle a été enlevée, car si elle est toute seule ses chances de survie, par un temps pareil, sont très mauvaises.

Quand il a annoncé ces nouvelles à sa femme et à ses filles, il a pris soin de souligner qu'il était sûr que l'évadé s'éloignerait de Caulfield autant qu'il le pourrait. Elles ont réagi à l'annonce de la disparition de Mme Ross avec une horreur bien prévisible. C'est le cauchemar de toutes les femmes blanches dans ces pays sauvages, même si Knox leur rappelle qu'il s'agit seulement d'une rumeur. Mais dans l'esprit de tous, l'évasion de Parker et la disparition d'une femme d'ici ont établi la culpabilité de l'homme.

Mackinley a accueilli l'information avec une sorte de satisfaction sévère tout en maudissant l'imbécillité d'Adam et en parlant avec dérision des équipements inadéquats de Caulfield. Actuellement, avec l'une des équipes de recherche, il tente de repérer des traces éventuelles le long de la baie. Après le face-à-face avec Mackinley où il lui a révélé que l'entrepôt était vide, Knox a dû s'enfermer dans son bureau pour boire un verre de cognac, et là, il a été pris d'un violent accès de tremblements. Par bonheur, c'est passé après quelques instants, mais il n'arrive pas encore tout à fait à puiser en lui assez de courage pour sortir et affronter le monde.

« Papa ? » Il a oublié depuis quand Maria ne l'appelle plus ainsi. « Ça va ? » Elle surgit derrière lui et lui pose les mains sur les épaules. « C'est horrible.

— Ça pourrait être pire. Ça peut toujours l'être. »

On dirait que Maria a pleuré – encore une habitude enfantine qu'elle avait abandonnée, croyait-il. Il sait qu'elle est inquiète, pas pour elle-même mais pour sa réputation à lui.

« Je ne supporte pas de penser à ce que les gens vont dire.

— Garde-toi de tirer des conclusions hâtives. Nous avons tous cru savoir ce qui s'est passé, mais ce ne sont que des hypothèses. Si tu veux connaître le fond de ma pensée… » Là, il s'arrête. « La plupart des évadés ne vont pas très loin. Il sera sans doute de nouveau sous les verrous dans un jour ou deux.

— Je ne supporte pas de penser à cette pauvre femme.

— Personne n'a encore parlé avec son mari. Je vais le faire. Il se peut que tout cela soit sans fondement.

— Mackinley était si furieux que j'ai cru qu'il allait frapper Adam.

— Il est déçu. Il se disait que cette condamnation lui vaudrait une promotion. »

Maria émet un bruit étranglé exprimant son mépris. « Je ne pense pas que nous puissions revenir un jour à une vie normale, après tout ça.

— Oh, dans quelques mois, c'est tout juste si on s'en souviendra. »

Il jette un coup d'œil par la fenêtre et se demande si elle est convaincue par ce qu'il dit. Une fois de plus, il éprouve un sentiment de désastre imminent. Quand il se retourne (quelques secondes plus tard ? Une minute ? Il ne sait pas au juste), Maria n'est plus là. Il s'était laissé fasciner par la blancheur de l'extérieur. Les flocons se déposent comme des plumes et emprisonnent une couche d'air contre le sol, car chaque flocon ne touche ceux qui l'entourent que par les extrémités de ses axes.

Une neige parfaite pour recouvrir des traces.

Susannah réagit aux tensions de cette journée en essayant des robes dans sa chambre et en jetant de côté celles qui sont trop démodées. C'est un rituel qui a lieu à quelques mois d'intervalle, chaque fois que Susannah sent le joug de la vie campagnarde peser de tout son ennui sur ses épaules. Maria, debout dans l'embrasure de la porte, la regarde tirer avec un mépris résolu sur les rubans d'une robe en moiré vert. Elle sent une vague d'affection pour sa sœur qui, en un tel temps de crise, ose se préoccuper de son tour de taille et de la largeur de ses manches.

« Cette robe peut parfaitement être retouchée, Susannah. Ne la déchire pas. »

Susannah lève les yeux. « En tout cas, je peux pas la mettre avec ces machins – ça fait complètement ridicule. » Battue, elle jette la robe en soupirant. Les rubans malséants en question ont été posés par Maria en personne qui les a cousus avec de petits points très solides.

Maria ramasse la robe. « On pourrait mettre des manches neuves, en dentelle, peut-être, enlever celles-ci et transformer l'encolure comme ça. Alors elle serait tout à fait à la mode.

— Peut-être. Et qu'est-ce qu'on peut faire avec celle-ci ? » Elle tient une indienne décorée de petits rameaux qui lui donne pour le moins un petit air de Marie-Antoinette jouant les laitières.

« Hmm... Des torchons à vaisselle. »

Susannah éclate de rire – mais de son rire privé, celui qu'elle se permet chez elle, gros, épais, le contraire du petit rire affecté qu'elle utilise en public et qui, selon ce que lui dit sa mère, est plus distingué. « Elle est affreuse, pas vrai ? Je me demande à quoi je pensais.

— À Matthew Fox, si je me souviens bien. »

Susannah lui lance la robe. « Raison de plus pour qu'on en fasse un torchon. »

Maria s'assoit sur le lit au milieu de ces vêtements méprisés et rejetés. « Est-ce que tu as écrit à Donald Moody ? »

Susannah évite son regard. « Comment est-ce que je le pourrais ? Il n'y a rien pour distribuer le courrier.

— Je croyais que tu lui avais promis de le faire.

— Bon, lui aussi, et j'ai rien reçu. Pourtant, il sait où je suis.

— On va recevoir des nouvelles dans pas longtemps, c'est sûr. Je pense qu'ils finiront par entendre parler du prisonnier, et alors ils comprendront qu'ils ont couru pour rien. » Elle se couche parmi les robes vides. « Je croyais qu'il te plaisait.

— Il est pas mal. » Le rouge monte aux joues de Susannah, ce qui l'agace. Maria lui fait un grand sourire.

« Arrête ! Qu'est-ce que je devrais faire ? s'écrie Susannah.

— Oh, je me disais que tu aurais peut-être écrit de longues lettres passionnées que tu aurais entourées d'un ruban rose et que tu mettrais tout contre ton cœur. »

Maria est contente de voir Susannah rougir. Elle a vu de nombreux jeunes hommes s'éprendre follement de sa sœur et croire avoir éveillé une petite flamme en elle avant de découvrir que Susannah avait perdu tout intérêt au bout d'à peine une semaine, son œil s'étant posé sur quelque autre objet plus attrayant rencontré juste au coin de la rue. Les tiroirs de sa coiffeuse sont remplis de témoignages d'amour non partagé. Maria a certes une coiffeuse moins encombrée, ce qui ne la rend pas jalouse de sa sœur ; pas du tout. Elle voit comment ces attentions agissent sur Susannah à la manière d'un irritant puissant qui la contraint encore plus à se conduire comme une jeune dame. Tous ces hommes qui trouvent tant de charme au visage et à la silhouette de sa sœur ne saisissent pas chez elle ce qui fait son attrait fondamental : c'est une fille extrêmement pragmatique qui préfère la nage et la pêche aux thés les plus raffinés. Les discussions abstraites l'ennuient et les déclarations fleuries, chargées d'émotion, la mettent mal à l'aise. Et c'est parce que Maria sait cela qu'elle n'est pas jalouse des marques d'attention que reçoit Susannah. Et Maria sait aussi que l'an dernier, quand elle a été très amoureuse d'un jeune homme qui enseignait à l'école, Susannah a sincèrement espéré qu'il la rendrait heureuse. Ce n'est pas la faute de Susannah si Robert, lorsqu'il l'a rencontrée, a commencé à s'égarer dans ses propres sentiments ; il a fini par lui avouer son amour en bégayant, et puis, la réaction horrifiée de Susannah lui a tellement fait honte qu'il s'est enfui à Sarnia par le premier bateau à vapeur. Celle-ci n'en a rien dit à Maria, mais la rumeur s'est quand même propagée, comme toujours, tôt ou tard, à Caulfield. Après une période de torture silencieuse, Maria a modelé dans de la cire une statuette représentant Robert Fisher et l'a mise à griller lentement sur le feu de cheminée de sa chambre. Bizarrement, elle s'est ensuite sentie mieux.

Depuis lors, Maria a plus ou moins fait vœu de chasteté, car elle ne peut pas s'imaginer rencontrer un homme qui serait à la hauteur de son idéal masculin – c'est-à-dire de son père. De toute façon, elle n'est pas sûre que le mariage et les joies de la vie de famille soient vraiment ce qu'on prétend. À Caulfield et à Dove River, les femmes s'usent les mains jusqu'aux os et vieillissent avec une rapidité effrayante. Tant et si bien que lorsque les hommes atteignent ce qu'on pourrait appeler la fleur de l'âge – ils sont alors en pleine santé, même s'ils sont toujours plutôt mal dégrossis –, ils semblent mariés à leur mère. Ce n'est pas un sort qu'elle se souhaite.

Donald, cependant, semble être un homme bien et intelligent. Il y a déjà longtemps qu'elle a pris l'habitude, quand elle rencontre quelqu'un pour la première fois, de se montrer provocatrice et irritante afin de détourner d'elle ceux qui sont trop superficiels pour percer cette façade. Elle est très consciente qu'il s'agit d'un mécanisme de défense encore renforcé par sa malheureuse aventure. Donald a persévéré, même si c'était pour Susannah, et il a gagné son respect. Et puis, quand ils se sont rencontrés dans la rue après l'entrevue qu'il a eue avec Sturrock, elle a été impressionnée par ses paroles, au point même de se demander si tout ce qu'on lui avait raconté sur Sturrock était vrai.

« Et celle-ci ? demande Susannah en tendant une robe en laine bleu pâle – une de ses préférées, jadis. J'aimerais bien la porter de nouveau si on pouvait toucher aux manches. »

Elle donne l'impression d'avoir chassé entièrement Donald de son esprit. En un sens, dès qu'il est sorti de Caulfield, son existence a cessé d'avoir une signification réelle pour elle, et il est devenu une chose abstraite, en suspens, à laquelle elle retournera quand il sera de retour, pas avant. Maria songe que Susannah, si elle lui écrit, ne le fera sans doute jamais avant lui. Dès leur première rencontre, il a été évident que Donald était tombé amoureux de Susannah, et elle se demande si, sans cela, elle se serait autorisée à s'intéresser à lui. Mais voilà une pensée oiseuse, c'est certain.

Knox prend le cabriolet et se conduit lui-même à Dove River chez Angus Ross. Il n'a pas réussi à localiser l'origine de la rumeur et s'en veut de l'avoir crue si facilement. Depuis qu'elle se propage, il a entendu les histoires les plus folles : les Maclaren auraient été taillés en pièces dans leur lit ; un enfant serait porté disparu ; le prisonnier aurait même attaché Knox pour s'évader. Il a donc un petit espoir de trouver Mme Ross chez elle.

Il aperçoit Ross en train de réparer une clôture dans les champs de l'autre côté de la maison. Ross continue à travailler pendant que Knox s'approche, et il ne se redresse pour le saluer que lorsqu'il est à quelques pas. Cet homme est connu pour être taciturne, de même que sa femme est connue pour ne pas respecter les conventions, mais il accueille Knox avec une réelle cordialité.

« Angus.

— Andrew. J'espère que vous allez bien.

— Assez bien. » C'est l'une des rares personnes, à Dove River, qui n'a apparemment pas de mal à appeler Knox par son prénom. « Je sais pourquoi vous êtes venu. »

Ross a des yeux et des cheveux clairs ainsi qu'un maintien solide. En le voyant, Knox pense à du granite battu par les vents : un Picte typique. Sa femme et lui sont aussi entêtés l'un que l'autre. Et elle, en dépit d'une certaine élégance et de son air anglais, paraît dure comme du silex. Le granite et le silex. Des sortes de gens qu'on ne peut pas se représenter dans des situations trop intimes. (Knox chasse cette vision de son esprit avec un frisson mental et un reproche coupable.) En plus, ils sont si différents de Francis que personne ne pourrait jamais le prendre pour leur enfant naturel.

« Oui, nous avons entendu quelques rumeurs incroyables, aujourd'hui. Tout le monde est sens dessus dessous parce que le détenu s'est enfui. C'est très malheureux.

— Eh bien, c'est vrai. Elle est partie, mais elle n'a pas été contrainte et forcée. »

Knox attend un instant pour en savoir plus. Mais Ross n'est pas aussi communicatif que cela.

« Vous savez où elle est allée ?

— Elle est partie à la recherche de Francis. Elle l'avait dit. Elle n'en pouvait plus d'inquiétude. » Knox est stupéfait par la froideur de cet homme, même s'il ne s'était pas attendu à autre chose.

« Je suppose qu'elle va tomber sur des employés de la Compagnie.

— Elle est seule ? »

Ross hausse très légèrement les épaules sans lâcher Knox des yeux. « Si vous me demandez si le prisonnier est parti avec elle, j'en sais rien. Je ne peux pas m'imaginer pourquoi il aurait voulu l'aider. Vous pouvez, vous ?

— Et ça ne vous inquiète pas ? Votre femme, là-bas... à cette époque de l'année ? »

Ross prend sa hache et sa pioche, et se dirige vers la maison. « Venez prendre un thé. »

Knox se rend compte qu'il n'a pas le choix.

Ce que Ross lui montre dans la cuisine semble indiquer qu'il n'y a pas trop à s'alarmer pour la santé immédiate de Mme Ross. Apparemment, elle est bien équipée. Il lit même le mot qu'elle a laissé ; il est laconique mais expressif. Les mots : « *Ne fais pas attention à ce qu'on te racontera* » pourraient se rapporter à l'évasion du détenu, ou peut-être pas. Ross ne fait aucun commentaire à ce sujet. Knox se demande s'il éprouve de la jalousie ou tout autre sentiment auquel on s'attend habituellement chez un homme dont la femme risque de s'être enfuie avec un autre, si étranges que soient les circonstances. Mais il ne décèle aucune émotion de ce genre.

En sirotant le thé – plus subtil qu'il ne l'aurait cru –, il se surprend à s'interroger sur l'état du mariage des Ross. Il se peut qu'ils ne se supportent plus, après tant d'années. Angus est peut-être content de voir sa femme partie. Et son fils aussi.

« Il vaudrait sans doute mieux, en ce moment, que vous ne parliez de cela à personne. Je dirai que je me suis entretenu avec vous et qu'il n'y a aucune raison de s'inquiéter dans l'immédiat. Nous ne voulons pas davantage de... d'hystérie. »

Il se représente encore d'autres hommes, toujours plus, partant sur la route du Nord, et il sent une bulle de fou rire lui monter dans la gorge. C'est une réaction inconvenante qui se manifeste de plus en plus souvent chez lui à mesure qu'il vieillit. C'est peut-être l'arrivée de la sénilité… Il ravale la bulle – cette affaire est sérieuse. Mais on n'aura peut-être pas besoin d'autres hommes, puisque Donald Moody et Jacob sont déjà, l'espère-t-on, sur place – où que soit cette place.

Ross hoche la tête. « Si vous le dites.

— Est-ce que je… me trompe si je pense que vous n'avez pas l'intention de partir vous-même à la poursuite de votre femme ? »

Suit une petite pause. La plupart des hommes prendraient cette question pour un affront.

« Où est-ce que j'irais ? Avec ce temps, je ne peux même pas savoir au juste quelle direction elle a pris. Comme je l'ai dit, il est très probable qu'elle tombe sur des gens qui travaillent pour la Compagnie. »

Est-ce qu'il essaye à présent de se justifier ? Knox sent monter en lui une pointe d'antipathie. Il commence à trouver ce stoïcisme énervant, pour ne pas dire répugnant.

« Eh bien, dit Knox en se levant, car il cède à son envie de partir. Merci de m'avoir parlé avec autant de franchise. J'espère sincèrement que ces deux membres de votre famille vous seront rendus très vite. »

Ross hoche la tête et le remercie d'être venu ; apparemment, il n'est gêné ni par l'inquiétude ni par l'enthousiasme.

En quittant Ross, Knox éprouve un certain soulagement. C'est ce qu'il a déjà ressenti lors de transactions avec les autochtones – ils n'expriment pas leurs émotions aussi profusément que les Blancs, et l'on se fatigue vite en compagnie de gens qui prennent un sourire spontané pour une faiblesse d'enfant.

STURROCK, DANS UN MANTEAU D'HIVER QU'ON LUI A PRÊTÉ, avance avec précaution sur la neige fraîche en scrutant le sol, dans l'espoir d'y déceler des traces de fuite. À sa droite, un certain Edward Mackay procède exactement de la même façon. À sa gauche, un jeune homme doté d'une pomme d'Adam d'une taille inquiétante tapote le sol à l'aide d'un long bâton. Sturrock sait bien qu'il s'agit d'une tâche impossible. Dès le départ, tout a été organisé de travers. Quand on a découvert que l'entrepôt où se trouvait le prisonnier était vide, la nouvelle s'est propagée à la vitesse de l'éclair pour arriver en même temps dans toutes les maisons de Caulfield, et les gens se sont précipités hors de chez eux pour voir ce qu'il en était et échafauder des hypothèses, ce qui a aussitôt brouillé toutes les traces. La neige poudreuse avait commencé à tomber pendant la nuit, recouvrant sans doute déjà les empreintes, mais le nombre de curieux qui s'en sont mêlés a rendu impossible toute collecte d'information sur les lieux mêmes de l'évasion.

Quand Sturrock est arrivé, les alentours de l'entrepôt étaient déjà transformés en une mare de boue et de neige fondue ; personne ne savait où regarder. On a donc réparti en groupes les hommes physiquement aptes, et chaque équipe a pris une direction différente. Tous, par rangées de dix, fouillaient des yeux le sol. Ils ont balayé entièrement la zone autour de Caulfield, détruisant ainsi tout message que le terrain aurait pu avoir gardé pour eux. Sturrock a protesté gentiment pour expliquer que tel serait sans doute le résultat de cette manière de procéder, mais comme c'était un étranger, on l'a poliment écouté et l'on n'a pas tenu compte de ce qu'il disait. Il y a eu plusieurs fausses alertes : des gens ont hurlé qu'ils avaient trouvé une empreinte de chaussure ou quelque autre indice du passage de quelqu'un, mais à chaque fois il s'est agi d'une déformation naturelle du sol, d'une trace d'animal ou de l'empreinte d'un coéquipier.

Les pensées de Sturrock le ramènent à la maison des Scott où il a caché des documents sous le matelas (non sans s'être d'abord assuré de l'absence de toute bête nuisible susceptible de s'en repaître pour son petit déjeuner). Il est prêt à rester aussi longtemps qu'il le faudra, car il croit fermement qu'il pourra demander un peu plus d'argent à Knox et compte sur la réapparition du fils de Mme Ross et de la plaquette en os. Il est convaincu que personne, ici, n'a la moindre idée de ce qu'elle signifie. Il ne le sait pas lui non plus, et il faut un esprit aussi rare que le sien pour concevoir quelque chose d'aussi extraordinaire.

C'est par une journée venteuse et maussade, à Toronto, il y a un an de cela, que Sturrock a fait la connaissance de Laurent Jammet. Comme d'habitude, Sturrock avait laissé ses dettes dépasser ses ressources, et il avait dû subir les vertes remontrances de sa propriétaire, Mme Pratt. C'était une de ces personnes – malheureusement trop nombreuses – incapables de voir en Sturrock un homme de qualité destiné aux raffinements de la vie, un homme qui l'honorait en habitant son minable logis. Pour se remettre de ce moment exaspérant et réfléchir à un moyen de remédier à cette situation, Sturrock était entré dans un des bars où il croyait encore pouvoir profiter d'un crédit. Il était là, à faire durer sa tasse de café, lorsqu'il avait surpris quelques bribes d'une conversation entre plusieurs hommes dans le box attenant au sien.

L'un d'eux, avec un accent français, disait que, au cours d'un troc avec quelqu'un venu de Thunder Bay, il avait reçu un objet bizarre, sans doute sans valeur, qu'il n'avait vraiment remarqué que beaucoup plus tard. Il s'agissait d'une tablette en ivoire sur laquelle étaient gravés des signes « qui ressemblaient à des machins égyptiens ».

« C'est pas égyptien, ce sont des images d'oiseaux et de choses comme ça », avait rectifié quelqu'un d'autre qui, à sa voix, semblait être encore un de ces minables Yankees qui avaient profité de la longueur de la frontière pour se soustraire à la guerre. Manifestement, ils étaient en train de faire circuler l'objet en question autour de la table.

« Je ne sais pas ce que c'est, avait déclaré un troisième. C'est peut-être grec.

— Dans ce cas, ça pourrait valoir quelque chose », avait conclu le Français.

À ces mots, Sturrock s'était levé et s'était présenté à ces hommes du box voisin. Son plus grand talent est en effet de savoir s'introduire dans toutes sortes de groupes, depuis les mineurs de fond jusqu'aux comtes, et c'est l'un des rares Blancs à avoir gagné la confiance et l'amitié de plusieurs chefs indiens des deux côtés de la frontière. C'est ce qui a fait de lui un homme si doué pour les recherches de personnes disparues. Or, le Yankee avait entendu parler de lui, ce qui, en l'occurrence, joua en sa faveur.

Il déclara qu'il avait étudié l'archéologie et qu'il pourrait peut-être leur venir en aide. Le Yankee lui fit le grand plaisir de lui demander de raconter des anecdotes vécues, ce que Sturrock lui accorda volontiers, tout en examinant l'objet qu'il tenait dans sa main. Il fit semblant de ne pas lui trouver grande valeur, bien qu'en réalité il n'eût pas la moindre idée de ce qu'il signifiait. Du peu qu'il connaissait des civilisations grecque et égyptienne – il avait légèrement exagéré en parlant d'études –, cet objet n'appartenait ni à l'une ni à l'autre. Mais il était intrigué par les minuscules figures entourant les traits anguleux qui ressemblaient à de l'écriture. Leur style lui rappelait les silhouettes naïves retraçant des histoires indiennes qu'il avait vues brodées sur des ceintures. Il finit par rendre le morceau d'ivoire au Français – il s'appelait Jammet – et déclara qu'il ne savait pas ce que c'était, mais que ce n'était ni égyptien, ni romain, ni grec, et n'appartenait donc à aucune des grandes civilisations antiques.

Un des autres hommes s'apitoya alors sur Jammet : « Si ça se trouve, c'est du vieil indien. Ce serait bien ta veine, pas vrai ? »

Les autres rirent bruyamment. Peu après, ils se séparèrent, et Sturrock resta une heure de plus à siroter la tasse de café que le Français lui avait payée.

Pendant les deux jours suivants, une idée grandit en lui, une idée qu'il n'arriva pas à chasser. Alors que Sturrock marchait dans la rue (se faire transporter était trop cher pour lui), la vision de la tablette et de ses inscriptions bizarres émergea dans son esprit. Certes, tout le monde savait que les Indiens constituaient des sociétés sans écriture. Qu'ils n'avaient jamais connu l'écriture.

Et pourtant. Et pourtant.

Sturrock revint au café, demanda où était le Français et le retrouva, comme par hasard, devant une pension – dans un meilleur quartier que le sien, ne manqua-t-il de remarquer. Ils bavardèrent un moment, puis Sturrock affirma avoir parlé à un ami qui connaissait un bon nombre de langues anciennes et qui aimerait bien voir la tablette. S'il l'empruntait un jour ou deux pour la montrer à cet ami, peut-être arriverait-il à décider de sa valeur. Jammet montra alors sa vraie nature de commerçant intraitable et refusa de s'en séparer, sauf contre une somme considérable. Sturrock, qui pensait avoir bien pris soin de masquer son intérêt, fut blessé par un tel manque de confiance, mais Jammet se mit à rire, lui tapa sur l'épaule et lui dit qu'il lui garderait la tablette jusqu'à ce qu'il trouve l'argent. Sturrock feignit l'indifférence, puis hésita, et pour finir demanda la faveur de copier les inscriptions pour s'assurer que la plaquette avait quelque importance. Amusé, Jammet la sortit, et Sturrock gribouilla les inscriptions sur un bout de papier.

Depuis lors, il avait porté cette copie aux musées de Toronto et de Chicago, à des professeurs d'université et à des hommes connus pour leur érudition, mais il n'avait trouvé personne qui soit en mesure d'infirmer son hypothèse. Il ne révéla pas son idée sur cette écriture, mais demanda s'il s'agissait d'une langue indo-européenne. Les savants estimèrent que ce n'était pas le cas. À eux tous, ils éliminèrent toutes les langues du Vieux Continent. Connaître la provenance de la tablette aurait peut-être pu aider Sturrock, mais il craignait d'alerter Jammet en lui révélant à quel point il s'intéressait à cet objet. Et puis, au fil des mois suivants, son intérêt crût jusqu'à se muer en obsession.

Ainsi qu'il le confia à Moody, Sturrock finit par chercher au hasard. Il s'était fait une réputation de journaliste après s'être essayé au droit, au théâtre et au pastorat. Cette dernière entreprise fut la plus réussie d'une triade malheureuse : son Église, en effet, grandit jusqu'à comprendre plusieurs centaines de fidèles attirés par son esprit et son éloquence. Il prospéra jusqu'à ce que sa liaison avec l'épouse d'un des paroissiens les plus en vue fût révélée au grand jour, ce qui lui valut d'être chassé de la ville. Le journalisme correspondait mieux à ses penchants de franc-tireur. C'était une activité variée, sociable, qui lui permettait d'exprimer ses opinions dans un langage très libre. Au-delà, il se découvrit doté d'un véritable esprit militant. D'abord emporté par des idées romantiques sur la bonté des sauvages, il se mit à écrire sur la question indienne, et bien que ses chimères pittoresques eussent été rapidement balayées, il fut tout aussi ému par la réalité qu'il rencontra. En particulier, il devint l'ami d'un homme du nom de Joseph Lock, un octogénaire qui vivait près d'Ottawa dans le plus grand dénuement et qui lui raconta des histoires de sa tribu, les Pennacooks, et la manière dont elle avait été expulsée de sa terre dans le Massachusetts. C'était l'un des rares survivants, voire le dernier, de cette tribu. Sturrock écrivit de manière brillante – on le lui dit souvent et il le crut – sur le sort de Joseph, et il devint quelqu'un qu'on invitait volontiers dans les salons à la mode de Toronto et d'Ottawa. Il eut l'impression d'avoir trouvé sa niche.

Pourtant, ainsi qu'il l'avait découvert lors de ses précédentes entreprises, rien n'était destiné à durer. Sa célébrité lui permit de rencontrer d'autres Indiens, plus jeunes et plus en colère que Joseph, et ses articles, au lieu de se borner à des descriptions vivantes de la misère et de déplorer les injustices passées (les manières de le faire ne sont pas innombrables), devinrent de plus en plus polémiques. Soudain, Sturrock s'aperçut que les rédacteurs des journaux ne publiaient ses travaux qu'à contrecœur. Ils se retranchaient derrière de vagues excuses ou accusaient l'inconstance des lecteurs. Alors que Sturrock affirmait qu'on devait rendre les gens conscients de ce que ressentaient les autochtones, les rédacteurs, avec des haussements d'épaules, grommelaient que ce qui se passait en Angleterre était plus important. Les portes se refermèrent. Les invitations se tarirent. Il eut un sentiment d'injustice et l'impression d'avoir été traité comme les Indiens.

Ce fut à peu près à cette époque qu'il fut pressenti par une famille américaine qui avait perdu son fils lors d'un raid opéré par des Indiens. Bien que cela se fût passé dans le Michigan, c'est-à-dire au sud des Grands Lacs, le père, qui avait entendu parler de Sturrock, était assez intelligent et désespéré pour penser qu'il pourrait lui venir en aide. Sturrock avait alors près de cinquante ans, mais il se lança dans cette épreuve avec imagination et dynamisme. Peut-être en partie à cause de son statut d'étranger, les Indiens l'accueillirent bien et lui firent confiance. Au bout de plusieurs mois, il trouva le garçon ; il vivait dans le Wisconsin avec une bande de Hurons. Le garçon accepta de retourner dans sa famille.

De nouveau, Thomas Sturrock gagna le respect. Après ce premier résultat encourageant, il s'occupa d'autres cas d'enfants enlevés et, deux fois sur trois, il mena à bien son enquête. En général, la difficulté consistait moins à localiser les enfants qu'à les persuader de reprendre leur ancienne vie. Il était doué pour la persuasion.

Deux ans plus tard, il reçut une lettre de Charles Seton. L'affaire était différente de la plupart de celles qu'il avait connues, car les filles avaient disparu depuis déjà plus de cinq ans, et rien n'indiquait qu'elles aient été enlevées par des Indiens. Pourtant, maintenant que le succès lui avait donné confiance, Sturrock n'avait pas envie de renoncer à ce qui, pensait-il, pouvait devenir l'épisode le plus glorieux de sa carrière. Il gagnait sa vie, mais on ne fait pas fortune en retrouvant les enfants de pauvres colons.

Il n'avait pas remarqué le moment où les choses avaient commencé à lui échapper. Charles Seton, au bout de cinq ans, était toujours dévoré de chagrin. Sa femme en était morte, ce qui ne faisait qu'ajouter au malheur du veuf. Il ne travaillait plus et il consacrait ses dernières ressources à ce qui lui permettrait de retrouver les filles. Leur recherche était devenue la seule chose qui lui restait. Sturrock aurait dû, par ces symptômes, reconnaître un homme qu'aucune explication ne peut satisfaire, pour lequel aucun résultat ne saurait compenser les souffrances subies. L'espoir de retrouver les filles s'amenuisa chez Sturrock. Un bon nombre de gens estimaient qu'elles avaient dû périr d'emblée et que des bêtes sauvages avaient emporté leurs restes. Après un an de recherches, Sturrock commença lui aussi à être de cet avis, mais Charles Seton refusait d'en entendre parler. Il était impossible de seulement mentionner une telle éventualité en sa présence.

En cette période où il se déplaçait souvent entre le lac Ontario et la baie Géorgienne, Sturrock fit la connaissance d'un jeune Indien du nom de Kahon'wes, journaliste militant qui écrivait sur le sort politique des autochtones. Kahon'wes avait grande envie de rencontrer Sturrock et de nouer à travers lui des contacts avec la presse, et bien que Sturrock fût d'avis qu'il ne pouvait guère l'aider parce qu'il s'était éloigné des cercles journalistiques, ils devinrent des amis proches. Kahon'wes le surnomma Sakota:tis, ce qui signifie le Prédicateur, et Sturrock en fut flatté. D'ailleurs, le jeune homme l'idéalisait. Ils eurent de longues conversations, jusque tard dans la nuit, sur les guerres menées au sud de la frontière et sur les politiciens d'Ottawa. Ils discutèrent de culture, de la manière dont on percevait les Indiens comme des gens restés à l'âge de pierre, et des préjugés qu'une civilisation de l'écrit nourrit à l'égard d'une civilisation orale. Kahon'wes lui révéla l'existence de fouilles qui, sur les rives de l'Ohio, avaient mis au jour de gigantesques terrassements et des objets datant d'avant le Christ. Devant de telles découvertes, les archéologues blancs avaient refusé de croire que cette civilisation d'architectes et de sculpteurs fût indienne (par conséquent, les Indiens pouvaient être supplantés par les Blancs aussi impitoyablement qu'ils avaient, supposait-on, supplanté cet autre peuple).

Ces conversations, dix ans plus tard, revenaient à l'esprit de Sturrock tandis qu'il arpentait les rues de Toronto à la recherche d'explications pour la tablette en os. Il avait commencé à imaginer la monographie qu'il rédigerait sur ce sujet et l'onde de choc qui balaierait alors toute l'Amérique du Nord. La publication d'une telle monographie apporterait une aide incalculable à la cause de ses amis indiens, et, par ailleurs, le rendrait célèbre. Malheureusement, il ne pouvait plus aller demander l'avis de Kahon'wes, celui-ci ayant succombé à la boisson avant de se perdre au-delà de la frontière. C'est le sort qui guette trop souvent ceux qui sortent du sentier dans lequel ils sont nés.

Et donc, tout en avançant malaisément dans la neige, Sturrock ne s'intéresse pas plus au paysage sombre et fascinant qu'aux lourdauds qui cherchent à côté de lui (des amateurs, tous autant qu'ils sont). Il tourne de nouveau ses pensées vers Kahon'wes et vers l'ambition qui le ronge depuis si longtemps. Pour remporter un tel prix, aucune attente ne sera trop longue, aucun désagrément ne sera insupportable.

SAUF AVEC MON MARI, j'ai passé relativement peu de temps seule avec un homme. J'ai donc du mal à juger ce qui est normal et ce qui ne l'est pas. Le troisième jour après notre départ de Dove River, je marche derrière Parker et le traîneau, et je me dis qu'il ne m'a pas adressé plus de cinq phrases. Est-ce parce que j'ai fait quelque chose de travers ? Certes, je sais bien que notre situation est insolite et que je suis plus réservée que la moyenne des gens, mais quand même, son silence est énervant. Pendant deux jours, je n'ai pas eu envie de poser des questions et il m'a fallu toutes mes forces pour marcher à cette allure exténuante, mais les choses aujourd'hui semblent un peu plus faciles ; nous sommes arrivés à un endroit où la piste est relativement égale, où les cèdres nous protègent du vent. Sous les arbres, nous nous déplaçons dans un crépuscule permanent, et nous n'entendons que le craquement des chaussures et le glissement des patins de notre traîneau de fortune sur la neige.

Parker suit un trajet le long de la rivière sans une seconde d'hésitation ; à l'évidence, il sait parfaitement où nous allons. Quand nous nous arrêtons pour boire un thé noir et manger un peu de pain de maïs, je lui demande : « C'est donc par ici qu'est passé Francis ? »

Il fait oui de la tête. Le moins qu'on puisse dire, c'est qu'il est laconique.

« Donc... vous avez remarqué ces traces en venant à Dove River ?

— Oui. Deux hommes sont passés par ici à peu près en même temps.

— Deux ? Vous voulez dire qu'il était avec quelqu'un ?

— L'un suivait l'autre.

— Comment pouvez-vous le savoir ?

— Il y a toujours des traces derrière les autres. »

Il semble attendre un instant. Je ne dis rien.

« Ils ont fait des feux séparés. S'ils étaient ensemble, ils auraient eu un seul feu. »

Je me sens un peu bête de ne pas l'avoir remarqué. Il émane de Parker une satisfaction subtile. À moins que je ne me fasse des idées. Nous sommes debout devant notre minuscule feu, et la chope réchauffe mes mains gelées à travers les moufles – un réconfort douloureux. Je tiens la tasse de façon qu'elle baigne ma figure dans sa chaude vapeur. Je sais que j'aurai d'autant plus mal quand ce sera fini, mais, pour ce qui concerne les rigueurs de l'hiver, je ne possède pas une expérience telle que je renoncerais à ce plaisir passager.

Un des chiens se met à aboyer. Une rafale de vent gémit entre des branches chargées de neige, et un rideau de flocons blancs s'étend jusqu'au sol. Je ne vois pas comment Parker va pouvoir suivre les traces sous la neige. Comme s'il pouvait lire mes pensées, il déclare : « Quatre hommes, ça fait une grosse piste.

— Quatre ?

— Les hommes de la Compagnie qui sont partis à la recherche de votre fils. Ils sont faciles à suivre. »

Est-ce que je rêve, ou ai-je bien vu l'ombre d'un sourire ?

Il vide sa tasse d'un seul coup et s'éloigne de quelques mètres pour se soulager. Il semble avoir cette capacité, que j'ai remarquée chez d'autres coureurs des bois, d'avaler des liquides bouillants sans se brûler. Il doit avoir une bouche en cuir. Je me détourne et regarde les chiens qui se sont couchés ensemble dans la neige pour se tenir chaud. Bizarrement, l'un d'entre eux – la chienne, plus petite que l'autre et couleur de sable – s'appelle Lucie, et Parker prononce le nom à la française. Du coup, je me sens une affinité avec elle – elle me paraît amicale et confiante, comme les chiens sont censés l'être –, mais pas du tout avec son compagnon, Sisco, qui ressemble à un loup avec ses yeux bleus énervants et son grondement menaçant. Je me rends compte qu'il y a une certaine symétrie entre les deux chiens et les deux êtres humains sur cette piste. Peut-être Parker a-t-il pensé à cela lui aussi, bien que je ne lui aie bien sûr pas dit mon prénom. Et il ne cherchera sans doute pas à le savoir.

Dans l'air glacé, le thé se refroidit si vite qu'on le boit avec plaisir au bout de trente secondes et qu'il faut l'avaler vite. Quelques instants de plus et il sera froid comme de la pierre.

La nuit venue, Parker installe le campement et allume un petit feu près duquel je m'assois, me brûlant les mains et le visage tandis que mon dos gèle. Pendant ce temps, il coupe un tas de branches de pin à l'aide de la hache. (Je suppose qu'Angus va pousser des jurons en remarquant sa disparition, mais tant pis ; il aurait dû y songer avant d'abandonner son fils.) Il dégarnit les plus grosses branches et s'en sert pour construire la charpente d'un abri, soit contre un gros tronc d'arbre, soit, s'il y a un arbre couché qui convienne, derrière la masse de racines arrachées. Il entasse les petits rameaux feuillus sur le sol en les disposant comme des rayons de soleil, les feuilles vers le centre. La première fois que je l'ai vu faire, je me suis dit que ça ressemblait à un autel sacrificiel et j'ai dû réprimer cette pensée pour qu'elle n'aille pas plus loin. Ensuite, il recouvre le tout avec les carrés de toile goudronnée que j'ai pris dans la cave. Il fixe la toile au sol à l'aide d'autres branches et avec de la neige qu'il ramasse dans une truelle d'écorce, élevant ainsi des murs jusqu'à la hauteur voulue pour garder la chaleur. À l'intérieur, il suspend une bâche plus petite à la branche qui constitue l'épine dorsale de la tente, réalisant ainsi une sorte de rideau qui divise l'espace en deux. C'est son seul geste pour respecter les convenances, et je lui en suis reconnaissante.

Il érige cette structure pendant le temps qu'il me faut pour faire bouillir l'eau et préparer une purée de flocons d'avoine et de pemmican dans laquelle je jette quelques baies flétries. Comme j'ai oublié d'emporter du sel, tout cela a un goût affreux, mais je trouve quand même formidable de manger un plat chaud et solide et de le sentir descendre en brûlant dans ma gorge. Puis encore du thé, mais avec du sucre pour faire passer le goût du ragoût tout en imaginant la brillante conversation dans laquelle je pourrais être engagée si j'avais quelqu'un d'autre pour guide – ou bien est-ce mon ravisseur ? À la fin, épuisés (en tout cas, je le suis), nous rampons dans la tente. Les chiens se faufilent derrière nous, et Parker ferme l'entrée avec une pierre.

La première nuit, quand je me suis glissée dans cet obscur petit tunnel, j'avais le cœur qui battait à tout rompre et je me suis recroquevillée sous mes couvertures, trop effrayée pour bouger, car je m'attendais à un sort pire que la mort. Je retenais mon souffle en écoutant Parker remuer, se tourner et respirer à seulement quelques centimètres de moi. Lucie est passée sous le rideau en se tortillant – on l'avait peut-être poussée –, pour venir se blottir près de moi. J'ai été heureuse de faire un peu de place à ce corps chaud près du mien. Puis Parker a semblé cesser de bouger, mais une partie de son corps, je m'en suis aperçue avec horreur, se pressait contre la toile qui servait de rideau, et donc contre mon dos. Je n'avais pas de place pour me dégager, mon visage se trouvant presque plaqué sur la bâche couverte de neige. J'attendais que se produise quelque chose d'horrible – de toute façon, il m'était impossible de dormir –, et puis, peu à peu, j'ai senti une faible chaleur émaner de Parker. Mes yeux étaient écarquillés sans voir, mes oreilles en éveil à l'affût du moindre son, mais rien ne s'est passé. Je crois qu'à un moment j'ai fini par m'endormir. Finalement, même si je rougis rien que d'y penser, j'ai reconnu la beauté de ce système qui préserve une sorte d'intimité tout en nous permettant à chacun de partager la chaleur que l'autre produit.

Le lendemain, quand je me suis réveillée, une faible lumière perçait à travers la toile. Mon cocon était étouffant, il sentait le chien et le renfermé. La tente était froide, mais j'ai été stupéfaite, en rampant à reculons vers la lumière du jour, de sentir à quel point elle était chaude par rapport à l'air de dehors. J'étais sûre que Parker m'avait observée alors que je me tortillais sans grâce en rampant sur mes coudes et mes genoux, avec mes cheveux défaits qui pendaient sur mon visage. Mais, Dieu merci, il n'a pas souri et m'a à peine regardée. D'un air grave, il m'a tendu une grande tasse de thé et je me suis relevée, essayant de remettre un semblant d'ordre dans ma coiffure et regrettant de ne pas avoir apporté de petit miroir. Il est extraordinaire de constater à quel point la vanité nous colle à la peau, même dans les circonstances les plus incongrues. Mais, me dis-je, comme la vanité est l'un des attributs qui nous distinguent des animaux, nous devrions peut-être en être fiers.

Ce soir – notre troisième –, je suis déterminée à faire un peu plus d'efforts envers mon compagnon silencieux. Je me mets à parler au moment où nous sommes devant nos bols de ragoût. J'ai eu le sentiment de devoir préparer le terrain, pour ainsi dire, et j'ai donc réfléchi pendant quelques heures à ce que je pourrais dire.

« Je dois vous avouer, monsieur Parker, ma gratitude pour m'avoir emmenée avec vous. J'apprécie aussi beaucoup vos efforts pour me rendre les choses confortables. »

Dans la lumière orangée du feu, son visage est un masque d'ombres impénétrables. Mais l'obscurité a pour effet de filtrer les meurtrissures de sa joue et ainsi d'adoucir la rugosité de ses traits.

« Je sais que les circonstances sont quelque peu... inhabituelles, mais j'espère que nous pourrons être cependant de bons camarades. » Le mot « camarade » me paraît donner le bon registre : cordial sans impliquer trop de chaleur personnelle.

Il lève les yeux vers moi. Il est en train de mâcher un morceau de viande aux nerfs particulièrement durs et je crois qu'il va continuer à ne rien dire, comme si je n'existais pas ou n'étais qu'une créature sans importance, du genre scarabée coprophage. Mais alors il avale et demande : « L'avez-vous jamais entendu jouer du violon ? »

Il me faut plusieurs secondes pour prendre conscience qu'il parle de Laurent Jammet.

Aussitôt, me voilà devant la cabane au bord de la rivière, chez nous. J'entends cette mélodie étrange et attachante, et je vois Francis qui sort comme une fusée, le visage transformé par le rire – et je suis paralysée par le sentiment de perte.

Je n'ai pas beaucoup pleuré au cours de ma vie, tout compte fait. Chaque vie a sa part d'épreuves – du moins quand on a comme moi atteint l'âge que j'ai à présent, traversé un océan et perdu ses parents et un enfant –, mais j'estime que personne ne contestera que la mienne a connu, davantage que la plupart des autres, son lot de souffrances. Et pourtant j'ai toujours pensé qu'il était inutile de verser des larmes, comme si en pleurant nous supposions que quelqu'un nous verrait et aurait pitié de nous, ce qui implique également que ce quelqu'un puisse quelque chose pour nous. Or, j'ai découvert très tôt que personne ne peut rien pour nous. Ces derniers jours, je n'ai pas pleuré pour Francis parce que j'étais trop occupée à mentir, à dissimuler et à imaginer un plan pour l'aider ; pleurer n'aurait fait que gaspiller mes maigres pouvoirs. Je ne sais donc pas ce qui a changé à présent pour que des larmes se mettent à couler sur mes joues et tracent sur ma peau leurs sillons tièdes. Je ferme les yeux et, gênée, je détourne la tête, espérant que Parker ne remarquera rien. Car cet homme ne pourrait pas m'aider, sinon en me guidant à travers la forêt, ce qu'il fait déjà. J'ai honte parce que je donne l'impression d'en appeler à son humanité ; de m'en remettre à sa merci, pour ainsi dire, alors que, pour ce que j'en sais, il est peut-être sans pitié.

Mais pendant tout le temps où je pleure, j'éprouve un plaisir sensuel ; les larmes caressent mon visage comme des doigts chauds et m'apportent leur réconfort.

Quand j'ouvre de nouveau les yeux, Parker a préparé le thé. Il ne me demande pas d'explication.

« Je vous en prie, pardonnez-moi. Mon fils aimait sa musique. »

Il me tend une timbale en fer-blanc. Je sirote et je suis étonnée : il m'a donné un peu plus de sucre, le remède universel. Si seulement nous pouvions adoucir tous nos chagrins aussi facilement.

« Il jouait pour nous quand on travaillait en équipe. Les patrons l'autorisaient à prendre son violon avec lui dans les portages. Ils savaient que ça valait bien le poids en plus.

— Vous avez travaillé avec lui ? Pour la Compagnie ? »

Je revois la photo de Jammet avec le groupe des voyageurs, et je la réexamine mentalement pour savoir si Parker était l'un d'entre eux. Je suis sûre que je n'aurais pas oublié un visage comme le sien - mais je ne m'en souviens pas.

« Ça remonte à loin.

— Vous n'avez pas l'air d'un... homme de la Compagnie. » Je m'empresse de sourire au cas où il le prendrait pour une insulte.

« Mon grand-père était anglais. Il s'appelait William Parker, lui aussi. Il venait d'un endroit du nom de Hereford. »

Il fume une pipe, à présent. C'est une des pipes de mon mari, parce qu'on lui a confisqué la sienne.

« Hereford ? En Angleterre ?

— Vous connaissez cet endroit ?

— Non, mais je crois qu'il y a une très belle cathédrale. »

Il hoche la tête comme si la présence de la cathédrale était une évidence.

« Vous l'avez connu ?

— Non. Comme la plupart des hommes, il est pas resté. Il a épousé ma grand-mère, qui était une Cree, mais il est rentré en Angleterre. Ils ont eu un fils - mon père. Lui, il a travaillé toute sa vie pour la Compagnie.

— Et votre mère ?

— Euh... » Une étincelle d'émotion anime son visage. « Mon père a épousé une Mohican d'une mission française.

— Ah », dis-je comme si cela expliquait quoi que ce soit. Ce qui est d'ailleurs le cas : les Iroquois sont réputés pour leur grande taille et leur force physique. Et, paraît-il (même si, bien sûr, je me garde de le dire), pour leur beauté. « Vous êtes donc iroquois. C'est pourquoi vous êtes si grand.

— Je suis mohican, pas iroquois, corrige-t-il, mais gentiment, sans paraître irrité.

— Je croyais que c'était pareil.

— Vous savez ce que signifie "Iroquois" ? »

Je fais non de la tête.

« Ça veut dire "serpent à sonnette". C'est le nom que leur donnaient leurs ennemis.

— Je suis désolée. Je l'ignorais. »

Sa bouche se déforme pour produire ce que je commence à reconnaître comme un sourire. « Elle était censée être une bonne catholique éduquée dans une mission, mais elle a toujours été d'abord une Mohican. »

Il y a de la chaleur dans sa voix, de l'humour. Je souris par-dessus les flammes qui dansent. Ça soulage toujours de savoir qu'un homme soupçonné de meurtre aime sa mère.

J'ai presque terminé mon thé ; il est froid comme un glaçon, bien sûr. J'aimerais interroger Parker sur la mort de Jammet, mais j'ai peur que ça ne bouleverse le rapport délicat qui s'est établi entre nous. Je me contente donc de gesticuler vers lui en demandant :

« Comment va votre visage, maintenant ? »

Il le touche avec deux doigts. « Il fait moins mal.

— Bien. Il est moins enflé. » Je songe à Mackinley. Il ne m'est pas apparu comme un homme qui abandonne facilement. « Je suppose que quelqu'un va tenter de nous suivre. »

Parker grogne. « Même s'ils le font, avec cette neige ils perdront la trace. Et puis elle va les ralentir.

— Mais vous, allez-vous pouvoir suivre la piste ? »

L'éventualité qu'il la perde m'inquiète de plus en plus. Depuis que la neige s'est mise à tomber – une neige sèche, poudreuse, moins légère et agréable qu'il ne paraît –, je me suis persuadée que Francis a trouvé refuge dans un village, quelque part. Je le crois parce qu'il le faut.

« Oui. »

Je me redis que c'est un trappeur, qu'il est habitué à suivre dans la neige de subtiles créatures aux pieds légers. Mais il me semble que sa confiance vient d'ailleurs. Une fois de plus, j'ai l'impression qu'il sait déjà où la piste va mener.

Nous restons assis un instant sans parler. J'envie le rite qui consiste à fumer une pipe et le rythme qui va avec ; ce rite qui donne à l'homme l'air d'être occupé et plongé dans de profondes pensées alors même qu'il ne pense à rien et ne fait rien. Je ne me suis pas sentie en paix comme en ce moment depuis bien longtemps. Nous sommes en route. Je fais quelque chose pour aider Francis.

Je fais quelque chose pour lui prouver combien je l'aime, et ça compte, parce que j'ai peur qu'il ait oublié.

ARRIVE LE MOMENT OÙ FRANCIS S'APERÇOIT QU'IL EST EN ÉTAT D'ARRESTATION. Personne ne le lui a dit, mais il le déduit de la manière dont le regard de Per passe de Moody à lui. Moody croit qu'il a tué Laurent, ce qui provoque chez Francis plus d'irritation que de peur ou de colère. Peut-être, à la place de Moody, serait-il parvenu à la même conclusion.

« Ce que je ne comprends pas, déclare Moody en remontant ses lunettes sur son nez pour la centième fois, c'est pourquoi tu n'as raconté à personne ce que tu as vu. Tu aurais pu en parler à ton père. C'est un homme qu'on respecte dans votre village. »

Cette réplique est si évidente que Francis se mord la langue. Maintenant que Moody le dit, l'idée lui paraît assez sensée. Il se demande si Moody connaît son père.

« Je me disais que le tueur allait me distancer. J'avais pas les idées très claires. »

C'est le moins qu'on puisse dire. Donald garde la tête penchée d'un côté comme s'il essayait de comprendre la notion d'idées pas très claires. Il n'a pas l'air d'y parvenir.

Cette fois, un jeune métis qu'on a présenté à Francis comme s'appelant Jacob reste silencieusement assis près de Moody. Francis ne l'a jamais entendu parler, mais il suppose qu'il est là plus ou moins en tant que témoin de la Compagnie de la baie d'Hudson. Il a entendu dire – entre autres par Jammet – que, dans la terre de Rupert, la Compagnie envoyait des émissaires rendre une justice rudimentaire. Si l'on connaît un meurtrier, les agents de la Compagnie le traquent sans bruit et le tuent. Il se demande si Jacob a été désigné comme bourreau. Son bourreau. La plupart du temps, il garde la tête baissée, mais il observe Francis intensément. Ils croient peut-être qu'il va se tromper et se trahir.

Moody se tourne et chuchote quelque chose à Jacob, qui se lève et sort. Moody rapproche sa chaise de Francis et lui adresse un petit sourire, comme un garçon qui voudrait se faire des amis le premier jour de classe.

« Je vais te montrer quelque chose. »

Il soulève alors sa chemise, la sortant de son pantalon, jusqu'à ce que Francis aperçoive la cicatrice – de la peau tendre et luisante, du rouge sur du blanc. « Tu vois ça ? La lame s'est enfoncée de sept centimètres. Celui qui m'a fait ça, eh bien... c'était lui qui était assis là. »

Il regarde Francis bien en face. Malgré lui, Francis sent ses yeux s'écarquiller de surprise.

« Et pourtant, dans ce pays, je ne crois pas qu'il y ait quelqu'un qui soit davantage mon ami que lui. »

Francis se laisse aller au point d'esquisser un sourire. Donald, se sentant encouragé, se fend alors, lui, d'un large sourire. « Tu vas rire, quand je te dirai pourquoi. On jouait au rugby et je l'ai plaqué. Je l'ai soulevé par les jambes – un placage de biais classique. Et c'est instinctivement qu'il m'a agressé. Il n'avait encore jamais joué au rugby. Je ne savais même pas qu'il avait un couteau sur lui. »

Donald se met à rire, et Francis se sent réagir avec un début de sympathie. Pendant un instant, c'est presque comme s'ils étaient amis.

Donald glisse de nouveau sa chemise à l'intérieur de sa ceinture.

« Ce que je veux dire, c'est que même avec un ami une dispute peut éclater, et l'un d'eux frapper l'autre dans un moment de colère. Sans le vouloir. Un instant plus tard, il donnerait sa vie pour ne pas l'avoir fait. Est-ce que c'est comme ça que ça s'est passé ? Vous vous êtes disputés – il était peut-être soûl... ou bien c'était toi... il t'a mis en rogne et tu as frappé sans réfléchir... »

Francis a les yeux fixés au plafond. « Si la justice vous intéresse tant, pourquoi ne suivez-vous pas les autres traces, celles du meurtrier ? Vous avez bien dû les voir. J'arrivais à les suivre, moi. Même si vous ne me croyez pas, vous avez bien dû les voir. »

Quelque chose en lui vient de lâcher, et les paroles continuent à sortir de plus en plus bruyamment.

« Tu aurais pu suivre les traces rien que pour t'assurer que tu arriverais quelque part sans danger. » Donald se penche en avant comme s'il avait le sentiment de parvenir enfin à quelque chose.

« Si je voulais m'enfuir, je ne viendrais pas par ici ! J'irais à Toronto ou bien je prendrais un bateau… » Francis lève les yeux vers le plafond, dont les craquelures et les lignes lui sont devenues familières. Signes indéchiffrables. « Où est-ce que je dépenserais l'argent, par ici ? C'est fou de croire que je l'ai tué – vous ne pouvez pas voir ça ? C'est même fou de penser que…

— C'est peut-être pour ça que tu es venu ici, parce que ce n'est pas ce qui tombe sous le sens… Tu commences par te cacher ici, et puis tu vas où tu veux une fois que toute l'agitation est retombée – c'est plutôt malin, à mon avis. »

Francis le dévisage. À quoi bon discuter avec ce crétin qui sait d'avance comment ça s'est passé ? Les choses vont-elles continuer ainsi ? Eh bien, dans ce cas, tant pis. À présent, il a la gorge nouée et sent monter la nausée. Il a envie de hurler. S'ils savaient la vérité vraie, est-ce qu'ils le croiraient ? S'il leur racontait ce qu'il avait réellement vu ?

Au lieu de quoi il ouvre la bouche et lance : « Je vous emmerde ! Je vous emmerde tous ! » Puis il se tourne face au mur.

Au moment où il se détourne, Donald prend conscience de quelque chose. Il vient enfin de se souvenir de ce qu'il recherchait confusément ces derniers jours : quelque chose, chez Francis, lui rappelle un garçon de son école, un garçon qu'il connaissait mais qu'il évitait, comme tout le monde. C'est peut-être le mobile. Ça ne l'étonnerait pas, à vrai dire.

IL SE PASSE QUELQUE CHOSE D'EXTRAORDINAIRE. Alors que le temps continue à être parfaitement calme, sans vent, et que nous poursuivons notre chemin vers le nord à travers la forêt, je me rends compte que je prends plaisir à cette aventure. J'en suis choquée, je m'en sens coupable parce que je devrais me ronger les sangs pour Francis. Pourtant, je ne peux pas le nier, du moment que je ne me le représente pas couché quelque part, blessé et gelé, je suis plus heureuse que je ne l'ai été depuis longtemps.

Je n'avais jamais imaginé pouvoir m'aventurer si loin dans les immensités sauvages sans avoir peur. Ce que j'ai toujours détesté dans la forêt, bien que je n'en aie jamais parlé à personne, c'est son uniformité, les essences d'arbres étant fort peu variées. De surcroît, en cette saison où la neige donne aux conifères l'apparence de silhouettes revêtues de capes lugubres, la forêt se révèle comme un lieu sombre, crépusculaire. Pendant nos premières années à Dove River, un cauchemar me revenait : je suis en pleine forêt et je me retourne pour voir le chemin par lequel je suis venue, mais toutes les directions sont exactement semblables. Je suis prise de panique, désorientée. Je sais que je suis perdue et que je ne ressortirai jamais.

C'est peut-être l'extrémité de ma situation qui rend la peur impossible ou tout simplement inutile. Je n'ai pas peur, non plus, de mon guide taciturne. Comme il ne m'a pas encore assassinée, bien qu'il en ait eu amplement la possibilité, j'ai commencé à lui faire confiance. Je me suis brièvement demandé ce qui se serait passé si j'avais refusé de partir avec lui. M'y aurait-il obligée ? Puis j'ai cessé de me poser la question. Marcher pendant huit heures dans de la neige fraîche est un bon moyen d'apaiser l'agitation de l'esprit.

La carabine d'Angus est attachée au traîneau et elle n'est pas chargée ; en cas d'attaque soudaine, elle ne nous protégerait donc pas beaucoup. Quand je demande à Parker s'il est bien sage de procéder ainsi, il se met à rire. Il me dit qu'il n'y a pas d'ours dans cette partie du pays. Et les loups, alors ? Je voudrais savoir. Il me jette un regard plein de commisération.

« Les loups n'attaquent pas les gens. Ils sont peut-être curieux, mais ils ne vont pas s'en prendre à vous. »

Je lui parle de ces pauvres filles dévorées par les loups. Il m'écoute sans m'interrompre, puis il dit : « J'en ai entendu parler. Rien n'indique qu'elles aient été attaquées par des loups.

— Mais aucun indice n'a montré qu'elles aient été enlevées, et pourtant on n'a rien trouvé d'elles.

— Les loups ne mangent pas un cadavre en entier. S'ils les avaient dévorées, il y aurait eu des traces : des morceaux d'os, et ils auraient laissé l'estomac et les intestins. »

Je ne sais pas vraiment quoi répondre. Je me demande s'il connaît ces détails macabres pour les avoir vus.

« Mais, poursuit-il, je n'ai jamais eu connaissance de loups qui auraient attaqué sans avoir été provoqués. Nous-mêmes, nous n'avons pas été attaqués, et pourtant il y a eu des loups qui nous ont observés.

— Essayez-vous de me faire peur, monsieur Parker ? » dis-je avec un sourire insouciant – qu'il ne peut cependant pas voir parce qu'il est devant moi.

« Il n'y a aucune raison d'avoir peur. Les chiens réagissent s'il y a des loups pas loin, surtout le soir. Et nous sommes toujours là. »

Il lance ces paroles par-dessus son épaule comme s'il s'agissait d'une observation anodine sur le temps, mais je n'arrête pas de jeter des coups d'œil derrière moi pour voir si nous sommes suivis, et, plus qu'avant, je fais en sorte de ne pas m'éloigner du traîneau.

Au moment où la lumière baisse, je sens des ombres qui bougent autour de moi et se rapprochent. Je regrette d'avoir abordé ce sujet. Je reste assise près du feu, mais la fatigue ne l'emporte pas sur ma nervosité, et je sursaute au moindre bruissement de branche, à la moindre rafale de neige. Je ne ramasse que de la neige se trouvant très près du feu et je prépare le souper avec moins d'attention qu'il ne le faudrait. Quand Parker disparaît pour nous rapporter des branches, je le cherche désespérément des yeux, et quand les chiens se lancent dans des aboiements frénétiques, je ne tiens plus du tout en place.

Plus tard, alors que je suis allongée dans la tente comme une saucisse, quelque chose me réveille. Je sens une légère ombre grise traverser la toile de la tente ; l'aube doit donc être proche, ou alors c'est la lune qui brille. À ce moment-là, la voix de Parker surgit à côté de moi, et je sursaute.

« Madame Ross. Vous êtes réveillée ? »

Je parviens à chuchoter un oui, mais je suis morte d'angoisse, m'imaginant toutes sortes d'horreurs au-delà de ces parois de toile.

« Si vous le pouvez, avancez votre tête vers l'ouverture et regardez dehors. N'ayez pas peur. Il n'y a rien à craindre. Ça pourrait vous intéresser. »

J'arrive facilement à manœuvrer mon corps de façon à regarder dehors, car, après la première nuit, j'ai dormi en gardant la tête du côté de l'ouverture. Je constate que Parker a ouvert un bout de rideau de mon côté, et je regarde.

L'aube n'est pas encore là, mais une lumière froide et grise, qui vient peut-être de la lune invisible et se reflète sur la neige, permet une certaine visibilité. Entre les arbres, les choses restent cependant sombres et indistinctes. Devant moi, les restes de notre feu forment une tache noire et, au-delà, les deux chiens sont debout, en alerte, le corps tendu vers quelque chose sous les arbres. L'un des deux gémit ; c'est peut-être ce qui m'a réveillée.

Au début, je ne distingue rien d'autre, puis, au bout d'une minute ou deux, je discerne un léger mouvement dans l'ombre. Je tressaille en me rendant compte qu'il y a là une autre silhouette semblable à celle d'un chien qui se détache en gris contre le fond plus clair de la neige. Ce troisième animal qui surveille les chiens a des yeux et un museau légèrement plus foncés que sa fourrure. Ils s'observent avec un intérêt intense, sans agressivité manifeste, mais aucun ne veut tourner le dos. Un nouveau gémissement s'élève, peut-être vient-il du loup. Il me paraît petit, plus petit que Sisco. Et seul. Je le regarde s'approcher d'un mètre ou deux, puis reculer, comme un enfant timide qui veut participer à un jeu mais craint d'être mal reçu.

Pendant dix minutes, à peu près, j'observe cette communication presque silencieuse entre les chiens et le loup, et dans ce laps de temps j'oublie d'avoir peur. Je me rends compte de la présence de Parker, qui les regarde, lui aussi. Il est si près de moi que, bien que ma tête ne soit pas tournée vers lui, mon nez le sent. Ce n'est que peu à peu que j'en prends conscience ; normalement, l'air est si froid qu'il tue toutes les odeurs. Je me suis toujours dit que c'était une bonne chose. Mais là, alors que je contemple ces animaux, je perçois une odeur de vie – ce n'est pas celle des chiens, ni même celle de la transpiration, mais plutôt une odeur de feuillage semblable aux senteurs puissantes et âcres d'une serre humide où pousse de la végétation. Je ressens comme une piqûre d'ortie au souvenir qui surgit alors : celui de la serre de l'asile public où nous cultivions des tomates et qui avait la même odeur que celle du Dr Watson quand je pressais mon visage contre le devant de sa chemise ou contre sa peau. Je n'avais pas imaginé qu'un homme puisse avoir cette odeur plutôt que celle du tabac et de l'eau de Cologne comme mon père, ou, de façon plus déplaisante, de fonctions corporelles et de vêtements pas lavés comme la plupart des aides-soignants.

Le seul être susceptible d'avoir la même odeur que Watson et que la serre, dans cette forêt gelée, c'est Parker.

À ce moment-là, je ne peux m'empêcher de tourner un peu la tête vers lui et d'inspirer pour me pénétrer un peu plus de ce souvenir qui me titille et que je ne trouve pas du tout déplaisant. J'essaye de le faire imperceptiblement, mais je devine qu'il le remarque, et quand je lève les yeux pour m'en assurer, je le découvre à quelques centimètres de moi à peine, en train de me regarder. J'ai un mouvement de recul, puis je souris pour cacher ma gêne. Je tourne ensuite mes yeux vers les chiens, mais le loup a disparu comme un fantôme gris et je ne saurais dire s'il vient de s'évanouir ou s'il est déjà parti depuis un bon moment.

« C'était un loup, dis-je fort intelligemment.

— Et vous n'avez pas peur. »

Je lance encore un regard vers lui pour voir s'il se moque de moi, mais il est en train de se retirer de son côté de la tente.

« Merci », dis-je. Mais je m'en veux aussitôt. Ce n'est pas lui qui a organisé la visite du loup spécialement pour moi, et donc c'est idiot de le remercier. Je me tourne de nouveau vers les deux chiens. Sisco est encore à scruter intensément l'obscurité entre les arbres où se trouvait l'intrus, mais Lucie me regarde, la gueule ouverte et la langue pendante comme si je la faisais rire.

LES ÉQUIPES DE RECHERCHE N'ONT TROUVÉ AUCUNE TRACE du fugitif. Quant à l'hystérie soulevée par la disparition de Mme Ross, elle a été tempérée par le stoïcisme de son mari. On suppose que Mme Ross finira par tomber sur son fils et sur Moody. Mackinley, pour sa part, ne semble pas avoir associé les deux événements ; il reste presque tout le temps à ruminer dans sa chambre. Trois jours après l'évasion, il hante toujours la maison des Knox comme un esprit vengeur. Il bout, dans l'amertume impuissante de celui qui a encore perdu ce qu'il cherchait alors qu'il l'avait au bout des doigts.

La famille Knox ne prononce jamais son nom – peut-être pense-t-elle le chasser en faisant comme s'il n'existait pas. Knox lui propose de rentrer à Fort Edgar pour y attendre des nouvelles de Moody, mais Mackinley refuse. Il a résolu de rester pendant qu'on envoie des messages décrivant l'évadé. Son obsession, c'est d'accomplir son devoir – ou, du moins, le prétend-il ; Knox n'en est plus tellement certain.

Ce soir, après le dîner, Mackinley se met à parler de la chance. Il revient à l'un de ses sujets préférés, celui des héros de la Compagnie, et il régale Knox de l'histoire déjà familière d'un certain James Stewart qui a forcé ses hommes à braver les neiges hivernales pour livrer des fournitures à un poste de traite, réalisant un parcours stupéfiant dans des conditions climatiques épouvantables. Mackinley est ivre. Une lueur mauvaise, dans ses yeux, sonne l'alarme chez Knox. S'il est ivre, ce n'est pas à cause du vin de Knox ; il doit boire dans sa chambre.

« Mais vous savez quoi ? » déclare Mackinley à Knox tout en regardant, dehors, la neige douce et poudreuse qu'il semble prendre comme un affront personnel. Sa voix est douce elle aussi ; il s'efforce de ne pas crier, de ne pas être quelqu'un d'insignifiant. Curieusement, bien que Knox sente qu'il s'agit d'une pose, il en a quand même la chair de poule.

« Vous savez ce qu'ils lui ont fait – à un type aussi bien que ça ? Juste à cause d'un petit coup de malchance ? C'était un des meilleurs. Un vrai serviteur de la Compagnie qui avait donné tout ce qu'il avait en lui. Il devrait être à la tête de toute la boîte, maintenant, mais ils l'ont expédié dans un trou perdu au milieu de nulle part – pas une seule fourrure, le désert total. Et tout ça à cause d'un coup de malchance. C'est pas juste. C'est pas juste, hein ?

— Non, ça ne l'est vraiment pas. » Ce qui n'est pas juste, non plus, c'est qu'on lui ait flanqué Mackinley comme pensionnaire, mais il n'a personne à qui se plaindre. Si seulement c'était Mackinley qui était parti sur les traces du fils Ross, et Moody qui était resté ici. Voilà qui aurait également fait le bonheur de Susannah.

« Je ne leur permettrai pas de m'expédier dans un trou perdu. On me fera pas ça, à moi.

— Je suis certain qu'un tel désastre ne se produira pas. Ce n'est pas comme si c'était votre faute.

— Mais comment savoir s'ils verront les choses ainsi ? Je suis responsable de l'ordre et de la justice dans mon fort et aux alentours. Peut-être si vous écriviez une lettre... qui décrit les faits et tout... » Mackinley regarde Knox avec de grands yeux comme si cette idée venait de germer dans son esprit.

Knox se retient de prendre la grande bouffée d'air qui trahirait sa stupéfaction. Il s'était demandé si Mackinley allait lui demander ce genre de service, mais il avait cru que même lui n'aurait pas ce culot. Il s'accorde plusieurs secondes pour composer sa réponse.

« Si j'écrivais une telle lettre, monsieur Mackinley, il serait juste que j'y consigne les faits tels que j'en ai connaissance, pour éviter toute méprise. » Il se tourne vers son interlocuteur en gardant un visage calme et dénué d'expression.

« Bon, bien sûr... », commence Mackinley. Puis il s'interrompt, avec des yeux presque exorbités. « Comment ça ? Qu'est-ce qu'a raconté Adam ?

— Adam n'a rien raconté. J'ai vu de mes propres yeux votre façon d'arriver à votre idée de justice. »

Mackinley le fusille du regard, mais il ne dit rien de plus. Knox éprouve une satisfaction coupable pour l'avoir réduit au silence.

Au moment où Knox sort enfin de chez lui, la neige et les nuages se sont unis pour produire une lumière particulière, une pâleur qui semble rendre le crépuscule plus froid. Bien que les jours soient courts et le soleil bas, on sent dans l'air une force compensatrice – peut-être laisse-t-elle présager une aurore boréale – qui donne de la légèreté aux pas de Knox. Quelle étrange insouciance à un moment où il flirte avec son déshonneur...

Ouvrant sa porte, Thomas Sturrock envoie dans le couloir une forte odeur de renfermé mêlé de fumée. Manifestement, ce genre d'homme estime que l'air frais n'a rien à faire à l'intérieur.

« Je crois que ce soir nous ne serons pas dérangés. Il y a eu quelques dissensions domestiques et mes hôtes se livrent à d'autres occupations. »

Knox ne sait pas trop comment interpréter ces paroles. Mais il n'est pas préparé à affronter John Scott lorsque celui-ci a bu. Il vaut peut-être mieux qu'il décharge ses frustrations sur sa femme et garde en public une apparence de bon citoyen. Comme cette pensée lui fait honte, il la chasse de son esprit.

« J'ai reçu votre mot et je suis curieux de savoir ce que vous souhaitez me dire. » Il estime que même avec Sturrock il doit rester sur ses gardes.

« Un peu plus tôt, quand nous étions en train de ratisser les bords du lac, je pensais à Jammet. » Sturrock verse deux verres de whisky et fait tournoyer le liquide topaze dans le sien. « J'ai alors songé à un homme que je connaissais à l'époque où je m'occupais de retrouver des disparus. Il s'appelait Kahon'wes. »

Knox attend.

« J'hésitais à vous en parler... Mais je me suis demandé : pourquoi tuerait-on un troqueur tel que Jammet – dans quel but ? Et je soupçonne, même si je n'ai évidemment aucune certitude, que c'est peut-être à cause de la tablette en os.

— Cette tablette dont vous avez déjà parlé ?

— Oui. Je vous ai dit que j'en avais besoin pour une recherche que je viens d'entreprendre, et vous avez sans doute compris que, si je suis prêt à tant d'efforts pour l'obtenir, il doit exister d'autres personnes tout aussi résolues à se donner du mal. Pourtant... oh, bon sang, je ne sais même pas si cette tablette est ce que je crois. » Sous la lumière de la lampe, son visage paraît desséché et vieux.

« Vous croyez que c'est quoi ? » lui demande Knox.

Sturrock avale le contenu de son verre et grimace comme s'il prenait un médicament.

« Cela va vous sembler ridicule, mais... bon, je crois qu'elle peut fournir la preuve qu'une langue écrite a existé chez les Indiens d'autrefois. »

La première envie de Knox est d'éclater de rire. C'est en effet ridicule – une histoire d'aventures pour adolescents. Une hypothèse on ne peut plus grotesque.

« Qu'est-ce qui vous pousse à le croire ? » Il n'a jamais tenu Sturrock pour un imbécile, malgré tous ses travers. Mais peut-être s'est-il trompé, et l'imbécillité est-elle le défaut de cet homme, la raison pour laquelle, à la soixantaine, il porte un manteau démodé aux manches effilochées.

« Je vois bien que vous trouvez cela ridicule. J'ai mes raisons. J'étudie cette affaire depuis plus d'un an.

— Mais tout le monde sait que ça n'existe pas ! dit Knox, incapable de se maîtriser. Il n'y a pas le moindre indice. Si une telle écriture avait existé, il en resterait des traces... Il y aurait un document, quelque chose pour en témoigner, ou des preuves indirectes... mais il n'y a rien. »

Sturrock le considère d'un air grave. Knox prend un ton conciliant. « Je suis désolé de paraître expéditif, mais c'est... fantastique.

— Peut-être. Le fait est, pourtant, qu'il y a sur cette terre des gens qui pensent que c'est possible. Me concédez-vous cela ?

— Oui. Oui, bien sûr...

— Et si je cherche la tablette, d'autres peuvent la chercher aussi.

— C'est également possible.

— Eh bien, voici ce que j'ai pensé : l'homme que je viens de mentionner, Kahon'wes, était une sorte de journaliste, un écrivain. Un Indien, mais très doué. Instruit, intelligent, capable de construire une jolie phrase et même plus. J'ai toujours pensé qu'il avait du sang blanc, mais je ne lui ai jamais posé la question. Il était d'un orgueil fanatique, obsédé par l'idée que les Indiens avaient une grande culture, égale dans tous les sens à la culture des Blancs. Il possédait le même genre de ferveur que certains hommes de religion. Il me prenait pour un sympathisant de sa cause, et je l'étais jusqu'à un certain point… Il était instable, le pauvre – il s'est mis à boire quand il n'a pas réussi à faire sensation comme il l'espérait.

— Qu'est-ce que vous voulez dire ?

— Que lui, ou quelqu'un comme lui qui croit passionnément à une nation et à une culture indiennes, pourrait faire pratiquement n'importe quoi pour obtenir une preuve de ce genre.

— Et cet homme a connu Jammet ? »

Sturrock paraît un peu surpris. « Je ne le sais pas au juste. Mais les gens entendent parler des choses, n'est-ce pas ? Il n'est pas absolument nécessaire de connaître quelqu'un pour vouloir ce qu'il possède. Moi-même, je ne connaissais pas Jammet avant de l'entendre parler de la tablette dans un café de Toronto. Il était plutôt bavard. »

Knox hausse les épaules. Il se demande si Sturrock l'a vraiment fait sortir de chez lui pour lui raconter cette histoire farfelue. « Et ce Kahon'wes, où est-ce qu'il vit, à présent ?

— Voilà ce que je ne saurais vous dire. Il y a des années que je ne l'ai pas vu. Je le connaissais quand il parcourait la péninsule et qu'il écrivait des articles. Comme je l'ai dit, il s'est mis à boire et il a disparu. J'ai entendu dire qu'il avait franchi la frontière et c'est tout.

— Et vous me racontez tout cela parce que vous estimez que ce pourrait être un suspect ? Les chefs d'accusation sont plutôt minces, vous ne trouvez pas ? »

Sturrock regarde son verre vide. Déjà la poussière est tombée sur les traces de liquide et les a épaissies.

« Kahon'wes m'a parlé un jour d'une langue ancienne écrite. De son existence possible, plutôt. Je n'avais jamais rien entendu là-dessus avant. » Sturrock a alors un sourire glacial qui lui resserre les commissures des lèvres. « Évidemment, je l'ai cru fou. » Il hausse les épaules d'un geste que Knox trouve étrangement pitoyable.

« Et puis je suis tombé sur cette tablette. Et je me suis souvenu de ce qu'il m'avait dit. Il est possible que je vous raconte tout cela à mes dépens, mais j'ai la conviction que vous devez être mis au courant de tous les faits. Il se peut qu'ils ne soient pas importants – je vous dis seulement ce que je sais. Je ne voudrais pas que le meurtre d'un homme reste impuni parce que je n'aurais pas parlé. »

Knox baisse les yeux ; un sentiment d'absurdité trop familier le traverse. « Il est bien dommage que vous ne m'ayez pas confié ces renseignements plus tôt, avant l'évasion du prisonnier. Vous auriez peut-être réussi à l'identifier.

— Vraiment ? Vous croyez… ? Bien, bien. »

Knox ne croit pas un seul instant à la prise de conscience qui se dessine sur le visage de Sturrock. En fait, il commence à douter de toute l'histoire. Il soupçonne même Sturrock d'avoir une autre raison de braquer de nouveau le projecteur sur le métis. Par exemple détourner l'attention de sa propre présence. En fait, plus Knox y réfléchit, plus il trouve cette histoire grotesque. Il se demande même s'il y a jamais eu de tablette en os ; personne, en dehors de Sturrock, ne l'a mentionnée.

« Bien, merci de m'avoir dit tout cela, monsieur Sturrock. Ce sera peut-être… utile. J'en discuterai avec M. Mackinley. »

Sturrock écarte les mains. « Tout ce que je cherche, c'est à amener le meurtrier devant la justice.

— Bien sûr.

— Il y avait aussi autre chose… »

Ah, se dit Knox, nous arrivons au vrai sujet.

« Je me demandais si vous pourriez me passer encore un peu de ce maudit fric ? »

Lors du court trajet dans le froid qui le ramène chez lui, Knox se rappelle soudain avec une netteté affreuse, déchirante, ce qu'il a déclaré tout à l'heure à Mackinley : « J'ai vu de mes propres yeux votre façon d'arriver à votre idée de justice. »

Or, auparavant, il lui avait dit (ou, du moins, il lui avait laissé croire) qu'il n'était pas retourné voir le prisonnier après qu'il eut été interrogé par Mackinley. Il n'a plus qu'à espérer que Mackinley était trop soûl ou trop agité pour avoir relevé ces paroles.

Un espoir bien mince, étant donné les circonstances.

PENDANT LE PETIT DÉJEUNER, Parker parle du visiteur de la nuit. Le loup que nous avons vu était une jeune louve ; elle devait avoir deux ans et n'était pas encore tout à fait adulte. Il pense qu'elle nous suit depuis deux ou trois jours par curiosité, mais sans trop se montrer. Il est possible qu'elle ait cherché à s'accoupler avec Sisco et même qu'elle y ait réussi.

Je demande : « S'il n'y avait pas eu les chiens, est-ce qu'elle nous aurait suivis ?

— Peut-être, dit Parker en haussant les épaules.

— Comment saviez-vous qu'elle viendrait, la nuit dernière ?

— Je ne le savais pas. C'était juste une possibilité.

— Je suis contente que vous m'ayez avertie.

— Il y a quelques années... » Puis il s'interrompt, comme s'il s'étonnait lui-même d'avoir proposé quelque chose. J'attends.

« Il y a quelques années, j'ai trouvé un louveteau abandonné. Sa mère avait dû être tuée ou il avait été chassé de la meute. J'ai essayé de l'élever comme un chien. Pendant quelque temps, il a été heureux. On aurait dit un animal domestique, voyez-vous... affectueux. Il me léchait la main et se roulait sur le dos pour jouer. Mais en grandissant il a arrêté de jouer. Il s'est rappelé qu'il était un loup, pas un animal domestique. Il regardait au loin. Et puis, un jour, il a disparu. Les Chipewyans ont un nom pour ça – un nom qui signifie « la maladie de la pensée qui dure ». On ne peut pas apprivoiser un animal sauvage parce qu'il se rappellera toujours d'où il vient et voudra y revenir. »

Malgré toutes mes tentatives, je n'arrive pas à me représenter Parker en jeune homme jouant avec un louveteau.

Pendant quatre jours, le ciel reste gris et bas, et l'air est humide comme si nous marchions à travers d'épais nuages. Nous progressons lentement mais nettement vers le nord, et nous sommes toujours dans la forêt, bien que les arbres changent : ils deviennent plus petits, il y a davantage de pins et de saules, moins de cèdres. Mais à présent la forêt s'éclaircit et les arbres rapetissent, au point de se transformer en broussailles éparses. C'est incroyable, mais nous arrivons à la lisière, au bout de cette forêt qui semblait ne pas avoir de fin.

Nous émergeons sur une vaste plaine au moment où le soleil perce les nuages et inonde le monde de sa lumière. Nous nous trouvons au bord d'une mer blanche où des vagues de neige ondulent partout jusqu'à l'horizon, au nord comme à l'est et à l'ouest. Je n'ai plus vu de telles distances depuis les rives de la baie Géorgienne, et j'en ai le vertige. Derrière nous, la forêt ; devant nous, un autre pays que je ne connais pas, scintillant, blanc et immense sous le soleil. La température a baissé de plusieurs degrés ; il n'y a pas de vent, mais le froid ressemble à une main posée sur la neige avec une force aussi douce qu'implacable, une main qui lui ordonne de rester là.

Monte alors en moi une peur panique analogue à celle qui m'a gagnée la première fois que je me suis retrouvée face à la forêt vierge de Dove River : cette immensité est trop vaste, trop vide pour des êtres humains, et si nous nous aventurons sur cette plaine nous serons aussi vulnérables que des fourmis sur une assiette. Ici, il n'y a vraiment nulle part où se cacher. J'essaye de réprimer mon envie de retourner sous la couverture des arbres et, dans les pas de Parker, je m'éloigne des bois familiers et accueillants. Je me sens une affinité soudaine avec ces animaux qui creusent la neige en hiver pour vivre dans des galeries souterraines.

En réalité, le plateau n'est pas plat mais couvert de monticules et de rochers, de bosses et de congères en forme de cônes qui cachent les buissons. Tout ce plateau est un marécage, me dit Parker, et le traverser avant qu'il ne soit gelé est un enfer. Il me montre du doigt un creux où tout semble avoir été retourné, et il prétend que quelqu'un s'y est enfoncé : un des hommes que nous suivons. Apparemment, ce sera plus facile pour nous. Pourtant, le sol est si inégal qu'au bout de deux heures je peux à peine faire un pas de plus. Serrant les dents, je mets toute mon énergie à soulever un pied après l'autre, mais je prends de plus en plus de retard. Parker s'arrête et attend que je le rattrape.

Je suis en colère. C'est trop dur. J'ai le visage et les oreilles gelés, mais je transpire sous mes vêtements. Je voudrais un abri et du repos. J'ai tellement soif que ma langue me donne la sensation d'une éponge sèche dans ma bouche.

Et je hurle de l'endroit où je suis : « Je ne peux pas ! »

Parker revient vers moi.

« Je ne peux plus continuer. Il faut que je me repose.

— On n'est pas allés assez loin pour se reposer. Le temps risque de changer.

— Ça m'est égal. Je ne peux plus bouger. » Je tombe à genoux dans la neige – comme si je protestais. C'est si bon de ne plus être sur mes pieds. Un tel bonheur que j'en ferme les yeux.

« Dans ce cas, il vous faudra rester ici. »

Le visage et la voix de Parker n'ont pas du tout changé, mais le voilà qui fait demi-tour et s'éloigne. Il ne va quand même pas partir pour de bon ! me dis-je, tandis qu'il rejoint le traîneau et les chiens qui, dans leur agitation, se sont emmêlés dans le harnais. Mais il ne regarde même pas derrière lui. D'un petit coup il fait repartir les chiens, et les voilà qui s'en vont.

Je suis indignée. Il est prêt à me laisser là. Les yeux remplis de larmes de rage, je me remets tant bien que mal sur mes pieds et les oblige à suivre douloureusement le traîneau.

Ma colère me pousse encore pendant une heure, mais alors je suis si épuisée que je ne ressens plus rien du tout. Et puis Parker s'arrête enfin. Il prépare du thé, replace les sacs sur le traîneau et me fait signe de m'asseoir dessus. Il a disposé les sacs de telle façon qu'ils forment une sorte de dossier. Me voici aussi touchée que j'étais furieuse auparavant.

« Est-ce que les chiens vont y arriver ?

— Nous y arriverons », dit-il. Mais je ne comprends pas ce qu'il veut dire jusqu'au moment où il attache une autre corde au traîneau pour aider les chiens. Il place la boucle en cuir autour de son front et, tout en criant aux chiens d'avancer, se penche en avant pour tirer jusqu'à ce que le traîneau s'arrache à l'endroit où la neige l'avait figé. Il force et peine, puis il retrouve son allure antérieure de métronome. J'ai honte de faire partie de son fardeau, de rendre encore plus difficile une épreuve déjà presque à la limite du supportable. Il ne se plaint pas. J'ai moi aussi essayé de ne pas me plaindre, mais je ne peux pas me vanter d'y avoir tellement réussi.

Tout en m'accrochant au traîneau qui cahote et plonge par-dessus des monticules de neige, je me rends compte que cette plaine est magnifique. La luminosité est si forte que j'en ai les yeux qui pleurent ; je suis éblouie, et pas seulement physiquement, mais aussi frappée de respect pour cette pureté gigantesque et vide. Nous passons devant des buissons dont les branches portent des toiles tissées par la neige et des nodules de glace qui, recevant la lumière du soleil, la réfractent en arcs-en-ciel. Le ciel est d'un bleu métallique luisant ; il n'y a pas un souffle de vent, et aucun bruit d'aucune sorte. Le silence est écrasant.

Contrairement à certaines personnes, les contrées sauvages ne m'ont jamais donné une sensation de liberté. Le vide me suffoque. Je reconnais les symptômes d'un début d'hystérie et je m'efforce de les combattre. Je m'oblige à penser à l'obscurité de la nuit, ce qui me soulage de cette visibilité aveuglante. Je me force à considérer que je suis totalement minuscule, dénuée d'importance, sans absolument rien de remarquable. Contempler mon insignifiance m'a toujours réconfortée, car, si je suis négligeable, pourquoi me persécuterait-on ?

J'ai connu un homme auquel Dieu avait parlé. Évidemment, les asiles où j'ai vécu abritaient de nombreuses personnes comme lui, au point même que je m'imaginais que si un étranger arrivait chez nous il croirait être tombé sur le lieu où se rassemblaient les personnes les plus saintes de notre société. Matthew Smart était donc torturé par son dialogue avec Dieu. C'était un ingénieur qui s'était mis en tête que le pouvoir de la vapeur était si grand qu'il pouvait arracher le monde au péché. Dieu lui avait confié la mission de construire un moteur à vapeur à cet effet, et Matthew avait englouti des sommes considérables pour lancer son projet. Lorsqu'il fut à court d'argent, son plan et sa folie devinrent manifestes, mais, pour lui, la plus intolérable des tortures fut de se voir éloigné de son moteur, car il estimait que, à cause de l'oisiveté à laquelle on le condamnait, nous allions tous finir en enfer. Il était persuadé de son importance dans l'ordre des choses, et, prenant chacun de nous à partie dans l'asile, il nous suppliait de l'aider à s'échapper pour qu'il puisse poursuivre son œuvre vitale. Chez ces âmes torturées – presque toutes avaient un motif d'angoisse personnel sur lequel se lamenter –, ses supplications étaient les plus déchirantes qu'il m'eût été donné d'entendre. Une fois ou deux, j'ai même été tentée d'enfoncer en lui l'aiguille de ma seringue pleine pour abréger ses souffrances (mais, évidemment, j'ai su résister à ma tentation). Tel est le tourment qui nous vient d'avoir conscience de notre importance.

Parker crie un ordre aux chiens et nous nous arrêtons avec quelques secousses. Nous nous trouvons toujours nulle part, sauf que la forêt a maintenant disparu depuis longtemps et que je ne sais même pas si je saurais encore en indiquer la direction.

Il revient vers moi. « Je crois savoir où ils sont allés. »

Je regarde autour de moi et, bien entendu, je ne vois rien. De tous côtés, la plaine s'étend à l'infini. On a vraiment l'impression d'être sur une mer. Sans le soleil, je n'aurais aucune idée de la direction que nous suivons.

« Par là, dit-il en indiquant un point éloigné du soleil – lequel s'enfonce à notre gauche –, se trouve un poste de traite de la Compagnie qui s'appelle Hanover House. Il est à plusieurs journées de distance. Mais les traces partent vers ce côté-ci où il y a un endroit du nom de Himmelvanger – une sorte de village religieux. Des étrangers. Suédois, je crois bien. »

Je suis la direction indiquée par son doigt et je scrute l'horizon éblouissant à l'ouest en songeant à l'asile avec ses patients à la piété agitée.

« Alors, Francis… ? » C'est tout juste si j'arrive à donner voix à l'espoir qui m'étreint la gorge.

« On devrait y arriver pour la tombée de la nuit.

— Oh… »

Je ne peux rien ajouter de plus, de peur de détruire l'immense cadeau que nous accorde la chance. Sous l'éclat du soleil, je remarque soudain que les cheveux de Parker ne sont finalement pas noirs mais qu'ils ont des reflets brun foncé et châtains sans la moindre trace de blanc.

De nouveau, il lance un ordre aux chiens – un hurlement qui résonne dans la plaine vide comme un cri d'animal –, en même temps qu'il se jette dans le harnais et que le traîneau s'ébranle avec une forte secousse. J'en ai les poumons vidés, mais ça m'est égal.

Je rends grâce à ma façon.

ESPEN EST ARRIVÉ À LA CONCLUSION que sa femme, Merete, soupçonne quelque chose. Il déclare à Line qu'ils devraient arrêter de se retrouver pendant quelques temps, jusqu'à ce que les choses se calment. Furieuse, Line continue à accomplir ses corvées ; mais elle lance des coups de pied aux poules quand elles se mettent dans ses jambes, ou elle plonge rageusement son aiguille dans les édredons, tirant le fil si fort qu'elle fait des fronces dans les coutures. La seule chose qui lui fasse plaisir, c'est de s'occuper du garçon. Évidemment, tout le monde sait qu'il est en état d'arrestation pour un crime épouvantable. Aujourd'hui, il a l'air pâle et sans ressort quand elle change les draps de son lit.

« Je ne vous fais pas peur, maintenant ? »

Line regarde par la fenêtre. Il se rend compte qu'elle traîne un peu. Elle sourit.

« Non, bien sûr que non. J'en crois pas un mot. D'ailleurs, je pense que c'est une bande d'imbéciles. »

Elle lance ces paroles avec tant de véhémence qu'il semble choqué.

« Je l'ai dit à l'Écossais, mais il croit qu'il fait son devoir. Il pense qu'il n'a pas besoin d'autre preuve que l'argent.

— Ils vont me ramener et il y aura un procès, sans doute. Ce sera pas lui qui décidera. »

Maintenant que Line a rabattu les draps, il se rallonge. Elle remarque la minceur de ses poignets et de ses chevilles. Il maigrit. Il lui paraît si jeune et vulnérable que ça la fait bouillir.

« Je partirais d'ici si je pouvais. Croyez-moi, vivre ici, c'est voir son âme mourir.

— Je croyais que vous meniez des vies vertueuses, loin de la tentation et du péché.

— Ça n'existe pas.

— Vous voudriez retourner à Toronto ?

— Impossible. J'ai pas d'argent. C'est pour ça que je suis venue ici. La vie n'est pas facile pour une femme seule avec des gosses.

— Si vous aviez de l'argent, ça rendrait votre retour possible ? »

Line hausse les épaules. « C'est pas la peine d'y penser. Sauf si mon mari revient tout à coup avec une fortune en or. Mais il ne reviendra pas. » Elle a un sourire amer.

« Line... » Francis lui saisit la main ; aussitôt, elle cesse de sourire. Le voyant prendre un air grave, elle a un coup au cœur. Quand les hommes ont cette expression, ça signale en général toujours la même chose.

« Line, je veux que vous preniez cet argent. Je ne peux rien en faire, moi. Per les a empêchés de me l'enlever, donc, si vous le prenez maintenant, vous pourrez le cacher et puis vous en aller plus tard – au printemps, peut-être. »

Stupéfaite, Line l'observe pendant qu'il parle. « Non, vous n'êtes pas sérieux. C'est que... Non, je ne pourrais pas.

— Si, je suis sérieux. Prenez-le tout de suite. Sinon, il sera perdu pour rien. Il appartenait à Laurent – je suis sûr qu'il aurait préféré que vous l'ayez plutôt que ces types-là. Sinon, où est-ce qu'il va aboutir ? Dans leur poche, presque à coup sûr. »

Elle a le cœur qui bat à tout rompre. Quelle chance !

« Vous dites n'importe quoi.

— Je sais parfaitement ce que je dis. Vous n'êtes pas heureuse, ici. Employez-le à vous créer une nouvelle vie. Vous êtes jeune, vous êtes belle, vous n'avez rien à faire ici, avec tous ces hommes mariés... Vous devriez être heureuse », conclut faiblement Francis, un peu dépassé. Line pose son autre main sur celle du garçon.

« Vous me trouvez belle ? »

Un peu gêné, Francis sourit. « Bien sûr. Tout le monde vous trouve belle.

— C'est vrai ?

— Vous pouvez le voir à leur façon de vous regarder. »

Elle sent une bouffée de plaisir, et c'est alors qu'elle se penche et pose ses lèvres sur celles de Francis. Il a la bouche chaude, mais immobile, et bien qu'elle ait les yeux fermés, elle sait aussitôt qu'elle s'est affreusement trompée. La bouche de Francis semble se reculer, dégoûtée, comme si elle venait d'être touchée par un escargot ou un ver de terre. Line ouvre les yeux et s'écarte un peu, troublée. Francis regarde ailleurs, et son visage a une expression consternée, choquée. Elle tente de s'excuser.

« Je... » Elle n'arrive pas à saisir ce qu'elle a fait de travers. « Vous aviez dit que j'étais belle.

— Vous l'êtes. Mais je voulais pas... C'est pas pour ça que je veux vous donner cet argent. C'est pas à ça que je pensais. »

Il semble essayer de s'éloigner d'elle autant que le permettent les draps et les couvertures.

« Oh... Ah, Gott ! » Line a honte : elle a chaud et se sent mal. Comment a-t-elle réussi à rendre sa situation encore plus pénible ? Comme si, en se levant ce matin, elle avait pensé à toutes les bêtises qu'elle pourrait faire dans la journée – crier ce qu'elle éprouvait pour Espen pendant les prières du matin, enfoncer son aiguille dans le gros derrière de Britta (les deux choses l'avaient tentée) – pour finir par opter pour une autre imbécillité, après avoir renoncé aux deux autres : embrasser un jeune garçon qu'on vient d'arrêter pour meurtre. Elle se met à rire, puis, tout aussi brusquement, à pleurer.

« Je suis désolée. Je ne sais pas ce qui m'a pris. Je ne suis pas moi-même, en ce moment. J'arrête pas de faire des bêtises. » Elle se détourne du lit.

« Line, je vous en prie, ne pleurez pas. Moi aussi, je suis désolé. Je vous aime bien, c'est vrai. Et je vous trouve belle. Mais je suis pas... C'est ma faute. Ne pleurez pas. »

Line s'essuie les yeux et le nez sur sa manche, exactement comme le ferait Anna. Une ou deux choses viennent de lui apparaître clairement. Et si elle ne se retourne pas, c'est seulement parce qu'elle ne supporterait pas de devoir affronter son air dégoûté, s'il l'a encore.

« C'est très gentil à vous. Je prendrai l'argent si vous me le donnez parce que je ne crois pas que je puisse rester ici. En fait, je suis sûre de ne pas pouvoir.

— Bien. Prenez-le. »

Maintenant, elle se retourne. Francis, assis sur le lit, lui tend la poche en cuir. Elle saisit la liasse de billets et résiste à l'envie de les compter pour ne pas paraître ingrate. Pourtant, il semble bien y avoir au moins quarante dollars (quarante ! Et des dollars américains, en plus !). Elle les glisse à l'intérieur de son chemisier.

Après tout, maintenant, peu importe si le garçon voit ça.

Plus tard, dans la cuisine, elle se remplit subrepticement la bouche de fromage lorsque Jens entre en coup de vent. Il est rouge d'excitation.

« Tu sais quoi ? Il y a de nouveau visiteurs ! »

Jens et Sigi courent dehors, et Line les suit d'un air maussade pour voir deux silhouettes et un traîneau tiré par des chiens. Les Norvégiens les entourent et aident la personne qui s'extirpe du traîneau à se mettre sur ses pieds. Elle vacille et doit être soutenue. Line entrevoit d'abord un visage foncé et farouche, puis, scrutant l'autre personne, elle se rend compte qu'il s'agit d'une femme blanche. C'est tellement inhabituel de voir une femme comme elle – même à travers les couches de vêtements on sent un raffinement –, accompagnée d'un autochtone à l'air de bandit, en plus, que personne ne sait quoi dire ou par quoi commencer. La femme est manifestement si épuisée que Per se tourne vers l'autochtone. Line ne saisit pas les premiers mots prononcés, mais elle entend ensuite en anglais : « Nous cherchons Francis Ross. Cette femme est sa mère. »

La première pensée de Line – elle en a honte –, c'est que Francis va vouloir récupérer son argent. Elle ressent aussi un pincement de jalousie. Même après les événements gênants de cet après-midi, elle a le sentiment d'avoir un lien privilégié avec ce garçon : c'est son ami et allié, le seul habitant de Himmelvanger qui ne la traite pas avec condescendance. Elle ne veut pas être supplantée, même dans le cœur d'un assassin éventuel.

Line presse la main contre son sein, et la maintient là, sur les billets.

Personne, jure-t-elle en silence, personne désormais ne les lui enlèvera.

DES HOMMES ET DES FEMMES aux visages enthousiastes et excités me mettent sur mes pieds et me retiennent quand je trébuche. Je n'arrive pas à comprendre pourquoi ils sont si contents de nous voir, puis l'épuisement me gagne et je suis submergée par un tremblement étrange et un bourdonnement dans les oreilles. Tandis que les gens attroupés autour de nous hochent la tête, sourient et jacassent pour répondre à quelque chose que Parker leur a dit, je n'enregistre rien, sinon un mélange de bruits confus et le fait que mes yeux, échauffés au point d'être brûlants, restent pourtant complètement secs. Il se peut que je sois déshydratée, voire malade. Ça n'a aucune importance : Francis est vivant et nous l'avons retrouvé, c'est tout ce qui compte. Je me surprends même à remercier Dieu – au cas où des canaux de communication rouillés depuis longtemps ne seraient pas bouchés.

Il me semble que je réussis à maîtriser l'afflux de sentiments qui monte en moi lorsque je le revois. Il s'est passé plus de deux semaines depuis son départ de chez nous ; il a l'air pâle, ses cheveux sont plus noirs que jamais, et il est tout maigre – c'est un corps d'enfant que je découvre sous le drap. J'ai l'impression que mon cœur enfle au point d'éclater et qu'il menace de m'étouffer. Incapable de parler, je me penche, entoure Francis de mes bras et sens ses os saillants juste sous la peau. Ses bras se referment autour de mes épaules et je peux sentir son odeur, c'est presque plus que je ne peux en supporter. Puis je dois me reculer, afin de le regarder ; il faut que je le voie. Je lui caresse les cheveux et le visage. Je serre ses mains dans les miennes. Je ne peux m'arrêter de le toucher.

Il me regarde. On l'a préparé à ma présence – du moins c'est ce que j'ai été amenée à croire –, mais il paraît quand même surpris, et une ébauche de sourire passe rapidement sur son visage.

« Maman. Tu es venue. Comment as-tu réussi ?

— Francis, on était si inquiets... »

Je lui caresse les épaules et les bras en essayant de refouler mes pleurs. Je ne voudrais pas lui faire honte. En plus, je n'ai plus besoin de pleurer ; jamais plus.

« Tu détestes les voyages ! »

Nous rions tous les deux d'un rire hésitant. Je me laisse aller à songer, un bref instant, qu'une fois rentrés à la maison nous prendrons un nouveau départ ; il n'y aura plus de portes fermées, plus de silences pleins de ruminations. Après cela, nous serons heureux.

« Papa est là aussi ?

— Oh... Il n'a pas pu quitter la ferme. On a pensé que ce serait mieux si c'était juste l'un de nous qui venait. »

Le regard de Francis retombe sur le couvre-lit. C'est une excuse bien mince, et elle apparaît comme telle. Je regrette de n'avoir pas concocté de mensonge plus convaincant, mais l'absence d'Angus est plus éloquente que toute explication. Bien que Francis ne retire pas ses mains des miennes, quelque chose s'éloigne quand même. Il est déçu.

« Il sera si heureux de te voir.

— Il sera furieux.

— Non, ne dis pas de bêtises.

— Comment es-tu arrivée jusqu'ici ?

— Avec un coureur des bois du nom de M. Parker. Il a eu la gentillesse de me proposer de m'emmener, et... »

Évidemment, Francis ne peut pas savoir ce qui s'est passé à Dove River après son départ. Ni qui est Parker, ou ce qu'il pourrait être.

« Ils croient que j'ai tué Laurent Jammet. Tu es au courant, n'est-ce pas ? » Son ton est neutre.

« Mon chéri, c'est une erreur. Je l'ai vu... Je sais que ce n'est pas toi. M. Parker connaissait M. Jammet. Il a une idée...

— Tu l'as vu ? » Il me regarde avec de grands yeux – il est choqué ou compatissant, je ne saurais dire. En tout cas, il est étonné. J'ai repensé tous les jours, mille fois par jour, au moment où je me suis trouvée devant la porte de la cabane de Jammet, et à la fin le souvenir de cet horrible spectacle est devenu quelque chose de lisse. Il ne me bouleverse plus.

« Je l'ai trouvé. »

Les yeux de Francis se rétrécissent comme s'il était soudain envahi par quelque émotion. Un bref instant, je me dis qu'il est en colère, bien qu'il n'ait aucune raison de l'être.

« C'est *moi* qui l'ai trouvé. »

Il le souligne avec délicatesse, mais on ne peut s'y tromper. Comme s'il lui fallait insister.

« Je l'ai trouvé et j'ai suivi le meurtrier, et puis je l'ai perdu. M. Moody ne me croit pas.

— Il te croira, Francis. Nous avons vu les empreintes de pas que tu suivais. Tu dois lui dire tout ce que tu as vu et il comprendra. »

Francis pousse un soupir bien marqué – le genre de soupir dédaigneux auquel il a fréquemment recours chez nous quand je montre mon insondable stupidité. « Je lui ai déjà tout dit.

— Mais si tu as... trouvé M. Jammet, pourquoi n'es-tu pas venu nous le dire ? Pourquoi suivre tout seul cet autre homme ? Et s'il t'avait attaqué ? »

Francis hausse les épaules. « Je pensais que si j'attendais je le perdrais. »

Je ne réponds pas – car il doit le penser lui aussi – qu'il l'a perdu, de toute façon.

— Est-ce que papa me croit coupable ?

— Francis... Bien sûr que non. Comment peux-tu dire une chose pareille ? »

De nouveau il sourit – c'est un sourire tordu, malheureux. Il est trop jeune pour sourire ainsi, et je sais que c'est ma faute. Je n'ai pas réussi à rendre son enfance heureuse, et maintenant qu'il est grand je suis incapable de le protéger des peines et des difficultés du monde.

Je tends la main et je la pose contre sa joue. « Je suis désolée. »

Il ne me demande même pas de quoi je m'excuse.

Je me contrains à continuer de lui expliquer comment je vais parler à M. Moody et lui faire comprendre qu'il se trompe. Je parle aussi de l'avenir, j'affirme qu'il n'y a rien à craindre. Mais les yeux de Francis s'éloignent et regardent le plafond ; il ne m'écoute pas, et bien que je tienne toujours ses mains dans les miennes, je sais que je l'ai perdu. Je souris, je force mon visage et mon attitude à exprimer la gaieté, et je parle à n'en plus finir de ci et de ça. Car que pouvons-nous faire d'autre, tous autant que nous sommes ?

AUJOURD'HUI, LA BAIE EST RESTÉE CALME. Pendant toute la journée d'hier, dans la tempête de neige, le rugissement de l'eau qui s'écrasait contre les rochers se prolongeait en un grondement de colère qui traversait le village. Knox a estimé jadis que la côte rocheuse devait présenter une configuration particulière pour produire, sous certaines conditions climatiques, ce grognement sourd mais interminable. Aussi loin que portait la vue à travers le voile de neige tourbillonnante – et elle ne portait pas très loin –, la baie était grise et blanche, et sa surface était cinglée et déchirée par le vent. Dans de tels moments, on peut comprendre pourquoi les premiers colons ont décidé de s'établir à Dove River, à l'écart de cette présence massive et imprévisible.

Maintenant, à l'heure où la nuit tombe, peu de gens sont dehors. La neige qui ne s'est pas encore amoncelée en congères a presque cinquante centimètres d'épaisseur, mais elle est mouillée et tend à se tasser. Les pistes dessinées par les empreintes de pas s'entrecroisent le long des rues, et les plus marquées forment de longues ornières sales dans la blancheur. Les moins utilisées ne sont que des esquisses légères, hésitantes. Elles vont d'une maison à une autre, ou d'une maison à l'épicerie. On peut voir qui, à Caulfield, reçoit beaucoup et qui sort rarement. Knox suit une des traces les plus légères, à présent, et ses pieds sont de plus en plus froids et mouillés à mesure qu'il avance. Que lui a-t-il donc pris de sortir sans mettre ses claques ? Il tente de se remémorer ce qui s'est passé juste avant de quitter la maison, de découvrir à quoi il pensait, mais rien ne lui vient. C'est un trou noir dans son esprit. Il en a eu quelques-uns, récemment. Mais cela ne l'inquiète pas trop.

Chez lui, tout est très silencieux. Il entre dans le salon en se demandant où se trouve Susannah, d'ordinaire plutôt bruyante, et il a la surprise de trouver Scott et Mackinley, tous les deux assis dans le canapé. Aucun signe de sa famille. Il a l'impression que les deux hommes l'attendent.

« Messieurs… Ah, John, excusez-moi, mais nous n'attendions pas de visites ce soir. »

Scott baisse les yeux. Il paraît mal à l'aise et sa petite bouche est pincée.

Mackinley se met à parler. Il a maintenant une voix ferme et n'est plus du tout ivre. « Nous ne sommes pas ici ce soir en tant qu'invités. »

Comprenant de quoi il s'agit, Knox referme la porte derrière lui. Une idée l'effleure : tout nier, affirmer que dans son ivresse Mackinley a entendu des choses qui ne sont pas vraies ; mais il la rejette aussi vite qu'elle lui vient.

« Il y a quelques jours, commence Mackinley, vous avez affirmé ne pas être retourné à l'entrepôt, qu'Adam et moi avions été les derniers à voir le prisonnier. Adam a été puni pour ne pas avoir remis la chaîne qui fermait la porte. Pourtant, aujourd'hui, vous m'avez dit que vous aviez vu le prisonnier de vos propres yeux après que je l'ai quitté. »

Il se cale dans le canapé, respirant la satisfaction du chasseur qui a posé un piège très finement calculé. Knox jette un coup d'œil à Scott, dont le regard croise un instant le sien avant de se dérober. Knox sent de nouveau monter en lui la périlleuse envie d'éclater de rire. Finalement, peut-être qu'il est en train de perdre la tête ? S'il se met maintenant à dire la vérité, pourra-t-il jamais s'arrêter ? Il se le demande.

« Ce que j'ai dit, en réalité, c'est que j'avais vu de mes propres yeux votre façon d'arriver à votre idée de justice.

— Vous ne le niez pas, alors ?

— Je l'ai vu, et ça m'a dégoûté. J'ai donc pris des mesures pour éviter une parodie de justice. Car c'est ce que vous auriez fait. »

Scott le regarde comme si, jusque-là, il n'avait pas cru ce qu'on lui disait et qu'il trouvait à présent le courage de l'affronter. « Est-ce que vous dites que vous avez… laissé partir le prisonnier ? » Sa voix traduit surtout de l'indignation.

Knox prend une grande respiration. « Oui. J'ai décidé que c'était ce qu'il y avait de mieux à faire.

— Vous êtes devenu fou ? Vous n'avez pas l'autorité de faire une chose pareille ! » lance Scott, qui a l'air malade comme s'il avait mangé des pommes de terre vertes.

« Je suis encore le représentant de la loi, ici, autant que je sache. »

La gorge de Mackinley émet un petit bruit. « C'est une affaire qui concerne la Compagnie. J'en suis le responsable. Vous avez délibérément entravé le cours de la justice.

— Cette affaire n'est pas du ressort de la Compagnie. C'est vous qui avez tenté de l'y rattacher. Mais si la Compagnie devait être concernée, alors la justice se devait d'être encore plus impartiale. Et ce n'était pas ce qui allait se produire tant que vous gardiez cet homme sous les verrous.

— Je vais faire un rapport sur vous, pour ça. » Le teint de Mackinley est encore plus coloré, sa respiration se fait hachée. Knox lui répond tout en examinant une fente dans l'ongle de son pouce gauche. « Eh bien, faites comme bon vous semblera. Je ne vais pas partir d'ici. En revanche… il me semble que l'heure est venue pour vous de trouver un autre logement dans ce village. Je suis certain que M. Scott pourra vous aider pour cela – et pour bien d'autres choses aussi. Bonsoir, messieurs. »

Knox se lève, ouvre la porte et la tient ouverte. Les deux autres hommes passent devant lui ; Mackinley fixe du regard un point devant lui dans l'entrée tandis que Scott, sur ses talons, garde les yeux collés au plancher.

Knox voit la porte d'entrée se refermer derrière eux, puis il écoute le silence de la maison entrecoupé de craquements. Il sent vaguement que les deux hommes se sont arrêtés dehors et discutent à voix basse avant de s'éloigner. Il n'éprouve aucun regret pour ce qu'il vient de faire, aucune crainte. Debout dans son hall d'entrée où aucune lampe n'est allumée, Andrew Knox ressent trois choses en même temps : une sorte de libération tremblante, comme si un lien qui l'avait attaché toute sa vie venait d'être brusquement dénoué ; l'envie de voir Thomas Sturrock, qui, en ce moment, lui apparaît comme le seul homme capable de le comprendre ; et l'absence de la douleur qu'il ressentait dans ses articulations depuis plusieurs semaines.

LE LENDEMAIN ET LE SURLENDEMAIN, LA NEIGE TOMBE SANS INTERRUPTION et chaque jour est plus froid que le précédent. Jacob et Parker, sortis un matin, rentrent avec trois oiseaux et un lièvre. Dieu seul sait comment ils ont réussi à les apercevoir dans ce mauvais temps. Ce n'est pas grand-chose, mais le geste est appréciable car les Norvégiens ont toutes ces bouches supplémentaires à nourrir.

Je passe mon temps assise près de Francis, bien qu'il dorme beaucoup ou fasse semblant. Je m'inquiète pour lui et pour sa blessure au genou, enflée et manifestement douloureuse. Per, qui se prévaut de quelques connaissances médicales, dit qu'il n'y a pas de fracture, juste une mauvaise entorse que le temps suffira à guérir. Grâce à des interrogations patientes – Francis ne s'ouvre pas spontanément –, je réussis à lui extraire une sorte de compte rendu de son voyage, et je suis à la fois étonnée et émue qu'il ait pu aller aussi loin. Je me demande si Angus serait fier de lui, s'il le savait. Avant mon arrivée, c'était surtout une femme du nom de Line qui s'occupait de lui, mais je l'ai remplacée dans ses fonctions. Elle n'a pas paru ravie de me voir arriver, et elle semble m'éviter. Je l'ai pourtant vue parler avec fougue à Parker dans l'écurie d'en face. J'imagine mal ce qu'ils pourraient avoir à se dire. Une idée peu charitable m'a traversé l'esprit : après tout, cette femme est la seule ici à ne pas avoir de mari, même si ce n'est nullement sa faute. Et je dois dire qu'elle a une certaine beauté sombre et étrangère. Quand on nous a présentées, elle m'a accueillie avec un regard hostile. Je l'ai remerciée d'avoir si bien pris soin de Francis, mais, dans un anglais excellent, elle s'est récusée avec un air renfrogné que j'ai eu du mal à comprendre. Puis j'ai compris qu'en venant ici je l'avais supplantée et renvoyée aux corvées ordinaires dans l'exercice desquelles, sans doute parce qu'elle est veuve, les femmes mariées lui donnent des ordres. Francis me dit qu'elle a été très gentille et il l'aime bien.

Moody ou, plus souvent, Jacob montent la garde devant la porte comme s'ils attendaient que je hurle que Francis m'agresse – sur quoi ils se précipiteraient pour me sauver la vie. J'ai révisé ma première impression sur M. Moody. À Dove River, il m'avait paru bienveillant et timide, obligé malgré lui de faire respecter la loi. Maintenant, il manifeste une impatience grincheuse. Il a assumé le rôle de celui qui représente l'autorité, et il le fait sans grâce. Je lui ai demandé à lui parler en privé. Jusqu'ici, il a réussi à s'y soustraire en arguant de travaux urgents. Mais après deux jours de neige incessante, tout le monde sait qu'il n'a rien d'autre à faire qu'à attendre, et je peux le lire dans ses yeux quand il hésite à me servir une autre excuse.

« Très bien, madame Ross. Allons donc dans... euh, dans ma chambre. »

Je le suis le long du couloir. La femme du nom de Line nous dépasse en jetant un regard mauvais à Moody.

Sa chambre est aussi monacale que la mienne, sauf que ses affaires sont jetées n'importe comment sur les meubles et sur le sol comme si l'on venait de le cambrioler. Il retire les vêtements des chaises et les lance sur le lit. En m'asseyant, je vois sur le bureau, près de moi, une enveloppe adressée à Mlle S. Knox. Intéressant... Je suis sûre qu'il n'avait pas envie que je le remarque – ce qu'il me confirme un instant plus tard en rassemblant tous les papiers du bureau pour en faire un tas désordonné. Ce fouillis le retient un moment, et je songe que dans d'autres circonstances je pourrais le plaindre. Il n'a que quelques années de plus que Francis et il est arrivé depuis peu dans ce pays – tout seul, en plus.

Il s'éclaircit deux ou trois fois la gorge avant de parler.

« Madame Ross, je comprends parfaitement votre inquiétude pour Francis. Il est tout à fait normal, en tant que mère, que vous ayez de tels sentiments.

— De même qu'il est tout à fait normal que vous vouliez trouver l'auteur d'un crime aussi atroce. » C'est ce que je lui réponds avec une certaine amabilité, me semble-t-il, mais son visage prend alors un air soucieux et irrité. Je poursuis : « Francis, lui aussi, veut trouver le responsable, et il vous l'a dit. »

Moody se compose une expression censée dénoter sa patience et sa tolérance malgré la situation éprouvante.

« Madame Ross, je ne peux pas vous révéler toutes les raisons qui me poussent à retenir votre fils en tant que suspect, mais, vous pouvez me croire, elles sont tout à fait impérieuses.

— J'aurais cru que s'il y avait quelqu'un qui se sente tenu de *me* les dire, c'était bien vous.

— C'est une question de justice, madame Ross. Mes actes sont dictés par de très bonnes raisons. Le meurtre est un crime extrêmement grave.

— Et les empreintes de pas ? L'autre piste ? Qu'est-ce que vous en faites ? »

Il soupire. « Une coïncidence. Une piste que le... votre fils a suivie pour trouver un refuge.

— À moins que ce ne soit la piste de l'assassin.

— Il est parfaitement compréhensible que vous vouliez croire en l'innocence de votre fils. C'est naturel et c'est juste. Mais, après le meurtre, il s'est enfui de Dove River avec l'argent du mort, et il a menti à ce sujet. Les faits tendent tous vers la même conclusion, et si je n'en tenais pas compte je manquerais à mon devoir. »

Je retiens un instant mon souffle en essayant de ne pas montrer mon étonnement. Francis ne m'a pas parlé d'argent volé.

« Ne pas examiner les autres éventualités serait un manquement tout aussi grave. Cette piste peut être celle de l'assassin... ou pas. Mais comment le saurez-vous si vous ne la suivez pas ? »

Moody soupire par les narines, puis il frotte son nez à l'endroit où ses lunettes ont creusé deux marques rouges. Il n'a absolument aucune envie de s'occuper de l'autre piste.

« Dans les circonstances présentes, mon devoir est de conduire le suspect dans un lieu sûr. Les compléments d'enquête devront attendre que le climat le permette. »

Il semble content de sa rhétorique, d'avoir mis l'accent sur son devoir plutôt que sur lui-même. Il s'autorise même un léger sourire comme s'il regrettait un peu que cette affaire ne soit plus de sa seule compétence. Je souris à mon tour puisque nous en sommes là, mais, tout jeune homme solitaire qu'il soit, je n'ai plus aucune envie de lui témoigner la moindre sympathie.

« Monsieur Moody, le climat ne peut pas servir d'excuse. Il nous faut suivre cette piste parce que, pour reprendre votre idée, lorsque le climat le permettra il n'y aura plus une trace. Or, votre devoir, c'est de trouver la vérité, rien d'autre. Vous pouvez laisser Francis à la garde des gens d'ici ou même, si vous ne leur faites pas confiance, demander à votre collègue de le garder. Parker suivra les traces et nous verrons, vous et moi, où elles mènent. »

Moody paraît à la fois stupéfait et mécontent. « Madame Ross, ce n'est pas à vous de me dire ce que je dois faire.

— Dans une affaire aussi importante que celle-ci, il revient à tous de relever les manquements au devoir. »

Il me fixe, surpris par la manière dont je lui parle. Je sens que je touche un point sensible ; il est possible qu'il ait déjà réfléchi à cette autre piste et qu'il en soit gêné. Je flaire chez lui un esprit bien rangé, et ces empreintes de pas qui partent dans la nature font désordre.

« Après tout, si vous avez raison de... », mais je ne peux me résoudre à le dire. Je reprends : « Si vous avez raison, vous serez certain d'avoir exploré toutes les éventualités et vous aurez la conscience tranquille. De plus, si on en arrive à un procès, la présence de cette piste et les possibilités qu'elle soulève... remettraient pour le moins vos conclusions en question, pas vrai ? »

Moody me jette un regard dur, puis il se tourne vers la fenêtre. Même là, il ne semble pas en mesure de trouver une réponse.

Quand j'interroge Francis sur cette histoire d'argent, il refuse tout simplement de répondre. Il pousse des soupirs exaspérés comme pour dire que la réponse est évidente et que je suis une imbécile de ne pas la voir. Remonte alors en moi le vieil agacement qu'il m'inspire.

« J'essaye de t'aider. Mais ce ne sera pas possible si tu ne veux pas me dire ce qui s'est passé. Moody est persuadé que tu l'as volé. »

Francis regarde le plafond, les murs, tout pour éviter mes yeux. « C'est vrai, je l'ai volé.

— Quoi ? Mais pourquoi donc ?

— Parce qu'il me fallait de l'argent pour partir ; j'ai pensé que si j'avais besoin d'aide sur ma route pour trouver l'assassin, il me faudrait la payer.

— Tu avais de l'aide à la maison. Et de l'argent. Pourquoi n'es-tu pas venu la chercher ?

— Je t'ai déjà dit pourquoi je ne pouvais pas rentrer.

— Mais... les traces ne disparaissent pas si vite que ça.

— Alors, toi aussi tu crois que c'est moi ? »

Il a son sourire amer.

« Non... Bien sûr que non. Mais j'aimerais que tu me dises ce que tu faisais là-bas au milieu de la nuit. »

Francis cesse de sourire. Et il reste muet longtemps, si longtemps que je suis à deux doigts de me lever et de partir.

« Laurent Jammet... » Il fait une pause. « ... était le seul à qui je pouvais parler. Maintenant, il n'y a plus personne. Alors ça m'est égal si je ne reviens plus jamais là-bas. »

Au bout de quelques instants, je me suis arrêtée de respirer. Je me dis qu'il parle sans réfléchir ou qu'il veut me blesser. Francis a toujours eu le pouvoir de me blesser plus que quiconque.

« Je regrette que tu aies perdu un ami. Et de cette manière. Je donnerais n'importe quoi pour que tu n'aies pas vu ça. »

Sa colère jaillit contre moi – une colère enfantine, au bord des larmes.

« C'est tout ce que tu as à dire ? Que tu regrettes que j'aie vu ça ? Comme si c'était ça l'important. Pourquoi est-ce que personne ne pense à Laurent ? C'est lui qui a été tué. Pourquoi ne regrettes-tu pas qu'on l'ait tué ? »

Il se jette en arrière sur l'oreiller, les yeux secs, et sa rage disparaît aussi subitement qu'elle est venue.

« Je suis désolée, mon chéri. Je suis désolée. Bien sûr que je regrette ça aussi. Personne ne devrait mourir de cette façon. C'était quelqu'un de sympathique. Il avait l'air de... d'aimer la vie. »

Je me rappelle alors que je le connaissais à peine, mais je ne risque pas grand-chose en disant cela. Pourtant, si je crois réconforter Francis ou exprimer ce qu'il a envie d'entendre, une fois de plus je me suis trompée. Il se met à murmurer à voix basse :

« Ce n'était pas quelqu'un de sympathique. Il était dur. Il découvrait tes faiblesses et s'en servait pour les tourner en dérision. Tout lui allait pour faire rire les gens. N'importe quoi. Ça lui était égal. »

Cette volte-face soudaine me dépasse. Je suis brusquement prise d'une peur terrible à l'idée que Francis est sur le point de m'avouer quelque chose. Je lui caresse le front en faisant « chu-u-u-t » comme s'il était encore enfant, mais je ne sais que penser. Du coup, je raconte des bêtises, n'importe quoi pour l'empêcher d'ouvrir la bouche et de dire quelque chose que je regretterai.

Parker est dans une écurie avec Jacob et l'un des Norvégiens. Ils semblent s'être détachés du drame qui se déroule de l'autre côté de la cour et, d'après ce que je comprends, ils parlent de la gale. C'est avec gêne, maintenant que nous sommes de retour à une forme de civilisation, que je demande à Parker de s'entretenir seul avec moi. Je remarque la manière dont le Norvégien me regarde en se posant des questions, j'en suis sûre, sur mon mariage et sur le fait que j'aie choisi cet étrange compagnon. Dans l'ombre de l'écurie, l'entrepôt froid et sombre me revient à l'esprit. Tout cela semble très lointain.

« M. Moody n'a aucune envie de suivre l'autre piste. Il se peut que nous soyons obligés d'y aller seuls.

— Ce sera très dur. Il vaudrait mieux que vous restiez ici avec votre fils.

— Mais il faut qu'il y ait des… témoins. »

Je crois m'être exprimée prudemment – sans dire expressément que je ne lui fais pas confiance ; de toute façon, il n'est pas offensé.

« Rien ne vous garantit que je reviendrai.

— Il faut obliger Moody à voir… ce que nous trouverons. Si seulement nous pouvions emmener Francis… »

Parker hausse les épaules. « Si votre fils était l'assassin, il chercherait à faire accuser quelqu'un d'autre. Moody n'acceptera pas que nous l'emmenions. »

Parker a raison. Pour la première fois, je suis gagnée par le désespoir, par une extrême lassitude. Je me suis démenée pour gravir une pente raide et glissante, et j'y suis parvenue. Maintenant, voilà que le sol commence à glisser sous mes pas et je ne sais que faire. Je ne suis pas sûre de pouvoir compter sur l'aide de Parker. Je ne vois pas pourquoi il accepterait. Dans ses yeux, je ne décèle aucune trace de compassion – ni aucune trace de quoi que ce soit que je reconnaisse. Pourtant, s'il faut que je l'implore, si c'est le prix à payer, je le ferai. Et je ferais même bien plus que ça.

« Il faut que vous me guidiez. Je dois trouver la preuve de son innocence. Les autres, peu leur importe qui ils arrêtent du moment qu'ils tiennent quelqu'un. Je vous en supplie.

— Et s'il n'y a rien à trouver ? Est-ce que vous y avez pensé ? »

J'y ai bien pensé, mais sans pouvoir donner de réponse. Je fixe le visage impassible de Parker. Ses yeux, où l'iris et la pupille semblent ne pas se différencier l'un de l'autre, ne sont que ténèbres, et un frisson me traverse.

ON NE TROUVE AUCUNE SORTE DE BREUVAGE ENIVRANT dans ces Champs célestes. Les élus n'ont pas besoin de stimulants artificiels ni de chercher un chemin vers l'oubli. Ils sont toujours heureux et sereins. Après avoir subi le sermon de Mme Ross, Donald se demande combien il donnerait pour un verre de ce rhum dégoûtant qu'on boit à profusion à Fort Edgar. L'hiver est la saison de la boisson – elle aide à passer les nuits sans fin où la chaleur n'est qu'un souvenir lointain. Elle rend supportables les blagues épouvantables que vos compagnons répètent sans cesse. Elle rend ces compagnons eux-mêmes tolérables. Donald possède une demi-flasque de whisky qu'il s'est juré de garder pour le trajet de retour, mais la tentation est dure. Il a le sentiment qu'il n'entreprendra pas de sitôt ce trajet-là.

La neige s'est transformée en pluie. La température monte et les flocons sont alourdis par l'eau – ils ne flottent plus mais tombent sur le sol. La nature de la neige au sol change elle aussi : alors qu'elle était légère et duveteuse comme une couette, elle est devenue trempée et instable. Chargée d'humidité, la neige n'a pas de force ; de grosses plaques se détachent et glissent du toit en face de la fenêtre de Donald pour atterrir avec un bruit lourd et doux. Peu à peu, les couleurs sombres des toits se révèlent : rouille, bleu minéral. La neige même n'est plus blanche mais d'un gris translucide. L'eau coule sans cesse des avant-toits. Impossible d'échapper à ce bruit ; léger mais insistant comme une conscience.

Il voit Parker, le grand autochtone, traverser la cour. Il semble préparer ses affaires pour partir. Donald sait tout au fond de lui qu'il ira avec Parker et la femme. Rien que pour s'assurer que cette histoire n'a aucune substance. Il se pose des questions sur son courage ; la pensée de traverser cette plaine épouvantable le terrifie. Toutefois, s'il ramène le garçon en le traitant comme un suspect et s'il s'est finalement trompé, il sera réprimandé, condamné ; on parlera de lui à voix basse dans les bars. Avoir manqué à son devoir sera mauvais pour sa carrière. Quand il en arrive au choix entre l'immensité sauvage et l'ignominie professionnelle, il sait ce qui l'effraye le plus.

Parker lui a dit que le poste de traite n'est pas à plus de six jours de marche d'ici – sous réserve de conditions climatiques favorables. Ce sera l'occasion de faire la connaissance de l'agent principal de ce comptoir-là ; peut-être s'agit-il de quelqu'un qui peut l'aider à avancer dans sa carrière. Il confie à Jacob la tâche de rester pour garder le garçon. En attendant, ici, le prisonnier sera bien surveillé.

Jacob prend un air solennel. « Excusez-moi, il vaudrait mieux que ce soit moi qui aille avec eux. Le chemin sera difficile. Je sais ce qu'il faut chercher. »

Rien ne plairait plus à Donald que rester à Himmelvanger pendant que Jacob crapahute dans la neige fondante et la glace pour atteindre ce poste perdu, mais ce n'est pas possible.

« Merci, Jacob, mais il faut que j'y aille et que je décide des mesures à prendre. Et puis il est impératif que quelqu'un reste ici. » Il sourit à Jacob qui lui renvoie un regard grave.

« Il vaudrait mieux que je vienne avec vous. Je peux… m'occuper de vous. »

Donald sourit, touché par sa loyauté, et également parce que Jacob le considère – en tout cas dans cette expédition – comme un enfant sans défense.

« C'est inutile. De toute façon, Parker sera obligé de revenir ici pour ramener Mme Ross. Et puis ce sera intéressant de voir un autre poste de la Compagnie. »

Il se force à paraître plus gai qu'il ne l'est. Il éprouve de l'appréhension et même une crainte non négligeable quand il songe à l'immensité froide qui l'attend. Jacob semble pensif, comme s'il luttait avec lui-même. Il reprend :

« Voyez-vous, j'ai fait un rêve. Vous trouverez peut-être ça idiot, mais écoutez : j'ai rêvé que vous étiez tout seul. Il y avait du danger. Je crois que je devrais venir avec vous. »

Donald réprime un haut-le-cœur et parle d'une voix encore plus forte pour chasser les superstitions de Jacob – et les siennes. Des idioties d'indigène... Il ne pensait pas que Jacob était la proie d'idées aussi saugrenues.

« Ça ne m'étonne pas que tu rêves, avec ce foutu fromage de chèvre qu'on mange ici. C'est assez pour donner des cauchemars à n'importe qui ! »

Jacob ne rit pas avec lui. Il comprend qu'il vient de recevoir un blâme.

« Veille bien sur le garçon. Il risque de... dire quelque chose d'important. Tu devrais essayer de gagner sa confiance. »

Jacob paraît en douter, mais il fait oui de la tête.

« Tu veux bien aller dire à M. Parker que je vais les accompagner ? »

Une fois Jacob parti, Donald a soudain envie de lui crier qu'il lui est profondément reconnaissant du souci qu'il se fait pour lui, même s'il se trompe, et qu'il lui est aussi reconnaissant de son amitié. Jacob est la seule personne qui manifeste le moindre intérêt pour ce qui lui arrive. Mais Donald se retient ; il est adulte. Il n'a pas besoin d'un serviteur autochtone qui s'occuperait de lui, même si c'est Jacob.

Donald réfléchit au changement intervenu dans leurs relations. Après le voyage jusqu'à Dove River et ses suites macabres s'est établie entre eux une proximité qu'il a dû apprécier plus qu'il ne s'en rendait compte, puisque maintenant il la regrette. Pour Donald, ce changement vient du fait qu'il est à présent le patron ; auparavant, Mackinley les traitait tous les deux avec le même léger mépris, et ils (ou, en tout cas, Donald) lui renvoyaient ce mépris de façon plus subtile. Maintenant, il voit Mackinley sous un autre éclairage : il comprend mieux les complexités du commandement. En fait, son père lui a toujours dit que la vie n'était pas un lit de roses, ce qui voulait dire qu'elle n'était pas là pour qu'on en profite. Quand il était enfant, il trouvait cette idée ahurissante et perverse, mais à présent les paroles de son père lui semblent sensées. Être adulte, c'est relever des défis incertains et inquiétants, c'est troquer l'amitié contre la responsabilité. Parfois, il faut renoncer à être aimé pour se faire respecter. Et quelque chose d'autre lui vient à l'esprit : quelque chose qui s'accorde avec ce qu'il pense de Susannah. Car c'est seulement en étant respecté qu'un homme peut vraiment gagner l'amour d'une femme, puisque pour une femme l'amour contient une part de respect mêlé d'admiration.

Il regarde ses lettres : des lettres d'amour, estime-t-il, bien qu'elles ne contiennent rien de très sentimental. C'est trop tôt pour cela, même si un jour, qui sait... Elles sont au nombre de quatre, bien pliées, avec l'adresse, et il les donnera à Per pour qu'il les envoie à Dove River quand le temps le permettra. Il est content de ces lettres : il les a recopiées dans sa chambre en les enjolivant par des digressions philosophiques alambiquées, et il lui a fallu pour cela deux longues soirées sans alcool. Dans son imagination, il voit Susannah les lire et puis les conserver dans une poche ou bien dans un tiroir, enveloppées d'un mouchoir parfumé (celui qu'il lui a donné ?).

Gagné par l'émotion, il essaye d'évoquer son visage au moment précis où elle lui a souri dans la bibliothèque, mais, à sa grande consternation, il découvre qu'il n'arrive pas à bien le visualiser dans son esprit. Il ne retient qu'une vague impression de son sourire, de ses cheveux châtain clair, de son teint pâle et lumineux, de ses yeux noisette... Ces éléments n'arrêtent pas de bouger et de s'évanouir au lieu de s'agréger en une personne humaine entière et reconnaissable. Pour une raison qu'il ne comprend pas, il arrive à se rappeler le visage de sa sœur Maria et celui de leur père avec une netteté parfaite dans les trois dimensions, mais l'image de Susannah reste hors d'atteinte.

Il s'assoit pour lui écrire un petit mot, lui parler du voyage qui l'attend. Il est déchiré entre le désir d'en montrer le côté audacieux, plein de danger, et celui de ne pas causer à la jeune femme d'inquiétude exagérée si elle reçoit ce courrier avant qu'il rentre. Pour finir, il prend les choses à la légère en disant qu'il sera sans doute de retour à Caulfield dans trois semaines et que ce voyage sera une bonne occasion de représenter la Compagnie et de rencontrer un autre agent tout en s'assurant de la culpabilité de Francis – ou de son innocence. Il lui envoie ses amitiés et, dans un ajout qui le surprend un peu, lui demande de transmettre ses plus cordiales salutations à sa sœur. Il reste un moment à regarder la feuille fixement en se demandant si cette requête ne paraît pas curieuse mais, comme il n'a pas le temps de recopier la lettre en entier, il la glisse dans une enveloppe et la met avec les autres.

IL EST DIX HEURES DU SOIR, CE JEUDI, trois semaines après la découverte du cadavre de Laurent Jammet. Bien qu'il n'y ait rien à voir dehors, Maria regarde par la fenêtre du bureau de son père. Elle distingue pourtant les hallebardes de pluie qui viennent s'enfoncer dans la boue de ce qu'on appelle le jardin mais qui, pour l'instant, ressemble à un enclos à bétail. Plus loin, elle ne discerne qu'une obscurité bouillonnante, où parfois le vent emporte d'un côté ou de l'autre des nappes liquides éclairées par une lumière venue on ne sait d'où.

À l'intérieur de la maison, l'ambiance n'est guère meilleure. Depuis les événements de l'après-midi, Mme Knox reste allongée dans sa chambre, prostrée, sous l'effet d'un remède que lui a donné le Dr Gray une heure plus tôt. Elle était moins perturbée que ne l'aurait imaginé Maria, mais le médecin s'est montré persuasif en pointant les dangers d'un choc à retardement. Maria a donc poussé sa mère à avaler la potion. Susannah a manifesté une détresse plus évidente, à sa manière : une brusque tempête suivie d'une éclaircie. Pour l'instant, elle en est encore à l'orage, bien que, d'en bas, Maria ne puisse rien entendre. Un silence de mort règne dans la maison.

Après quelques débats – pour ne pas dire de grands débats, parce que les conseillers municipaux n'arrivaient pas à s'entendre et qu'une telle affaire n'avait pas de précédent –, son père a été arrêté pour entrave au cours de la justice. Mais comme, après tout, c'est le magistrat de cette communauté et pas un métis débraillé que nul ne connaît, on ne l'a pas enfermé dans l'entrepôt. On a décidé de le détenir selon les disponibilités de John Scott. Ce qui signifie qu'il est enfermé dans la chambre voisine de celle de M. Sturrock, où on lui apporte ses repas. Les deux chambres sont très semblables et la nourriture est la même, mais le père de Maria n'est pas obligé de payer ses repas.

John Scott, accompagné de M. Mackinley et d'Archie Spence, est venu frapper à la porte d'entrée à cinq heures trente. Maria a ouvert et les a conduits au salon avant d'aller chercher son père. Ils ont tenu une réunion à huis clos pendant vingt minutes avant que son père sorte et explique qu'en tout état de cause il se trouvait en détention provisoire. Un léger sourire flottait sur ses lèvres, comme s'il s'amusait d'une plaisanterie toute personnelle. Sa femme, en revanche, furieuse et les yeux bien secs, protestait tandis que Susannah pleurait et que Maria restait là, debout, sans arriver à prononcer la moindre parole. Mme Knox a foncé ensuite dans le salon et pris à partie les hommes qui s'y trouvaient. Ils sont restés assis, bouche bée, intimidés, tandis qu'elle les incendiait, les accablant de mots méprisants. John Scott avait visiblement flanché pour ce qui était d'incarcérer Knox dans sa maison, mais Mackinley a tenu bon, et sa bouche autant que ses yeux trahissaient le plaisir qu'il y prenait. Le père de Maria a mis fin au débat en disant qu'il ne ferait qu'habiter un peu plus loin sur la même route jusqu'à ce que le magistrat de St Pierre puisse venir exercer ses fonctions. Il a demandé sans la moindre ironie s'ils comptaient fixer une caution. Manifestement, les autres n'avaient pas songé à cette possibilité. John Scott a ouvert la bouche, mais aucun son n'en est sorti. Mackinley s'est éclairci la gorge avant de déclarer qu'ils y réfléchiraient pendant la nuit et qu'ils fixeraient une somme le lendemain. Le problème, en réalité, était qu'il leur faudrait demander au père de Maria comment procéder.

C'est Knox qui a clos les délibérations en leur proposant d'y aller ; c'est l'heure du dîner, a-t-il dit, et on fait attendre les cuisiniers. Il voulait parler, bien sûr, de Mary dans sa cuisine, mais il donnait plutôt l'impression de tancer ceux qui étaient venus l'arrêter parce qu'ils le faisaient dîner en retard, et Mackinley a froncé les sourcils, ce que le père de Maria n'a pas semblé remarquer. Il y avait dans son attitude quelque chose de léger, presque comme s'il était content d'être arrêté, comme si les autres s'étaient fait prendre au piège qu'il leur avait tendu. Les trois femmes ont alors vu leur mari et père conduire les autres hommes à l'extérieur après leur avoir demandé s'ils voulaient emprunter un parapluie ou des claques. Mackinley et ses compagnons ont répondu non alors même qu'il pleuvait des cordes à ce moment-là et qu'il y avait des parapluies et des claques en surnombre.

STURROCK ÉCOUTE LE BRUIT DE PAS QUI GRAVISSENT L'ESCALIER. Allongé depuis un long moment sur son lit, il songe à Mme Ross et se demande si elle a rattrapé son fils, lequel, il en est sûr, a emporté la tablette en os. La pagaïe de ces derniers jours l'incite à penser qu'il ne devrait plus rester ici. Maintenant que la neige commence à fondre, le moment est peut-être venu pour lui de déguerpir. Mais tous les endroits où il pourrait se rendre sont encore plus éloignés de l'objet de son désir, et l'on ramènera sûrement le garçon à Caulfield quand on l'aura retrouvé. Il soupire ; la bouteille de whisky qui lui avait si bien tenu compagnie ces derniers temps est presque vide. Telle est l'histoire de sa vie : alors qu'il est sur le point – mais tout de même assez loin – d'accomplir un véritable haut fait, il se retrouve à court d'alcool.

Il en est à ce stade de ses réflexions quand il se force à se lever pour découvrir la raison de tout ce bruit : un nouveau voisin, peut-être. En ouvrant la porte, il voit M. Mackinley de la Compagnie avec John Scott et un troisième homme qu'il ne connaît pas. Scott s'approche de lui après avoir refermé la chambre en face.

« Ah, monsieur Sturrock, je venais justement vous dire…

— Un nouveau voisin ? demande Sturrock en souriant, car l'éventualité d'une bonne conversation le rend optimiste.

— Pas vraiment. » Sturrock remarque le regard de mépris que Mackinley jette à Scott, dans son dos. « Non, nous sommes dans une situation malaisée. Nous, euh, devons maintenir en détention le magistrat, M. Knox… et comme nous ne pouvons pas le mettre dans l'entrepôt, euh, euh, il nous a semblé que ma maison serait un endroit aussi bon qu'un autre pour le moment. »

Scott s'interrompt. Une légère transpiration forme des gouttelettes sur son front. Il semble être en proie à une tension considérable, et son visage est plus rose que jamais.

« J'espère que ça ne vous dérangera pas, monsieur Sturrock. » C'est Mackinley qui vient de parler.

« Vous voulez dire que vous enfermez Knox dans cette chambre-là ? demande Sturrock presque gaiement. Qu'est-ce qu'il a bien pu faire ? »

Les hommes échangent des coups d'œil comme s'ils se demandaient si Sturrock avait droit à ce genre d'information.

« Il s'est avéré que l'évasion du prisonnier n'était pas un accident. Sturrock l'a laissé partir, entravant ainsi la marche de la justice. »

Sturrock se rend compte que ses sourcils essayent de grimper le long de son front pour rejoindre ses cheveux. « Bon sang, il est fou ou quoi ? »

Brusquement, il s'avise que Knox écoute chacune de ses paroles – il ne pourrait d'ailleurs pas faire autrement. « Je voulais dire que c'est une chose extraordinaire.

— En effet, extraordinaire. »

Mackinley se détourne pour partir et Sturrock sent monter en lui une antipathie pour cet homme.

« Eh bien, eh bien…

— Exactement. »

Sur le ton de la conversation, Scott déclare : « Le dîner sera bientôt prêt, monsieur Sturrock.

— Ah, merci. Merci. »

Au signal de Mackinley, ces trois hommes se mettent à descendre, laissant Sturrock fixer du regard la porte fermée à clé. Une fois les bruits de pas évanouis, il appelle à voix basse : « Monsieur Knox ? Monsieur Knox ?

— Je vous entends, monsieur Sturrock.

— Est-ce que c'est vrai ?

— Oui, c'est vrai.

— Bon… et ça va, pour vous ?

— Je suis très bien installé, merci. Je crois que je vais me retirer, maintenant.

— Eh bien, bonne nuit. Appelez-moi si vous… eh bien, si vous voulez parler à quelqu'un. »

Pas de réponse. Sturrock se demande si cela signifie que sa source de revenus s'est tarie.

Sturrock est au rez-de-chaussée, près du poêle du magasin de Scott – magasin qui se transforme en bar après la tombée de la nuit –, lorsque Maria Knox entre. La pluie tombe agressivement depuis plusieurs heures, et la neige est toute fondue. Les citoyens de Caulfield pataugent dans la boue jusqu'aux chevilles. Il se fait tard, Sturrock ne sait plus exactement quelle heure, mais il suppose que Maria est venue parler à son père. Or, voilà qu'elle marche droit vers lui. Il sait qui elle est même s'ils ne se sont jamais parlé.

« Monsieur Sturrock ? Je suis Maria Knox. »

Il incline la tête avec gravité en raison de la situation. Cette gravité est accentuée par les quelque cinq verres de whisky qu'il a avalés et par les souvenirs dans lesquels il est resté plongé au cours de l'heure passée.

« Je sais qu'il se fait tard, mais j'espérais vous parler.

— Me parler ? » Il incline de nouveau la tête – vraiment, il doit être bien ivre –, mais cette fois avec galanterie. « Ce serait un plaisir que je ne mérite point.

— Il n'est pas nécessaire de me flatter. Je voulais parler à quelqu'un... et vous n'êtes pas des nôtres, alors que tous les habitants de ce village semblent être devenus fous. »

Elle s'exprime à voix basse bien qu'il n'y ait personne à portée de voix. « Vous voulez parler de la... situation fâcheuse de votre père ? »

Elle lui jette un regard à la fois exaspéré et calculateur. « Je ne sais pas au juste ce que je fais ici. Je crois que c'est parce que M. Moody, de la Compagnie, m'a parlé de vous et semblait garder de votre personne une impression favorable malgré... tout. Dieu seul sait ce à quoi je m'attendais... »

Il s'aperçoit – l'alcool lui ralentit l'esprit – qu'elle est au bord des larmes et que si elle est exaspérée, c'est contre elle-même. « Je ne sais pas à qui d'autre m'adresser. Je suis très inquiète, oui, très inquiète. Vous êtes un homme d'expérience, monsieur Sturrock, que feriez-vous dans ma situation ?

— S'agissant de votre père ? Que faire d'autre qu'attendre ? Je crois qu'on ira chercher le magistrat de St Pierre demain matin ou dès que les routes seront praticables.

— Vous pensez qu'elles ne le sont pas ?

— Avec ce temps-là ? Je serais très étonné qu'elles le soient.

— J'avais pensé m'y rendre dès ce soir, pour être là-bas la première. On ne sait jamais ce qu'ils vont raconter sur mon père.

— Ma chère demoiselle, vous ne pouvez pas parler sérieusement. Entreprendre un tel voyage ce soir, sous cette pluie… ce serait de la folie. Votre père serait horrifié. Vous ne pourriez rien lui faire de pire.

— Vous croyez ? Vous avez peut-être raison. De toute façon, la vérité c'est que je suis trop peureuse pour entreprendre ce trajet toute seule. Oh, mon Dieu ! » Elle se couvre la tête de ses mains, mais juste une seconde. Elle ne fond pas en larmes. Se sentant pris d'admiration pour elle, Sturrock leur commande à chacun un autre verre.

« Vous connaissiez M. Jammet, pas vrai ? À votre avis, que lui est-il arrivé ? reprend Maria.

— Je ne le connaissais pas si bien que ça. Mais c'était un homme qui avait beaucoup de secrets, et ceux qui ont des secrets ont aussi, sans doute, plus d'ennemis que les autres.

— Mais comment… que voulez-vous dire ?

— Humm, seulement… Voilà, je suis venu à Caulfield, et j'y suis toujours, parce que je voulais acheter un objet que possédait Jammet. Il le savait. Sauf que l'objet a disparu.

— Volé ?

— C'est probable. Peut-être par Francis Ross. J'attends donc son retour.

— Alors vous croyez que Francis est le meurtrier ?

— Comme je ne le connaissais pas du tout, je ne peux pas le dire.

— Moi je le connaissais… Ou plutôt, je le connais.

— Et quel est votre avis ? »

Maria marque un temps d'arrêt en fixant son verre – étonnamment, il est déjà vide. « Comment savoir ce dont les gens sont capables ? Dans le passé, j'ai cru bien juger certaines personnes, et puis il s'est trouvé que je m'étais complètement trompée. »

LE MATIN OÙ LES AUTRES SONT CENSÉS PARTIR, Jacob entre et reste debout près du lit. Il s'adresse à Francis tout en regardant le mur.

« Je pense pas que tu aies l'intention d'aller quelque part, mais si tu t'en vas, je te rattraperai et je te casserai l'autre jambe. Compris ? »

Francis hoche la tête en pensant à la cicatrice que Donald lui a montrée.

« Alors, je suis pas obligé de rester ici toute la journée ? »

Francis fait non de la tête.

Il est donc étonné de voir Jacob revenir, muni d'une tige de bois qu'il a trouvée dans la réserve : elle est droite et solide, car c'est le tronc d'un jeune bouleau, et elle est de la bonne longueur. Jacob enlève l'écorce, corrige au couteau les irrégularités, puis reprend la fourche qui se trouve au sommet pour en faire un Y bien lisse. Francis observe ses mains, fasciné malgré lui ; c'est stupéfiant de voir à quelle vitesse cette tige acquiert les caractéristiques d'une béquille. Jacob rembourre le haut avec des bandes découpées dans une vieille couverture qu'il enroule autour du bois à la manière d'un pansement.

« Je devrais mettre du cuir pour que ça se mouille pas.

— Vous voulez dire pendant mon évasion ? »

Au début, quand Francis lançait des mots imprudents ou idiots sans se soucier de ce que Jacob pensait de lui, celui-ci se demandait si le garçon plaisantait et, le visage impassible, il lui jetait des coups d'œil soupçonneux. Mais cette fois, il sourit. Francis se dit qu'il n'est guère plus âgé que lui.

Ce sera un soulagement – pour tous deux, estime-t-il – d'être délivré de Moody, toujours tendu et anxieux. Et un soulagement pour lui (même s'il éprouve quelque culpabilité à se l'avouer) d'être débarrassé de sa mère. Chaque fois qu'elle est dans la chambre, un tel poids de paroles non dites vient les oppresser que c'est à peine si Francis peut respirer. Il faudrait des années pour les articuler toutes et arriver au moins à ce qu'elles ne fassent pas obstruction.

Juste avant le départ, la mère de Francis entre dans la chambre et regarde Jacob, qui se lève et s'en va sans un mot. Elle s'assoit près du lit et joint les mains.

« Nous allons partir. Nous suivrons les mêmes traces que toi. M. Parker sait où elles mènent. Dommage que tu ne puisses pas nous accompagner au cas où nous verrions cet homme, mais... au moins nous pouvons le chercher. »

Francis hoche la tête. Sa mère a un visage sombre et déterminé, mais elle paraît fatiguée et les rides autour de ses yeux sont plus visibles que d'habitude. Il éprouve un élan soudain de gratitude envers elle, car elle accomplit ce qu'il avait l'intention de faire alors qu'elle a une peur terrible de ces espaces sauvages.

« Merci. C'est courageux de ta part. »

Elle hausse brièvement les épaules, comme agacée. Mais elle ne l'est pas ; elle est contente. Elle touche le visage de Francis et fait courir ses doigts le long de sa mâchoire. Quelqu'un d'autre l'a caressé de temps à autre de façon très semblable. Francis s'efforce de ne pas y penser.

« Ne dis pas de bêtises. Je serai avec Parker et Moody. Il n'y a là rien de courageux. »

Ils échangent des sourires timides et sans chaleur. Francis lutte contre une envie presque irrépressible de lui dire la vérité. Il serait tellement soulagé de la révéler à quelqu'un, de s'ôter ce fardeau. Mais à la seconde même où il se représente le luxe d'une telle révélation, il sait qu'il ne dira rien.

Alors, et il en est fort étonné, sa mère lui dit : « Tu sais que je t'aime, pas vrai ? »

Il se sent gêné. Il hoche la tête, incapable, pour une raison ou une autre, de croiser son regard.

« Ton père aussi t'aime. »

Non, il ne m'aime pas, pense Francis. Tu ne t'imagines pas à quel point il me déteste. Mais il se tait.

« N'y a-t-il rien d'autre que tu puisses me dire ? »

Francis soupire. Il y a tant de choses qu'elle ne sait pas.

« M. Moody pense que la tablette en os peut avoir de l'importance. Si elle vaut cher, elle peut avoir constitué un… mobile. Est-ce que tu me permets de l'emporter ? »

Francis n'a pas envie de la lui donner, mais comme il ne trouve pas de bonne raison pour refuser, il tend à sa mère la poche en cuir qui contient la tablette. Elle l'en extrait et la regarde. Elle a beaucoup lu et acquis bien des connaissances, mais elle contemple avec une grimace d'incompréhension les minuscules marques anguleuses.

« Fais-y attention », marmonne-t-il.

Elle lui lance un drôle de regard ; elle qui prend toujours grand soin de tout.

L'été précédent, avant la fin des cours – ils s'étaient arrêtés plus tôt que d'habitude pour permettre aux garçons d'aider les pères qui manquaient de main-d'œuvre –, il lui était arrivé quelque chose d'inouï. Alors qu'il n'avait jamais beaucoup pensé à ce genre de chose, Francis, comme tous les autres garçons dans un rayon de quinze kilomètres, était tombé amoureux de Susannah Knox.

Elle était dans la classe au-dessus de la sienne et, sans conteste, c'était la beauté la plus remarquable cette année-là : mince mais avec des formes, heureuse, dotée d'un visage au charme exquis. La nuit, Francis rêvait d'elle et, le jour, il s'imaginait en sa compagnie selon des scénarios aussi vagues que romantiques. Par exemple, il l'emmenait sur la baie dans un bateau à rames, ou bien il lui révélait ses cachettes secrètes dans les bois. Il lui suffisait de la voir passer devant sa salle de classe ou rire avec des amis dans la cour pour avoir le corps traversé de délicieux frissons ; sa peau était alors parcourue de picotements, sa respiration s'arrêtait, le sang battait dans sa tête. Il regardait ailleurs comme si Susannah ne l'intéressait pas, et puisqu'il n'avait pas d'ami proche, son secret était bien gardé. Il savait qu'il n'était pas le seul à nourrir cette passion et que Susannah pouvait choisir à sa guise des candidats plus âgés et plus populaires que lui, mais elle ne paraissait pas accorder de faveurs particulières à l'un ou l'autre d'entre eux. Si elle l'avait fait, cela n'aurait sans doute pas eu d'importance pour Francis ; il ne croyait pas vraiment que quelque chose puisse se nouer entre eux. Il se contentait d'annexer Susannah dans ses rêves.

Le pique-nique d'été – il avait lieu à la fin de l'année scolaire – était un événement auquel tout le collège se rendait en excursion jusqu'à une mince plage sablonneuse au bord de la baie. Sous le regard indolent de deux professeurs qui s'ennuyaient, les élèves mangeaient des sandwichs, buvaient de la limonade au gingembre, puis s'adonnaient à la nage en criant et en s'éclaboussant jusqu'à la tombée de la nuit. Francis, qui, d'habitude, détestait ces festivités forcées et avait songé à s'en dispenser, avait fini par y aller parce que Susannah y serait. Et puis, sachant qu'elle quitterait bientôt l'établissement, il ne voyait pas comment il ferait désormais sans ces petits regards furtifs, si agréables, qui lui permettaient de l'apercevoir et d'alimenter sa passion.

Il trouva un endroit assez proche de celui où Susannah et d'autres filles de dernière année s'étaient assises, mais il fut rejoint au bout d'une minute par Ida Pretty. Ida, qui avait deux ans de moins que Francis, habitait tout près de chez lui. Dans la vaste famille Pretty, c'était la seule personne pour laquelle il eût quelque affection. Elle avait la langue acérée et elle était drôle, mais elle pouvait aussi être assez casse-pieds. Elle avait un faible pour Francis et était toujours à l'enquiquiner ; elle l'avait espionné avec autant d'assiduité (plus ouvertement cependant) qu'il observait Susannah.

Elle vint alors s'asseoir avec son panier et, mettant une main en visière au-dessus de ses yeux, scruta la surface de l'eau.

« J'ai l'impression qu'il va pleuvoir tout à l'heure. Regarde ce nuage. Ils auraient pu choisir un autre jour, tu crois pas ? »

Elle avait un ton plein d'espoir. Aussi solitaire et insatisfaite que lui, elle partageait son horreur des événements qui se voulaient à la fois collectifs et festifs.

« J'sais pas. Sans doute. »

Francis espérait que, s'il ne lui parlait pas trop, Ida comprendrait et irait voir ailleurs. Il se demandait s'il valait mieux qu'on le voie assis tout seul, l'air sombre, ou avec une élève plus jeune et embêtante. Mais, à en juger par les chuchotements intenses que Susannah échangeait avec ses copines, elle n'allait de toute façon probablement rien remarquer de ce qu'il ferait. En plus, divers garçons de dernière année tournaient autour de ce groupe de filles les plus âgées en prenant ostensiblement l'air de ne s'occuper que de leurs affaires, mais sans jamais quitter leur champ de vision ; ils faisaient les fous, poussaient de grands cris, se mettant au défi de lancer un caillou encore plus loin sur l'eau.

Quand le soleil se mit à taper, le niveau d'activité baissa : on mangea les sandwichs, on essaya d'écraser les mouches, on enleva des vêtements. Le cercle de Susannah s'était fragmenté en groupes de trois et de deux, et elle était allée se promener avec Marion Mackay. Francis s'allongea, sa tête reposant contre un bloc de pierre, et il rabattit son chapeau sur ses yeux. Le soleil passait à travers le tissu aéré et l'éblouissait agréablement. Ida, tombée dans un silence grognon, faisait semblant de lire *Pudd'inhead Wilson*[1].

Francis s'amusait à laisser le soleil flamboyer dans ses yeux puis à le faire disparaître en tournant légèrement la tête, quand Ida lui demanda : « Qu'est-ce que tu penses de Susannah Knox ?

— Euh ? »

Bien évidemment il avait continué à penser à elle. Se sentant coupable, il tenta de la chasser de son esprit.

« Susannah Knox. Qu'est-ce que t'en penses ?

— Rien de spécial.

— Tout le monde, au collège, en parle comme si on n'avait jamais vu de fille aussi jolie.

— Ah bon ?

— Ouais. »

Il ne pouvait pas voir si Ida le regardait ou pas. Son cœur cognait, mais il prit un ton blasé de circonstance.

« Elle est pas mal.

— Tu trouves ?

— Je crois, ouais. »

Cette conversation commençait à l'énerver. Il écarta le chapeau de son visage et plissa les yeux pour regarder Ida. Elle était assise, les genoux relevés et la tête enfoncée entre les épaules jusqu'aux oreilles. Son petit visage était tout plissé à cause du soleil, et elle paraissait mécontente et malheureuse.

« Pourquoi tu me le demandes ?

— C'est important ?

— Quoi ? Qu'elle soit jolie ?

— Ouais.

— J'en sais rien. Ça dépend.

— Ça dépend de quoi ?

— De la personne à qui tu parles. Et sans doute c'est important pour elle. Ça va comme ça, Ida. »

---

1. Roman tragicomique de Mark Twain publié en 1894.

Il rabattit de nouveau le chapeau sur ses yeux et, un instant plus tard, il l'entendit se lever et s'éloigner, vexée. Il avait dû s'endormir parce qu'il se réveilla quand elle vint se rasseoir. Il était un peu surpris, se demandant où il se trouvait et pourquoi il faisait si chaud. Son chapeau ayant glissé, il était ébloui par des fusées rouges qui éclataient devant ses yeux. La peau de son visage lui donnait la sensation d'être tendue et un peu douloureuse. Il avait attrapé un coup de soleil.

« Ça te dérange pas si je m'assois une minute ? »

Ce n'était pas la voix d'Ida. Se redressant, Francis découvrit Susannah Knox qui souriait juste au-dessus de lui. Il eut un choc qui lui glissa le long de l'épine dorsale comme un glaçon.

« Non. Non, pas du tout. »

Il regarda tout autour. Beaucoup moins de gens se trouvaient sur la plage, et il ne voyait plus nulle part le groupe de filles qui avaient été assises là.

« J'ai dû m'endormir.

— J'suis désolée. J't'ai réveillé.

— Pas de problème. C'est bien. Je crois que j'ai attrapé un coup de soleil. »

Il toucha son front doucement. Susannah se pencha vers lui en l'examinant d'une distance qui lui parut très faible. Il pouvait voir chaque cil recourbé, et le minuscule duvet blond sur les joues de Susannah.

« Ouais, dit-elle, ça m'a l'air assez rouge. Mais c'est pas trop mauvais. Tu as de la chance, tu as ce genre de peau, bon, très mate, tu vois ce que je veux dire ? Moi, ça me donne des taches de rousseur et je ressemble à une betterave. »

Elle lui adressa son sourire enchanteur. Le soleil, en partie derrière elle, projetait une aura radieuse autour de sa tête, transformant ses cheveux châtain clair en mèches d'or et de platine. Francis avait du mal à respirer. Au moins, s'il se mettait à rougir, elle ne s'en apercevrait pas.

« Alors, tu t'amuses bien ? réussit-il à articuler faute de trouver quelque chose de plus intelligent.

— Quoi ? Ici ? Je suppose que ça peut aller. Il y a des mecs, quand même, qui sont pénibles. Emlyn Pretty a poussé Matthew tout habillé dans l'eau, et ça l'a fait rire pendant presque une heure. C'était pas sympa.

— Ah bon ? »

En son for intérieur, Francis exultait. Il avait eu une histoire fort malencontreuse avec Emlyn. Et il était content de ne pas avoir été celui qu'on avait poussé dans l'eau.

Et puis, malgré tous ses efforts, il fut incapable d'arriver à dire quoi que ce soit d'autre. Il resta un long moment à fixer l'étendue d'eau en priant que lui vienne l'inspiration. Susannah semblait ne pas s'en soucier ; elle tirait sur le bout de ses cheveux, apparemment plongée dans ses pensées.

« Ida, c'est ta petite amie ? »

C'était tellement inattendu que Francis en resta encore plus muet. Puis il se mit à rire. Quelle idée ahurissante... Quelle question ahurissante !

« Non ! Bon, c'est juste une copine. C'est ma voisine, tu vois. Un peu en amont. Elle a deux ans de moins que moi, ajouta-t-il pour enfoncer le clou.

— Oh... Tu habites à côté de chez les Pretty ? »

Elle devait bien le savoir. Chacun savait où tous les autres habitaient. Elle s'occupa encore plus activement de ses cheveux. Quant à ce qu'elle leur faisait, il n'arrivait pas à le voir ; manifestement quelque chose de délicat qui exigeait une immense concentration.

« Tu sais... » Et elle écarta enfin une mèche de cheveux d'un geste décidé, dégageant son visage. « On organise un pique-nique samedi prochain. On sera juste quelques-uns, à côté de l'endroit où on se baigne. Tu peux venir, si tu en as envie. Il y aura Maria – tu vois qui c'est, ma sœur – et puis Marion et Emma, peut-être Joe... »

Elle avait enfin les yeux tournés vers lui, mais il ne pouvait pas déchiffrer son regard. Il la voyait comme une forme sombre qui lui cachait le soleil, et ses traits étaient vaporeux et aveuglants comme ceux des anges qu'on montrait au catéchisme.

« Samedi ? Hmm... » Il n'arrivait pas tout à fait à croire ce qui lui arrivait. Mais apparemment Susannah – l'unique et incomparable Susannah Knox – l'invitait à un pique-nique très fermé où seules ses amies les plus proches étaient invitées (Joe Bell aussi, mais on savait bien qu'il sortait avec Emma Spence). Brusquement, une idée le traversa : tout cela n'était peut-être qu'une horrible blague. Et si Susannah était venue le convier à un pique-nique qui n'existait pas ? S'il arrivait samedi prochain pour découvrir qu'il n'y avait personne ou, pis, que tout un tas d'élèves de dernière année étaient là à guetter, morts de rire devant sa présomption ? Pourtant, elle n'avait pas l'air de plaisanter. Elle le regardait toujours, puis elle laissa échapper un petit rire nerveux.

« Waouh. Tu sais faire attendre les filles, toi !

— Désolé. Humm... C'est juste qu'il faut que j'en parle à mon père d'abord... pour savoir s'il ne veut pas que je travaille. Mais merci. Ça a l'air bien. »

Son cœur cognait à grands coups, manifestant sa consternation. Venait-il vraiment de prononcer ces paroles ?

« D'accord. Tu me diras si tu peux, alors ? » Elle se leva en hésitant.

« Ouais, sûr. Merci. »

En cet instant, elle était encore plus belle que d'habitude, lissant ses cheveux avec une expression adorable et sérieuse. Elle lui fit un petit sourire et s'en alla. Il eut l'impression qu'elle avait l'air triste. Il se rallongea, rabattit le chapeau sur ses yeux afin de la regarder secrètement repartir vers une autre partie de la plage où elle rejoignit d'autres élèves de dernière année. Soudain, ce fut l'émerveillement qui envahit Francis. Elle l'avait invité à un pique-nique. Susannah Knox – qui ne lui avait encore jamais adressé plus de dix mots, jamais –, venait de l'inviter à un pique-nique !

Francis regarda des garçons plus jeunes lancer violemment un morceau de bois flotté dans l'eau peu profonde, le faire dangereusement tournoyer en surface près de leurs jambes, le faire rebondir hors de gerbes d'eau étincelantes. Leurs hurlements et leurs rires étaient étrangement lointains. Il pensa au samedi suivant. Il y avait longtemps que son père avait renoncé à lui demander de l'aider le week-end ; assurément, il n'en attendait rien d'autre. Francis songea au pique-nique près du trou d'eau, dans la rivière, là où la surface couleur de thé est mouchetée par le soleil qui filtre à travers les chênes et les saules ; il songea aux filles dans de légères robes d'été qui seraient assises dans des cercles de coton pâle.

Et il sut qu'il n'irait pas.

PARTENAIRES EN HIVER

LE DR WATSON ÉTAIT UN DIRECTEUR D'ASILE qui allait de l'avant. Il voulait se faire un nom, rédiger des monographies et être invité à donner des conférences dans des lieux où il serait entouré de jeunes femmes admiratives. En attendant, les seules jeunes femmes qui se trouvaient près de lui étaient plus ou moins folles, et, parmi elles, ce fut moi qu'il choisit pour l'aider à passer le temps jusqu'à ce qu'il devienne assez célèbre pour aller voir ailleurs.

J'étais déjà dans cet asile public depuis quelques mois avant sa venue, et pendant cette période-là les rumeurs sur l'arrivée d'un nouveau directeur allèrent bon train. Globalement, la vie dans un asile est d'un ennui extrême, et toute modification, qu'il s'agisse de changer de flocons d'avoine au petit déjeuner ou de repousser de trois heures de l'après-midi à quatre heures l'atelier de couture, donne lieu à des débats passionnés. Un changement de direction était donc une affaire énorme : de quoi alimenter pendant des semaines commérages et conjectures. Et quand le Dr Watson arriva, on ne fut pas déçu. Jeune et beau, il avait un visage ensoleillé et bienveillant ainsi qu'une agréable voix de baryton. Je ne dirai pas que je suis restée complètement indifférente, mais j'ai été amusée de voir certaines femmes se décorer de rubans et de fleurs pour capter son attention. Watson était toujours galant et charmant ; il prenait la main des patientes et leur lançait des compliments qui les faisaient glousser et rougir. Cet été-là, les nuits du dortoir des femmes furent remplies de soupirs.

M'étant tenue à l'écart de cette idolâtrie généralisée, j'ai été étonnée d'être convoquée dans le bureau de Watson. Qu'avais-je donc bien pu faire de travers ? Je l'ai trouvé en train de tourner autour d'un grand engin installé au milieu de la pièce. J'ai d'abord supposé qu'il s'agissait d'un appareil analogue à la machine à douches, c'est-à-dire d'un dispositif destiné à infliger au malade mental un choc ou un autre, mais je n'étais sûre de rien et me sentais un peu anxieuse.

« Ah, bonjour, mademoiselle Hay », a dit Watson. Il a levé les yeux vers moi et m'a souri. Il semblait très content de lui. Ce qui me surprenait le plus, à vrai dire, c'était la transformation du bureau, qui, sous le directeur précédent, avait été sombre, déprimant et plutôt malodorant. C'était une pièce superbe (l'asile en général était impressionnant par son style néoclassique), avec de hauts plafonds et une grande fenêtre en encorbellement qui donnait sur le parc. Comme Watson en avait enlevé les lourds rideaux, le bureau était rempli d'une lumière venant du sud. Les murs avaient été peints en jaune primevère, il y avait des fleurs sur la table et l'on avait disposé contre un mur un arrangement pittoresque de pierres et de fougères.

« Bonjour, ai-je dit sans pouvoir m'empêcher de sourire.

— Mon bureau vous plaît ?

— Oui, beaucoup.

— Bien. Vos goûts correspondent aux miens. Il me semble qu'il est important de donner du charme à ce qui nous entoure. Comment peut-on être heureux quand on est entouré de laideur ? »

Je ne l'ai pas pris tout à fait au sérieux et j'ai murmuré une réponse qui n'avait pas grand sens, tout en me disant qu'il avait de la chance de pouvoir transformer son cadre comme il lui plaisait.

« Évidemment, a-t-il poursuivi, le bureau est encore plus attrayant quand vous y êtes. »

Bien qu'au courant de ses manières, je me suis sentie rougir légèrement et j'ai essayé de cacher ma gêne en regardant, par la fenêtre, quelques-uns des patients qui, seuls ou sous la conduite de quelqu'un, se promenaient en ce moment dans les jardins.

Nous avons bavardé un moment, et j'ai eu l'impression qu'il essayait de se forger une opinion de mes faiblesses mentales pour savoir, entre autres, si j'étais sujette à des accès de violence. Ce que j'ai dit a paru lui plaire, car il a commencé à m'expliquer la machine. En résumé, c'était une boîte à réaliser des images, et il voulait, m'a-t-il dit, procéder à des études de patients. Il pensait que cela pourrait faire progresser la compréhension de la maladie mentale et son traitement, bien que je n'aie jamais vraiment saisi comment. En particulier, il voulait des photos de moi.

« Vous avez un visage qui convient tout à fait à cet appareil, clair et expressif, et c'est exactement ce qu'il me faut. »

J'ai été flattée en songeant qu'il m'avait remarquée et choisie comme digne d'attention. Voilà qui me changeait avec bonheur de la routine quotidienne. Comme je l'ai dit, la vie dans un asile, à part de temps à autre une crise de convulsions ou un suicide, est d'un ennui extrême.

« Ce que j'ai en tête, a-t-il expliqué en baissant les yeux vers son bureau, c'est une série d'études de... vous, en fait, mais dans des poses typiques de certaines maladies mentales. Hmm... par exemple, il y a ce qu'on appelle le complexe d'Ophélie, d'après un personnage qui en souffre dans une pièce de théâtre célèbre... » Il m'a regardée pour voir si cela évoquait quelque chose en moi.

« Je la connais, ai-je dit.

— Ah, parfait. Bon... donc, voyez-vous, on pourrait l'illustrer par une pose où la jeune fille... se languit d'amour avec une couronne de fleurs et ainsi de suite. Vous me suivez ?

— Il me semble.

— Cela me sera très précieux pour une monographie que je suis en train d'écrire. Les images illustreront ma thèse, en particulier pour les gens qui n'ont jamais mis les pieds dans un asile et ont du mal à s'en représenter un. »

J'ai hoché poliment la tête, et comme il ne poursuivait pas, j'ai demandé : « Quel est le sujet de votre thèse ? »

Il a paru légèrement étonné. « Oh. Ma thèse, c'est que, bon... la folie suit certains schémas. Certaines attitudes physiques, certains gestes sont communs à différents patients et indiquent leur état intérieur. Même si chaque patient a certes son histoire individuelle, ils se répartissent en groupes qui partagent un certain nombre de traits et d'attitudes. Et aussi... » Là, apparemment absorbé par des pensées profondes, il marqua une pause. « ... par un examen répété et concentré de ces attitudes, nous pourrons découvrir de nouveaux moyens de guérir ces pauvres malheureux.

— Ah ! ai-je fait jovialement tout en me demandant quelles attitudes j'avais tendance à prendre, moi qui faisais partie de ces "malheureux".

— Et puis, a-t-il repris, peut-être pourriez-vous venir déjeuner avec moi un de ces jours, si vous avez la gentillesse de me consacrer un peu de temps. »

L'idée m'a fait venir l'eau à la bouche. Ce que nous mangions à l'asile était certes sain mais sans goût, lourd et monotone. Je crois qu'une théorie (peut-être même une thèse) voulait que certains goûts soient à l'origine de dangereuses stimulations et que trop de viande, par exemple, ou toute nourriture trop riche ou trop épicée risquait d'enflammer des sensibilités déjà fragiles et de provoquer une émeute. L'idée de servir de modèle me plaisait déjà, mais la promesse de repas convenables et intéressants aurait suffi à me persuader.

« Eh bien – à son sourire je me suis aperçue qu'il était tendu –, est-ce que cela peut… vous convenir ? »

Sa nervosité m'intriguait. Était-ce moi qui l'inquiétais ? Ou l'éventualité que je dise non ? J'ai fait oui de la tête. Je n'arrivais absolument pas à saisir comment on pourrait trouver un remède contre la folie en regardant des photos de femmes couvertes de fleurs, mais qui étais-je pour l'affirmer ?

En outre, c'était un bel homme, gentil et plutôt jeune, tandis que j'étais une orpheline dans un asile d'aliénés sans personne pour m'appuyer ni beaucoup d'espoir de partir. Si inhabituels que soient les événements qui m'arrivaient, ils n'allaient probablement pas aggraver mes conditions de vie.

Les choses commencèrent donc ainsi. D'abord, je me rendais dans son bureau peut-être une ou deux fois par mois. Watson avait rassemblé un certain nombre de costumes et d'accessoires pour créer le scénario. Le premier devait porter le nom de Mélancolie – et j'avais, me semblait-il, plus que les qualifications requises pour représenter cet état. Il avait placé près de la fenêtre une chaise sur laquelle je devais m'asseoir, vêtue d'une robe sombre, un livre à la main et le regard perdu au loin avec langueur puisque, pour reprendre les termes de Watson, je rêvais de mon amour perdu. J'aurais pu lui dire qu'il y a pire mésaventure, dans la vie, que celle d'un amant vagabond, mais j'ai tenu ma langue en regardant par la fenêtre et en rêvant de venaison braisée dans une sauce au porto, de poulet au curry et de diplomate à la noix de muscade.

Le déjeuner, quand il arrivait, était en tout point aussi bon que ceux que mon imagination avait concoctés. Je mangeais, j'en ai bien peur, avec toute la grâce d'un valet de ferme, et c'est en souriant que Watson me regardait me servir deux fois, puis trois, de tarte à la poire et à la cannelle. Je ne me gavais pas par faim, mais parce que j'avais été privée de saveurs, de goûts piquants et subtils.

J'étais aux anges d'avoir, pour la première fois en quatre ou cinq ans (hormis la grande exception de Noël), l'occasion de me régaler d'épices, de fromage bleu et de vin. Je crois bien l'avoir dit, ce qui a fait rire Watson, apparemment ravi. En me raccompagnant à la porte de son bureau, il a tenu ma main entre les siennes et m'a remerciée en me regardant au fond des yeux.

Comme je m'y attendais, je fus convoquée au bureau de plus en plus souvent, et, à mesure que nous avons appris à nous connaître, les poses sont devenues moins formelles. Je veux dire par là que je portais de moins en moins de vêtements et que j'ai fini par m'appuyer contre le roc aux fougères partiellement enveloppée dans un drap de mousseline diaphane. Je crois que l'argument factice selon lequel nous allions contribuer au progrès de la science médicale a vite été abandonné. Watson, ou Paul, comme je me suis mise à l'appeler, effectuait les études dont il avait envie, parfois avec un air coupable, en clignant les yeux et en évitant mon regard comme s'il était gêné de me demander de telles choses.

Il était gentil et attentionné, et il s'intéressait à mes opinions – ce qui n'a pas été le cas de bien des hommes qui m'ont connue hors de l'asile. Il me plaisait et j'ai été heureuse quand un jour, à la fin du déjeuner, il a posé en tremblant sa main sur la mienne. Il était doux, il mourait de désir mais il était terrifié à l'idée de mal agir, et chaque fois que nous nous rencontrions il s'excusait d'avoir profité de moi et d'avoir cédé à ses bas instincts. Ça ne m'a jamais gênée. Il y avait là un secret qui me fascinait et un désir très agréable bien que Paul fût toujours nerveux et fébrile quand nous consommions notre union en vitesse, après un autre déjeuner extraordinaire, derrière la porte du bureau fermée à clé.

Et il avait une odeur de serre, de feuilles de tomate et de terre mouillée, une odeur pénétrante, apaisante. Même encore, je ne peux pas me rappeler cette odeur sans penser aussi à des tartes aux fruits surmontées de crème ou à du bifteck au cognac. Et l'autre nuit encore, des années après, dans une tente gelée en pleine forêt, quand je l'ai sentie chez Parker, l'eau m'est venue à la bouche avec le souvenir d'une tarte au chocolat noir.

Je suppose que je ne découvrirai jamais ce qui s'est passé ensuite. Watson est tombé en disgrâce. Pas à cause de moi, pour autant que je le sache, car je n'ai certes jamais parlé, mais un matin le surveillant en chef a annoncé que le Dr Watson était brusquement obligé de partir et qu'un autre directeur le remplacerait sous peu. Il s'en est allé du jour au lendemain, vraisemblablement en emportant son appareil et les images que nous avions réalisées ensemble. Certaines d'entre elles étaient très belles : des ombres foncées, argentées, sur verre ; elles miroitaient quand on les inclinait vers la lumière. Je me demande si elles existent toujours. Quand je me sens mélancolique – ce qui m'arrive souvent à présent –, je me rappelle qu'il tremblait quand il me touchait, et qu'un jour j'ai été la muse de quelqu'un.

Voilà trois jours que nous marchons sur cette plaine sans aucun changement ni aucune fin en vue. La pluie qui a provoqué le dégel a duré deux jours, ce qui a rendu notre progression difficile. Nous avons pataugé dans la boue jusqu'aux chevilles, et si ça n'a pas l'air de grand-chose, je peux affirmer que c'est bien assez pénible. Chaque pied était lesté par un kilo de vase gluante et ma jupe traînait, alourdie par l'eau. Parker et Moody, qui, eux, ne sont pas embêtés par des jupes, marchaient difficilement devant, avec le traîneau.

Vers la fin de la deuxième journée, la pluie a cessé, et j'étais en train de remercier ces dieux qui pensent encore un peu à moi lorsqu'un vent s'est levé et n'a pas cessé de souffler depuis. Il a séché le sol et rendu notre marche plus facile, mais il vient du nord-est, et il est si froid que j'ai fait l'expérience d'un phénomène dont, jusqu'ici, j'avais seulement entendu parler : mes larmes se sont gelées au coin de mes yeux. Au bout d'une heure, j'ai eu les yeux à vif, tout rouges.

Maintenant, Parker et les chiens attendent que nous les rattrapions. Il est debout sur une petite élévation et, quand nous arrivons enfin en titubant jusqu'à lui, je comprends pourquoi il a attendu : à quelques centaines de mètres se dresse un ensemble de constructions, la première chose créée par l'homme que nous ayons vue depuis Himmelvanger.

« Nous sommes sur la bonne route, déclare Parker, bien que le mot "route" ne soit pas tout à fait celui que j'aurais choisi.

— C'est quoi, cet endroit ? » Moody plisse les yeux à travers ses lunettes. Le mauvais état de sa vue est encore aggravé par cette lumière grise et faible qui seule parvient à passer à travers les nuages.

« Autrefois, c'était un poste de traite. »

Je peux voir d'ici que quelque chose cloche, dans ces constructions ; elles ont un air sinistre, comme dans un cauchemar.

« Nous devrions aller voir. Au cas où il serait venu par ici », dis-je.

Quand nous nous rapprochons, je saisis ce qui s'est passé. Le poste a brûlé et il n'en reste que le squelette ; de maigres chevrons se dressent contre le ciel, des poutres brisées s'avancent en formant des angles impossibles, dérangeants. Là où les murs subsistent, ils sont noirs, carbonisés, et ils penchent. Mais le plus étrange, c'est que l'ensemble a été récemment recouvert d'une neige qui a fondu le jour avant de regeler la nuit, et, sous ces couches superposées d'eau recongelée, les os nus paraissent gonflés et vitrifiés par de la glace. C'est un spectacle extraordinaire, cette glace noire, bulbeuse, scintillante, qui engloutit les bâtiments comme s'ils avaient été avalés par quelque créature amorphe. J'en suis remplie d'une sorte d'horreur, et Moody aussi, me semble-t-il.

Plus que tout, j'ai envie de partir d'ici. Parker se met à marcher entre les murs en étudiant le sol.

« Quelqu'un a laissé des vêtements. » Il montre un tas informe dans un coin. Je ne lui demande pas pourquoi quelqu'un ferait une chose pareille. Je pressens que je n'ai pas envie de le savoir.

« Nous sommes à Elbow Ridge. Vous en avez entendu parler ? »

Je fais non de la tête, à peu près sûre qu'il s'agit là aussi de quelque chose que je ferais mieux de ne pas savoir.

« C'est la Compagnie XY qui l'a construit. Mais comme la Compagnie de la baie d'Hudson ne voulait pas la voir créer un poste ici, elle l'a incendié.

— Comment le savez-vous ? »

Parker hausse les épaules. « Tout le monde le sait. C'est le genre de chose qui se passait. » Je jette un coup d'œil en direction de Moody qui, à une trentaine de mètres de nous, au-delà d'une porte disparue, furète autour d'un enchevêtrement de planches qui auraient pu, il y a longtemps, être un piano.

Puis je regarde Parker, attendant qu'il dise une méchanceté, mais il a un visage neutre. Après avoir ramassé le vêtement raide de froid, il le déplie – la glace proteste en craquant et en se fendillant –, révélant ainsi une chemise qui un jour a sans doute été bleue mais qui est maintenant si sale qu'on ne peut plus en être sûr. Elle a été trempée et tachée, puis on l'a laissée pourrir ici. Soudain, à retardement, je mesure l'importance de cette découverte.

« C'est du sang ?

— Je ne sais pas. Peut-être. »

Il farfouille un peu plus, puis il pousse une exclamation de satisfaction. Cette fois, même moi je comprends pourquoi : il y a, près d'un mur, des traces de feu noires et chargées de suie.

« Récent ?

— Il date d'une semaine à peu près. Notre inconnu est venu ici et il y a passé la nuit. Ce ne serait pas idiot de faire comme lui.

— Rester ici ? Mais il est tôt. On devrait quand même pousser plus loin.

— Regardez le ciel. »

Je lève les yeux ; les nuages, découpés en quadrilatères par les poutres noires, sont bas et sombres. Couleur de tempête.

Quand il apprend le plan de Parker, Moody veut se montrer optimiste. « Mais il faut compter combien pour arriver à Hanover House ? deux jours ? Je suis d'avis qu'on devrait continuer.

— Il va y avoir une tempête, répond calmement Parker. On sera contents d'être à l'abri. »

Je peux voir les rouages du cerveau de Moody se mettre en branle pour savoir si ça vaut la peine de discuter, si Parker se pliera à son autorité. Mais le vent commence à se lever et Moody perd de sa superbe ; le ciel est devenu affreux et oppressant. Malgré son étrangeté troublante, ce poste abandonné vaut nettement mieux que rien du tout.

Par conséquent, nous campons dans les ruines. Parker construit un grand appentis contre l'un des murs qui restent et le renforce avec des madriers noircis. Je m'inquiète à la vue de cet abri beaucoup plus solide que tous ceux que je l'ai vu élever jusqu'ici, mais je suis ses instructions et je vide le traîneau. Au cours des derniers jours, je suis devenue bien plus habile pour accomplir les tâches nécessaires à notre confort et à notre survie. J'entasse la nourriture à l'intérieur (croit-il vraiment que nous allons rester coincés là plusieurs jours ?) pendant que Moody ramasse du bois – au moins il y en a en quantité, ici – et casse de la glace sur les murs pour en faire de l'eau. Nous travaillons rapidement, gagnés par la peur du jour qui s'assombrit et du vent qui forcit rapidement.

Quand nous sommes enfin prêts, la neige nous fouette et nous pique le visage comme un essaim d'abeilles. Nous nous introduisons à quatre pattes dans l'abri ; Parker allume un feu et met de l'eau à bouillir. Moody et moi sommes assis face à l'entrée qui, bien que fermée par de grosses poutres, a commencé à s'agiter et à se soulever comme si des forcenés voulaient à tout prix entrer. Pendant l'heure qui suit, le vent souffle avec une telle force et une telle ampleur que nous avons du mal à nous entendre parler. C'est un hurlement sinistre et strident accompagné par les claquements secs de la bâche et les craquements horribles des poutres du mur. Je me demande si elles vont résister ou si elles vont s'effondrer sous la force et le poids de la glace qui s'accumule au-dessus de nous. Parker ne paraît pas inquiet, mais je parie que Moody partage mes peurs ; il a les yeux écarquillés derrière ses lunettes, et il sursaute au moindre bruit nouveau.

« Les chiens ne vont pas trop souffrir, dehors ? demande-t-il.

— Non. Ils vont se coucher ensemble et se tenir chaud.

— Ah, bonne idée. » Moody émet un rire bref en me jetant un regard, puis, voyant que je ne réponds pas à sa plaisanterie, il baisse les yeux.

Moody avale son thé, puis ôte ses bottes et ses chaussettes, exposant des pieds couverts de sang séché. Je l'ai regardé les soigner, les soirs précédents, mais cette fois je propose de m'en occuper pour lui. Il se peut que ce soit parce que je pense à Francis ; ils n'ont pas une très grande différence d'âge. Ou alors c'est à cause de la tempête et de la pensée que j'aurai besoin de tous les amis que je peux me faire. Il se penche en arrière et me tend un pied, puis l'autre. Je le nettoie et l'enveloppe dans des bandes de linge, car c'est tout ce que nous avons. Je ne suis pas d'une grande douceur, mais il ne profère pas un son pendant que je lave ses plaies à l'alcool à 90° et que je les serre dans les bandes. Il garde les yeux fermés. Parker semble nous observer du coin de l'œil, mais comme la fumée qui vient de sa pipe et du feu ôte pratiquement toute visibilité à l'intérieur de la tente, il est possible que je me trompe. Quand j'ai fini de lui bander les pieds, Moody prend une flasque qu'il portait à la hanche et me la tend. C'est la première fois que je la vois. J'accepte avec reconnaissance ce whisky qui n'est pas particulièrement bon mais qui est vif et fort, et qui me fait pleurer les yeux tellement il me brûle la gorge. Il propose aussi la flasque à Parker, qui se contente de secouer la tête. Maintenant que j'y pense, je ne l'ai jamais vu boire d'alcool. Moody remet les chaussettes trempées de sang et les bottes – il fait trop froid pour s'en passer.

« Madame Ross, il faut que vous soyez vraiment une dure, une vraie pionnière pour arriver à tenir sans avoir d'ampoules.

— J'ai des mocassins, lui dis-je. Ils ne frottent pas contre les pieds de la même façon. Vous devriez essayer de vous en procurer quand nous arriverons à Hanover House.

— Ah, oui. » Il se tourne vers Parker. « Et quand est-ce que nous y arriverons, monsieur Parker ? Est-ce que la tempête va se calmer, cette nuit ? »

Parker hausse les épaules. « C'est possible. Mais même dans ce cas la neige rendra le chemin plus difficile. Il nous faudra peut-être plus de deux jours.

— Vous y êtes déjà allé ?

— Pas depuis longtemps.

— Vous semblez connaître le chemin plutôt bien.

— Oui. »

Suit alors une pause courte, hostile. Je ne sais pas exactement d'où vient cette hostilité, mais elle est bien là.

« Vous connaissez l'agent, là-bas ?

— Il s'appelle Stewart. »

Je remarque que ce n'est pas tout à fait la réponse à la question.

« Stewart... Vous connaissez son prénom ?

— James Stewart.

— Ah, je me demande si c'est le même... J'ai entendu récemment une histoire à propos d'un James Stewart célèbre pour avoir effectué un long trajet en hiver dans des conditions épouvantables. Un véritable exploit, je crois. »

Comme d'habitude, le visage de Parker reste indéchiffrable. « Je ne peux pas l'affirmer.

— Ah, bon... » Moody paraît absolument ravi. Je suppose que si l'on est dans un pays où l'on ne connaît personne, le fait d'avoir entendu parler de quelqu'un avant de le rencontrer équivaut à avoir un vieil ami. Et je demande à Parker : « Alors, vous le connaissez ? »

Il me regarde froidement. « Je l'ai rencontré quand je travaillais pour la Compagnie. Il y a des années de ça. »

Son ton, je ne sais pourquoi, m'avertit que je devrais m'abstenir de ce genre de propos. Moody, bien entendu, ne remarque rien.

« Bon, bon, ça va être formidable... Une réunion. »

Je souris. Moody a vraiment quelque chose d'attachant quand il fonce ainsi comme un éléphant dans un jeu de quilles... Mais je me souviens de ce qu'il veut faire et mon sourire s'efface.

La neige continue à tomber et le vent à hurler. Sans le dire expressément, nous sommes tombés d'accord pour ne pas nous servir de la bâche comme d'un rideau qui me fournirait un espace privé. Je m'allonge entre les deux hommes, enroulée dans plusieurs épaisseurs de couvertures, et je sens la chaleur des braises me brûler le visage, mais je ne veux pas bouger. Puis Moody se couche à côté de moi et enfin Parker, après avoir étouffé les cendres, s'étend si près que je peux le toucher et sentir l'odeur de serre qu'il transporte avec lui. Il fait un noir d'encre, mais je crois que je ne vais pas fermer l'œil de la nuit – pas avec ce vent qui mugit et tout ce qui cogne contre la tente ; elle enfle et tremble comme une créature vivante. Je suis terrifiée à la pensée que nous allons être ensevelis sous la neige, ou que les murs vont s'effondrer et que nous resterons coincés dessous. Allongée là, le cœur battant et les yeux écarquillés, je m'imagine une quantité de sorts épouvantables. Mais j'ai dû m'endormir parce que je rêve alors même que je crois ne pas avoir rêvé depuis des semaines.

Soudain je me réveille pour découvrir – du moins il me le semble – que la tente s'est envolée. Le vent hurle comme mille sorcières et l'air est rempli de neige qui m'aveugle. Je crois que je pousse un cri, mais, dans ce maelström, le bruit passe inaperçu. Parker et Moody sont tous deux à genoux et luttent pour refermer l'entrée de la tente, car c'est là que la toile a été arrachée. Ils parviennent enfin à la fixer de nouveau, mais la neige s'est amoncelée à l'intérieur. Il y en a sur nos vêtements et dans nos cheveux. Moody allume la lampe ; il est tout secoué. Même Parker semble un peu moins calme que d'habitude.

« Bien. » Moody secoue la tête et chasse la neige de ses jambes. Nous sommes tous complètement réveillés et nous avons très froid. « Je ne sais pas si c'est votre cas, mais moi j'ai besoin d'un petit coup à boire. »

Il ressort sa flasque et en prend une gorgée avant de me la tendre. Je la fais passer à Parker, qui hésite et finit par accepter. Moody sourit comme s'il vivait cela comme un triomphe personnel. Parker allume le feu pour préparer du thé. Nous nous pressons autour et lui sommes reconnaissants de cette chaleur bienvenue. Je tremble, sans savoir si c'est à cause du froid ou de mes nerfs, et je n'arrive pas à me calmer avant d'avoir bu une tasse de thé sucré. Quand je vois les hommes fumer leur pipe, je les envie : c'est encore quelque chose de chaud et de réconfortant que j'accueillerais avec plaisir, un tuyau de bois de rose à serrer entre mes dents qui claquent.

« Elle avait l'air haute, dehors », dit Moody après avoir terminé le whisky.

Parker hoche la tête. « Plus elle s'épaissira, plus on aura chaud à l'intérieur.

— Voilà une idée sympa, dis-je. On sera bien au chaud au moment où on sera asphyxiés.

— On peut facilement creuser la neige pour sortir », répond Parker en souriant.

Je lui souris à mon tour, étonnée de le voir ainsi amusé, mais comme quelques détails me ramènent au rêve que j'étais en train de faire quand je me suis réveillée, je cache mon visage derrière ma tasse. Ce n'est pas que je me souvienne exactement de ce dont j'ai rêvé, mais la sensation qui accompagnait le rêve me submerge soudain avec une étrange chaleur et me force à tourner la tête comme pour tousser – car je ne veux pas que les hommes puissent voir mes joues rougir dans l'obscurité.

Vers la fin de la matinée, la tempête s'est presque calmée. Quand je me réveille de nouveau, il fait clair et un peu plus de neige s'est accumulée dans les coins de notre abri et dans les espaces qui nous séparent. Sortant non sans mal de la tente, j'émerge dans un jour encore gris et balayé par un grand vent, mais qui me paraît splendide après la nuit que nous venons de passer. Notre tente est à moitié ensevelie par une congère d'un mètre de haut, et le poste en général semble très différent sous sa couverture de neige ; d'une certaine façon il est plus accueillant, moins menaçant. Il me faut quelques minutes pour me rendre compte qu'en dépit de ce que nous avait assuré Parker une partie du mur s'est bien effondrée sous les rafales de vent de la nuit, mais sans nous mettre en danger. J'essaye de ne pas penser à ce qui se serait passé si nous avions placé notre abri six mètres un peu plus à l'est. Nous ne l'avons pas fait, c'est ce qui compte.

Dans un premier temps, je crains que les chiens n'aient disparu, ensevelis pour de bon. Je cherche mais je ne vois aucune trace d'eux alors que d'habitude ils aboient à s'en déchirer le gosier pour qu'on leur donne à manger. Puis Parker ressurgit de je ne sais où, muni d'un long bâton qu'il plonge dans les congères tout en appelant ses chiens. Il pousse les étranges petits cris aigus avec lesquels il a l'habitude de communiquer avec eux. Soudain, une sorte d'explosion se produit près de lui, et Sisco jaillit d'un grand tas de neige, suivi de Lucie. Ils sautent sur Parker en aboyant furieusement et en tortillant leur corps tout entier. Parker les caresse brièvement. Il doit être soulagé de les voir : normalement, il ne les touche jamais, mais à présent il sourit et semble vraiment ravi. Je ne l'ai jamais vu me sourire ainsi. Ni à personne d'autre, bien entendu.

Je m'approche de Moody, qui s'emploie maladroitement à ranger les affaires de la tente. « Laissez-moi faire.

— Oh, vous voulez bien, madame Ross ? Merci. Vous me voyez tout honteux. Comment allez-vous, ce matin ?

— Je suis soulagée. Merci de vous en enquérir.

— Moi aussi. C'était une nuit intéressante, n'est-ce pas ? »

Il sourit et il a l'air presque malicieux. Lui aussi semble avoir bon moral, ce matin. Il se peut que nous ayons tous été plus effrayés, pendant la nuit, que nous ne voulions le laisser paraître.

Plus tard, alors qu'à nouveau nous sommes en route vers le nord-est, même si nous avons du mal à nous déplacer dans une couche de neige de trente centimètres tassée par le vent, nous marchons très près les uns des autres. Parker règle son pas sur le nôtre comme si nous étions trois personnes qui se réconfortent mutuellement.

Il y a de l'insistance dans la voix d'Espen.

« Line, il faut que je te parle. »

Line essaye de calmer les soubresauts de son cœur quand elle l'entend prononcer son nom. Ils n'ont pas échangé une seule parole depuis plusieurs jours.

« Comment ça ? Je croyais que ta femme avait trop de soupçons. »

Il a un regard si implorant qu'elle en pleurerait presque de joie.

« J'en peux plus. Ça fait des jours que tu ne me regardes même pas. Je compte si peu que ça pour toi ? Est-ce que tu as eu seulement une pensée pour moi ? »

Line cède en souriant. Il la prend dans ses bras et la plie contre lui, la presse contre son corps, lui embrasse le visage, la bouche, le cou. Puis il l'entraîne avec lui, ouvre une porte – elle mène à un placard qui sert de réserve – et la referme derrière eux.

Tandis qu'elle lutte avec les vêtements dans le noir absolu du placard, pressée contre des piles de savon et un objet qui semble être un balai, Line est secouée par une vision incohérente. Comme si l'absence de lumière les innocentait. Elle n'arrive même plus à savoir qui se trouve là avec elle. Ça doit être pareil pour lui – il pourrait s'agir de n'importe quel homme et de n'importe quelle femme, n'importe où. À Toronto, par exemple. C'est alors que lui apparaît enfin clairement ce qu'elle va faire.

Line décolle sa bouche de la peau d'Espen juste assez longtemps pour dire : « Je peux plus rester ici. Je vais partir. Dès que je pourrai. »

Espen se recule. Dans cette obscurité, Line ne perçoit que sa respiration ; elle ne peut pas voir son visage.

« Non, Line. Je ne supporterais pas d'être sans toi. Si on reste prudents, personne ne le saura. »

Line sent le rouleau de billets dans sa poche, et elle est remplie de son pouvoir. « J'ai de l'argent.

— Comment ça, tu as de l'argent ? »

Espen n'a jamais eu d'argent de toute sa vie. Il a toujours vécu au jour le jour jusqu'à ce qu'il vienne travailler à la construction d'Himmelvanger où il est resté. Line sourit secrètement.

« J'ai quarante dollars. Des dollars yankees.

— Quoi ?

— Personne ne le sait à part toi.

— Comment tu les as eus ?

— C'est un secret ! »

Le visage d'Espen se fend d'un sourire incrédule. Line s'en rend compte : ses mains le sentent trembler de rire.

« Nous prendrons deux des chevaux. Il ne nous faudra que trois jours pour arriver à Caulfield. On n'aura qu'à mettre tous nos vêtements sur nous et les enfants derrière. Puis on prendra un vapeur jusqu'à Toronto... ou Chicago. N'importe où. J'ai assez d'argent pour qu'on loue une maison pendant qu'on cherche du travail. »

Espen semble être un peu effrayé. « Mais, Line, on est en plein hiver. Est-ce qu'il ne vaudrait pas mieux attendre le printemps – surtout avec les enfants ? »

Line sent en elle un mouvement d'impatience. « Il ne neige même pas – il fait chaud, pratiquement ! Qu'est-ce que tu veux attendre ? »

Espen soupire. « Et puis, quand tu dis "les enfants", tu veux parler de Torbin et d'Anna, pas vrai ? »

Line s'y est préparée. C'est entièrement de la faute de Merete, en fait. Si seulement elle était morte ! Elle ne sert à rien, et en plus personne ne l'aime, pas même Per, qui est censé aimer tout le monde.

« Je sais que c'est dur, mon chéri, mais on peut pas emmener tous les enfants avec nous. Peut-être plus tard, quand nous aurons une maison, tu pourras retourner les chercher, hein ? »

En son for intérieur, elle estime que c'est peu probable. Elle ne peut pas s'imaginer Merete, ni Per, d'ailleurs, permettre à Espen d'emmener les enfants pour qu'ils aillent vivre avec sa pouffiasse. Mais Espen adore ses trois enfants.

« Nous pourrons être de nouveau tous ensemble dans peu de temps. Mais pour l'instant… Il faut que je parte tout de suite. Je peux pas rester.

— Pourquoi es-tu si pressée ? »

C'est la carte maîtresse de Line, et elle va la jouer soigneusement. « Eh bien, c'est que je suis presque sûre… non, je suis certaine que j'attends un enfant. »

Silence total dans le placard. Bon sang, se dit Line, qu'il ne fasse pas comme s'il ne savait pas comment arrive ce genre de chose !

« Comment est-ce possible ? On a fait tellement attention !

— Eh bien… On n'a pas fait attention tout le temps. » Et même, ç'aurait pu se produire bien plus tôt, se dit-elle, si je l'avais laissé faire à sa guise. « Tu ne m'en veux pas, quand même, hein, Espen ?

— Non. Je t'aime, mais c'est que je préférerais…

— Je sais. C'est la raison pour laquelle je peux pas attendre le printemps. Bientôt, les autres vont commencer à s'en apercevoir. Là… » Elle prend la main d'Espen et la glisse sous sa ceinture.

« Oh, Line…

— Donc, il faut que nous partions, d'accord ? Avant que la neige soit là pour de bon. Sinon… »

Sinon, ce qui se passerait est impensable.

Vers la fin du même après-midi, Line se rend dans la chambre du garçon. Elle attend de voir Jacob sortir et disparaître dans les écuries avant d'entrer. La clé est restée sur le côté extérieur de la porte – maintenant que Moody est parti, plus personne n'est plus très strict sur la fermeture de cette porte.

En la voyant entrer, Francis lève des yeux étonnés. La dernière fois qu'elle s'est retrouvée seule avec lui, ici, c'était avant l'arrivée de sa mère – le jour où elle a essayé de l'embrasser et où il lui a donné l'argent. Rien que d'y penser la fait encore rougir. Francis porte ses propres vêtements et il est installé dans un fauteuil près de la fenêtre. Il tient un morceau de bois qu'il taille avec un couteau. Line est stupéfaite : elle se le représentait encore au lit, pâle et faible.

« Oh, dit-elle sans pouvoir s'en empêcher. Vous êtes levé.

— Oui, je vais bien mieux. Jacob a même assez confiance pour me prêter son couteau. » Il gesticule avec le couteau et sourit à Line. « Vous n'avez rien à craindre.

— Vous arrivez à marcher, maintenant ?

— Je me déplace assez bien, avec la béquille.

— C'est bien.

— Vous allez bien ? Ou plutôt : est-ce que les choses se passent bien de l'autre côté de cette porte ? » Il paraît inquiet.

« Oui... En fait, non, pas tellement. Je suis venue vous demander quelque chose. J'ai besoin de votre aide. Sur votre trajet depuis Caulfield... Vous me promettez de ne rien dire ? Pas même à Jacob ? »

Il la fixe, surpris. « Bon, d'accord.

— Je vais m'en aller. Il faut que je parte tout de suite avant que la neige revienne. Nous allons prendre des chevaux et partir vers le sud. Il faut que vous m'indiquiez le chemin. »

Francis a l'air très étonné. « Le chemin pour aller à Caulfield ? »

Elle fait oui de la tête.

« Mais s'il neige pendant que vous êtes en route ?

— Votre mère l'a bien fait. Dans la neige. À cheval, ça ne peut pas être si dur que ça.

— Vous voulez dire que vous y allez avec vos enfants ?

— Oui. » Elle garde la tête haute bien qu'elle sente la rougeur gagner son cou et monter jusqu'à ses cheveux. Francis tourne la tête : il cherche un endroit où poser le morceau de bois et le couteau. Et maintenant j'ai provoqué ta gêne une fois de plus, se dit-elle en sortant le crayon et la feuille de papier qu'elle a apportés. Oh, tant pis, il y a des choses auxquelles on ne peut rien. Ce n'est pas comme si tu risquais d'être jaloux.

LE MAGISTRAT VENU DE ST PIERRE EST ASSIS EN FACE DE KNOX dans sa chambre-prison, et il pousse un soupir. C'est un vieillard d'au moins soixante-dix ans, trapu, aux yeux laiteux prisonniers de gros verres qui paraissent trop lourd pour son nez délicat.

Il jette un coup d'œil sur ses notes. « Si je vous comprends bien, vous avez dit que vous ne pouviez pas "accepter la brutalité des tentatives de Mackinley pour obtenir par la force des aveux de William Parker" et que vous l'avez donc laissé partir.

— Nous n'avions aucun motif pour le détenir.

— Mais M. Mackinley déclare qu'il était incapable de donner des précisions sur l'endroit où il se trouvait pendant la période en question.

— Il en a donné. Il n'y avait personne pour appuyer ses dires, mais ça ne vous étonnera pas, chez un trappeur.

— En outre, M. Mackinley a déclaré que le prisonnier l'avait attaqué. Toutes les violences subies par le détenu ont été infligées en légitime défense.

— Mackinley n'avait pas une égratignure. D'ailleurs, s'il avait été attaqué, il l'aurait claironné partout. J'ai vu le prisonnier. Il avait subi une agression brutale. Je savais qu'il disait la vérité.

— Hmm. Il y a un certain William Parker que je connais bien. Peut-être savez-vous que ledit William Parker a des antécédents, qu'il a agressé des employés de la Compagnie de la baie d'Hudson ? »

Oh, non, pense Knox.

« Ça date de quelque temps, mais on l'a soupçonné d'une agression assez grave. Vous voyez, si vous aviez juste attendu un petit peu, tout cela aurait pu être mis au jour.

— Je persiste à croire que ce n'est pas le meurtrier que nous cherchons. Ce n'est pas parce que quelqu'un a commis une faute – il y a quelque temps – qu'il en a commis une autre.

— C'est vrai. Mais si la violence est dans sa nature, il est probable que cette tendance se manifestera à maintes occasions. Un homme n'est pas à la fois violent et paisible.

— Je ne suis pas certain d'être de votre avis. Surtout si l'acte violent a été commis dans sa jeunesse.

— Non. Bien. Et il y a un autre suspect qui est encore en liberté ?

— Je ne dirais pas vraiment les choses comme ça. J'ai envoyé deux hommes à la recherche d'un adolescent d'ici qui a disparu à peu près au même moment que le meurtre. Ils ne sont pas encore rentrés. »

Mais qu'est-ce qu'ils foutent ? se demande-t-il. Ça fait presque deux semaines.

« Il paraît que la mère de ce garçon a disparu elle aussi ?

— Elle est partie à la recherche de son fils.

— Très bien. » Il décroche les lunettes qui ont imprimé deux marques rouges sur l'arête de son nez, arête qu'il frotte entre le pouce et un autre doigt. Le regard qu'il lance à Knox signifie clairement : dans quel épouvantable désordre vous avez mis ce village ?

« Qu'est-ce que vous comptez faire de moi ? »

Le magistrat de St Pierre secoue la tête. « Tout cela n'est pas du tout régulier. » Sa tête continue à dodeliner comme si, une fois lancé, le mouvement se perpétuait tout seul. « Pas du tout régulier. J'ai beaucoup de mal à savoir quoi penser, monsieur Knox. Mais je suppose qu'en attendant nous pouvons vous faire assez confiance pour vous renvoyer chez vous. Du moment que vous ne… – ha, ha ! –… sortez pas du pays.

— Ha, ha ! Non, je ne crois pas que je vais tenter de sortir du pays. » Knox se lève, refusant de rendre au juge son sourire sans joie. Il se rend compte qu'il domine l'autre magistrat d'au moins trente centimètres.

Rendu à la liberté, Knox se trouve étrangement peu enclin à rentrer tout de suite chez lui. Il marque une pause sur le palier, et, impulsivement, frappe à la porte de la chambre de Sturrock. Au bout de quelques secondes, elle s'ouvre.

« Monsieur Knox ! Quel bonheur de vous voir de nouveau en liberté – du moins je suppose. Vous ne vous êtes pas échappé ?

— Non. Je suis libre, en tout cas pour le moment. Je me sens comme un homme neuf. »

Malgré son sourire et le ton blagueur qu'il a pris, il n'est pas certain que Sturrock se rende compte qu'il plaisante. Il n'a jamais été doué pour les plaisanteries, même quand il était jeune – cela doit tenir à l'aspect sévère de son visage, soupçonne-t-il. À l'époque où il était jeune avocat, il s'était rendu compte que les sentiments qu'il suscitait le plus souvent chez les autres étaient l'inquiétude et une sorte de culpabilité a priori. Ça n'a pas toujours été inutile.

« Entrez. » Sturrock l'introduit dans la chambre comme s'il souhaitait voir Knox plus que toute autre personne au monde. Knox se permet d'en être flatté et accepte un verre de whisky.

« Eh bien, sa-ânté !

— Sa-ânté ! Je regrette que ce ne soit pas un pur malt, mais c'est ainsi… Maintenant, dites-moi, comment avez-vous trouvé la nuit que vous avez passée derrière les barreaux ?

— Ah, vous savez…

— J'aimerais pouvoir dire que c'est un plaisir que je n'ai jamais goûté, mais malheureusement ce n'est pas le cas. Il y a longtemps, dans l'Illinois. Mais comme là-bas presque tout le monde est considéré comme un criminel, je me suis retrouvé en très bonne compagnie… »

Ils parlent quelque temps, à l'aise l'un avec l'autre. Le niveau de la bouteille baisse à mesure que la fenêtre s'obscurcit. Knox regarde le ciel, et ce qu'il peut en voir au-dessus des toits est noir et lourd – encore du mauvais temps à venir. En bas, une petite silhouette traverse précipitamment la rue en diagonale pour rejoindre la boutique au-dessous d'eux. Il ne peut pas voir qui c'est. Il pense qu'il va se remettre à neiger.

« Alors, vous restez ici en attendant le retour du garçon ?

— Je crois bien, oui. »

Une longue pause suit ; le whisky est terminé. Ils pensent tous les deux à la même chose.

« Vous devez faire grand cas de ce… de cet os. »

Sturrock lui jette de biais un regard calculateur. « Oui, sans doute. »

LE SOIR DU SIXIÈME JOUR, ils entrevoient pour la première fois leur destination. Donald est à la traîne – comme il a les pieds en charpie, même Mme Ross marche plus vite que lui. Impossible pour lui d'abandonner totalement ces bottes dignes du purgatoire, et malgré les bandes qui enveloppent ses pieds, chaque pas est une torture. En outre – mais il n'en a rien dit aux autres –, sa cicatrice a recommencé à lui faire mal. La veille, parvenu à la conclusion qu'elle s'était rouverte, il avait prétexté un arrêt pour un besoin personnel et déboutonné sa chemise pour vérifier. La cicatrice était intacte, mais gonflée, et il en coulait un peu de liquide clair. Il l'a touchée avec inquiétude afin de déterminer la provenance de ce liquide – sans doute un effet de cet épuisant voyage ; quand ils s'arrêteront, tout se rétablira.

Et donc, apercevoir au loin le poste de traite – dont il a même mis en doute l'existence lors de moments de stress – le fait jubiler. En cet instant, Donald ne peut penser à rien de plus merveilleux que de s'allonger sur un lit et d'y rester longtemps. Manifestement, conclut-il gaiement, le secret du bonheur est une variation sur le principe général consistant à se cogner répétitivement la tête contre un mur et puis de cesser.

Hanover House s'élève sur une éminence entourée de trois côtés par une rivière. Des arbres sont blottis derrière – les premiers qu'ils aient vus depuis plusieurs jours : des bouleaux tordus et rabougris, ainsi que des mélèzes laricins. Certes, ils ne dépassent pas la taille d'un homme, mais ce sont des arbres quand même. La rivière, lente et étale, n'a pas gelé car il ne fait pas encore assez froid, mais elle est noire à l'intérieur de berges blanches. Alors qu'ils arrivent tout près et qu'aucun signe n'indique qu'on les ait vus, Donald se sent rongé par une peur – celle de n'y trouver absolument personne.

Ce comptoir est construit sur un plan analogue à celui de Fort Edgar, mais il est manifestement beaucoup plus ancien. La palissade penche ; les assauts répétés du mauvais temps ont rendu les bâtiments grisâtres, peu nets. L'ensemble paraît délabré. Même si on a essayé de le restaurer, son air parle d'abandon. Donald en connaît vaguement la raison. Actuellement, la Compagnie opère en plein Bouclier canadien au sud de la baie d'Hudson. Jadis, cette région était une source importante de fourrures pour la Compagnie, mais c'était il y a longtemps. Hanover House fait figure de relique, de gloire passée, de vestige. Pourtant, à l'extérieur de la clôture, on voit un cercle de petits canons dirigés vers la plaine, et, une fois le blizzard passé, quelqu'un a pris la peine de les débarrasser de la neige. Ces silhouettes trapues et noires qui se détachent avec tant de sévérité contre la neige sont le seul indice d'une activité humaine.

Le portail de la palissade est entrouvert et l'on remarque ici et là des traces humaines. Bien que les trois visiteurs et le traîneau aient sans doute été visibles depuis plus d'une heure sur cette neige, personne ne vient les accueillir.

« Ça m'a l'air désert », lance Donald en regardant Parker pour avoir une confirmation. Sans répondre, Parker pousse le portail, qui se coince au bout de quelques centimètres à cause de la neige amoncelée derrière. À l'intérieur, la cour n'a pas été dégagée – cette négligence serait un crime affreux, à Fort Edgar.

« Êtes-vous sûr que nous soyons au bon endroit ? » demande Donald qui, tout de suite après, se laisse tomber au sol pour s'arracher d'abord une botte puis l'autre. Il ne peut pas supporter une seconde de plus les douleurs qu'elles lui infligent.

« Oui, dit Parker.

— On l'a peut-être abandonné, dit Donald en parcourant des yeux la cour désolée.

— Non, on l'a pas abandonné. » Le regard de Parker est dirigé vers une mince volute de fumée : elle sort de derrière un entrepôt de faible hauteur. La fumée a la même couleur que le ciel. Donald se lève péniblement – un effort surhumain – et fait quelques mètres en titubant.

Puis quelqu'un apparaît à l'angle d'un bâtiment et s'arrête net : un homme de haute taille, à la peau sombre, avec des épaules puissantes et de longs cheveux en désordre. Malgré le vent glacial, il ne porte qu'un maillot de corps en flanelle assez informe et ouvert à la taille. Il dévisage ses visiteurs bouche bée, avec un air de morne incompréhension, et son grand corps semble mou, apparemment insensible au froid. Mme Ross le regarde elle aussi fixement, comme si elle venait de voir un fantôme. Parker commence à lui dire qu'ils viennent de loin, que Donald travaille pour la Compagnie, mais avant même qu'il ait fini l'homme se retourne et repart dans la direction d'où il est venu, laissant Parker au milieu de sa phrase. Celui-ci se tourne vers Mme Ross et hausse les épaules. Donald entend Mme Ross chuchoter à Parker : « Je crois que cet homme est ivre », et il sourit tout seul d'un air sinistre. Manifestement, elle n'a guère l'expérience des passe-temps hivernaux dans un comptoir tranquille.

« Est-ce que nous devons le suivre ? » demande Mme Ross. Comme d'habitude, elle s'adresse à Parker tandis que Donald clopine jusqu'à eux. Il a les pieds gelés, mais, Dieu soit loué, la douleur est partie. Puisqu'on est dans un poste de la Compagnie, il a le sentiment de devoir prendre les choses en main.

« Je suis sûr que quelqu'un va sortir dans un instant. Vous savez, madame Ross, dans un comptoir, surtout quand il est aussi isolé que celui-ci, pendant l'hiver, les hommes ont tendance à user de tous les réconforts possibles pour tuer le temps. »

Les chiens qu'on a laissés dans leur harnais devant le portail se mettent à aboyer et à s'exciter furieusement. On dirait qu'ils ne peuvent pas rester tranquilles sans se battre. En cet instant, par exemple, on les croirait engagés dans un combat à mort. Parker revient jusqu'à eux et leur hurle dessus en les cinglant de coups de bâton – une tactique désagréable à voir mais efficace. Au bout de deux ou trois minutes, on entend des pas dans la neige et un autre homme apparaît en effet à l'angle. Cette fois, au grand soulagement de Donald, c'est un Blanc. À peine plus âgé que Donald, il a un visage inquiet et pâle ainsi que des cheveux roux tout ébouriffés. Il paraît stressé mais à jeun.

« Non mais ! lance-t-il avec une irritation évidente. C'est donc vrai…

— Bonjour ! » Donald est encore plus réconforté d'avoir entendu un accent écossais.

« Eh bien… bienvenue. » L'homme se ressaisit un peu. « Excusez-moi, il y a si longtemps que nous n'avons pas eu de visiteurs, et en hiver… C'est extraordinaire. J'en ai oublié ma politesse…

— Donald Moody, comptable de la Compagnie à Fort Edgar, dit Donald en vacillant et en tendant la main.

— Ah, monsieur Moody. Euh, Nesbit. Frank Nesbit, agent adjoint. »

Donald est troublé un instant par le titre « agent adjoint » dont il n'a jamais entendu parler, mais il a encore assez de présence d'esprit pour faire un grand geste en direction de Mme Ross. « Voici Mme Ross, et lui c'est... » À ce moment-là, Parker réapparaît dans l'ouverture du portail, et il a l'air menaçant, avec son gros bâton. « ... euh, Parker, qui nous a guidés jusqu'ici. »

Nesbit leur serre la main avant de baisser les yeux sur les pieds de Donald, qu'il regarde avec horreur. « Oh ! là, là, ces pieds ! Vous n'avez pas de bottes ?

— Si, mais comme elles me causaient une certaine gêne, je les ai enlevées là-bas... Ce n'est rien, en fait, vraiment. Juste des ampoules, voyez-vous... »

Éprouvant alors une agréable sensation de vertige, Donald ne sait pas s'il ne va pas tomber. Nesbit ne manifeste aucune envie de les conduire à l'intérieur, bien que la nuit soit presque tombée et qu'il gèle fort. Il semble nerveux, agité, et se demande à voix haute s'il peut leur proposer les chambres d'amis, car elles sont terriblement mal entretenues, ou s'il va devoir quitter son propre logement... À la fin, après avoir tergiversé pendant un temps qui, pour Moody, semble être des heures, et pendant lequel ses pieds, déjà froids, ont perdu toute sensation, Nesbit les conduit autour de la maison et les fait entrer par une porte. Il les mène le long d'un couloir non éclairé et ouvre la porte d'une grande pièce sans chauffage.

« Ayez donc l'obligeance d'attendre ici un instant. Je vais chercher quelqu'un qui allumera le feu et vous apportera quelque chose de chaud. Excusez-moi... »

Et Nesbit se retire en claquant la porte derrière lui. Donald clopine jusqu'à la cheminée vide et se laisse tomber sur un fauteuil placé à côté.

Parker disparaît après avoir déclaré qu'il doit s'occuper des chiens. Donald pense à Fort Edgar, où les visiteurs sont toujours prétexte à réjouissances et sont traités comme des rois. Il se peut que la moitié de l'équipe, ici, ait déserté ; il remarque que la cheminée est extrêmement sale, puis il succombe à la fatigue qui n'attendait que de s'emparer de lui et qui maintenant lui ferme les yeux comme avec des doigts de velours.

« Monsieur Moody ! »

C'est une voix si brusque qu'elle l'oblige à rouvrir les yeux.

« Hmm ? Oui, madame Ross ?

— Ne mentionnons pas la raison pour laquelle nous sommes ici. Pas ce soir. Voyons d'abord comment les choses se passent. Ne risquons pas de les mettre sur leurs gardes.

— Comme vous voulez. » Il referme les yeux. Il ne peut pas s'imaginer poursuivre une conversation cohérente avant d'avoir un peu dormi. Rien que d'être hors de ce froid vif et cinglant est un vrai bonheur.

Il ferme les yeux pendant ce qui lui semble ne durer qu'un instant, mais quand il les ouvre de nouveau, Mme Ross n'est nulle part en vue. La fenêtre est devenue noire, et il n'a aucune idée de l'heure qu'il est. Mais être là au chaud est un tel luxe qu'il lui est impossible de se forcer à bouger. Si seulement il y avait un lit, ça lui donnerait une raison de se déplacer. Puis, à travers sa monumentale fatigue, il se rend compte de la présence de quelqu'un. Se retournant, il voit une métisse qui a apporté un bol d'eau et des bandages. Elle lui fait un signe de tête et s'assoit par terre à ses pieds, puis elle commence à défaire le linge où le sang a formé des croûtes.

« Oh, merci. » Donald se sent un peu gêné par ces soins et par l'état dégoûtant de ses bandages. Il essaye de réprimer un bâillement à se décrocher la mâchoire – en vain. « Je m'appelle... Donald Moody, comptable de la Compagnie à Fort Edgar. Et vous-même ?

— Elizabeth Bird. »

Elle le regarde à peine, trop occupée à nettoyer les plaies de ses pieds. Donald laisse sa tête dodeliner contre le dossier du fauteuil, heureux de ne pas parler et même de ne pas penser. Ses obligations peuvent attendre demain. Et jusque-là, au rythme des mains de cette femme au teint sombre qui lui essuie les pieds, il peut dormir, dormir, dormir.

LA COUR EST PLONGÉE DANS UNE OBSCURITÉ TOTALE et je n'entends aucun aboiement de chiens, ce qui me paraît bizarre. Normalement, quand des chiens arrivent quelque part, ils suscitent un concert furieux d'aboiements et des grognements, mais c'est le silence qui nous a accueillis ici. J'appelle Parker. Un tourbillon me fouette et quelques flocons de neige me cinglent le visage. Comme personne ne répond, je suis brusquement prise de peur ; maintenant que nous sommes arrivés, il est peut-être retourné à ses occupations. Juste au moment où je sens des pleurs me picoter le fond des yeux, quelqu'un ouvre une porte à ma gauche et répand un rectangle de lumière sur la neige. J'entends alors une discussion haletante, aux accents insistants, et la voix de Nesbit.

« T'as intérêt à rien dire sur lui, sinon tu vas la sentir, celle-là. D'ailleurs, le mieux serait que tu restes entièrement en dehors de tout ça ! »

L'autre voix, celle qui lui fait des reproches, n'est pas distincte – sauf que c'est celle d'une femme. Sans bien réfléchir, je me suis enfoncée dans l'ombre d'un avant-toit. Mais, de là, je n'entends plus rien jusqu'à ce que Nesbit termine cette dispute, si c'en est une, en lançant d'un ton grincheux : « Oh, bon sang, fais-en à ta tête, alors. Mais tu verras quand il sera de retour ! »

La porte se referme en claquant et Nesbit s'engage dans la cour. Il passe ses doigts dans ses cheveux, ce qui ne les remet certes pas en ordre. J'ouvre la porte derrière moi, puis je la referme avant de m'avancer dans la cour pour aller à la rencontre de Nesbit comme si je venais de sortir.

« Oh, monsieur Nesbit, vous voilà donc...

— Ah, madame... » Il s'arrête net, sa main à la recherche de quelque chose dans l'air.

« Ross.

— Madame Ross, bien sûr. Pardonnez-moi. J'étais juste... » Il lance un petit rire. « Je m'excuse de vous avoir abandonnée. Personne n'est venu allumer le feu. J'espère que vous nous pardonnerez ce moment. Je crains que nous ne soyons un peu dépourvus de personnel, et, en cette période de l'année...

— Vous n'avez pas besoin de vous excuser. Nous nous sommes imposés sans prévenir.

— Pas du tout. Ne parlez pas de vous imposer. La Compagnie est fière de son hospitalité et tout... Vous êtes plus que bienvenue, je vous l'assure. » Il me sourit comme s'il devait faire un effort. « J'espère que vous viendrez dîner avec moi... ainsi que M. Moody et M. Parker, bien sûr.

— M. Moody dormait quand je suis sortie. J'ai peur qu'il n'ait beaucoup souffert de ses ampoules.

— Et pas vous ? Je dois dire que c'est remarquable. D'où venez-vous, déjà ?

— Ne pourrions-nous pas rentrer ? Il fait si froid... »

Je ne suis pas sûre de la manière d'aborder ce sujet. J'aurais voulu en discuter avec Parker, mais il a disparu. Je suis Nesbit le long d'un autre couloir où donnent, me semble-t-il, de nombreuses portes, et nous arrivons à une petite pièce chauffée par un feu qui brûle dans l'âtre. Au centre se trouvent une table à abattants et deux chaises. Punaisées au mur, des images en couleurs, découpées dans des magazines, représentent des chevaux de course et des boxeurs.

« Je vous en prie, asseyez-vous. Il fait un peu plus chaud, ici, pas vrai ? Rien ne vaut un bon feu, dans cet endroit pourri... »

Soudain, sans prévenir, il sort de la pièce, me laissant là à me demander ce qui vient de se passer. Je n'ai même pas ouvert la bouche.

Parmi les boxeurs et les chevaux je remarque deux belles estampes, et je vois aussi que le mobilier est de bonne facture – importé, pas fabriqué ici. La table en acajou est lustrée par l'usage et par les ans. Les chaises sont en bois d'arbre fruitier et dotées de dossiers en forme de lyre ; elles pourraient être italiennes. Au-dessus du feu est suspendu un luxueux cadre doré représentant une petite scène de chasse – un tableau sombre où brillent les tuniques rouges des chasseurs. Sur la table sont disposés des verres en cristal épais décorés d'oiseaux finement gravés. Quelqu'un, ici, témoigne d'un certain goût et d'une culture, mais j'ai l'impression que ce n'est pas Nesbit.

Celui-ci entre brusquement dans la pièce en portant une autre chaise. « Voyez-vous, dit-il en parlant comme s'il n'était même pas sorti, normalement nous ne sommes que tous les deux - les deux officiers, je veux dire -, et donc nous sommes vraiment au calme. J'ai commandé un souper, par conséquent… Ah ah, évidemment ! » Là-dessus, il saute sur ses pieds alors qu'il venait tout juste de s'asseoir. « Je suppose que vous aimeriez un verre de cognac. Nous en avons du bon. Je l'ai rapporté moi-même de Kingston, il y a deux ans de ça, pendant l'été.

— Rien qu'un petit verre. Si j'en prends plus, j'ai peur de m'endormir sur-le-champ. » Ce qui est vrai. La chaleur s'insinue dans mes membres pour la première fois depuis plusieurs jours et mes yeux en deviennent lourds.

Il verse deux verres en se donnant beaucoup de mal pour parvenir au même niveau dans les deux, puis il m'en tend un.

« Eh bien, santé ! Qu'est-ce qui vous amène donc ici, vous et vos amis ? Qu'est-ce qui nous vaut ce plaisir aussi inattendu que bienvenu ? »

Je pose prudemment mon verre. Ce qui m'embête, c'est que nous n'ayons pas eu le temps de mettre notre histoire au point avant d'arriver. Ou plutôt, ce n'est pas que le temps nous a manqué, puisque nous avions six jours, mais pour une raison ou une autre nous n'avons jamais trouvé le bon moment pour en parler. Je répète une fois de plus mon histoire dans ma tête pour en déceler les faiblesses. J'espère que Moody ne va pas se réveiller avant longtemps.

« Nous venons d'Himmelvanger. Vous connaissez cet endroit ? »

Nesbit me fixe intensément de ses yeux marron. « Non, non, je ne pense pas.

— C'est là qu'habite un groupe de luthériens. Des Norvégiens. Ils essayent de bâtir une communauté où ils pourront mener des vies vertueuses sous le regard de Dieu.

— Admirable. »

Les doigts de sa main droite n'arrêtent pas de tripoter un bout de crayon. Ils le lancent en avant puis en arrière, le font tourner, s'en servent pour tambouriner légèrement sur la table. Soudain une lueur se fait dans ma tête. Du laudanum, ou peut-être de la strychnine. Dieu seul sait quels malheurs l'ont poussé jusqu'ici, loin des pharmaciens et des médecins.

« Nous avons entrepris ce voyage parce que… » Puis je m'arrête et je soupire lourdement. « C'est pénible pour moi d'en parler. Parce que mon fils s'est enfui de chez nous. La dernière fois qu'il a été vu, c'était à Himmelvanger d'où des traces partaient vers ici. »

« Vers ici ? Et elles arrivaient jusqu'ici ?

— Apparemment, bien qu'après cette tempête de neige nous n'ayons pas de certitude.

— Non. » Il hoche la tête d'un air songeur.

« Mais M. Parker a estimé que c'était l'endroit le plus probable. Il n'y a pas beaucoup d'habitations, me semble-t-il, dans cette partie du pays - en fait, très peu.

— En effet. Nous sommes très isolés. Et votre fils… il est très jeune ?

— Dix-sept ans, dis-je en baissant les yeux. Vous comprenez pourquoi je suis inquiète.

— Oui, bien sûr. Et M. Moody… ?

— M. Moody nous a gentiment proposé de nous accompagner parce que nous nous rendions à un comptoir de la Compagnie. Je crois qu'il a envie de faire la connaissance de votre agent.

— Ah, oui, j'en suis sûr… Eh bien, M. Stewart est parti pour un petit voyage, mais il devrait rentrer demain ou peu après.

— Vous avez des voisins ?

— Non. Il est parti à la chasse. C'est une de ses passions. »

Nesbit a déjà vidé son verre et le remplit de nouveau. Je sirote le mien. « Donc… avez-vous vu ou entendu parler d'un inconnu ?

— Hélas, non. Absolument pas. Mais il se peut qu'il ait rencontré un groupe d'Indiens ou des trappeurs… Il y a toutes sortes de gens qui vont et viennent. C'est étonnant, même en hiver, de voir combien de gens vadrouillent par ici. »

Je soupire de nouveau et prends un air déprimé, ce qui ne me coûte guère. Il soulève mon verre et le remplit.

La porte s'ouvre et une Indienne de petite taille, large d'épaules et d'âge indéterminé, entre en portant un plateau.

« L'autre homme, dit-elle en jetant un regard mauvais à Nesbit, il veut dormir.

— Bon, Norah, c'est très bien. Posez-le… merci. Pourriez-vous essayer de voir où se trouve l'autre visiteur ? »

Il y a un soupçon de sarcasme dans la voix de Nesbit. La femme laisse bruyamment tomber le plateau sur la table.

Avec un panache maladroit, Nesbit découvre le plateau et me sert une tranche de viande d'orignal accompagnée d'un hachis à base de blé. C'est un plat normalement bon, et bien anglais, mais la viande est vieille et pleine de nerfs, guère meilleure que ce que nous avons mangé en chemin. J'ai du mal à garder les yeux ouverts et l'esprit en éveil. Nesbit mange peu mais boit sans discontinuer et donc, fort heureusement, il n'est guère perspicace. Je ressens de manière urgente le besoin de le faire parler tout de suite, ce soir, tant qu'il n'a aucune raison d'avoir des soupçons.

« Alors, qui habite ici ? Vous formez un groupe important ?

— Oh, certainement pas ! Notre équipe est minuscule. Ce coin n'est plus exactement le cœur du pays de la fourrure. Plus maintenant. » Son sourire est amer, mais je ne crois pas que ce soit à cause d'une ambition personnelle frustrée. « Il y a l'agent, M. Stewart, un homme d'une qualité comme on en rencontre rarement. Ensuite, il y a votre humble serviteur qui sert de bonne à tout faire… ! dit-il en esquissant une courbette sardonique. Et puis il y a plusieurs métis et des familles autochtones autour de cet endroit.

— Donc, cette personne qui est entrée ici, Norah, c'est la femme d'un de vos hommes ?

— Exact. » Nesbit avale une gorgée de cognac.

« Et que font les voyageurs de la Compagnie, en hiver ? » Je songe à l'homme à moitié habillé que nous avons vu dans la cour. Il tenait à peine debout. Nesbit semble lire dans mes pensées.

« Ah, eh bien, quand il n'y a pas grand-chose à faire, comme en ce moment, j'ai bien peur qu'ils ne… succombent aux tentations. L'hiver est très long. »

Ses yeux ne semblent plus se fixer, et, en plus d'être injectés de sang, ils ont pris un aspect vitreux. Mais je ne saurais dire si c'est à cause de l'alcool ou d'autre chose.

« Pourtant, malgré tout, les gens circulent…

— Oh oui, les hommes vont à la chasse et tout ça – M. Stewart aussi… Mais ce n'est pas ma tasse de thé, ajoute-t-il avec une élégante expression du visage pour marquer sa répugnance. Nous avons aussi une petite activité de trappeurs. On attrape ce qu'on peut.

— Est-ce que quelqu'un est arrivé récemment du sud-ouest ? Je me demande si les traces que nous avons vues ne pourraient pas être celles d'un de vos hommes plutôt que celles de mon fils. Si tel était le cas, nous saurions qu'il nous faut… regarder ailleurs. »

J'essaye de garder un ton aussi neutre que possible, mais empreint de tristesse.

« Un des nôtres... ? » Il prend un air extrêmement vague et son front se ride de manière presque comique. Mais bon, il est ivre. « Je ne vois vraiment pas... Non, non, pas que je sache. Je pourrais demander... »

Il m'adresse un sourire bien franc. J'ai l'impression qu'il ment, mais je suis si fatiguée que j'ai du mal à être certaine de quoi que ce soit. L'envie de m'allonger et de dormir est brusquement devenue aussi impérieuse qu'une douleur physique. Une minute plus tard, je suis incapable d'y résister.

« Je suis désolée, monsieur Nesbit, mais il faut que je me retire. »

Nesbit se lève et me prend le bras comme s'il me croyait sur le point de tomber ou de m'enfuir. Même le froid soudain du couloir ne parvient pas à me secouer.

Quelque chose me réveille. Il fait presque noir, et tout est silencieux à part le vent. Pendant un instant, il me semble qu'il y a quelqu'un dans la chambre et je me redresse en poussant malgré moi une exclamation. Mais lorsque mes yeux s'habituent enfin à la pénombre, je me rends compte qu'il n'y a personne. L'aube n'est pas encore là. Pourtant, quelque chose m'a réveillée et je reste sur le qui-vive. Mon cœur cogne à tout va et mes oreilles sont sensibles au moindre bruit. Je me glisse hors du lit et j'enfile les quelques vêtements que j'ai ôtés avant de sombrer dans le sommeil. Je soulève la lampe, mais, sans trop savoir pourquoi, je renonce à l'allumer. À pas de loup, j'atteins la porte. Il n'y a personne de l'autre côté non plus.

Des craquements et des gémissements viennent de la charpente du toit, et le bourdonnement du vent passe sous les bardeaux. Ainsi qu'un étrange crépitement, très léger et indistinct. Je prête l'oreille un long moment devant chaque porte avant de tourner la poignée et de jeter un coup d'œil à l'intérieur. Une d'entre elles est fermée à clé ; la plupart sont vides, mais par la fenêtre d'une de ces chambres vides j'aperçois une lueur verdâtre, dehors, une sorte de rideau de lumières vacillantes, vers le nord, qui perce l'obscurité et me permet d'y voir ainsi faiblement.

Ouvrant une autre porte, je vois Moody avec son visage jeune et vulnérable, sans ses lunettes. Je la referme aussitôt. Je songe à Parker. Il faut que je trouve Parker, il faut que je lui parle. Que je lui dise ce que je fais avant de commettre quelque innommable imbécillité. Mais je ne découvre rien derrière plusieurs autres portes, jusqu'à l'une, et là j'ai un drôle de choc. Nesbit est couché, plongé dans un sommeil sans fond ou une sorte de stupeur, et l'Indienne qui nous a servi le dîner est allongée à son côté. Un des larges bras de la femme est passé sur la poitrine de Nesbit, et il paraît sombre sur cette peau d'une blancheur de lait. Ils respirent bruyamment. Elle m'avait donné l'impression de le détester, mais les voilà enlacés dans un sommeil impur, qui comporte une innocence que je trouve curieusement touchante. Je les regarde plus longtemps que je ne l'aurais voulu et puis – je sais pourtant qu'ils ne vont pas se réveiller subitement – je fais particulièrement attention en refermant la porte.

Je finis par trouver Parker là où je m'y attendais un peu : dans l'écurie, près des chiens. Enroulé dans une couverture, il dort face à la porte. Ne sachant que faire d'autre, j'allume la lampe et je m'assois pour attendre. Bien que nous ayons dormi sous les mêmes quelques mètres de toile pendant de nombreuses nuits, il m'apparaît inconvenant, sous un toit de bois, de le regarder dormir en restant ainsi tapie dans la paille près de lui comme une voleuse.

Au bout de quelques instants, la lumière le tire de son sommeil.

« Monsieur Parker, c'est moi, Mme Ross. »

Il semble vite faire surface, sans avoir à lutter contre le brouillard impénétrable qui m'entoure toujours à mon réveil. Son visage est aussi indéchiffrable que d'habitude ; apparemment, il n'est ni étonné ni irrité de me voir là.

« Il se passe quelque chose ? »

Je fais non de la tête. « J'ai été réveillée en sursaut, mais je n'ai pas pu trouver par quoi. Où étiez-vous passé, hier soir ?

— Je m'occupais des chiens. »

J'en attends un peu plus, mais rien ne vient.

« J'ai dîné avec Nesbit. Il m'a demandé ce que nous faisions ici. J'ai dit que nous cherchions mon fils qui s'est enfui et qui a été vu pour la dernière fois à Himmelvanger. Je lui ai demandé s'il y avait quelqu'un, ici, qui soit récemment rentré de voyage, mais il a répondu qu'il ne savait pas. Je ne crois pas qu'il ait été tout à fait sincère. »

Parker s'appuie contre le mur de l'écurie et me regarde d'un air pensif. « J'ai parlé à un homme et à sa femme. Ils m'ont dit que personne n'était parti d'ici récemment, mais ils avaient l'air mal à l'aise. Quand ils parlaient, ils regardaient ailleurs ou par-dessus mon épaule. »

Je ne sais trop quoi penser de tout cela. Puis j'entends, comme venant de très loin, très faiblement mais distinctement, un son qui m'envoie des frissons froids le long du dos. Un hurlement éthéré, lugubre et pourtant indifférent. Une symphonie de hurlements. Les chiens s'éveillent et un grognement sourd s'élève dans un angle de l'écurie. Je regarde Parker et ses yeux noirs.

« Des loups ?

— Très loin. »

Je sais que nous sommes entourés de murs solides et que ces murs sont même armés de canons, mais ce son me glace le sang. J'éprouve un élan de nostalgie pour l'espace restreint de la tente. Je m'y sentais davantage à l'abri. Il est même possible que je frissonne ; je me rapproche de Parker.

« Ils sont à court de pas mal de choses, ici. La chasse n'est pas bonne. Il n'y a pas beaucoup à manger.

— Comment est-ce possible ? C'est un poste de la Compagnie. »

Il secoue la tête. « Il y a des postes qui sont mal tenus. »

Je pense à Nesbit qui se réfugie dans les narcotiques. S'il est responsable de la gestion du poste et de son approvisionnement, la situation n'a rien d'étonnant.

« Nesbit est un drogué. À l'opium ou à quelque chose d'analogue. Et..., dis-je en regardant la paille, il a une liaison avec une des Indiennes. »

Je suis sûre que c'est contre ma volonté, mais je me retrouve à regarder Parker dans les yeux pendant une seconde qui finit par durer une minute. Nous ne disons rien ni l'un ni l'autre ; c'est comme si nous étions hypnotisés. Je me rends compte tout à coup que ma respiration est très bruyante, et je suis sûre qu'il peut entendre mon cœur battre. Mais les loups se taisent et écoutent. Je finis par détourner mon regard, mais je me sens étourdie.

« Il vaut mieux que je rentre. Je m'étais juste dit que je devrais venir vous voir pour... mettre au point la façon dont nous agirions demain. J'ai pensé qu'il serait judicieux de ne pas révéler la vraie raison qui nous amène ici. Je l'ai expliqué à M. Moody, mais je ne saurais dire ce qu'il voudra faire demain.

— Je crois que nous ne serons pas davantage fixés avant le retour de Stewart.

— Que savez-vous de lui ? »

Après une pause, Parker secoue la tête. « Je ne peux pas en être sûr avant de l'avoir vu. »

J'attends un peu, mais je suis à court de raisons pour rester. Tandis que je m'apprête à me lever, mon bras effleure la jambe de Parker. Je ne savais pas que sa jambe se trouvait là, je le jure, et je me demande s'il ne l'a pas bougée pour me frôler. Je saute sur mes pieds comme si je venais d'être ébouillantée, et je reprends la lampe. Dans les vacillements de lumière et d'ombre, je n'arrive pas à discerner l'expression du visage de Parker.

« Eh bien, bonne nuit. »

Je sors d'un pas rapide. Il ne m'a pas répondu, j'en suis consciente et cela me blesse. Le froid de la cour me rafraîchit instantanément la peau mais ne peut rien contre les pensées qui bouillonnent en moi – surtout contre mon désir intense de rentrer dans l'écurie et de m'allonger près de Parker dans la paille. De me perdre dans son odeur et sa chaleur. Est-ce ma peur qui me rattrape, et mon impuissance ? Nos deux corps se frôlant dans la paille, c'était une erreur. Une erreur. Un homme est mort ; Francis a besoin de moi ; c'est pour cela que je suis ici, pas pour autre chose.

L'aurore luit au nord comme un rêve superbe, et le vent est tombé. Le ciel est d'une hauteur et d'une clarté vertigineuses, et le grand froid est de retour ; un froid intense qui m'encercle et me dit qu'il n'y a rien entre moi et la profondeur infinie de l'espace. Je continue à me tordre le cou vers le ciel bien après en avoir la tête qui tourne. Je me rends bien compte que je marche sur une voie étroite, entourée de tous côtés par l'incertitude et le risque de désastre. Je ne contrôle rien. Le ciel s'ouvre au-dessus de moi comme un abîme, et il n'y a absolument rien pour m'empêcher de tomber, sauf le dédale hallucinant des étoiles.

EN SE RÉVEILLANT, DONALD VOIT LA LUMIÈRE DU JOUR PAR LA FENÊTRE. Pendant un long moment, il ne parvient pas à se rappeler où il est, et puis ça lui revient : la fin des empreintes de pas. Un répit dans ce trajet infernal. Il n'y a pas un centimètre de son corps qui ne soit aussi endolori que s'il avait reçu une terrible raclée.

Bon sang… a-t-il vraiment perdu connaissance, la nuit dernière ? S'est-il éteint comme une lampe ? Cette femme qui s'est occupée de ses pieds… Il en sort un hors des couvertures et voit que le pansement a été changé. Cette femme n'était donc pas un rêve, elle était réelle. L'a-t-elle aussi déshabillé ? Il ne se souvient de rien, mais il sent des picotements de honte parcourir son corps. Aucun doute là-dessus : il est entièrement déshabillé. On a même soigné et pansé sa cicatrice. Il farfouille autour du lit jusqu'à ce qu'il repère ses lunettes. Une fois qu'il les a sur le nez, il se sent plus calme, plus maître de la situation. À l'intérieur : une petite pièce aussi peu meublée que les chambres d'hôte de Fort Edgar. Dehors : un temps glacial où, s'il ne neige pas encore, il va bientôt neiger. Et quelque part à l'intérieur de cet ensemble de constructions : Mme Ross et Parker qui posent des questions sans qu'il soit présent. Dieu sait ce qu'ils vont raconter à M. Stewart, si on les laisse faire. Il sort du lit non sans mal et prend ses vêtements posés avec soin sur une chaise. Il s'habille avec des gestes raides de vieillard. Bizarrement (et d'une certaine façon, heureusement), c'est maintenant qu'il se sent le plus mal, alors qu'ils sont enfin arrivés.

Il va dans le couloir d'un pas traînant et longe deux des côtés de la cour intérieure sans rencontrer âme qui vive. Ce poste de la Compagnie est on ne peut plus étrange ; il n'y a ici rien du remue-ménage auquel Fort Edgar l'a habitué. Il se demande où se trouve Stewart et quel genre de discipline il impose. Sa montre est arrêtée et il ne sait pas quelle heure il est, ni même s'il est tôt dans la journée ou tard. Enfin une porte s'ouvre en coup de vent un peu plus loin dans le couloir, et Nesbit émerge puis la referme en la claquant derrière lui. Il n'est pas rasé, ses yeux sont creusés, mais il est habillé.

« Ah, monsieur Moody ! J'espère que vous vous êtes reposé. Comment vont vos... euh, vos pieds ?

— Beaucoup mieux. La... Elizabeth a eu la bonté de me les soigner. Je crains d'avoir été trop fatigué pour la remercier.

— Venez donc prendre un petit déjeuner. Ils devraient quand même avoir réussi à allumer un feu, à cette heure, et avoir commencé à préparer quelque chose. Bon sang, c'est pas commode d'obtenir quoi que ce soit de ces diables-là en hiver. Est-ce que vous connaissez ce genre de problème chez vous ?

— À Fort Edgar ?

— Oui. C'est où ? »

Donald est étonné qu'il ne le sache pas. « Au bord de la baie Géorgienne.

— Ah, que c'est civilisé. Je rêve d'être basé quelque part où je serais à portée de voix de... bon, quelque part où vivent des gens. En comparaison, vous devez nous trouver très démunis. »

Nesbit conduit Donald dans la pièce où ils ont été introduits à leur arrivée, mais cette fois le feu est allumé et on a apporté des chaises et une table. Donald peut voir, dans la poussière du sol, les traces des objets qu'on a tirés. Manifestement, le ménage n'est pas la priorité, ici. Il se demande d'ailleurs ce qui pourrait l'être.

« Mme Ross et M. Parker sont-ils par là ? »

Au moment même où Nesbit se dirige vers la porte, voilà Mme Ross qui entre. Elle a réussi à arranger ses vêtements pour les rendre à moitié présentables, et ses cheveux sont bien coiffés. Le léger dégel que Donald avait détecté après les tempêtes de neige ne semble pas avoir duré.

« Monsieur Moody !

— Formidable ! Vous êtes là... Et M. Parker ?

— Je ne sais pas exactement. » Elle baisse les yeux, et Nesbit sort appeler l'Indienne. Mme Ross, le visage tendu, s'approche aussitôt de Donald.

« Il faut que nous parlions avant le retour de Nesbit. Hier soir, je lui ai dit que nous sommes ici pour chercher mon fils qui a disparu et non pas pour trouver un meurtrier. Il ne faut pas éveiller leur méfiance. »

Donald en reste bouche bée. « Chère madame, je regrette que vous ne m'ayez pas consulté avant d'inventer une contre-vérité...

— Nous n'avions pas le temps. Ne dites pas autre chose, sinon il va se méfier. Le mieux, pour nous, c'est qu'ils ne se doutent de rien. Vous êtes sûrement d'accord avec ça ? » Elle a la mâchoire contractée et des yeux aussi durs que de la pierre.

« Et si... ? » Mais il arrête de chuchoter car Nesbit rentre, suivi de Norah qui porte un plateau. Ils lui font tous les deux un grand sourire, et Donald se dit qu'il doit être évident qu'ils étaient en train de parler tout bas. Avec un peu de chance, Nesbit va supposer qu'ils ont des secrets d'amoureux... Mais il se surprend à rougir à cette pensée. Il se peut qu'il ait un peu de fièvre. En s'asseyant à table, il fait un effort pour se rappeler Susannah. Bizarrement, il y a un moment qu'il ne pense plus à elle.

Parker arrive, et alors qu'ils sont tous en train de manger des biftecks grillés et du pain de maïs – Donald dévore comme s'il n'avait pas mangé depuis plusieurs jours –, Nesbit explique que Stewart est parti à la chasse avec un des hommes, et il s'excuse d'une si pauvre hospitalité. Il est cependant très fier d'une chose : il a des mots durs à l'égard de Norah à cause de son café qu'elle emporte en silence pour revenir avec une cafetière tout à fait différente. L'odeur la précède dans la pièce : un arôme d'authentiques grains de café comme aucun d'eux n'en a humé depuis des semaines. Et Donald, en le buvant, se rend compte qu'il n'a peut-être encore jamais goûté un tel café. Nesbit se cale dans sa chaise et se fend d'un grand sourire.

« Des grains d'Amérique du Sud. Je les ai achetés à New York en venant ici. Je ne les mouds que pour des occasions spéciales.

— Depuis combien de temps êtes-vous ici, monsieur Nesbit ? » La question vient de Mme Ross.

« Depuis quatre ans et cinq mois. Vous êtes d'Édimbourg, n'est-ce pas ?

— À l'origine. » Bizarrement, elle donne à cette réponse le ton d'une réprimande.

« Et vous êtes de Perth, si je ne me trompe ? » demande Donald en souriant à Nesbit, s'efforçant de réparer les choses. Puis il lance un regard furieux à Mme Ross ; si elle ne veut pas éveiller les soupçons, elle ferait mieux d'être plus affable.

« Je suis de Kincardine. »

Silence. Froidement, Mme Ross renvoie à Donald le même regard hostile.

« Je regrette de ne pas pouvoir vous aider pour ce qui est du fils fugitif de Mme Ross. Vous devez être très inquiets.

— Ah, oui », dit Donald en hochant la tête. Il est gêné ; jouer la comédie n'est pas son fort. Et il est en colère contre Mme Ross pour lui avoir ôté l'initiative dans une affaire où il lui revient de mener les débats, puisque ce cas concerne la Compagnie. Il ne sait plus comment continuer.

« Vous pensez donc… », commence-t-il. Mais aussitôt on entend des bruits sourds dans le couloir et un cri venant de dehors. Nesbit est soudain en alerte, tel un animal dont les sens se mobilisent, et il se lève avec des mouvements saccadés. Il se tourne vers eux, leur adressant un demi-sourire qui ressemble plutôt à une grimace.

« Je crois, mes amis, que M. Stewart pourrait être en train de rentrer. »

Il sort de la pièce en courant presque, laissant Donald et Mme Ross en face l'un de l'autre. Donald se sent offensé : pourquoi Nesbit ne les a-t-il pas invités – ou, du moins, lui – à l'accompagner dehors ? Le sentiment d'avoir été traité par-dessus la jambe l'envahit et lui fait perdre ses repères, ses règles de conduite. Au bout d'un moment de silence, il s'excuse en murmurant et, non sans une certaine hésitation, se rend dans la cour à la suite de Nesbit.

Quatre ou cinq hommes et femmes se pressent autour d'un homme accompagné d'un traîneau et de chiens emmêlés. D'autres individus surgissent de divers endroits ; certains d'entre eux restent près des bâtiments, d'autres se dirigent vers le nouvel arrivant. Donald a le temps de se demander d'où ils sortent tous ; il n'a encore jamais vu la plupart d'entre eux, mais il reconnaît la grande femme qui lui a lavé les pieds la veille au soir. Le nouveau venu, gonflé de fourrures – même son visage est caché par un capuchon en fourrure – s'adresse au groupe. Puis c'est le silence. Seul Donald continue à avancer, et deux ou trois visages se retournent vers lui, le contemplant comme une apparition bizarre. Confus, il s'arrête, et c'est alors que la grande femme, qui, depuis le début, se trouve dans le premier groupe, lance une plainte longue et aiguë. Elle s'écroule sur la neige comme une masse, continuant à émettre un son perçant et grêle qui n'est ni un hurlement ni un sanglot. Elle crie ainsi sans discontinuer. Personne ne tente de la réconforter.

L'un des hommes semble adresser des reproches à Stewart, qui s'en débarrasse avec quelques haussements d'épaules et se dirige vers les bâtiments. Nesbit lance des paroles dures à l'homme en question avant de suivre son supérieur. Quand il aperçoit Donald, il lui jette un regard hostile, puis se ravise et lui fait signe de venir à l'intérieur. Son visage a une couleur de neige sale.

« Que se passe-t-il ? » marmonne Donald quand ils sont assez loin pour que les hommes dans la cour ne puissent les entendre.

Les lèvres de Nesbit sont serrées et dessinent une ligne dure. « Un grand malheur. Nepapanees a eu un accident. Fatal. Sa femme était dehors, là. »

Il donne surtout l'impression d'être en colère. Comme s'il pensait : quoi encore ?

« Vous parlez de la femme par terre... Elizabeth ? Son mari est mort ? »

Nesbit hoche la tête : « Parfois, je me dis qu'on est maudits. »

Il a murmuré ces paroles à moitié pour lui-même. Puis il se retourne brusquement, bloquant de fait le couloir et empêchant Donald d'aller plus loin. Il tente cependant de sourire.

« C'est un grand malheur, mais... ne voulez-vous pas aller rejoindre les autres ? Prenez donc un bon petit déjeuner. Étant donné les circonstances, il faut que je parle tout de suite à M. Stewart. Nous vous retrouverons plus tard. »

Donald comprend qu'il n'a pas d'autre solution que de hocher la tête, et il voit le dos de Nesbit disparaître à l'angle. Il rôde un peu dans le couloir, perplexe et troublé. Il y avait quelque chose d'obscène dans la manière dont Nesbit – mais aussi Stewart – a balayé la douleur des autres comme s'il ne voulait absolument rien en savoir.

Au lieu de se rendre dans la pièce où l'on prend le petit déjeuner, Donald retourne dans la cour, où la neige a commencé à tomber dans un silence concentré comme pour dire : c'est l'hiver, à présent, on ne rigole plus. Les flocons sont minuscules et tombent rapidement ; ils semblent converger de tous les côtés vers Donald, réduisant considérablement la visibilité au-delà de quelques mètres. Seule la grande femme est encore dehors, assise à se balancer d'avant en arrière. Les autres ont disparu. Donald leur en veut de l'avoir laissée seule. Bon Dieu, cette femme ne porte même pas de vêtements adéquats ! Juste sa robe d'intérieur qui lui laisse les bras nus au-dessous des coudes. Il va jusqu'à elle.

Elle est à moitié agenouillée et, désormais silencieuse, se balance, en s'arrachant les cheveux, les yeux grands ouverts mais fixés sur rien. Elle ne regarde pas Donald. Il est horrifié de voir la chair nue au-dessus d'un de ses mocassins se détacher contre la neige.

« Excusez-moi… madame Bird. » Il se sent gauche, mais il ne voit pas comment l'appeler autrement. « Vous allez geler, ici. Je vous en prie, rentrez. »

Elle ne manifeste rien qui permette de croire qu'elle l'ait entendu.

« Elizabeth. Vous avez été gentille avec moi, hier soir. Je vous en prie, rentrez. Vous êtes accablée, je le sais. Laissez-moi vous aider. »

Il tend une main en espérant qu'elle la prendra, mais en vain. Des flocons s'accrochent aux cils et aux cheveux d'Elizabeth, d'autres fondent sur ses bras. Elle ne les balaye pas. En la regardant, Donald est étonné par son visage fin et ses traits délicats, presque anglais. Mais certains métis sont ainsi, plus Blancs qu'Indiens.

« Je vous en prie… » Il pose une main sur le bras d'Elizabeth, et soudain la plainte aiguë et funèbre s'élève de nouveau. Alarmé, il retire son bras – quel son étrange, spectral, animal ! Il perd courage. Après tout, que sait-il d'elle ou de son mari mort ? Que peut-il dire pour adoucir ses souffrances ?

Donald regarde autour de lui, à la recherche d'aide ou de témoins. Il ne voit rien bouger à travers les tourbillons de neige, mais il aperçoit, derrière une fenêtre en face de lui, une forme indistincte qui semble regarder la scène.

Il se lève – il était accroupi – et décide d'aller chercher quelqu'un d'autre. Peut-être une amie d'Elizabeth saura-t-elle la persuader de rentrer. Il estime que ce n'est pas à lui de l'y obliger ou de la porter. Il est sûr que Jacob saurait comment s'y prendre, mais Jacob n'est pas là. Donald chasse la neige sur son pantalon et s'éloigne de la fenêtre, non sans se retourner une dernière fois vers Elizabeth. C'est une forme noire à moitié cachée par la neige, semblable à une figure démente de gravure japonaise. Lui vient alors une heureuse idée : il va lui porter un peu de ce café – c'est le moins que puisse faire Nesbit. Il est sûr qu'elle n'en boira pas, mais elle sera peut-être contente qu'il ait eut ce geste.

ALLONGÉE TOUT HABILLÉE, BIEN RÉVEILLÉE, Line regarde la fenêtre sans rideaux. Torbin et Anna sont endormis à côté d'elle. Elle ne leur a rien dit parce qu'elle ne les croit pas capables de garder un tel secret. Elle va les réveiller bientôt et les aider à s'habiller en faisant comme s'ils partaient pour quelques jours d'aventure. Ils n'ont pas la moindre idée de son projet. Elle ne leur en dira rien jusqu'à ce qu'ils soient loin d'Himmelvanger. Elle regrette de ne pas avoir fixé le rendez-vous un peu plus tôt : tout le monde dort déjà depuis plus d'une heure, ce qui fait une heure de voyage perdue. Elle a trop chaud parce qu'elle a mis plusieurs jupons sous deux jupes et toutes ses chemises les unes par-dessus les autres, de sorte que ses bras ressemblent à des saucisses serrées dans des emballages. Espen va faire la même chose. Heureusement qu'on est en hiver. Elle jette un nouveau coup d'œil à la pendule et tourne la grande aiguille pour arriver au moment qui lui convient ; impossible pour elle d'attendre encore. Puis elle se penche et réveille les enfants.

« Écoutez, on part en vacances. Mais il faut absolument ne faire aucun bruit. D'accord ? »

Grognon, Anna cligne des yeux : « Je veux dormir.

— Tu dormiras plus tard. Maintenant, on se lance dans une aventure. Allez, mets tout ça aussi vite que tu peux.

— Où est-ce qu'on va ? demande Torbin qui a l'air un peu plus excité. Il fait noir, dehors.

— C'est presque le lever du jour. Regarde, cinq heures. Ça fait des heures et des heures que tu dors. Il faut qu'on parte tôt si on veut arriver aujourd'hui. »

Elle tire sur la robe d'Anna pour la faire passer autour de sa tête.

« Je veux rester ici.

— Ach, Anna ! » Elle a tout juste cinq ans ; où a-t-elle appris à être aussi têtue ? « Mets cette robe par-dessus l'autre. Il va faire froid. Et comme ça, on aura moins de choses à porter.

— Où on va ?

— Dans le Sud. Où il fait plus chaud.

— Et Elke, il peut venir ? » Elke est le meilleur ami de Torbin ; c'est aussi le fils de Britta.

« Peut-être plus tard. Peut-être que d'autres personnes viendront aussi.

— J'ai faim. » Anna n'est pas contente, et elle tient à le faire savoir. Line lui donne un cookie et un autre à Torbin. Elle les a volés pour la bonne cause, pour acheter le silence des enfants.

À moins dix, elle leur fait jurer de garder le silence et prête l'oreille pendant une minute entière, à l'affût de tout bruit dans le couloir avant de sortir en tirant ses enfants derrière elle. Elle ferme la porte de cette chambre qui a été leur foyer pendant ces trois dernières années. Tout est calme. Le sac pesant qui contient la nourriture et les quelques objets personnels qu'elle ne supporte pas d'abandonner lui cogne le dos. Ils traversent la cour pour se rendre à l'écurie. Il fait un noir absolu, sans lune, et elle pousse un juron en trébuchant. Torbin a le souffle coupé d'entendre le mot qu'elle a prononcé, mais le temps presse trop pour qu'elle s'en soucie. Line a l'impression de milliers d'yeux fixés sur son dos, et la peur lui fait serrer si fort la main des enfants qu'Anna se met à pleurnicher.

« Désolée, ma chérie. Nous y voilà. Regarde. » Elle ouvre la porte de l'écurie. Il y fait encore plus noir, mais aussi plus chaud, et il y a le bruit des chevaux qui frappent du pied dans le foin. Elle s'arrête, tendant l'oreille pour savoir s'il est là.

« Espen ? »

Il n'est pas encore arrivé, mais ils sont en avance de quelques minutes. Elle espère qu'il n'aura pas compté trop juste. Ils auraient pu partir à cheval depuis déjà une heure, s'éloignant un peu plus d'Himmelvanger à chaque pas. Elle fait asseoir les enfants dans une stalle vide.

Juste quelques minutes encore, et Espen sera là.

Elle ne possède pas de montre, mais elle a une assez bonne idée du temps qui passe à la manière dont ses doigts et ses orteils s'engourdissent. Ses doigts sont comme de la glace. Les enfants ont remué un moment, mais maintenant Anna s'est recroquevillée et rendormie, tandis que Torbin s'appuie contre elle, à moitié assoupi. Il doit bien s'être écoulé une heure depuis qu'ils sont arrivés, et personne n'est entré dans l'écurie. D'abord, elle s'est dit : Il est toujours en retard. Il ne peut pas s'en empêcher. Puis elle a pensé : Il a peut-être cru qu'on avait dit deux heures, il s'est trompé. Ensuite, comme au bout d'une heure il n'y avait toujours personne, elle s'est imaginé que Merete n'avait pas pu dormir – à cause du bébé, d'une maladie ou de quelque chose d'autre – et que, du coup, Espen n'avait pas pu s'en aller. Peut-être était-il allongé sans dormir, des jurons plein la tête et s'inquiétant pour elle.

Ou alors, il n'a jamais eu l'intention de venir.

Elle réfléchit à cette sinistre éventualité. Non. Il ne la laisserait pas tomber comme ça. Il ne le ferait pas. Il ne le fera pas.

Elle lui donnera une autre chance, ou alors elle le couvrira de honte devant tout le monde. Elle réveille les enfants en les secouant plus fort qu'il ne serait nécessaire.

« Écoutez. Il y a eu un retard. On ne pourra finalement pas partir cette nuit. On devra partir demain. Je suis désolée… » Elle coupe court à leurs plaintes trop prévisibles. « Je suis désolée, mais c'est comme ça. »

Elle se rappelle avoir utilisé la même expression pour leur dire que leur père ne reviendrait jamais et qu'il leur faudrait aller vivre au milieu de nulle part. « Inutile de se plaindre. C'est comme ça. »

Elle leur fait jurer de se taire. S'ils parlent de ça à qui que ce soit, ils ne pourront plus partir en vacances ; or, elle a dépeint le Sud et son climat doux en termes qui leur plaisent à tous les deux. Avec un peu de chance, il se pourrait même qu'un jour ils puissent y aller pour de vrai.

Au moment où elle se lève pour les ramener dans leur chambre – au moins il fait encore noir –, elle perçoit un mouvement près de la porte. Elle s'immobilise, et les enfants font de même, gagnés par sa peur soudaine. Elle entend alors une voix :

« Il y a quelqu'un ? »

Un bref instant, une toute petite fraction de seconde, elle croit que c'est Espen et son cœur fait un bond. Puis elle se rend compte que ce n'est pas sa voix. On les a découverts.

L'homme s'avance vers eux. Sous le choc, Line reste sans bouger. Que pourrait-elle dire ? Il lui faut une seconde de plus pour comprendre qu'il a parlé anglais, pas norvégien. C'est Jacob, le métis.

Elle n'est pas perdue ; pas encore. Il allume une lampe et la tient en l'air entre eux.

« Oh, madame… » Il se rend alors compte qu'il ne connaît pas son nom ou qu'il ne sait pas le prononcer. « Bonjour, Torbin. Bonjour, Anna.

— Excusez-nous si nous vous avons dérangé », dit Anna d'un ton raide. Que fait-il ici ? Dort-il dans l'étable ?

« Non, non, pas du tout.

— Eh bien, alors, bonne nuit. » Elle sourit et passe près de lui, mais, alors que les enfants marchent devant elle dans la cour, elle se retourne.

« Je vous en prie, il est extrêmement important que vous ne disiez rien de ceci, à personne. À absolument personne. Je vous en supplie… sinon, ma vie ne vaut plus rien. Je ne saurais trop le souligner. Puis-je avoir confiance en vous ? »

Jacob vient d'éteindre la lanterne comme s'il comprenait la nécessité de la clandestinité. « Oui, dit-il simplement, sans même paraître curieux. Vous pouvez avoir confiance en moi. »

Line aide les enfants à se déshabiller et les regarde s'endormir. Elle est trop agitée pour dormir. Elle pousse le sac derrière une chaise. Elle ne supporte pas de le vider : ce serait un aveu d'échec trop évident. Au petit matin, elle devra éparpiller des vêtements autour de ce sac pour le cacher. Avec de la chance, cela suffira à tromper ceux qui viendraient jeter un coup d'œil dans la chambre. Oh, aller quelque part où elle aura sa maison à elle, avec des portes qu'on peut fermer à clé. Elle déteste ce manque d'intimité ; c'est comme un mors qui la blesse.

Au petit déjeuner, elle est sur ses gardes, mais le visage qu'elle présente à la communauté est un masque de gaieté neutre. Elle ne lance même pas un coup d'œil en direction d'Espen avant la moitié du repas. Or, à ce moment-là, il a la tête penchée et ne regarde pas vers elle. Elle tente de voir si l'un des deux, Espen ou Merete, semble particulièrement fatigué, mais elle a du mal à en décider. Le bébé pleure ; il se peut qu'il ait la colique. Elle devra attendre le bon moment.

C'est pendant l'après-midi qu'elle en a l'occasion. Espen vient la trouver pendant qu'elle donne à manger aux poulets. Il est soudain là sans qu'elle l'ait vu arriver. Elle attend qu'il parle.

« Line, je suis absolument désolé. Je ne sais que te dire... Pendant des heures, Merete n'a pas pu s'endormir et je ne savais que faire. » Il s'agite, il ne tient pas en place, il regarde partout sauf vers elle. Line soupire.

« Bon, ça va. J'ai inventé une histoire pour les gosses. On partira cette nuit. À une heure. »

Il garde le silence un moment.

« T'as changé d'avis ? »

Il soupire. Elle découvre qu'il tremble.

« Parce que, si c'est le cas, je ne partirai pas sans toi. Je resterai et je dirai à tout le monde que je porte ton enfant. Je te ferai honte devant toute la communauté. Devant ta femme et tes enfants. Si Per me chasse, ça m'est égal. Il se peut qu'on meure de froid. Ton enfant et moi, nous mourrons. Et tu en seras responsable. Tu es prêt à ça ? »

Espen pâlit. « Line, ne parle pas comme ça ! C'est horrible... Je n'allais pas te dire que je ne viendrais pas. Mais c'est dur, c'est tout. Ce que je dois laisser... Toi, tu n'es pas obligée de laisser quoi que ce soit.

— Tu l'aimes ?

— Qui ça ? Merete ? Tu sais bien que non. C'est toi que j'aime.

— Alors, cette nuit à une heure. Si Merete n'arrive pas à dormir, tu n'auras qu'à trouver une excuse. »

Il a une expression résignée. Tout va bien se passer. C'est juste qu'Espen est un homme qui a besoin d'être mené, comme tant d'autres.

Pourtant, Line se demande comment elle va arriver à tuer les heures de cette journée qui lui reste à passer ici. Elle ne parvient pas à se tenir tranquille, et Britta, qui remarque qu'elle s'agite sans arrêt pendant qu'elles cousent leurs édredons, lui lance : « Qu'est-ce qui t'embête, ma fille ? Tu as des fourmis dans la culotte ? » Line fait de son mieux pour sourire.

Mais à la fin, oui, à la fin, il est une heure du matin, et elle se dirige vers les écuries avec ses enfants. Dès qu'elle pousse la porte, elle sent la présence d'Espen. Puis elle entend sa voix chuchoter son nom.

« C'est nous », répond-elle.

Il allume une lampe et sourit aux enfants, qui le regardent avec une timidité hésitante et soupçonneuse.

« Vous êtes contents d'aller en vacances ?

— Pourquoi est-ce qu'on doit partir au milieu de la nuit ? Est-ce qu'on s'enfuit ? » Ces questions viennent du malin petit Torbin.

« Bien sûr que non. On doit partir de bonne heure pour pouvoir franchir une grande distance avant qu'il fasse de nouveau noir. C'est comme ça qu'on voyage en hiver.

— Dépêchez-vous. Arrêtez de bavarder. Vous verrez bien quand on sera arrivés. » Inquiète, Line a une voix brusque.

Espen attache leurs sacs derrière les selles – il a déjà préparé les chevaux. Line éprouve un accès soudain de tendresse pour ces créatures vigoureuses et lentes ; elles font tout ce qu'on leur demande sans bruit ni discussion, même à une heure du matin. Ils les conduisent à l'extérieur. La cour est si boueuse que leurs sabots ne résonnent même pas. Il n'y a pas une seule lumière dans tout Himmelvanger, mais ils mènent les bêtes jusqu'à un bosquet de bouleaux nains où personne ne pourra les voir d'une fenêtre. Là, Espen aide Line et les enfants à monter sur le dos des chevaux. Puis il saute en selle derrière Torbin. Line tient dans sa main une boussole volée.

« Il faut d'abord aller vers le sud-est. » Elle lève les yeux vers le ciel. « Regardez, des étoiles. Elles nous aideront. Nous allons vers celle-ci, vous la voyez ?

— Tu vas pas demander à Dieu de bénir notre voyage ? » demande Torbin qui, en se tortillant, se retourne et regarde sa mère. C'est un gamin qui peut se montrer doctrinaire, qui veut toujours tout faire bien, et il vient de passer trois ans à Himmelvanger où l'on a du mal à accomplir le moindre geste sans dire une brève prière.

« Bien sûr que si. J'allais le faire. »

Espen met sa monture au pas et baisse la tête. Il murmure rapidement, comme si les pieuses oreilles de Per pouvaient percevoir une prière à des kilomètres de distance : « Que le Seigneur, roi de tout ce qui est au ciel et sur la terre, qui voit et veille sur tout, nous protège pendant notre voyage, nous guide et nous mette à l'abri des dangers, nous garde sur le bon chemin. Amen. »

Line enfonce ses talons dans les flancs de son cheval. La masse sombre d'Himmelvanger se réduit de plus en plus derrière eux. Maintenant que le ciel s'est éclairci, le froid est arrivé. Il est beaucoup plus vif que la nuit précédente. Ils sont partis juste à temps.

SON PÈRE, DEPUIS QU'IL EST RENTRÉ DE SA PRISON, SEMBLE DIFFÉRENT. Il reste tout seul assis dans son bureau, sans lire, sans écrire de lettres ni s'occuper, et il regarde par la fenêtre, immobile pendant de longues périodes. Maria le sait parce que, comme elle a reçu l'interdiction de le déranger, elle a regardé par le trou de la serrure. Ça ne ressemble pas à son père de se couper d'elle – elle est inquiète.

Susannah s'inquiète aussi, mais pour d'autres raisons. Certes, son père et son comportement bizarre la préoccupent, mais il continue à prendre ses repas en famille et il paraît plutôt gai. En ce moment, dit-elle à sa sœur, il ne pourrait de toute façon pas poursuivre ses tâches de magistrat ; que devrait-il donc faire d'autre ? Non, Susannah a décidé de se tourmenter passionnément pour Donald. Jacob et lui sont partis depuis trois semaines – il n'y a donc pas si longtemps, même s'ils s'attendaient à rentrer plus tôt. Maria et Susannah ont émis diverses hypothèses. La raison la plus évidente de ce retard serait qu'ils n'aient pas trouvé Francis Ross. S'il était mort, ils seraient revenus. De même s'ils l'avaient rattrapé assez près d'ici.

« Mais s'ils ont trouvé Francis et qu'il les ait tués pour échapper à la justice ? » demande Susannah avec des yeux ronds prêts à pleurer.

Maria lui répond dédaigneusement : « Est-ce que tu peux vraiment t'imaginer Francis Ross tuer M. Moody et Jacob alors qu'ils sont tous les deux armés ? Et puis il n'en aurait pas la force. Il n'est pas plus grand que toi. Vraiment, je n'ai jamais rien entendu de plus absurde.

— Maria ! » lui lance sa mère pour la reprendre depuis le fauteuil où elle fait de la couture.

Irritée, Susannah hausse les épaules. « Je me dis que depuis le temps ils auraient quand même pu envoyer un message.

— S'il n'y a personne pour porter les messages, c'est impossible.

— Oh, ce n'est pas comme s'ils étaient au milieu de... la Mongolie-Extérieure.

— En fait, ne peut s'empêcher de répliquer Maria, la densité de population en Mongolie est bien plus élevée qu'au Canada.

— Si ça doit me rassurer, eh bien... c'est le contraire ! » Susannah se lève et sort du salon en claquant la porte.

« Tu pourrais être plus gentille, dit doucement Mme Knox. Elle est inquiète. »

Maria se mord les lèvres pour ne pas répliquer. Elle peut bien se ronger les sangs, elle aussi, mais, comme toujours, on se soucie davantage de l'état émotionnel de Susannah que du sien.

« Le fait est que c'est inquiétant. On aurait pu s'attendre à recevoir un message après tout ce temps. Je suis même étonnée que la Compagnie n'ait envoyé personne les chercher.

— Selon mon expérience, commence Mme Knox en coupant un fil d'un coup de dent, ce sont toujours les mauvaises nouvelles qui voyagent le plus vite. »

Dans la maison, Maria trouve l'atmosphère étouffante, avec son père assis comme un sphinx dans son bureau, Susannah en larmes et le calme étrange de sa mère. Maria décide qu'il lui faut prendre un peu de distance. La vérité, c'est qu'elle se sent un peu troublée par la manière dont elle a réagi au moment où elles ont parlé de Moody. Elle aussi se demande ce qui lui est arrivé, et elle espère qu'il n'a pas eu d'ennuis ; exactement comme on peut être préoccupé en pensant à un ami dont on est sans nouvelles depuis quelque temps. Cela n'a pas de signification particulière. Pourtant, elle s'est surprise à songer au visage de Moody, et elle est étonnée des détails qu'elle a gardés en mémoire : les taches de rousseur au sommet de ses pommettes, la manière dont ses lunettes lui glissent sur le nez, et le sourire plein d'humour qu'il arbore dès qu'on lui pose une question, comme s'il doutait de pouvoir y répondre mais allait quand même tenter de le faire.

En arrivant au magasin, Maria constate que quelques centimètres de boue glacée sont restés collés à ses bottes et à sa jupe.

Mme Scott, derrière son comptoir, ne lève la tête qu'une fraction de seconde à son entrée. Quand elle la salue, Maria aperçoit une ecchymose enflée et jaunâtre au-dessus de sa pommette gauche, ce qui gâte la symétrie parfaite de son visage. Mme Scott – ou Rachel Spence, comme elle s'appelait autrefois – a joué la Vierge Marie dans la Nativité représentée au collège. Les habitants les plus âgés le lui rappellent encore, mais il y a longtemps qu'ils ne lui posent plus de questions sur les accidents fréquents qui semblent désormais la frapper.

M. Sturrock est dans sa chambre. Maria attend en bas, près du poêle, se demandant s'il acceptera de la voir ; mais il descend une minute plus tard.

« Mademoiselle Knox. À quoi dois-je le plaisir de votre visite ?

— Monsieur Sturrock. À l'ennui, j'en ai bien peur. »

Il hausse les épaules avec élégance, prenant ce mot selon l'esprit dans lequel il a été lancé. « J'en suis ravi, si l'ennui vous fait venir ici. »

Quelque chose dans l'expression de Sturrock rend Maria un peu empruntée. S'il était plus jeune, elle le soupçonnerait de vouloir la séduire. C'est peut-être le cas. Elle se dit que ça lui ressemblerait bien, de ne pas éveiller d'autre intérêt masculin que celui d'un homme plus âgé que son père.

Sturrock commande du café et demande : « Estimeriez-vous inconvenant que je vous invite dans ma chambre ? Car il y a là quelque chose que j'aimerais beaucoup vous montrer.

— Non, je ne trouverais pas cela inconvenant. » Et le plus bizarre, c'est que, malgré ses soupçons, elle n'y voit rien de déplacé.

La chambre de Sturrock sent le moisi, mais elle est propre. Il dégage la pile de papiers sur la table près de la fenêtre et dispose les deux chaises. Maria s'assoit, flattée par les attentions de son hôte. Il doit avoir été remarquablement beau quand il était jeune et, d'ailleurs, il l'est toujours avec ses épais cheveux argentés et ses yeux bleu clair. Elle sourit intérieurement, se trouvant bête.

La fenêtre donne sur la rue devant le magasin ; un endroit parfait pour celui qui veut surveiller les allées et venues. Tous les habitants de Caulfield viennent tôt ou tard dans ce magasin. Et même la maison de Maria est en partie visible au loin. Sur le côté, on distingue aussi l'étendue d'eau grise qui paraît menaçante sous les nuages bas.

« Ce n'est pas vraiment un palais, mais il me sert bien.

— Vous travaillez ici ?

— Façon de parler. » Il s'assoit et pousse vers elle une feuille de papier. « Que pensez-vous de ça ? »

Maria prend la feuille - une page arrachée à un cahier depuis déjà un certain temps. Dessus, il y a des marques dessinées au crayon, mais au premier abord Maria ne parvient pas à voir dans quel sens elles sont censées aller. Ce sont des lignes brisées réparties selon des configurations diverses : des diagonales, des parallèles et ainsi de suite. Autour de ces marques sont esquissés quelques bonshommes sous forme de bâtonnets, mais sans ordre repérable. Elle étudie la feuille avec soin.

« Je suis désolée de vous décevoir, mais je ne peux rien en dire. Le dessin est-il complet ?

— Oui, autant que je sache. Il a été copié en intégralité sur une pièce, mais il peut en exister d'autres.

— Copié sur quoi ? Ce n'est pas du babylonien, si ? Par certains côtés, ça ressemble à de l'écriture cunéiforme.

— C'est ce que j'ai pensé d'abord, moi aussi. Mais ce n'est pas du babylonien, ni des hiéroglyphes, ni du linéaire grec. Ni du sanscrit, ni de l'hébreu, ni de l'araméen, ni de l'arabe. »

Maria sourit. Il lui pose une énigme, et elle aime les énigmes. « Bon, et ce n'est pas du chinois ni du japonais. Je ne sais pas, je ne reconnais rien - ces bonshommes... Est-ce une langue africaine ? »

Il fait non de la tête. « Je serais impressionné si vous y arriviez. J'ai porté cette feuille à des musées et des universités, je l'ai montrée à un bon nombre d'experts en langues, et aucun d'entre eux n'a eu la moindre idée de ce que c'était.

— Et quelque chose vous pousse à croire qu'il ne s'agit pas simplement de... d'un motif abstrait ? Parce que, bon, ces bonshommes ont quand même l'air très enfantins.

— Je crains que ça ne vienne surtout de ma maladresse à les reproduire. L'original a une présence très nette. Nous n'avons là qu'une partie, sans doute. Mais je pense en effet que ce ne sont pas de simples éraflures.

— Des éraflures ?

— L'original est taillé dans un os et il a été coloré avec un pigment noir, peut-être un mélange à base de suie. Le tout est exécuté avec grand soin. Ces dessins se retrouvent sur l'extérieur, tout autour de la tablette, et forment une chaîne. Je crois que les marques sont une langue et décrivent un événement que les figures illustrent.

— Vraiment ? Vous avez déduit tout cela ? Où se trouve l'original ?

— Je voudrais bien le savoir. Celui qui le possédait me l'a promis, mais… » Il hausse les épaules et Maria l'observe avec attention.

« Celui qui le possédait, c'était Jammet ?

— Bravo. »

Elle éprouve un frisson de satisfaction. « Dans ce cas, il doit être avec ses affaires, pas vrai ?

— Il a disparu.

— Disparu ? Vous voulez dire qu'on l'a volé ?

— Je ne peux pas l'affirmer. Ou bien on l'a volé, ou bien Jammet l'a vendu, ou alors il l'a donné à quelqu'un d'autre. Mais il me semble que les deux dernières éventualités soient peu probables. Il avait dit qu'il me le gardait.

— Donc… vous attendez de voir si M. Moody le rapporte ?

— C'est peut-être un espoir vain, mais oui, j'attends. »

Maria regarde de nouveau la feuille. « Vous savez, ça me rappelle quelque chose. Ou, plutôt, les figures me rappellent quelque chose. Mais je ne sais pas exactement quoi. Je n'arrive pas à m'en souvenir. »

— Je vous serais reconnaissant d'essayer.

— Je vous en prie, monsieur Sturrock, ne me faites pas languir. Qu'est-ce que c'est ?

— Je regrette, mais je ne peux pas vous répondre. Je n'en sais rien.

— Vous avez bien une idée.

— Oui. Ça peut vous paraître fantastique, mais… j'ai un… disons que le meilleur mot serait « espoir ». J'ai un espoir qu'il s'agisse d'une langue indienne.

— Vous voulez dire une langue des Indiens d'Amérique ? Mais il n'y avait pas de langue écrite chez les Indiens, tout le monde le sait.

— Peut-être y en a-t-il eu une autrefois. »

Maria absorbe ses paroles. Il a l'air tout à fait sérieux.

« De quand date l'original ?

— Eh bien, il faudrait que je l'aie pour le déterminer.

— Vous connaissez sa provenance ?

— Non, et j'aurai du mal à la découvrir, maintenant.

— Donc… » Elle pèse bien ses mots pour ne pas offenser Sturrock. « Vous avez évidemment envisagé qu'il pouvait s'agir d'un faux ?

— En effet. Mais on ne fait généralement de faux que lorsqu'on a quelque chose à gagner. Lorsqu'un marché existe pour ces objets. Pourquoi quelqu'un prendrait-il la peine non négligeable de fabriquer quelque chose qui n'a pas de valeur ?

— Mais c'est bien la raison pour laquelle vous êtes venu à Caulfield. Vous devez donc y croire.

— Je ne suis pas riche, dit-il en souriant d'un air de se moquer de lui-même. Mais il y a toujours la possibilité, si infime soit-elle, que cet objet soit authentique. »

Maria sourit à son tour, ne sachant trop que penser. Son scepticisme naturel est une barrière qu'elle a érigée pour se protéger du ridicule, et elle a pour habitude de se faire l'avocat du diable. Pourtant, elle a peur que Sturrock ne se soit fourvoyé.

« Ces figures, dit-elle, me rappellent bien des dessins indiens que j'ai vus. Sur des calendriers et ailleurs.

— Vous n'êtes pas convaincue.

— Je ne sais pas. Peut-être, si je voyais l'original…

— Bien sûr, c'est ce qu'il faudrait. Vous avez raison, et c'est pour cela que je suis ici. Les affaires indiennes, leur histoire, c'est quelque chose qui m'intéresse, et j'ai été connu pour ça – dans un petit rayon. Il me semble… » Là-dessus, il s'interrompt et regarde par la fenêtre. « … Il me semble que si les Indiens avaient eu une écriture, nous les aurions traités autrement.

— Vous avez peut-être raison.

— J'avais un ami, un ami indien, qui me parlait de cette possibilité. Vous voyez donc que ce n'est pas totalement invraisemblable. »

Si Sturrock est déçu par la réaction de Maria, il ne le montre pas. Mais comme elle a l'impression d'avoir été dure, elle tend la main vers la feuille.

« Puis-je la recopier ? Si vous m'y autorisez, je pourrais l'emporter et… tenter certaines choses.

— Quelles choses ?

— L'écriture est un code, n'est-ce pas ? Et tout code est déchiffrable. » Elle hausse les épaules pour montrer qu'elle n'a pas de compétence particulière en ce domaine. Sturrock sourit et pousse la feuille vers elle.

« Mais bien sûr, avec plaisir. J'ai essayé, mais pratiquement sans résultat. »

Maria doute fort de pouvoir y réussir, mais au moins c'est quelque chose qui lui permettra de s'abstraire des frustrations et des inquiétudes qui l'assaillent de tous les côtés.

IL EST D'ÂGE MÛR ET DE TAILLE MOYENNE, avec des yeux d'un bleu saisissant dans un visage buriné, et des cheveux coupés court à moitié entre le blond et le gris. En dehors de ses yeux, son aspect n'a rien de remarquable, mais il donne une impression globale de quelqu'un de modeste, d'attirant, en qui on peut avoir confiance. Je me l'imagine facilement en médecin ou en notaire de campagne, en une sorte de fonctionnaire qui a orienté son intelligence vers le bien commun – seuls peut-être ses yeux disent autre chose, car s'ils sont perçants et brillants, s'ils voient loin, ils sont aussi rêveurs. Des yeux de prophète. Je suis surprise, voire charmée. Pour une raison que j'ignore, je m'attendais à un monstre.

« Madame Ross, je suis ravi de faire votre connaissance. » Stewart me prend la main et s'incline légèrement. Je hoche la tête.

« Et vous devez être Moody. Ravi de vous rencontrer. Frank me dit que vous êtes basé au bord de la baie Géorgienne. Une région splendide.

— En effet, approuve Moody en souriant et en lui serrant la main. Je suis, moi aussi, ravi de faire votre connaissance, monsieur. J'ai beaucoup entendu parler de vous.

— Oh, vous savez..., et Stewart secoue la tête en souriant, comme s'il était gêné. Ah, monsieur Parker. Il me semble qu'on doit vous remercier d'avoir guidé ces personnes dans un parcours aussi difficile. »

Parker hésite une fraction de seconde, puis serre la main tendue. Je ne perçois dans l'expression de Stewart aucun signe montrant qu'il reconnaisse Parker.

« Monsieur Stewart. Je suis heureux de vous revoir.

— De me revoir ? » Stewart prend un air étonné, un peu contrit. « Je suis désolé, je ne me rappelle pas…

— William Parker. Lac Clear. Il y a quinze ans.

— Lac Clear ? Excusez-moi, monsieur Parker, mais ma mémoire n'est plus ce qu'elle était. » Son visage arbore un agréable sourire, mais Parker ne sourit pas.

« Si vous remontez votre manche gauche, ça vous aidera peut-être à vous souvenir. »

L'expression de Stewart change un instant et je n'arrive pas à la déchiffrer. Puis il éclate de rire et lance une claque sur l'épaule de Parker.

« Oh, là, là ! Comment ai-je pu oublier ? William ! Mais bien sûr. Ah, ça fait longtemps, comme tu dis. » Son visage redevient alors sérieux. « Je regrette de ne pas avoir pu venir vous accueillir dès mon retour. Mais il y a eu un accident tragique, je suis sûr que vous le savez. »

Nous hochons la tête comme des enfants devant leur directeur d'école.

« Nepapanees était l'un de mes meilleurs hommes. Nous étions allés chasser sur une rivière pas très loin d'ici. » Sa voix s'affaiblit et il me semble, bien que je n'en sois pas sûre, voir des larmes briller dans ses yeux. « Nous suivions des traces et… je n'arrive pas à croire ce qui s'est passé. Nepapanees avait une grande expérience des traces, c'était un chasseur très habile. Personne ne connaissait la forêt mieux que lui. Mais en suivant une piste sur la rivière, il a marché sur de la glace trop fine et il est passé à travers. »

Il s'arrête, le regard fixé sur quelque chose qui n'est pas dans la pièce. Je remarque que son visage qui m'inspirait une telle confiance au premier coup d'œil est également fatigué et ridé. Il pourrait avoir quarante ans. Ou quinze ans de plus, je ne saurais le dire.

« Il était là, et l'instant suivant il avait disparu. Il est passé à travers, et j'ai eu beau ramper aussi près du trou que je le pouvais, je n'ai pas trouvé trace de lui. J'ai même plongé ma tête sous la glace, mais ça n'a servi à rien. Et je continue à me demander : est-ce que je n'aurais pas pu faire davantage ? »

Il secoue la tête. « Il y a des choses qu'on peut faire mille fois, et au bout d'un moment on n'y pense même plus. Par exemple, marcher sur la glace. On finit par la connaître, par savoir quelle épaisseur elle a et si le courant est fort ou faible. Et puis arrive une fois où, quand vous posez le pied dessus, alors que toutes les fois précédentes vous étiez sûr de ne courir aucun danger, vous vous trompez et elle ne supporte pas votre poids. »

Moody hoche la tête pour montrer qu'il le comprend. Parker observe Stewart avec une attention soutenue, le scrutant avec cette expression que j'ai vue sur son visage quand il examinait le sol à la recherche de la piste. Je ne sais pas ce qu'il trouve de si énigmatique ; Stewart ne montre rien d'autre que du regret et du chagrin.

Je demande : « Et là, dehors, c'était sa femme ?

— Oui, pauvre Elizabeth. En plus, ils ont quatre enfants ; quatre enfants sans père. Une affaire épouvantable. J'ai vu que vous étiez allé la voir. » Il s'adresse à Moody, maintenant. « Vous nous avez peut-être trouvés sans cœur parce que nous la laissions toute seule, mais c'est leur façon à eux. Ils estiment que personne ne peut dire quoi que ce soit dans des moments pareils. Il leur faut exprimer leur douleur à leur façon.

— Mais ne pouvait-on pas quand même lui dire qu'elle n'était pas toute seule ? Et avec ce temps...

— Dans sa douleur, elle est pourtant seule, pas vrai ? Il n'avait qu'une femme, et elle n'avait qu'un mari. » Il tourne vers moi ses yeux d'un bleu saisissant, et je ne peux qu'être d'accord. « Ce qui est particulièrement dur pour elle, c'est que je n'aie pas pu rapporter le corps. Pour les Indiens, vous savez, la noyade est très néfaste. Ils croient que l'esprit ne peut pas se libérer. Au moins elle est baptisée, et donc elle trouvera là un peu de réconfort. Les enfants aussi. C'est une bonne chose. »

Malgré l'atmosphère accablante, Stewart insiste pour nous faire visiter les lieux. Le tour – geste de courtoisie proposé à tous les visiteurs – a un aspect emprunté et irréel, comme si nous jouions le rôle d'invités censés murmurer leur approbation.

Il nous montre d'abord le bâtiment principal : un carré pourvu de seulement trois côtés. Un rez-de-chaussée en bois, avec un couloir et des chambres de part et d'autre, en constitue l'épine dorsale. À mesure que nous marchons, la différence entre le passé et le présent de Hanover devient de plus en plus palpable. Une aile entière a été conçue pour les invités – au moins douze chambres. Celles qu'on nous a attribuées donnent sur l'extérieur, vers la rivière et la plaine. Aujourd'hui, la vue consiste en plans horizontaux blancs et gris qui se mêlent imperceptiblement et sur lesquels tranche le marron sale de la palissade. Mais l'été, elle doit être très belle. Et puis il y a la salle à manger qui, sans une longue table, semble vide et abandonnée. Autrefois, nous dit Stewart, quand Hanover House était au cœur d'une riche région de fourrures, ce comptoir abritait une centaine d'hommes avec leurs familles, et l'on fêtait de gros bénéfices par des réjouissances qui duraient toute la nuit. Mais tout cela, c'était il y a très longtemps, bien avant Stewart. Au cours des vingt dernières années, à peu près, Hanover a fonctionné avec une équipe réduite au strict minimum ; et c'est davantage pour honorer le passé que pour des raisons financières solides que le comptoir a maintenu la fragile emprise de la Compagnie sur ces immensités sauvages. Quant à la longue partie centrale du bâtiment, elle est quasiment vide ; là où logeait jadis le personnel de direction habitent aujourd'hui les araignées et les souris. Au lieu d'une douzaine d'employés, il n'y a plus que Stewart et Nesbit. Le seul autre membre de l'équipe à vivre dans ces bâtiments est l'interprète principal, Olivier, un garçon qui n'est pas plus âgé que Francis. Stewart l'appelle pour qu'il vienne faire notre connaissance, et s'il est endeuillé, il le cache bien. C'est un garçon vif d'esprit qui semble avoir envie de plaire. Stewart nous explique qu'il possède quatre langues, car il a su profiter d'un avantage naturel, celui d'avoir un parent francophone et un autre anglophone, tous deux appartenant à des tribus autochtones différentes.

« Olivier ira loin dans la Compagnie », déclare Stewart. À ces mots, le visage du garçon rayonne de pur plaisir. Je me demande si c'est vrai : jusqu'où un jeune métis peut-il aller dans une société appartenant à des étrangers ? D'un autre côté, il n'est peut-être pas si mal loti que cela. Il a un travail, du talent, et, en la personne de Stewart, une sorte de mentor.

Depuis la troisième aile, réservée aux bureaux, Stewart nous conduit à l'entrepôt. Comme la plupart des fourrures ont été expédiées pendant l'été, explique Stewart, les stocks sont réduits. Les trappeurs passent l'hiver à chasser, et c'est au printemps qu'ils viennent au poste pour vendre leurs prises. Donald pose des questions sur les expéditions et sur le rendement, et Stewart lui répond avec intérêt, ce qui le flatte. Je jette un coup d'œil à Parker pour savoir comment il réagit, mais il évite de me regarder. Je me sens snobée. Et puis quelque chose que les autres n'ont pas vu attire mon attention. Je me baisse et ramasse un morceau de papier de forme carrée. Des lettres et des chiffres sont inscrits dessus : 66HBPH suivis de noms d'animaux. Ce qui me rappelle que j'ai toujours le bout de papier que Jammet avait peut-être soigneusement caché dans sa cabane.

« Qu'est-ce que c'est ? dis-je en passant le papier à Stewart.

— C'est une étiquette de paquet. Quand nous emballons les fourrures, dit-il en s'adressant à moi comme à la seule personne qui ne connaisse pas les pratiques de la Compagnie, nous mettons sur le colis une liste du contenu nous permettant de savoir si quelque chose s'est perdu. Le code se rapporte à l'expédition – ici, celle indiquée par l'année et qui va jusqu'à mai dernier – ; puis, bien sûr, la compagnie, et le district – ici Missinaibi désigné par la lettre P – ; et enfin le comptoir de traite, Hanover, H. Chaque paquet est ainsi identifié : on sait d'où il vient et à quelle date. »

Je hoche la tête. Je ne me souviens plus des lettres inscrites sur le papier de Jammet, mais je sais qu'il remontait à plusieurs années, peut-être à l'époque où il travaillait encore pour la Compagnie. Comme explication, c'est un peu succinct.

Après l'entrepôt, il y a les écuries, où ne se trouvent plus que les chiens et deux poneys trapus. Plus loin encore, les sept ou huit huttes en bois où vivent les voyageurs de la Compagnie avec leur famille, puis la chapelle.

« Normalement, je vous emmènerais rencontrer tout le monde, mais aujourd'hui... C'est une communauté où tous les gens sont proches, surtout maintenant que nous sommes peu nombreux. Le chagrin est immense. Je vous en prie, n'hésitez pas à aller dans la chapelle si vous en avez envie. Elle est toujours ouverte.

— Monsieur Stewart, je sais que vous avez beaucoup de soucis en ce moment, mais vous savez sans doute que nous sommes ici pour une raison précise. » Peu importe que ce ne soit pas le bon moment pour aborder ce sujet. Je ne veux pas que Moody en parle le premier.

« Oui, bien sûr. Frank a mentionné quelque chose... Vous cherchez quelqu'un, c'est bien ça ?

— Mon fils. Nous avons suivi ses traces. Elles nous ont conduits ici... ou près d'ici, en tout cas. N'auriez-vous pas vu un inconnu, récemment ? C'est un garçon de dix-sept ans aux cheveux noirs...

— Non, je suis désolé. Personne n'est venu ici avant votre arrivée. J'ai bien peur que cette affaire ne me soit sortie de l'esprit, avec tout ce qui s'est passé... Je demanderai. Mais, à ma connaissance, personne n'est venu. »

Pour l'instant, c'est tout. Moody paraît extrêmement mécontent de mon intervention, mais c'est le moindre de mes soucis.

Stewart nous laisse pour vaquer à ses occupations professionnelles, et je me tourne vers Parker et Moody. Nous sommes restés dans le salon de Stewart qu'un feu rend plutôt confortable. Audessus de la cheminée se trouve un tableau peint à l'huile représentant des anges.

« Hier soir, juste après notre arrivée, j'ai entendu Nesbit menacer une femme. Il lui disait qu'elle allait le sentir passer si elle ne se taisait pas "sur lui". C'était ce qu'il disait : "sur lui". Elle répondait – il me semble qu'elle refusait. Puis il lui a dit que quelque chose allait lui arriver, à elle, quand "il" serait de retour. Ce "il" devait être Stewart.

— Qui était cette femme ? demande Moody.

— Je ne sais pas. Je ne l'ai pas vue et elle parlait moins fort que lui. »

J'hésite à parler à Moody de Nesbit et Norah. Quelque chose me pousse à croire que c'était elle ; cette femme a l'air du genre à discutailler. Mais, à ce moment-là, la porte s'ouvre et Olivier, le jeune interprète, pénètre dans le salon. Il semblerait qu'on l'ait envoyé pour nous tenir compagnie. J'ai surtout l'impression qu'on veut nous surveiller.

ON LUI A RACONTÉ JADIS L'HISTOIRE D'UNE FEMME qui avait de sérieux ennuis : son mari menaçait de la tuer. Elle se rendit au comptoir de traite de la Compagnie le plus proche et se planta devant le portail avec toutes ses affaires entassées devant elle. Pour commencer, elle mit le feu à ses affaires. Puis elle porta une allumette enflammée au sac qu'elle avait à son cou. Il était plein de poudre à canon et il explosa, ce qui lui brûla le visage et la poitrine et la rendit aveugle. Restée inexplicablement en vie, elle prit une corde et tenta de se pendre à une branche. Elle ne mourut toujours pas. Alors elle prit une longue aiguille et se l'enfonça dans l'oreille droite. Même avec l'aiguille plongée jusqu'au milieu de sa tête, elle continuait à vivre. Son heure n'était pas venue, et son esprit refusait de lâcher prise. Elle finit par céder et partit recommencer sa vie ailleurs – et elle prospéra. Elle s'appelait Oiseau-qui-vole-vers-le-soleil.

Elle est étonnée de se rappeler autant de détails de cette histoire : le nom de la femme, l'oreille droite. Le nom, c'est peut-être parce qu'il est proche du sien : Oiseau[1]. De cette femme, elle ne connaît rien d'autre, sinon qu'elle aussi sait ce que c'est que d'avoir envie de mourir. Si elle n'avait pas ses enfants, elle croit qu'elle tenterait de se pendre. Alec se débrouillerait : il a treize ans, il est malin, et il travaille déjà avec Olivier comme apprenti interprète. Josiah et William sont plus jeunes, mais ils ont moins d'imagination pour les effrayer et les troubler. Quant à Amy, elle est toute petite ; et

1. En anglais, *bird*, comme dans « Elizabeth Bird ».

comme, dans ce monde, les filles ont davantage besoin d'aide, il faudra qu'elle reste encore quelque temps, jusqu'à ce que son heure arrive. Mais sans son mari à son côté, ce sera toujours l'hiver.

Elle n'avait pas eu conscience qu'elle regardait par la fenêtre, mais maintenant elle voit les visiteurs approcher et se tenir à quelques mètres de la maison. Ils sont tournés vers elle. Elle sent qu'ils parlent d'elle ; il doit leur parler de son mari, inventer une histoire sur sa mort. Elle ne lui fait plus confiance ; quand il vous dit quelque chose, il vous demande de garder le secret. Il a obligé son mari à garder des secrets, ce qui déplaisait à celui-ci même s'il arrivait à s'en débarrasser : il les laissait devant la maison quand il rentrait de leurs expéditions de chasse.

Ce matin – elle s'attendait à son retour dès qu'elle serait réveillée car Amy avait demandé si papa allait rentrer aujourd'hui et elle avait répondu oui –, elle était allée jusqu'à la porte ouest quand elle avait entendu les chiens aboyer au loin. Elle souriait toute seule. Son ouïe est si fine qu'elle était sûre d'avoir perçu le glissement des patins sur la neige. Elle avait toujours le sourire quand son mari rentrait de voyage, et pourtant ils étaient mariés depuis très longtemps. Ayant donc entendu les chiens, elle était montée sur le monticule d'où l'on peut voir par-dessus la palissade. Et elle avait vu qu'il n'y avait qu'un seul homme près du traîneau. Elle était restée là à regarder jusqu'à ce qu'il arrive à la palissade, puis elle était descendue dans la cour pour écouter ce qu'il avait à dire. Mais elle savait déjà. D'autres, William, George, Kenowas et Mary, avaient aussi remarqué qu'il rentrait seul, et ils étaient sortis pour savoir pourquoi. Mais c'était à elle qu'il s'était adressé, sur elle qu'il avait posé ses yeux comme un sortilège bleu qui l'empêchait de parler. Elle ne se rappelait rien d'autre jusqu'au moment où le visiteur, le *moonias*[1] qui a une blessure et des pieds en mauvais état, était sorti pour essayer de lui parler. Mais le son de sa voix était pour elle comme un bourdonnement d'abeilles, et elle ne savait pas ce qu'il avait dit. Un peu plus tard, il lui avait apporté une tasse de café qu'il avait posée dans la neige près d'elle. Elle ne se souvenait pas de l'avoir demandé, mais peut-être l'avait-elle fait. Ce café avait une bonne odeur, la meilleure de tous les cafés qu'elle avait bus, et elle avait regardé de minuscules flocons atterrir et s'évanouir sur sa

1. « Blanc » dans la langue des Chipewyans.

surface noire et huileuse. Atterrir, fondre, et ainsi disparaître à jamais. Et puis elle n'avait plus pensé qu'à une chose : au visage de son mari qui tentait de lui parler, mais elle ne parvenait pas à l'entendre parce qu'il était prisonnier sous une épaisse couche de glace et qu'il se noyait.

Elle avait pris la tasse de café et l'avait versée sur la face interne de son avant-bras. Il était chaud, mais pas encore assez. La peau avait rosi, rien de plus, et son bras avait fumé comme de la viande dans l'air froid.

On l'avait ramenée à l'intérieur de la maison, et Mary, qui était restée avec elle, avait alimenté le feu et donné à manger aux enfants. Elle est toujours avec elle, comme si elle craignait qu'Elizabeth ne se jette dans le feu si on la laissait seule. Alec est venu et a entouré sa mère de ses bras en lui disant de ne pas pleurer – mais elle ne pleure pas. Elle a les yeux aussi secs qu'un bout de bois. Amy ne pleure pas non plus, mais c'est parce qu'elle est trop petite pour comprendre. Les autres, les garçons, ont pleuré jusqu'à ce qu'ils s'endorment d'épuisement. Mary est assise auprès d'elle et ne dit rien ; elle sait que ça ne sert à rien. Il y a eu un moment où George est entré pour dire qu'il prierait pour l'âme de son mari : George est chrétien et il est très dévot. Mary l'a chassé ; Elizabeth et elle sont toutes les deux chrétiennes, mais Nepapanees ne l'était pas. C'était un Chipewyan sans une seule goutte de sang blanc dans les veines. Il était bien allé deux ou trois fois à l'église écouter un prédicateur, mais il en avait conclu que ce n'était pas pour lui. Elizabeth, en revanche, a donné son approbation à George d'un signe de tête : elle savait qu'il voulait apporter son aide. Et peut-être y réussira-t-il ; qui peut affirmer que Notre Père céleste est incapable d'intervenir dans le destin de son mari ? Il est possible qu'un accord réciproque ait été conclu.

« Mary, demande à présent Elizabeth dont la voix grince comme une clé dans une serrure rouillée, dis-moi s'il neige. »

Mary lève les yeux. Elle berce Amy sur ses genoux et, pendant un instant, Elizabeth a le fantasme que Mary est la mère et qu'Amy est une enfant qu'elle ne connaît pas.

« Non, la neige s'est arrêtée il y a une heure. Mais il commence à faire noir, maintenant. Il faudra y aller demain. »

Elizabeth hoche la tête. La neige s'est arrêtée pour une seule raison, et Elizabeth sait ce qu'elle fera demain matin. Elle l'aurait déjà fait si la neige ne les avait pas obligés à s'arrêter et à réfléchir. Pour qu'ils n'agissent pas à la hâte. Demain matin, ils se rendront à la rivière, trouveront son mari et le ramèneront.

Amy se réveille et fixe sa mère. Finalement, avec ses yeux gris-brun et sa peau pâle, c'est sa fille à elle. Ils avaient voulu une autre fille. Nepapanees disait en riant qu'il souhaitait une fille qui serait comme lui et pas comme elle.

Maintenant, il n'y aura pas d'autre fille. L'esprit de cette fille, si ce que Nepapanees croyait est vrai, devra attendre de renaître ailleurs et à une autre époque.

Le problème, c'est qu'Elizabeth ne croit plus en rien.

APRÈS AVOIR DÎNÉ, DONALD SE RETIRE POUR ÉCRIRE À SUSANNAH. De la neige est encore tombée pendant le repas. Si Stewart ne se trompe pas, cette tempête risque de durer plusieurs jours et il n'y aura aucune possibilité de se déplacer avant qu'elle ne prenne fin. Mais Donald a plus d'une raison de s'en réjouir. Sa fatigue a pris des proportions alarmantes. Ses pieds, même dans des mocassins, lui font un mal de chien, et la blessure sur son ventre est toute rouge. Elle suinte. Il a attendu, dans la salle à manger, le moment où il pourrait prendre Stewart à part, et il lui a confié discrètement qu'il aurait peut-être besoin de soins médicaux. Stewart a hoché la tête et lui a promis de lui envoyer quelqu'un doté de quelques compétences. Puis, de manière plutôt inattendue, il lui a fait un clin d'œil.

De toute manière, pour l'instant il ne se sent pas trop mal, assis à la table branlante qu'il a demandée, avec son bloc de papier à lettres et un peu d'encre dégelée. Avant de commencer, il essaye de fixer le visage ovale de Susannah dans son esprit, mais une fois de plus c'est difficile. De nouveau, c'est le visage de Maria qui lui apparaît avec une netteté absolue, et il se dit qu'il serait intéressant de lui écrire pour discuter de la complexité de leur situation – chose que sa sœur, il en est sûr, trouverait ennuyeuse. Sans parler de la pénible affaire de la veuve. Parfois il pense qu'il aimerait savoir ce que Maria dirait de tout cela. Demain, ou le jour d'après, rien ne presse vraiment, il suppose qu'il devra procéder à des recherches réelles. Mais, pour l'instant, il n'est pas obligé de penser à ses obligations.

« *Chère Susannah* », écrit-il, plutôt sûr de lui. Mais ensuite il s'interrompt. Pourquoi n'écrirait-il pas aux deux filles ? Après tout, il les connaît toutes les deux. Il donne plusieurs petits coups de plume contre la table, prend une nouvelle feuille et écrit : « *Chère Maria* ».

Au bout d'une heure, à peu près, on frappe doucement à la porte. « Entrez », dit-il tout en continuant à écrire.

La porte s'ouvre, et une jeune Indienne se glisse sans bruit à l'intérieur. Un peu plus tôt, on lui a dit qui c'était : Nancy Eagles, la femme du plus jeune des voyageurs de la Compagnie. Elle ne peut pas avoir plus de vingt ans. Son visage est adorable, absolument saisissant, et sa voix est si douce que Donald doit faire un effort pour l'entendre.

« Oh, Nancy, je crois. Merci..., dit-il, à la fois surpris et content.

— M. Stewart dit que vous êtes blessé. » Elle parle d'une voix calme et sans timbre comme si elle s'adressait à elle-même. Elle tient un bol d'eau et quelques bandes de tissu – à l'évidence, elle est venue pour le soigner. Sans rien dire de plus, elle lui indique qu'il doit enlever sa chemise, et elle pose le bol sur le plancher. Donald couvre la lettre avec du papier buvard et déboutonne sa chemise, soudain conscient de la maigreur de son torse blanc.

« Ce n'est rien de sérieux, mais... là, vous voyez, j'ai eu une blessure il y a deux ou trois mois, et elle n'a pas guéri comme il faudrait. » Il détache le pansement qui est rose et humide.

Nancy tend la main et pousse légèrement la poitrine de Donald, afin de le faire asseoir sur le lit. « Un coup de couteau. » Elle l'affirme carrément, sans le lui demander.

« Oui, mais c'était un accident... » Donald rit et commence à lui raconter l'histoire, longue et décousue, du match de rugby.

Nancy, sans s'intéresser à l'origine de la blessure, se met à genoux devant lui. Au moment où elle passe l'éponge sur la blessure, Donald respire très fortement et s'arrête de parler, laissant en suspens son explication du placage irrégulier. Nancy se penche en avant et hume la plaie. Donald, sentant alors le rouge lui monter aux joues, retient son souffle car il est très conscient que la tête de Nancy se trouve pratiquement au-dessus de ses cuisses. Elle a des cheveux d'un noir bleuté, fins et soyeux, pas du tout aussi gros qu'il l'avait supposé. Et sa peau est également soyeuse, d'un marron très pâle, crémeux ; une fille soyeuse, agile et innocente de tout artifice. Il se demande si elle est consciente de sa beauté. Il s'imagine son mari, Peter – un voyageur de grande taille et solidement bâti –, faisant soudain irruption dans la chambre, et la pensée le fait blêmir.

Nancy ne paraît nullement troublée. Elle prépare un pansement propre et lui applique aussi un onguent odorant à base d'herbes. Ensuite, elle demande à son patient de lever les bras et elle serre si fort le pansement que Donald craint de suffoquer pendant la nuit.

« Merci. C'est très gentil... » Il se demande s'il n'a pas quelque chose à lui donner, et il passe mentalement en revue les rares affaires qu'il a emportées. Il n'arrive pas à trouver quoi que ce soit qui puisse convenir.

Nancy lui lance un vague sourire et, pour la première fois, ses beaux yeux noirs plongent dans ceux de Donald. Il remarque qu'elle a des sourcils dont l'élégante courbure ressemble à celle d'une aile de mouette, lorsque, à son extrême stupéfaction, elle lui prend la main et la presse contre son sein. Avant qu'il puisse articuler un seul mot ou retirer sa main, elle colle ses lèvres contre les siennes tandis que de l'autre main elle saisit l'organe qu'il a entre les jambes et qui n'est d'ailleurs pas resté indifférent. Donald Moody laisse échapper quelque chose – il ne sait pas très bien quoi –, et au bout d'un moment pendant lequel ses sens sont tellement submergés qu'il n'a plus tout à fait conscience de ce qui se passe, il repousse fermement la jeune femme. (Ne mens pas, Moody – combien de temps a duré ce moment ? Suffisamment longtemps.)

« Non ! Je... je suis désolé. Pas ça. Non. »

Il a le cœur qui bat à tout rompre, et son pouls s'écrase comme des vagues contre ses tympans. Nancy le regarde, et ses lèvres douces, presque couleur d'amande, sont écartées. Jusqu'ici, il ne lui était jamais venu à l'esprit que des femmes autochtones puissent être aussi belles que des Blanches, et il ne peut pas s'imaginer créature plus superbe que cette fille devant lui. Donald ferme les yeux pour ne plus la voir. Elle a toujours les doigts sur les bras de Donald – des bras qu'il a relevés pour tenir ces doigts à distance –, comme s'ils étaient deux partenaires de danse immobilisés au milieu d'une figure.

« Je ne peux pas. Vous êtes belle, mais... non, je ne peux pas. »

Elle baisse les yeux vers son pantalon, qui semble le contredire.

« Votre mari... »

Elle hausse les épaules. « Pas important.

— C'est important pour moi. Je suis désolé. »

Il réussit à se détourner en s'attendant presque à une nouvelle attaque. Mais rien ne vient. Quand il la regarde de nouveau, elle est en train de rassembler le bol d'eau sale, les linges et le pansement usagé.

« Merci, Nancy. Je vous en prie, ne soyez pas… vexée. »

Nancy lui jette un bref coup d'œil mais ne dit rien. Donald pousse un soupir, et elle sort aussi doucement qu'elle était entrée. Il regarde la porte fermée et lance des jurons. Il se maudit lui-même et maudit cette femme, il maudit cet endroit mal foutu et paumé. La lettre sur la table lui adresse des reproches. Les phrases élégantes et bien construites, les remarques incidentes pleines d'humour… pourquoi écrit-il à Maria, d'ailleurs ? Il saisit la feuille et la froisse en une boule compacte, ce qu'il regrette aussitôt. Puis il prend sa chemise de rechange et la jette par terre rien que pour pouvoir jeter quelque chose (mais quelque chose qui ne se cassera pas). Le sol est d'une saleté repoussante. Pourquoi est-il tellement en colère alors qu'il a fait ce qu'il fallait ? (Peut-être parce qu'il regrette ? Parce que c'est un poltron minable, un trouillard qui n'a pas le courage de prendre ce qu'il désire quand on le lui offre ?)

Nom de nom de nom.

MOODY VIENT DE S'EXCUSER ET DE QUITTER LA TABLE lorsque Parker, à son tour, demande la permission de se retirer. Après son départ, je me demande s'ils se sont donné le mot, bien que Moody ait l'air si épuisé qu'il est bien possible qu'il soit vraiment allé dormir. Pour ce qui est de Parker, j'en suis moins certaine. J'espère qu'il œuvre pour parvenir à quelque mystérieux miracle de déduction, mais pour l'instant je suis incapable de deviner en quoi cela pourrait bien consister. Stewart suggère à Nesbit de m'emmener dans le salon prendre un verre. Il nous rejoindra dans quelques minutes, dit-il, d'un ton qui me pousse aussitôt à me demander ce qu'il trame. C'est très bien d'avoir l'esprit soupçonneux, mais je ne peux pas dire que jusqu'ici cela m'ait menée à la moindre découverte utile.

Nesbit prépare deux verres de whisky pur malt et m'en tend un. Nous trinquons. Ce soir, il s'est montré tendu, sur les nerfs ; il avait des yeux enfiévrés et ses mains n'arrêtaient pas de s'agiter ou de pianoter sur la table. Il n'a presque rien mangé. Puis, avant le café, il s'est excusé. Stewart a réagi de manière convenable, mais il avait un regard dur. Il est au courant, me suis-je dit. Norah nous a servis pendant tout le repas, et, bien que je l'aie observée avec attention, je n'ai pu déceler en elle aucune tension comparable. Maintenant que Stewart est là, elle est bien plus docile et n'a plus son air renfrogné du premier soir. Quand Nesbit est revenu dix ou quinze minutes plus tard, son comportement avait changé ; il avait des gestes langoureux et des yeux endormis. Parker et Moody n'ont pas eu l'air de remarquer quoi que ce soit d'anormal.

Je vais à la fenêtre où j'écarte les rideaux. La neige ne tombe plus, mais une couche d'une épaisseur d'une dizaine de centimètres recouvre le sol.

« Pensez-vous que nous allons avoir encore de la neige, monsieur Nesbit ?

— Je ne prétends pas comprendre le temps d'ici, mais ça me paraît probable. Pas à vous ?

— Je me demandais seulement quand nous pourrions repartir. S'il nous faut continuer à chercher...

— Ah, bien sûr. Ce n'est pas la meilleure saison, pour ça. » Il semble indifférent au sort de mon fils de dix-sept ans, tout seul dans l'immensité. À moins qu'il ne soit plus malin que je ne le crois.

« Un endroit épouvantable, ici. Je me dis toujours que ce serait parfait pour des bagnards, plutôt que de les envoyer en Tasmanie - qui, pour autant que je sache, est assez sympa. Un peu comme la région des Grands Lacs.

— Mais ici, on est moins isolé. Ou moins loin du pays.

— On s'y sent bien assez isolé. Vous savez, il y a quelques années, un groupe d'employés - des étrangers, je crois - a essayé de prendre le large à Moose Factory. En janvier ! Bien entendu, on n'en a jamais revu un seul. Ils sont morts de froid au milieu de nulle part, les pauvres couillons. » Il rit doucement, avec amertume. « Pardonnez-moi mes expressions, madame Ross. Il y a si longtemps que je n'ai pas été en compagnie d'une dame que j'ai oublié comment on doit parler. »

Je proteste en lui disant que j'ai entendu bien pire.

Il me jette alors un regard inquisiteur qui ne me plaît pas. Il n'est pas ivre, ce soir, mais ses pupilles sont très rétrécies, même dans cette faible lumière. À présent, ses mains sont calmes et détendues ; apaisées. Je te connais, me dis-je. Je sais ce que tu éprouves.

« Vous avez dit qu'ils avaient disparu ? C'est horrible.

— Oui. Mais ne vous en faites pas trop - comme je l'ai dit, c'étaient des étrangers. Des Fritz ou à peu près.

— Vous n'aimez pas les étrangers ?

— Pas vraiment. Je préfère un Écossais n'importe quel jour de la semaine.

— Comme M. Stewart ?

— Exactement. Comme M. Stewart. »

Je vide mon verre. Je trouve mon courage dans la boisson, mais c'est mieux que de ne pas en trouver du tout.

Au moment où Stewart entre dans la pièce, j'ai le visage chauffé par le whisky mais l'esprit encore clair. Nesbit verse un verre pour Stewart et nous bavardons quelques minutes. Puis Stewart se tourne vers moi.

« Je pensais à votre M. Parker. Vous savez, je m'étonne de ne pas m'être immédiatement souvenu de son nom, mais c'était il y a très longtemps. Dites-moi, comment vous êtes-vous rencontrés ?

— Nous ne nous connaissons que depuis peu. Il se trouvait à Caulfield, et quand nous avons eu besoin d'un guide, quelqu'un l'a proposé.

— Vous ne le connaissez donc pas bien ?

— Pas spécialement bien, non. Pourquoi ? »

Stewart a alors le sourire de celui qui a des informations particulièrement intéressantes à livrer. « Oh… C'est, ou du moins c'était, un personnage haut en couleur. Il y a eu quelques incidents au bord du lac Clear. Disons que certains de nos voyageurs sont plutôt violents et… que c'en était un.

— Fascinant ! Je vous en prie, continuez. » Je souris comme s'il ne s'agissait que de commérages.

« Ce n'est pas si fascinant que ça. Il y a eu de vilains incidents. William était enclin à se battre, quand il était plus jeune. Nous sommes partis en voyage ensemble – je parle d'événements qui ont eu lieu il y a plus de quinze ans, comprenez-vous – pendant l'hiver. Nous étions plusieurs, mais… l'expédition était difficile et il y a eu des disputes. Pour décider s'il fallait continuer ou rebrousser chemin, ce genre de chose. On s'est mis à manquer de nourriture, et ainsi de suite. Toujours est-il que nous en sommes venus aux mains.

— Aux mains ! Mon Dieu ! » Je me penche en avant sur ma chaise en prodiguant à Stewart un sourire d'encouragement.

« Vous vous rappelez peut-être ce qu'il m'a dit. En effet, il m'a laissé un souvenir de lui. » Stewart remonte sa manche gauche. Une cicatrice blanche d'au moins un demi-centimètre d'épaisseur parcourt tout son avant-bras.

Ma stupéfaction n'a rien de feint.

« Ces métis, parfois, il suffit de leur donner la moitié d'une bouteille de rhum, et ils se transforment en fanatiques. On s'est disputés et il m'a sauté dessus avec un couteau. Au milieu de nulle part, en plus ; ce n'était pas une blague, je vous le jure.

Il baisse sa manche. Sur le coup, je ne trouve rien à dire.

« Je suis désolé. Peut-être que je n'aurais pas dû vous la montrer. Il y a des dames pour qui les cicatrices sont pénibles à voir.

— Oh, non... » Je secoue la tête. Nesbit remplit encore mon verre. Ce n'est pas la cicatrice qui me trouble, mais la dernière image de Jammet, celle qui ressurgira toujours dans mon esprit. Et ma première vision de Parker : l'homme artificiel qui fouillait la cabane – une figure sauvage, étrangère, terrifiante.

« La vue de votre cicatrice n'a rien d'effrayant, déclare gaiement Nesbit, mais plutôt la pensée que son guide sache manier aussi bien le couteau !

— Il ne m'a pas du tout paru comme ça, ces dernières semaines. C'est un guide modèle. Peut-être, comme vous l'avez dit, sa violence était-elle due au rhum. Maintenant, il ne boit plus. »

Je me dis aussi que Stewart pourrait bien mentir. Je regarde ses yeux pour y détecter son âme. Mais il a juste l'air gentil, sincère, un brin nostalgique en pensant au temps jadis.

« Ça fait du bien de penser qu'il y a des gens qui peuvent tirer des leçons de leurs fautes, n'est-ce pas, Frank ?

— En effet, dis-je en murmurant. Si seulement nous étions plus nombreux dans ce cas. »

Plus tard, dans ma chambre, je reste habillée et je m'assois dans le fauteuil pour m'empêcher de m'endormir. Combien j'aimerais m'allonger et me plonger dans l'oubli. Mais je ne le peux pas, et je ne suis pas sûre que l'oubli voudrait de moi ; je suis troublée, on peut le dire sans exagération. Je voudrais interroger Parker sur Stewart, sur leur passé, mais quelque chose me retient d'aller le réveiller une fois de plus. De la réticence ou de la peur. La vision qui m'est revenue un peu plus tôt – celle de Parker, la première fois que je l'avais vu – m'a donné un choc. Il m'avait fait froid dans le dos et m'était alors apparu comme une brute tout à fait étrangère. Or l'effet que cette apparence avait d'abord eu sur moi m'était sorti de la tête. Curieusement, c'est le genre d'oubli qui peut se produire dès lors qu'on apprend à connaître quelqu'un.

Pourtant, je ne le connais pas. Je dirai pour sa défense qu'il n'a pas essayé de cacher le fait que Stewart et lui s'étaient déjà rencontrés ; mais peut-être ne faisait-il qu'anticiper l'inévitable ; un double bluff.

Mes yeux se sont depuis longtemps adaptés à l'obscurité, et la neige émet une lumière mate, sans direction, en quantité suffisante pour que je me repère quand je me retrouve dans le couloir. Je frappe très doucement à sa porte, puis je m'introduis en la refermant derrière moi. Je pense ne pas avoir fait de bruit, mais il se redresse dans le lit en poussant une exclamation.

« Bon Dieu… Non ! Allez-vous-en ! » Il semble terrifié et furieux.

« Monsieur Moody, c'est moi, Mme Ross.

— Quoi ? C'est quoi, cette histoire ? » Il tripote les allumettes à tâtons et allume la bougie à côté de son lit. Quand son visage fleurit dans l'obscurité, il a déjà mis ses lunettes et ses yeux sont exorbités.

« Excusez-moi. Je ne voulais pas vous effrayer.

— Bon sang, qu'est-ce que vous trafiquez, à venir ici en pleine nuit ? »

Je m'attendais à de l'étonnement et à de l'irritation, mais pas à une fureur mêlée de terreur. « Il fallait que je parle à quelqu'un. Je vous en prie… ça ne prendra pas longtemps.

— Je croyais que c'était avec Parker que vous aimiez parler. »

Il a l'air d'insinuer quelque chose, mais quoi ? Je m'assois sur l'unique chaise en écrasant quelques-uns de ses vêtements.

« Je ne sais que penser, et il faut que nous en discutions.

— Ça ne peut pas attendre demain matin ?

— Ils ne veulent pas que nous soyons rien que nous trois ensemble. Vous ne l'avez pas senti ?

— Non.

— Bon… Je vous disais que j'avais surpris Nesbit en train de dire quelque chose, et puis Olivier est arrivé et nous n'avons pas pu continuer à parler.

— Et alors ? » La colère résonne encore dans sa voix, mais il a moins peur que lorsque je suis entrée. Comme s'il avait craint que je ne sois quelqu'un d'autre.

« Est-ce que ça ne montre pas qu'il se passe ici des choses qu'ils ne veulent pas que nous sachions ? Et comme nous sommes sur la piste d'un meurtrier, il se peut que ces choses aient un lien entre elles. »

Il me regarde d'un air mécontent. Mais il ne me chasse pas. « Stewart a dit que personne de bizarre n'est venu au fort, récemment.

— Ce n'était peut-être pas quelqu'un de bizarre.

— Suggérez-vous qu'il puisse s'agir d'un des résidents d'ici ? » Il paraît choqué que je jette le doute sur un membre de la Compagnie.

« C'est possible. Quelqu'un que connaît Nesbit. Peut-être que Stewart n'en sait rien. »

Moody fixe l'angle de la pièce derrière mon oreille gauche. « Je crois qu'on aurait bien mieux géré cette affaire en disant franchement les choses. En donnant la vraie raison de notre venue ici, et pas en racontant votre histoire saugrenue…

— Mais on nous soupçonne déjà. Je crois que le simple fait que nous ayons parlé de suivre une piste les a mis sur leurs gardes. Nesbit menaçait une femme - Norah, je crois - pour qu'elle ne parle pas de quelqu'un. Pourquoi le faisait-il ?

— Il peut y avoir diverses raisons. Je croyais que vous ne saviez pas qui était la femme.

— Il est vrai que je ne l'ai pas vue, mais Norah… Norah et Nesbit ont une liaison.

— Quoi ? La femme qui sert à table ? » Moody a l'air stupéfait. Mais davantage parce qu'il s'agit de la courtaude et peu attirante Norah que parce que Nesbit commettrait une inconvenance. Ce genre de chose se produit tout le temps. Il presse sa main contre sa bouche ; il est possible qu'il songe à rédiger un rapport. « Comment le savez-vous ?

— Je les ai surpris. » Je ne veux pas dire que je les ai vus alors que je rôdais dans le fort pendant la nuit, et, par bonheur, il ne le demande pas.

« Bon, mais… elle est veuve.

— Vraiment ?

— D'un des voyageurs d'ici. Une triste histoire.

— Je ne savais pas. » Il m'apparaît alors que ces employés de la Compagnie font un métier dangereux. « Ce que j'allais dire, c'est qu'il nous faudra interroger les gens… sans qu'ils s'en doutent. »

Au moment même où je prononce ces paroles, je me demande bien comment nous allons nous y prendre. Moody n'a pas l'air impressionné, c'est le moins qu'on puisse dire. Je dois admettre que ce n'est pas génial, comme projet, mais je n'ai rien trouvé de mieux.

« Bon. S'il n'y a rien d'autre… » Il lance un regard significatif en direction de la porte. Je songe à l'avant-bras de Stewart ; dois-je en informer Moody ? Mais comme il se méfie déjà de Parker, il risque de vouloir savoir comment il a abouti à Dove River. Et je n'ai pas envie d'en parler en ce moment. « Il faut vraiment que je dorme. Si ça ne vous fait rien.

— Bien sûr. Merci. » Je me lève. Blotti sous les couvertures, il paraît plus petit. Plus jeune et plus vulnérable. « Vous avez l'air épuisé. Est-ce que quelqu'un s'est occupé de vos ampoules aujourd'hui ? Je suis sûre qu'il y a une personne, ici, qui doit avoir des connaissances médicales… »

Moody agrippe les couvertures et les remonte sur son menton comme si j'avais avancé vers lui, une hache à la main. « Oui. Je vous en prie, partez, c'est tout. Tout ce qu'il me faut, c'est un peu de sommeil, bon sang… »

Il s'avère que mon projet d'interroger les membres de l'équipe, le lendemain, doit être remis à plus tard. Car, à l'heure où nous nous levons, presque tout le monde est parti. George Cummings, Peter Eagles, William Blackfeather et Kenowas – autrement dit, tous les hommes adultes qui ne sont pas blancs et qui vivent et travaillent à Hanover House, à l'exception d'Olivier – sont allés chercher le corps de Nepapanees. Ils sont partis en silence, à pied, avant l'aube. Même celui que nous avons vu le premier après-midi alors qu'il était soûl au point d'être en état de catalepsie – le dénommé Arnaud, donc, qui se trouve être le gardien –, même lui, dessoûlé par le chagrin, s'est joint au groupe parti chercher le corps.

La veuve et son fils de treize ans les accompagnent.

UNE SEMAINE APRÈS AVOIR REPOUSSÉ LES AVANCES DE SUSANNAH, Francis, chargé d'une course par son père, se rendit à la cabane de Jammet. Il pensait encore à Susannah Knox, mais l'école était arrêtée pour l'été, et la journée à la plage lui apparaissait comme un souvenir vague et brumeux. Il ne s'était pas rendu au pique-nique et n'avait pas non plus envoyé de message. Il n'avait pas su quoi dire. S'il s'étonnait d'avoir dédaigné ce dont il avait si longtemps rêvé, ce n'était pas souvent, et il ne se reprochait rien. Il avait si longtemps fait de Susannah un idéal inatteignable que, d'une certaine façon, il ne pouvait pas l'imaginer autrement.

Ce jour-là, l'après-midi tirait à sa fin et Laurent était chez lui en train de préparer du thé quand Francis siffla devant la porte.

« *Salut, François,* cria Jammet en français, et Francis poussa la porte. Tu en veux ? »

Francis fit oui de la tête. Il aimait la cabane du Français car elle était dans un tel désordre qu'elle ne ressemblait en rien à la maison de ses parents. Tout ne tenait que par des cordes et des clous ; la théière n'avait pas de couvercle, mais Jammet la gardait parce qu'elle réussissait encore à contenir du thé. Il rangeait ses vêtements dans des caisses à thé. Quand Francis lui avait demandé pourquoi il ne fabriquait pas une commode, puisqu'il était parfaitement capable de le faire, il avait répondu qu'une caisse en bois en valait bien une autre, pas vrai ?

Ils s'assirent donc sur deux chaises derrière la porte que Laurent coinça pour qu'elle reste ouverte, et Francis sentit une odeur de cognac dans l'haleine du Français. Il lui arrivait de boire pendant la journée, mais Francis ne l'avait jamais vu pour autant éméché.

La cabane était orientée à l'ouest et le soleil couchant les atteignait tous les deux en plein visage, ce qui obligeait Francis à fermer les yeux et à pencher la tête en arrière. Quand il jeta de nouveau un coup d'œil à Laurent, il s'aperçut que son aîné était en train de le regarder, et que le soleil faisait jaillir une lumière dorée du fond de ses prunelles.

« *Quel visage* », murmura Laurent en français, comme s'il parlait tout seul. Francis ne lui demanda pas ce que signifiaient ces mots, car il ne pensait pas qu'ils lui étaient destinés.

L'air était d'une délicieuse tranquillité ; le chant des grillons était le bruit le plus fort. Laurent sortit la bouteille de cognac et en versa un peu dans le thé de Francis sans que celui-ci le lui demande. Francis le but avec une insouciance agréable : ses parents hurleraient s'ils le savaient, et il le dit tout haut.

« Ah, mais on ne peut pas faire plaisir à ses parents toute sa vie, lui répondit Laurent.

— J'ai l'impression que je ne leur fais jamais plaisir.

— Tu grandis. Bientôt tu vas partir, pas vrai ? Tu te marieras, tu auras ta maison à toi et tout le reste.

— J'en sais rien. » Tout cela lui paraissait peu probable, à une distance vertigineuse des grillons, du cognac et de ce soleil bas qui l'obligeait à cligner des yeux.

— T'as une petite amie ? Cette petite brune, c'est ta petite amie ?

— Oh... Ida ? Non, juste une copine avec qui je rentre parfois du collège. » Bon sang ! Est-ce que tout le pays croyait qu'Ida était sa petite amie ? « Non, je... »

Sans bien savoir pourquoi, il eut envie d'en parler à Laurent. « Il y avait une fille qui me plaisait. En fait, tout le monde l'aime, elle est très mignonne et très sympa, en plus... À la fin du trimestre, elle m'a invité à un pique-nique. Avant ça, elle ne m'avait jamais vraiment parlé... et j'ai été flatté. Mais j'y suis pas allé. »

Ces paroles furent suivies d'un très long silence. Francis se sentait mal à l'aise et commença à regretter d'avoir parlé.

« Je sais pas ce qui cloche, chez moi ! » Il essaya de faire passer son sentiment en riant, mais il n'y parvint pas tout à fait. Laurent tendit la main et lui tapota la jambe.

« Il n'y a rien qui cloche chez toi, *mon ami*. Absolument rien, c'est sûr. »

À ce moment-là, Francis regarda Laurent. Le visage du Français lui paraissait très grave, presque triste. Cela venait-il de lui ? Est-ce qu'il rendait les gens tristes ? C'était peut-être ça. Ces temps-ci, Ida semblait toujours triste quand elle était près de lui. Quant à ses parents, bon… ils étaient incroyablement sinistres. Francis essaya de sourire pour le rasséréner. Mais alors les choses changèrent. Elles prirent un tempo très lent – ou peut-être très rapide ? Il se rendit compte que Laurent avait toujours sa main sur sa jambe, sauf que maintenant il ne la tapotait plus : il lui caressait la cuisse avec des gestes forts et rythmés. Francis ne pouvait s'empêcher de regarder ses yeux d'un marron doré. Il régnait dans la pièce une odeur de cognac, de tabac et de transpiration, et il lui semblait être collé à sa chaise, avec des membres lourds et impossibles à bouger, comme remplis d'un liquide chaud et visqueux. En plus, il était attiré vers Laurent et aucun pouvoir terrestre n'aurait pu le retenir.

À un certain moment, Laurent se leva et alla jusqu'à la porte restée ouverte pour la fermer. Puis il se tourna vers Francis : « Tu sais, tu peux t'en aller si tu veux. »

Francis le fixa du regard, sans respirer, soudain horrifié. Comme il pensait ne pas pouvoir parler, il se contenta de secouer la tête, juste une fois, et, d'un coup de pied, Laurent referma la porte.

Plus tard, Francis prit conscience qu'il lui faudrait bien rentrer chez lui à un moment ou un autre. Il se souvint aussi de l'outil qu'il était venu chercher, même si cette affaire lui paraissait remonter à des temps inconcevablement reculés. Il avait peur de partir car il craignait que tout ne retombe dans la normalité. Et si, la prochaine fois qu'il voyait Laurent, celui-ci se conduisait comme si rien ne s'était passé ? Il paraissait parfaitement détendu, à présent, en train de remettre sa chemise, avec sa pipe bien serrée entre ses dents. Des nuages de fumée tourbillonnaient autour de sa tête, comme si ce qui venait de se passer était une chose ordinaire, banale, et que la Terre n'avait pas changé d'axe. Francis avait peur de rentrer chez lui, de devoir regarder ses parents avec ces yeux-là et de se demander désormais s'ils savaient.

Il resta debout dans l'embrasure de la porte, tenant le couteau à écorcher, ne sachant trop comment prendre congé. Laurent vint à lui, arborant son sourire dévastateur.

« A… a… lors, bégaya Francis qui n'avait encore jamais de sa vie bégayé, j… je viens… demain ? »

Laurent posa ses mains sur le visage de Francis. Ils avaient les yeux exactement à la même hauteur. Tendres et solides, les pouces suivirent le contour de ses pommettes. Laurent embrassa le jeune homme, et sa bouche lui donna la sensation d'être le centre même de toute vie.

« Si tu veux. »

Francis, rempli de terreur et d'extase, reprit le sentier qui le conduisait chez lui. Tout lui semblait ridicule : le chemin, les arbres, les grillons, le ciel qui s'assombrissait, la lune qui montait, tout avait exactement le même air qu'avant. Comme si tout ce qui l'entourait ne savait rien, comme si ça n'avait aucune importance. Et, en marchant, il se demandait : « Oh, là, là ! est-ce donc ce que je suis ? »

Rempli d'extase et de terreur : « Est-ce donc ce que je suis ? »

Susannah fut oubliée. Les cours et les autres soucis des élèves s'évanouirent dans un passé lointain. Cet été-là, pendant quelques semaines, il fut heureux. Il traversait la forêt avec un sentiment de force et de puissance : c'était un homme qui avait des secrets. Il partait avec Laurent pour des expéditions de chasse et de pêche, mais il ne chassait ni ne pêchait. S'ils rencontraient des gens dans la forêt, Francis les saluait d'un mouvement de tête, grognait sommairement en gardant les yeux fixés sur le bout de sa canne à pêche ou en scrutant les arbres pour y détecter un mouvement ; Laurent laissait alors entendre qu'il devenait un tireur hors pair, avec des yeux d'aigle, un chasseur impitoyable. Mais les meilleurs moments, c'était quand ils se retrouvaient seuls à la fin de la journée, dans la forêt ou dans la cabane, et que Laurent devenait grave. En général, il était aussi ivre, et il prenait le visage de Francis entre ses mains pour le boire des yeux comme s'il ne pouvait pas en avoir assez.

Rétrospectivement, ces moments-là n'avaient pas été très nombreux – Laurent répétait qu'il ne fallait pas qu'il reste trop longtemps à la cabane, sinon les gens auraient des soupçons. Il devait passer suffisamment de temps chez lui, avec ses parents. Mais c'était une chose que Francis trouvait difficile – et cela depuis le premier soir, quand il était rentré et les avait trouvés en train de prendre place à table pour le dîner. Il avait brandi l'outil.

« Il m'a fallu attendre qu'il revienne. »

Son père avait eu un bref hochement de tête, et sa mère s'était retournée : « Tu en as pris, du temps. Ton père le voulait avant le dîner. Qu'est-ce que tu faisais ?

— J'te l'ai dit, j'ai dû attendre. » Il avait posé l'outil sur la table et il était monté à l'étage sans se soucier des cris fatigués de sa mère lui demandant de venir à table.

Il était secoué par des frissons de joie.

Comme ses relations avec ses parents étaient sommaires même quand tout se passait au mieux, ils ne parurent pas remarquer de différence dans son comportement quand il resta silencieux ou distrait. Entre ses visites à Laurent, il passait son temps à marcher ou bien il restait allongé sur son lit, s'acquittant avec impatience et mauvaise grâce des tâches qu'on lui demandait. Il attendait. Et puis survenait une autre soirée à la cabane, ou une expédition de pêche au bord d'un lac, et alors il osait être vraiment lui-même. C'étaient des moments pris à la vie, intenses, pleins de saveur, où le temps pouvait aussi bien traîner en longueur comme un dimanche après-midi que filer comme un torrent. S'il comptait le nombre de nuits passées chez Laurent, à quel chiffre arriverait-il ?

Peut-être vingt. Vingt-cinq.

Trop peu.

Francis est arraché à son passé par Jacob qui pénètre dans la chambre, et c'est une interruption bienvenue. Il lui semble n'avoir encore jamais vu Jacob aussi agité. Francis se frotte le visage comme s'il avait été endormi, espérant que Jacob ne remarquera pas les larmes.

« Qu'est-ce qu'il y a ? »

Jacob a ouvert la bouche, mais rien n'en est encore sorti.

« Une affaire bizarre. Cette femme, Line, et ses enfants, et aussi le charpentier sont partis pendant la nuit. La femme du charpentier menace de se suicider. »

Francis reste bouche bée. Le charpentier, qu'il n'a jamais vu, vient d'être enlevé par son infirmière. (Mais alors, pourquoi l'a-t-elle embrassé ?)

Jacob s'agite. « Il va neiger. Ce n'est pas un bon moment pour voyager, pas avec des enfants. Et je l'ai vue, il y a deux nuits, dans l'écurie. Elle m'a demandé de ne rien dire. Alors j'ai rien dit. »

Francis prend une grande respiration. « Ce sont des adultes. Ils peuvent faire ce qui leur plaît.

— Mais s'ils ne connaissent pas la région… s'ils ne savent pas comment voyager en hiver…

— Combien de temps avant qu'il neige ?

— Quoi ?

— Dans combien de temps va-t-il neiger ? Un jour ? Une semaine ?

— Un jour ou deux. Dans pas longtemps. Pourquoi ?

— Je crois savoir où ils sont allés. Elle m'a parlé ; elle m'a posé des questions sur Caulfield. »

Jacob suit sa pensée. « Eh bien, ils y arriveront peut-être. S'ils ont de la chance. »

IL Y A UNE HEURE, ILS ONT ATTEINT LES PREMIERS ARBRES – certes, petits et rares, mais des arbres quand même – et Line a été gagnée par un élan de joie. Ils vont vraiment s'échapper. Voici la forêt, et elle s'étend jusqu'au bord du lac. C'est presque comme s'ils s'y trouvaient déjà. Son bout de papier lui dit de prendre la direction du sud-est jusqu'à ce qu'ils parviennent à une petite rivière qu'ils suivront ensuite dans le sens du courant. Torbin est assis sur la selle devant Line, et elle lui a raconté une histoire sur un chien qu'elle avait quand elle était enfant en Norvège. Dans son récit, le chien ressemble à celui du conte du soldat, au chien qui avait des yeux aussi grands que des assiettes.

« Toi aussi, tu pourras avoir un chien quand nous aurons trouvé un endroit pour vivre. Ça te plairait, dis-moi ? » La phrase est sortie de sa bouche avant qu'elle ne s'en morde la langue.

« Un endroit pour vivre ? répète Torbin. Tu as dit qu'on partait en vacances. Alors c'est pas vrai ?

— Non, dit Line en soupirant. Nous partons vivre ailleurs, dans un endroit plus agréable, où il fait chaud. »

Torbin se retourne en se tortillant sur la selle pour la regarder en face. Il a une expression dangereuse, fermée et tendue. « Pourquoi t'as menti ?

— Ce n'était pas vraiment un mensonge, mon chéri. C'était compliqué et on ne pouvait pas tout t'expliquer, pas à Himmelvanger. Il était important que personne ne soit au courant, sinon ils ne nous auraient pas laissés partir.

— Tu nous as menti. » Il a un regard dur et troublé. Per et l'église au toit rouge ont fait de lui un petit garçon pédant. « Le mensonge est un péché.

— Dans le cas présent, ce n'était pas un péché. Ne discute pas, Torbin. Il y a des choses que tu ne peux pas comprendre. Tu es trop petit pour ça. Je suis désolée qu'on n'ait pas pu faire autrement, mais c'est ainsi.

— Je suis pas trop petit ! » Il est en colère, et ses joues sont rouges de froid et d'excitation. Il se tortille dans tous les sens, à présent.

« Reste tranquille, jeune homme, ou je vais t'envoyer une gifle. Crois-moi, ce n'est pas le moment de discutailler ! »

Mais, tout en se contorsionnant, il réussit à envoyer un bon coup de coude dans le ventre de Line, qui en a le souffle coupé et se met en colère. « Ça suffit ! » Elle lâche les rênes et lui lance une claque sur la cuisse.

« T'es une menteuse ! Menteuse ! Je serais pas venu ! » crie-t-il, et, en se tordant, il s'échappe des bras de Line et glisse jusqu'au sol. Sa cheville ploie un instant sous son poids, puis il se ressaisit et se met à courir dans la direction d'où ils sont venus.

« Torbin ! Torbin ! Espen ! » crie Line d'une voix stridente, tirant violemment sur les rênes pour ordonner un demi-tour à son cheval, qui, apparemment, ne comprend pas. Il s'arrête puis ne bouge plus, tel un train arrivé à la gare. Espen, qui chevauche devant elle avec Anna, fait volte-face avec sa monture et voit Torbin filer entre les arbres.

« Torbin ! » Il saute à terre en tenant Anna dans ses bras et la donne à Line, qui, descendue de cheval, a laissé l'animal là où il s'est arrêté.

« Reste là. Je vais le chercher. Ne bouge pas ! »

Il s'élance à la poursuite de Torbin en contournant des arbres et en trébuchant sur des branches tombées au sol. En un laps de temps si court que c'en est effrayant, les voilà hors de vue. Anna regarde Line avec ses yeux bleus solennels et se met à pleurer.

« Ne t'inquiète pas, ma chérie, ton frère fait l'imbécile, c'est tout. Ils vont revenir tout de suite. » Cédant à une impulsion, elle se penche et serre sa fille dans ses bras en fermant les yeux contre ses cheveux froids et gras.

Il ne se passe guère plus de quelques minutes avant qu'ils réapparaissent entre les arbres. Le visage d'Espen est figé dans une expression dure, et il tire par la main un Torbin qui a un air de chien battu. Mais Line s'est déjà rendu compte qu'il est arrivé quelque chose de bien plus grave.

Anna et elle cherchent depuis un moment. Elle pensait d'abord qu'elles le retrouveraient tout de suite : un objet en acier dur et rond tel qu'une boussole n'appartient pas à cet environnement ; il devrait leur crever les yeux. Line en fait un jeu pour Anna et propose une récompense pour qui la trouvera la première. Le jeu perd vite son charme. Le sol, ici, est particulièrement traître : des bosses rocheuses, des creux où l'on se tord les chevilles, des terriers de lapin cachés, des enchevêtrements de racines, des fouillis de rameaux morts ou en train de pourrir. Elle ne se souvient plus si elle l'a laissée tomber quand Torbin l'a frappée, ou plus tard, ou encore au moment où elle tentait de faire tourner le cheval. Le sol tourmenté ne livre aucune trace de leur passage.

Elle déclare à Espen qu'elle n'arrive pas à la trouver, et quand Torbin voit la peur sur leur visage, il se tait. Il sait que c'est sa faute. Ils se mettent tous les quatre à chercher, le dos baissé, décrivant des cercles autour des chevaux indifférents, écartant des lichens et des feuilles pourries, plongeant leurs mains dans des trous sombres et moites. Toutes les directions ont l'air de se moquer d'eux, tellement elles se ressemblent : partout des pins rabougris qui poussent et meurent là où ils ont grandi, qui tombent penchés dans les bras les uns des autres, tissant autour des fuyards un piège de branches mortes, emmêlées.

Anna est la première à le remarquer. « Maman, il neige. »

Line se redresse, et son dos lui fait mal. De la neige. Des flocons silencieux et secs flottent autour d'elle. Espen voit son expression.

« Nous allons continuer à chercher pendant une demi-heure, et puis nous repartirons. De toute façon, on n'aura pas trop de mal à trouver la bonne direction. Le plus important était de savoir comment arriver jusqu'à la forêt. Maintenant, c'est facile. »

À un certain moment, Torbin pousse un cri et bondit, mais ce n'est qu'une pierre grise et ronde. Line est secrètement soulagée quand Espen leur dit d'arrêter. Et quand elle le voit prendre le commandement, les regrouper pour leur tenir un petit discours et décider de la direction à prendre, elle sent qu'elle l'aime. Il leur fait observer que le lichen s'accumule sur le côté nord des troncs d'arbre, et que c'est donc ça qu'il faut bien surveiller : les endroits où le lichen s'accumule. Aux yeux de Line, le lichen paraît distribué assez régulièrement, mais elle s'interdit cette pensée, elle la chasse de son esprit, lui claque la porte au nez. Espen saura comment faire : c'est lui leur protecteur. Elle n'est qu'une femme.

Espen prend Torbin avec lui sur son cheval et ils s'éloignent en silence. La neige assourdit tout, même le cliquetis des brides.

JE ME RENDS À L'ÉCURIE SANS BONNE RAISON, sinon celle de parler aux femmes ; mais, à vrai dire, elles me font peur. Elles ont l'air dures, ailleurs, méprisantes, endurcies par le chagrin. Qui suis-je pour leur poser des questions, moi que la charité et la bonté, ou même la curiosité pour mes semblables n'ont jamais étouffée ? En tout cas, les chiens sont contents de me voir, car ils deviennent fous d'ennui à rester ainsi enfermés. Lucie se précipite en remuant la queue ; ses mâchoires sont grandes ouvertes en un sourire de chien heureux. J'ai pour elle un élan absurde de tendresse quand je sens sa tête rêche sous ma main et sa langue comme du sable chaud. Et puis Parker est là. Je me demande s'il guettait mon arrivée.

C'est la première fois qu'il est venu me trouver. Ou plutôt la première fois depuis qu'il a frappé à ma porte en pleine nuit et que nous avons conclu un accord. Hier, j'en aurais été contente ; aujourd'hui, je ne sais pas. Ma voix est plus stridente que je ne le souhaiterais.

« Vous avez eu ce que vous vouliez ?

— De quoi parlez-vous ?

— De la raison pour laquelle vous êtes venu. Ça n'avait rien à voir avec Francis ou Jammet. Vous vouliez retrouver Stewart. À cause de quelque chose qui a eu lieu il y a quinze ans. À cause d'une bagarre idiote. »

Parker répond sans me regarder. Avec prudence. « C'est faux. Jammet était mon ami. Et votre fils… eh bien, il aimait Jammet. Je crois qu'ils s'aimaient, tous les deux, n'est-ce pas ?

— Vraiment ! » J'émets une sorte de rire étranglé. « Vous avez une drôle de façon d'en parler. À vous entendre, on croirait que… »

Parker ne dit rien. Lucie continue à me lécher la main et j'oublie de la retirer.

« Vraiment, je... » J'ai l'impression que Parker a posé la main sur mon bras, et bien qu'une partie de moi veuille repousser cette main, je ne le fais pas. « Vraiment, je ne... »

Je n'arrive pas à croire que je ne le savais pas. « Que dites-vous ? » Ma voix crépite comme des feuilles sèches.

« Jammet était... Bon, il avait été marié, mais il avait aussi parfois des... amis. Des hommes jeunes et beaux, comme votre fils. »

Il a réussi, je ne sais comment, à m'éloigner de la porte et à m'amener dans le coin sombre où sont entassées les balles de foin. Je me suis assise sur l'une d'elles.

« La dernière fois que je l'ai vu vivant – c'était au printemps –, vous savez, il a mentionné quelqu'un qui habitait près de chez lui. Il savait que je ne le jugeais pas ; remarquez que ça lui aurait été égal. »

Un demi-sourire se dessine sur son visage. Il commence à allumer sa pipe sans se presser. « Il l'aimait profondément. »

Je lisse mes cheveux pour les remettre en place. Quelques mèches se sont échappées de mon chignon, et je remarque dans le long rai de lumière passant par l'ouverture de la porte que deux ou trois cheveux sont blancs. Il faut que je regarde les choses en face. Je vieillis et j'ai la tête pleine de pensées que je ne supporte pas : je ne supporte pas de penser que je ne me rendais pas compte de ce qui se passait ; je ne supporte pas de penser qu'Angus détestait Francis pour cela, car je comprends à présent qu'il savait ; je ne supporte pas de penser à la douleur de Francis qui a dû être – et doit toujours être – extrême, secrète, et qui a dû le réduire à une solitude intolérable ; et je ne supporte pas de penser que, lorsque je l'ai vu, je ne l'ai pas assez réconforté, loin s'en faut.

« Oh, mon Dieu, j'aurais dû rester avec lui.

— Vous êtes une femme courageuse. »

Ça me fait presque rire. « Je suis une idiote.

— Vous êtes venue jusqu'ici pour votre fils. C'était très pénible pour vous. Il le sait.

— Et ça n'a servi à rien. Nous n'avons pas trouvé celui qui a laissé les traces. »

Parker ne se précipite pas pour le nier. Il fume en silence pendant une minute. « Stewart vous a montré la cicatrice ? »

Je hoche la tête. « Il dit que vous la lui avez faite au cours d'une bagarre pendant un voyage.

— Pas pendant le voyage. Après. Je vais vous dire deux ou trois choses qu'il ne vous a probablement pas racontées, et puis vous pourrez en conclure ce que vous voudrez. Stewart était quelqu'un de prometteur. Tout le monde disait qu'il irait loin. C'était le bonhomme adéquat pour le poste. Un hiver, au lac Clear, il a formé un groupe avec quelques-uns d'entre nous pour rejoindre un autre comptoir. Le trajet serait de cinq cents kilomètres. Il y avait presque un mètre de neige, sans parler des rafales. Le temps était épouvantable. On ne voyage pas en plein hiver à moins d'y être obligé. Il l'a fait pour prouver qu'il en était capable.

— Est-ce que c'est la fameuse expédition dont a parlé M. Moody ?

— Elle est fameuse, mais pas pour les raisons qu'il a données. Nous étions cinq au départ. Stewart, un autre membre de la Compagnie du nom de Rae, et le neveu de Rae âgé de dix-sept ans. Ce garçon ne travaillait pas pour la Compagnie mais visitait le pays. Ensuite, moi et un autre guide, Laurent Jammet.

» Comme je l'ai dit, le temps était mauvais ; de la neige profonde et des tempêtes. Et c'est devenu pire. Il y a eu du blizzard, et par chance nous avons trouvé une cabane à cent cinquante kilomètres de tout. Le blizzard ne cessait pas. Nous attendions qu'il se calme, mais c'était une de ces tempêtes de janvier qui durent des semaines. Nos réserves de nourriture baissaient. L'alcool était la seule chose que nous avions en abondance. Jammet et moi avons décidé d'aller chercher de l'aide. Ça nous semblait être l'unique moyen de nous en sortir. Nous avons promis aux trois autres de revenir le plus vite possible, nous leur avons laissé toute la nourriture et nous sommes partis. Nous avons eu de la chance. Au bout de deux jours, nous avons trouvé un village indien. Puis le mauvais temps a empiré et nous avons été coincés trois jours de plus.

» Quand nous sommes enfin retournés auprès des autres, il s'était passé quelque chose. Nous avons trouvé Stewart et Rae ivres morts. Le garçon, lui, était vraiment mort : il était allongé par terre, étouffé par son propre vomi. On n'a jamais eu beaucoup d'explications, mais voici, à mon avis, ce qui était arrivé : Stewart avait parlé de ce qu'il appelait "partir auréolé de gloire". Il en plaisantait. Je crois que, comme nous n'étions pas revenus immédiatement, il avait abandonné tout espoir. Il a jugé que le mieux pour eux serait de boire jusqu'à ce que mort s'ensuive. Rae et lui n'ont pas réussi, mais le garçon est mort.

— Comment savez-vous que l'idée venait de lui ? » Je frémis intérieurement en y pensant. Ce garçon avait le même âge que Francis.

« C'était dans sa façon de penser. » Il a un ton que le dégoût rend neutre.

« Et puis quoi ? Est-ce qu'il a été viré ?

— Comment prouver quoi que ce soit ? C'était une tragédie, un point c'est tout. Un mauvais calcul. Ce qui est déjà assez dur. Rae est rentré en Écosse, Stewart a été muté et le garçon est sous terre. J'ai quitté la Compagnie. Je n'ai plus revu Stewart.

— Et la cicatrice ?

— C'est quand je l'ai entendu critiquer le garçon. Dire que c'était un faiblard, un trouillard, qu'il avait envie de mourir. À cette époque, je buvais. » Il hausse les épaules sans manifester de regret.

La pause qui suit me semble sans fin. Pourtant, je sais qu'il n'a pas terminé.

« Et l'autre chose ?

— Ouais. Il y a cinq ou six ans, comme la Compagnie manquait d'hommes, on a fait venir des Norvégiens. Des détenus. Stewart était l'agent principal de Moose Factory où on avait envoyé un groupe de ces prisonniers. Il y a aussi eu des Norvégiens qui ont rejoint la Compagnie à partir du Canada. La veuve d'Himmelvanger, celle qui a soigné votre fils, était la femme d'un de ces gars. »

Je pense à la veuve - jeune, jolie ; il y a en elle quelque chose d'impatient et d'avide. Il se peut que là en soit la raison.

« Je n'y étais pas, donc je ne vous raconte que ce que j'ai entendu. Des Norvégiens se sont mutinés et se sont enfuis. Ils ont réussi, je ne sais pas comment, à emporter tout un tas de fourrures chères. Ils sont partis pour traverser le pays, mais les blizzards sont arrivés et ils ont disparu. Cette fois, Stewart a eu des ennuis non seulement à cause de la mutinerie, mais aussi parce qu'il avait perdu toute cette marchandise chère. Quelqu'un dans l'entrepôt avait dû être de mèche.

— Stewart ?

— J'en sais rien. Les gens ont exagéré, évidemment, et ils ont raconté que celui qui retrouverait ces fourrures se ferait une fortune. Des dizaines de renards argentés et noirs.

— Ça ne me donne pas l'impression de justifier autant d'ennuis.

— Vous savez combien vaut une peau de renard argenté ? »

Je fais non de la tête.

« À Londres, plus que son poids en or. »

J'en suis ébahie. Et consternée pour ces animaux. Je ne vaux peut-être pas grand-chose, mais au moins je vaux plus vivante que morte.

« On a envoyé Stewart ici. Mais, dans la région, il n'y a plus de fourrures. Rien que des lapins. Sans valeur. Je ne sais pas pourquoi ils s'embêtent à garder Hanover House. Pour quelqu'un d'ambitieux, c'était une insulte. Quand on est dans un endroit comme celui-ci, il n'y a plus de promotion. C'est sans doute une punition pour ce qu'il a fait.

— Mais qu'est-ce que ça a à voir avec Jammet ? » J'ai hâte d'arriver au bout.

« Euh... L'an dernier... » Il s'interrompt pour remuer le tabac dans sa pipe – délibérément, me semble-t-il. « L'hiver dernier, j'ai trouvé les fourrures.

— Les renards noirs et argentés ?

— Oui. » Sa voix a quelque chose de légèrement amusé, ou peut-être de défensif.

« Et elles valaient une fortune ? » J'éprouve alors – et je m'en excuse auprès de Francis – un frisson d'excitation. Les trésors apparaissent sous bien des formes, même parfois horribles, et ils font toujours battre plus vite un cœur superficiel comme le mien.

Une sorte de grimace se dessine sur le visage de Parker. « Pas autant que ce que les gens avaient dit, mais... pas mal.

— Et... les Norvégiens ?

— Eux, je ne les ai pas trouvés. Mais toute trace aurait disparu depuis longtemps. Ils n'avaient pas d'abri.

— Vous voulez parler de loups ? » Je ne peux m'empêcher de poser la question.

« C'est possible.

— Mais je croyais que... vous m'aviez dit qu'ils... laissaient certaines parties.

— Au fil des ans, toutes sortes de créatures viennent aussi : des oiseaux, des renards... Ou peut-être sont-ils allés plus loin. La seule chose que je dis, c'est que je n'ai rien vu. Les fourrures étaient cachées comme s'ils avaient l'intention de revenir. Mais ils ne sont jamais revenus.

» Donc, j'en ai parlé à Laurent. Il comptait trouver des acheteurs aux États-Unis. Mais quand il avait bu, il était incapable de la fermer. Il s'est vanté. Le bruit a dû se répandre et parvenir jusqu'à Stewart, ici. C'est pour ça qu'il est mort.

— Qu'est-ce qui vous fait croire que c'est Stewart ?

— Stewart voulait ces fourrures plus que n'importe qui d'autre. Parce que c'est lui qui les a perdues. S'il les récupérait, il deviendrait un héros. La Compagnie le reprendrait.

— Ou bien il pourrait s'enrichir. »

Parker secoue la tête. « Je ne crois pas que l'argent soit important pour lui. C'est plutôt l'orgueil qui le motive.

— Et si c'était quelqu'un d'autre ? N'importe lequel de ceux qui ont entendu Jammet parler, quelqu'un qui aurait voulu l'argent ? »

Il tourne son regard vers moi. « Mais les traces conduisaient ici. »

J'y réfléchis un moment. C'est vrai. C'est vrai, mais ça ne suffit pas. « Elles nous ont conduits ici, mais maintenant elles ont disparu. Et si nous n'arrivons pas à trouver cet homme… »

Soudain je songe à quelque chose, et j'en suis si excitée que je me sens tout échauffée.

« Tenez, j'ai trouvé ceci chez Jammet… » Je sors le bout de papier de ma poche et je le tends à Parker. Il se penche en direction de la porte, le scrute, mais le papier reste mal éclairé.

« Soixante et un, c'est le numéro de l'équipe, pas vrai ?

— Oui. Oui, c'est ça. C'est vous qui l'avez trouvé ?

— Dans son bac à farine. »

Parker sourit. Je suis rouge de fierté – pendant une seconde, et puis je le suis moins. Ce papier ne prouve rien, sinon que Jammet s'intéressait lui aussi aux fourrures. Ça ne fait rien avancer.

« C'est moi qui lui ai donné ce bout de papier avec une peau de renard argenté. Comme ça le faisait rire, il l'a gardé. Mais il a vendu la fourrure, évidemment.

— Je vous le laisse, lui dis-je. Vous trouverez peut-être une raison de vous en servir. » Je ne me demande même pas ce que je veux dire. Parker ne me le demande pas non plus, mais le bout de papier disparaît. Je ne sais toujours pas quoi faire. Bien entendu, c'est Moody qu'il va falloir convaincre.

« Allez-vous raconter tout cela à Moody ? Ça lui permettra peut-être de comprendre.

— Comme vous dites, ça ne prouve rien. Moody aime bien Stewart. Stewart a toujours été doué pour s'attirer la sympathie d'autres hommes. En plus, il n'est pas allé à Dove River. Il y a quelqu'un d'autre.

— Pourquoi un homme irait-il tuer au profit d'un autre ?

— Pour un tas de raisons. Pour de l'argent. Parce qu'il a peur. Quand nous aurons découvert qui sait, nous découvrirons aussi pourquoi.

— Ça pourrait être l'un des hommes d'ici. C'était peut-être Nepapanees, et puis il aurait… menacé de parler et Stewart l'a tué.

— J'y ai pensé. Je me demande s'ils vont réussir à trouver son corps.

— Ce qui veut dire ?

— Ce qui veut dire qu'ils sont partis dans la direction que Stewart leur a indiquée. La neige aura recouvert les traces. Ils n'ont que sa parole pour savoir ce qui s'est passé. »

Le silence est si intense que même les gémissements des chiens ne parviennent pas à le rompre.

VERS LE SOIR, ILS ARRIVENT À L'ENDROIT QUE STEWART LEUR A INDIQUÉ. Le ciel s'est lentement vidé de sa lumière, et tout est gris : gris perlé les nuages, gris pâle la neige. C'est l'aspect lisse de la neige sur la glace qui révèle la rivière : une route large qui dessine des courbes dans la plaine à deux ou trois mètres au-dessous du niveau du sol. Depuis qu'elle a commencé à couler, la rivière a creusé son lit toujours plus profondément dans l'écorce terrestre.

Il y a des indices de la présence récente de quelqu'un – même s'ils sont voilés par la neige fraîche. Un endroit piétiné, malmené, où la berge descend vers une sorte de plage. D'en haut, la pellicule de glace sur la rivière est toute plate et d'un blanc égal, sauf à un endroit, un peu plus haut, où elle paraît plus sombre, parcourue d'ombres, ce qui signifie qu'elle a été brisée et qu'une glace plus fine s'est reformée – une glace légèrement saupoudrée de neige. Ce doit être là.

Depuis le début, Alec marche à côté de sa mère, avec parfois sa main dans la sienne. C'est dur, pour lui. Elizabeth s'est demandé si elle devait même le laisser venir, mais il avait dans les yeux quelque chose qui lui rappelait Nepapanees : la détermination et le sérieux. Hier encore, c'était un garçon qui avait un père auquel se mesurer. Maintenant, il lui faut être un homme.

Les hommes laissent les traîneaux sur la berge et descendent jusqu'à la rivière. Elizabeth prend Alec par la main. Ce n'est pas à lui de retirer de l'eau le corps de son père. Les hommes s'avancent avec précaution, vérifiant la solidité de la glace à coups de bâton. Quand elle se rompt, près de l'ombre, l'eau en dessous est noire. L'un des hommes s'écrie que la rivière est moins profonde, là, qu'ils ne le croyaient. Ils étudient le courant et discutent de la manière de procéder. Depuis un point élevé de la berge, Elizabeth regarde en aval la route blanche qui serpente. Quelque part, là-bas, Nepapanees attend.

« Reste ici », dit-elle à Alec, sachant qu'il va lui obéir. Elle part à grandes enjambées vers l'aval sans regarder derrière elle. Les hommes l'observent avec nervosité.

Ce qu'elle a repéré, c'est une inégalité dans la blancheur de la rivière, un endroit agité où des branches se sont accrochées à un obstacle enfoui sous l'eau et se sont maintenues, formant un barrage. Tout ce que le courant porte en aval devra venir reposer ici pendant l'hiver jusqu'à ce que les crues du printemps l'emportent.

Elizabeth glisse et descend tant bien que mal la berge au-dessus du barrage. Une partie de son esprit se demande pourquoi Stewart n'a pas pensé à regarder là, car la neige est intacte. La glace est solide sous ses pieds. Elle s'agenouille et gratte la neige avec ses moufles, l'envoyant sur les côtés et mettant au jour une glace éblouissante, aussi transparente que du verre. L'obscurité de la rivière la regarde d'un air mauvais : elle est d'un noir marron, pleine de pourriture sous son bouclier gelé. Elizabeth agrippe la glace là où elle est percée et abîmée par les branches ; elle en brise les bords, elle la frappe et la fait craquer jusqu'à ce que…

Là… là, tout au fond, pris dans le bourbier, quelque chose de clair et de sombre à la fois, quelque chose de grand, qui ne doit pas être là, qui est prisonnier de cette obscurité aqueuse.

Des cris s'élèvent, et quelques-uns des hommes dévalent tant bien que mal la berge derrière elle, mais elle n'a aucune conscience de leur présence, pas plus que de l'air qu'elle chasse entre ses dents avec de grands sifflements, ou de ses mains, nues désormais, qui saignent et qui sont bleues de froid tandis qu'elle gratte le bord déchiqueté de la couche de glace. Les hommes arrivent près d'elle avec leurs bâtons et leurs haches. Ils lancent de grands coups contre la masse gelée, qu'ils découpent en grosses plaques couvertes d'écume. Des mains tentent d'agripper Elizabeth pour l'éloigner du trou, mais elle les surprend, se lance en avant et plonge la tête la première, les mains tendues pour saisir le corps de son mari et le libérer. Sous le choc soudain de ce froid mortel, même les yeux ouverts, elle ne perçoit rien que le noir des profondeurs et une lumière gris-vert au-dessus d'elle, jusqu'à ce que la chose s'arrache à ses liens et arrive dans ses bras tendus, comme un amant dans un cauchemar.

Le cadavre d'un cerf nage vers elle : il a des yeux vides en putréfaction, des lèvres noires rongées qui découvrent un rictus de dents, un crâne qui miroite avec une sorte de timidité et dont la blancheur transparaît sous une fourrure trempée. Sa peau flotte tout autour comme un linceul en lambeaux.

Lorsqu'ils tirent Elizabeth de là, ils croient un instant qu'elle est morte. Elle a les yeux fermés et de l'eau lui coule de la bouche. Peter Eagles lui frappe la poitrine et elle tousse, vomissant la rivière. Ses yeux s'ouvrent. On la porte déjà sur la berge, on lui ôte les cuirs mouillés qui lui irritent la peau. Quelqu'un a allumé un feu. Quelqu'un d'autre apporte une couverture. Alec pleure. Il n'est pas prêt à perdre un parent de plus.

Elizabeth sent la rivière dans sa bouche : le goût de froid et de mort reste prisonnier derrière ses dents.

« Il est pas là », dit-elle quand elle cesse de claquer des dents.

George Cummings lui frotte les mains avec un bout de couverture.

« Elle est longue, la partie de la rivière qu'on doit explorer. On cassera chaque petit bout de glace jusqu'à ce qu'on le trouve. »

Elizabeth secoue la tête ; elle voit encore le visage pâle du cerf qui lui sourit triomphalement. « Il est pas là. »

Plus tard, ils s'assoient autour du feu pour manger du pemmican et boire du thé. Normalement, ils pêcheraient, mais plus personne ne veut pêcher dans cette rivière ; personne ne pense même à le suggérer. Alec s'assoit contre Elizabeth pour qu'elle puisse sentir la chaleur de sa cuisse de ce côté-là de son corps.

Ils ont dressé leur camp sur une autre plage d'où ils ne peuvent pas voir les dégâts qu'ils ont causés et où les hautes berges les protègent du vent. Mais l'air est étonnamment calme et la fumée de leur feu monte tout droit avant de disparaître.

William Blackfeather parle d'une voix basse sans s'adresser à quelqu'un en particulier. « Demain, à la première lueur de l'aube, nous chercherons en amont autant qu'en aval. À nous tous, on peut couvrir une bonne distance. »

Les gens approuvent de la tête. Puis Peter dit : « C'est bizarre que l'eau soit si peu profonde. On n'a pas l'impression qu'on pourrait se faire emporter facilement. Le courant n'est pas très rapide. »

George l'avertit d'un signe de tête en direction d'Elizabeth. Mais elle ne semble pas écouter. Kenowas déclare alors d'une voix plus basse :

« Il y avait de la glace neuve, là où elle a été brisée. Mais la glace qui était là avant n'était pas épaisse, elle ne faisait pas la moitié de la nouvelle. »

Survient alors un silence pendant lequel chacun suit ses propres pensées. Kenowas articule les siennes à haute voix :

« Je ne serais pas allé sur une glace aussi fine, quelle que soit la bête que j'aurais suivie.

— Qu'est-ce que tu racontes ? » Arnaud est bourru et agressif même quand il n'a pas bu. Kenowas se tourne vers lui. Entre les deux hommes couve une longue inimitié.

« J'arrive pas non plus à comprendre comment Nepapanees a pu aller sur cette glace. Même un abruti comme toi y réfléchirait à deux fois. »

Personne ne rit, bien que Kenowas ait voulu plaisanter. Ce qu'il dit n'est pas dépourvu de vérité, et Nepapanees était le chasseur le plus fin, le plus expérimenté d'entre eux.

Ce que nul ne mentionne, bien que la plupart d'entre eux le pensent, c'est que l'esprit qui guidait Nepapanees était un cerf. Comme il n'a pas été baptisé, au lieu d'avoir un bébé pour veiller sur lui, il a eu l'esprit du cerf. Il estimait que c'était mieux qu'un bébé, pour lui. Comment un bébé d'homme, né il y a si longtemps dans un pays chaud couvert de sable, pourrait-il connaître la façon de survivre dans ces immensités froides ? Qu'aurait-il à lui enseigner ? Mais Elizabeth, qui avait été baptisée et qui avait un saint particulier pour lui tenir compagnie, qui avait aussi du sang de Blancs dans les veines, secouait la tête et disait : « Allons donc », si elle était en colère ; ou alors, si elle ne l'était pas, elle se moquait de lui et lui tirait les cheveux. À l'âge adulte, quand elle s'était convertie, la figure du gentil saint François qui communiait avec les oiseaux et d'autres créatures lui avait plu. À cet égard, c'était presque un Chipewyan, et pour cette raison il était très apprécié de tous : quatre enfants et deux adultes, rien que dans leur village, l'avaient choisi comme saint patron pour leur confirmation.

À présent, saint François semble très loin et insignifiant : c'est un étranger qui ne pourrait en aucun cas comprendre cette mort et la douleur glacée d'Elizabeth. Elle ne parvient pas à chasser de son esprit la vision de la tête de cerf. Dans la rivière, elle avait eu le fort sentiment que son mari n'était pas du tout là, qu'il n'était nullement dans les parages, mais peut-être se trompait-elle. Peut-être la foi religieuse de son mari était-elle la bonne depuis toujours, et ce qu'elle voyait, c'était son esprit qui revenait la tourmenter parce qu'elle n'avait pas cru.

Elle se sent loin, gelée par autre chose que par le froid, complètement séparée de ces hommes, de leur nourriture et du feu. Même de la neige, du silence et de ce ciel creux, sans fond. La seule chose qui la relie un peu à ce monde, c'est la douce pression du corps de son fils ; un fil ténu de chaleur humaine, facilement brisé.

LA TEMPÉRATURE CONTINUE À BAISSER. Dans ce froid, l'air donne l'impression d'être pris dans un étau. Il vous ôte votre haleine, aspire l'humidité de votre peau et brûle comme du feu. Dans la cour règne un silence profond, presque conscient, et les pieds y écrasent la neige avec un bruit si fort qu'il en est surprenant.

C'est ce qui réveille Donald : la pression et le grincement de la neige fraîche sous les pas.

Il est resté au lit toute la journée en invoquant une légère fièvre, et il a dormi tard dans l'après-midi après avoir coincé une chaise sous la poignée de la porte. Il s'est agréablement assoupi dans la lumière faiblissante. Ces pas ne sont pas en eux-mêmes inhabituels – il y a encore des gens, ici, pour les produire –, mais ils ont un rythme étrange et irrégulier qui tire brusquement Donald de sa confortable hébétude. Malgré lui, il se trouve en train d'écouter tandis que la personne avance, s'arrête, repart un peu plus loin. Et s'arrête encore. Il attend – Vas-y, bon sang ! – le mouvement suivant. À la fin, il est forcé de se hisser sur ses coudes et de jeter un coup d'œil dans la cour de plus en plus sombre. Deux rectangles de lumière se déversent de chambres situées un peu plus loin ; les bureaux, peut-être. D'abord, il ne distingue personne, mais c'est parce que cet individu reste dans les zones d'ombre, supposant sans doute que la chambre de Donald est vide puisqu'elle n'est pas éclairée. Enfin il l'aperçoit : c'est un homme vêtu de fourrures, avec de longs cheveux sombres. Donald se demande si l'équipe partie à la recherche du corps est rentrée. Mais il ne reconnaît pas cet homme et, au bout d'un moment, comprend qu'il n'est pas parti avec l'équipe. L'homme marche furtivement, a une façon de regarder autour de lui et de se déplacer telle qu'on dirait qu'il mime les gestes de quelqu'un qui voudrait passer inaperçu. Il est soûl comme un âne.

De plus en plus amusé, Donald le regarde trébucher dans le noir et pousser des jurons. Puis, comme le bruit qu'il a fait ne provoque aucune réaction, il s'éloigne en direction des magasins et disparaît. Cet individu est trop ivre pour être de la moindre utilité dans la recherche du corps. Donald s'enfonce de nouveau dans son cocon et remonte les couvertures autour de son menton.

À Fort Edgar, il y a des hommes qui ne dessoûlent pas pendant des mois et qui, de tout l'hiver, ne sont bons à rien. En arriver à ce stade est une triste affaire ; la vie professionnelle de ces gens ne sera pas longue. L'ivresse est une maladie progressive et, au début, Donald a été choqué de voir que les dirigeants de la Compagnie ne prenaient aucune mesure pour la freiner, qu'ils autorisaient l'accès illimité à leurs alcools de mauvaise qualité. Lorsque, après quelques hésitations, il a entrepris Jacob sur ce sujet, celui-ci a baissé la tête, car c'était l'alcool qui l'avait poussé à planter un couteau dans le ventre de Donald. Mais, pour autant que Donald le sache, Jacob n'a plus bu une goutte depuis. Et Donald n'a soulevé la question avec Mackinley qu'une seule fois ; celui-ci l'a aussitôt dévisagé de ses yeux pâles avec un air amusé, voire carrément méprisant. « Ainsi va le monde » : tel a été le résumé de l'argumentation de Mackinley. Tous les négociants en fourrures attirent les trappeurs et leurs employés avec de l'alcool. Si la Compagnie n'en fournissait pas, elle perdrait ses équipes au profit de compagnies rivales sans scrupules, moins soucieuses du bien-être de ceux qui travaillent pour elles. Agir autrement serait naïf. Donald a senti que quelque chose clochait dans ce raisonnement, mais il n'a pas osé le dire.

Au bout d'un moment, il se met à penser à ce que Mme Ross lui a dit la veille au soir. Nesbit est un jeune homme comme lui, arrivé assez récemment d'Écosse. Un homme qui a de l'instruction et quelque savoir-vivre. Un employé subalterne mais suffisamment intelligent pour monter dans la Compagnie. Ces similitudes éveillent l'inquiétude de Donald ; ou plutôt, une fois qu'il a saisi ces similitudes, ce sont les différences qui l'inquiètent. Les tics nerveux de Nesbit, son rire amer, sa haine évidente pour l'existence qu'il mène. Il a passé deux fois plus de temps que Donald dans ce pays, et, bien qu'il soit manifestement très malheureux, il semble supposer qu'il ne partira jamais. Un léger frisson parcourt Donald quand il considère la perspective d'une Norah avec son visage large et méfiant et ses paroles insolentes, une Norah dans les vastes bras de laquelle Nesbit semble avoir trouvé son réconfort. Il a déjà vu des liaisons entre personnes de race différente – elles sont fréquentes même à Fort Edgar –, mais Donald s'est appliqué à refuser l'idée que cela puisse lui arriver. Il s'est toujours senti destiné à épouser (il ne sait trop comment ; les détails restent obscurs) une gentille fille blanche et anglophone – une fille telle que Susannah, en fait, bien qu'il n'ait jamais osé rêver de quelqu'un d'aussi joli. Pendant ses premiers dix-huit mois à Fort Edgar, cette perspective a pourtant semblé s'éloigner de plus en plus. Mais quand il regardait les femmes autochtones qui abondaient autour du fort, il continuait à se tenir à l'écart, même lorsque les autres hommes le taquinaient en lui parlant de telle ou telle fille qui avait eu le fou rire en sa présence. Néanmoins, il n'a jamais vu d'autochtone aussi belle que Nancy Eagles. Il peut encore sentir la chaleur de sa douce chair, l'audace enivrante de sa main – du moins s'il s'autorise à y penser. Ce qu'il refuse. Il a du mal à imaginer que Norah puisse avoir le même effet galvanisant sur Nesbit. Qui sait.

La lettre à Maria est posée sur son bureau. La veille au soir, après l'explosion à laquelle il s'est laissé aller en privé, il a ramassé la feuille roulée en boule, l'a défroissée et l'a pressée tant bien que mal sous des draps de rechange lestés par ses bottes. Mais il craint que cela ne suffise pas. Peut-être a-t-il été malavisé de lui écrire, en fait. Peut-être a-t-il eu raison de chiffonner cette lettre. C'est à Susannah qu'il devrait songer, et il le fait : il tente de fixer son image fuyante, d'entendre mentalement sa voix argentine, si légère.

Alors que les dernières lueurs s'évanouissent du ciel, Donald s'habille. Il a faim, ce qu'il considère comme un signe du retour de ses forces, et il part dans les couloirs déserts. Il trouve Nesbit dans son bureau – c'est le rectangle de lumière qu'il voyait depuis l'autre côté de la cour. Aucune trace de Stewart, de Mme Ross ou de qui que ce soit d'autre.

Nesbit, assis à sa table de travail, se penche en arrière en grimaçant pour détendre la contracture qui lui noue le dos. Un bâillement énorme révèle des molaires noircies.

« Saloperie de comptes. C'est le fléau de ma vie. En tout cas, l'un d'entre eux. Autrefois, ici, il y avait un comptable – Archie Murray. Un drôle de petit mec – du genre souris. Mais depuis qu'il est parti, c'est moi qui me tape tout ça, et c'est pas mon fort, je peux vous le dire. Pas mon fort du tout. »

Donald se demande s'il ne va pas lui proposer son aide, mais il décide qu'il ne se sent quand même pas si vigoureux que ça.

« C'est pas qu'on ait un tel chiffre d'affaires. Il en sort plus qu'il n'en rentre, si vous me suivez. Comment ça marche, chez vous ?

— Pas trop mal, je crois. Mais nous sommes davantage un lieu de transit qu'une source. Je suppose qu'autrefois - il y a longtemps, avant qu'il y ait tant d'habitants - le pays devait être plein de fourrures.

— J'ai pas l'impression qu'il y en ait jamais eu beaucoup, par ici, dit Nesbit en prenant un air lugubre. Vous savez comment les indigènes appellent ce coin ? Le pays de la famine. Même ces putains de renards n'arrivent pas à trouver de quoi manger. Et en plus, ils sont tous rouges. Bon, c'est l'heure de prendre un verre. »

Quittant sa position avachie, Nesbit plonge devant Donald et sort une bouteille de whisky pur malt logée derrière des registres. « Venez. »

Donald suit Nesbit dans son salon, c'est-à-dire dans la petite pièce presque nue, attenante à son bureau, qui contient deux fauteuils trop rembourrés et des divertissements en images d'un goût douteux.

« Où se trouve M. Stewart, ce soir ? » demande Donald en acceptant un grand verre de whisky pur malt qui, heureusement, est de meilleure qualité que le rhum de Fort Edgar. Donald se demande brièvement comment il est possible que, dans cet endroit aux confins de tout, où une nourriture décente et un peu de ménage semblent des objectifs hors d'atteinte, les habitants de Hanover House boivent comme des rois.

« Oh, par-ci par-là, dit Nesbit vaguement. Par-ci par-là. Vous savez..., ajoute-t-il en se penchant en avant et en fixant Donald avec une intensité déconcertante, cet homme... cet homme est un saint. Un véritable saint.

— Hmm, fait Donald avec prudence.

— Gérer cet endroit, c'est une tâche ingrate, vous pouvez me croire, mais il ne se plaint jamais. Vous ne l'entendrez jamais ronchonner, contrairement à votre serviteur. Et c'est un homme qui aurait pu faire ce qu'il voulait ; un homme du plus haut calibre. Le plus haut qui soit.

— Oui, dit Donald avec quelque raideur, il paraît très compétent. »

Nesbit le gratifie d'un regard calculateur. « Vous pensez sans doute que si on envoie un homme dans un trou à rats comme celui-ci, c'est quelqu'un de deuxième ordre. C'est peut-être vrai dans mon cas, mais pas dans le sien. »

Donald hoche d'abord la tête, puis la secoue poliment, en espérant que son interlocuteur saisira qu'il est d'accord avec la première partie de sa phrase, mais pas avec la seconde.

« Les Indiens l'adorent. Ils n'ont pas une très haute opinion de votre serviteur – et comme c'est réciproque je ne m'en plains pas –, mais lui... ils le traitent comme un petit dieu. Actuellement, il est là-bas à leur parler. Il y a eu un moment, quand il est rentré en annonçant la mauvaise nouvelle à propos de Nepapanees, où je me suis dit que les choses pouvaient tourner au vinaigre ; mais il est allé là-bas, et en deux temps trois mouvements ils sont venus lui manger dans la main.

— Ah, hmm, c'est admirable », murmure Donald en se demandant si Jacob irait jamais manger dans la main de quelqu'un. Ça lui paraît peu probable. Il revoit aussi – très nettement – la veuve que Stewart et Nesbit ont laissée dans la neige. Mais bizarrement, bien que Donald s'enorgueillisse d'être assez indépendant d'esprit pour ne pas prendre au pied de la lettre un tel panégyrique, il n'a aucun mal à croire que Stewart suscite l'attachement. Il se sent presque autant attiré par Stewart qu'il trouve Nesbit repoussant.

« Je suis bien conscient que je suis quelqu'un de deuxième ordre. Il se peut que je ne sache pas grand-chose, mais ça je le sais. » Nesbit fixe les éclats ambrés à l'intérieur de son verre. Donald se demande s'il n'est pas un peu déjanté ; pendant un instant, il a le sentiment horrible que Nesbit est sur le point de pleurer. Mais non, il sourit avec l'expression amère et cynique qui lui est devenue familière. « Et vous, Moody, comment est-ce que vous vous situez dans l'ordre des choses ?

— Je ne suis pas sûr de vous comprendre.

— Je veux dire : êtes-vous quelqu'un de deuxième ordre ? Ou de premier ordre ? »

Donald rit d'un air gêné.

« Ou peut-être ne le savez-vous pas encore ?

— Oui, euh... Je ne suis pas sûr que cette distinction soit bien utile.

— Je n'ai pas dit qu'elle était utile. Mais elle est évidente. Du moins si l'on a le courage de la voir.

— Je ne crois pas. On peut prétendre qu'il est courageux d'accepter une telle évaluation de soi, mais je répondrais à cela que c'est une façon d'abdiquer devant les responsabilités de la vie. C'est un cynisme qui vous donne la liberté de vous résigner et de ne plus faire d'effort. Tous les échecs sont excusés d'avance. »

Nesbit sourit de manière désagréable. Donald s'engagerait avec plaisir dans ce genre de discussion à moitié sérieuse – il s'y est déjà livré, généralement à la fin d'une longue soirée d'hiver –, si sa blessure ne commençait à le lancer.

« Vous pensez que je suis un raté ? » demande Nesbit.

Donald l'imagine soudain dans l'étreinte acajou de Norah, et il se sent coupable de ce qu'il sait sur lui. Presque au même moment, le visage de Susannah se cristallise dans son esprit avec une merveilleuse netteté ; après tout le temps qu'il a passé à vouloir saisir un brouillard, voici que chaque élément tombe en place et qu'elle apparaît entière, précise, adorable. Au même instant, il se rend compte, avec un détachement qui le choque, que les sentiments qu'il a pour elle sont limités et consistent surtout en une admiration et un respect mêlé de crainte. Il éprouve soudain une envie impérieuse de foncer dans sa chambre pour terminer sa lettre à Maria. À la subtile et imprévisible Maria. Comme c'est étrange ! Que cette prise de conscience est étrange ! Mais aussi libératrice. C'est magnifique ! Il réprime le sourire que cette pensée provoque.

« Alors, vous le pensez ? »

Donald doit momentanément fournir un effort intense pour se souvenir de la question.

« Non, pas du tout. Mais je peux bien m'imaginer les frustrations que vous ressentez dans un endroit comme ça. Je suis sûr que je les aurais aussi. On a besoin de compagnie et de variété. Je sais combien durent les hivers, ici, et pourtant je n'en ai passé qu'un. Un compagnon ne suffit pas, même s'il est de premier ordre.

— Bravo. Mais n'avez-vous pas entendu quelque chose ? » Nesbit vide son verre et s'interrompt, la tête penchée de côté, alors qu'il est en train de le remplir de nouveau. Donald prête l'oreille en supposant qu'il s'agit de bruits de pas dans le couloir, mais, comme d'habitude, il n'y a personne. Nesbit secoue la tête et verse une grande rasade de whisky dans le verre de Donald, qui pourtant ne l'a pas fini.

« Vous êtes un type épatant, Moody. J'aimerais qu'on vous ait parmi nous. Vous seriez même peut-être capable de démêler les comptes que j'ai tellement embrouillés qu'ils sont devenus, ces deux dernières années, un vrai nœud gordien. » Nesbit a un grand sourire et son amertume s'est mystérieusement évanouie.

« J'ai vu un de vos hommes, dehors, tout à l'heure, dit Donald sans raison évidente. Manifestement il n'est pas parti rechercher le corps avec les autres, mais il paraissait tellement soûl qu'il les aurait sans doute plus gênés qu'aidés.

« Ah. » Un air absent gagne Nesbit. « Oui. C'est un problème qu'on a l'hiver. Je suis sûr que vous ne le connaissez que trop bien.

— S'agit-il d'un voyageur ? » Donald aurait carrément voulu demander son nom, mais il a l'impression que ce serait trop direct.

« Je n'ai aucune idée de qui vous parlez, mon vieux. Pour autant que je sache, tous les hommes, sauf Olivier, sont partis à la rivière. C'est peut-être Olivier que vous avez vu.

— Non, non, c'était sans conteste quelqu'un de plus âgé. Plus lourd, voyez-vous. Et il avait des cheveux longs.

— Cette semi-obscurité peut vous jouer des tours. Une fois, en me mettant à la fenêtre – c'était l'hiver dernier et j'étais assis à mon bureau dans la pièce à côté –, j'ai failli avoir une crise cardiaque. Il y avait un orignal debout juste devant – au minimum deux mètres de haut –, et il me regardait. J'ai gueulé à pleins poumons et je suis sorti, mais quand je suis arrivé dans la cour, il n'y avait plus signe de lui. Et pas de traces de pas. Bien entendu, il n'aurait en aucun cas pu passer par-dessus la palissade, mais j'aurais juré sur un tas de bibles qu'il était là. Vous voyez un peu ! »

Tu devais être soûl, se dit Donald avec aigreur. Il n'y a pour lui pas l'ombre d'un doute que l'homme dans la cour n'était pas Olivier, et il se rend compte de plus en plus nettement – vraiment, on croirait que son cerveau dormait depuis deux jours – qu'un homme non identifié devrait les intéresser.

Ça l'intéresse tellement qu'il invente un prétexte pour s'en aller dès qu'il le peut afin d'examiner la neige devant sa fenêtre. C'est alors qu'il découvre que, pour des raisons inconnues, le niveau d'entretien des lieux a soudain monté, qu'on a balayé la cour et enlevé toute la neige.

SAULT ST MARIE N'A RIEN À VOIR AVEC CAULFIELD. C'est un lieu où s'opèrent de multiples rencontres : deux lacs s'y rejoignent, et l'un se presse dans l'autre à travers de solides rochers ; deux routes s'y croisent, l'une venant du nord-ouest et l'autre de l'est ; deux pays ont là leur frontière. Des voies maritimes y convergent, venant du nord et de l'est, mais aussi de l'intérieur des États-Unis, de Chicago et de Milwaukee, villes plus étrangères et plus dépravées que l'avant-poste le plus agité. Mais la raison officielle de la présence des Knox ici, c'est la Grande Maison de l'Opéra, où, la veille, ils ont assisté à une production du *Mariage de Figaro* dont on parle beaucoup. La grande attraction, c'était Delilah Hammer dans le rôle de Chérubin : l'idée d'une Mohican chantant du Mozart excite certains chroniqueurs depuis des mois. Il fallait absolument la voir. Mme Knox a donc pris des places sur le vapeur, et ils ont bravé les eaux hivernales.

Pour Maria, qui n'a pas l'oreille musicale, la chanteuse paraissait charmante et plutôt bizarre, surtout à cause de son costume de garçon et de ses cheveux attachés sous une casquette bouffante. Elle avait un visage de gamine, une grande bouche aux dents très blanches et d'énormes yeux sombres mis encore plus en évidence par le maquillage. Mlle Hammer était quand même plus belle que les autres cantatrices, qui avaient tendance à être corpulentes, et Maria s'était demandé si la chanteuse n'aurait pas préféré avoir un des rôles féminins. Le public – un mélange d'amateurs d'opéra habillés avec soin pour l'occasion et d'individus solitaires recherchant simplement une distraction – avait manifesté sa satisfaction par des acclamations qui, dans un tel lieu, n'étaient pas difficiles à obtenir.

Le père de Maria avait grommelé que la cantatrice ne convenait pas vraiment au rôle (il parlait de sa voix plutôt que de sa race), puis il avait polémiqué avec sa femme au sujet du chef d'orchestre. Pendant un moment, il était redevenu celui qu'il était autrefois.

Mme Knox s'inquiète pour son mari. Qu'il soit disgracié – ou mis à la retraite d'office, personne ne le sait au juste – est déjà un malheur suffisant ; mais le voir rester assis des heures entières dans son bureau, apparemment sans rien faire, laissant son bel esprit tourner au ralenti et donc, elle en est sûre, s'envaser et s'atrophier, est encore bien pire. Quand ils ont polémiqué, elle a senti la tension en elle se réduire. Au total, cette sortie semble avoir valu la peine.

Dès le lendemain matin, cependant, il retombe dans ce détachement sans communication. Et Maria découvre que ses pensées la ramènent au problème du code.

Après sa visite à Sturrock, Maria s'était enfermée dans sa chambre avec sa copie des marques de la tablette et, en se creusant la tête sur leur signification, elle avait réussi à oublier l'état dans lequel se trouvait sa famille. Elle tenta d'abord de répartir les lignes selon les groupes auxquels elles paraissaient appartenir. Pour cela, il lui fallait supposer que Sturrock les avait copiées avec exactitude. Se fiant à un article de l'*Edinburgh Review* et à sa propre intelligence, elle n'oublia pas que chaque marque ou chaque groupe de marques pouvait bien ne pas représenter une lettre de l'alphabet romain mais tout autant un mot ou un son. Après avoir disposé les sous-groupes de diverses façons et y avoir substitué un certain nombre de sons et de lettres qui, tous, ne produisaient que des mélanges de sons inintelligibles *(da-ya-no-ji-te ! ba-lo-re-ya-no ?)*, elle s'arrêta et mit ce travail de côté, un peu moins enthousiaste que lorsqu'elle avait commencé. Il n'y avait aucune raison de s'attendre que Maria Knox – une fille de la campagne, peu instruite, seulement abonnée à quelques revues et ne disposant comme point de départ que d'un article sur le déchiffrement de la pierre de Rosette – fût capable de résoudre ce genre d'énigme. Mais les petites marques anguleuses continuaient à tourner dans sa tête, s'invitaient dans ses rêves et la raillaient en lui faisant miroiter un sens qu'elles tenaient juste au-delà de sa portée. Elle avait le désir malsain d'examiner la tablette originale, et son esprit se tournait vers le nord où Francis, peut-être, ainsi que M. Moody, détenaient la clé du problème.

Elle fait tourner les restes du petit déjeuner dans son assiette. De l'œuf coagulé et le jus d'un bifteck forment une composition abstraite et bilieuse sur la porcelaine à motifs chinois.

« Si ça ne vous fait rien… » Sa chaise racle contre le sol quand elle se lève. « J'aimerais me promener un peu. »

Mme Knox fronce les sourcils. « Très bien. Mais sois prudente, d'accord ?

— Oui, mère. » Maria a déjà parcouru la moitié du chemin jusqu'à la porte. Sa mère la fait sourire par sa façon de croire que tout endroit hors de Caulfield est un lieu de perdition grouillant d'individus qui se livrent à la traite des Blanches. Il faudra bien qu'elle se fasse une raison si Maria va habiter Toronto – ce qui sera le cas, elle l'a décidé, dès l'été prochain.

Devant l'hôtel, Maria prend à droite. Disséminés le long du lac s'étalent des quais et des entrepôts où s'accumulent des marchandises destinées au Nord tout entier. On sent ici le bruit et l'agitation du commerce, du négoce, et c'est excitant ; c'est sale et bruyant, et autrement plus réel que Caulfield ou le magasin de John Scott. On l'a avertie d'éviter cette partie de la ville – une mise en garde qui participe de son charme. Des hommes la dépassent pour ne pas rater des rendez-vous urgents avec un vapeur qui arrive, la Bourse ou un meeting ouvrier. Quand on est une fille de la campagne bien protégée, on a l'impression d'être là au cœur de l'action.

De ce côté de la ville, il y a aussi des hôtels et des pensions, moins respectables que le Victoria & Albert, également plus éloignés de l'Opéra. Elle voit un homme et une femme sortir d'un de ces établissements, et elle les regarde vaguement un instant avant de se rendre compte, abasourdie, que l'homme n'est autre qu'Angus Ross, le fermier de Dove River. Le père de Francis. Au moment où il tourne la tête, elle distingue très nettement son visage : le profil sans relief, les cheveux blond-roux. Si elle est choquée, c'est parce que la femme avec laquelle il se trouve n'est pas Mme Ross. On ne l'a plus revue depuis des semaines. Maria se sent envahie d'une honte dont elle n'est pas la cause. Quelque chose ici ne colle pas, même si M. Ross et cette femme ne font que traverser la rue. Angus Ross n'a pas vu Maria, qui, instinctivement, se rétracte et se retourne pour examiner la vitrine de la boutique la plus proche. On n'y montre rien d'autre qu'une collection d'objets qui, vu l'état de confusion où elle se trouve, n'ont aucun sens pour Maria.

Elle attend que le couple soit tout à fait hors de vue. Elle n'a encore jamais été le témoin d'une conduite inconvenante, mais elle est sûre que c'est bien de cela qu'il s'agit. D'ailleurs, où est Mme Ross ? C'est son mari qui affirme qu'elle est partie à la recherche de son fils, mais on n'en a aucune preuve. Maria, qui en plus de ses lectures édifiantes a dévoré quelques romans d'épouvante, s'avise soudain que M. Ross aurait bien pu supprimer sa femme. Et Francis ? M. Moody et son camarade se sont lancés à sa poursuite mais ne l'ont peut-être jamais retrouvé. Il se peut que M. Ross ait aussi tué M. Jammet...

Maria se refrène alors un peu, soucieuse de ne pas se laisser aller à des fantasmes outranciers. Néanmoins, elle est secouée. Elle aurait quand même peut-être dû terminer son petit déjeuner. Et si – elle regarde tout autour pour s'assurer que personne ne la voit –, oui, si, eu égard à ces circonstances exceptionnelles, elle allait plutôt boire un verre ?

Portée par son audace, Maria choisit un bar d'aspect tranquille un peu en retrait par rapport au quai. Elle prend une grande inspiration et entre. Mais il n'y a personne d'autre, ici, que le serveur et un client assis à une table. Il mange, le dos tourné vers la porte.

Elle commande un verre de sherry et une part de tarte aux framboises, puis elle s'assoit à une table du fond au cas où quelqu'un qu'elle connaît viendrait à passer. Mme Ross, par exemple. À cette pensée, elle sent son cœur battre plus vite. Elle n'a jamais eu de raison particulière d'aimer ou de détester Mme Ross – c'est une femme plutôt distante –, mais à présent elle a de la peine pour elle. Il lui vient soudain à l'esprit que, parmi tous les gens qu'elle connaît, c'est avec Mme Ross qu'elle pourrait avoir un certain nombre de choses en commun.

Sa commande arrive et, pour s'occuper les yeux, elle prend les papiers contenant ses précédentes tentatives de déchiffrement. Se rendant compte que l'autre client l'a remarquée, elle se demande avec inquiétude s'il ne va pas chercher à venir à sa table. Elle s'aperçoit alors de ce qu'elle n'avait pas vu avant : c'est un Indien d'aspect assez louche, et elle se promet de ne plus regarder dans sa direction. Elle sort rapidement un crayon et se met à annoter les résultats auxquels elle a abouti et qui consistent en une longue ligne de mots et de syllabes dépourvus de sens. Elle est si absorbée qu'elle ne remarque pas le serveur debout à côté d'elle jusqu'à ce qu'il s'éclaircisse la gorge.

« Excusez-moi, madame. En voulez-vous un autre ? » Il tient dans sa main la bouteille de sherry.

« Oh, oui, merci. La tarte était très bonne. » Elle l'était en effet, ce qui l'a étonnée.

« Merci. Vous faites un puzzle ?

— Si l'on veut. » Il a des yeux agréables, cet homme, et de longues moustaches brunes tombantes. Il a aussi un air intelligent auquel elle ne s'attendait pas. « J'essaye de comprendre un code. Mais c'est sans espoir, je crois, parce que je ne sais pas dans quelle langue c'est écrit.

— Vous voulez dire comme si c'était en français, ou en italien ?

— Oui… mais je crois que c'est une langue indienne, et il y en a tant.

— Ah. Dans ce cas, il vous faut de l'aide.

— Oui. De quelqu'un qui les connaîtrait toutes. » Elle hausse les épaules et sourit, tellement c'est improbable.

« Madame, est-ce que je peux me permettre une suggestion ? Vous voyez le monsieur assis là-bas ? Il connaît un bon nombre de langues indiennes. Si vous voulez, je peux vous présenter. »

Il remarque le regard hésitant qu'elle jette aux épaules voûtées et aux cheveux gras qui frisottent par-dessus le col. « Il est tout à fait… agréable. » Il sourit comme s'il n'avait pas trouvé le mot adéquat, puis décide qu'il faudra s'en contenter. Maria se sent sur le point de rougir. Voilà ce qui arrive quand on entre dans un établissement mal famé ; elle vient de s'empaler sur l'épée de son audace. Jetant un regard sur ses papiers, elle se sent comme une écolière idiote.

« Bien sûr, vous ne le souhaitez pas. N'en parlons plus. C'était impertinent. »

Maria se redresse. Si elle doit devenir une érudite, une philosophe, elle ne peut pas laisser un col graisseux l'écarter du chemin de la connaissance.

« Non, ce serait très… bien. Merci. Si ça ne le gêne pas, bien sûr. »

Le serveur s'approche de l'autre table et dit quelques mots au client. Entrevoyant alors des yeux injectés de sang, Maria hésite, elle doute même très fort. Mais il s'est levé et vient vers sa table, un verre à la main. Elle lui sourit – d'un air professionnel, espère-t-elle.

« Bonjour. Je suis Mlle Knox. Vous êtes monsieur… ? »

Il s'assoit. « Joe.

— Ah, oui. Merci de…

— Fredo me dit que vous voulez quelqu'un qui connaisse les langues indiennes.

— Oui. J'ai ici une partie d'un code, et, hmm, un de mes amis pense qu'il pourrait provenir d'une langue indienne. J'ai tenté de le déchiffrer, mais comme je ne connais pas la langue qu'il représente... »

Elle sourit trop, termine par un léger haussement d'épaules, encore plus effrayée maintenant qu'ils sont face à face. Cet homme est plus âgé qu'elle ne l'avait cru : ses cheveux commencent à grisonner ; sa peau forme des poches sous ses yeux ; il a les joues flasques et des filaments rouges dans le blanc des yeux. Il sent le rhum.

Mais il a cependant un visage intelligent, ou qui l'a été.

« Il n'y a pas de langues autochtones écrites. D'où votre ami tire-t-il donc cette idée ?

— Je sais bien, mais... il a fait des recherches. Et ces petites marques, voyez-vous – c'est juste une copie –, ressemblent à des dessins indiens que j'ai vus. »

Bien qu'elle le trouve répugnant, elle pousse sa feuille vers lui. Elle voudrait au moins qu'il la prenne au sérieux.

Il étudie longuement la feuille mais reste muet. Maria se dit qu'elle aimerait bien être à l'hôtel.

« C'est une copie de quoi ?

— D'une tablette en os. »

Il prend les autres bouts de papier, ceux qui contiennent les résultats provisoires de Maria. « C'est quoi, ces noms ?

— Oh, ce ne sont pas des noms. C'est ce que j'ai obtenu en essayant certaines lettres ou certains sons. Vous voyez, en les mettant à la place de ces marques, là... »

Il examine les diverses feuilles en les soulevant vers la lumière pour y voir plus clair. Son doigt se plante contre le papier. « Deganawida. Ochinaway. Vous croyez que ça dit ça ? »

Son comportement est devenu plus agressif. Maria lève le menton d'un air de défi. Sa méthode est parfaitement valable. Elle l'a apprise dans l'*Edinburgh Review*.

« Bon, je procédais au hasard. On est obligé de faire des suppositions, de se dire que telle marque pourrait représenter tel son et l'essayer. J'ai essayé plein de choses. C'est le résultat d'une... d'une combinaison de... »

L'homme se cale sur sa chaise et lui adresse un sourire - en fait, une grimace moqueuse et hostile. « Dites-moi, ma petite dame, c'est une plaisanterie ? Qui vous a dit que j'étais ici ?

— Non, bien sûr que non. Je n'avais pas la moindre idée… Je ne sais pas qui vous êtes ! » Elle jette un regard inquiet autour d'elle, cherchant Fredo, mais il est en train de servir de nouveaux clients.

« C'est qui, alors ? Ce gros con de McGee ? Hein ? Ou Andy Jensen ? C'est Andy ?

— Je ne sais pas de quoi vous parlez. Je ne sais pas ce que vous voulez dire. Tout cela est complètement déplacé ! »

Fredo vient d'entendre le ton qu'elle a pris. Il jette un coup d'œil dans sa direction… et enfin il arrive.

« Alors, ma petite dame, il s'appelle comment, votre copain ?

— Mes excuses, madame. Joe, t'as plus qu'à t'en aller.

— Je veux savoir son nom, c'est tout.

— Monsieur… Joe semble croire que je lui joue un tour.

— Joe, fais tes excuses à la dame. Allez. »

Joe ferme les yeux et incline la tête ; une marque de politesse curieusement raffinée qui rend à son visage en ruine une délicatesse que le temps et l'alcool avaient estompée.

« Je m'excuse. Je voulais juste connaître le nom de votre ami, celui qui a ce machin… je ne sais plus comment vous l'avez appelé. »

Maria se sent plus courageuse maintenant que Fredo est debout près d'elle. Et au moment où cet homme ferme les yeux, quelque chose dans son visage, une souffrance ancienne, quelque chose de blessé, de triste même, la pousse à répondre.

« Eh bien, puisque vous voulez le savoir, il s'appelle Sturrock. Et ce n'est pas une plaisanterie. Je ne joue pas des tours aux gens.

— Sturrock ? » Joe prend un air grave. Tout chez lui se ressaisit ; il se transforme comme si des fils épars venaient de se rejoindre. « Tom Sturrock ? Celui qui recherche des disparus ?

— Oui. Enfin, qui les recherchait. Vous le connaissez ?

— Je l'ai connu. Eh bien, je vous souhaite bonne chance, et dites à votre ami que Kahon'wes le salue. »

Maria fronce les sourcils. Elle a du mal avec ce nom : « Gahou'ouaiss ? »

L'homme, quel que soit son nom, se lève et sort du bar. Cherchant une explication, Maria regarde Fredo. Mais il est aussi étonné qu'elle.

« Je suis vraiment désolé, madame. Je ne savais pas qu'il serait comme ça. Normalement, il est très calme ; il vient juste boire et il est tout à fait agréable. Laissez-moi vous donner un autre sherry, ou un morceau de…

— Non, je vous remercie. Il faut vraiment que j'y aille. Mon père va m'attendre. Combien est-ce que je…

— Non, non, je ne peux pas vous faire payer. »

Après quelques secondes où l'on insiste des deux côtés, c'est Maria qui a gain de cause, car elle estime que ce ne serait pas un bon précédent d'être l'obligée d'un inconnu. Elle part en agitant papiers et remerciements, et elle garde les yeux droit devant elle en se dépêchant de quitter la zone du quai.

Pour l'aventure, elle a été servie, ce matin : le chemin de la connaissance est rocailleux, et il est semé d'embûches. Mais, au moins, elle aura quelque chose à raconter à M. Sturrock et peut-être aussi de quoi tirer son père de sa léthargie. Soulagée d'être maintenant loin des quais, Maria ralentit afin de mettre au point son histoire. En remaniant son aventure pour en faire un récit haletant avec une héroïne intrépide, elle réussit presque à se persuader qu'elle n'a absolument pas eu peur.

SOUS LES ARBRES, LA LUMIÈRE A DU MAL À PERCER et elle disparaît de bonne heure. Ils s'arrêtent donc, car les enfants geignent sans cesse. Espen cherche à cacher sa peur, mais il n'a aucune idée de la manière dont on bâtit un abri avec de la neige. Il ne sait pas non plus comment construire un feu dans une neige aussi épaisse. Il dégage un endroit sur le sol de la forêt et, après un certain temps, réussit à allumer un feu avec du bois humide. Mais, avant que leur eau ne parvienne à bouillir, les parois de neige qui entourent le feu se mettent à fondre et éteignent les flammes. Les enfants frigorifiés ne peuvent s'empêcher de verser des larmes de déception. Line, la gorge asséchée par la soif et les lèvres gercées de froid, prodigue des encouragements sans discontinuer. Elle n'a jamais autant parlé de toute sa vie ; elle est déterminée à ne pas abandonner, à ne pas avoir l'air d'avoir peur, à ne pas pleurer.

Quand Torbin et Anna finissent par s'endormir d'épuisement, elle déclare : « On va forcément tomber sur la rivière demain. La neige nous a ralentis, mais on y arrivera. »

Pendant un moment, Espen reste muet. Elle ne l'a jamais vu aussi malheureux. « Tu ne l'as pas vu, pas vrai ? demande-t-il.

— Vu quoi ? De quoi tu parles ? » L'imagination de Line peuple la forêt d'ours, d'Indiens armés de haches, de loups aux yeux de braise. Espen la regarde avec aigreur.

« Notre piste. Ce matin, nous sommes retombés sur nos propres traces. Je l'ai vu et je suis parti. On avait tourné en rond. »

Line le fixe à son tour, se demandant un instant ce que ça signifie.

« Line, on n'arrête pas de tourner en rond. J'arrive pas à savoir dans quelle direction on va. Sans boussole et sans voir le soleil, j'en ai aucune idée.

— Attends. On s'est trompés. » Il faut qu'elle le reprenne en main, qu'elle le calme, qu'elle lui montre qu'elle contrôle encore la situation. « Donc, on s'est trompés une fois. On n'a sans doute pas fait un grand cercle. Non, on ne tourne pas en rond. La forêt change. Les arbres changent, ils sont plus grands, ce qui veut dire qu'on doit être plus au sud. J'ai pu remarquer ça, en particulier. Il nous faut juste continuer. Je suis sûre que demain on trouvera la rivière. »

Il n'a pas l'air de la croire. Il regarde par terre comme un gamin rebelle qui refuse de céder mais qui n'a pas d'autre endroit où aller. Elle lui prend le visage entre ses moufles – il fait trop froid pour tenter quelque chose de plus intime.

« Espen… mon chéri. N'abandonne pas maintenant. On est si près. Quand on arrivera à Caulfield, qu'on aura trouvé des chambres et qu'on sera assis devant une belle flambée, on rira de tout ça. Quelle aventure pour commencer notre vie ensemble !

— Et si on n'arrive pas à Caulfield ? Mon cheval est malade. Ils n'ont pas eu assez à manger – ni à boire, d'ailleurs. Le mien s'est mis à bouffer de l'écorce et je suis sûr que c'est pas bon pour lui.

— On s'en sortira. On arrivera quelque part. Traverser la forêt ne prend que trois jours. Demain, il se peut même qu'on atteigne le lac ! Tu vas te sentir bête. »

Elle l'embrasse, ce qui le fait rire.

« Tu es une *vargamor*[1]. Incroyable. Pas étonnant que tu obtiennes toujours ce que tu souhaites.

— Ah. » Line sourit. Elle trouve pourtant que c'est non seulement faux, mais aussi injuste. A-t-elle jamais souhaité que Janni disparaisse dans cette immensité ? A-t-elle souhaité aller vivre à Himmelvanger ? Au moins, Espen est quand même plus gai, et c'est le principal. Si elle peut le faire continuer à avancer, les faire tous avancer, alors ils s'en sortiront.

Tandis qu'ils sont allongés dans leur pitoyable abri, serrant les enfants entre eux, Line entend des bruits à travers sa fatigue : celui,

---

1. Sorcière du folklore scandinave ; c'est une amie des loups auxquels, souvent, elle fournit des proies humaines.

tel un coup de pistolet, de la sève qui gèle, ou le soupir de la neige qui glisse des branches. Et une fois, très loin, elle a l'impression d'entendre des loups qui hurlent dans le vide de la nuit. Malgré le froid, elle en a des picotements de sueur sur la peau.

Le lendemain matin, le cheval d'Espen refuse de bouger. Comme il a mangé de l'écorce, une diarrhée très claire lui coule le long de l'arrière-train et souille la neige. Il est là, debout, dans une position d'horrible détresse. Espen essaye de lui faire avaler un mélange d'eau tiède et de flocons d'avoine, mais il la refuse. À la fin, quand ils repartent, Espen conduit le cheval en marchant tandis que les deux enfants ont pris place devant Line sur l'autre monture. Conduire le cheval – ou plutôt le traîner – exige plus d'efforts que de simplement marcher, et au bout d'une heure Espen appelle Line.

« C'est de la folie. On irait plus vite en le laissant là. Mais ce serait moche. Et si nous n'étions pas loin de la rivière ?

— On n'a qu'à continuer. Il va peut-être aller mieux. Il ne neige plus et il fait un peu moins froid. »

C'est exact : la neige ne tombe presque plus du tout, et l'on peut dire qu'elle est moins profonde – du moins à certains endroits.

« C'est de plus en plus dur. Tout ce qu'il veut, c'est ne plus bouger. Je crois qu'il va finir par se coucher, bientôt. Ça m'épuise.

— Tu veux que je le conduise pendant un moment ? Tu n'as qu'à t'asseoir avec Torbin et Anna jusqu'à ce que tu sois reposé.

— Ne dis pas de bêtises. Tu n'y arriverais pas. Non... Tu n'y arriverais pas. »

Le cheval – Bengi, mais Line s'oblige à ne plus penser à lui par son nom – aplatit ses oreilles en les regardant. Il a le dos apparemment encore plus creusé qu'hier et les yeux ternes.

« Et si on le laissait là ? On pourrait toujours revenir le chercher plus tard.

— Je ne crois pas qu'on reviendra. »

Line soupire. Elle avait imaginé bien des obstacles, mais pas celui d'un cheval malade. À quelques mètres de là, les enfants ont mis pied à terre et, comme on leur a ordonné de bouger pour ne pas se refroidir, ils ont commencé un jeu qui manque plutôt d'enthousiasme.

« Pauvre vieux Bengi. » Line lui tapote le cou. Le cheval lui jette un coup d'œil qui ressemble à un avertissement. Elle se décide.

« On va le laisser. S'il ne peut pas suivre, il faut le laisser. On dira aux enfants qu'on reviendra ou quelque chose comme ça. »

Espen hoche lourdement la tête. En d'autres circonstances, Line serait différente et elle pleurerait de voir le cheval abandonné à son sort. Mais cette Line-ci ne verse pas une larme.

Ils retournent vers les enfants. Juste à ce moment-là, alors que Line ouvre la bouche pour expliquer la situation, une détonation retentit dans la forêt. Elle est si forte qu'Anna tressaille et manque de tomber. Ils se regardent tous, ébahis.

« Un chasseur ! s'écrie Espen tout excité.

— Tu es sûr que ce n'est pas simplement de la sève qui gèle ? demande Line parce qu'il faut bien que quelqu'un pose cette question.

— C'était trop fort, et c'est pas le même son. C'est un fusil. Quelqu'un chasse dans le coin. »

Il paraît si sûr de lui, et les enfants poussent de tels cris de soulagement et de joie que Line se laisse convaincre. Il y a des êtres humains, par ici. La civilisation est soudain proche.

« Je vais voir si je peux le trouver… Rien que pour nous assurer que nous sommes sur le bon chemin, ajoute Espen précipitamment.

— Comment vas-tu faire pour revenir ? demande Line d'un ton sec.

— Allumez un feu. Ça me prendra pas longtemps. Il doit être tout près. » Et Espen se met à crier en anglais : « Hello ! Hé ! Y a quelqu'un ? Hello ! »

Sans attendre la réponse, il se retourne vers eux.

« Je crois que ça venait de là-bas. Ça me prendra pas longtemps. Si je le trouve pas, je reviens tout de suite, c'est promis. »

Espen leur lance un grand sourire plein de confiance et s'éloigne parmi les arbres. Ses pas s'évanouissent dans le silence. La jument, Jutta, pousse un long soupir chevalin.

IL EST INTÉRESSANT DE NOTER COMMENT LE PERSONNEL VA ET VIENT dans ce comptoir. Comment les gens se répartissent ou se regroupent. Rien que d'après mes observations, il est évident qu'Olivier n'est pas apprécié des autres employés. Il colle à Stewart, il lui fait ses courses et va jusqu'à singer certains de ses tics. Les autres ont la notion de la distance entre Blancs et non-Blancs, mais Olivier donne l'impression d'être un renégat, d'être passé de l'autre côté. Au début, je croyais qu'ils respectaient Stewart et même qu'ils avaient de l'affection pour lui. Maintenant, j'en suis moins sûre. Il y a bien du respect, mais c'est un respect méfiant comme on en aurait pour une bête qui peut être dangereuse. Norah le déteste, et même si je suppose qu'elle aime bien Nesbit, elle est tout aussi impolie avec l'un qu'avec l'autre. Elle traite Stewart avec une telle insolence que j'en arrive à me demander si elle ne possède pas quelque pouvoir sur lui. Sinon, je ne conçois pas comment il laisserait passer tout ça. Et puis, à plusieurs reprises, j'ai vu la jolie fille – Nancy – dans le couloir, ici. Comme, apparemment, elle ne sert pas à table et ne s'occupe pas du ménage, je me demande ce qu'elle fait. Peut-être la cuisine.

J'attends que quelque chose se produise. Deux heures se sont écoulées depuis le retour du groupe qui était parti à la recherche du corps. Je rôde entre ma chambre, la cuisine et la salle à manger – je n'arrête pas de revenir avec un problème à régler ; par exemple, il me manque du petit bois (parce que je l'ai jeté dehors), ou il faut qu'on nettoie du café renversé. Du coup, je suis fort mal vue de Norah, mais, juste après six heures du soir, j'ai ma récompense sous forme d'éclats de voix provenant du bureau de Stewart. La voix qui crie est celle de Nesbit ; elle a des accents hystériques.

« Bon sang, j'arrête pas de vous dire que j'en sais rien ! Mais il est plus là, c'est absolument certain. »

Suit un murmure de Stewart.

« Je m'en fous. Vous avez promis ! Il faut que vous m'aidiez ! »

Encore un murmure – il est question de « négligence ».

Dans le couloir, je me rapproche à pas de loup, adressant mes prières au dieu des planchers qui grincent.

« C'est forcément l'un d'entre eux. Qui d'autre ferait un truc pareil ? Et encore autre chose... La brute – vous avez intérêt à mieux le contrôler. »

Les murmures se font encore plus bas. Pour je ne sais quelle raison, c'est ce qui me glace le plus. Je n'ose plus m'approcher davantage. Que veut dire Nesbit par la « brute » ? Est-ce une insulte lancée à Stewart ? Ou à quelqu'un d'autre ?

De lourds bruits de pas s'approchent de la porte. Je file et je parviens sans encombre à la salle à manger avant que quelqu'un sorte du bureau. De la chaise où il est assis près du feu, Moody lève les yeux au moment où j'entre.

« Madame Ross. Il y a quelque chose dont j'aimerais parler avec vous...

— Juste un moment... » Je pose la cafetière. Dans le couloir, tout semble silencieux. « Désolée, monsieur Moody, je crois avoir oublié quelque chose. Excusez-moi un instant. »

Dans le rectangle qui se rétrécit à mesure que je ferme la porte, je vois le visage de Moody s'allonger.

Je parcours de nouveau le couloir vide. La porte de Stewart est fermée. Je frappe.

« C'est quoi ? » me répond la voix de Nesbit, de très mauvaise humeur.

« C'est moi, Mme Ross. Je peux entrer ?

— Je suis assez occupé, pour l'instant. »

J'ouvre quand même. Nesbit lève les yeux depuis le bureau – j'ai l'impression qu'il devait être étalé dessus il y a à peine quelques secondes ; il a le visage pâle et couvert de sueur, et il est encore plus échevelé que d'habitude. Je ressens quelque élan de compassion. Je me souviens de comment c'était.

« Je viens de vous dire...

— Je sais, je m'excuse. Mais je me sens très mal à l'aise. Je viens de casser le pot à lait, vraiment, je suis désolée. »

Nesbit me regarde en fronçant les sourcils avec un air où se mêlent l'incompréhension et l'irritation. « Mais, bon sang, on s'en fiche. Alors, si vous voulez bien… »

Je fais un pas de plus dans la pièce et je ferme la porte derrière moi. Nesbit tressaille. Il a un regard meurtrier ; une bête acculée.

« Est-ce que vous avez perdu quelque chose ? Je sais à quel point ça peut être contrariant. Est-ce que je ne pourrais pas vous aider ?

— Vous ? Mais de quoi parlez-vous ? »

Pourtant, dès que je referme la porte, il comprend. Maintenant, j'ai toute son attention.

« Qu'est-ce qui vous fait croire que j'ai perdu quelque chose ?

— C'est lui qui le garde, n'est-ce pas ? Il vous oblige à le supplier. »

C'est comme si je venais d'arracher un masque ; le visage de Nesbit est si blanc qu'il est presque bleu. Ses poings se contractent ; il voudrait me frapper mais il n'ose pas.

« Où est-il ? Qu'est-ce que vous en avez fait ? Donnez-le-moi.

— Je vous le rendrai si vous me dites une chose. »

Il grimace, mais j'ai soulevé un espoir. Il se lève et fait un pas vers moi sans pourtant trop s'approcher.

« Dites-moi qui l'on doit mieux contrôler. De qui est-ce qu'on n'a pas le droit de parler ?

— Quoi ?

— Le premier soir, je vous ai entendu dire à une femme de ne pas parler de lui. De qui s'agissait-il ? Et juste maintenant, vous avez dit à Stewart de mieux le contrôler. Vous avez dit que c'était une brute. Qui est-ce ? Dites-le-moi et je vous le rends. »

Il souffle. Sa tête se tourne d'un côté, puis de l'autre. Il sourit à moitié. Il paraît soulagé.

« Oh. Nous ne voulions pas que Moody soit mis au courant. Si la Compagnie l'apprend… Un de nos hommes est devenu fou. C'est Nepapanees. Stewart essaye de le protéger à cause de sa famille…

— Nepapanees ? Vous voulez dire qu'il n'est pas mort ? »

Nesbit fait non de la tête.

« Il vit tout seul, comme un sauvage. Il allait encore bien il y a quelques semaines, mais maintenant il est complètement fou. Peut-être même dangereux. Ce serait une honte terrible pour sa famille.

Stewart a pensé qu'il valait mieux qu'elle le croie mort. » Il secoue la tête. « C'est tout. Ah… ! Mais quand même, c'est horrible.

— Et récemment, il est parti… loin d'ici, c'est ça ?

— Il va et vient.

— Il y a trois semaines…

— Je ne sais pas où il va. Il est rentré il y a à peu près dix jours. »

Je ne sais quoi dire – ou demander – de plus. Il me regarde furtivement. « Je peux l'avoir ? »

Pendant un instant, je me demande si je ne vais pas faire éclater le flacon par terre parce que quelque chose ne colle pas – mais quoi ? Je n'arrive pas à le déterminer.

« Je vous en prie. » Il fait un pas de plus vers moi.

Je le sors de ma poche et le lui tends : le flacon que j'ai subtilisé hier sous son matelas pendant qu'il était avec Moody. Il s'en saisit et vérifie que je n'en ai rien volé – un geste réflexe, passager –, puis il se détourne pour boire. Un reste de dignité de celui qui veut préserver un peu d'intimité. Quand on le consomme de cette manière, il faut un certain temps pour que l'effet se fasse sentir, mais Nesbit n'a peut-être pas le choix. Il reste dans cette position, les yeux fixés sur les rideaux.

« Et où est-il à présent ?

— J'en sais rien. Loin d'ici, j'espère.

— C'est vrai ?

— Oui. »

Je ne vois que le flacon dans sa main. Qu'est-ce que je donnerais pour le lui prendre – et y boire ?

Il ne me regarde plus. Sa voix est basse, déjà recomposée. Elle me ramène à moi-même. Je le laisse debout près de son bureau ; il me tourne le dos, mais ses épaules redressées me jettent un défi.

Je retourne dans la salle à manger. Nepapanees fou. Nepapanees serait le tueur fou de Jammet ? C'est apparemment ce que je voulais découvrir. Mais je n'éprouve aucun sentiment de triomphe. Aucune satisfaction. Je ne sais que penser, mais je n'arrive pas à chasser de mon esprit l'image d'Elizabeth Bird assise dans la neige, folle de chagrin, exposant délibérément sa chair à la brûlure du froid.

DÈS QU'ILS SONT DE RETOUR, Stewart se rend dans la maison d'Elizabeth. Il a l'air soucieux, comme un père avec un enfant indiscipliné ; prêt à se montrer indulgent, mais jusqu'à un certain point seulement.

« Elizabeth, je suis vraiment désolé. »

Elle hoche la tête. C'est plus facile que de parler.

« J'ai essayé de comprendre ce qui a pu se passer. Vous avez trouvé l'endroit ? »

Elle hoche de nouveau la tête.

« Je suis sûr que, quel que soit le lieu où il se trouve, son esprit sera en paix. »

Là, elle ne hoche plus la tête. Les gens assassinés ne reposent pas en paix.

« Si vous vous faites du souci... Bien évidemment, vous pouvez rester ici. Vous n'avez pas besoin de vous tracasser pour l'avenir. Vous aurez toujours une maison, ici, aussi longtemps que vous le souhaitez. »

Sans même le regarder en face, elle a conscience de ses horribles yeux bleus : ils ressemblent au corps luisant de ces mouches qui se repaissent de charognes. Il l'observe intensément, essayant de la vider de sa force, essayant de la plier à sa volonté. Eh bien, elle ne va pas le regarder, elle ne va pas lui faciliter la besogne. Elle balance sa tête de côté en espérant qu'il va partir.

« Je vais vous laisser. Si vous voulez quelque chose, je vous en prie, venez me demander. »

Elle hoche la tête pour la troisième fois.

Elle pense : en enfer.

Dehors, elle entend des voix qui parlent anglais. C'est Stewart qui dit au *moonias* : « À votre place, je la laisserais tranquille. Elle est encore sous le choc. »

Les voix commencent à s'éloigner. Par pur esprit de contradiction, Elizabeth bondit sur ses pieds et sort.

« Monsieur Moody... Je vous en prie, entrez si vous voulez. »

Les deux hommes se retournent, stupéfaits. Le visage de Moody n'est qu'un point d'interrogation. Elizabeth, ne sachant pas pourquoi elle s'est précipitée ainsi, se sent bête.

Bien qu'il soit un peu raide dans ses mouvements, Moody insiste pour s'asseoir par terre comme elle.

« Vous allez bien ? Ça s'améliore ? » Elle dirige son regard vers le ventre de Moody, vers l'endroit où, il y a quatre soirs de cela, elle a pansé sa blessure. C'était il y a une éternité, à l'époque où elle était encore l'épouse d'un homme. « Vous aviez une mauvaise blessure. Quelqu'un a tenté de vous tuer ?

— Non, répond Moody en riant. Disons que c'était un moment de passion qu'il a beaucoup déploré. Une longue histoire... Je suis venu ici pour savoir comment vous allez. Si je peux faire quoi que ce soit pour vous aider...

— Merci. Vous avez été gentil, l'autre jour.

— Non... »

Elizabeth verse du thé dans des chopes émaillées. Elle a de nouveau dans sa bouche le goût de l'eau de la rivière amère et traîtresse. Il se peut que le cerf ait été un signe pour lui dire : on m'a tué. Et il faut que tu me trouves.

Si seulement la prière pouvait lui porter conseil, mais il n'est pas question pour elle de se rendre à l'église en bois. C'est l'église de Stewart, et elle lui fait horreur. Elle n'avait pas beaucoup pensé à sa foi, jusqu'alors. Elle supposait que cette foi était là, sous la surface, et qu'elle agissait sans effort conscient de sa part, de la même façon que ses poumons fonctionnent tout seuls. Elle l'a peut-être trop négligée. Et maintenant qu'elle en a besoin, sa foi semble s'être étiolée.

« Est-ce que vous priez ? » reprend-elle.

Moody la regarde d'un air étonné. Il soupèse sa réponse. Il ne dit pas seulement ce qu'il croit devoir dire, mais il semble réellement réfléchir. Cela plaît à Elizabeth, tout comme elle apprécie le fait qu'il ne se précipite pas pour combler chaque petit moment de silence.

« Oui, je prie. Pas si souvent que je devrais. Loin de là. »

À cet instant, la toute petite fille d'Elizabeth passe par la porte d'entrée avec des pas mal assurés. Elle vient juste d'apprendre à marcher.

« Amy, va retrouver Mary. Je discute. »

L'enfant regarde Donald avant de repartir de sa démarche hésitante.

« Je suppose que nous ne... » La voix de Moody se perd. « Ce que je veux dire, c'est que nous nous tournons vers Dieu seulement quand nous avons des ennuis ou que nous sommes dans le besoin. Et je n'ai jamais eu d'ennuis sérieux ni de grands besoins. Pas encore, Dieu merci. »

Il sourit. Il paraît troublé, à présent, perplexe. Il parle plus lentement, comme s'il avait du mal à ordonner ses mots. Quelque chose vient de se produire.

« Je ne peux pas. »

Il la regarde d'un air interrogateur.

« Prier.

— Êtes-vous née chrétienne ? »

Elle sourit. « J'avais vingt ans quand les missionnaires m'ont baptisée.

— Vous avez donc connu... d'autres dieux. Est-ce que vous leur adressez des prières ?

— Je sais pas. J'ai jamais vraiment prié, avant. Vous avez raison. Parce que j'en ai jamais eu besoin. »

Moody repose son thé et croise ses longs poignets sur ses genoux. « Quand j'étais petit garçon, je me suis totalement perdu dans les collines près de chez moi, pendant toute une journée et une nuit. J'avais peur d'errer dans les collines jusqu'à ce que je meure de faim. Alors j'ai prié. J'ai prié Dieu pour qu'Il me montre le chemin qui me ramènerait chez moi.

— Et ?

— Mon père m'a trouvé.

— Vos prières ont donc été exaucées.

— Oui. Mais je suppose qu'il y a des prières qui ne peuvent pas être exaucées.

— Je ne prierais pas pour que mon mari revienne à la vie. Je prierais seulement pour que justice soit faite.

— Justice ? » Ses yeux s'écarquillent et se fixent sur Elizabeth comme si elle avait une saleté sur le visage. Il semble fasciné : on dirait qu'elle vient de dire quelque chose d'extrêmement intense, d'un intérêt vital.

Elizabeth pose sa tasse. Ils ne parlent ni l'un ni l'autre pendant un long moment, mais regardent fixement le feu qui siffle et fait des bruits secs.

« Amy, c'est un joli prénom.

— Elle ne comprend pas pourquoi son père n'est pas là. »

Moody soupire distinctement avant de sourire. « Je m'excuse. Vous allez me trouver impertinent. La pensée la plus incroyable vient de me traverser l'esprit. Je vous en prie, dites-moi si je me trompe, mais je ne peux pas la garder pour moi. » Il se met à rire d'un air gêné sans détacher son regard d'Elizabeth. « Je sais que ce n'est pas le moment. Mais je ne peux pas m'empêcher de penser... À cause du prénom de votre fille. Et de votre... Je ne sais comment le dire... Est-ce que vous avez un jour... Est-ce que vous avez été une Seton ? »

Elizabeth fixe les flammes tandis qu'un bourdonnement violent dans ses oreilles noie les paroles que Moody prononce ensuite. Quelque chose qui s'apparente à un rire remonte si fort en elle qu'il menace de l'étouffer.

La bouche de Moody remue. Elizabeth a l'impression, de très loin, qu'il présente des excuses. Des choses qu'elle avait crues oubliées depuis longtemps sont brusquement claires comme le jour. Un père. Une sœur. Une mère. Non, pas sa sœur. Elle n'a jamais oublié sa sœur.

Lentement, la voix de Moody redevient audible. « Êtes-vous Amy Seton ? » Moody se penche en avant, tout rouge d'excitation, frissonnant à l'idée d'une découverte aussi imminente que capitale. « Je ne le dirai à personne si vous ne souhaitez pas que je parle. Je jure sur l'honneur de garder le secret. Vous avez votre vie, ici, vos enfants... J'aimerais juste savoir. »

Elle ne veut pas lui donner ce plaisir. Ce n'est pas à lui de le prendre. Elle ne veut pas être un butin qu'on rapporte pour une prime.

« Monsieur Moody, je ne comprends pas de quoi vous parlez. Je m'appelle Elizabeth Bird. Mon mari a été tué délibérément. Que dois-je faire ? Et que comptez vous faire ?

— Délibérément ? Qu'est-ce qui vous fait dire ça ? »

Elle le voit plonger, avec difficulté, d'une d'excitation à une autre. Ça ne lui réussit pas ; il ne le supporte pas. Elle semble l'observer de très loin tandis qu'il reste le souffle coupé et se prend le ventre à deux mains, le visage noué par l'angoisse. Il est tout rouge. Il n'aurait pas dû poser une question aussi personnelle. Il réussit enfin à récupérer, mais il halète comme un chien.

« Que dites-vous ? Que… Stewart a tué votre mari ?

— Oui.

— Mais pourquoi ?

— Je n'en sais rien. »

Elle le regarde fixement. Il doit savoir quelque chose ; elle peut le voir calculer, derrière ses yeux. Puis il ouvre la bouche.

« Pardonnez ma question. Mais… votre mari était-il fou ? »

Elizabeth garde les yeux sur lui, et elle se sent très petite et très faible. Elle est en train de s'effriter, de se dissoudre.

« C'est ce qu'il a dit ? » Des pleurs coulent à présent sur son visage. Elle ne sait pas si ce sont des larmes de douleur ou de colère, mais soudain elle a le visage tout mouillé. « Il n'était pas fou. C'est un mensonge. Demandez à qui vous voudrez, ici. La Brute, c'est le seul qui soit fou.

— La Brute ? C'est qui, la Brute ?

— Celui dont il ne veut pas que nous parlions ! » Elizabeth se lève. C'est trop, tout cela d'un seul coup. Elle se met à décrire des cercles autour du feu. « Puisque vous êtes si malin, puisque vous pouvez voir tant de choses, pourquoi est-ce que vous n'ouvrez pas les yeux ? »

« SI LE TEMPS LE PERMET, DEMAIN, JE PARTIRAI. »

Je dévisage Parker, bouche bée. Je ressens aussitôt une forte pression autour de la poitrine, comme quand on est atteint du croup ; un resserrement désagréable qui rend toute respiration impossible. J'ai commencé à avoir du mal à respirer dès qu'il a frappé à ma porte et que je l'ai laissé entrer en me demandant ce qu'il voulait.

« Vous ne pouvez pas partir ! Nous n'avons pas terminé. »

À son tour, il me regarde fixement, prêt à réagir mais nullement surpris. Il me connaît déjà sans doute trop bien pour que je l'étonne.

« Je pense que c'est la seule façon de terminer. »

Je ne savais pas ce que je voulais dire quand j'avais répondu, mais maintenant je le sais. Nous avons tous compté sur Parker pour nous montrer le chemin, depuis notre rencontre à Dove River jusqu'à aujourd'hui. Moody aussi, même si ça ne lui plaît pas du tout.

« Comment allez-vous terminer ? »

Parker prend son temps. Son visage est différent, à présent : plus doux, plus naturel, à moins que ce ne soit un effet de la faiblesse de la lampe.

« Demain matin, je me débrouillerai pour montrer à Stewart le bout de papier que vous m'avez donné. Il comprendra alors, s'il ne le sait déjà, que j'étais en relation avec Jammet. Je lui dirai que je m'en vais, et si je ne me trompe pas… » Là, il s'interrompt. « Si c'est bien l'homme que je crois, il ne pourra pas s'empêcher de me suivre au cas où je le conduirais jusqu'aux fourrures.

— Mais s'il a fait tuer Jammet… il peut vous tuer aussi.

— Je serai sur mes gardes.

— C'est trop dangereux. Vous ne pouvez pas partir tout seul. Il va emmener ce… la Brute avec lui. »

Parker hausse les épaules. « Vous croyez que Moody devrait m'accompagner ? » C'est si invraisemblable qu'il en sourit. « Il faut qu'il reste. Il faut qu'il voie Stewart me suivre. Alors il comprendra.

— Mais, mais vous êtes… »

J'essaye de remettre de l'ordre dans les faits. La preuve… mais quelle preuve pourrait-il y avoir en dehors d'un aveu de Stewart ?

« Vous ne pouvez pas partir tout seul. Je vais venir avec vous. Je serai pour vous des yeux supplémentaires. Je peux… Vous aurez besoin d'un témoin. Un témoin qui confirmera vos dires. Vous ne devez pas partir seul ! »

J'ai les joues en feu. Parker sourit de nouveau, mais gentiment. Il tend la main, presque jusqu'à mon visage, mais il s'arrête avant de le toucher. Je sens, dans mes yeux, des larmes qui menacent d'emporter mon aplomb, ma dignité et tout le reste.

« Il faut que vous restiez. Moody a besoin de vous. Il est perdu. »

Je pense : Et moi donc ? Des mots qui résonnent si fort en moi que je ne suis pas sûre de ne pas les avoir dits tout haut, mais rien chez Parker ne montre qu'il les ait entendus. Je tente de garder une voix ferme.

« Je ne sais pas quelles preuves vous croyez que Stewart fournira, à part vous tuer. Voilà qui serait concluant ! Et… et s'il envoie quelqu'un d'autre à sa place pour vous tuer, comment ferons-nous pour montrer qu'il est impliqué ? Si vous partez tout seul et ne revenez pas, je ne pense pas que ce sera une preuve pour M. Moody. Ça ne démontrera rien du tout.

— Eh bien, répond Parker avec un soupçon d'impatience qui perce dans sa voix, nous verrons demain matin. Il se peut que Stewart nous raconte tout. Bonne nuit, madame Ross. »

Je me mords la langue, blessée et irritée. Parker ne s'en rend peut-être pas compte, mais il y a, dans cette chambre, deux personnes qui n'abandonnent pas une tâche avant qu'elle soit terminée.

« Bonne nuit, monsieur Parker. »

En sortant, il referme la porte sans bruit. Pendant plusieurs secondes, je reste clouée au même endroit. Et, alors que j'aurais tant d'autres questions à me poser, ce que je me demande, c'est s'il connaît mon prénom.

Cette nuit-là, je rêve.

De manière vague et pourtant troublante, je rêve d'Angus. Je tourne la tête d'un côté puis de l'autre pour me détourner de mon mari. Il ne me fait pas de reproches. Il ne peut pas.

Je me réveille au plus profond de la nuit, dans un silence si lourd que j'ai l'impression que je ne pourrais pas sortir du lit si j'essayais. Des larmes sont en train de sécher sur mon visage ; elles sont froides et me causent des démangeaisons.

Je me suis longtemps demandé pourquoi Angus s'était tellement éloigné de moi. Je supposais que c'était à cause de quelque chose que j'avais fait. Et puis, quand Parker m'a parlé de Jammet, je me suis dit que c'était à cause de Francis, parce qu'il le savait et qu'il détestait ça.

En vérité, ça datait de bien avant.

J'enfouis mon visage dans l'oreiller qui sent le moisi et l'humidité. La taie est aussi froide que du marbre. C'est seulement ici, dans le noir, que je peux donner libre cours à ces pensées. Des pensées qui viennent de nulle part sinon de rêves et qui font de moi leur otage délirant. J'ai envie de retrouver le sommeil, car c'est seulement en dormant que je me libère des chaînes du possible et du bien.

Mais, comme je l'ai si souvent découvert au cours de ma vie, ce que nous cherchons vraiment nous échappe.

DONALD PRESSE UNE MAIN CONTRE LA VITRE. Elle fait fondre le givre qui s'était déposé sur la face intérieure pendant la nuit et laisse une empreinte nette : le froid s'intensifie. La saison avance. Il leur faudra s'en aller sous peu, faute de quoi la neige les retiendra à Hanover House.

Hier, il a terminé sa lettre à Maria. Et ce matin, il la relit ; il a l'impression d'avoir trouvé la note juste car il ne dit rien de trop affectueux, mais, après avoir exposé ses pensées – quel soulagement de pouvoir dire ce qu'il pense –, il exprime chaleureusement le souhait de la revoir et de reprendre leurs captivantes conversations. Il plie la feuille et la glisse dans une enveloppe sur laquelle il ne met pas d'adresse. L'idée que d'autres puissent lire ses lettres lui fait horreur. Il est sûr que Mme Ross, cette fouineuse, lors d'une de ses visites importunes dans sa chambre, a remarqué une de ses lettres antérieures à Susannah.

Susannah. Bon... Comme il ne s'est encore jamais trouvé dans cette situation, Donald n'est pas sûr de la manière de procéder. Il soupçonne qu'elle n'en aura pas le cœur brisé – après tout, estime-t-il, rien n'a été dit, pas vraiment. Rien qui soit une promesse. Il se sent cependant mal à l'aise parce que, à première vue, sa conduite n'est pas admirable, or Donald rêve d'être admirable. Mais il voit bien, plus clairement de loin que lorsqu'il était à Caulfield, que Susannah est une créature robuste. Tout en le sachant, il se reproche d'y puiser une consolation. Peut-être ne lui fera-t-il pas parvenir les lettres qu'il lui destinait. Ou bien devrait-il les réécrire une fois de plus pour les purger de toute expression de désir superflue ?

Alors que Donald est toujours assis à table entouré de missives pour les sœurs Knox, on frappe à la porte. C'est Parker.

Stewart est dans son bureau, une cafetière sur sa table de travail. Le feu est bien allumé, mais il perd la bataille contre un froid métallique qui avance en passant par la fenêtre, la porte et même par les murs.

Donald, estimant qu'il lui revient de mener les débats et l'ayant fait savoir à Parker et à Mme Ross, s'éclaircit la gorge avec une certaine agressivité.

« Monsieur Stewart, veuillez excuser l'heure très matinale. Nous devons avoir un entretien avec vous. »

Stewart perçoit le ton grave de sa voix, mais il continue à sourire et les invite à entrer. Il demande d'autres tasses - cette fois, c'est Nancy qui répond au tintement de la cloche et va les chercher. Donald garde les yeux baissés tant qu'elle est dans la pièce, et il espère que le rouge qui lui est monté au visage reste invisible. De toute façon, personne ne le regarde.

Donald commence ainsi : « Je crois que vous devriez connaître la véritable raison de notre venue ici. » Il n'accorde aucune attention au coup d'œil que lui jette Mme Ross. Il ne peut pas voir l'expression de Parker, celui-ci étant assis à côté de Stewart devant la fenêtre et donc plongé dans l'ombre. « Nous avons suivi des traces. Depuis Dove River elles partaient vers le nord, et nous avons de bonnes raisons de croire qu'elles menaient jusqu'ici.

— Vous voulez dire qu'il ne s'agissait pas du fils de Mme Ross ?

— Non. Du moins pas jusqu'ici. Et il y a dans ce poste de traite des hommes dont on nous a caché la présence. »

Stewart hoche la tête, l'air grave, les yeux baissés. « Il me semble que certaines choses qu'on vous a racontées vous ont induits en erreur. Je m'en excuse. Permettez-moi de vous confier ce que je sais ; peut-être serez-vous ensuite en mesure de remplir quelques blancs. Ce que je vous ai dit est vrai : Nepapanees était l'un de mes meilleurs hommes, bon travailleur, barreur expérimenté, formidable trappeur. Mais quelque chose lui est arrivé il y a un peu plus d'un an. D'habitude, c'est à cause de la boisson, comme vous l'avez sûrement constaté... » Son regard, dirigé vers Donald, parvient à inclure tous les autres. « Mais pas dans son cas. Du moins, pas au début. Je ne sais pas pourquoi, mais il a eu le cerveau dérangé. Il ne reconnaissait plus sa femme, ni ses propres enfants. Ce printemps, il est parti du fort et nous a donné l'impression de vivre comme un sauvage. De temps à autre il réapparaissait, mais il valait mieux pour lui qu'il reste à l'écart. Il y a quelques semaines, il a été longtemps absent. J'ai eu le sentiment qu'il avait fait quelque chose. Ce sentiment s'est encore renforcé à votre arrivée. Mais à ce moment-là… » Il hausse les épaules puis les laisse retomber.

« Je ne voulais pas d'un déshonneur de plus pour sa femme et sa famille. Je voulais le leur épargner. Nesbit et moi sommes tombés d'accord pour… cacher la réalité. Et donc dire qu'il était mort. C'était idiot, je le sais. » Il lève des yeux où semblent briller des larmes. « D'un côté, je serais content qu'il le soit, mort. C'est un pauvre type qui a causé beaucoup de souffrances chez ceux qui l'aimaient.

— Mais comment avez-vous pu raconter à sa femme qu'il était mort ? Comment avez-vous pu la faire souffrir à ce point ? » Mme Ross se penche en avant, et ses yeux percent ceux de Stewart. Son visage est tendu et pâle, et une émotion, sans doute de la colère, émane d'elle comme une force magnétique.

« Croyez-moi, madame Ross, j'y ai beaucoup réfléchi. Je suis arrivé à la conclusion que Nepapanees mort causerait moins de souffrance chez elle et les enfants qu'il n'en provoquerait au bout du compte en étant vivant.

— Mais comment avez-vous cru pouvoir empêcher sa femme de s'apercevoir de sa présence ? On l'a vu ici il y a deux jours ! »

Stewart reste tout à fait immobile un moment avant de lever les yeux et de révéler son malaise. « C'était téméraire. Je me suis laissé aller à… Parfois, au cours des dernières années, surtout en hiver, j'ai eu l'impression de perdre mon jugement. Mais si vous aviez vu Nepapanees avec ses enfants : quand ils couraient vers lui, il les regardait, plein de haine et de peur, et leur criait les pires insultes… Dieu seul sait pour quels démons il les prenait. C'était affreux de voir leurs visages. »

Stewart a des yeux hagards, comme s'il les voyait encore. Donald éprouve pour lui un élan de compassion, car il imagine très bien à quel point cette succession d'hivers sans fin peut devenir pesante.

Mme Ross regarde Parker puis, de nouveau, Stewart. Presque comme si Donald n'était pas là.

« Qui est la Brute ? »

Stewart a alors un sourire douloureux. « Ah, vous voyez bien… » Il lève les yeux pour regarder cette fois Mme Ross en face. « La Brute est un autre malheureux. Un ivrogne invétéré. Comme c'est le mari de Norah, nous lui donnons à manger de temps à autre. C'est un trappeur, mais il n'a pas grande utilité. »

Il y a une sorte de mise à nu, dans le visage de Stewart, qui provoque une gêne chez Donald. De quel droit force-t-on cet homme à révéler ses ennuis ?

« Je dois encore une fois vous demander pardon de vous avoir trompés. On veut passer, surtout dans une Compagnie comme celle-ci… » Il jette alors un autre coup d'œil à Donald, qui, mal à l'aise, baisse les yeux. « On veut passer pour un bon chef et même, à certains égards, pour un père auprès de ceux dont on a la responsabilité. Je n'ai pas été un bon père pour ces gens-là. C'était difficile, mais ce n'est pas une excuse. »

Mme Ross se cale contre le dossier de sa chaise ; elle a une expression lointaine, troublée. Celle de Parker est cachée par son ombre. Donald intervient :

« Ça se voit partout. L'ivrognerie et la folie. Mais vos qualités de chef ne sont pas mises en cause parce que quelques hommes déraillent. »

Stewart baisse la tête. « C'est gentil à vous de me dire ça, mais ce n'est pas vrai. De toute façon, ce qui vous intéresse à présent, c'est l'homme que vous avez suivi… Je suppose que vous l'avez suivi parce qu'il a fait quelque chose. A-t-il commis… un crime ? »

Donald hoche la tête. « Il nous faut le trouver et l'interroger, quel que soit son état.

— Sans doute pourrons-nous trouver cet homme. Mais si c'est un criminel, que vous cherchez, vous ne le trouverez pas. Car il ne sait pas ce qu'il fait. »

Pendant que Stewart parle, Parker sort de sa poche sa pipe et son tabac, et, du coup, fait tomber un bout de papier par terre entre sa chaise et celle de Stewart. Parker ne remarque rien, occupé à extraire d'une blague des brins de tabac dont il bourre le fourneau de sa pipe. Stewart, lui, s'en aperçoit et se penche pour ramasser le papier. Il reste un instant la main posée sur le plancher avant de le rendre à Parker sans même se tourner vers lui.

« Je vais faire en sorte que deux hommes partent à sa recherche. Ils devraient pouvoir suivre sa piste. »

Parker remet le bout de papier dans sa poche pratiquement sans interrompre son rituel de bourrage de pipe. L'incident a duré environ trois secondes. Les deux hommes sont restés assis côte à côte pendant toute la discussion sans avoir échangé ne serait-ce qu'un regard.

PRESQUE AU BOUT DU COULOIR, PARKER SE RETOURNE VERS MOI. « Je vais me préparer.

— Vous partez ? »

J'avais supposé que ses questions avaient reçu une réponse. C'était idiot de ma part, car, évidemment, il ne pouvait pas croire une seule parole de Stewart.

« Il n'a jamais dit qu'il n'avait pas envoyé Nepapanees à Dove River. »

Comme sa certitude m'irrite, je ne réponds pas. Il me regarde avec cette intensité particulière très neutre dont il est coutumier et qui, si elle révèle une grande concentration, ne trahit rien du sujet de ladite concentration ou du cours qu'elle suit. Seuls les traits de son visage font croire à une colère et à une violence qui se tapiraient derrière ; maintenant, je sais qu'il n'y en a pas. À moins que je ne me sois rassurée en me berçant d'illusions.

« Vous avez toujours la chemise trouvée à Elbow Ridge ?

— Bien sûr. Je l'ai roulée au fond de mon sac, sous mon manteau fourré.

— Allez la chercher. »

Nous sommes au milieu de l'espace découvert à l'arrière des magasins quand le soleil perce entre les nuages. Un gros rayon de lumière, aussi solide qu'une rampe d'escalier, vient frapper la plaine au-delà de la palissade et illumine un bouquet de saules rabougris avec leurs écheveaux de neige et leurs glaçons étincelants. C'est une lumière si vive que sa blancheur blesse les yeux. Aussi soudainement qu'un sourire, le soleil fait surgir la beauté sur cette morne plaine. Au-delà de cent mètres de distance, toutes les imperfections sont cachées. De l'autre côté de la palissade, le paysage est parfait, cristallin, pur, comme une sculpture découpée dans du sel. En attendant, de ce côté-ci, nous marchons péniblement dans une neige fondue et trouble, dans une gadoue piétinée et souillée par l'urine des chiens.

La veuve est dans sa hutte avec un de ses fils, un garçon à l'air solennel, âgé d'environ huit ans. Elle est accroupie près d'un feu sur lequel elle fait bouillir de la viande. Je la trouve plus maigre et plus épuisée que la dernière fois que je l'ai vue. D'une certaine façon, elle paraît aussi plus indienne même si, avec ses traits fins, elle est nettement plus métissée que tous les autres.

Elle lève des yeux vides au moment où Parker entre sans frapper. Il lui dit quelque chose que je ne saisis pas. Elle répond dans une autre langue. Ma réaction – une bouffée de jalousie aussi brusque que violente – me coupe le souffle.

« Asseyez-vous », nous enjoint-elle mollement.

Nous prenons place sur les couvertures autour du feu. Le garçon n'arrête pas de me regarder. S'asseoir par terre quand on porte des jupons d'hiver n'a certes rien d'élégant, mais je fais de mon mieux. Parker engage la conversation de manière indirecte en posant des questions sur les enfants et en présentant ses condoléances auxquelles je joins les miennes dans un murmure. Il finit par arriver à ce qui l'amène.

« Votre mari vous a-t-il jamais parlé des fourrures des Norvégiens ? »

Le regard d'Elizabeth va de Parker à moi. La question ne semble pas éveiller d'écho en elle.

« Non. Il ne me racontait pas tout.

— Et sa dernière sortie, quel en était le but ?

— Stewart voulait aller à la chasse. D'habitude, il emmenait mon mari parce que c'était celui qui savait le mieux suivre une piste. » Il y a une fierté tranquille dans sa voix.

« Madame Bird, je m'excuse de vous demander cela, mais votre mari était-il malade ?

— Malade ? dit-elle en levant les yeux avec vivacité. Jamais. Il était fort comme un cheval. Qui a dit qu'il était malade ? C'est Stewart qui raconte ça, hein ? C'est pour ça qu'il serait allé sur le genre de glace où il n'aurait jamais mis les pieds autrement ?

— Il dit qu'il était fou et ne reconnaissait pas ses propres enfants. » Parker parle à voix basse pour ne pas inclure le garçon dans la conversation. Le visage d'Elizabeth se déforme littéralement sous des sentiments divers – dégoût, mépris, rage ou tous à la fois –, et elle se penche en avant, le feu donnant à ses traits une teinte orange et livide.

« C'est un sale mensonge ! Il a toujours été le meilleur des pères. » Quelque chose d'effrayant émane d'elle, quelque chose de dur, d'implacable, mais aussi, me semble-t-il, de vrai.

« Quand est-ce que vous avez vu votre mari pour la dernière fois ?

— Il y a neuf jours, quand il est parti avec Stewart.

— Et avant ça ? Quand est-ce qu'il était parti la fois d'avant ?

— C'était pendant l'été. Pour leur dernier voyage, à la fin de la saison, ils sont allés à Cedar Lake.

— Il était ici en octobre et au début de novembre ?

— Oui. Tout le temps. Pourquoi est-ce que vous me posez cette question ? »

Je regarde Parker : il ne reste qu'une chose à faire.

« Madame Bird, je m'excuse de vous demander encore cela, mais auriez-vous une chemise appartenant à votre mari ? Nous aimerions y jeter un coup d'œil. »

Elle fusille Parker du regard comme s'il venait de se livrer à une insolence suprême. Néanmoins, elle se lève avec des mouvements saccadés et va au fond de la hutte, derrière un rideau.

Elle revient en tenant une chemise bleue, pliée. Parker la prend et la déplie puis l'étend par terre. Je sors la chemise sale roulée en boule dans un calicot. Je l'étends ; elle est raide et souillée, et une odeur nauséabonde émane des taches sombres. Le garçon nous observe d'un air solennel tandis qu'Elizabeth est là debout, les bras croisés, à nous regarder de haut avec des yeux durs et chargés de colère.

Je remarque immédiatement que la chemise propre est plus petite que l'autre. Il semble indéniable qu'elles ne peuvent pas appartenir au même homme.

« Merci, madame Bird. » Parker lui rend la chemise de son mari.

« Elle ne me sert à rien. J'ai plus personne pour la porter, dit-elle sans décroiser les bras. Vous l'avez voulue, vous n'avez qu'à la garder. »

Sa bouche se tord de manière désagréable. Parker est déconcerté. C'est pour moi une expérience nouvelle et rafraîchissante, de le voir se demander quoi faire.

Pour la première fois, je prends la parole. « Merci, madame Bird. Je regrette que nous ayons eu à vous poser ces questions, mais vous nous avez beaucoup aidés. Vous avez prouvé que Stewart a menti.

— Ça m'est bien égal. J'en ai rien à foutre, de vous aider ! Est-ce que ça va faire revenir mon mari ? »

Je me lève et ramasse la chemise sale. Parker tient toujours l'autre.

« Je suis vraiment désolée. » À la même hauteur qu'elle, à soixante centimètres seulement de distance, je plonge mon regard dans ses yeux, qui sont d'un gris clair transparent au milieu d'un masque de fureur et de désespoir. Ça m'anéantit. « Vraiment. Nous allons… »

J'attends que Parker intervienne pour expliquer ce que nous allons faire. Maintenant serait le bon moment. Il s'est levé, lui aussi, mais apparemment il se satisfait de me laisser parler.

« Nous allons obtenir justice.

— Justice ! » Son rire ressemble plutôt à un grondement de rage. « Et mon mari ? Stewart a tué mon mari. Et Stewart, alors ?

— La justice passera pour lui aussi. » Je recule vers la porte, plus désireuse de partir que de savoir pourquoi elle est convaincue de la culpabilité de Stewart.

Elizabeth fait une grimace. C'est un rictus qui ressemble à un sourire sans en être un. Il fait ressortir le crâne sous la peau et donne à Elizabeth l'aspect d'une tête de mort qui serait animée sans être vivante – blême, dépourvue de sang, rayonnant de haine.

Alors que nous revenons vers le bâtiment principal, Parker me donne la chemise propre comme s'il voulait se débarrasser du dégoût qu'il éprouve à la tenir. Il se sent coupable d'avoir mis Elizabeth dans tous ses états.

« Nous allons les montrer à Moody, dis-je. Alors il comprendra. »

Parker secoue légèrement la tête. « Ça ne suffit pas. Cette chemise aurait pu être là depuis des mois.

— Vous savez qu'elle n'y était pas. Et vous croyez aussi Elizabeth pour ce qui est de la mort de son mari, non ?

— Je n'en sais rien, dit Parker en me jetant un rapide coup d'œil.

— Dans ce cas, vous allez partir. »

Il fait oui sans rien ajouter. Je sens sur ma poitrine ce poids que je connais trop bien et qui m'écrase. L'air que je respire semble coincé dans ma gorge, et pourtant nous n'avons fait que quelques dizaines de mètres.

« S'il a tué son guide, partir tout seul serait pure folie de votre part. Je vais emprunter un fusil. Si vous ne voulez pas m'emmener, je suivrai votre piste, un point c'est tout. »

Pendant un moment, Parker reste sans rien dire, puis il me regarde d'un air un peu ironique, me semble-t-il.

« Ne croyez-vous pas que les gens vont jaser, s'ils nous voient partir ensemble ? »

Quelque chose bondit dans ma poitrine et le poids s'envole. Soudain, même le comptoir de traite me paraît beau – le soleil teinte les congères sales au bord de la clôture, les pare d'un blanc bleuâtre flamboyant. Je suis certaine un instant que, quel que soit le danger, armés de notre bon droit, nous ne pouvons que triompher.

Cette sensation dure presque jusqu'à ce que j'arrive à ma chambre.

LAURENT PARTAIT SOUVENT POUR SES AFFAIRES. Des absences mystérieuses sur lesquelles Francis en savait tout autant que n'importe qui, c'est-à-dire pas grand-chose. L'été, les loups disparaissaient des forêts environnantes, et c'était donc la saison où Laurent se livrait à son négoce. Cet été-là, il avait semblé particulièrement occupé – ou bien c'était peut-être la première fois que ses absences avaient de l'importance pour Francis –, et il s'était rendu à Toronto et à Sault. Quand Francis l'interrogeait sur ce qu'il avait fait là-bas, Laurent répondait avec désinvolture, voire carrément à côté. Il plaisantait, parlait de s'être retrouvé ivre mort dans des bars ou d'avoir rendu visite à des prostituées. Mais peut-être ne plaisantait-il pas. La première fois qu'il mentionna un bordel, Francis le regarda avec horreur et stupéfaction, puis ressentit une douleur intense et terrible au cœur. Laurent le prit par les épaules en riant et le secoua avec rudesse jusqu'à ce que Francis s'énerve et se mette à crier des choses offensantes qu'il fut plus tard incapable de se rappeler. Laurent continuait à se moquer de lui, mais soudain, à son tour, il se mit en rage. Ils se lancèrent des insultes et puis, dans une pause entre les cris, ils se regardèrent, fascinés. Ils chancelaient. Francis était blessé mais aussi blessant. Laurent l'avait rabaissé de manière cruelle et tranchante, mais quand, ensuite, il demanda pardon, ce fut avec tant de sérieux, d'un air si doux et implorant – cette première fois il tomba à genoux –, que Francis éclata de rire et lui pardonna avec enthousiasme. Ce qui lui donna l'impression d'être vieux, plus vieux même que Laurent.

Il y eut, plus tard, les hommes qui venaient voir Laurent chez lui. Parfois, lorsque Francis descendait et sifflait devant la cabane, il ne recevait aucune réponse. Cela signifiait que Laurent avait quelqu'un avec lui, quelqu'un qui souvent passait la nuit avant de remettre son sac à dos et de partir d'un pas lourd, les chiens sur ses talons. Francis découvrit alors en lui-même une aptitude aussi profonde que terrible à la jalousie. Plus d'une fois, il revint tôt le matin et se cacha dans les buissons derrière la cabane à attendre que le visiteur reparte et, là, à scruter son visage pour trouver des indices – mais toujours sans résultat. La plupart de ces hommes étaient des Français ou des Indiens ; des gens venus de loin, à l'aspect peu recommandable, plus habitués à dormir à la belle étoile que sous un toit. Ils apportaient à Laurent des fourrures, du tabac et des munitions, puis s'en allaient comme ils étaient venus. Parfois, il semblait qu'ils n'apportaient rien et repartaient aussi sans rien. Un jour, après une dispute aux accents particulièrement hystériques, Laurent lui dit que ces gens venaient le voir parce que ensemble ils créaient quelque chose – une compagnie de traite de fourrures. Mais il fallait garder le secret, faute de quoi ils s'attireraient les foudres de la Compagnie de la baie d'Hudson, ce qu'ils avaient tout intérêt à éviter. Francis en fut soulagé jusqu'au délire et se mit à déborder d'entrain, tant et si bien que Laurent prit son violon et, tout en jouant, poursuivit le jeune homme gagné par un fou rire. Il aperçut alors une silhouette sur le sentier, très loin, et se précipita à l'intérieur de la cabane. Il ne l'avait entrevue qu'un instant, mais il avait l'impression qu'il s'agissait de sa mère. Ensuite, il vécut dans la terreur de l'incertitude pendant plusieurs jours. Rien, pourtant, ne lui apparut changé chez ses parents. Si sa mère avait vu quelque chose, elle n'avait rien dû en penser.

L'automne arriva, et avec lui la reprise des cours, puis ce fut l'hiver. Francis ne pouvait pas voir Laurent aussi souvent qu'auparavant, mais, lorsque ses parents étaient allés se coucher, il lui arrivait de filer le long du sentier et de siffler. Parfois un sifflement lui répondait, mais pas toujours. À mesure que le temps passait, il lui sembla que ses sifflements restaient de plus en plus souvent sans réponse.

Au cours du printemps, après un de ses voyages dont il ne révélait pas la destination, Laurent commença à laisser entendre que quelque chose de très important était sur le point de se produire. Et qu'il allait faire fortune. Ces vagues allusions, auxquelles Laurent se laissait en général aller quand il était ivre, troublaient Francis et lui embrouillaient l'esprit. Laurent allait-il quitter Dove River ? Et qu'adviendrait-il de lui, Francis ? S'il tentait (adroitement, pensait-il) de pousser son ami à clarifier ses projets, celui-ci se mettait à le taquiner, et ses railleries pouvaient être rudes et cruelles. Il faisait souvent allusion à la femme et à la famille que Francis ne manquerait pas d'avoir, ou parlait de fréquenter des prostituées, ou encore d'aller vivre au sud de la frontière.

Une soirée marqua le commencement d'une nouvelle série de disputes. Ils avaient bu tous les deux. On était au début de l'été, et les soirs étaient déjà assez chauds pour qu'on puisse s'asseoir dehors. Les premières abeilles avaient émergé des lieux où elles avaient passé les mois de froid, et elles bourdonnaient autour des pommiers en fleur. C'était voilà tout juste sept mois.

« Mais évidemment, à ce moment-là (Laurent faisait encore allusion aux richesses futures qu'il allait acquérir sans préciser comment), tu seras marié et tu vivras dans une petite ferme quelque part, avec toute une poignée de gamins, et tu m'auras complètement oublié.

— J'y compte bien. » Francis avait appris à ne pas contredire ces horribles petits scénarios. S'il protestait, il ne faisait qu'encourager un peu plus Laurent.

« Je suppose que quand tu auras fini ta scolarité tu vas pas rester dans ce trou, pas vrai ? Y a pas grand-chose pour toi, ici.

— Ouais... Je crois bien que j'irai à Toronto. Peut-être que je viendrai te voir de temps en temps sur ton fauteuil roulant. »

Laurent grogna et vida son verre. Francis se rendit soudain compte qu'il buvait davantage qu'autrefois. Puis il poussa un soupir. « Je blague pas, mon p'tit ami. Il faut pas que tu restes ici. C'est nul. T'as intérêt à partir dès que tu pourras. Je suis rien qu'un vieil imbécile de péquenot.

— Toi ? Mais tu vas être riche, n'oublie pas. Tu pourras aller où tu voudras. Tu pourrais t'installer à Toronto.

— Oh, tais-toi ! Ta place n'est pas ici ! Non, en tout cas pas avec moi. C'est pas bien. Et moi, j'suis bon à rien.

— Qu'est-ce que tu racontes ? » Francis essaya de maîtriser le tremblement de sa voix. « Ne dis pas de bêtises. T'es soûl, voilà tout. »

Laurent se tourna vers lui, articulant les paroles avec une clarté inquiétante : « Je suis un pauvre con. Et toi t'es un pauvre con. Tu devrais simplement dégager et aller retrouver ton papa et ta maman. » Il avait un visage méchant, et la boisson lui avait rétréci le regard. « Vas-y ! Qu'est-ce que t'attends ? Merde, dégage ! »

Francis se leva, ravagé par la douleur. Il ne voulait pas que Laurent le voie pleurer. Mais il ne pouvait quand même pas s'en aller, pas comme ça.

« Tu ne parles pas sérieusement, dit-il aussi calmement qu'il le pouvait. Je le sais. Et tu ne parles pas non plus sérieusement quand tu racontes que tu vas voir les putes et que tu fais des gosses partout et... tout ça. Je vois bien comment tu me regardes...

— Eh, bon Dieu ! Mais qui pourrait te regarder autrement ? Tu es la plus belle créature que j'aie jamais vue. Mais t'es un gosse complètement con. Je m'ennuie avec toi. En plus, je suis marié. »

Francis resta là, abasourdi et incrédule, incapable de répondre. « Tu mens », finit-il par dire. Laurent leva vers lui des yeux las, comme si son aveu l'avait soulagé.

« Non, mon cher, c'est vrai. »

Francis eut la sensation qu'on lui déchirait la poitrine. Il se demanda pourquoi, soumis à une douleur aussi horrible, il ne s'écroulait pas ou ne s'évanouissait pas. Il se retourna, partit de la cabane, et ne cessa de marcher. Il traversa un des champs de son père et entra dans la forêt. Il se mit à courir, et sa respiration saccadée cachait les sanglots qui le déchiraient. Au bout d'un moment, il se laissa tomber à genoux devant un énorme pin, puis il donna un grand coup de tête contre l'écorce du tronc. Il ne sut jamais combien de temps il passa là ; il s'était peut-être étourdi, heureux de sentir une douleur capable de chasser cette autre torture bien plus terrible.

Laurent le trouva juste avant la tombée de la nuit. Suivant son parcours tortueux dans les bois, il l'avait traqué comme l'un de ses loups empoisonnés. Il se pencha, le prit dans ses bras, le berça, et ses doigts découvrirent la blessure sur son front. Des larmes brillaient sur les joues du trappeur, et ses chuchotements demandaient pardon.

Pendant une brève période, Francis crut qu'après cette nuit-là il avait gagné. Peu importait que Laurent eût été marié et qu'il eût un fils ; tout cela était du passé et ne comptait plus pour eux. Pourtant, Laurent continuait à résister aux tentatives du jeune homme pour savoir qui il était vraiment et découvrir ce qu'il faisait. En vérité, il ne voulait pas que Francis change quoi que ce soit dans sa vie, il ne voulait pas que Francis soit autre chose qu'une distraction occasionnelle. D'une voix inégale et maladroite, Francis l'accusa de ne pas s'intéresser à lui. Avec brutalité, Laurent lui répondit qu'il avait raison.

Et ainsi de suite. La même conversation se répéta avec quelques légères variations sans importance pendant de nombreuses nuits d'été. Francis se demanda combien de temps encore il parviendrait à supporter cette torture délicieuse, sans pouvoir s'empêcher de s'y soumettre. Il tentait de se montrer désinvolte et enjoué quand il était en présence de Laurent, mais il n'avait pas eu beaucoup d'expérience en ce domaine. Au fond de lui, il savait que, tôt ou tard, Laurent le repousserait complètement. Mais, tel un papillon attiré par la flamme d'une bougie, c'était plus fort que lui : il descendait jusqu'à la cabane alors même que Laurent était de plus en plus souvent absent. Il ne comprenait pas comment les sentiments de son compagnon avaient pu changer autant quand les siens n'avaient fait que s'intensifier.

Et puis, sans qu'il sache comment, son père fut au courant.

Ce ne fut pas un événement cataclysmique. On aurait plutôt dit qu'Angus avait assemblé les morceaux d'un puzzle, observant patiemment et accumulant les fragments jusqu'à ce que l'image apparaisse enfin. Il y eut les fois où Francis, rentrant alors que ses parents étaient déjà levés, marmonna des propos peu convaincants dans lesquels il racontait être sorti aux aurores se promener. Il y eut aussi la fois où son père, arrivant à la cabane de Laurent, y trouva Francis : celui-ci prétendit être venu prendre un cours de sculpture sur bois. C'est peut-être alors qu'il comprit, mais il n'en laissa rien paraître. Ou peut-être encore la fois où Francis eut la malencontreuse idée de déclarer qu'il avait passé la nuit chez Ida. Son père avait très légèrement froncé les sourcils mais n'avait rien dit. Francis, pris de panique, avait alors dû trouver un prétexte pour se précipiter chez les Pretty et chercher Ida. Il ne savait pas vraiment quoi lui dire non plus, mais il avait concocté une histoire selon laquelle il se serait soûlé à Caulfield et il devait le cacher à ses parents. Ida avait eu un visage buté, de marbre, et bien qu'elle lui eût donné son accord d'un hochement de tête, elle l'avait regardé d'un air blessé et il avait eu honte.

Quelle que soit la façon dont il avait appris la chose, son père, qui depuis un certain temps avait du mal à parler à Francis – ils n'avaient jamais été très proches –, devint intolérable. Il ne disait plus rien directement, ne le regardait jamais en face quand il s'adressait à lui, et d'ailleurs ne lui parlait que pour lui ordonner d'accomplir une corvée ou de mieux se comporter. Il semblait avoir pour son fils un mépris froid et cinglant ; il donnait l'impression de pouvoir à peine supporter d'être dans la maison en même temps que lui. Parfois Francis, assis à table dans la zone glaciale entre ses parents, sentait monter dans sa gorge une nausée qui menaçait de le submerger. Un jour, alors qu'il parlait à sa mère, il surprit le regard que son père avait posé sur lui dans un moment d'inattention, et il n'y vit qu'une rage froide et implacable.

Une chose cependant l'étonna : Angus n'avait pas dû mettre sa femme au courant. Elle sentait nettement le courant froid entre son mari et son fils, ce qui la rendait triste, mais son regard sur Francis n'avait pas changé. Elle était toujours la femme impatiente et malheureuse qu'il avait connue aussi loin que remontaient ses souvenirs.

On était fin octobre. Francis s'était juré à maintes reprises de ne pas retourner chez Laurent, mais était incapable de tenir cette promesse. Ce soir-là, il le trouva chez lui, et ils se lancèrent rapidement dans une dispute longue et acerbe où ils répétèrent ce qu'ils avaient si souvent dit. Francis se détestait d'agir ainsi, mais il n'arrivait pas pour autant à se contenir. Parfois, quand il était seul, il s'imaginait partant d'un air digne, la tête haute, et puis quand il se trouvait dans la cuisine de Laurent, face à lui tel qu'il était – désordonné, mal rasé et grossier –, il était pris d'un désir dément de se jeter à ses pieds et de le supplier en pleurant ; de se suicider ; de faire n'importe quoi pour mettre fin à cette torture. De tuer Laurent.

« C'est pas moi qui suis venu te chercher, tu t'en souviens ? cria Francis d'une voix rauque comme il l'avait déjà souvent fait. Je n'ai pas voulu ça ! C'est toi qui m'as fait aimer ça… Toi !

— Et moi, je préférerais ne t'avoir jamais rencontré. Tu me fais gerber ! » Là-dessus Laurent ajouta : « De toute façon, ça ne fait rien. Je m'en vais. Pendant longtemps. Je sais pas quand je reviendrai. »

Francis le dévisagea. Dans un premier temps, il ne le crut pas.

« Très bien. Raconte ce que tu veux.

— Je m'en vais la semaine prochaine. »

La colère s'était enfuie du visage de Laurent, et Francis eut la sensation froide et écœurante qu'il disait la vérité. Laurent se détourna pour s'occuper de quelque chose.

« Peut-être que tu t'en remettras, pas vrai ? Tu te trouveras une gentille fille. »

Francis eut la sensation qu'il allait pleurer. Son corps tout entier était pris de faiblesse comme s'il avait attrapé une fièvre. Laurent allait partir. C'était fini. Il ne comprenait pas comment il était possible d'éprouver autant de douleur et de continuer à vivre.

« Hé, c'est pas la mort. T'es un brave garçon, c'est vrai. » Comme il avait vu le visage de Francis, Laurent essayait d'être gentil. Ce qui était pire que des obscénités ou des remarques cinglantes.

« S'il te plaît... » Francis ne savait pas ce qu'il allait dire. « S'il te plaît, n'en parle pas tout de suite. Tu n'as qu'à partir plus tard, mais n'en parle pas tout de suite. Continuons comme si... »

Peut-être Laurent en avait-il assez de se battre, peut-être est-ce la raison pour laquelle il haussa les épaules et sourit. Francis s'approcha de lui et l'entoura de ses bras. Laurent lui tapota le dos, un peu comme un père. Francis s'accrochait à lui tout en souhaitant avoir la force de s'en aller. En souhaitant surtout que cet été soit celui de l'année précédente – cet été qui, lui, était passé pour de bon.

Mon amour qui en a par-dessus la tête de moi.

Il resta pour la nuit, mais il la passa tout entière sans dormir, à écouter Laurent respirer près de lui. Il réussit à se lever et à s'habiller sans le réveiller, même si, avant de partir, il se pencha et l'embrassa doucement sur la joue. Laurent resta endormi ou préféra ne pas se réveiller.

Et puis, deux semaines plus tard, il se retrouva dans la cabane obscure à regarder la coquille vide et tiède qui reposait sur le lit.

Et, le croirez-vous, la deuxième pensée qui lui vint alors fut : *Oh, oh, mon amour, tu ne peux pas me quitter maintenant.*

LA MALADIE DE LA PENSÉE QUI DURE

IL Y AVAIT DES ANNÉES DE CELA, quand il recherchait Amy et Ève Seton, Sturrock s'était retrouvé assis dans un bar très semblable à celui-ci, en train de boire un punch au whisky avec un jeune homme auquel on venait juste de le présenter. Il avait déjà entendu parler de Kahon'wes, et il avait été flatté d'apprendre que cet homme plus jeune que lui souhaitait faire sa connaissance. Kahon'wes s'avéra être un grand et beau Mohican qui tentait de se frayer un chemin dans le journalisme. Bien qu'il fût intelligent et capable de s'exprimer, il était pris entre deux mondes et ne savait pas bien où se situer. On le voyait nettement à sa façon de s'habiller qui, cette fois-là, était tout à fait celle d'un jeune élégant – jaquette, haut-de-forme, bottines à boutons et ainsi de suite. Il avait même quelque chose d'un dandy. Mais, lors de leurs rencontres suivantes, il portait des vêtements en daim ou un étrange mélange des deux styles. Sa langue oscillait aussi entre un anglais très fluide dénotant une bonne éducation – ce fut lors de leur première rencontre – et un style plus raide qu'il semblait considérer plus « indien ». Tout dépendait de la personne avec laquelle il se trouvait. Sturrock fut heureux de discuter journalisme avec lui, mais il espérait aussi que cet homme lui serait utile dans ses recherches. Kahon'wes avait un grand éventail de relations car il voyageait tout le temps, parlait à beaucoup de gens et passait pour le genre de personnage que les gouverneurs, à Toronto, qualifiaient de fauteur de troubles. Comme Sturrock était lui aussi un fauteur de troubles, ils s'entendirent bien.

Sturrock lui parla des filles qu'il recherchait. Il s'y employait déjà depuis presque un an, et il n'avait plus grand espoir de réussir.

Comme la plupart des habitants du sud de l'Ontario, Kahon'wes avait entendu parler de cette affaire.

« Ah... les deux filles qui ont été subtilisées par les méchants Indiens.

— Ou dévorées par les loups, comme je commence à le croire. Et pourtant, leur père veut remuer ciel et terre dans toute l'Amérique du Nord. »

Il expliqua à Kahon'wes qu'il avait rendu visite à des groupes d'Indiens des deux côtés de la frontière, qu'il avait alerté ses contacts et parlé aux hommes influents qui l'avaient aidé précédemment. Mais il n'avait rien appris d'utile.

Kahon'wes fit une pause avant de déclarer qu'il se renseignerait auprès des personnes qu'il rencontrerait. Et Sturrock dut certainement se douter qu'une réponse (comme le langage et l'habillement de Kahon'wes) pouvait différer selon celui qui était assis de l'autre côté de la table.

Au bout de plusieurs mois, Sturrock eut des nouvelles du journaliste. Alors qu'il passait par Forest Lake, il apprit que Kahon'wes n'était qu'à quelques kilomètres. Cette fois-là, il était habillé à l'indienne et avait encore modifié sa façon de parler. Il était déçu par ses tentatives de publication dans la presse blanche. Sturrock eut l'impression d'un personnage instable qui, s'il n'était pas bien encouragé, risquait de s'égarer. Il lui proposa de lire quelques-uns de ses articles et de lui donner des conseils, mais Kahon'wes ne sembla pas s'intéresser à son aide.

Ce fut lors de cette rencontre que les deux hommes parlèrent d'une vieille civilisation indienne plus grande et plus évoluée que celle qui l'avait suivie. Kahon'wes la décrivait avec passion, et même si Sturrock n'en croyait pas un mot, il ne pouvait s'empêcher d'être séduit par cette vision. Il ne revit Kahon'wes qu'une seule fois, quelques mois plus tard, à l'extérieur de Kingston. Ils ne parlèrent pas longtemps, et Sturrock eut le sentiment que son interlocuteur buvait beaucoup. Néanmoins, à cette occasion, Kahon'wes lui donna une information. Il avait parlé au chef d'une bande de Chipewyans établis près de Burke's Falls, et ce chef connaissait l'existence d'une Blanche vivant avec des Indiens. C'était tout, mais la piste n'était pas plus mauvaise que bien d'autres que Sturrock avait suivies dans son activité professionnelle.

Quelques semaines plus tard, Seton et Sturrock se rendirent dans un petit village d'où, après des négociations compliquées, on les mena dans un camp indien pour rencontrer cette Blanche. Il y avait maintenant plus de six ans que les filles avaient disparu, trois ans depuis que Mme Seton était morte d'un mal mystérieux – on disait communément qu'elle avait eu le cœur brisé. Sturrock avait toujours eu de la peine pour Charles Seton dont la détresse, telle une horrible plaie, restait présente sous un tissu cicatriciel extrêmement mince. Mais si quelque chose pouvait être encore pire, c'était bien cette expectative. Depuis qu'ils étaient sortis du village, Seton avait à peine dit un mot et son visage était aussi blanc qu'une feuille de papier. Il paraissait malade. Jusque-là, ce qui avait semblé le préoccuper le plus, c'était de ne pas pouvoir déterminer laquelle de ses deux filles se trouvait là : Ève aurait maintenant dix-sept ans et Amy dix-neuf, mais personne ne semblait connaître l'âge de celle-ci. Personne n'avait avancé de prénom : ou, plutôt, elle portait désormais un nom indien.

Sturrock faisait de son mieux pour entretenir la conversation avec Seton, et il lui rappelait que si cette jeune Blanche était bien sa fille, elle aurait beaucoup changé. Seton affirmait qu'il la reconnaîtrait en dépit de tout.

« Tant que je vivrai, je ne pourrai pas oublier le moindre détail de leur visage, déclara-t-il en regardant droit devant lui.

— Mais on est très étonné de voir à quel point certaines de ces personnes changent, insista doucement Sturrock. J'ai vu des parents incapables de reconnaître leurs enfants alors même qu'ils n'avaient passé que peu de temps avec les Indiens. Ce n'est pas seulement une question de visage… c'est l'ensemble. La façon de parler, de bouger, d'être.

— Malgré tout, je les reconnaîtrai », affirma Seton.

Ils mirent pied à terre devant les tipis et laissèrent leurs chevaux paître. Leur guide se rendit au plus grand des tipis et appela ; un vieillard grisonnant en sortit, et écouta le guide lui parler en chipewyan. Le guide traduisit la réponse :

« Il dit que la fille est venue chez eux de sa propre initiative. Maintenant, c'est l'une des leurs. Il veut savoir si vous êtes venus pour l'emmener. »

Sturrock intervint avant que Seton ne puisse parler. « Nous n'allons pas l'obliger à faire quoi que ce soit, mais si c'est la fille de ce monsieur, il souhaiterait lui parler. Il la recherche depuis de nombreuses années. »

Le vieillard hocha la tête et les conduisit à un autre tipi. Au bout d'un moment, il fit signe à Sturrock et à Seton de le suivre à l'intérieur.

Ils s'assirent et, pendant un moment, il leur fut impossible de discerner quoi que ce soit. L'intérieur était resserré, sombre et enfumé, et ce ne fut que graduellement qu'ils arrivèrent à bien distinguer les deux silhouettes assises devant eux : une femme et un homme, tous deux des Chipewyans. Charles Seton eut un petit hoquet qu'on aurait presque pu prendre pour un miaulement, et il dévisagea la femme, qui ne semblait pas plus âgée qu'une toute jeune fille.

Elle avait la peau du visage foncé, des yeux sombres et de longs cheveux noirs qui luisaient de graisse. Elle portait une tunique en peau et était enroulée dans une couverture rayée, bien que la température fût douce. Elle regardait par terre. À première vue, Sturrock aurait eu du mal à la prendre pour autre chose qu'une Chipewyan. Il supposait que le jeune homme à côté d'elle était son mari, mais personne ne les avait présentés. Après son petit cri, Seton n'émit pas d'autre son. On aurait dit qu'il s'étouffait sur ses mots : sa bouche s'ouvrait mais sa gorge se fermait.

« Merci d'avoir accepté de nous recevoir », commença Sturrock. Il n'avait jamais vu, au cours de sa vie, quelque chose d'aussi cruel que la douleur qui se peignait en cet instant sur le visage de Charles Seton. « Pourriez-vous lever les yeux, s'il vous plaît, pour que M. Seton puisse bien voir votre visage ? »

Il eut un sourire encourageant à l'adresse du jeune couple en face de lui. L'homme le regarda d'un air impassible puis donna une tape sur la main de la fille. Elle leva la tête mais pas les yeux. Dans cet espace confiné, la respiration de Seton semblait bruyante. Le regard de Sturrock passait de l'un à l'autre, attendant de voir qui allait reconnaître qui en premier. Peut-être tout cela n'allait-il aboutir à rien. Une minute s'écoula lentement, puis une autre. Un supplice. À la fin, Seton inspira et dit :

« Je ne sais pas laquelle c'est. Mais c'est ma fille... Si je pouvais voir ses yeux... »

Sturrock était stupéfait. Il regarda la fille aussi immobile qu'une image, et il l'appela par son nom indien.

« Wah'tanakee, de quelle couleur sont vos yeux ? »

Enfin, elle leva la tête vers Seton. Il plongea son regard dans ses yeux, qui, d'après ce que Sturrock pouvait en voir dans cette lumière trouble, étaient marron.

Seton respira encore une fois péniblement. « Ève. » Quelque chose se cassa dans sa voix et une larme glissa silencieusement sur sa joue. Mais c'était une affirmation. Après six ans de recherches, il avait trouvé une de ses enfants disparues.

La fille le fixa un instant puis baissa de nouveau les yeux. C'était peut-être un hochement de tête.

« Ève... »

Seton aurait voulu se pencher vers elle et la prendre dans ses bras. Sturrock le sentait, mais la fille était si immobile et si sévère que Seton ne bougea pas. Il se contenta de répéter son prénom une fois ou deux, puis il s'efforça de se calmer.

« Qu'est-ce que... Je ne sais pas... Tu vas bien ? »

Elle bougea la tête en un unique mouvement de haut en bas. Alors le vieillard parla de nouveau, et l'interprète qui se trouvait derrière eux dans le tipi bondé traduisit.

« Cet homme est son mari. Le vieil homme est l'oncle du mari. Il a élevé la fille dans sa famille depuis qu'on l'a trouvée.

— On l'a trouvée ? Où ça ? Et quand ? Avec Amy ? Où est Amy ? Est-elle ici ? Vous le savez ? »

Le vieillard fit une remarque que Sturrock reconnut : c'était une malédiction. Puis Ève se mit à parler, mais en regardant, derrière eux, un endroit du sol.

« C'était il y a cinq, six ou sept ans. Je ne me souviens plus. C'est très loin. Dans un autre temps. On est allées se promener et on s'est perdues. L'autre fille est partie la première. Elle est partie sans nous. On a marché longtemps, longtemps. Et puis on était si fatiguées qu'on s'est allongées pour dormir. Quand je me suis réveillée, j'étais toute seule. Je ne savais pas où j'étais. J'avais peur et je croyais que j'allais mourir. Et puis l'oncle est arrivé, il m'a emmenée, et il m'a donné un toit et à manger.

— Et Amy ? Qu'est-ce qui lui est arrivé ? »

Ève ne le regarda pas. « Je ne sais pas. Je croyais qu'elle m'avait laissée là. Je croyais qu'elle était en colère et qu'elle était rentrée à la maison sans moi. »

Seton secoua la tête. « Non, non. Nous ne savions pas ce que vous étiez devenues ni l'une ni l'autre. Cathy Sloan est rentrée, mais on n'avait aucune trace de toi ou d'Amy. On a cherché partout. Je n'ai jamais cessé de te chercher depuis ce jour, il faut que tu le saches.

— C'est vrai, dit Sturrock en plein silence. Votre père a donné chaque minute de sa vie éveillée et dépensé tout ce qu'il avait pour vous retrouver, vous et votre sœur. »

Seton déglutit avec un bruit qui, dans la petite tente, parut fort. « Il faut que je te dise, et je le regrette, que ta mère est morte il y a eu trois ans en avril. Elle ne s'est jamais remise de ta disparition. Elle n'arrivait pas à la supporter. »

La fille leva les yeux, et Sturrock eut l'impression de voir la première – et la dernière – trace d'émotion sur son visage. « Maman est morte. » Elle digéra cette annonce et échangea un coup d'œil avec son mari – mais Sturrock ne fut pas en mesure de deviner ce que cela signifiait. L'annonce était malvenue – on peut l'affirmer aujourd'hui, même si l'on semble manquer de cœur en le disant. Car la présence, même distante, de Mme Seton aurait pu orienter différemment la suite.

Seton essuya une larme sur son visage. Pendant un moment, Sturrock se dit qu'il allait bavarder de choses et d'autre pour réduire la terrible pression qu'il sentait en lui, et qu'on trouverait ensuite un moyen de progresser. Il se demanda combien de temps il devait encore accorder à cette réunion avant de la conclure, avant que l'un ou l'autre des participants commence à s'irriter. Et puis il fut trop tard.

Dans l'espace confiné de la tente, la voix de Seton s'éleva trop fort, de manière trop criarde : « Je veux bien accepter ce qui s'est passé, mais il faut que je sache ce qui est arrivé à Amy. Il faut que je le sache ! S'il te plaît, dis-le-moi.

— Je te l'ai dit, j'en sais rien. Je ne l'ai pas revue vivante. »

Cette façon de tourner les choses parut bizarre même à Sturrock.

« Tu veux dire… que tu l'as vue morte ? demanda Seton d'une voix tendue mais maîtrisée.

— Non ! Je ne l'ai pas revue du tout. C'est tout ce que je voulais dire. » À présent, la fille se renfrognait ; elle était sur la défensive. Sturrock aurait préféré que Seton n'aborde pas la question d'Amy ; insister sur elle auprès de sa sœur n'allait pas apporter grand-chose.

« Tu vas rentrer avec moi. Il le faut. Nous devons continuer à chercher. » Seton avait un regard vitreux et lointain. Sturrock se pencha vers lui et lui posa une main sur le bras pour le calmer. Il eut l'impression que l'homme ne le remarquait même pas.

« S'il vous plaît, il me semble que nous devrions... Excusez-moi... » Il s'adressait maintenant à tout le monde. « C'est le stress. Vous ne pouvez pas vous imaginer à quel point il a souffert pendant toutes ces années. Il ne sait pas ce qu'il dit...

— Non mais, bon sang, je sais ce que je dis, quand même ! » D'un geste violent, Seton repoussa la main de Sturrock. « Il faut qu'elle rentre. C'est ma fille. Il n'y a pas d'autre solution... »

Puis il tendit le bras vers l'autre côté du feu, vers la fille, qui eut un brusque mouvement de recul. En bougeant, elle révéla ce que la couverture rayée avait caché jusqu'alors : elle était enceinte et sa grossesse était très avancée. Le jeune homme se mit debout, barrant le passage à Seton.

« Il vaut mieux que vous partiez, maintenant. » Bien qu'il se fût exprimé en un anglais parfait, il passa à sa propre langue, s'adressant à l'interprète.

Seton suffoquait et sanglotait en même temps, en état de choc mais déterminé. « Ève ! Ça ne fait rien. Je te pardonne ! Viens avec moi, c'est tout. Rentre avec moi ! Ma chérie ! Il le faut... »

Sturrock et l'interprète durent se saisir de Seton pour le faire sortir du tipi et le conduire jusqu'aux chevaux. Ils réussirent à le mettre en selle. Sans trop savoir comment – les souvenirs de Sturrock restent vagues à cet égard –, ils le persuadèrent de s'en aller. Seton ne cessa pas d'appeler sa fille.

Un an plus tard, à l'âge de cinquante-deux ans, il mourut d'une attaque d'apoplexie. Il n'avait pas revu Ève, et, malgré de nouvelles recherches, on ne retrouva pas la moindre trace d'Amy. Parfois, Sturrock en venait à se demander si elle avait vraiment existé. Il avait honte du rôle qu'il jouait : il voulait arrêter les recherches parce qu'il était impossible de répondre à l'obsession de Seton – la rencontre avec Ève le lui avait appris. Et pourtant, il ne pouvait se résoudre à lâcher cette affaire – Seton avait déjà trop souffert. Sturrock poursuivit donc son travail à contrecœur, sans arriver à vraiment soulager Seton ni à se rendre utile. Il aurait dû, pensa-t-il plus tard, demander à quelqu'un d'autre de prendre sa place. Mais leur après-midi à Burke's Falls avait, d'une certaine manière, lié les deux hommes dans une conspiration du silence, car le résultat le plus étrange de cette affaire fut celui-ci : Seton refusa d'admettre qu'ils avaient retrouvé Ève. Il laissa entendre qu'il s'était agi d'une fausse piste, d'une autre fille. Il persuada également Sturrock de ne pas parler, et celui-ci se conforma malgré lui à cette requête. Seul Andrew Knox fut mis dans le secret, mais uniquement par mégarde.

Une fois ou deux, Seton parla de retourner à Burke's Falls et de persuader Ève de partir, mais il ne semblait pas très enthousiaste. Sturrock eut l'impression qu'il n'aurait pas mis son projet à exécution. Sans le dire à Seton, Sturrock retourna au camp d'Indiens une semaine plus tard pour s'entretenir seul avec Ève, mais il ne trouva le couple nulle part. Il estima que de toute façon ça n'aurait pas apporté grand-chose.

LE CHEMIN QUI PART VERS LE NORD le long de la rivière les attire tous. À présent, le bruit court que d'autres hommes se préparent à partir. À la recherche de ceux qui sont partis à la recherche de Francis. Elle ne se joindra évidemment pas à eux. Mais elle aussi sent cette attraction – c'est la raison pour laquelle elle est là. Un vent aigre cingle le visage de Maria tandis qu'elle suit le sentier qui longe la rivière. Les arbres sont dénudés, maintenant, les feuilles mortes sont transformées en boue et la neige est salie. Elle voit devant elle l'éminence lisse de Horsehead Bluff sous laquelle l'eau tourbillonne dans le bassin qu'elle creuse elle-même. L'été, Susannah et elle avaient l'habitude de venir s'y baigner, mais c'est terminé depuis un bon nombre d'années. Maria n'est plus jamais allée nager après avoir vu ce truc-là dans l'eau.

Elle n'était pas parmi ceux qui l'avaient trouvé – ce groupe de jeunes garçons venus ici pour pêcher et dont les cris avaient alerté Maria et David Bell, qui, à l'époque, était son meilleur ami. David était en effet le seul autre élève du collège à rechercher la compagnie de Maria. Ils n'étaient pas amoureux, mais formaient un couple d'exclus unis par leur opposition au reste du monde. Ils se promenaient dans les bois en fumant et parlaient de politique, de livres et des défauts de leurs camarades. Maria n'aimait pas beaucoup fumer, mais comme il lui plaisait de faire quelque chose de défendu, elle s'y forçait.

Quand ils entendirent les appels répétés, ils coururent le long de la berge et virent les garçons qui regardaient dans l'eau. Ils riaient, ce qui ne correspondait pas à la frayeur de leurs premiers hurlements. L'un d'entre eux se tourna vers David : « Viens voir ! T'as jamais vu un truc pareil ! »

Ils s'avancèrent sur la berge, et des sourires s'esquissaient déjà sur leur visage. C'est alors qu'ils virent ce qui se trouvait dans l'eau.

Maria, sous le choc, porta les mains à son visage.

La rivière leur jouait un tour. Les mains tournoyaient lentement, s'élevant des profondeurs marron. Elles étaient décolorées et légèrement enflées. Dessous, Maria aperçut la tête qui se tournait tantôt vers eux et tantôt ailleurs. Dans son souvenir, cette tête est aujourd'hui aussi nette qu'elle l'était alors, et pourtant elle ne pourrait pas la décrire – elle ne saurait dire si les yeux étaient ouverts, ou comment la bouche se présentait. Une horreur particulière se dégageait du mouvement paresseux de ce corps pris dans le remous ; un hasard monstrueux avait voulu qu'il soit en train de pivoter debout, les mains au-dessus de la tête comme s'il dansait un quadrille, et, pas plus que les garçons, elle ne pouvait en détacher son regard. Elle savait que cet homme était mort, mais elle ne le reconnaissait pas. Même plus tard, quand on lui dit qu'il s'agissait de Doc Wade, elle fut incapable de rattacher le visage dans l'eau à son souvenir du vieil Écossais.

Encore aujourd'hui, bien des années plus tard, elle doit se faire violence pour jeter le moindre coup d'œil dans les profondeurs de ce sombre bassin. Ne serait-ce que pour s'assurer qu'il est vide.

Ils repartirent de la rivière et David lui tint la main sur le chemin du retour. Il restait silencieux, ce qui était inhabituel chez lui. Juste avant qu'ils sortent des bois, il entraîna Maria derrière un tronc d'arbre et l'embrassa. Il avait dans les yeux un air désespéré qu'elle ne comprit pas et qui l'effraya. Pétrifiée, incapable de répondre et un peu dégoûtée, elle se dégagea et rentra chez elle seule, le laissant derrière. Par la suite, leur amitié ne connut jamais la même liberté qu'avant, et l'été suivant la famille de David alla s'installer dans l'Est. Ce fut le seul garçon à jamais vouloir embrasser Maria, jusqu'à Robert Fisher.

Après presque une heure de cheval, elle arrive à la cabane de Jammet et met pied à terre. Marchant sur la croûte de neige pourrie, elle fait le tour jusqu'à la porte d'entrée. Le toit, qui n'a pas été chauffé, est toujours recouvert de neige, et la cabane paraît petite et défaite. Il se peut qu'un meurtre décourage des acheteurs éventuels – une noyade n'avait pas suffi.

Tout autour de la cabane, on voit diverses empreintes de pas : pour la plupart, ce sont celles d'enfants qui jouent à qui osera venir le plus près. Mais devant la porte, le sol est lisse – personne n'est entré récemment. Maria le franchit d'un pas ferme. La porte est fermée par un fil de fer que la jeune femme enlève en s'arrachant un bout de peau sur le pouce. Elle n'est jamais entrée dans la cabane ; pour une fille de bonne famille, Jammet n'était pas une relation jugée convenable. À cause de son intrusion, elle se surprend à murmurer des excuses à l'esprit de Jammet ou à ce qui en tient lieu. Elle se dit qu'elle ne fait rien d'autre que vérifier si l'on n'a pas oublié la tablette en os dans un coin. Un objet aussi petit aurait facilement pu passer inaperçu. Elle se force aussi à faire quelque chose dont elle a peur, bien qu'elle ne sache pas au juste ce qu'elle craint.

Seule une faible lumière filtre à travers les carreaux en peau de daim, et l'endroit donne l'impression étrange d'être enveloppé d'un linceul. Tout est très silencieux. Il n'y a rien, à l'intérieur, hormis deux caisses à thé et le poêle qui attend de nouvelles mains pour le ranimer. Et de la poussière sur le sol, semblable à une mince couche de flocons de neige. Les pieds de Maria y impriment leur trace.

Il s'avère que même une maison vide a beaucoup de choses à offrir quand on se met à l'examiner : de vieux ustensiles de cuisine, des bouts de journaux, une poignée de clous, quelques cheveux noirs collés ensemble (elle frissonne), un lacet de botte… Tout ce qu'on ne prend pas la peine d'enlever parce que ça ne vaut rien ; parce que personne n'en veut, pas même celui qui a vécu là.

Nous laissons si peu de choses.

Maintenant, en tout cas pour elle, il est devenu impossible de savoir qui était vraiment Laurent Jammet. À l'étage, où elle s'aventure enfin, se trouvent deux caisses en bois à moitié vides. Il n'y a rien à l'intérieur qui ressemble à une tablette en os, mais Maria découvre quelque chose d'autre – quelque chose qui était enfoncé dans l'interstice entre le chambranle de la porte et le mur (et qu'est-ce qui a poussé Maria à regarder là ?).

Un morceau de papier brun semblable à celui qui pourrait envelopper un article acheté dans le magasin de Scott a servi de papier à dessin improvisé : quelqu'un y a fait, au crayon, un croquis de Laurent Jammet. Les joues de Maria sont soudain en feu : sur ce dessin, Jammet est allongé sur le lit, et il semble dormir tout nu. Ça doit être en été parce qu'un drap est emmêlé autour de ses pieds comme s'il s'en était débarrassé pendant la nuit. L'artiste n'est pas très expérimenté, mais il y a là de la grâce et une sensation évidente d'intimité. Maria éprouve non seulement une gêne brûlante devant cette représentation d'un homme nu, mais aussi de la honte, comme si elle était entrée par inadvertance dans les recoins les plus cachés et les plus intimes de l'esprit de quelqu'un. Car cette dessinatrice, quel que soit son nom, aimait Jammet ; de cela, Maria est certaine. Puis elle aperçoit une sorte de signature griffonnée dans le gribouillis représentant le drap. On dirait « François ». Pas de « e », elle en est sûre. Ce n'est pas « Françoise ».

Immédiatement, elle songe à Francis Ross.

Elle reste là, debout, le morceau de papier à la main, à peine consciente du crépuscule qui commence. Elle remarque avec horreur qu'une tache de sang a souillé le papier. Sa première pensée cohérente consiste à vouloir le brûler : elle doit le faire au cas où quelqu'un d'autre le verrait et parviendrait à la même conclusion qu'elle. Puis elle se rend compte avec un serrement de cœur coupable qu'il lui faudra donner ce dessin à Francis, parce que si c'était elle qui l'avait fait (si seulement ses joues arrêtaient de la brûler !), elle voudrait qu'on le lui rende. Elle se sent étrangement troublée, jusque dans son être intime, et elle plie le papier avec soin avant de le glisser dans sa poche. Puis elle l'en ressort au moment où, pour une raison inexpliquée, elle s'imagine sa sœur en train de plonger la main dans sa poche et de le trouver. Elle le glisse donc dans son corsage, où personne d'autre qu'elle ne mettra la main. Là, près de son cœur, il rayonne comme un charbon ardent et provoque une bouffée de chaleur qui lui monte à la gorge. Elle finit donc par l'enfoncer d'un geste brusque dans sa botte, mais même de là il lance des filets de chaleur qui grimpent le long de sa jambe tandis qu'elle regagne Caulfield sur son cheval à travers la nuit qui tombe.

LINE S'EMPLOIE À CONSTRUIRE UN FEU. Après cette détonation de fusil, il n'y a plus rien eu. Ils attendent. D'abord ils bavardent avec gaieté, tout excités, puis ils deviennent silencieux et se blottissent un peu plus près du feu. La lumière vient à leur manquer un peu trop vite ; l'obscurité arrive, se glissant hors de ses repaires diurnes, dans les creux des racines et les souches pourries. Line fait bouillir de l'eau et y ajoute du sucre, puis elle la leur sert encore si chaude que ça leur brûle la bouche. Elle prépare un ragoût avec des flocons d'avoine, des baies et du porc séché ; ils le mangent en silence en attendant les pas et le bruit d'un corps qui se fraie un chemin entre les branches. La part d'Espen finit par durcir dans la casserole. Il ne revient toujours pas.

Line élude les questions des enfants et les envoie chercher un peu plus de bois pour alimenter le feu. Il doit briller fort pour qu'Espen puisse le voir de loin. Puis elle installe un abri où ils dormiront. Ensuite, ils cessent de poser des questions.

Mais alors qu'Anna s'est lovée comme une virgule chaude autour de la cuisse droite de Line, Torbin, de l'autre côté, se met à chuchoter. Il n'a pas beaucoup parlé, ces deux derniers jours, depuis qu'ils ont perdu la boussole. Ce n'est plus le Torbin habituel, au caquet impossible à arrêter.

« Maman, chuchote-t-il d'une voix tremblante, je suis désolé. » Elle lui caresse la tête de sa main recouverte d'une moufle.

« Chuuut. Endors-toi.

— Je m'excuse d'avoir essayé de m'enfuir. Si je l'avais pas fait, on se serait pas perdus, tu crois pas ? Et Espen serait pas parti comme ça. Maintenant, il s'est perdu, lui aussi... » Il se met à pleurer en silence. « Tout ça, c'est de ma faute.

— Ne dis pas de bêtises. » Line parle sans le regarder. « C'est comme ça, un point c'est tout. Endors-toi. »

Mais ses lèvres se pressent pour former une ligne peu seyante : en vérité, c'est bien la faute de Torbin s'ils ont égaré la boussole. C'est bien sa faute s'ils sont perdus dans cette forêt froide ; sa faute si, une fois de plus, elle n'a plus son homme. La main de Line le caresse mécaniquement, et elle ne remarque pas que Torbin s'est raidi ; elle ne remarque pas qu'elle lui fait mal mais qu'il n'ose pas lui demander d'arrêter.

Comme elle n'arrive pas à trouver le sommeil, elle s'assoit dans l'ouverture de leur abri tandis que les enfants dorment enroulés autour de son dos et de ses jambes, et elle fixe le feu. Elle essaye autant qu'elle le peut de ne pas penser. C'est facile quand Torbin et Anna sont réveillés et qu'elle doit les rassurer, mais quand elle est seule comme à présent et qu'elle n'a que ses peurs pour lui tenir compagnie, elle a du mal à ne pas se laisser submerger par ses angoisses. Elle a beau être perdue et gelée au fond d'une forêt, entourée de congères et de Dieu sait quoi encore, sa plus grande crainte est d'avoir été abandonnée par Espen. Quand elle était dans l'écurie d'Himmelvanger, elle savait qu'elle pouvait le forcer à faire ce qu'elle voulait, si récalcitrant fût-il. Maintenant, il lui vient à l'idée qu'il a pris cette détonation de fusil comme prétexte ; qu'il s'est enfui sans avoir l'intention de revenir ; et, cette fois, elle ne sait pas où le trouver.

Tout près, les deux chevaux sont debout, tête-bêche, les naseaux baissés. À un moment donné, alors qu'elle a très froid, l'un d'eux tressaille, effrayé par quelque chose dans les arbres. Il aplatit ses oreilles le long de son crâne et balance sa tête de gauche à droite comme s'il décelait une menace mais ne la localisait pas très bien. L'autre cheval – celui qui est malade – bouge à peine. Line, une fois passé le coup au cœur qu'elle a d'abord ressenti, s'efforce de percer l'obscurité en espérant entendre Espen – elle sait pourtant que Jutta n'aurait pas réagi ainsi si c'était lui. Elle n'entend rien. À la fin, incapable d'attendre encore ou de lutter contre le sommeil, elle se pelotonne près de ses enfants et tire son châle sur son visage.

Presque aussitôt, elle rêve de Janni. Il a des ennuis et, apparemment, il l'appelle. Il est quelque part, très loin, dans un endroit obscur et froid. Il dit qu'il regrette d'avoir été assez bête pour croire qu'il pouvait s'enrichir par le vol et la mutinerie. Il le paye maintenant de sa vie. Elle le voit d'infiniment loin, et il semble être allongé dans la neige : c'est une minuscule tache noire dans un vaste champ blanc, et il ne peut pas bouger. Tout en elle désire le rejoindre, mais elle n'y parvient pas. Et puis les choses changent et voilà qu'il est juste là avec elle, si près qu'elle sent son haleine chaude et humide sur son visage. Dans le rêve, elle ferme les yeux et sourit. C'est une haleine fétide, mais elle est tiède, et c'est celle de Janni. Elle ne rêve pas du tout d'Espen.

Elle se réveille avant que le jour soit tout à fait levé. Le feu est éteint, c'est un fouillis détrempé et carbonisé ; l'air est humide et il porte une odeur de dégel. Elle regarde tout autour. Elle ne voit pas les chevaux ; ils ont dû aller de l'autre côté de l'abri, à la recherche de nourriture. Aucune trace d'Espen – mais bon, elle n'avait pas vraiment cru qu'il y en aurait. Elle se soulève sur ses coudes et ses yeux commencent à s'habituer au gris. C'est alors qu'elle aperçoit la neige piétinée et souillée à une vingtaine de mètres seulement.

Dans un premier temps, elle refuse de reconnaître que ces taches rouge foncé puissent être du sang, mais les détails horribles s'accumulent : une gerbe d'arcs de couleur rouge sur la neige ici ; là, du rouge étalé et une foule d'empreintes de sabots en staccato dans une grande congère. Line reste absolument silencieuse. Les enfants ne doivent pas voir ça, sinon ils vont paniquer... Puis elle baisse les yeux.

Entre ses coudes, dessinée dans le seul carré de neige qui reste encore vierge devant leur abri, une empreinte de patte. Rien qu'une. Elle mesure au moins dix centimètres de large, et, alignés devant, il y a les trous creusés par les griffes. Deux de ces trous sont teintés par une tache rouge foncé.

En sursautant, prise de nausée, lui revient le nom que lui a donné Espen : *vargamor*, une femme qui fraye avec les loups. Elle sent un goût de bile ; elle se souvient de l'haleine chaude et puante de son rêve et de la manière dont elle s'en est délectée. Le loup devait alors se trouver juste au-dessus d'elle, la tête dans l'abri, et il devait haleter juste contre son visage tandis qu'elle dormait.

Line se lève aussi doucement qu'elle le peut. Avec ses pieds, elle projette de la neige sur les traces les plus affreuses, afin d'en recouvrir la parabole de sang. Elle peut voir les traces laissées par Bengi quand il a tenté de fuir les loups – il devait y en avoir plus d'un. Heureusement, cette piste part dans la direction d'où ils sont venus ; ils ne seront pas obligés de voir où ni comment elle se termine.

Elle remarque une autre piste et la scrute : celle d'une botte dont l'empreinte se dessine nettement près d'un tronc de cèdre. Il lui faut un long moment pour se rendre compte que c'est l'empreinte de la chaussure d'Espen et qu'elle date de la veille. Il est allé presque plein ouest alors que leur chemin est vers le sud. Il n'a pas neigé depuis son départ et rien ne recouvre ses traces. Il aurait pu suivre sa propre piste pour revenir vers eux, mais, pour une raison ou une autre, il ne l'a pas fait.

Line bondit, et son cœur bat douloureusement lorsque Jutta avance tranquillement vers elle entre les arbres ; puis elle pousse un soupir de soulagement quand la jument glisse son nez sous son bras. Le soulagement semble être mutuel.

« Ça va aller, déclare Line au cheval d'un ton farouche. Ça va aller. Ça va aller. »

Elle ne lâche pas la crinière du cheval tant qu'elle continue à trembler, puis elle va réveiller les enfants et leur dire qu'il faut repartir.

DONALD REGARDE PARKER ET MME ROSS QUITTER LE POSTE DE TRAITE. Ils passent le portail et se mettent à marcher vers le nord-ouest sans jeter un seul regard derrière eux. Nesbit et Stewart, après leur avoir souhaité bon voyage, rentrent dans leurs bureaux. Nesbit réussit à lancer à Donald un coup d'œil déplaisant, plein de sous-entendus diffamatoires à la fois pour Mme Ross et Parker mais aussi, d'une certaine manière, pour Donald lui-même. Il le supporte, mais il en est agacé. Il avait jugé Parker imbécile quand celui-ci avait exposé ses arguments, et encore plus bête quand il avait dit que Mme Ross l'accompagnerait – même si, apparemment, Mme Ross le souhaitait. Donald a pris Mme Ross à part et lui a dit ce qu'il en pensait. Mais a-t-il rêvé, ou bien a-t-elle réellement eu l'air amusée par son intervention ? Parker et elle lui ont tous les deux bien fait comprendre l'importance de surveiller les faits et gestes de Stewart ; et même s'il estime que ça ne servira pas à grand-chose, il se dit qu'il va le faire.

Il regarde Stewart se diriger vers les habitations locales pour s'enquérir d'Elizabeth. Bien qu'elle soit renfrognée et hostile, Stewart continue à s'intéresser à elle. Quant à Donald, il ne peut réprimer l'envie d'aller la voir. La curiosité qu'il éprouve pour elle est devenue irrésistible depuis qu'il s'est mis en tête qu'elle pourrait être l'une des filles Seton – même si cette notion repose sur quelque chose de bien mince, à savoir le prénom de sa fille. Non, pas seulement : elle repose aussi sur les traits d'Elizabeth, qui, de toute évidence, sont des traits de Blanche et qui, selon Donald, présentent une ressemblance faible mais visible avec ceux de Mme Knox. Ainsi, au moment où Stewart rentre dans son bureau,

Donald se retrouve devant la hutte d'Elizabeth et il attend qu'on lui fasse signe d'entrer.

Le feu lui pique les yeux et il respire par la bouche pour s'habituer à la fumée ainsi qu'à l'odeur de corps mal lavés. Accroupie près du foyer, Elizabeth est en train d'essuyer le visage de la petite fille qui pleure. Elle lance à Donald un regard aussi bref que dédaigneux, puis elle saisit la petite braillarde et la lui tend.

« Prenez-la. Elle me casse les pieds. »

Elizabeth passe derrière la cloison mobile qui abrite l'endroit où l'on dort, laissant Donald avec la fille qui s'agite et se tord dans ses bras. Tendu, il la soulève plusieurs fois, et elle le regarde fixement d'un air outragé.

« Amy, ne pleure pas. Allons, allons. »

S'il n'avait pas connu les enfants de Jacob, ce serait la première fois qu'il a un petit enfant dans ses bras. Il la tient comme s'il s'agissait d'un petit animal imprévisible doté de dents pointues. Mais voilà que par miracle elle cesse de pleurer.

Quand Elizabeth réapparaît, Amy vient de découvrir la cravate de Donald et, enchantée par son étrangeté, elle joue avec. Elizabeth les observe un instant.

Elle demande soudain : « Qu'est-ce qui vous a fait penser aux Seton ? C'est juste le prénom ? »

Pris par surprise, Donald lève les yeux. Il était sur le point de lui poser une question sur Stewart.

« Je suppose. Mais j'avais l'histoire en tête parce que, voyez-vous, quelqu'un qui l'a vécue de près me l'a racontée récemment.

— Oh. » Si son intérêt est plus qu'anecdotique, elle le cache bien.

« Il y a peu de temps, j'ai fait la connaissance de la famille d'Andrew Knox. Sa femme était, euh, c'est… » Il la regarde à présent tandis que l'enfant tire sur la cravate d'un coup sec qui l'étrangle presque. « … la sœur de Mme Seton, la mère des filles.

— Oh, dit-elle à nouveau.

— C'est quelqu'un de tout à fait agréable et de très bon. On voit bien que, même après toutes ces années, le souvenir de la disparition est pour elle une terrible épreuve. »

Il s'ensuit, dans la hutte, un long silence ponctué par les bruits du feu.

« Qu'est-ce qu'elle en a dit ?

— Eh bien, que les parents en ont eu le cœur brisé. Qu'ils ne s'en sont jamais remis. »

Donald essaye de déchiffrer son expression, mais il y voit surtout de la colère.

« Eux – les Seton –, ils sont tous les deux morts, maintenant. »

Elle hoche brièvement la tête. Donald, qui jusqu'à présent avait retenu son souffle, respire de nouveau.

« Parlez-moi de tante Alice. » Elle le dit très doucement, avec une sorte de soupir. Donald sent quelque chose bondir très fort en lui. Il essaye de ne pas le montrer et de ne pas trop regarder Elizabeth. Elle contemple sa fille en évitant le regard de Donald.

« Eh bien, ils vivent à Caulfield, au bord de la baie Géorgienne. M. Knox est le magistrat local. C'est quelqu'un de très bien, et ils ont deux filles, Susannah et Maria. » S'enhardissant, il ajoute : « Vous vous souvenez d'elles ?

— Bien sûr. J'avais onze ans, je n'étais pas un bébé. »

Donald s'efforce de ne pas laisser son excitation percer dans sa voix, mais du coup il serre l'enfant un peu plus fort. Pour se venger, elle lui pousse les lunettes avec ses poings.

« Susannah… Je ne me rappelle pas qui était qui. La dernière fois que nous les avons vues, l'une d'elles n'était qu'un bébé. L'autre n'avait pas plus de deux ou trois ans.

— Maria devait avoir dans les deux ans », déclare-t-il avec une sensation chaleureuse en mentionnant son nom.

Elle a les yeux plongés dans l'ombre, et il n'a aucune idée de ce qu'elle pense. Il ôte de sa bouche les doigts de la petite fille, étonnamment puissants.

« Ils vont tous bien, et… ils forment une famille charmante. Tous. Ils ont été très gentils avec moi. Je voudrais que vous puissiez les rencontrer. Ils seraient tellement heureux de vous voir… vous ne pouvez pas vous imaginer ! »

Elle a un sourire étrange. « Je suppose que vous leur raconterez tout sur moi.

— Seulement si vous le souhaitez. »

Elle détourne son visage, mais quand elle parle sa voix n'a pas changé. « Il faut que je pense à mes enfants.

— Bien sûr. Pensez-y. Je sais qu'ils ne vous forceraient pas à faire quoi que ce soit contre votre volonté.

— Il faut que je pense à mes enfants, répète-t-elle. Maintenant, sans père… »

Donald réussit avec peine à extraire son mouchoir coincé sous le corps de la petite fille. Mais quand Elizabeth se retourne, elle a les yeux secs.

« Est-ce qu'on vous a raconté comment mon père m'avait retrouvée ?

— Quoi ? On m'a dit qu'on ne vous avait jamais retrouvée ! »

Une expression – de la douleur, de l'incrédulité ? – passe sur le visage d'Elizabeth. « Il a dit ça ? »

Donald ne sait que répondre.

« J'ai refusé de repartir avec lui. J'étais mariée depuis peu. Il n'arrêtait pas de poser des questions sur Amy. Il semblait me reprocher qu'elle ne soit pas là. »

Donald ne peut s'empêcher de laisser sa stupéfaction se lire sur son visage.

« Vous comprenez ça, vous ? Ils avaient perdu leurs filles, mais moi j'avais tout perdu ! Ma famille, ma maison, mon passé... Il a fallu que je réapprenne à parler ! Je ne pouvais pas rompre avec tout ce que je connaissais... une fois de plus.

— Mais... » Il ne sait que dire.

« Quand il m'a vue, il a eu l'air horrifié. Et, après cette fois-là, il n'est jamais revenu. Il aurait pu. C'était Amy qu'il espérait retrouver. C'est toujours elle qu'il a préférée. »

Donald baisse les yeux vers l'enfant que tout cela ne semble pas concerner ; il évite ainsi de se laisser submerger par la vague de pitié qui le gagne.

« Il était en état de choc... Vous ne pouvez pas lui en vouloir d'avoir posé des questions. Il n'a rien fait que continuer à chercher jusqu'à sa mort. »

Elle secoue la tête. Elle a un regard dur. « Vous voyez bien.

— Vous étiez le..., dit-il en cherchant ses mots pour mieux tourner les choses. Le grand mystère de l'époque ! Vous étiez célèbres, tout le monde connaissait votre histoire. Les gens écrivaient de toute l'Amérique du Nord en prétendant être vous – ou vous avoir vues. Quelqu'un a même écrit de Nouvelle-Zélande.

— Oh.

— Je suppose que vous ne vous souvenez pas de quelle façon ça s'est passé.

— Est-ce que c'est important, à présent ?

— Trouver la vérité est toujours important. » Il pense à Laurent Jammet et à leur prétendue quête de vérité – à tous ces événements qui se bousculent comme un chemin de dominos et mènent tous, à travers les plaines couvertes de neige, à cette petite hutte. Elizabeth a un léger frisson, comme si un courant d'air la gênait.

« Je me souviens… Je ne sais pas ce qu'on vous a raconté, mais on était allées se promener. Cueillir des baies, je crois. On s'est disputées pour savoir où s'arrêter ; l'autre fille – comment s'appelait-elle, Cathy ? – ne voulait pas aller loin. Elle craignait d'attraper un coup de soleil sur le visage parce qu'il faisait très chaud. En réalité, c'était la forêt qui lui faisait peur. »

Elle a les yeux fixés sur un point juste au-dessus de l'épaule de Donald. Il ose à peine bouger de peur de briser le fil.

« Moi aussi, j'avais peur. Des Indiens. » Elle a un tout petit sourire. « Et puis je me suis disputée avec Amy. Elle voulait aller plus loin mais je craignais de désobéir à nos parents. Je l'ai quand même suivie parce que je ne voulais pas rester toute seule. La nuit est tombée et on n'a plus retrouvé le sentier. Amy n'arrêtait pas de me dire de pas faire l'idiote. Et puis on a abandonné et on s'est endormies. En tout cas, je crois… Et puis… »

Il y a un long silence qui remplit la hutte de fantômes. Elizabeth semble en regarder un derrière Donald.

Quant à lui, il retient son souffle.

« … elle n'a plus été là. »

Le regard d'Elizabeth revient au présent et rencontre celui de Donald. « J'ai cru qu'elle avait trouvé le chemin de la maison et qu'elle m'avait laissée dans la forêt parce qu'elle était en colère contre moi. Et personne n'est venu me chercher… jusqu'à ce que mon oncle – mon oncle indien – me trouve. J'ai pensé qu'on m'avait laissée mourir là.

— C'étaient vos parents. Ils vous aimaient. Ils n'ont jamais cessé de vous chercher. »

Elle hausse les épaules. « Je ne le savais pas. J'ai attendu tellement longtemps. Personne n'est venu. Et puis, quand j'ai revu mon père, j'ai pensé : C'est maintenant que tu viens ? quand je suis heureuse, quand c'est trop tard. Et il n'arrêtait pas de poser des questions sur Amy. » Sa voix est rauque et grêle, tendue au point de se briser.

« Amy a donc… disparu dans la forêt ?

— J'ai cru qu'elle était rentrée à la maison. J'ai cru qu'elle m'avait abandonnée. » Elizabeth – malgré tout, il n'arrive pas à la voir en tant qu'Ève – le regarde et une larme coule sur sa joue. « Je ne sais pas ce qui lui est arrivé. Je n'en pouvais plus. Je me suis endormie. J'ai cru entendre des loups, mais il se peut que j'aie rêvé. J'avais trop peur pour ouvrir les yeux. Je me serais souvenue si j'avais entendu crier ou pleurer, mais il n'y a rien eu. Je ne sais pas. Je ne sais pas. »

Sa voix s'est réduite jusqu'à n'être plus rien.

« Merci de m'avoir parlé.

— Moi aussi je l'ai perdue. »

Elle baisse la tête pour la cacher dans l'ombre. Donald se sent honteux. Les parents de cette femme avaient suscité un mouvement de compassion extraordinaire ; la perte de leurs enfants avait terriblement impressionné tout le monde. Mais ceux qui sont perdus sont aussi dans la peine.

« Il se peut qu'elle soit vivante quelque part. Le fait que nous ne le sachions pas ne signifie pas qu'elle soit morte. »

Elizabeth ne répond pas et ne lève pas la tête.

Donald n'a qu'un frère aîné, et il ne l'a jamais vraiment aimé ; la perspective de le voir disparaître à jamais dans la forêt lui serait assez agréable. Il se rend compte que sa jambe droite s'est engourdie, et il la remue, non sans douleur. Il force sa voix à prendre un ton jovial. « Et voici Amy… » La petite, sur ses genoux, est en train d'enlever ses chaussettes sans se soucier de ce qui se passe autour d'elle. « Je suis désolé. Pardonnez-moi de vous avoir fait parler de ça. »

Elisabeth prend sa fille et secoue la tête. Elle fait quelques va-et-vient.

« Je veux que vous leur parliez de moi. » Elle embrasse Amy et presse son visage contre le cou de la petite.

À l'extérieur de la hutte, deux femmes sont engagées dans une discussion animée. Norah est l'une des deux. Donald se tourne vers Elizabeth.

« Je vous en prie, faites-moi encore une faveur. Pouvez-vous me dire ce qu'elles racontent ? »

Elizabeth lui lance un sourire sardonique. « Norah est inquiète à cause de la Brute. Il s'en va quelque part avec Stewart. Norah lui a dit de refuser, mais il ne veut pas. »

Donald contemple le bâtiment principal, et soudain il retient son souffle. Est-ce que ça va se passer maintenant ?

« Est-ce qu'elle dit où ils vont, ou pourquoi ? C'est important. »

Elizabeth fait non de la tête. « En randonnée. Peut-être de chasse... bien qu'en général il soit trop soûl pour tirer droit.

— Stewart a dit qu'il allait retrouver votre mari. »

Elle ne prend pas la peine de répondre. Il fait un calcul rapide. « Je vais les suivre. Il faut que je voie où ils vont. Si je ne reviens pas, vous saurez que ce que vous avez dit était vrai. »

Elizabeth paraît surprise, et c'est la première fois qu'il voit cette expression sur son visage. « C'est dangereux. Il ne faut pas que vous y alliez. »

Donald essaye de ne pas tenir compte de l'amusement moqueur qui a percé dans la voix d'Elizabeth. « Il le faut. J'ai besoin de preuves. La Compagnie a besoin de preuves. »

À ce moment précis, Alec, son fils aîné, sort d'une hutte voisine avec un autre garçon tandis que les deux femmes s'en vont. Norah part vers le bâtiment principal. Elizabeth appelle le garçon, et il oblique vers elle. Elle lui parle brièvement dans leur langue.

« Alec va aller avec vous. Sinon, vous vous perdrez. »

Donald en reste bouche bée. La tête du garçon lui arrive à peine à l'épaule.

« Non, je ne peux pas... Je suis sûr de me débrouiller. J'aurai pas de mal à suivre leur piste...

— Il va venir avec vous, dit-elle d'un ton simple qui met un point final. Il en a envie aussi.

— Mais je ne peux pas... » Il ne sait pas comment le dire. Il ne se sent pas qualifié pour s'occuper de qui que ce soit dans ce climat, pas même pour s'occuper de lui-même, alors un enfant... Il baisse la voix et déclare : « Je ne peux pas prendre en plus la responsabilité de ce garçon. Imaginez qu'il se passe quelque chose. Je ne peux pas l'autoriser à venir. » Il est brûlant de honte et d'un sentiment d'inutilité.

Elizabeth déclare simplement : « C'est un homme, maintenant. »

Donald regarde le garçon qui lève les yeux vers les siens et hoche la tête. Donald ne retrouve rien d'Elizabeth en lui ; il a la peau sombre, le visage plat, les yeux en forme d'amande sous d'épaisses paupières. Il doit ressembler à son père.

Plus tard, alors qu'il repart vers sa chambre pour préparer ses bagages, Donald se retourne et aperçoit Elizabeth dans l'embrasure de sa porte ; elle le suit des yeux.

« Votre père voulait juste une réponse. Vous le savez, pas vrai ? Ce n'était pas qu'il ne vous aimait pas. C'est quand même humain, de vouloir une réponse. »

Elle le fixe et le soleil couchant, dans ce ciel qui ressemble à de l'acier poli, lui dessine des yeux bridés. Elle le fixe, mais ne dit rien.

QUELQUE CHOSE D'ÉTRANGE EST ARRIVÉ AU TEMPS. On est presque à Noël, et pourtant, bien que nous marchions sur de la neige gelée, le ciel brille autant que par un jour de juillet ensoleillé. Malgré le foulard enroulé autour de mon visage, cette luminosité me brûle les yeux. Les chiens sont ravis d'être de nouveau partis, et d'une certaine façon je peux les comprendre. Au-delà de la palissade, il n'y a plus ni traîtrise ni confusion. Il n'y a que l'espace et la lumière ; les kilomètres parcourus et ceux qui nous attendent. Les choses paraissent simples.

Pourtant, elles ne le sont pas ; c'est uniquement mon engourdissement qui me le fait croire.

Au moment où le soleil se couche, je découvre le résultat de ma bêtise. D'abord, je tombe en trébuchant sur un des chiens, réussissant en même temps à déchirer ma jupe et à provoquer une cacophonie d'aboiements. Puis, après avoir posé la gamelle contenant l'eau de neige, je suis incapable de la retrouver. Réprimant un sentiment de peur, j'appelle Parker, qui examine mes yeux. Même sans qu'il me le dise, je sais qu'ils sont rouges et larmoyants. Des éclairs écarlates et pourpres traversent mon faible champ de vision. J'ai des élancements douloureux au fond des yeux. Je sais que j'aurais dû les couvrir hier, quand nous sommes partis, mais je n'y ai pas pensé ; j'étais trop heureuse de m'en aller avec lui, et la vaste plaine blanche était trop belle à regarder après les alentours souillés de Hanover House.

Parker prépare un cataplasme de feuilles de thé enveloppées dans du calicot et rafraîchies par la neige. Il m'oblige à le presser sur mes yeux, ce qui me soulage un peu, mais pas autant que l'auraient fait quelques gouttes de l'analgésique Perry Davis – peut-être vaut-il mieux que nous n'en ayons pas. Je songe à Nesbit dans son bureau, coincé, réduit à l'état de bête ; et je me dis que j'ai été comme ça, autrefois.

« À quelle distance sommes-nous de… cet endroit ? »

C'est l'habitude qui me pousse à baisser le cataplasme ; il est impoli de ne pas regarder quelqu'un quand on lui parle.

« Gardez-le en place », dit-il. Et, lorsque je l'ai remis : « Nous y serons après-demain.

— Qu'est-ce qu'il y a, là-bas ?

— Un lac avec une cabane.

— Ça s'appelle comment ?

— Ça n'a pas de nom que je connaisse.

— Et pourquoi y allons-nous ? »

Comme Parker hésite pendant une longue minute, je jette un coup d'œil de derrière mon cataplasme. Il a le regard fixé au loin et semble ne pas remarquer. « Parce que c'est là que sont les fourrures.

— Les fourrures ? Vous voulez parler de celles des Norvégiens ?

— Oui. »

Je laisse alors choir le cataplasme et je le regarde d'un air sérieux. « Pourquoi voulez-vous le mener là ? C'est exactement ce qu'il veut !

— C'est justement pour ça que nous le faisons. Gardez le cataplasme.

— Est-ce que nous ne pourrions pas… faire comme si elles se trouvaient ailleurs ?

— Je crois qu'il sait déjà où elles sont. Si nous allons dans une autre direction, je suis sûr qu'il ne nous suivra pas. Il est déjà venu par ici – avec Nepapanees. »

Je réfléchis à ce que ça signifie : Nepapanees, qui n'est pas rentré, doit s'y trouver encore. La peur me gagne alors, s'infiltre jusque dans la moelle de mes os, s'installe en moi. Il m'est facile de cacher ma réaction derrière le cataplasme trempé ; mais j'aurais plus de mal à prétendre que je suis assez courageuse pour ce qui nous attend.

« Comme ça, quand il arrivera, on sera sûrs. »

Et puis quoi ? Je me pose la question mais je n'ose pas la formuler tout haut. Une autre voix dans ma tête – celle qui vient toujours m'embêter – me souffle : tu aurais pu rester là-bas. Tu as fait ton lit, maintenant tu t'y couches.

Après une nouvelle pause, Parker m'ordonne : « Ouvrez la bouche.

— Je vous demande pardon ? » Lit-il dans mes pensées ? La honte qui me submerge anéantit pratiquement la peur.

« Ouvrez la bouche. » Il le dit cette fois d'un ton plus léger, comme si cela l'amusait. J'ouvre un peu, me sentant très gamine. Quelque chose de dur et d'anguleux heurte mes lèvres et les force à s'ouvrir, puis un morceau irrégulier d'une autre chose qui me donne une sensation de glace du lac – quelque chose de plat en train de se liquéfier – se glisse dans ma bouche. Le pouce de Parker, ou son index, frotte contre mes lèvres, et il est aussi rude que du papier de verre. À moins qu'il ne s'agisse de son gant.

Je referme la bouche autour de l'objet qui fond en se réchauffant : une sensation sucrée, sombre, fumée, éclate d'un seul coup, me faisant saliver de manière vertigineuse. Je souris : du sucre d'érable. Où a-t-il pu le trouver ? Je n'en ai aucune idée.

« C'est bon ? » demande-t-il, et je sais au ton de sa voix qu'il sourit lui aussi. Je penche la tête de côté comme si je réfléchissais à la réponse que je vais donner.

« Hmm », dis-je avec légèreté. Je me sens encore à l'abri derrière le cataplasme, ce qui me rend téméraire. « Est-ce que c'est censé me faire du bien aux yeux ?

— Non, c'est censé être bon au goût. »

Je prends une grande inspiration – derrière les bonnes odeurs de fumée et de douceur automnale, il y a un goût de thé amer. « J'ai peur.

— Je sais. »

Derrière mon masque, j'attends les mots rassurants avec lesquels Parker va me réconforter. Il y réfléchit, il donne l'impression de les choisir avec soin.

Ils ne viennent pas.

LA PATROUILLE DE RECHERCHES COMPREND CINQ VOLONTAIRES : Mackinley ; un guide autochtone du nom de Sammy ; un jeune du coin, Matthew Fox, qui tient à prouver ses capacités de coureur des bois ; Ross, celui dont le fils et la femme sont partis ; enfin Thomas Sturrock, ancien chercheur de disparus. Parmi tous ces gens, Sturrock se rend compte qu'il n'est là que parce qu'on le tolère ; pour les autres, il doit être vieux et en plus, personne ne sait ce qu'il fait à Caulfield. C'est seulement son charme considérable qui lui a permis de s'insérer dans cette équipe ; son charme, et aussi une longue soirée passée à flatter Mackinley, l'homme au visage de renard, et à lui rappeler ses triomphes passés. Il a même un peu exagéré ses compétences pour ce qui est de suivre des traces ; par bonheur, Sammy n'a pas besoin d'aide ; dans l'éblouissement si pur de la neige nouvelle, Sturrock ne saurait absolument pas dire si les empreintes sont récentes ou pas. Mais il est là, et chaque pas le rapproche de Francis Ross et de l'objet de son voyage.

Depuis que Maria Knox est rentrée de Sault St Marie et lui a raconté sa rencontre extraordinaire avec Kahon'wes, il est rempli d'un enthousiasme qu'il avait cru perdu à jamais. Il a tout retourné maintes et maintes fois dans sa tête : est-il possible que Kahon'wes ait su qu'il était derrière cette affaire ? Les noms qu'il a donnés peuvent-ils n'avoir été que de pures coïncidences ? Impossible. Sturrock est parvenu à la conclusion que la tablette est écrite dans une langue iroquoise et parle de la confédération des Cinq Nations. Qui sait, elle aurait même pu être écrite à l'époque de cette confédération. Que ce soit le cas ou non, Sturrock n'est pas sans entrevoir les conséquences lointaines d'un tel document, l'effet que cette découverte pourrait avoir sur la politique à l'égard des Indiens ; la gêne qu'il causerait aux gouvernements des deux côtés de la frontière ; le poids qu'il donnerait aux appels d'autonomie chez les autochtones. Quel est l'homme qui ne désire pas faire le bien et en tirer en même temps profit ?

Telles ont été ses pensées pendant les deux ou trois premières heures. Puis il a commencé à envisager – car c'est avant tout un pragmatique – l'éventualité que Maria ait raison et qu'il s'agisse d'un faux adroitement réalisé. Dans les recoins les plus reculés de son esprit, il sait qu'une telle éventualité ne changera rien. Il persuadera Kahon'wes de le soutenir, ce qui ne devrait pas être difficile. S'il présente l'affaire avec suffisamment de conviction et d'adresse (pas de problème pour ça), le bruit provoqué d'emblée lui assurera un nom, et toutes les controverses qui suivront assureront simplement sa publicité. Quant au problème de savoir où se trouve la tablette, il refuse de s'en inquiéter. Il est presque sûr que Francis Ross l'a emportée et que, dès qu'on aura rattrapé ce garçon, il saura lui parler pour qu'il la lui remette. Il a répété les arguments qu'il va employer, et cela bien des fois…

Il trébuche sur quelque chose d'inégal, sa raquette s'accroche à la croûte de glace et il tombe à genoux. Bien qu'il soit le dernier de la file, il fait une pause, une main gantée à plat sur la neige, pendant le temps qu'il lui faut pour reprendre l'air que le choc a vidé de son corps. Ses articulations souffrent du froid. Ça fait des années qu'il ne s'est pas déplacé de cette façon ; il avait oublié à quel point c'est épuisant. Mais il espère bien que ce sera la dernière fois. L'homme qui marche devant lui, Ross, s'aperçoit qu'il a pris du retard et se tourne pour l'attendre. Dieu merci, il ne rebrousse pas chemin pour lui tendre la main ; ce serait trop humiliant.

Maria a dit qu'elle avait vu Ross à Sault avec une autre femme, et elle s'est interrogée sur la disparition de son épouse : était-elle aussi innocente que les gens le supposaient ? Sturrock en a souri parce que Maria lui semblait bien être la dernière à pouvoir nourrir des pensées aussi horribles. Mais, comme Maria l'a fait remarquer, son hypothèse était à peine plus horrible que celle communément admise selon laquelle Mme Ross aurait fui avec le prisonnier évadé (et son mari n'a pas bronché !). Sturrock trouve Ross intéressant. Son visage ne trahit jamais rien ; si le sort de sa femme ou de son fils l'inquiète, il ne le montre pas. Ce qui ne le fait pas apprécier outre mesure des autres membres de cette patrouille. Jusqu'ici, Ross a résisté à toutes les tentatives de Sturrock pour l'entraîner dans une conversation, mais celui-ci, loin de se dire battu, donne un coup de collier pour arriver à sa hauteur.

« Vous semblez très à l'aise dans ce pays, monsieur Ross, dit-il en essayant de calmer sa respiration laborieuse. Je parierais que vous avez pas mal voyagé de cette façon.

— Pas vraiment, grogne Ross avant d'ajouter, peut-être parce que la respiration sifflante du vieux monsieur l'adoucit un peu : rien que des sorties de chasse et des excursions du même genre. Rien à voir avec ce que vous avez fait.

— Oh..., dit Sturrock en se montrant flatté avec modestie. Mais vous devez vous inquiéter pour votre famille. »

Ross continue un moment à avancer d'un pas lourd, les yeux fixés sur le sol. « Apparemment, y a des gens qui estiment que je m'inquiète pas assez.

— On peut être préoccupé sans en faire étalage en public.

— Oui. » Il a un ton sarcastique, mais Sturrock est trop soucieux de bien mettre ses raquettes dans les traces laissées par le jeune homme devant eux pour regarder le visage de son compagnon.

Au bout d'un moment, Ross ajoute : « L'autre jour, j'étais à Sault. Je suis allé voir une amie de ma femme, juste pour savoir si elle avait des nouvelles d'elle. Et pendant que j'étais là, j'ai aperçu la fille aînée des Knox. Elle m'a vu et elle a sursauté faut voir comment – j'imagine qu'on raconte dans tout le village que j'ai une maîtresse. »

Sturrock sourit d'un air coupable mais soulagé. Il est content que Mme Ross ait quelqu'un qui se soucie d'elle. Ross lui jette un regard froid : « C'est bien ce que je pensais. »

Le lendemain de leur départ de Dove River, Sammy s'arrête et lève la main pour réclamer le silence. Tout le monde s'interrompt en plein effort. Le guide s'entretient à l'avant avec Mackinley, qui, ensuite, se tourne vers les autres. Il est sur le point de parler lorsqu'un cri s'élève des arbres à leur gauche, accompagné d'un bruit de branches qui tombent. Tous les hommes se tournent, pris de panique ; Mackinley et Sammy lèvent leurs fusils au cas où ce serait un ours. Sturrock entend un cri aigu et comprend qu'il s'agit d'un être humain – d'une femme.

Angus Ross et lui étant les plus proches, ils se précipitent, plongeant dans de hautes congères, traversant des broussailles et se heurtant à des obstacles cachés. Leur progression est si difficile qu'il leur faut un bon moment avant de distinguer qui les appelle. Ils entraperçoivent quelque chose entre les arbres : Sturrock pense qu'il y a plus d'une silhouette – mais une femme ? Plusieurs femmes... là, en plein hiver ?

Et puis il la voit clairement : une femme mince, aux cheveux sombres, qui avance avec peine vers lui, son foulard traînant derrière elle, sa bouche ouverte dans un cri d'épuisement et de soulagement où se mêle aussi la peur effroyable que tous ces hommes puissent n'être qu'une création de son imagination. Elle fonce vers Ross à travers les broussailles, s'effondrant comme une masse à quelques mètres de lui alors que Ross recueille un enfant dans ses bras. Une autre silhouette court entre les arbres derrière eux. Sturrock arrive jusqu'à la femme et, gêné par ses raquettes, met un genou à terre comme s'il parodiait maladroitement un roman sentimental. Le visage de la femme est marqué par l'épuisement et la peur, et elle a les yeux hantés – on dirait qu'elle a peur de lui.

« Bon, tout va bien. Vous êtes en sécurité, maintenant. Ça va... »

Il n'est pas certain qu'elle le comprenne. Un jeune garçon vient d'apparaître derrière elle, et il reste debout, une main posée de façon protectrice sur l'épaule de la femme. Il observe Sturrock d'un regard sombre et soupçonneux. Sturrock ne sait jamais quoi dire aux enfants, et celui-ci n'a pas l'air commode.

« Bonjour. D'où venez-vous ? »

Le garçon marmonne quelques mots qu'il n'arrive pas à comprendre, et la femme lui répond dans la même langue – ce n'est pas du français, car il le connaît, ni de l'allemand.

« Parlez-vous anglais ? Est-ce que vous me comprenez ? »

Les autres les ont rejoints et se sont attroupés autour d'eux, l'air ébahi. Il y a la femme, le jeune garçon qui pourrait avoir sept ou huit ans, et la petite fille encore plus jeune. Tous les trois présentent les symptômes d'un début d'hypothermie. Aucun d'entre eux ne dit quoi que ce soit que les autres puissent comprendre.

On décide d'installer le camp bien qu'il soit à peine deux heures. Sammy et Matthew dressent un abri derrière un arbre déraciné et vont ramasser du bois pour faire un grand feu tandis qu'Angus Ross prépare un thé chaud et de quoi manger. Mackinley retourne dans la forêt, là où la femme indique quelque chose avec son doigt, et il en ressort en tenant une jument mal nourrie qui est maintenant drapée de couvertures et mange des flocons d'avoine. La femme et les enfants se blottissent près du feu. Après un conciliabule discret entre eux, elle se lève et vient trouver Sturrock. Comme elle lui fait comprendre qu'elle voudrait lui parler seule à seul, ils s'éloignent un peu du camp.

« Où sommes-nous ? » demande-t-elle sans préambule. Il remarque qu'elle parle anglais presque sans accent.

« Nous sommes à un jour et demi de Dove River, au sud d'ici. D'où venez-vous ? »

Elle le regarde fixement, puis lance un petit coup d'œil en direction des autres. « Qui êtes-vous ?

— Je suis Thomas Sturrock, de Toronto. Les autres sont de Dove River, sauf l'homme aux cheveux châtains et courts. Lui, c'est Mackinley, un employé de la Compagnie de la baie d'Hudson et un guide.

— Qu'est-ce que vous faites ici ? Où allez-vous ? » Ses questions n'expriment guère de gratitude, mais elle ne semble pas du tout s'en apercevoir.

« Nous suivons une piste en direction du nord. Il y a des gens qui ont disparu. » Estimant qu'il aurait trop de mal à expliquer un scénario aussi compliqué, il n'essaye pas.

« Et cette piste, où mène-t-elle ? »

Sturrock sourit. « Nous ne le saurons qu'en arrivant au bout. »

La femme laisse alors de l'air sortir de ses poumons, et, du coup, semble perdre un peu de la suspicion et de la peur qu'elle gardait en elle. « Nous étions en route pour Dove River. Nous avons perdu notre boussole et l'autre cheval. Il y avait quelqu'un d'autre avec nous. Il est parti pour… » Son visage change pour exprimer de l'espoir. « Est-ce que certains d'entre vous ont tiré des coups de fusil, ces derniers jours ?

— Non. »

Son visage retombe. « Nous avons été séparés, nous ne savons pas où il est. »

À la fin, ses traits se décomposent. « Il y avait des loups. Ils ont tué un des chevaux. Ils auraient pu nous tuer. Peut-être… »

Elle cède et se met à sangloter, mais doucement, sans verser de larmes. Sturrock lui tapote l'épaule.

« Chut. Ça va aller, maintenant. Ça a dû être terrible, mais c'est fini. Vous n'avez plus aucune raison d'avoir peur. »

La femme lève ses yeux vers lui, et il remarque leur beauté : marron clair dans un visage ovale très lisse.

« Merci. Je ne sais pas ce que nous aurions fait... Nous vous devons la vie. »

C'est Sturrock en personne qui soigne les mains gelées de la femme. Mackinley demande une réunion impromptue et décide que Sammy et lui partiront à la recherche du disparu – il y a des traces nettes qu'on peut suivre – tandis que les autres resteront au camp. S'ils ne sont pas rentrés le soir suivant, Matthew et Sturrock escorteront la femme et ses enfants jusqu'à Dove River. Ces dispositions ne plaisent pas vraiment à Sturrock, mais il comprend la logique qui veut que les trois voyageurs les plus exercés avancent aussi vite que possible. En outre, quelque chose en lui est flatté par la préférence que la femme a montrée pour lui ; elle n'a parlé en privé à personne d'autre, et elle reste près de lui, le gratifiant même de temps à autre d'un sourire particulièrement doux. (« Alors, vous êtes de Toronto... ? ») Il se dit que son âge le rend moins menaçant que les autres, mais il sait que ce n'est pas la seule raison.

Mackinley et Sammy partent tant qu'il y a de la lumière, car ils ont déduit de l'histoire plutôt confuse de cette femme que son mari risquait d'être blessé. Quand les ténèbres qui règnent sous les arbres les ont engloutis, Ross distribue des petits coups de cognac à tout le monde. La femme se rassérène de façon visible.

« Alors, qui sont ces gens que vous suivez ? » demande-t-elle une fois que les enfants ont sombré dans un sommeil sans fond.

Ross soupire et ne dit rien. Le regard de Matthew passe de Ross à Sturrock, qui le prend comme un signal pour qu'il intervienne.

« C'est assez bizarre, et pas facile à raconter. Peut-être M. Ross... Non ? Eh bien, il y a quelques semaines s'est produit un incident malheureux, voyez-vous, et un homme est mort. Le fils de M. Ross a disparu de Dove River au même moment – peut-être a-t-il voulu suivre quelqu'un. Puis deux hommes de la Compagnie sont partis sur ses traces dans le cadre de leur enquête. Ça fait maintenant un bout de temps, et personne n'a eu de nouvelles d'eux.

— Et c'est pas tout ! ajoute Matthew, qui, encouragé par l'intérêt de la femme, se penche en avant d'un air passionné. Il y avait un autre homme qui a été arrêté pour le meurtre – un métis à l'air mauvais – et qui s'est échappé. En fait, non, quelqu'un l'a laissé partir, et il a disparu avec la mère de Francis... Personne ne les a revus ! »

Matthew s'arrête et rougit fortement en comprenant un peu tard ce qu'il vient de dire. Il tourne vers Ross des yeux apeurés.

« On n'est pas sûrs qu'ils aient été ensemble, ni d'ailleurs que l'un ou l'autre soit allé par ici », lui rappelle Sturrock tout en jetant un regard circonspect à Ross, qui ne semble absolument pas touché. « Mais, pour abréger, nous sommes ici pour trouver ceux qu'il nous sera possible de trouver et nous assurer qu'ils sont... hors de danger. »

La femme se penche vers le feu. Avec ses yeux brillants et grands ouverts, elle n'a plus grand-chose de la créature terrifiée qui se trouvait dans la forêt il y a quelques heures. Elle prend une inspiration et incline la tête d'un côté.

« Vous avez été d'une grande bonté pour nous. Nous vous devons notre vie. Donc il me semble que je dois vous dire, monsieur Ross, que j'ai vu votre fils et votre femme, et qu'ils vont tous les deux très bien. Ils vont tous très bien. »

Ross se tourne vers elle pour la première fois et la regarde fixement. Sturrock n'aurait jamais cru, s'il ne l'avait pas vu, à quel point ce visage de granit pouvait fondre.

POUR LA PREMIÈRE FOIS DEPUIS DES SEMAINES, c'est un soleil brillant que Francis aperçoit à son réveil. Un silence étrange règne tout autour – aucun des bruits habituels du couloir ou de la cour. Il s'habille et va jusqu'à la porte : elle est ouverte – les consignes se sont plutôt relâchées depuis le départ de Moody. Il se demande ce qui se passera s'il sort tout seul ; quelqu'un va-t-il paniquer et lui tirer dessus ? C'est peu probable, car ces Élus, en tant que peuple de Dieu, ne sont pas enclins à porter des armes. De toute façon, il ne pourrait aller nulle part sans laisser dans la neige sa trace boiteuse caractéristique. Il se rend donc à cloche-pied dans le couloir en s'appuyant sur la béquille. Personne n'arrive en courant, mais il entend quelques bruits de vie. Francis réfléchit à toute vitesse – est-on dimanche ? Non, il y en a eu un pas longtemps auparavant (on a du mal à bien suivre les jours, ici). Il a le fantasme que tout le monde est parti. Il négocie le couloir devant lui, mais ne sait pas du tout où donnent les portes, car il n'a pas quitté sa chambre depuis qu'on l'a emmené ici. Aucun signe de Jacob, son geôlier. Il trouve enfin une pòrte qui mène dehors et il la prend.

Le choc que lui procure l'air est aussi agréable que glacial. Le soleil l'aveugle, le froid lui pique le visage, mais il aspire l'air à grands traits, savourant la douleur dans ses poumons. Comment a-t-il pu supporter de rester si longtemps couché dans cette pièce ? Il se dégoûte lui-même. Il s'exerce à bouger plus vite, à sautiller devant la porte, il veut s'habituer à la béquille. Et puis il entend un cri. Contournant l'écurie pour aller vers le son, il aperçoit, à une centaine de mètres, un petit groupe de gens. Sa première impulsion est de reculer pour ne pas être vu, mais comme les autres ne paraissent pas se soucier de lui, il s'approche à cloche-pied. Jacob fait partie du groupe ; quand il remarque Francis, il vient vers lui.

« Qu'est-ce qui se passe ? Pourquoi tout le monde est-il ici ? »

Jacob jette un coup d'œil par-dessus son épaule. « Tu te souviens que je t'ai dit que Line et le charpentier étaient partis ? Eh bien... l'homme est revenu. »

Francis sautille lentement jusqu'à l'attroupement de Norvégiens. Plusieurs femmes sont en pleurs ; Per a entonné quelque chose qui ressemble à une prière. Au milieu, il voit l'homme qui doit être celui dont Jacob lui a parlé : une créature aux yeux caves, pas rasée, le nez et les joues écorchés par le froid, la barbe et la moustache blanches de givre. C'est donc le charpentier qu'il n'a jamais vu et que Line a enlevé. Il semble que quelqu'un l'interroge, mais il paraît hébété. Francis s'en veut d'avoir mis si longtemps à comprendre, puis il s'approche de lui en vacillant. Sa colère grandit.

« Qu'est-ce que vous avez fait d'elle ? crie-t-il sans même savoir si cet homme parle anglais. Où est Line ? Vous l'avez laissée dans la nature ? Et ses enfants ? »

Le charpentier se tourne vers lui, stupéfait – ce qui se comprend, étant donné qu'il ne l'a jamais vu avant.

« Où est-elle ? veut savoir Francis, à la fois agressif et apeuré.

— Elle... je sais pas. » Il hésite. « Un soir... on est arrivés à un village et j'ai pas pu le supporter. Je savais que je me conduisais mal. Je voulais rentrer. Je l'ai laissée... au village. »

Près de lui, une femme aux traits anguleux s'accroche à lui en pleurs. Francis devine qu'il s'agit de l'épouse abandonnée.

« C'est quel village ? À quelle distance ? »

L'homme cligne des yeux. « Je connais pas le nom. C'était au bord d'une rivière... Une petite rivière.

— À combien de jours de distance ?

— Euh... Trois.

— Vous mentez. Il n'y a pas de village à trois jours d'ici, pas si vous êtes allés vers le sud. »

L'homme blêmit encore derrière sa pâleur. « On a perdu la boussole...

— Où est-ce que vous avez laissé Line ? »

Le charpentier se met à pleurer. Enfin, à moitié en norvégien et à moitié en anglais, il explique :

« C'était affreux... On était perdus. J'ai entendu un coup de feu et j'ai cru que je pourrais trouver le chasseur et qu'il nous indiquerait le chemin. Mais j'ai pas pu le trouver… Il y avait des loups. Quand je suis revenu, j'ai trouvé du sang, et ils étaient… partis. »

Il sanglote pitoyablement. La femme au visage mince s'éloigne de lui, comme dégoûtée. Les autres regardent Francis, bouche bée – la moitié d'entre eux ne l'ont pas revu depuis qu'on l'a amené presque mort. Francis se sent au bord des larmes ; sa gorge s'est contractée et l'étouffe.

Per lève la main pour exiger l'attention de tous. « Je crois qu'il vaut mieux que nous rentrions. Espen a besoin d'être soigné et de manger. Ensuite, nous chercherons à savoir ce qui s'est passé et nous enverrons des hommes à leur recherche. »

Il a parlé dans sa langue et, peu à peu, tous les autres se retournent et regagnent les bâtiments.

Jacob règle son pas sur celui de Francis. Ils ne disent rien avant d'être presque rentrés.

« Écoute. Je sais pas, mais… Je trouve ça bizarre, que des loups attaquent et tuent trois personnes. Peut-être ça s'est pas passé comme ça. »

Francis le regarde et s'essuie le nez sur sa manche.

Devant la porte de sa chambre, Per leur lance : « Jacob… Francis… Vous n'êtes pas obligés de rentrer dans votre chambre. Venez dans la salle à manger avec tout le monde. »

Surpris et touché, Francis suit Jacob jusqu'au réfectoire.

Ils mangent du pain et du fromage, puis ils boivent du café. On entend le murmure étouffé de gens qui parlent à peine plus fort que s'ils chuchotaient, tellement l'événement les a impressionnés. Francis songe aux bontés que Line a eues pour lui et au désir qu'elle avait de partir. Mais elle est dure, aussi. Il se peut que les choses ne se soient pas passées comme ça. Il ne veut pas y penser, pas encore.

Personne, dans le réfectoire, ne semble le regarder avec suspicion. Il partirait bien avec eux à la recherche de Line s'il le pouvait, mais cet exercice inhabituel lui a provoqué des élancements dans le genou et il se sent si faible qu'il pourrait s'écrouler. Ça fait des semaines qu'il est allongé dans la chambre blanche, que ses muscles se ramollissent et que sa peau pâlit comme une plante sous un pot. Des semaines depuis…

Brusquement, il se rend compte qu'il y a au moins une heure qu'il ne pense plus à Laurent – depuis qu'il a vu les gens agglutinés sur cet espace tout blanc ; et même, s'il tient à être franc, depuis qu'il a ouvert la porte donnant sur l'extérieur et qu'il a goûté l'air froid si agréable. Voilà depuis quand il ne pense plus à Laurent, et il a le sentiment d'avoir été infidèle.

Francis était sur le talus derrière la cabane, ce soir-là, il y a longtemps, quand il aperçut une lumière à travers la fenêtre en parchemin. Il commença à descendre sans bruit au cas où Laurent aurait de la visite. C'est – c'était – souvent le cas, et Francis restait alors à l'écart. Il ne voulait pas que cette langue de vipère s'en prenne encore à lui. Il entendit la porte s'ouvrir et vit un homme aux longs cheveux noirs passer dans la cour. Il tenait dans sa main quelque chose que Francis ne pouvait pas voir et qu'il glissa avec soin dans son petit sac tout en regardant autour de lui, ou plutôt en écoutant, à l'affût et vigilant comme le sont les trappeurs. Francis resta immobile, sans faire de bruit. Il était minuit et il faisait très noir, mais il savait que cet homme n'était pas de Dove River – car il connaît la façon dont tout le monde marche, se déplace ou respire, ici. Celui-ci était différent. Il cracha par terre en se tournant vers la porte ouverte, et Francis eut brièvement une impression de peau sombre et luisante, de cheveux gras qui tombaient en boucles autour des épaules, d'un visage de marbre, fermé. Pas jeune. Il rentra dans la cabane, disparaissant du champ de vision de Francis. Puis la lumière à l'intérieur s'éteignit. L'homme partit en marmonnant quelque chose et se dirigea vers le nord, vers la rivière. Il marchait silencieusement. Francis poussa un soupir de soulagement – si quelqu'un qui vendait des peaux avait été là, il aurait été obligé de garder ses distances. Mais cet homme-là ne restait pas.

Francis descendit doucement du talus et contourna la cabane à pas de loup. Pas un bruit à l'intérieur. Il fit une pause devant la porte avant de l'ouvrir.

« Laurent ? chuchota-t-il en ayant honte de chuchoter. Laurent ? »

Selon toute probabilité, Laurent allait se mettre en colère – leur dernière dispute ne datait que d'un jour et demi. Sauf – et alors un frisson de froid lui étreignit le cœur quand il y pensa – s'il était déjà parti pour son ultime et mystérieux voyage et lui avait ainsi faussé compagnie. Il aurait bien pu décider de s'en aller plus tôt que prévu pour éviter Francis et s'épargner une scène. Cela lui aurait ressemblé.

Francis ouvrit la porte. À l'intérieur, tout était silence et obscurité, mais on sentait aussi la chaleur du poêle. Francis alla à tâtons jusqu'à l'endroit où se trouvait normalement une lampe, et il la trouva. Il ouvrit la porte du poêle, alluma un bout de jonc qu'il approcha ensuite de la mèche de la lampe, et cligna les yeux quand la lumière jaillit. Son entrée n'avait provoqué aucune réaction ; Laurent était donc parti, mais jusqu'à quand ? Il pouvait être à la chasse. Il allait sûrement bientôt revenir, sinon il n'aurait pas laissé le poêle allumé. Il était peut-être...

Son ancienne vie n'allait plus durer que quelques secondes et, sans réfléchir, Francis les gaspilla à triturer la mèche de la lampe. Dès qu'il se retournerait, il apercevrait Laurent sur son lit. Il remarquerait aussitôt cette curieuse rougeur dans ses cheveux ; puis, s'approchant aussitôt, il verrait son visage, son cou, la blessure fatale.

Il verrait qu'il avait encore les yeux humides.

Il sentirait qu'il était encore tiède.

Francis cille pour chasser les larmes. Jacob est en train de parler : il dit qu'il va sortir – il n'aime pas rester longtemps assis. Jacob lui pose une main sur l'épaule – tout le monde est vraiment très gentil avec lui, aujourd'hui, c'est presque plus qu'il ne peut en supporter – et lui demande s'il est d'accord pour rester ici un moment. Jacob n'a plus besoin de le menacer pour l'empêcher de s'enfuir... ah !

Francis donne son accord, et l'expression qu'il prend passe pour du chagrin – la douleur qu'il éprouve pour Line et le sort qu'on s'imagine pour elle.

Après avoir vu le corps de Laurent et être resté là en état de choc pendant Dieu sait combien de temps, Francis s'est dit qu'il devait poursuivre le tueur. Rien d'autre ne lui venait à l'idée. Il ne pouvait pas rentrer chez lui en sachant ce qu'il savait. Il ne voulait pas rester un seul moment de plus à Dove River maintenant qu'il n'avait plus Laurent pour lui rendre cet endroit tolérable. Il trouva la sacoche de son ami et la remplit avec une couverture, de la nourriture et un couteau de chasseur plus grand et plus affûté que le sien. Il regarda tout autour de la cabane, cherchant un signe, un dernier message que Laurent lui aurait adressé. Il n'y avait plus trace de son fusil – l'homme qui était parti en portait-il un ? Il tenta de se le représenter ; brusquement, il comprit ce que cet homme avait rangé avec tant de soin dans son petit sac et il sentit son cœur se soulever.

En se gardant bien de regarder le lit, Francis souleva la lame de plancher branlante et chercha à tâtons la bourse de Laurent. Elle ne contenait pas grand-chose hormis un petit rouleau de billets et la drôle de tablette en os gravé qui, selon Laurent, valait cher. Donc il la prit elle aussi. Après tout, Laurent avait essayé de la lui donner quelques mois plus tôt, un jour où il était de bonne humeur.

Enfin, il mit la peau de loup de Laurent, celle dont la fourrure était à l'intérieur. Il en aurait besoin la nuit.

Il lui dit mentalement au revoir. Et il s'en alla, prenant la même direction que l'étranger mais ne sachant pas ce qu'il ferait s'il le retrouvait.

JE ME SOUVIENS D'UN JOUR OÙ JE SUIS PARTIE pour un long voyage, et s'il est resté si nettement gravé dans mon esprit, c'est qu'il a marqué la fin d'une période de ma vie et le début d'une autre. Je suis certaine que bien des habitants du Nouveau Monde ont fait la même expérience, mais je ne veux pas parler de la traversée de l'Atlantique, même si elle a été innommable. Mon voyage est celui qui m'a menée des portes de l'asile public d'Édimbourg à une grande maison croulante des Highlands occidentales. J'étais accompagnée par l'homme qui allait devenir mon mari, mais évidemment je n'en soupçonnais rien à ce moment-là. Je n'avais aucune idée de ce que signifiait ce voyage. Pourtant, une fois commencé, il a changé ma vie absolument et pour toujours. Je ne m'en serais jamais doutée, mais je ne suis jamais retournée à Édimbourg et, au moment où la voiture a quitté l'asile en suivant la longue courbe de l'allée, certains liens ont été coupés – avec mon passé, mes parents, mes origines relativement aisées, et même avec ma classe sociale – et ne seraient jamais plus renoués.

Plus tard, il m'a plu de songer à ce voyage en imaginant la main du destin en train de couper les fils derrière moi tandis que, dans mon ignorance hébétée, j'étais assise dans cette carriole cahotante à me demander si j'étais folle (pour ainsi dire) d'avoir quitté l'asile et son confort relatif. Et je me posais la question suivante : nous arrive-t-il souvent d'être conscients des forces irréversibles pendant qu'elles s'exercent ? Car, bien sûr, je n'en étais nullement consciente. Et, inversement, ne nous arrive-t-il pas souvent, comme je le crois, de nous imaginer qu'une chose est d'une importance immense alors qu'elle va simplement s'évaporer comme la brume du matin sans laisser de trace ?

Peu importent mes rêvasseries, nous sommes enfin arrivés. C'est la fin de ce voyage qui me paraît si essentiel. Mais c'est peut-être seulement ma crainte de la violence qui lui donne son importance.

Le pays est moins monotone, ici ; il présente des plis et des bosses comme un tapis qu'il faudrait retendre. Et là, devant nous, à travers les éclairs qui brillent dans mes yeux, j'aperçois un petit lac. Il est long et tordu comme un doigt qui nous fait signe, et, en son milieu, il s'enroule autour d'un rocher massif qui s'élève à plus de trente mètres. Des arbres poussent sur la rive opposée, mais ils forment plus un taillis qu'une forêt. La plus grande partie du lac est gelée, lisse et blanche comme un terrain de curling. Mais à une extrémité, là où une rivière se jette d'un rocher de faible hauteur, de la vapeur s'élève d'une eau noire que la turbulence de la chute empêche de geler.

Nous traversons le lac gelé. Un soleil froid brille à l'ouest ; le ciel est un lavis céruléen parfait, tandis que sur la neige les arbres semblent dessinés au fusain. J'essaye de m'imaginer que nous sommes ici pour une autre raison, meilleure, mais en vérité il ne saurait exister d'autre raison qui me permettrait d'être ici avec Parker. Nous n'avons rien en commun à part cette mort qui nous lie – et, à travers elle, notre soif pour une sorte de justice. Quand cela sera accompli – en admettant que ça le soit –, plus rien ne nous reliera l'un à l'autre. Et c'est une pensée que je ne supporte pas.

C'est pourquoi je me force à regarder, même si mes yeux me brûlent terriblement. Il faut que je voie. Il faut que je me souvienne.

Sous les arbres, la couche de neige est moins épaisse. La cabane abandonnée a tellement souffert des intempéries qu'elle est devenue invisible jusqu'à ce qu'on arrive pratiquement dessus. La porte entrebâillée pend sur ses gonds pourris, et la neige a réussi à entrer et à former partiellement une barrière. Parker l'enjambe et je le suis en dégageant le foulard que j'ai sur le visage. Une seule fenêtre est pourvue de volets, et, par bonheur, elle est sombre. Il n'y a rien, dans cet intérieur, pour indiquer que la cabane ait pu jadis être habitée – rien que des ballots entassés et blanchis par la neige.

« C'est quoi, cet endroit ?

— Une cabane de trappeur. Elle a peut-être cent ans. »

Affaissée et délabrée, avec ses poutres argentées par le mauvais temps, cette cabane pourrait en effet être aussi ancienne. C'est une pensée qui me fascine. La plus vieille construction, à Dove River, est sur terre depuis exactement treize ans.

Je trébuche sur quelque chose au sol. Je désigne les ballots. Parker fait oui de la tête et, s'approchant de l'un d'entre eux, coupe un lien avec son couteau. Il extrait une peau sombre, grisâtre.

« Avez-vous déjà vu une peau comme celle-là ? »

Je la prends, et, dans ma main, elle est souple, froide et incroyablement douce. J'en ai déjà vu une, à Toronto, je crois, enveloppant le cou à caroncule d'une riche vieille. C'était un renard argenté. Les gens faisaient des commentaires, disaient qu'il devait valoir cent guinées ou une somme extravagante approchante. Celle-ci est argentée, lourde, et elle est aussi glissante et lisse que de la soie. Elle est tout cela. Mais vaut-elle tout ce qu'elle a causé ?

Je me sens déçue par Parker. Je ne sais pas ce que j'attendais, mais au bout du compte je suis bien obligée d'admettre qu'il a fait tout ce chemin pour avoir la même chose que Stewart.

Nous installons notre campement dans la cabane sans dire un mot. Parker travaille en silence, mais ce silence-ci est différent : il ne signifie pas, comme d'habitude, qu'il est totalement absorbé par ce qu'il fait. Je vois bien que quelque chose d'autre le préoccupe.

« Combien de temps ça va prendre, à votre avis ?

— Pas longtemps. »

Nous ne précisons ni l'un ni l'autre ce que nous voulons dire, bien que nous sachions tous les deux qu'il ne s'agit pas de la tâche que nous sommes en train d'accomplir. Je n'arrête pas de regarder par la porte de la cabane, mais comme elle donne vers le sud, on ne voit pas le chemin que nous avons pris. La lumière extérieure est aveuglante ; chaque fois que je jette un coup d'œil, c'est une douleur comme un coup de poignard dans mon crâne. Je ne peux pourtant pas rester dans la cabane ; il faut que je sois seule.

Marchant sous les arbres qui bordent le rivage du côté ouest, je monte vers la partie noire du lac, celle qui n'est pas gelée. Ce qui m'attire, ce sont les chutes d'eau à son extrémité, car bien qu'elles coulent elles sont étrangement silencieuses. Quand je vois des branches mortes, je les ramasse négligemment en vue d'un feu. Mais aurons-nous seulement un feu, si nous attendons Stewart ? Dans ma bouche, je sens un goût aigre et métallique que j'ai appris à bien connaître. Le goût de ma lâcheté.

Comme il n'y a que cent mètres jusqu'à la pointe du lac, on pourrait penser qu'il est impossible de se perdre. C'est pourtant exactement ce que je réussis à faire. Je reste près du bord et j'emprunte la même berge au retour, mais je ne retrouve plus du tout la cabane. Au début, je garde mon calme. Je retourne jusqu'aux chutes, là où l'eau est sombre, où elle fume et où elle est encerclée par de la glace de plus en plus claire. Je sens une envie – celle qui pousse le promeneur sur une falaise à se rapprocher toujours un peu plus du bord – de mettre le pied sur la glace, d'aller de la blanche vers la grise pour en éprouver la solidité. D'avancer aussi loin que je peux et puis encore un peu plus.

Je fais demi-tour en gardant à ma droite le soleil et ses éclats de feu, et je reviens sous les arbres. Les troncs décomposent la lumière en vagues qui zèbrent mon champ de vision, qui le barbouillent et me donnent le vertige. Je ferme les yeux, mais quand je les rouvre je ne peux plus rien voir du tout – une blancheur brûlante s'étend sur toute chose et je pousse un cri de douleur. Malgré ce que j'en sais, je crains soudain que mes yeux ne se rétablissent pas. Il est rare que la cécité des neiges s'installe définitivement, mais le cas n'est pas inconnu. Et puis je me demande : est-ce que ce serait si terrible que ça ? Cela signifierait que le visage de Parker serait le dernier que j'aurais vu.

Je suis à quatre pattes après avoir buté sur un tas de neige retournée. Je tâte le sol : la tanière d'un animal, peut-être. La terre est sombre et meuble sous la neige. Une nouvelle inquiétude fuse en moi ; il faut que cet animal soit bien gros pour avoir creusé autant de terre, et si récemment – car elle semble friable et fraîche, et elle cède sous la pression de ma main. Je commence à me soulever lorsque ma main rencontre, juste sous la terre, quelque chose qui me fait reculer en titubant et pousser un hurlement avant que je puisse me maîtriser. C'est doux et froid avec l'élasticité caractéristique du tissu ou de… ou de…

« Madame Ross ? »

Je ne sais comment, il surgit à côté de moi avant que je l'aie seulement entendu venir. La blancheur se dissout quelque peu et je parviens à distinguer sa silhouette sombre, mais mes yeux me jouent des tours ; des formes rouges et violettes se fondent avec des branches et des plaques de neige blanche. Il me prend par le bras et me dit : « Calmez-vous, il n'y a personne, ici.

— Là-bas… quelque chose dans le sol. Je l'ai touché. »

Une nausée monte en moi et puis reflue. Je ne peux plus voir le monticule, mais Parker le cherche et le trouve. Je reste debout au même endroit et j'essuie les larmes qui n'arrêtent pas de couler de mes yeux (sans raison, puisque je ne pleure pas). Si je ne les essuie pas, elles gèlent sur mes joues en formant de petites perles.

« C'est l'un d'entre eux, c'est ça ? Un des Norvégiens. » Je n'arrive pas à débarrasser ma main – qui se trouve nue sans que je comprenne pourquoi – de ce qu'elle a senti.

À présent, Parker est accroupi, et il enlève la neige et la terre en grattant. « Ce n'est pas un des Norvégiens. »

Je pousse un soupir de soulagement. C'est donc un animal, finalement. Je ramasse des poignées de neige et je récure mes mains pour les nettoyer, leur ôter cette horrible sensation.

« C'est Nepapanees. »

Je fais quelques pas vers lui en chancelant car je ne peux pas compter sur mes yeux pour me dire la vérité. Parker, sur le sol, vacille et brûle comme l'effigie de Guy Fawkes lors de la fête du 5 novembre.

« Restez à distance. »

De toute façon, je ne peux pas voir grand-chose, et ce sont mes pieds qui continuent tout seuls à s'approcher. Puis Parker, debout, me tient par les bras ; il s'interpose entre moi et cette chose dans le sol.

« Qu'est-ce qui lui est arrivé ?

— Un coup de fusil.

— Laissez-moi voir. »

Au bout d'un moment il s'écarte, mais sans me lâcher le bras tandis que je m'agenouille près de cette tombe à fleur de terre. Si je garde les yeux presque fermés, j'arrive à discerner ce qui est au sol. Parker a déblayé assez de neige et de terre pour mettre au jour la tête et le torse d'un homme. Le corps est allongé sur le ventre et les tresses des cheveux sont salies, mais le fil rouge et jaune qui les attache brille encore.

Je n'ai pas besoin de le retourner. Il ne s'est pas noyé en passant à travers la glace. Dans son dos, il a une blessure aussi grosse que mon poing.

C'est seulement de retour à la cabane que je remarque ma dernière bêtise. J'ai dû perdre mes moufles quelque part sous les arbres, et la peau de mes doigts est toute blanche et engourdie. Deux péchés cardinaux en deux jours : je mérite un coup de fusil.

« Je suis désolée ; c'est idiot, ce que j'ai fait… » Encore une fois, je me répands en excuses. Je ne suis qu'un fardeau inutile, stupide, incapable.

« Vos mains ne sont pas trop amochées. »

Le soleil s'est couché pour la nuit, le ciel est d'un bleu-vert tendre. Un feu brûle dans la cabane et Parker a entassé une fortune sous forme de peaux pour s'aménager un lit.

C'est la seconde fois, seulement, que j'ai laissé ce genre de bévue m'arriver. La première fois, c'était pendant mon premier hiver ici, et j'avais retenu la leçon. Mais il semble que j'aie oublié pas mal de choses au cours des dernières semaines. Comment me protéger, par exemple. De bien des façons.

Parker me frotte les mains avec de la neige. Très lentement, mes doigts recommencent à sentir quelque chose et se mettent à me brûler.

« Donc, Stewart est venu ici – il est au courant pour les fourrures. »

Parker hoche la tête.

« Je risque de ne pas être capable de me servir du fusil et ça m'inquiète.

— Ce ne sera pas forcément nécessaire, grogne Parker.

— Il vaudrait peut-être mieux que vous les preniez tous les deux. Je peux simplement… »

Je devais lui fournir une autre paire d'yeux. Surveiller les alentours pour lui. Le protéger. Maintenant, je ne peux même plus faire ça.

« Je suis désolée. Je ne vous suis d'aucun secours. » J'étouffe un rire amer qui m'apparaît inopportun.

« Je suis content que vous soyez là. »

Je ne vois pas son expression – si je le regarde directement, de grands éclats de lumière viennent obturer le centre de ma vision. Je ne l'aperçois que par bribes, du coin de l'œil.

Il est content que je sois là.

« C'est vous qui avez trouvé Nepapanees. »

Je lui retire mes mains. « Merci, je peux le faire, à présent.

— Non, attendez. » Parker déboutonne sa chemise bleue. Il reprend ma main gauche et la guide sous la chemise à l'endroit où son bras droit rejoint le reste de son corps, et il la retient contre sa chair tiède. Je glisse ma main droite sous son autre aisselle et nous voilà unis ainsi, face à face, à un bras de distance. Je pose ma tête sur sa poitrine parce que je ne veux pas qu'il regarde mon visage et mes yeux rouges qui larmoient. Ni mes joues brûlantes. Ni mon sourire.

Avec mon oreille contre un tout petit bout de peau nue, je peux entendre battre le cœur de Parker. Bat-il vite ? Je ne sais pas si ce rythme est normal. Mon cœur bat à toute allure, ça je le sais. Mes mains sont brûlantes maintenant qu'elles reviennent à la vie sous la chaleur d'une peau que je n'ai jamais vue. Parker pousse sous ma tête la fourrure argentée roulée en boule – un oreiller de cent guinées, doux et frais. Son bras entier repose contre mon dos. Lorsque, quelques instants plus tard, je bouge un peu, je découvre qu'il tient ceux de mes cheveux qui se sont défaits. Il les a tressés comme une corde dans sa main et les caresse d'un air absent, comme s'il caressait un de ses chiens. Peut-être. Ou peut-être pas. Nous ne parlons pas. Rien ne peut être dit. Pas un son, à part notre respiration et le sifflement du feu. Et le battement irrégulier de son cœur.

Pour dire les choses franchement, si l'on devait m'accorder un souhait, je demanderais que cette nuit ne finisse jamais. Je suis égoïste, je le sais. Je ne vais pas prétendre le contraire. Et sans doute suis-je mauvaise, aussi. Apparemment, les gens qui ont perdu leur vie m'importent peu du moment qu'au bout du compte je peux être allongée ainsi, avec mes lèvres contre un triangle de peau tiède, si près de Parker qu'il peut sentir ma respiration monter et descendre.

Je ne mérite pas de voir mes souhaits exaucés, mais bon, je dois me rappeler que même si je le méritais ça ne changerait rien.

Quelque part, dehors, Stewart arrive.

C'EST UN LÉGER CONTACT SUR MON ÉPAULE QUI ME RÉVEILLE. Parker est accroupi près de moi, et il tient sa carabine. Je sais aussitôt que nous ne sommes pas seuls. Il me tend son couteau de chasseur.

« Prenez-le. Je prends les deux fusils. Restez dedans et écoutez bien.

— Ils sont là ? »

Parker n'a pas besoin de répondre.

Dehors, il n'y a aucun bruit. Pas de vent , juste le temps clair et glacial. Les étoiles et une lune sur le déclin donnent à la neige une douce luminosité. Pas de chants d'oiseaux. Aucun bruit de bête ni d'homme.

Ils sont pourtant là.

Parker se positionne près de la porte de fortune et scrute l'extérieur à travers les fentes. Je me glisse jusqu'au mur derrière la porte en serrant fort le couteau. Je n'arrive pas imaginer ce que je pourrais en faire.

« C'est presque l'aube. Ils savent que nous sommes là. »

Attendre m'a toujours exaspérée. Je n'ai pas ce talent commun à tous les chasseurs, celui de laisser passer le temps sans s'inquiéter sans cesse. Je tends désespérément l'oreille pour surprendre le moindre bruit, et je commence à me dire que Parker s'est peut-être trompé lorsque je perçois, dehors, un léger grattement – on dirait que c'est contre le mur même de la cabane. Mon sang me donne alors l'impression de se coaguler dans mes veines et je fais un geste involontaire – je n'ai pas pu m'en empêcher, je le jure – qui envoie la lame du couteau heurter le mur. Celui qui est dehors a dû l'entendre aussi. Le silence s'intensifie avant qu'un bruit de pas à peine perceptible crisse dans la neige, de quelqu'un qui recule.

Comme je n'ai plus envie de présenter des excuses, je ne dis rien. Puis il y a de nouveaux bruits de pas, comme si le propriétaire des pieds avait décidé que son effort de silence ne servait plus à rien.

« Qu'est-ce que vous voyez ? »

J'ai parlé si doucement que ma voix était moins qu'un souffle. Parker secoue la tête : rien. Ou alors il me dit de me taire. Dans les deux cas, je ne peux que l'approuver.

Après un autre moment qui me paraît infiniment long – une minute ? Vingt minutes ? –, une voix se fait entendre. « William ? Je sais que tu es là. »

C'est évidemment la voix de Stewart. Juste devant la cabane. Il me faut un moment pour saisir qu'il s'adresse à Parker.

« Je sais que tu veux ces fourrures, William. Mais elles appartiennent à la Compagnie et il va falloir que je les rende à leur propriétaire légitime. Tu le sais bien. »

Parker me jette un bref coup d'œil.

« J'ai des hommes, ici. » Il paraît confiant, sans inquiétude. Comme si tout cela l'ennuyait.

« Qu'est-il arrivé à Nepapanees ? Il a découvert ce qui s'est passé avec Laurent ? »

Silence. J'aurais préféré que Parker n'ait pas dit ça. Si Stewart sait que nous avons découvert le corps, il ne nous laissera jamais repartir vivants. La voix se fait entendre de nouveau :

« Il était trop gourmand. Il voulait les fourrures. Il allait me tuer.

— Tu lui as tiré dans le dos. »

Je jure que je peux entendre un soupir comme si Stewart perdait patience. « Les accidents, ça existe. Si quelqu'un le sait, William, c'est bien toi. C'était pas... intentionnel. Maintenant, je vais être obligé d'insister pour que tu sortes. »

Suit un long intervalle. Je vois que Parker serre un peu plus le fusil. Mes yeux me brûlent toujours, mais je peux voir. Il le faut. Il porte l'autre fusil en bandoulière. Le ciel s'éclaircit. L'aube arrive.

William Parker, c'est toi que j'aime.

Ça m'a emportée comme un cheval qui s'emballe. Mes yeux s'emplissent de larmes quand j'imagine Parker en train de passer cette porte.

« On peut s'entendre. Tu peux prendre quelques-unes de ces fourrures et partir.

— Viens donc plutôt à l'intérieur et parlons, répond Parker.

— Non, sors. Il fait noir, là-dedans.

— Ne sortez pas ! Vous ne savez pas combien d'hommes il a ! » Je serre les dents en disant ces mots. Je prie avec chaque reste vermoulu de foi encore en moi que Parker ait la vie sauve.

« S'il vous plaît… !

— Ça ira. » Il le dit très doucement. Il me regarde. Et maintenant il y a assez de lumière pour que tout son visage ressorte avec netteté. Je peux voir le moindre détail, et chaque ride, chacun de ces traits qui m'étaient apparus autrefois comme sauvages et cruels m'est à présent plus cher que je ne pourrais le dire.

« Sors le premier, viens à découvert, que je voie si tu n'es pas armé.

— Non ! »

C'est moi qui viens de le dire, mais tout bas. On entend du bruit dehors, puis Parker tire la porte de fortune et sort dans la grisaille de l'aube. Il ferme la porte derrière lui. Je ferme les yeux très fort en attendant la balle.

Elle ne vient pas. Je me place derrière la porte de façon à regarder par les fentes. Je distingue une silhouette qui doit être celle de Stewart, mais je ne vois pas où se trouve Parker ; il est peut-être trop près de la cabane.

« Je ne cherche pas la bagarre. Je veux simplement rapporter les fourrures là où elles doivent se trouver.

— Tu n'étais pas obligé de tuer Laurent. Il ne savait même pas où elles étaient. » La voix de Parker vient de quelque part à ma droite.

« Ç'a été une erreur. Je l'ai pas voulu.

— Deux erreurs ? » Encore la voix de Parker, mais elle s'éloigne un peu plus.

De là où je suis, je ne peux pas voir l'expression de Stewart, mais je sens, dans sa voix, une colère semblable à quelque chose de rigide qui serait tendu jusqu'au point de rupture. « Qu'est-ce que tu veux, William ? »

À peine Stewart a-t-il parlé qu'il bouge soudain et disparaît de mon champ de vision. Un coup de fusil éclate, suivi d'un éclair, provenant d'un endroit entre les arbres derrière Stewart. Quelque chose vient cogner sourdement le mur de la cabane du côté opposé au mien, à ma droite. Il n'y a pas d'autre son. Je ne sais pas où est Parker. L'éclair provoqué par la poudre a brûlé mes rétines – c'était comme si on m'avait plongé une aiguille chauffée à blanc dans le cerveau. Ma respiration est saccadée, bruyante, faite de halètements que je ne peux pas contrôler. Je voudrais appeler Parker. J'ai l'impression de ne pas arriver à reprendre mon souffle. Maintenant, je ne vois plus personne. J'entends un bruit sur ma gauche, puis des jurons. C'est Stewart.

Jure-t-il parce que Parker s'est échappé ?

Des pas ; très proches. J'agrippe le manche du couteau aussi fortement que me le permettent mes doigts engourdis. Je suis en position derrière la porte, prête…

Quand il l'enfonce d'un coup de pied, c'est très simple : elle me claque contre le front, me renverse, et je laisse tomber le couteau.

Pendant un moment, il ne se passe rien de plus ; peut-être parce qu'il lui faut un certain temps pour que ses yeux s'adaptent à l'obscurité. Puis il me voit ramper sur le sol à ses pieds. Je cherche désespérément le couteau ; par miracle, il est tombé sous mon corps ; je l'attrape par la lame et réussis à le glisser dans ma poche avant que Stewart m'agrippe l'autre bras et me hisse violemment sur mes pieds. Puis il me pousse dehors, devant lui.

DÈS QU'IL ENTEND LE COUP DE FEU, DONALD SE MET À COURIR. Il sait que ce n'est sans doute pas la conduite la plus avisée, mais pour une raison ou une autre, peut-être parce qu'il est grand, le message ne parvient pas assez vite à ses pieds. Il est bien conscient des paroles sifflantes qu'Alec lance derrière lui, mais il ne sait pas ce qu'elles disent.

Il se trouve presque à l'extrémité du lac ; le bruit est venu des arbres sur la berge opposée. Il ne cesse de se dire qu'ils avaient raison. Ils avaient raison, et maintenant la Brute est en train de les tuer. Il sait que se rendre aussi visible – une silhouette qui court sur la glace – est extrêmement bête, mais il sait aussi que Stewart ne lui tirerait pas dessus. Ils peuvent arriver à une solution assez simple, en discutant tous les deux, comme deux hommes raisonnables au service de la grande Compagnie. Stewart est un homme raisonnable.

« Stewart ! crie-t-il en courant. Stewart ! Attendez ! »

Il ne sait pas ce qu'il va dire de plus. Il pense à Mme Ross qui est peut-être en train de se vider de son sang et de mourir. Et il se dit qu'il ne l'a pas sauvée.

Il a presque atteint les arbres au pied d'un grand tertre quand il distingue un mouvement devant lui. Le premier signe de vie qu'il ait vu.

« S'il vous plaît, ne tirez pas. C'est moi, Moody… Ne tirez pas… » Il tient son fusil par le canon et le brandit pour montrer ses intentions pacifiques.

Un éclair de lumière jaillit sous les arbres et quelque chose vient le percuter au ventre avec une force inouïe. Il en tombe à la renverse. La branche, ou ce qu'il vient de heurter en courant, l'a atteint juste au-dessus de la cicatrice, ce qui ne va pas arranger les choses.

La respiration coupée, il tente de se relever mais n'y arrive pas. Il reste donc allongé quelques instants, le temps de reprendre son souffle. Ses lunettes sont tombées ; vraiment, elles ne vont pas avec le Canada : elles sont toujours à se couvrir de givre ou à s'embuer au mauvais moment, et maintenant... il les cherche à tâtons dans la neige autour de lui, mais ne rencontre que du froid partout. Quelqu'un devrait sûrement être capable d'inventer quelque chose de plus pratique.

À la fin, il trouve la carabine et la ramasse. C'est alors, à cause de la crosse glissante et tiède, qu'il prend conscience du sang. Levant la tête avec un grand effort, il en voit sur son manteau. Ça l'embête ; ça le rend même furieux. Quel imbécile il fait, d'aller chercher comme ça des ennuis. Maintenant, Alec va être en danger lui aussi, et tout cela par sa faute. Il se demande s'il ne va pas appeler le jeune garçon, mais quelque chose, une sagesse venue il ne sait d'où, l'en empêche. Il concentre ses efforts sur la carabine qu'il veut mettre en position de tir pour au moins envoyer une balle au lieu de se retourner et de mourir sans même un murmure. Ne pas être complètement nul ; que dirait son père ?

Mais tout est silence, comme si une fois de plus il était le seul être humain à des kilomètres à la ronde. Il lui faudra attendre de voir quelque chose. En tout cas, celui qui lui a tiré dessus n'a manifestement pas l'intention de venir terminer le travail. Imbécile.

Un peu plus tard, il lève les yeux et voit un visage au-dessus de lui. C'est un visage qu'il se rappelle avoir aperçu il y a longtemps à Hanover House ; celui d'un ivrogne, vide et impassible, aussi fermé que la pierre qui bouche un terrier. Ce n'est pas un visage ivre, à présent, mais il est sans curiosité ni peur, sans expression de triomphe non plus. Donald se rend compte que c'est le visage de celui qui a tué Laurent Jammet. De l'homme dont les traces de pas dans la neige les ont tous conduits ici. C'est pour cela qu'il est venu – pour savoir qui c'était, pour le découvrir. Et maintenant, il le sait. Et c'est trop tard. C'est tout à fait moi, ça, pense Donald, d'avoir la comprenette un peu lente, comme le disait toujours mon père. Et, alors qu'il sent une vague de chaleur lui monter aux yeux, il se dit : Quand même, entendre la voix de mon père me réprimander en ce moment !

Donald commence à penser que ce serait une bonne idée de pointer la carabine vers ce visage, mais quand sa pensée est enfin formulée, le visage a disparu et la carabine avec. Il est tellement fatigué. Et il a froid. Peut-être se contentera-t-il de poser à nouveau sa tête sur la neige froide ; de se reposer un instant.

Devant la cabane, je ne vois personne, pas même Stewart, qui me tord si fort le bras derrière le dos que je ne peux respirer que faiblement de peur que mon épaule ne se déboîte. Au moins, rien n'indique que Parker soit quelque part allongé dans la neige, blessé ou dans un état encore plus grave. Aucun signe non plus de la Brute, si c'est bien lui. Stewart brandit son fusil devant moi. Je lui sers de bouclier. Quelque chose bouge, mais uniquement derrière la cabane ; un bruit – difficile à définir. Stewart me pousse très lentement vers le mur du fond, là où le soleil commence à brûler l'horizon. Évidemment, je n'ai pas de foulard pour me protéger les yeux. Et j'ai les mains nues.

« De la négligence, dit Stewart comme s'il lisait mes pensées. Et vos yeux, en plus. Il n'aurait pas dû vous emmener ici. » Il a un ton modérément déçu.

À travers mes dents serrées, je dis : « Il ne m'a pas emmenée. C'est vous, quand vous avez fait tuer Jammet, qui m'avez fait venir.

— Vraiment ? Eh bien, je ne m'en doutais pas. Je pensais que Parker et vous… »

Parler me fait mal, mais ça sort d'un coup. Je suis bouillante de colère. « Vous n'avez pas idée du nombre de gens auxquels vous avez porté tort. Pas seulement ceux que vous avez tués, mais…

— Fermez-la », dit-il calmement. Il prête l'oreille. Un craquement dans les arbres. Au loin, sur notre gauche, une détonation assourdissante – celle d'un fusil. Elle n'a pas le même son que la précédente.

« Parker ! »

Je n'ai pas pu m'en empêcher. Une fraction de seconde plus tard, j'ai envie de me mordre la langue jusqu'au sang. Je ne veux pas qu'il prenne ça pour un appel au secours et qu'il arrive en courant.

Et, dans le souffle qui suit, je hurle : « Je vais bien ! Ne tirez pas, s'il vous plaît. Il va négocier. On pourra partir. Laissez-nous juste partir, s'il vous plaît…

— Fermez-la ! »

Stewart plaque sa main sur ma bouche, et il serre si fort que j'ai l'impression qu'il va me briser la mâchoire. Et, à la manière d'une créature disgracieuse dotée de quatre pattes, nous avançons vers l'extrémité de la cabane d'où, encore une fois, l'on ne voit personne.

Un autre coup de feu déchire le silence – sur notre gauche, cette fois au-delà de la cabane –, suivi d'un bruit. D'un gémissement humain.

Je suffoque, mon souffle restant collé à ma gorge comme du goudron.

Stewart crie quelque chose dans une langue étrange. Un ordre ? Une question ? Si la Brute écoute, il ne répond pas. Stewart crie de nouveau, d'une voix tendue ; sa tête pivote dans tous les sens, il n'est pas sûr de lui. Je me dis que c'est maintenant que je dois agir ; maintenant, tant qu'il est dans l'incertitude. Il relâche son étreinte sur ma bouche pour pouvoir braquer son fusil d'une seule main. Je saisis le couteau dans ma poche, le faisant tourner jusqu'à ce que je tienne bien le manche dans le creux de ma main. Centimètre par centimètre, je le sors de ma poche.

Une voix surgit alors de quelque part entre les arbres, mais ce n'est sûrement pas celle de la Brute. Et c'est une jeune voix qui lui répond dans la même langue. Stewart est décontenancé par cette voix qu'il ne connaît pas. Ça ne faisait pas partie de son plan. Je ramène vivement le couteau devant mon corps et je le plante dans le flanc de Stewart aussi fort que je peux. Bien qu'au dernier moment il comprenne ce qui se passe et qu'il ait un mouvement de recul, la lame rencontre un obstacle qui finit par céder et Stewart se met à hurler de douleur. J'entraperçois son visage et nos regards se croisent – ses yeux sont chargés de reproche, plus bleus que le ciel ; mais il semble sourire à moitié alors même qu'il dirige son fusil vers moi.

Je me mets à courir. Un autre coup de feu éclate quelque part très près de moi et m'assourdit, mais je ne sens rien.

ALEC REGARDE DONALD TRAVERSER LE LAC GELÉ au pas de course sans tenir compte de ses cris ni, ensuite, de ses jurons. Il lui hurle de s'arrêter, mais Donald continue. Alec sent une peur atroce lui agripper le ventre et, comme il craint de vomir, il détourne son regard. Puis il s'ordonne de ne pas faire l'enfant ; il doit agir comme l'aurait fait son père, et il se lance à la poursuite de Donald.

Alec est à cent mètres derrière lui lorsque surgit l'éclair – plus tard, il jurera qu'il n'a rien entendu – et que Donald s'écroule. Alec se jette derrière quelques roseaux qui percent à travers la glace. Il tient devant lui le fusil de George, prêt à faire feu. Dans sa colère et sa peur, il serre les dents. Ils ont été moches de tirer sur Donald. Donald a été gentil avec sa mère. Il lui a parlé de ses tantes, belles et intelligentes, qui vivent sur un lac aussi immense que la mer. Donald n'avait fait de mal à personne.

Entre ses dents, sa respiration devient sifflante, trop bruyante. Il scrute les arbres derrière lesquels les autres ont l'avantage de pouvoir se cacher, puis il se met à courir en pleurant à moitié, courbé jusqu'à presque toucher le sol. Il se jette à plat ventre dans la neige et rampe jusqu'au sommet d'un monticule de glace pour regarder. Il vient d'atteindre les premiers arbres et il est possible que les autres ne l'aient pas repéré. Assez loin devant lui, il entend un autre coup de feu, puis c'est le silence. Il n'a pas pu voir l'éclair. Ce n'était pas lui qu'on visait. Il fonce d'un tronc d'arbre à un autre en marquant des pauses, en regardant à gauche, à droite, partout. Il respire comme s'il sanglotait, si bruyamment qu'il ne peut que se trahir. Pour se donner du courage, il pense à la dame blanche et au grand guide.

Ce fusil est plus lourd que celui dont il a l'habitude, et le canon est plus long. C'est une bonne arme, mais Alec ne l'a pas beaucoup pratiquée. Il sait qu'il devra s'approcher pour avoir une chance de réussir. Il progresse lentement vers l'endroit d'où provenait la détonation. À sa droite se trouve le tertre rocheux qui vient briser le flux du lac, et droit devant, entre les arbres, il aperçoit une sorte de construction. En s'approchant, il distingue deux silhouettes à l'extérieur : l'homme qui a tué son père, caché derrière la dame blanche.

Ils ne savent pas que je suis là, se dit-il, ce qui lui donne du courage.

Stewart hurle alors en langue cree : « La Brute ? C'était quoi ? »

Silence.

« La Brute ? Réponds-moi... si tu peux. »

Pas de réponse. Alec s'avance d'arbre en arbre jusqu'à ce qu'il soit à moins de vingt mètres. Là, protégé par un tronc d'épicéa, il lève son fusil et l'ajuste. Il préférerait être plus près, mais n'ose pas bouger. Stewart crie de nouveau d'un ton impatient, mais la Brute ne lui répond pas. C'est donc Alec qui, de sa cachette, lui lance dans la langue de son père :

« Ton homme est mort, assassin. »

Au moment où Stewart pivote sur lui-même pour le repérer, il se produit quelque chose : la dame lui porte un coup et se libère ; Stewart pousse un glapissement de renard et tourne son fusil vers la seule cible qu'il puisse voir – la femme. Alec retient son souffle ; il a une chance de la sauver, mais ils sont très près l'un de l'autre. Il appuie sur la détente ; le recul est d'une force stupéfiante, et un nuage de fumée entoure le canon.

Un coup. Un seul coup.

Il s'avance avec précaution au cas où la Brute serait tapi par là en embuscade. Une fois la fumée dissipée, la clairière devant la cabane semble vide. Il recharge le fusil et attend, puis il s'élance vers un autre endroit protégé plus proche.

Stewart est allongé dans la clairière, les jambes écartées, un bras passé par-dessus la tête comme pour atteindre quelque chose. Tout un côté de son visage est parti. Alec tombe à genoux et vomit. C'est là que Parker et la femme le trouvent.

Je suis tellement soulagée de voir Parker derrière la cabane que je jette un instant mes bras autour de lui, sans réfléchir ni même sans me soucier des convenances. Il me répond en me serrant à peine, et, bien que son expression ne change pas, sa voix est rude :

« Vous n'avez pas de mal ? »

Je fais non de la tête.

« Stewart... »

Je jette un coup d'œil derrière moi ; Parker va à l'angle de la cabane et scrute les alentours. Puis il s'avance à découvert ; pas de danger. Je le suis et je découvre un corps qui gît au milieu de la clairière. C'est Stewart. Je reconnais la veste marron, mais il n'y a rien d'autre à reconnaître. À quelques mètres, un jeune garçon est agenouillé dans la neige comme une statue. Je crois que j'ai une hallucination et puis je reconnais le fils aîné d'Elizabeth Bird.

Il lève les yeux vers nous et prononce un seul mot : « Donald. »

Nous trouvons Moody vivant mais près de s'éteindre. Il a été atteint à l'estomac et il a perdu trop de sang. Je déchire des bandes de ma jupe pour freiner l'hémorragie de la blessure et lui préparer un oreiller, mais comme il a une balle dans le corps, nous ne pouvons pas faire grand-chose. Je m'agenouille près de lui et je frotte ses mains devenues glaciales.

« Vous allez vous en tirer, monsieur Moody. On les a eus. On connaît la vérité. Stewart a abattu Nepapanees d'un coup de fusil dans le dos et l'a enterré dans les bois.

— Madame Ross...

— Chut. Ne vous en faites pas. On va s'occuper de vous.

— Suis... content que vous n'ayez rien. »

Il sourit faiblement, essayant même maintenant d'être poli.

« Donald... vous allez vous en sortir. » Je tente de sourire, mais je ne pense qu'à une chose : il a à peine quelques années de plus que Francis, et je n'ai jamais été très gentille avec lui. « Parker vous prépare du thé, et... on va vous ramener au poste. On s'occupera de vous. Je m'occuperai moi-même de vous...

— Vous avez changé », me dit-il d'un ton accusateur. Et j'estime que ce n'est guère surprenant parce que j'ai les cheveux défaits, complètement en désordre, que mes yeux larmoient sans cesse et que je me suis fait une grosse bosse au front.

Brusquement, il m'agrippe la main avec une force surprenante. « Je voudrais que vous fassiez quelque chose pour moi...

— Oui ?

— J'ai découvert... quelque chose d'extraordinaire. »

Sa respiration devient terriblement difficile. Sans ses lunettes, ses yeux sont gris, lointains, dans le vague. Je remarque les lunettes par terre près de mes pieds et je les ramasse.

« Tenez… » Je veux les remettre sur son nez, mais il détourne légèrement la tête pour les repousser. « C'est mieux… sans.

— D'accord. Alors vous avez découvert… quoi ?

— Quelque chose d'extraordinaire. » Il sourit légèrement, avec bonheur.

« Quoi donc ? Vous voulez parler de Stewart et des fourrures ? »

Étonné, il grimace. Sa voix est plus faible, comme si elle l'abandonnait. « Pas du tout. Je… j'aime… »

Je me penche encore plus près, jusqu'à ce que mon oreille soit à deux centimètres de sa bouche.

LES PAROLES SE PERDENT.

Mme Ross, penchée au-dessus de lui, oscille comme un roseau dans le vent. Donald n'en revient pas de voir combien elle a changé – son visage, même à moitié caché par ses cheveux, est plus doux et bienveillant ; elle a les yeux brillants, d'une couleur éblouissante comme une eau miroitante, comme si les pupilles s'étaient contractées au point de disparaître.

Il se retient de dire le nom « Maria ». Peut-être vaut-il mieux, pense-t-il, qu'elle ne le sache pas. Qu'elle ne garde pas au fond de son esprit ce petit déchirement qui vient avec la perte, le regret, la possibilité étouffée dans l'œuf.

À présent, devant Donald, s'ouvre un tunnel immensément long, et c'est comme s'il regardait dans un télescope par le mauvais bout, ce qui rend tout extrêmement petit mais très distinct.

Le tunnel des années.

Il regarde avec stupéfaction : par ce tunnel, il voit la vie qu'il aurait eue avec Maria – leur mariage, leurs enfants, leurs disputes, leurs petits différends. Les discussions sur sa carrière. Le déménagement en ville. Ce qu'il éprouve en touchant sa chair.

Comment il passerait son pouce sur le petit pli du front de Maria pour le lisser. Comment elle le prendrait à partie. Son sourire.

Il lui sourit à son tour en se rappelant qu'elle a ôté son foulard pour étancher sa blessure lors du match de rugby, le jour où ils ont fait connaissance, il y a tant d'années de cela. Son sang sur le foulard de Maria, qui les unit.

La vie bruisse devant lui comme un paquet de cartes qu'on bat, et chaque image brille dans tous ses détails. Il peut se voir âgé, et

Maria également vieille mais encore pleine d'énergie. En train d'argumenter, d'écrire, de lire entre les lignes, d'avoir le dernier mot.

Ils n'ont pas de regrets.

Une vie qui paraît plutôt bien.

Maria Knox ne saura jamais quelle existence elle aurait pu avoir, mais Donald le sait. Il le sait et il est content.

Mme Ross a les yeux baissés vers lui ; son visage est entouré de brouillard, éblouissant et mouillé, superbe. Elle est à la fois très près et très loin. Il semble qu'elle lui demande quelque chose, mais il n'arrive plus à l'entendre.

Tout est pourtant clair.

Ainsi, Donald ne prononce pas le nom de Maria ni, d'ailleurs, quoi que ce soit d'autre.

LE PLUS PÉNIBLE A ÉTÉ DE CONDUIRE ALEC auprès du corps de son père pour qu'il le voie. Il a insisté pour que nous le ramenions avec celui de Donald à Hanover House où nous les enterrerons. Quant à Stewart, nous avons décidé de l'inhumer dans la sépulture à fleur de terre qu'il avait creusée lui-même. Cela semble assez juste.

La Brute avait été grièvement blessé par la balle de Parker, mais quand nous sommes retournés à la cabane, il avait disparu. Sa trace partait vers le nord, et Parker l'a suivie un moment avant de revenir. La balle l'avait atteint au cou et il ne vivrait sans doute pas longtemps. Au nord du lac, il n'y a rien que de la neige et de la glace.

« Que les loups se chargent de lui », a dit Parker.

Nous avons enveloppé Donald et Nepapanees dans des fourrures – chose importante pour Alec, il avait trouvé une peau de cerf pour son père. Quant à Donald, nous l'avons entouré de la tiédeur et de la douceur du renard et de la martre. Parker a rassemblé en un paquet les fourrures les plus précieuses et les a chargées sur le traîneau. Jammet avait un fils : elles seront pour lui, ainsi que pour Elizabeth et sa famille. Quant à celles qui restent, je suppose que Parker reviendra un jour les chercher. Je ne pose pas de question. Il ne dit rien.

Tout cela a été fait avant midi.

Et maintenant, nous retournons à Hanover House. Les chiens tirent les traîneaux qui portent les corps, et Alec marche à côté. Parker conduit les chiens et je reste derrière lui. Nous suivons les traces que nous avons laissées à l'aller, ainsi que celles de nos poursuivants, profondément imprimées dans la neige. Je découvre que j'ai appris sans m'en rendre compte à les identifier. De temps à autre j'en repère une dont je sais qu'elle m'appartient. Alors je marche dessus et je l'efface. Ce pays est jonché de marques semblables – les minces pistes du désir humain. Mais ces traces, comme cette piste cruelle, sont fragiles, soumises aux aléas de l'hiver, et dès qu'il neigera de nouveau ou que viendra le dégel du printemps, tous les vestiges de notre passage disparaîtront.

Et pourtant, trois de ces traces ont survécu aux hommes qui les ont laissées.

Lorsque me vient l'idée de vérifier, je m'aperçois que j'ai perdu la tablette en os. Je l'avais encore dans ma poche en partant de Hanover House, mais maintenant elle a disparu. Quand je l'annonce à Parker, il hausse les épaules. Si elle a de l'importance, on la retrouvera, me dit-il. Et d'une certaine façon – bien que j'en sois désolée pour ce pauvre M. Sturrock qui semblait rêver de l'avoir –, je suis contente de ne pas posséder un objet que d'autres veulent tant. Apparemment, cela n'apporte jamais rien de bien.

Bien entendu, je songe à Parker et je rêve de lui quand je dors. Il y a au moins une chose dont je suis sûre : il pense à moi. Mais nous représentons une énigme qui n'a pas de solution. Après tant d'horreurs, nous ne pouvons pas continuer ensemble – et, pour être honnête, je dois dire que nous ne l'aurions jamais pu.

Pourtant, chaque fois que nous nous arrêtons, je n'arrive pas à détacher mon regard de son visage. La perspective de le quitter m'apparaît comme celle de perdre la vue. Je pense à tout ce qu'il a été pour moi : un étranger, un fugitif, un guide.

Mon amour. Ma boussole. Mon vrai nord. C'est toujours vers lui que je me tourne.

Il me ramènera à Himmelvanger et il repartira – vers le lieu, quel qu'il soit, d'où il est venu. Je ne sais pas s'il est marié, mais je suppose qu'il l'est. Je ne le lui ai jamais demandé, et maintenant je ne vais pas le faire. Je ne sais presque rien de lui. Et lui, il ne connaît même pas mon prénom.

Il y a des choses qui peuvent prêter à rire, pourvu qu'on soit d'humeur à rire. Quelques instants après que j'ai pensé à tout cela, Parker se tourne vers moi. Alec est devant nous, à plusieurs pas de distance.

« Madame Ross ? »

Je lui souris. Comme je l'ai dit, je ne peux pas m'en empêcher. Il m'adresse lui aussi ce sourire qui est le sien : c'est un couteau dans mon cœur, mais je ne l'enlèverais pas pour tout l'or du monde.

« Vous ne m'avez jamais dit votre prénom. »

Quelle chance que le vent soit si froid : il gèle les larmes avant qu'elles tombent. Je secoue la tête et je souris. « Vous l'avez pourtant employé bien souvent. »

Il me regarde alors avec une telle intensité que, pour une fois, c'est moi qui baisse les yeux la première. Il y a donc une lumière dans ses yeux, finalement.

Je me force à penser de nouveau à Francis et à Dove River. À Angus. Ce sont les morceaux que je dois recoller ensemble.

Je me force à ressentir la maladie de la pensée qui dure.

Puis Parker se tourne de nouveau vers les chiens et le traîneau, et il continue à marcher. Comme moi.

Car que pouvons-nous faire d'autre, tous autant que nous sommes ?

Collection « Littérature étrangère »

ADDERSON Caroline
La Femme assise

AGUÉEV M.
Roman avec cocaïne

ALI Monica
Sept mers et treize rivières
Café Paraíso

ALLISON Dorothy
Retour à Cayro

ANDERSON Scott
Triage
Moonlight Hotel

AUSLANDER Shalom
La Lamentation du prépuce

BAXTER Charles
Festin d'amour

BENIOFF David
24 heures avant la nuit

BLOOM Amy
Ailleurs, plus loin

BROOKNER Anita
Hôtel du Lac
La Vie, quelque part
Providence
Mésalliance
Dolly
États seconds
Une chute très lente
Une trop longue attente
Fêlures
Le Dernier Voyage

BROOKS Geraldine
Le Livre d'Hanna

CAÑÓN James
Dans la ville des veuves intrépides

CONROY Pat
Le Prince des marées
Le Grand Santini

COURTENAY Bryce
La Puissance de l'Ange

CUNNINGHAM Michael
La Maison du bout du monde
Les Heures
De chair et de sang
Le Livre des jours

DORRESTEIN Renate
Vices cachés
Un cœur de pierre
Sans merci
Le Champ de fraises
Tant qu'il y a de la vie

DUNANT Sarah
La Courtisane de Venise

DUNMORE Helen
Un été vénéneux
Ils iraient jusqu'à la mer
Malgré la douleur
La Faim
Les Petits Avions de Mandelstam
La Maison des orphelins

EDELMAN Gwen
Dernier refuge avant la nuit

ELTON Ben
Nuit grave

FLANAGAN Richard
La Fureur et l'ennui

FREY James
Mille morceaux
Mon ami Leonard

FRY Stephen
Mensonges, mensonges
L'Hippopotame
L'Île du Dr Mallo

GALE Patrick
Chronique d'un été
Une douce obscurité
Tableaux d'une exposition

GARLAND Alex
Le Coma

GEE Maggie
Ma bonne

GEMMELL Nikki
Les Noces sauvages
Love song

GILBERT David
Les Normaux
Les Marchands de vanité

HAGEN George
La Famille Lament
Les Grandes Espérances du jeune Bedlam

HOMES A. M.
Mauvaise mère
Le torchon brûle

HOSSEINI Khaled
Les Cerfs-volants de Kaboul
Mille soleils splendides

JOHNSTON Jennifer
Ceci n'est pas un roman
De grâce et de vérité
Petite musique des adieux

JONES Kaylie
Céleste et la chambre close
Dépendances

KAMINER Wladimir
Musique militaire
Voyage à Trulala

KANON Joseph
L'Ultime Trahison
L'Ami allemand
Alibi

KENNEDY Douglas
La Poursuite du bonheur
Rien ne va plus
Une relation dangereuse
L'homme qui voulait vivre sa vie
Les Désarrois de Ned Allen
Les Charmes discrets de la vie conjugale
La Femme du Ve

KNEALE Matthew
Les Passagers anglais
Douce Tamise
Cauchemar nippon
Petits crimes dans un âge d'abondance

KUNKEL Benjamin
Indécision

LAMB Wally
Le Chant de Dolorès
La Puissance des vaincus

LAWSON Mary
Le Choix des Morrison
L'Autre Côté du pont

LEONI Giulio
La Conjuration du Troisième Ciel
La Conspiration des miroirs

LISCANO Carlos
La Route d'Ithaque
Le Fourgon des fous
Souvenirs de la guerre récente

LOTT Tim
Frankie Blue
Lames de fond

Les Secrets amoureux
d'un don Juan
L'Affaire Seymour

MADDEN Deirdre
Rien n'est noir
Irlande, nuit froide
Authenticité

MARCIANO Francesca
L'Africaine
Casa Rossa

MARCOSSIAN Gohar
Pénélope prend un bain

McCANN Colum
Les Saisons de la nuit
La Rivière de l'exil
Ailleurs, en ce pays
Danseur
Le Chant du coyote
Zoli

McCOURT Frank
Les Cendres d'Angela
C'est comment l'Amérique ?
Teacher Man,
un jeune prof à New York

McGARRY MORRIS Mary
Mélodie du temps ordinaire
Fiona Range
Un abri en ce monde
Une douloureuse absence

MILLS Jenni
Le Murmure des pierres

MORTON Brian
Une fenêtre sur l'Hudson
Des liens trop fragiles

MURAKAMI Haruki
Au sud de la frontière,
à l'ouest du soleil
Les Amants du Spoutnik
Kafka sur le rivage
Le Passage de la nuit
La Ballade de l'impossible
L'éléphant s'évapore
Saules aveugles, femme endormie

O'DELL Tawni
Le Temps de la colère
Retour à Coal Run
Le ciel n'attend pas

O'FARRELL Maggie
Quand tu es parti
La Maîtresse de mon amant
La Distance entre nous
L'Étrange disparition d'Esme Lennox
Les Trottoirs de Dublin

OWENS Damien
Les Trottoirs de Dublin

PARLAND Henry
Déconstructions

PAYNE David
Le Dragon et le Tigre :
confessions d'un taoïste
à Wall Street
Le Monde perdu de Joe Madden
Le Phare d'un monde flottant
Wando Passo

PEARS Iain
Le Cercle de la Croix
Le Songe de Scipion
Le Portrait

RAVEL Edeet
Dix mille amants
Un mur de lumière

RAYMO Chet
Le Nain astronome
Valentin, une histoire d'amour

ROSEN Jonathan
La Pomme d'Ève

SANSOM C. J.
Dissolution
Les Larmes du diable
Sang royal

SAVAGE Thomas
Le Pouvoir du chien
La Reine de l'Idaho
Rue du Pacifique

SCHWARTZ Leslie
Perdu dans les bois

SEWELL Kitty
Fleur de glace

SHARPE Tom
Fumiers et Cie
Panique à Porterhouse

SHREVE Anita
Le Poids de l'eau
Un seul amour
Nostalgie d'amour
Ultime rencontre
La Maison du bord de mer
L'Objet de son désir
Une lumière sur la neige
Un amour volé

SHRIVER Lionel
Il faut qu'on parle de Kevin

SOLER Jordi
Les Exilés de la mémoire
La Dernière Heure du dernier jour

SWARUP Vikas
Les fabuleuses aventures d'un Indien malchanceux qui devint milliardaire

ULINICH Anya
La Folle Équipée de Sashenka Goldberg

UNSWORTH Barry
Le Nègre du paradis
La Folie Nelson

VALLEJO Fernando
La Vierge des tueurs
Le Feu secret
La Rambla paralela
Carlitos qui êtes aux cieux

VREELAND Susan
Jeune fille en bleu jacinthe

WATSON Larry
Sonja à la fenêtre

WELLS Rebecca
Fleurs de Ya-Ya

WEST Dorothy
Le Mariage

ZHANG Xianliang
La mort est une habitude
La moitié de l'homme, c'est la femme

ZWEIG Stefan
La Guérison par l'esprit
Le Monde d'hier, souvenirs d'un Européen

Composé par Nord Compo
à Villeneuve-d'Ascq

Achevé d'imprimer sur les presses de

BUSSIÈRE

GROUPE CPI

à Saint-Amand-Montrond (Cher)
en juin 2008

N° d'édition : B 04330. — N° d'impression : 081818/1.
Dépôt légal : juin 2008.

Imprimé en France